LA FAMILLE SEAGRAVE

Joanna Quinn

LA FAMILLE SEAGRAVE

roman

Traduit de l'anglais par Christel Gaillard-Paris

Robert Laffont

Titre original : THE WHALEBONE THEATER

ISBN : 978-2-221-25823-1
(édition originale : ISBN 978–0–241–54283–5, Fig Tree, an imprint of Penguin Books)

Dépôt légal : mai 2023
Éditions Robert Laffont – 92, avenue de France 75013 Paris

Pour Nancy & Abi

Qu'importe, aux vagues qui rugissent, le nom d'un roi ?

William Shakespeare, *La Tempête* (acte I, scène 1)

Premier acte

1919-1920

LE DERNIER JOUR DE L'ANNÉE

31 décembre 1919

Dorset

Cristabel ramasse le bout de bois. Il est bien adapté à sa main. Cristabel est dans le jardin avec le reste de la maisonnée ; elle attend le retour de son père accompagné de sa nouvelle mère. Des domestiques en uniforme soufflent sur leurs doigts froids. Des freux croassent sans conviction depuis les arbres qui entourent la maison. C'est le dernier jour de décembre, la lie de l'année, ce qu'il en reste. L'après-midi s'achève et la pelouse n'est plus qu'un magma de boue et de vieille neige que Cristabel, trois ans, piétine dans ses bottines de cuir à lacets, brandissant le bout de bois comme une épée – sentinelle miniature dans un manteau d'hiver à boutons de laiton.

Elle cingle l'air de son bâton, *pffuit, pffuit,* ravie du sifflement qu'il produit, et l'utilise pour porter à sa bouche un morceau de neige sale. La neige est aussi froide sur sa langue que les fleurs de givre qui se forment sur sa fenêtre dans le grenier, mais moins collante. Elle a un goût décevant de rien du tout. Quelque part, trop loin pour qu'elle s'en préoccupe, sa nounou l'appelle. Cristabel, d'un clignement des yeux, ignore l'injonction. Elle aperçoit des perce-neige qui frémissent à la limite du jardin. *Pffuit, pffuit.*

Au même moment, le père de Cristabel, Jasper Seagrave, et sa nouvelle épouse sont assis côte à côte dans une calèche qui remonte l'allée menant au logis familial de Jasper : Chilcombe, un manoir aux multiples cheminées et pignons – une série de triangles affaissés qui en dessine la silhouette –, couvert de lierre, un colosse disgracieux à la grandeur fatiguée. Il est niché sur une falaise boisée surplombant l'océan depuis quatre cents ans, ses fenêtres étroites, à petits carreaux assemblés au plomb, afin de lutter contre les vents marins et le progrès ; son apparence générale donne l'idée d'une lente décrépitude.

Le personnel de Chilcombe a annoncé qu'aujourd'hui serait un jour spécial, mais Cristabel le trouve ennuyeux. Il y a trop d'attente. Trop de contrainte. Ce n'est pas un jour dont on pourrait tirer une bonne histoire. Cristabel aime les histoires qui mettent en scène des pétoires et des chiens, pas des mariées et de l'attente. *Pffuit, pffuit.* Alors qu'elle cueille les restes des perce-neige, elle entend crisser le gravier sous des roues.

Son père est le premier à descendre de la voiture, aussi rond et satisfait qu'une fève surgissant de sa gousse. Puis un pied dans une bottine à boutons apparaît, suivi d'un chapeau de velours, penché en arrière, la tête levée pour regarder le manoir. Cristabel observe le visage affublé de favoris de son père. Lui aussi regarde vers le haut, ne quittant pas des yeux la jeune femme au chapeau qui, en équilibre sur le marchepied, est nettement plus grande que lui.

Cristabel les rejoint en marchant dans la neige. Elle est presque arrivée quand sa nounou l'attrape en sifflant entre ses dents : « Qu'est-ce que tu as dans les mains ? Où sont tes gants ? »

Jasper se retourne. « Pourquoi cette enfant est-elle si sale ? »

L'enfant sale ignore son père. Elle ne s'intéresse pas à lui. Un homme grincheux et colérique. Elle s'approche plutôt de cette nouvelle mère, lui offrant une poignée de terre et des pétales de perce-neige. La nouvelle mère est habituée à recevoir des cadeaux maladroits ; après tout, elle a accepté la proposition fanfaronne de Jasper Seagrave, un veuf boiteux, rondouillard, à la barbe hirsute.

« Pour moi », dit cette nouvelle mère, et ce n'est pas une question. « Comme c'est original ! » Elle descend de la voiture et sourit, l'une de ses mains en suspens avant de venir se poser sur la tête de Cristabel, comme si l'enfant était là pour ça. Sous son chapeau de velours, la nouvelle mère est enveloppée d'un élégant tailleur de voyage en laine et d'une étole en vison.

Jasper se tourne vers le personnel et annonce : « Permettez-moi de vous présenter ma nouvelle épouse : Mme Rosalind Seagrave. »

Cette annonce est accueillie par un tonnerre d'applaudissements.

Cristabel trouve étrange que la nouvelle mère porte le nom de Seagrave, qui est son nom à elle. Elle regarde la terre dans sa main et la laisse tomber sur les bottines de la nouvelle mère, pour voir ce qui va se passer.

Rosalind s'éloigne de la fillette au visage sérieux ; il lui revient à l'esprit que c'est une enfant sans mère, et qui manque donc d'influence féminine. Elle se demande si elle n'aurait pas dû apporter des rubans pour les cheveux emmêlés de l'enfant, ou un peigne en écaille de tortue, mais Jasper est à ses côtés et la conduit jusqu'à l'entrée.

« Vous y êtes enfin, dit-il. Chilcombe n'est pas au mieux de sa forme. Il y avait ici autrefois de magnifiques grilles en fer forgé. »

Alors qu'ils franchissent le seuil du manoir, il évoque les événements prévus dans la soirée pour célébrer l'arrivée de la jeune femme. Il dit que les villageois sont ravis. Une grande tente a été dressée derrière la maison, un cochon sera rôti et tout le monde portera un toast aux noces avec des chopes de bière. L'air énergique, dans son costume de tweed, il lui adresse un clin d'œil, sans qu'elle comprenne ce que signifie cet œil qui se ferme et s'ouvre, cette grimace théâtrale.

Rosalind Seagrave, née Elliot, vingt-trois ans, décrite dans l'édition d'avril 1914 du magazine *Tatler* comme « une débutante londonienne pleine d'assurance », franchit l'entrée en pierre de Chilcombe et pénètre dans un vaste hall surmonté d'une galerie, lambrissé et haut de plafond, et qui évoque une salle médiévale où se réunissaient des chevaliers. C'est un entonnoir creux, faiblement éclairé par des bougies vacillantes placées dans des supports muraux en laiton, et l'air s'y fait rare comme celui des chapelles vides dans des lieux retirés.

Rosalind éprouve un sentiment particulier en entrant dans cette étrange maison, sachant qu'elle contient son avenir. Elle regarde autour d'elle, et essaie de se l'approprier avant qu'on la remarque. Le hall a été agrémenté d'une cheminée : grande, en pierre, elle est vide – aucun feu n'y brûle. Des épées croisées sont suspendues au-dessus. L'endroit n'est guère meublé et ne la séduit pas comme elle l'avait espéré. Un coffre en chêne sculpté avec une charnière en fer. Une armure munie d'une lance dans un gantelet de métal. Une horloge comtoise, un arbre de Noël qui perd ses aiguilles et un piano à queue surmonté d'un vase rempli de lys.

Le piano, elle le sait, est un cadeau de mariage de son époux, mais il a été relégué sous la tête empaillée d'un cerf. En haut de chaque mur sont accrochées d'autres têtes d'animaux, des lions et des antilopes aux yeux de verre, ainsi que des tapisseries anciennes représentant des portraits de profil gesticulant avec des flèches. Le bleu étant la dernière couleur à s'estomper dans les tapisseries, les représentations de batailles autrefois joyeuses sont aujourd'hui des scènes lugubres, sous-marines.

À droite de la cheminée se trouve un escalier en bois, en colimaçon, qui mène aux étages supérieurs de la maison tandis que, de part et d'autre, de vieux tapis persans conduisent, en passant par une succession d'ouvertures en arc plein cintre, à des pièces sombres qui s'ouvrent sur d'autres pièces sombres, et ainsi de suite, comme une illustration de l'infini. Le talon de l'une de ses bottines accroche la trame usée d'un tapis. Ils devront les rouler, pense-t-elle, quand ils donneront des fêtes.

Jasper apparaît à ses côtés, parlant au majordome. « Dites-moi, Blythe, mon délinquant de frère est-il arrivé ? Il n'a même pas pris la peine de se montrer au mariage. »

Le majordome secoue imperceptiblement la tête, car c'est ainsi que Chilcombe fonctionne, avec des gestes si familiers et las qu'ils en sont devenus comme absents – l'impression de quelque chose qui autrefois avait été là ; comme fossilisé.

Jasper renifle avec dédain, et s'adresse à son épouse. « Les domestiques vont vous montrer votre chambre. »

Rosalind, escortée jusqu'en haut de l'escalier, passe devant une série de tableaux représentant des hommes affublés de fraise en guise de col, figés au milieu d'une partie de chasse pour qu'on ait pu les peindre, leurs mollets, recouverts de bas, posés sur les corps encore chauds des sangliers.

Dans un coin du grand hall, Cristabel observe. Elle s'est cachée derrière un porte-parapluies en bois sculpté en forme de petit Indien dont les bras tendus forment un cercle pour tenir les parapluies, les cravaches et les bâtons de marche de son père. Elle attend que la nouvelle mère soit hors de vue, puis traverse la salle en courant jusqu'à l'escalier de service, qui est dissimulé derrière l'escalier principal. Il lui permet de descendre à l'entresol, le royaume des domestiques : la cuisine, l'arrière-cuisine, les réserves et les caves. Ici, dans les fondations de la maison, elle peut trouver une cachette et examiner ses nouveaux trésors : le bout de bois et les croissants de terre sous ses ongles.

Ce jour-là, la cuisine carrelée bruisse d'une activité débordante. Les domestiques sont excités par les préparatifs de la soirée à venir, anxieux à l'idée d'organiser la fête de mariage, se répandant en ragots sur la nouvelle épouse. Cristabel se glisse sous la table et écoute. Des sujets dignes d'intérêt traversent sa conscience tels des éclairs : des mots comme « cheval » et « pudding », parmi ses mots préférés, des voix qu'elle reconnaît et qui surgissent au-dessus de la mêlée.

Son attention est attirée par Maudie Kitcat, la plus jeune des filles de cuisine, qui dit : « Peut-être que Mlle Cristabel aura bientôt un petit frère. » Cristabel n'a pas vu de petit frère descendre de la voiture, mais peut-être qu'il viendra plus tard. Elle aimerait beaucoup avoir un frère. Pour jouer et se battre.

Elle aime aussi Maudie Kitcat. Elles dorment toutes les deux sous les combles et s'exercent ensemble à dessiner les lettres de l'alphabet. Cristabel demande souvent à Maudie d'écrire le nom des gens qu'elle connaît sur les vitres du grenier voilées de condensation, et Maudie s'exécute, en formant les mots avec un seul doigt – M-A-U-D-I-E, C-H-I-E-N, N-O-U-N-O-U, C-U-I-S-I-N-I-È-R-E – pour que Cristabel puisse en suivre le tracé à l'aide de son propre petit doigt ou les effacer s'ils lui déplaisent. Parfois, Maudie vient voir Cristabel la nuit, si elle fait l'un de ces rêves qui la font crier, et lui caresse la tête en lui disant : « Chut, petite, chut, ne pleure pas. »

Dans la cuisine, la cuisinière dit : « Un héritier du domaine, hein ? Espérons que Jasper Seagrave en est encore capable. » Des rires s'ensuivent. Une voix masculine crie : « S'il peut pas, je m'en vais intervenir et tenter le coup. » Ce qui déclenche de nouveaux rires, suivis d'un grand bruit, celui d'un objet tombé. Les éclats de voix et de rires des domestiques, au cours de cet échange incompréhensible pour elle, sont pareils à une vague assourdissante qui déferle sur Cristabel. Elle décide d'utiliser son bâton pour écrire ses lettres, traçant un cercle dans la farine répandue sur le sol en dalles, des ronds, encore des ronds. O. O. O. O. Elle ne dispose que de peu de temps pour échapper à la surveillance de sa nounou, elle ne doit pas le gaspiller. O. O. O.

O pour « oh ». O pour « ohnonCristabelquestcequetuasencorefait ».

Au premier étage, Rosalind est assise à la coiffeuse dans sa nouvelle chambre, bien qu'elle ne puisse pas la qualifier de nouvelle, car tout ce qu'elle contient semble ancien. C'est une pièce au parquet qui grince de façon agressive et aux meubles en acajou fragiles, éclairés par des lampes à huile au verre voilé par la fumée : une collection d'objets qui ne supportent pas d'être touchés. Elle entend des rires venus d'ailleurs dans la maison, et éprouve une tension croissante dans ses épaules. Une femme de chambre se tient derrière elle, brossant ses cheveux aussi noirs que l'encre, tandis qu'une autre déballe ses valises, extrayant soigneusement les articles de lingerie des coussinets de satin parfumés dans lesquels ils ont été pliés. Rosalind est consciente d'être examinée, jaugée. Elle aimerait pouvoir ouvrir elle-même ses bagages.

Elle consulte son reflet dans le miroir de la coiffeuse ; elle se calme. Elle a le visage effronté d'une enfant gâtée. De grands yeux, un nez retroussé. S'ajoute cette habitude qu'elle a acquise d'instinct de joindre ses mains sous le menton, comme si elle se réjouissait d'un cadeau inattendu qui lui était offert. Une pose qu'elle prend en cet instant même.

Elle a bien fait, malgré tout ; elle ne doit pas en douter. Il y avait eu de vives discussions à Londres. On la soupçonnait de badinages imprudents. Le bruit courait selon lequel elle avait ruiné ses chances en sympathisant avec un trop grand nombre de soupirants. Mais désormais tous ces hommes étaient partis. Un par un, tous les charmants garçons avec lesquels elle avait dansé, flâné et dîné avaient disparu. Au début, ce fut affreux, puis elle s'y était habituée, ce qui était pire qu'affreux, mais moins fatigant. Après un certain temps, c'était tout simplement devenu une fatalité. Ils partaient en train, agitant une main en guise d'au revoir, et disparaissaient sous terre dans des lieux aux noms étrangers qui devenaient de plus en plus familiers : Ypres, Arras, la Somme.

Les années de guerre devinrent une période douloureuse et monotone, avec Rosalind installée au bord d'un fauteuil à l'assise et aux dossiers inconfortables, essayant de finir une pièce de broderie pendant que sa mère entonnait les noms des jeunes hommes éligibles, listés dans le *Times* comme morts ou disparus. Les journaux parlaient du « surplus de femmes », des millions de vieilles filles qui ne se marieraient jamais en raison de la pénurie de maris convenables. Rosalind découpait dans des magazines les photos des jeunes mariées de la haute société et les collait dans un album : l'album de celles qui avaient eu la chance d'échapper au célibat. Elle craignait de devenir une relique vêtue de noir comme sa mère, veuve, une femme seule, s'affairant autour de tasses de thé et aux petits soins pour des miniatures de chiens à tête de singe, coincée au milieu de paniers à tricoter et de repose-pieds hargneux.

Il n'y avait plus personne avec qui faire la fête, même à la fin de la Grande Guerre. La poignée d'hommes acceptables qui rentraient à la maison passaient leurs soirées à échanger des histoires de bataille avec des filles chaleureuses qui avaient porté l'uniforme, tandis que Rosalind faisait tapisserie, son carnet de bal vide. Aussi, lorsqu'elle rencontra Jasper Seagrave, un veuf à la recherche d'une jeune épouse pour lui donner un fils, un héritier, il lui sembla qu'un espace avait été ouvert pour elle, un minuscule passage par lequel elle pourrait se faufiler dans la lumière orangée d'un jour de mariage, et où une maison bien à elle l'attendrait.

Et nous y étions. Elle s'en était sortie. Un mariage en hiver, pas l'idéal, mais un mariage quand même. Malgré les problèmes de sinus du marié. Malgré son insistance à vouloir faire le trajet, cahotant, en calèche. Malgré la vue à travers les vitres tremblantes de la voiture, comme un décor agité par des machinistes amateurs. Malgré la sensation de pincement au cœur, sentiment déchirant. Mais tout pourrait être revu et corrigé.

Rosalind porte ses nouvelles boucles d'oreilles en diamant. Elle regarde dans le miroir l'une des domestiques étaler son déshabillé de mousseline ivoire, le disposant d'un geste respectueux, de ses mains envieuses, sur le lit à baldaquin dont le matelas est aussi haut que celui de la princesse au petit pois. Derrière la fenêtre qui s'assombrit, on entend le crépitement d'un feu de joie, le murmure des voix des villageois qui arrivent et on sent l'odeur riche et brûlée de viande rôtie.

Cristabel est dans le jardin, près du feu, et observe attentivement le cochon de lait suspendu au-dessus des flammes sur une broche, une pomme rouge coincée dans la bouche. Elle tient son bâton dans la main droite. Sa main gauche est dans la poche de son manteau, et ses doigts examinent d'autres trésors nouvellement acquis, trouvés en bas de l'escalier : une feuille de journal et un bout de crayon. Avoir ces petites choses qu'elle peut toucher lui procure un certain réconfort.

Elle entend sa nounou traverser au pas de charge la maison à sa recherche ; sa voix de nounou en colère la précède comme une meute de chiens. Cristabel sait ce qui va se passer ensuite. Elle sera emmenée à l'étage, dans sa chambre, sans dîner, pour la punir d'avoir disparu. La bougie sera soufflée et la porte fermée à clé. Le grenier deviendra un piège plongé dans les ténèbres : une obscurité changeante ratissée par le lent projecteur de la lune, un grand œil sans paupière.

Elle fait courir son pouce d'avant en arrière sur l'écorce ridée du bout de bois, comme elle le fera plus tard, lorsqu'elle sera allongée dans son lit étroit – une façon pour elle de passer le temps durant lequel elle n'a pas le droit de faire des bêtises. Un soir où elle était encore tout bébé, elle avait fait des histoires au moment du coucher et sa nourrice l'avait obligée à porter une veste avec les manches attachées pour l'empêcher de grimper hors du lit. Elle n'a pas l'intention de faire à nouveau des histoires.

Sous son oreiller, elle garde des bouts de bois, plusieurs pierres qui ont des visages, et une vieille carte postale d'un chien appartenant à un roi, qu'elle a trouvée sous un tapis et qu'elle a appelée Chien. Elle peut les aligner, les faire dîner, les transformer en personnages d'une histoire, et les mettre au lit. Elle peut les protéger et leur caresser la tête s'ils font des cauchemars, et veiller à ce qu'ils ne descendent pas sur le parquet froid.

Elle s'accroupit près d'une plaque de neige, utilise son bâton pour écrire ses lettres. I. I. I. Elle entend sa nounou dire : « Par pitié, la voilà. Elle creuse dans la neige et se salit. »

Cristabel aime le mot « neige ». Elle le prononce en un murmure, puis continue son travail, sa pratique quotidienne : former des lettres, faire des mots, donner des noms.

N-E-I.

LE LENDEMAIN MATIN

1er janvier 1920

Nouvelle année, nouvelle décennie, nouvelle maison, nouveau mari. Propre comme un sou neuf ; tiré à quatre épingles. Sa mère ne disait-elle pas toujours quelque chose à propos des épingles ? Rosalind se sent épinglée sous les draps du lit conjugal. Sa colonne vertébrale, raide, lui rappelle les squelettes de dinosaure dans les musées de Londres. Elle est clouée sur place. Une chose épinglée, exposée. Des domestiques au bonnet blanc vont et viennent, allument le feu et ouvrent les rideaux, aussi affairées et distantes que des mouettes. Par la fenêtre, Rosalind peut voir les arbres dénudés s'agiter.

Jasper lui a dit qu'il lui faudrait peut-être du temps pour s'adapter au rôle d'épouse. Il dit qu'elle est jeune et qu'être avec un homme est nouveau pour elle (une image lui vient à l'esprit – une soirée d'août près du hangar à bateaux avec Rupert, sa moustache lui irritant le cou comme de la paille de fer –, qu'elle chasse immédiatement). Jasper pense qu'elle se familiarisera avec ses devoirs conjugaux en temps voulu. Elle se familiarisera avec ce qui ne lui est pas familier. Elle se tient parfaitement immobile pour la simple raison qu'il ne lui semble pas possible que des actes si peu familiers prennent place dans cette pièce, à côté d'objets aussi ordinaires que sa brosse à cheveux en argent ou la lampe de chevet.

Une femme de chambre lui apporte son petit-déjeuner sur un plateau qu'elle pose en équilibre sur son édredon, et qui lui offre un spectacle peu ragoûtant : un amas d'œufs brouillés gélatineux entouré de morceaux de saucisse. Elle recouvre le plateau d'une serviette et attrape son vaporisateur de parfum : *pschitt, pschitt,* et des effluves d'eau de Cologne Yardley se dispersent dans l'air de la chambre.

Les domestiques vont et viennent, s'affairant autour d'elle. Rosalind entend sa propre voix émettre des mots appropriés. « J'ai peu d'appétit. Merci beaucoup. » Les domestiques emportent avec elles ses mots et la nourriture non consommée. Il existe un discret escalier en colimaçon, derrière un paravent chinois dans le coin de la pièce, qui leur permet de circuler aisément sans passer par la porte de la chambre.

Elle va devoir bientôt s'occuper de certaines choses. Elle doit s'habiller convenablement et faire ce qu'on attend d'elle. Elle doit être une… qu'a dit Jasper déjà ? D'une voix horriblement forte à son oreille dans le noir, comme la voix d'un géant – elle doit être une chic fille. Rosalind lève les yeux vers le dais en tapisserie suspendue au-dessus du lit pour retrouver le motif qu'elle a étudié la nuit dernière. Il est caché dans la vaste arabesque de l'ensemble, une sorte de visage asymétrique, dupliqué, qui la regarde en retour.

Les domestiques réapparaissent, empressées, les bras chargés de vêtements et sous-vêtements ; elles veulent l'habiller et la rendre belle. Avant, les hommes avaient l'habitude de lui dire qu'elle était belle. Ils l'admiraient et lui parlaient le cœur battant ; elle interprétait leurs propos comme de l'exaltation, de l'adoration. Elle n'avait jamais pensé que ce qu'ils appelaient l'amour impliquait des efforts aussi obscènes. Un poids, brutal, et des halètements forcés. Un tas de chair qui sent le porto et le tabac, qui s'écrase sur elle jusqu'à ce qu'elle ne puisse plus respirer. Et la douleur : une douleur blanche et pure, clignotant comme des étoiles derrière ses paupières. Non. Rien à voir avec l'amour.

L'une des domestiques s'approche. « M. Seagrave est parti à Exeter pour voir des chevaux, madame. Il espère que vous apprécierez votre premier jour à Chilcombe. »

Rosalind est déconcertée. Elle n'a plus de mots. Elle est blanche comme un linge dans ses draps raides.

La femme de chambre vient vers elle pour se présenter, le plancher grince sous ses pas. « Nous nous sommes rencontrées hier, madame. Vous ne vous en souvenez peut-être pas. Je suis Betty Bemrose. Je vais être votre femme de chambre. »

Rosalind baisse les yeux pour découvrir que, très étrangement, la domestique a posé une main sur la sienne. « Peut-être un bain, madame ? Vous avez l'air épuisée. »

Rosalind regarde le visage inquiet de Betty sous son bonnet blanc de soubrette. Il est rond, et plein de taches de rousseur, et il y a la pression inopinément rassurante de sa main.

Betty continue : « Il y a des huiles pour le bain, madame. Je crois que vous les avez apportées avec vous. Ça vous requinquera.

— Rose, dit Rosalind. Il y a une huile de rose.

— Magnifique.

— Un ami très cher me l'a offerte. C'était un officier. Mort en France.

— Beaucoup sont morts, oui, dit Betty en se dirigeant vers la salle de bains attenante. Le mari de ma sœur a disparu à Gallipoli. Ils ne l'ont jamais retrouvé. J'ai demandé qu'on vous apporte de l'eau chaude, madame, je n'ai plus qu'à ajouter les huiles.

— Mon ami… Il avait des taches de rousseur comme les vôtres.

— Vraiment ?

— Il était charmant. »

Betty réapparaît dans l'embrasure de la porte de la salle de bains. « Pendant que vous serez dans votre bain, je changerai les draps. Et je rajouterai du charbon dans le feu. Nous n'allumons les cheminées à l'étage que lorsqu'il y a du monde, alors ça prend du temps pour chauffer.

— Un jour, il m'a emmenée au Waldorf. Vous en avez entendu parler ?

— Ma foi non, madame.

— C'est simple, tout le monde y va. »

Betty s'approche du lit et replie doucement les couvertures. « Laissez-moi vous aider, madame. »

Rosalind s'agrippe à l'un des bras de la jeune femme et se laisse guider jusqu'à la salle de bains adjacente, où une baignoire sabot en fonte peu profonde, remplie d'eau parfumée à la rose, attend devant un petit feu.

Assise sur une marche devant la porte de la cuisine, Cristabel tient fermement son bâton dans son poing et écrit dans la poussière : F-R-I-R.

F-R-E-I-R-E.

« Essayez encore, dit Maudie Kitcat, qui passe avec un panier de draps sales. Vous y êtes presque. »

La nouvelle Mme Jasper Seagrave, baignée et ointe, quitte sa chambre et descend les escaliers. Elle ne sait pas vraiment ce qu'on attend d'elle. Son mari est absent, et elle se demande comme elle saura qu'il est de retour. Une lettre de sa mère est arrivée, lui rappelant l'importance d'établir son autorité auprès du personnel, et Rosalind craint que s'enquérir des allées et venues de son mari ne porte préjudice à son statut aux yeux de la maisonnée.

Elle prend toutefois des décisions autoritaires sur plusieurs sujets : les saucisses sont répugnantes et ne conviennent qu'aux chiens ; une baignoire moderne doit être installée ; le sapin de Noël doit être jeté, ainsi que les lys (sa mère dit toujours que les lys lui évoquent des femmes très *faciles*). De plus, il faut acheter un gramophone au plus vite, et la fille maussade de son mari doit avoir une gouvernante française. *Tu es,* écrit la mère de Rosalind d'une écriture penchée, *toute nouvelle dans cette maison ! Sois enjouée et fais preuve de fermeté !*

Malgré les instructions de sa mère, Rosalind a du mal à donner des ordres au personnel masculin, dont beaucoup, comme Blythe le majordome, sont assez âgés pour être son père. Mais que la jeune mariée qu'elle est devenue soit ignorante semble approprié. N'avait-elle pas lu dans le magazine *The Lady* que « les hommes ne peuvent s'empêcher d'être sensibles aux charmes féminins de l'innocente ingénue » ? « Soyez élégante, expliquait le magazine, et un peu capricieuse, mais sans être blasée. »

Rosalind se penche sur le piano et regarde de près une photo encadrée de son nouveau mari. Elle aime ces mots « nouveau mari », ils ont un côté excitant, comme une boîte de cadeaux dont le papier de soie bruisse. Elle aime utiliser ces mots même si elle évite de regarder la photo. *Nouveau mari. Élégante, sans être blasée.*

La journée passe. D'autres journées passent.

Rosalind s'abonne à des magazines et découpe des images de choses nécessaires à sa nouvelle vie – des chapeaux, des meubles, des gens – ou en dresse la liste. À côté de sa chambre se trouve une petite pièce, un *boudoir**[1], qui contient tout ce dont une maîtresse de maison peut avoir besoin : une table décorative pour servir le thé, un bureau à cylindre, un coupe-papier en ivoire. Elle s'assied au bureau et passe au crible ses coupures de magazines comme un mineur à la recherche de pépites d'or.

Avec l'aide de Mme Hardcastle, la gouvernante, elle commande quelques articles essentiels – taies d'oreiller en soie, crèmes pour les mains – et les attend. Si elle se tient sur le palier de la galerie, elle peut regarder dans le hall d'entrée, connu sous le nom de « Oak Hall », pour voir si quelque chose arrive. Elle découvre qu'en disant « Je vais faire un petit tour », les domestiques, qui rôdent, généralement se retirent et la laissent seule. Mais s'ils s'attardent, elle se sent alors obligée de vraiment aller faire un petit tour.

Avec neuf chambres en tout, Chilcombe est de taille modeste, mais il a été construit et agrandi selon des plans si mystérieux qu'il semble difficile de se rendre d'une pièce à l'autre. Ses résidents et son personnel doivent parcourir de longs couloirs labyrinthiques à la pente variable, inclinés comme le pont d'un bateau. Il y a souvent des marches inattendues, des paliers soudains. Les fenêtres sont étroites comme des meurtrières et les murs de pierre humides au toucher.

Rosalind sortirait volontiers, mais, dehors, le monde semble inaccessible. À Londres, les espaces extérieurs sont aménagés en parcs. Au crépuscule, les allumeurs de réverbères, avec leurs longues perches, avivent les lampes à gaz qui bordent les allées, des cercles dorés qui s'animent partout dans la ville.

1. Les mots en italique suivis d'un astérisque sont en français dans le texte. (*Toutes les notes sont de la traductrice.*)

Mais dans le Dorset, à la tombée de la nuit, il fait déjà si noir qu'on a l'impression de plonger dans une cave à charbon. Il n'y a pas de kiosques à musique ni de statues. Il n'y a que des bois sinistres et quelques hectares de terrain, où l'on ne trouve que des arbres anciens dont le tronc est entouré d'une petite grille, comme si chacun était le dernier de son espèce. L'un de ces chênes ratatinés est si décrépit que ses branches sont soutenues par des douelles en métal. Pourquoi ne le laissent-ils pas mourir ? se demande Rosalind, car il est très laid ; il n'est plus qu'une coquille d'écorce qui tient debout tel un homme enchaîné au mur d'un donjon.

L'arrière de la maison donne sur une cour bordée de dépendances en brique : une buanderie, des remises à outils et des écuries. À côté de ces dépendances, un potager clos de murs est entretenu par un jardinier qui fait des allers-retours avec une brouette. Parfois, des faisans ou des lièvres morts pendent aux poignées des portes. Il y a des conversations murmurées et des rires échangés entre les domestiques. Rosalind les observe depuis une fenêtre du palier, en prenant soin de ne pas être vue.

À environ deux kilomètres de là, se situe le village de Chilcombe Mell, mais lorsque Rosalind et Jasper l'ont traversé en venant de la gare, elle n'a vu qu'une poignée de chaumières, quelques magasins, une église et un pub. On aurait dit un endroit à moitié abandonné ; des bâtiments gisant au fond d'une vallée, comme s'ils avaient glissé, entraînés par une avalanche. Au-delà du village se dresse une crête de hautes terres parallèles à la côte, un escarpement abrupt surmonté d'arbres dépouillés et de tumulus préhistoriques. On l'appelle le Ridgeway, la route des Crêtes, qui ferme le monde de manière assez précaire. Qui la trouvera jamais ici ?

Jasper lui avait dit, à l'époque où il la courtisait, que la route des Crêtes était supposée être la colline que le grand-duc d'York avait fait monter et redescendre à ses dix mille hommes. « Pourquoi diable a-t-il fait ça ? » avait-elle demandé, sachant que ce n'était pas la réaction souhaitée. La cour qu'il lui avait faite avait surtout consisté à lui présenter des événements historiques comme un chat apporte continuellement à son maître des souris mortes, malgré le peu de succès remporté. Même au début de leur relation, il y avait eu cette gêne : des sourires crispés et de petits gestes désagréables d'impatience.

Un matin, quand on frappe à la porte de son boudoir, Rosalind s'empresse de répondre, s'attendant à ce que Betty lui apporte son dernier achat. Mais c'est un homme vêtu d'une veste en tweed et de culottes de golf, corpulent et barbu, qui entre. La surprise de Rosalind est grande, car elle a réussi à complètement dissocier l'être physique de Jasper Seagrave des mots « nouveau mari ».

« J'ai entendu dire que vous aviez fait des achats, s'enquiert Jasper.

— Quelques articles. Mon Dieu, pourquoi avez-vous frappé ? Un mari a-t-il besoin de frapper ?

— Si vous le souhaitez, je m'en abstiendrai.

— C'est simplement que... » Rosalind s'aperçoit qu'elle avait envisagé des retrouvailles entre mari et femme différentes. Ne devrait-il pas se précipiter en déclarant qu'elle lui avait terriblement manqué ? Ne devrait-il pas lui avoir apporté des babioles ? Le tableau ne serait-il pas plus beau ainsi ?

« Je sors Guenièvre cet après-midi, annonce Jasper. Je suppose que vous n'avez pas envie de venir ?

— C'est une jument ? Ne pleut-il pas ?

— À peine. Peu importe. On se voit au dîner.

— Je n'ai jamais été douée avec les chevaux... – et là elle hésite, ne sachant comment s'adresser à lui – ... Jasper. Mon chéri. »

Jasper tire sur sa barbe, puis se penche pour planter sur sa joue un baiser qui pique. « Peu importe », répète-t-il avant de descendre l'escalier.

Elle demande à Betty de lui faire couler un bain avant le dîner. Betty bavarde tout en préparant la robe de soirée de Rosalind en soie vert Nil – une robe longue, à petits plis, aux coutures latérales brodées de perles – et Rosalind lui en est reconnaissante. Ces préparatifs l'aident à calmer son esprit agité depuis l'arrivée de Jasper. Elle s'allonge dans l'eau parfumée de la baignoire et profite de la conversation de Betty en bruit de fond : les fiançailles d'une sœur, les projets pour son prochain anniversaire.

« Ton anniversaire. Tu vas avoir quel âge, Betty ?

— Vingt-trois ans, madame.

— Le même âge que moi.

— J'aimerais avoir la même taille que vous, madame. Vous serez belle comme un cœur dans cette robe. »

Rosalind jette un coup d'œil à ses bras blancs. « Il va peut-être falloir rajuster la robe, Betty.

— Vous avez encore arrêté de manger, madame ? Quel dommage, ça fait mal au cœur. Je suppose que votre vie londonienne vous manque. Je sais que votre mère vous écrit souvent. »

Rosalind pense que sa mère désapprouverait une conversation aussi intime avec le personnel. Elle l'imagine penchée sur son bureau, en train de griffonner : *Le rôle d'une femme est de se soumettre à son mari ! D'être une aide, une source d'inspiration et un guide !*

« Ma mère écrit tous les jours, dit-elle. Je suis son seul enfant.

— Elle doit être fière de vous, vous vous débrouillez si bien. »

Le rôle d'une épouse, pense Rosalind. Se soumettre. Être élégante. Sans être blasée.

Elle rabâche ses mots en pensée au cours du dîner silencieux dans la salle à manger rouge sombre ; mais aussi après, pour meubler l'attente dans la chambre, et pendant ce qui suit, quand elle lève les yeux vers le dais au-dessus du lit pour trouver le visage asymétrique qui la regarde endosser son rôle d'épouse. Ces pensées lui permettent de prendre un peu de distance avec ce qu'il se passe : l'innommable intrusion, la chemise de nuit qu'il n'enlève jamais, en bouchon entre leurs deux corps comme une chose qu'il voudrait étouffer ; alors, même si une partie de son esprit se bat, se rebiffe et résiste, elle se tient parfaitement immobile, elle ne crie pas, elle reste simplement là, agrippée à deux mains au drap du lit, à regarder dans le vide, sans le voir.

Comment est-ce possible ? Que cette violence lui soit faite chaque nuit et, qu'autour d'elle, des gens dorment tranquillement dans leur lit, heureux de ce qu'il se passe.

Et un petit doigt dans le grenier trace F-R-È-R-E, F-R-È-R-E, F-R-È-R-E.

FRÈRE PRODIGUE

Février 1920

Un *teuf-teuf-teuf* lointain est le premier signe que Willoughby Seagrave, le frère cadet et unique de Jasper, absent depuis longtemps, est de retour à Chilcombe. Cristabel, qui traverse la pelouse avec sa nouvelle préceptrice française, s'arrête pour écouter. C'est un bruit venu de loin qui lui parvient aux oreilles ; un bruit entièrement nouveau, qui n'avait encore jamais été entendu sur le domaine, et qu'il aura fallu attendre vingt siècles. Cristabel laisse tomber l'escargot mort qu'elle tient à la main pour se concentrer. La préceptrice française marque également une pause. *Mon Dieu, petite Cristabel. C'est une automobile ! Oui, Madame, c'est vrai**.

À mesure qu'il approche, le bruit du véhicule se précise : il se transforme en *tac-a-tac-a-tac-a-tac* cliquetant et rapide. Pour certains des hommes qui nettoient les écuries derrière la maison, ce bruit rappelle de manière effrayante les fusils allemands. Mais pour Maudie Kitcat et Betty Bemrose, les domestiques qui se bousculent en trébuchant pour atteindre la porte d'entrée en premier, c'est le son du glamour et de l'évasion, des excursions et de la liberté, de Londres et Brighton, de Swanage et Weymouth. C'est le son de l'avenir. C'est Willoughby Seagrave.

Betty et Maudie sont toutes deux de ferventes admiratrices de Willoughby. À elles deux, elles s'assurent de récupérer les lettres qu'il envoie à Cristabel, la nièce qu'il n'a jamais vue, née pendant la guerre, quand il servait dans l'armée en Égypte. Betty a appris à lire grâce à son père, qui tient le pub du village, et elle est donc capable de lire à voix haute les lettres de Willoughby à Maudie et Cristabel, et quelles lettres ! remplies de scorpions mortels, de lunes du désert et de tribus nomades. Le tout retranscrit par les pleins et les déliés de Willoughby, avec ses barres au T qui remontent et ses majuscules somptueuses ; sa voix, à la fois confiante et théâtrale (*Souvenez-vous de ce que je raconte, petite Cristabel – c'était une aventure de la plus haute importance !*).

Ses lettres commencent toujours par : *Ma très chère jeune dame,* puis se lancent dans la suite d'une escapade racontée dans une lettre précédente, de sorte que sa correspondance devient un récit sans fin d'actes de bravoure (*Vous vous en souviendrez sans doute : j'avais sauté du dromadaire de mauvaise humeur, de peur que Mohammed ne me prenne pour un affreux pleutre et, ensemble, nous avons poursuivi les Senoussi à pied à travers les dunes – suivis de mes hommes, fatigués mais résolus !*). À la fin de chaque lettre, Cristabel ordonne : « Encore. Encore. » Et le récit doit donc continuer.

Les deux jeunes filles ne comprennent pas très bien pourquoi Willoughby galope encore dans le désert alors que tout le monde est rentré de la guerre, mais elles ont vu la photo de lui que Jasper a rangée dans un tiroir et, dans son uniforme crème, il est tout aussi fringant que les stars de cinéma dans les magazines de Rosalind. Betty, vingt-trois ans, apprécie les aventures de Willoughby de la même manière qu'elle apprécie de lire dans les journaux les potins mondains qui évoquent les Bright Young Things[1] et leurs fêtes londoniennes. Mais pour Maudie, quatorze ans, Willoughby est irrésistible. Lorsque Betty lit ses lettres, le rouge lui monte soudain violemment aux joues, elle devient écarlate.

1. Surnom donné par les tabloïds britanniques à un groupe de jeunes aristocrates hédonistes des années 1920 à Londres. Les Bright Young Things avaient l'habitude d'organiser des bals costumés amplement décrits par la presse, d'organiser divers événements festifs, comme des chasses au trésor dans la ville, d'écouter du jazz (au grand scandale de la presse de l'époque) et de consommer à fortes doses de l'alcool, voire d'autres produits stupéfiants. Les filles étaient souvent coiffées à la garçonne.

Maudie, la plus jeune des filles de cuisine et la compagne de Cristabel dans le grenier, est une orpheline qui est encline à la passion et a tendance à s'emporter. Un jour, elle a enfermé un livreur dans la buanderie après qu'il l'avait taquinée à propos de ses cheveux en bataille. On dit qu'il a trouvé un rat sans tête dans le panier accroché sur son vélo. Des rumeurs courent aussi sur sa famille soupçonnée de se livrer à la contrebande.

Elle a attrapé la main de Betty et l'entraîne en direction de la porte d'entrée alors que le véhicule à bord duquel est monté Willoughby, avec un tas de bagages cabossés, se présente dans l'allée. Elles ne peuvent pas manquer la scène d'ouverture. Car c'est ce que promet d'être Willoughby : un spectacle.

Le bruit est tel que Jasper, qui prend son petit-déjeuner dans la salle à manger, s'arrête en pleine dégustation d'un hareng fumé et demande : « Sommes-nous envahis ? »

Rosalind, à l'autre bout de la table, pose sa tasse de thé et porte une main à sa gorge. On entend le bruit d'une portière claquer, suivi de la cacophonie des freux qui nichent dans les arbres environnants et qui tous s'envolent en même temps.

Blythe, le majordome, exécute une semi-révérence soignée et s'apprête à partir à la recherche du faiseur de bruit, mais ce faiseur de bruit est déjà là ; il entre à grandes enjambées dans la pièce, le visage noir de suie, une paire de lunettes de conduite posée sur ses cheveux cuivrés ondulés. L'espace est soudain encombré de gens qui n'étaient pas là un instant auparavant, plusieurs d'entre eux se pressant derrière Willoughby, parmi lesquels Betty et Maudie, Mme Hardcastle la gouvernante, la nouvelle préceptrice française, et Cristabel, un bâton à la main.

« Eh bien, dit Willoughby d'une voix chaude et rassurante, et comme prête à rire. Bonjour tout le monde. »

Les spectateurs gloussent et bafouillent leurs réponses, tous parlant en même temps – des figurants nerveux.

Cristabel se fraye un chemin parmi les badauds et lève solennellement son bâton. Willoughby s'incline bas comme un prince de pantomime et dit : « Vous devez être Cristabel. Je vois votre mère en vous. Quel honneur de faire enfin votre connaissance ! » Puis il s'adresse à Jasper et Rosalind, toujours assis à la table du petit-déjeuner : « J'ai entendu une rumeur à Londres selon laquelle mon frère tient absolument à agrandir sa famille – et pourquoi pas ? »

Rosalind rougit. Jasper ouvre la bouche mais rate sa réplique, tandis que Willoughby se retourne pour s'adresser à son public.

« Betty Bemrose, tu m'as manqué. Comme je me languissais, dans le désert, de tes mains expertes. Personne en Égypte ne reprise les chaussettes comme toi. J'étais épuisé et désespéré sans toi.

— Monsieur Willoughby… », répond Betty en se trémoussant, à la fois mortifiée et ravie.

Le ton de Willoughby passe si facilement d'un registre à l'autre qu'il est difficile de déterminer s'il joue dans un film romantique, une comédie shakespearienne ou une farce du West End, et donc de savoir s'il faut se sentir offensé. La plupart lui accordent le bénéfice du doute, car sa lèvre supérieure légèrement retroussée exprime le plaisir que lui procure cette ambiguïté ; il jouit de tous les avantages que ce bénéfice du doute lui a déjà donnés – et montre sa généreuse disponibilité à en accepter davantage.

Jasper renifle dédaigneusement. « Au vu de ce vacarme, je suppose que tu as acheté l'un de ces véhicules ridicules.

— Moi aussi, je suis ravi de te voir, mon cher frère, rétorque Willoughby. J'ai en effet l'un de ces véhicules ridicules. Peut-être pourrais-je t'emmener faire un tour ?

— Tu aurais pu nous dire à quelle heure tu arrivais. Ça nous aurait donné le temps de tuer le veau gras », surenchérit Jasper en se débarrassant de la serviette de table coincée dans son col de chemise.

— Et gâcher cette belle surprise ? Mon Dieu, non, répond Willoughby tout en souriant à la préceptrice française. J'ai bien l'impression que cette jeune femme pourrait apprécier de faire un tour dans ce véhicule ridicule.

— Monsieur Willoughby…

— Je vous vois bien en pilote de course, mademoiselle. Avec des gants en cuir. Roulant à vingt kilomètres/heure. » Il prend ses lunettes et les lui lance. « Essayez-les.

— Monsieur Willoughby, vous aurez sans doute envie de prendre un bain », intervient Mme Hardcastle. Mais Willoughby a déjà pris la préceptrice par le bras et l'entraîne dans le hall en disant : « Un petit tour. Juste pour vous faire une idée. » Maudie, qui les regarde passer, reste bouche bée, les lèvres ouvertes en un rond semblable à une lune dans le désert.

Lorsque Rosalind traverse la salle à manger pour regarder à travers la fenêtre, ce qu'elle voit, dans la lumière blafarde d'un matin de février, c'est Willoughby, une préceptrice française portant des lunettes de conduite, une gouvernante peu souriante et une enfant brandissant un bout de bois, tous assis dans une énorme automobile au toit ouvert qui roule lentement le long de l'allée, faisant de temps en temps une embardée sur la pelouse. Cette activité inhabituelle est observée par Jasper, qui n'est pas tout à fait souriant mais pas non plus fâché, ainsi que par Betty, Maudie et un groupe de domestiques. Rosalind suit du regard la voiture qui accélère, provoquant une levée de graviers, sa passagère française hurlant et Willoughby criant par-dessus son épaule : « Nous serons de retour pour le déjeuner. »

Rosalind entend Jasper entrer et se retirer dans son cabinet de travail à l'arrière de la maison. Elle erre dans le salon, mais ne peut s'y installer tranquillement. Elle est dérangée par les domestiques, qui volettent d'une pièce à l'autre, d'une fenêtre à l'autre, comme une nuée d'oiseaux pris au piège dans la maison. À la fin, elle se contente de croiser les mains, de fermer les yeux et d'attendre. Elle fait des progrès dans l'art d'attendre.

Les passagers du véhicule conduit par Willoughby sont de retour à Chilcombe trois heures plus tard, tous couverts de poussière et maculés de traces de ce qui ressemble à de la confiture de fraises. Cristabel dort profondément, tenant toujours fermement son bâton et portée par Mme Hardcastle. Rosalind est dans le hall pour les accueillir.

« Bonté divine ! s'exclame-t-elle. Que quelqu'un emmène cette enfant à l'étage et lui donne un bon bain. Je peux à peine supporter de la regarder. »

Elle reconnaît la voix de sa mère derrière la sienne, ce qui la rassure. L'agitation provoquée par l'arrivée de Willoughby lui a permis d'endosser un rôle qui, jusqu'à présent, lui échappait : celui de la maîtresse de maison. Elle se tient bien droite, tandis que les passagers de l'automobile, échevelés, défilent devant elle. La préceptrice française a un œillet rose coincé derrière une oreille. À la traîne de la petite bande, Willoughby s'attarde sur le seuil de la porte d'entrée, sa casquette d'automobiliste à la main, et caressant sa moustache d'un air contrit.

« Pourquoi n'entrez-vous pas ? demande Rosalind.

— Je crains d'avoir fait une terrible première impression.

— Il n'est certainement pas habituel pour les invités d'emmener la moitié de la maisonnée pour une virée en automobile.

— Non. En effet.

— Que doivent penser les villageois. Vous voir vous balader ainsi.

— Vous vous souciez de ce qu'ils pensent ? »

Rosalind fronce les sourcils. « Bien sûr. »

Il hausse les épaules. « Je crois qu'ils ont plutôt apprécié. Nous nous sommes arrêtés au pub pour qu'ils puissent voir le moteur de près.

— Vous êtes allés au pub du village ?

— Oui. Vous avez des objections ?

— Non. Oui, dit Rosalind. Je veux dire, j'aurais pu donner mon accord. Si on m'avait demandé mon avis.

— C'est ce que j'espérais. Pouvons-nous reprendre depuis le début ? Correctement cette fois. Après avoir pris mon bain. Je serai si propre et si bien élevé que vous ne me reconnaîtrez pas. » Il lui sourit ; un sourire comparable à l'éclat aveuglant du flash d'un photographe.

« Cette proposition me paraît acceptable, répond Rosalind.

— Vous êtes une fille épatante. Je le savais.

— Vous le saviez ? Pourquoi ? »

Mais il file déjà à l'étage, sort sa chemise de son pantalon et monte les marches deux par deux en criant : « Y a-t-il de l'eau chaude pour moi, Betty ? »

Rosalind reste en plan près de la porte, avec ses questions sans réponse, ses répliques en suspens.

ELLE ENTOURE ET RÉ-ENTOURE

Mars 1920

Willoughby présent, Chilcombe est différent. Avant même que Cristabel n'ouvre les yeux, elle sent un picotement dans l'air. Elle se glisse hors du lit à la même heure sombre que Maudie, avant que quiconque ne soit réveillé. Mais, tandis que Maudie se dirige vers l'arrière-cuisine pour accomplir ses tâches matinales, Cristabel descend sur la pointe des pieds dans la cuisine et fonce dehors pour aller voir l'automobile de Willoughby.

Maudie lui a dit que le seul avantage de se lever très tôt est que le jour précédent est passé, mais que le nouveau n'a pas encore commencé, et que, entre les deux, la maison lui appartient. Cristabel perçoit la vérité de ces propos lorsqu'elle sort sous un ciel bleu-noir profond, où seul le chant d'un merle – une succession de petits points de suture argentés à travers l'obscurité – se fait entendre. En cet instant, le monde à bout de souffle et ombreux est plein de possibilités. Tout ce qu'elle touche sera à elle.

L'automobile est garée près des écuries et recouverte d'une bâche sous laquelle il est facile de se faufiler. Remontant sa chemise de nuit, Cristabel grimpe sur le siège du conducteur et examine le volant, le tableau de bord en bois poli et les cadrans recouverts d'une plaque en verre, qui donnent envie de toucher. Elle tourne le volant dans un sens puis dans l'autre, et dit : « Accrochez-vous, mesdames, ça va décoiffer. »

De temps à autre, elle jette un coup d'œil à la banquette arrière pour voir où elle se trouvait lorsque l'oncle Willoughby lui avait offert une tartelette à la confiture, à manger avec les doigts, sans assiette ni serviette, alors qu'il roulait dans les flaques d'eau et que tout le monde poussait des cris : « Juste pour toi, avait-il dit, interdit de partager.

— Je ne partage pas », avait-elle répondu. Et il avait tellement ri qu'elle n'avait pas pris la peine d'expliquer qu'on ne lui donnait jamais rien, et qu'elle n'avait donc rien à partager. Elle aime l'entendre rire. Un rire irrépressible, qui jaillit dans le cours ordinaire des choses comme un boulet de canon. Cristabel s'agenouille sur le siège en cuir et attrape la poire en caoutchouc du klaxon en laiton.

Ce jour-là, Rosalind se réveille tôt, tirée du sommeil par un vacarme venu du dehors. Ce n'est pourtant pas Willoughby déjà sur le point de repartir ? se demande-t-elle. Chaque fois qu'il est avec eux, la maison déborde d'activités excitantes et de préparatifs – comme si c'était le début des vacances –, mais il y a toujours la crainte qu'il parte soudainement.

Betty doit l'habiller rapidement afin qu'elle puisse être à la table du petit-déjeuner le plus vite possible ; elle est la première à arriver. Willoughby et Jasper apparaissent une heure plus tard, réclamant de grosses quantités de nourriture. Rosalind parvient rarement à manger quoi que ce soit au petit-déjeuner, ni même à dire autre chose que les amabilités d'usage ; elle observe les deux frères se chamailler tout en dévorant ce qui est servi dans leurs assiettes, sous le regard des sévères ancêtres Seagrave.

La manière dont Jasper s'alimente est basique, celle d'un travailleur agricole, un homme qui enfourne résolument la nourriture en ayant depuis longtemps dépassé tout plaisir culinaire, tandis que Willoughby mange comme un peintre flamboyant – étalant des couches de marmelade sur des toasts qui tombent en miettes, versant du lait dans sa tasse de thé à partir d'un pot tenu si haut que le liquide coule en un long torrent ténu, et léchant le beurre sur ses doigts tout en faisant signe à Blythe pour réclamer plus de bacon.

« Belle-sœur Rosalind, et actuelle madame Seagrave, dit Willoughby en attrapant le dernier œuf à la coque. Quels sont vos projets pour les semaines à venir ?

— Willoughby, grogne Jasper, derrière sa barbe parsemée de *kedgeree*[1].

— Eh bien…, hésite Rosalind.

— Parce que je vais à Brighton pour quelques jours, donc vous n'aurez pas à me nourrir, et vous ferez des économies de bougies. Je suis stupéfait que tu t'opposes encore à l'éclairage électrique, Jasper. Dans la chambre, il fait noir comme dans une tombe.

— Les lampes à huile conviennent parfaitement, rétorque Jasper. Je ne veux pas de câbles disgracieux sur mon terrain.

— Qu'allez-vous faire à Brighton, Willoughby ? demande Rosalind. Je suis déjà allée à Brighton.

— J'ai un rendez-vous pour participer à une éventuelle aventure aéronautique. »

Jasper soupire. « Sois raisonnable, Willoughby. L'argent de notre famille n'est pas inépuisable. Comme je te le dis toujours, il y a des postes intéressants dans les colonies pour les anciens militaires. J'ai vu ton ami Perry Drake le mois dernier au club – il part à Ceylan pour garder la population locale sous contrôle.

— Perry fera honneur à l'Empire, je n'en doute pas. Mais ce n'est pas ce à quoi j'aspire. Mère et Père m'ont laissé de l'argent pour faire ce que je veux.

— Tu ne peux pas gaspiller tes rentes pour des bêtises, dit Jasper.

— Pourquoi pas ? Tu ne lis pas les journaux ? Les grands domaines sont tous vendus. Pourquoi ne pas dépenser nos sous en se faisant plaisir avant de tout perdre ? Quand, pour la dernière fois, as-tu acheté autre chose qu'un cheval ? Pourquoi cette insistance à ergoter et à toujours refuser le changement ?

— J'ai acheté un piano. Pour Rosalind. Pour ma femme.

— Est-ce que quelqu'un en joue ?

— J'ai des responsabilités…

— Le futur te rattrapera, mon frère, que tu le veuilles ou non, dit Willoughby. En parlant de Perry, tu me fais penser

1. Le *kedgeree* est un plat indo-britannique à base de poisson (traditionnellement du haddock), riz bouilli, persil, œufs durs, poudre de curry, beurre et crème.

qu'il a rencontré un type dans l'armée qui ferait un bon régisseur pour Chilcombe. Un type appelé Brewer. Un type à l'esprit pratique avec un œil aiguisé pour les bilans comptables. Tu en auras bientôt besoin. »

Mais Jasper poursuit la conversation telle qu'il l'a entamée avant qu'il ne soit question d'un régisseur. « Nous avons des responsabilités. Nous avons du personnel qui compte sur nous. »

Willoughby se tourne vers Rosalind. « Laissez-moi vous raconter mes aventures aéronautiques, madame Seagrave. Un journal offre une somme indécente pour le premier aviateur qui volera sans escale de New York à Paris.

— N'est-ce pas dangereux ? demande Rosalind.

— On peut y perdre son chapeau. Mais c'est exaltant d'être là-haut à contempler les nuages. Un lit de plumes blanches qui s'étend jusqu'à l'horizon.

— C'est une absurdité, dit Jasper.

— Je ne suis jamais monté dans un avion, ajoute son épouse.

— Je vais voler jusqu'ici. J'atterrirai sur la pelouse, précise Willoughby.

— Tu n'en feras fichtrement rien.

— Cristabel serait ravie, rétorque Willoughby.

— Tu ne devrais pas encourager cet intérêt pour l'aviation chez une enfant facilement impressionnable.

— C'est peut-être un peu tard, Jasper. J'ai commandé pour elle un modèle réduit d'avion. Et tu sais, j'ai trouvé l'une de ces épées en bois que nous avions quand nous étions petits, cachée dans les écuries – je l'ai remise en état pour la lui offrir.

— Pour l'amour du ciel, Willoughby, c'était mon épée, dit Jasper.

— Mais c'est impossible d'atterrir sur la pelouse, n'est-ce pas ? » s'enquiert Rosalind.

Willoughby sourit. « C'est un défi ?

— Je ne te permettrai pas de t'agiter en battant des ailes au-dessus de ma pelouse comme un faisan, gronde Jasper.

— Plutôt comme un aigle, assurément.

— Je ne te laisserai pas me provoquer à ma propre table à l'heure du petit-déjeuner, tu entends ? aboie Jasper en arrachant la serviette de son col.

— Tout le monde peut entendre, mon frère. »

Jasper sort de la pièce en claquant la porte. La vaisselle s'entrechoque : un léger tintement argenté de couverts heurtant la vaisselle. Willoughby se penche sur la table pour faire glisser vers lui l'assiette de son frère. Ils entendent crier depuis le hall : « L'enfant a encore laissé ses satanés bouts de bois partout ! » et la voix de Cristabel qui hurle : « Réfugiez-vous derrière les barricades ! », puis le bruit de petits pieds qui courent dans les escaliers.

Rosalind attend que la pagaille sur la table cesse. « Willoughby, il n'est pas question de vendre Chilcombe, n'est-ce pas ? Jasper dit que le domaine appartient à la famille Seagrave depuis des générations.

— Vous êtes une Seagrave désormais. Qu'en pensez-vous ?

— Je ne suis jamais sûre de ce que je pense.

— Il faut que vous ayez un fils, ensuite vous pourrez commencer à être plus sûre de vous. L'idéal serait d'avoir deux fils. Un héritier et la pièce de rechange. Inutile de rougir, très chère sœur.

— Vous ne vous souciez pas de ce qui va arriver ?

— Madame Seagrave, je suis la roue de secours, la pièce de rechange. Rien de tout ça n'est à moi, aussi loin que l'on puisse voir. » Willoughby désigne l'espace autour de lui d'un grand geste, puis en revient aux restes du petit-déjeuner de Jasper.

Blythe le majordome entre, ajustant ses gants blancs. « Avez-vous besoin d'autre chose, monsieur ?

— Rien du tout, dit Willoughby. Que quelqu'un aille chercher ma voiture.

— Vous nous quittez si vite ? » demande Rosalind, mais Willoughby est déjà parti, emportant les toasts de Jasper.

Les petits-déjeuners en présence des deux frères Seagrave se terminent souvent de cette façon, avec de la nourriture escamotée, des serviettes de table jetées par terre et des sorties spectaculaires, et l'actuelle Mme Seagrave reste seule à table, fixant le sucrier faute de savoir quoi faire d'autre. Chaque fois que Willoughby s'en va, elle a l'impression d'avoir raté une occasion. Elle est impatiente de lui montrer qu'elle aussi est familière du monde extérieur, qu'elle est au courant de ce qu'il se passe dans la haute société. Elle aimerait savoir comment capter son intérêt, comment ralentir assez longtemps son brillant carrousel pour qu'elle puisse y monter avec lui.

Plus elle l'étudie, plus Rosalind remarque que les règles du comportement en société ne semblent pas s'appliquer à Willoughby. Sa présence aux repas est aléatoire, ses mouchoirs sont en soie égyptienne et d'une couleur qui leur donne des allures de bijoux. Il ne se joint jamais à la maisonnée qui se déplace en groupe pour se rendre scrupuleusement à l'église de Chilcombe Mell le dimanche matin, mais Rosalind l'a vu bavarder gaiement avec des hommes du village. Jasper l'a réprimandé une fois à ce sujet, et Willoughby a répondu qu'il avait combattu aux côtés de ces hommes et qu'il n'allait pas se mettre à les ignorer maintenant qu'il était de retour.

Les après-midi, après s'être reposée, Rosalind ouvre souvent les rideaux de sa chambre pour voir la grande silhouette de Willoughby disparaître au milieu des bois au-delà de la pelouse, accompagné de Cristabel trottant à ses côtés, une épée en bois à la main. Betty lui raconte qu'ils descendent à la plage, que Willoughby apprend à sa nièce à attraper des crabes. Elle se demande qui lui en a donné la permission. Elle se demande ce que fait la préceptrice française qu'elle a engagée.

Elle sent que Willoughby vit libéré de toute contrainte. Comparé à elle, il jouit d'une liberté si enviable, si savamment désinvolte. La vie de Rosalind, d'abord avec sa mère veuve et maintenant avec Jasper, ressemble à une succession infinie de dimanches : des jours rythmés par l'horloge, soumis à des règles qui imposent les bonnes manières et des déjeuners. C'est tellement excitant de découvrir que les stricts usages et appellations des choses – couteaux à poisson, nappes, sujets de conversation – sont aussi arbitraires que de décider qu'un jour doit être appelé dimanche et vécu différemment de tous les autres. Si le dimanche n'est que dimanche parce que nous l'appelons dimanche, alors pourquoi ne pas l'appeler plutôt vendredi ?

Un matin, elle croise Willoughby dans le hall. Il s'apprête à sortir, elle traîne un peu. Il fait un signe de tête en direction de la liste qu'elle tient à la main.

« Quelque chose d'important, madame Seagrave ? »

Rosalind baisse les yeux sur la liste. « Oh, ce n'est rien. »

Willoughby fronce les sourcils. « C'est une liste de courses ? Je pars à Londres aujourd'hui.

— Non, c'est la liste des magasins que j'aimerais visiter. Quand j'irai à Londres. »

Il lui prend la liste des mains. « Avez-vous besoin d'articles qu'on trouve dans ces magasins ?

— Je ne le saurai pas tant que je ne les aurai pas vus. Je ne sais pas ce qu'ils vendent. J'ai seulement lu des magazines qui en parlaient. Ce sont de nouvelles boutiques et j'aimerais voir tout ce qu'elles proposent. Ensuite, je choisirai. Un chapeau peut-être. Ou un bracelet. Quelque chose d'unique. J'ai des goûts très particuliers. » Neuf phrases. Elle ne lui avait jamais autant parlé.

« Vous avez raison. » Il jette un coup d'œil à la liste, la lui rend, puis quitte la maison en agitant la main en guise d'au revoir.

Deux jours plus tard, Betty apporte un colis à Rosalind. « C'est arrivé pour vous avec la deuxième tournée du facteur, madame. »

À l'intérieur, Rosalind trouve une boîte-cadeau enrubannée provenant du magasin de chapeaux qui était en tête de sa liste. Elle contient un catalogue illustré en couleurs décrivant tous les styles de chapeaux qu'on y vend, ainsi qu'un petit mot rédigé d'une écriture avec des pleins et des déliés : *Pour Mme Seagrave & ses goûts très particuliers. W.* Le petit mot vrombit entre ses mains.

Rosalind se promène sur le palier de la galerie, portant distraitement une main à sa gorge, et elle regarde les rais de lumière poussiéreux filtrer à travers les hautes fenêtres dans le hall, où l'horloge comtoise fait *tic-tac.* Dans le boudoir, elle découpe ses magazines ; les photos qu'elle laisse tomber flottent un instant, en suspens, avant d'atterrir sur le sol. Elle feuillette son catalogue, entoure, et ré-entoure les articles de son choix. Le catalogue. Le petit mot. Le catalogue. Le petit mot. Son tour arrive.

Depuis, c'est devenu une habitude. Chaque fois que Willoughby part pour Londres, il va d'abord voir Rosalind pour savoir s'il doit se rendre dans l'une de ses boutiques préférées.

Willoughby est rompu à l'art de prêter attention aux femmes, mais il apprécie cette diversion, principalement en raison de la spécificité des demandes de Rosalind – « Un parfum soliflore d'un parfumeur français de renom, mais pas d'eau de toilette, ce doit être de *l'eau de parfum** ou rien » – tellement inattendues, venant de la jeune épouse si réservée de son frère.

Il apprécie le rituel du retour à Chilcombe : il entre les bras chargés de boîtes empilées les unes sur les autres et observe Rosalind examiner leur contenu, aussi attentive et concentrée qu'un joaillier ; elle approuve ou désapprouve, avec assurance, sans marquer la moindre hésitation, chaque article choisi. Ce sont les seules fois où il la voit prendre des décisions sans s'en remettre à Jasper, et c'est fascinant.

Parfois, il choisit lui-même un article, pour comparer son coup d'œil au sien. Il lui dit que c'est le gérant du magasin qui en a suggéré l'achat et attend sa réaction. Il s'amuse de voir que ses choix sont systématiquement rejetés ; pourtant, il est sûr que s'il avouait les avoir choisis lui-même, et les lui offrait au titre de cadeaux, elle prétendrait les adorer.

Un seul de ses achats secrets – *Mitsouko,* la nouvelle eau de parfum féminin de Guerlain – passe le test. Elle en dépose une goutte sur son poignet, la renifle, puis fronce le nez. « C'est affreusement lourd. » Mais alors qu'il s'apprête à refermer l'élégant flacon carré, dont le bouchon en verre est en forme de cœur, elle le lui reprend. « Non, je vais le garder. Ce n'est pas foncièrement vulgaire. » Lorsqu'il s'en va, elle enfouit son nez dans les plis de son poignet, respire, arborant une expression totalement absorbée.

Ces quelques instants reviennent à l'esprit de Willoughby à des moments bizarres. Le ravissement de Rosalind à l'arrivée des articles achetés, sa joie au moment de les déballer. Les veines lilas de ses poignets. Les ombres sous ses yeux. Le regard insistant. Elle semblait regarder autre chose que ces quelques articles dans des boîtes-cadeaux : c'était comme si elle voyait le monde entier en miniature ; l'œil entraîné du botaniste sur le microscope.

Un après-midi, Willoughby croise Cristabel sur la galerie alors qu'il apporte plusieurs paquets à la belle-mère de l'enfant.

Cristabel brandit son épée en bois et dit : « Halte-là, étranger. J'attends un frère. Il est là-dedans ?

— Je crains que non, répond Willoughby. Au fait, une épée à double tranchant se tient à deux mains.

— Il sera bientôt là. Maudie m'a raconté ce que font les épouses.

— Chère enfant, n'écoute pas le bavardage stupide des domestiques.

— Maudie n'est pas stupide. Pourquoi tu n'as pas d'épouse ?

— Je n'en ai pas trouvé qui ne soit déjà prise. De plus, elles ne sont pas de tout repos. Et elles coûtent cher. Je préfère dépenser mon argent en automobiles.

— Quand est-ce que j'aurai une automobile ?

— Quand tu arrêteras de froncer les sourcils devant ton oncle préféré. Nous irons faire un tour demain, d'accord ? Tu peux amener ta préceptrice française. J'apprécie sa compagnie.

— Je ne peux pas l'amener.

— Pourquoi pas ?

— Ma nouvelle mère a renvoyé la préceptrice.

— *Quel dommage**.

— Maudie dit que la nouvelle mère n'aime pas les filles plus jolies qu'elle.

— Maudie n'est pas du tout stupide, n'est-ce pas ? Pourquoi cette mine si renfrognée ?

— Je ne suis pas jolie. Et pourtant ma nouvelle mère ne m'aime pas. Mais ça m'est égal.

— Tu as raison. Les jolies filles peuvent être terriblement ennuyeuses. N'oublie pas, les deux mains sur la garde. Le poids du corps sur le pied arrière. C'est mieux. »

SUPPLICATIONS

Mars 1920

Weymouth est pleine de sable. Un vent d'est glacial souffle sur la baie et, par-delà la crête blanchie des vagues, soulève sur la plage des tourbillons de sable fin. Il souffle en rafales cinglantes vers les hôtels du front de mer, à l'abandon après le ralentissement économique des années de guerre – une rangée de visages au regard vide, plissant les yeux sur une mer gris cuirassé. Pour Jasper, la ville côtière paraît déserte, un dernier avant-poste.

Il arpente l'Esplanade, une large promenade qui serpente le long de la plage. Au siècle dernier, des membres de la Couronne s'y promenaient ; désormais, il n'y a plus que des soldats de l'ANZAC, blessés – des soldats australiens et néo-zélandais stationnés dans la ville du Dorset pour être soignés –, poussés dans des fauteuils roulants, protégés du froid par une couverture, avec des manches vides ou des jambes de pantalon relevées et soigneusement épinglées. Que des hommes courageux, habitués aux mers azurées de l'océan Austral, terminent sur la côte sud insipide de l'Angleterre – là où la poignée de main de l'océan est la plus molle – est considéré par Jasper comme un cruel coup du sort.

En cette journée venteuse, quelques visiteurs de début de saison, égarés parmi les soldats diminués, agrippent leurs chapeaux et, sur la plage, quelques enfants barbotent, leurs membres maigrichons rougis par le froid. Des cabines de plage, vides, démodées sont échouées au bord de l'eau. Un tableau d'affichage indiquant « bientôt de retour » est accolé à la tente rayée qui abrite le spectacle de marionnettes de Punch et Judy.

À l'autre bout de l'Esplanade, une rangée de maisons d'hôtes en brique rouge tournent le dos au port de la ville. Les mâts des navires sont visibles au-dessus des toits, comme une série de crucifix. Devant la porte d'entrée de l'avant-dernière habitation, un panneau en bois proclame qu'il s'agit de la résidence de MADAME CAMILLE, MÉDIUM/VOYANTE CONSEILLÈRE DES ROIS ET REINES DISEUSE DE BONNE AVENTURE – ELLE VOIT TOUT ! ELLE SAIT TOUT ! Cette annonce est illustrée d'un œil de cyclope dessiné à la craie.

Frottant sa barbe pour se débarrasser du sable, Jasper frappe à la porte. Un jeune garçon le fait entrer et lui indique un escalier sombre. Madame Camille dispose d'une pièce étroite au premier étage. Un tissu rouge et vaporeux a été drapé sur l'abat-jour d'un lampadaire, baignant les lieux d'une lueur qui rappelle l'enfer. Madame Camille elle-même est assise à une petite table de jeu recouverte de feutrine près d'une fenêtre donnant sur le port, ses mains reposant sur une boule de verre. Jasper suppose qu'il s'agit d'une boule de cristal mais, pour ce qu'il en sait, il pourrait tout aussi bien s'agir d'un flotteur de filet de pêche ramassé dans le port.

Il s'assied en face d'elle et pose trois pièces de monnaie sur la table. Elle y jette un bref coup d'œil, rapide comme la langue d'un lézard. Les traits de son visage sont fins, et ses cheveux en bataille sont couverts d'un foulard à franges.

« Vous êtes venu chercher quelqu'un que vous avez perdu », dit-elle, avec un accent étranger. Irlandais peut-être. Ou qui feint de l'être.

La familiarité avec laquelle elle s'adresse à lui surprend Jasper. « En effet. Il s'agit de ma femme. Ma première femme, Annabel. J'ai entendu l'une de mes domestiques dire que vous aviez été en contact avec son défunt mari à elle, et je…

— Annabel. Une femme de caractère. Les défunts ne veulent pas toujours être contactés, surtout ceux dotés d'une forte personnalité. Ils peuvent se montrer réticents, vous comprenez ? » Madame Camille frotte la boule de verre.

« Oui. » Il n'est pas sûr de comprendre.

« Avez-vous un objet lui ayant appartenu et qui aurait gardé en mémoire son toucher ? Quelque chose qu'elle avait toujours sur elle ? »

Moi, pense-t-il. Je me souviens encore de son toucher. Il fronce les sourcils, puis fouille dans sa poche pour en sortir le carnet de comptabilité d'Annabel, chaque page remplie du sanskrit miniature de ses chiffres notés au crayon. Madame Camille prend le carnet, ferme les yeux et respire bruyamment par le nez. Dehors, un bateau à vapeur à aubes laisse échapper de sa cheminée un hululement cuivré alors qu'il s'éloigne du port.

« J'entends des voix », dit Madame Camille.

Jasper murmure : « Est-elle là ? Puis-je lui parler ? Je voulais lui expliquer pour Rosalind. Le sens du devoir m'a obligé…

— Une dame courageuse.

— Est-elle en colère contre moi ? »

Madame Camille fronce les sourcils. « Elle est distraite. Elle n'arrête pas de chercher. A-t-elle perdu quelque chose qui lui est cher ? Un bijou ? Un trousseau de clés ?

— Rien ne me vient à l'esprit.

— Ça peut être une chose improbable – une fenêtre laissée ouverte – ça les dérange terriblement.

— Je garde les fenêtres fermées en règle générale. Je peux lui parler maintenant ?

— Elle lance un appel, Dieu merci.

— Pour l'amour du ciel, pourquoi ne pas lui dire que je suis là ? Ou au moins me donner une preuve que cette femme est vraiment mon Annabel. »

Madame Camille ouvre à demi les yeux. « Les preuves n'existent pas dans mon métier. Je vous donne ce qu'on me donne.

— Ridicule ! » laisse échapper Jasper, postillonnant dans sa moustache.

À présent, les yeux de Madame Camille le fixent sans vergogne, un regard pur, aiguisé comme celui d'un renard. « C'est peut-être tout pour aujourd'hui alors ?

— Je n'en ai pas vraiment pour mon argent, s'offusque Jasper, remarquant à ce moment-là que les pièces qu'il avait posées sur la table n'y étaient plus.

— Ça vient quand ça veut », réplique-t-elle, avec une désinvolture exaspérante.

Du couloir provient une profonde toux masculine.

Jasper se lève, furieux, et sort de la pièce. Il passe devant le jeune garçon qui l'a fait entrer – maintenant accompagné d'un homme robuste en maillot de corps avec des bretelles, de gros jambons à la place des bras –, et redescend en courant l'escalier, pour se retrouver à la lumière du jour. Le choc soudain de la vie du bord de mer, son côté tape-à-l'œil, lui donne la nausée : les Australiens culs-de-jatte ou manchots, le cliquetis discordant d'un orgue dans les jardins d'agrément, et les cris nasillards de M. Punch aux prises avec sa femme. *Bam ! Bam ! Bam ! C'est comme ça qu'il faut faire.*

Jasper parcourt à grands pas l'Esplanade en sens inverse, son visage se froissant à plusieurs reprises dans une sorte d'agonie. Quelle bêtise d'avoir pensé qu'il pouvait parler à Annabel. C'était complètement idiot d'aller chez cette gitane malhonnête. Il trouve un mouchoir dans sa poche. Se mouche bruyamment. Se laisse tomber sur un banc en bois. Il balaie la côte des yeux

Il en a par-dessus la tête du Dorset. Tous les matins, en lisant le journal, il cherche des annonces décrivant des terrains à vendre dans le Cumberland, au nord de l'Angleterre, où Annabel et lui avaient passé leur lune de miel. Avec Rosalind, il n'est pas parti en lune de miel. Il n'en a pas vu l'intérêt.

Dans le Cumberland, où que l'on regarde, l'on est confronté au genre de paysage épique qui pourrait inciter un homme à croire en Dieu ou à se mettre à l'aquarelle. Mais Jasper est prisonnier de la côte inférieure décrépite de l'Angleterre, où il est constamment harcelé par des métayers et des domestiques mécontents, qui attendent toujours plus de lui alors qu'il a de moins en moins à donner. Il pense au carnet de comptabilité qu'il a dans sa poche, à la façon dont les chiffres nets d'Annabel ont laissé place à ses propres gribouillages désordonnés, parsemés de points d'interrogation.

La hausse des impôts l'a contraint à vendre deux métairies et il ne peut s'accrocher aux derniers métayers qu'après s'être mis d'accord avec eux et laisser le loyer au même taux d'avant-guerre. Sa propre famille est plus une entrave qu'une aide. Rosalind a des goûts de luxe à vous faire pleurer et, bien qu'elle doive hériter d'une somme importante à la mort de sa mère, ladite mère refuse de mourir. Pendant ce temps, Willoughby dilapide l'argent de ses rentes à un rythme effréné. Chaque fois que M. Bill Brewer, son nouveau régisseur, lui montre le livre de comptes des dépenses domestiques, Jasper peut voir – pour la première fois de sa vie – des blancs, des dettes, des postes vacants. La semaine dernière encore, le seul jardinier qui lui restait est parti travailler dans un hôtel de Torquay.

Les membres du personnel que Jasper a toujours eus à son service sont peu nombreux désormais. À peine une poignée d'entre eux sont revenus de la guerre, et la plupart ont laissé une part d'eux-mêmes derrière eux, sur le champ de bataille ; et si ce n'est un pied ou un bras, ils ont perdu le contrôle de leurs émotions. Jasper a reconnu leur regard fuyant, comme celui d'un cheval après un orage : on ne peut pas leur faire entendre raison. Et seulement quand ils le pourront, si jamais ils le peuvent, il faudra qu'ils reviennent d'eux-mêmes à la raison.

Pour tenter d'équilibrer les comptes, il avait vendu quelques portraits de famille. Et il avait ressenti un pincement au cœur lorsqu'on avait emporté sa grand-tante Sylvia ; puis ce sentiment s'était atténué, comme si son visage solennel le regardait depuis un train qui s'éloignait. Conservés à Chilcombe, les portraits avaient longtemps fait partie d'un continuum rassurant, mais dès qu'on leur avait donné un prix, quelque chose d'eux avait disparu. Le train dans lequel était montée la grand-tante Sylvia avait pris un virage et la fumée de sa cheminée s'était fondue dans les nuages.

Jasper se mouche de nouveau, une sonnerie de clairon lugubre. La mer est toujours grise, le vent toujours froid. Quelque part, le long de la côte qui s'estompe, se trouve son foyer. Sa vieille demeure, avec une épouse qu'il n'aime pas, une enfant qu'il ne sait pas comment aimer et un espace, vide désormais, celui de ses anciennes amours.

Parfois, quand Cristabel se réveille la nuit, elle crie « Je suis là-haut ! » comme si on l'avait appelée pour lui demander où elle était, mais personne dans la maison n'a posé la question, personne dans la maison ne l'a appelée. De sa minuscule chambre située de l'autre côté des combles, Maudie entend Cristabel crier une fois, deux fois, puis marmonner ; et soudain, plus rien, juste le silence des enfants qui écoutent, dans l'attente, tout en haut dans le grenier où il fait noir comme dans un four.

Chaque matin, après le petit-déjeuner, Rosalind s'assied à son bureau pour rédiger de charmantes lettres d'invitation, dans l'espoir de commencer la vie qu'elle avait imaginée lorsqu'elle a prononcé ses vœux de mariage. Chaque missive qu'elle envoie devient pour elle un pigeon voyageur courageux volant au-dessus de Ridgeway. Chaque lettre contient une description séduisante de *Willoughby, le frère de Jasper – un héros de guerre !* – et plier Willoughby dans une enveloppe lui procure un étrange plaisir, comme si elle l'enfermait dans ses projets d'avenir. *Venez !* écrit-elle. *Venez !*

Mais les réponses à ses supplications sont rares.

Un soir, au dîner, elle dit : « Jasper, peut-être pourrions-nous envisager de louer une maison à Londres pour la saison mondaine ?

— Je m'installe au club si j'ai besoin d'un lit, répond-il.

— Et quand votre fille fera son entrée dans le monde ? Comment ferez-vous ? »

Jasper tousse. « On a le temps d'y penser. » Il repousse sa chaise et quitte la pièce.

Laissée seule à la longue table de la salle à manger, Rosalind sent les domestiques approcher et elle se tient prête : ses lèvres ébauchent un sourire. « Ça s'est bien passé, madame ? Ça vous a plu ?

— C'était parfait. Merci. »

Plus tard, allongée dans sa nouvelle baignoire récemment installée, Rosalind appelle Betty : « L'enfant… l'enfant de Jasper, quel âge a-t-elle ? »

Le visage plein de taches de rousseur de Betty apparaît dans l'embrasure de la porte. « Elle vient d'avoir quatre ans, madame. C'était son anniversaire la semaine dernière, en fait.

— Est-ce qu'elle grandit bien ?

— Je crois, oui, madame. On dit que c'est une fillette brillante. Elle connaît déjà son alphabet. C'est une drôle de fillette, Cristabel. L'autre jour…

— Tu peux aller chercher une serviette, Betty, s'il te plaît ?

— Tout de suite, madame. »

Rosalind se laisse doucement glisser dans l'eau, et se prélasse jusqu'à ce que Betty revienne avec la serviette ; alors elle se lève, échappant à la force d'attraction de l'eau, et retrouve l'état de pesanteur.

Assise à sa coiffeuse, elle joue oisivement avec le contenu de sa boîte à bijoux pendant que Betty lui brosse les cheveux. « Betty, la petite Cristabel ressemble-t-elle à sa mère ? Je n'ai jamais vu de photo. »

Betty fait la grimace. « Difficile à dire, madame. Mme Annabel, Dieu ait son âme, était, ce qu'on pourrait appeler… plutôt forte.

— Ah », laisse échapper Rosalind, croisant son propre regard dans le miroir. Son visage aux traits fins, bien dessinés, la réconforte.

« J'ai sorti votre robe rouge comme vous l'aviez demandé, madame. Elle est serrée à la taille, n'est-ce pas ? Ça fait plaisir de voir que vous avez retrouvé votre appétit », dit Betty.

DONC, D'ABORD LES PRIMEVÈRES

Avril 1920

C'est Betty qui le dit à Rosalind. La pragmatique Betty, avec ses nombreuses sœurs et les connaissances qu'elle a acquises sur ce qu'il se passe dans les mystérieuses et perfides entrailles des femmes.

Rosalind est dans son bain parfumé à la rose, jaugeant du regard son corps flottant dans l'eau telle une Ophélie. « Je dois arrêter de manger des desserts trop riches, Betty. Je prends du ventre. »

Betty, en train de plier des serviettes de toilette, marque une pause. « Eh bien, madame… Je voulais vous dire… Ma sœur aînée est gonflée là, au ventre, quand elle est enceinte.

— Enceinte ?

— Oui ! Quand elle attend un bébé, madame. Quand elle est sur le point de devenir mère. » Betty concentre toute son attention sur la serviette qu'elle tient entre ses mains. « Pardonnez mon impertinence, madame, mais avez-vous… avez-vous remarqué un changement… n'avez-vous pas du retard pour vos règles ? »

Rosalind ne dit rien. Elle a entendu le mot « bébé » et ses oreilles se referment, comme celles d'une loutre sous l'eau, de sorte que la voix de Betty devient un *gazouillis*, rien qu'un *gazouillis* inintelligible. Elle se raidit. Il y a quelque chose à l'intérieur d'elle. On a mis quelque chose à l'intérieur d'elle. Comment a-t-on osé s'introduire ainsi en elle ?

Betty la regarde. « Madame ?

— Je ne rejoindrai pas mon mari à la table du dîner, ce soir », s'entend dire Rosalind, que son ton courtois surprend.

« Auriez-vous l'amabilité de le faire savoir à Mme Hardcastle ? Ce sera tout. »

Rosalind reste dans la baignoire avec ses pieds en griffes de lion jusqu'à ce que l'eau devienne froide ; seuls son visage, ses genoux et ses seins dépassent : un pâle archipel. Elle flotte, soutenue par l'eau de la baignoire, comme en suspens au-dessus du reste de la maison. Elle écoute le bruit habituel des activités du soir : les pas rapides des domestiques dans les escaliers, le carillon de l'horloge comtoise ; le croassement d'un freux, tel un orateur dont le bavardage accompagne la fin d'un dîner. Tout est comme il se doit, comme il le sera toujours.

Lorsqu'elle s'enfonce légèrement sous l'eau, de sorte que ses oreilles sont submergées, elle entend les battements de son propre cœur. Allongée là, avec la chair de poule et frissonnante, Rosalind a envie, pour la première fois de sa vie d'adulte, de voir sa mère. Cependant, elle se rappelle alors qui est sa mère, et souhaiterait en avoir une autre. Peut-être une comme celle de Betty, qui tient le pub avec son mari et a tendance à s'adonner un peu trop au gin, mais à qui on peut raconter ses problèmes. Pour autant, c'est stupide de raisonner ainsi. Votre mère est votre mère, que vous le vouliez ou non. Vous n'avez pas le choix. Si elle avait eu une mère qui éclusait du gin et travaillait dans un pub de village, où diable serait-elle maintenant ? Certainement pas dans une baignoire aux pieds en griffes de lion. Et elle n'aurait certainement pas de l'huile de bain parfumée à la rose pure. Rosalind regarde la lumière dorée sur le mur de la salle de bains se teinter d'un rose pêche pour virer au gris.

Le lendemain matin, un médecin vient la voir dans sa chambre. Rosalind suppose que Betty a parlé à Mme Hardcastle de son ventre rebondi, et que cette information a été transmise à un médecin et à Jasper, car elle découvre un bouquet de primevères sur son plateau de petit-déjeuner. Elle en est soulagée, car elle ne savait pas comment le dire elle-même à Jasper. Donc, avant qu'elle ne soit déjà sortie du lit, d'abord les primevères et, ensuite, le docteur. À présent qu'elle est possiblement porteuse d'un fils et héritier Seagrave, son mari lui offrira des fleurs et autorisera des inconnus à entrer dans sa chambre pour l'examiner.

C'est le Dr Harold Rutledge. Un ami de Jasper. Corpulent et rougeaud comme un Toby Jug[1]. Rosalind garde les yeux fixés sur le ciel de lit tout le temps où il passe ses mains sur son abdomen, se penchant suffisamment sur elle pour qu'elle sente le cognac de la veille dans son haleine.

« Tout semble parfait. Beaucoup de repos, pas d'équitation, mais les relations conjugales normales peuvent continuer », dit le Dr Rutledge, avant de rire – un bruit étrangement triomphant. « Ce bon vieux Jasper », ajoute-t-il en écartant le haut de la chemise de nuit de Rosalind pour poser un stéthoscope froid sur sa poitrine.

Elle se demande ce qu'il peut entendre à travers son instrument en métal. Elle imagine le sifflement creux des roseaux. Elle est consciente d'une foule de sentiments désespérés envahissant son esprit, qui ne s'atténuent que lorsqu'elle se concentre sur un coin éloigné de la tapisserie du ciel de lit.

Le médecin retire le stéthoscope et referme la chemise de nuit avec autant de désinvolture qu'un homme tournant la page d'un journal. « Excellent, excellent », dit-il.

Tout le monde semble très heureux et, bien que Rosalind n'ait rien dit à personne, tout le monde semble tout savoir, presque immédiatement. Les enfants du village apparaissent avec des bouquets. Le garçon boucher arrive avec un colis de viande. Même le vicaire de l'église de Chilcombe Mell, du haut de sa chaire, la regarde avec bienveillance en parlant de fécondité. C'est comme s'ils avaient attendu cet événement depuis le début.

Elle se rappelle combien les domestiques l'avaient chaleureusement accueillie à son arrivée. Leurs mains empressées ouvrant les portes, portant les sacs, offrant le thé. Ils avaient repassé ses vêtements, lui avaient servi du vin, et elle s'était sentie presque comme une reine, comme si elle était quelqu'un

1. Cruche en forme d'homme assis rondouillard aux joues rouges, portant tricorne et fumant la pipe, que l'on trouve dans les pubs.

d'important. Mais ce n'était pas elle qu'ils avaient tous désirée, n'est-ce pas ? Ce qu'ils avaient désiré, c'était ça.

Rosalind se retire dans sa chambre, plaidant la fatigue nerveuse, n'admettant que les visites de Betty ou de Mme Hardcastle ou encore celles de Willoughby s'il vient avec des choses rapportées de Londres. Jasper, étonnamment conciliant, reste en retrait en marmonnant : « Comme vous voulez. »

Le Dr Rutledge lui rend visite de temps en temps pour examiner son ventre dilaté. Il lui conseille de fumer des cigarettes, disant que les femmes sont sujettes à l'hystérie quand elles attendent un enfant. « Le cerveau a besoin de nutriments. Essayez d'en fumer quelques-unes chaque jour après les repas et vous vous porterez comme un charme. »

Les cigarettes (fournies par Jasper), dans un étui en argent gravé de ses initiales (fourni par Willoughby), sont infectes, mais elle persévère. Il y a quelque chose dans la façon dont elles lui font tourner la tête qu'elle apprécie presque. Elle s'imagine avec un élégant porte-cigarettes, à l'occasion d'une soirée à Londres dans le quartier de Belgravia. Elle n'aime plus regarder son corps. Elle préfère la version d'elle-même pour laquelle elle commande des vêtements : une femme du monde avec un de tour de taille de cinquante-quatre centimètres.

Dans les profondeurs de son ventre, la créature implantée grandit. Rosalind fait de son mieux pour l'ignorer, mais elle a chaud et est fatiguée, telle une grosse veine gonflée. La nuit, même avec les fenêtres grandes ouvertes, elle se tourne et se retourne, le corps trempé de sueur générant de la chaleur comme un haut fourneau. Chaque matin, elle se réveille épuisée, avec un goût métallique aigre dans la bouche, comme si elle avait passé la nuit à sucer des pièces de monnaie.

Bien sûr, ils n'ont pas jugé bon de le dire à Cristabel. Cette pensée n'effleure même pas leur esprit. Elle leur demeure étrangère, comme presque tout ce qui touche à Cristabel. De telles pensées sont pareilles à des objets perdus, de peu de valeur. Et, comme c'est souvent le cas, ces objets perdus sont récupérés par les domestiques.

Un soir, Maudie Kitcat jette un coup d'œil dans la chambre mansardée de Cristabel et dit : « Vous allez avoir un frère ou une sœur, on vous a prévenue ? »

Cristabel lève les yeux de sa collection de pierres avec des visages, posées sur son lit et qui se construisent une maison sous son oreiller pour se protéger des attaques dévastatrices de la carte postale d'un chien appelée Chien. « Le frère ?

— Ça se pourrait. »

Les pierres avec des visages sortent précipitamment de leur abri en forme d'oreiller, leurs expressions se tordant en cris de joie et de soulagement, et la carte postale d'un chien appelée Chien est renversée, comme une haute forteresse.

Maudie observe la scène, de son regard curieusement fixe, et poursuit : « Betty dit que s'ils n'ont pas de garçon, ils continueront jusqu'à ce qu'ils en aient un.

— Où vit le frère maintenant ? demande Cristabel.

— Dans le ventre de Mme Seagrave. C'est pour ça qu'elle a grossi. »

Cristabel passe la main sous son lit afin d'attraper quelques brindilles entreposées là pour préparer un feu de joie. Elle pose soigneusement les petits bouts de bois les uns contre les autres, puis dit : « Je n'ai pas vécu dans son ventre.

— Non.

— J'ai vécu ici. Dans cet endroit. C'est chez moi.

— C'est vrai.

— Le frère va vivre ici aussi. Avec moi. Je m'occuperai de lui. » Elle regarde Maudie qui acquiesce avant de s'éloigner dans le couloir du grenier.

Cristabel place la carte postale appelée Chien sur le feu de joie et met les pierres avec des visages en cercle tout autour. Il y aura un grand festin ce soir. Une carte postale d'un chien appelée Chien sera rôtie avec une pomme rouge dans la bouche. Il y aura de la neige fraîche. Et des tartelettes à la confiture. Et tout le monde se resservira. Et personne n'ira se coucher.

SOUS LES LITS

Sous le lit de Cristabel

Des plumes, des bouts de bois, de la laine de mouton, un crâne de mouette, une boule de colle séchée, une grosse pince de homard.

Trois escargots dans un bocal.

Un briquet tempête.

Une épée en bois.

Une maquette d'avion.

Des dessins de soldats, parfois accompagnés de chiens, de chameaux ou d'ours, légendés : TENEZ BON POUR L'ANGLETERRE et MON RÉGIMENT et FRÈRES D'ARMES et L'OURSE LES A ALLAITÉS.

Des listes de noms, dont certains sont barrés.

Un caramel, à moitié mangé, remballé.

Sous le lit de Maudie

Quatre des lettres de Willoughby à Cristabel.

Un vieux morceau de savon trouvé dans l'une des chambres d'amis.

Un livre sur la chasse aux bêtes sauvages africaines pris dans le cabinet de travail de Jasper.

Un canif.

Des morceaux de craie trouvés sur le Ridgeway.

Une ardoise sur laquelle on s'exerce à tracer les lettres de l'alphabet.

Un journal intime.

Un crayon.

Sous le lit de Rosalind

Des boîtes à chaussures contenant ce qui suit :

Des invitations et des carnets de bal pour des soirées organisées en juin et juillet 1914.

Une serviette de table prise au Café Royal, à Londres, au petit matin du 17 juillet 1914.

Six billets de théâtre.

Deux tickets de cinéma.

Une guirlande de pâquerettes, pressée et séchée.

Trente-sept illustrations de tenues de mariée découpées dans des magazines entre 1913 et 1918.

Cent cinquante-deux coupures de magazines décrivant divers articles disponibles, notamment : des gramophones Victrola, des crèmes antirides à base d'huile de tortue, des descriptions de l'étiquette à tenir à table, des ornements sioux, des lampes de lecture électriques, des maillets de croquet, des cigarettes turques, des crèmes amincissantes camphrées, des bas de luxe, des tasses à thé Royal Worcester, et des toniques revitalisants pour redonner au corps et à l'esprit leur vigueur naturelle après des périodes de grande tension.

Un article intitulé : « Quel type de mariage s'avère le meilleur ? » extrait du magazine *Woman's Weekly*, de février 1919, dont les passages suivants étaient soulignés :

Il a horreur de la fille d'aujourd'hui, avec du baume à lèvres et aux opinions arrêtées. Il veut juste une femme avec une ou deux idées en tête, et un foyer.

Une femme qui est aimée n'a pas besoin d'être ambitieuse.

Un homme peut *filer droit – mais une femme* doit *filer droit !*

Sans amour passionnel.

Ni étincelle magnétique.

Des photographies découpées dans divers magazines féminins et légendées :

La vague du progrès qui fait qu'une femme a le droit de vote mais peu de vêtements sur le dos doit maintenant refluer et la rendre à sa féminité.

Un tirage photo de Florence La Badie, star pétillante de la Thanhouser Film Corporation.

En route pour les défilés de mode parisiens dans un avion géant depuis Croydon !

Des articles intitulés :
« Les nouvelles techniques de chauffages domestiques »
« Le fardeau d'une épouse aimante »
« Histoires de vie : À la croisée des chemins ! »

Une publicité : *Corset de maternité : tous les derniers modèles, donnant UNE APPARENCE TOUT À FAIT NORMALE à la personne qui les porte – un confort physique aussi bien que mental. En satin à pois, avec bordures gansées, et un laçage latéral permettant le réglage.*

UNE FEMME ENDORMIE

Août 1920

« C'était la chambre de ma mère. Elle était très différente alors, dit Willoughby, un après-midi au cours de l'été 1920.

— Comment ça ? » Rosalind lève les yeux après avoir feuilleté un catalogue d'échantillons de tissus. Enceinte de sept mois, elle est assise dans son lit, vêtue d'une chemise de nuit à fleurs et d'une liseuse assortie.

Betty est dans la salle de bains adjacente, en train de nettoyer le nouveau lavabo. Une boîte-cadeau gît sur le sol, son couvercle entrouvert, et quelque chose de soyeux, couleur chartreuse, s'en échappe comme un liquide.

Et Willoughby, qui a calé sa longue carcasse sur la chaise délicate qui se trouve à côté de la coiffeuse, répond : « Maman préférait un style de décoration funèbre. Fenêtres fermées contre les contagions. Des rideaux tirés pour protéger les meubles de la lumière. Je devais m'asseoir près de son lit dans la pénombre pendant qu'elle lisait la Bible.

— Les seuls livres que ma mère considère comme acceptables sont la Bible et l'annuaire nobiliaire britannique ainsi que le manuel de savoir-vivre *Debrett's*, rétorque Rosalind. Elle pense que lire n'est pas convenable pour une femme. Elle me disait que je ne devrais jamais développer un goût pour la fiction.

— Vous aimez beaucoup lire des magazines, dit Willoughby en lissant sa moustache.

— Je préfère les images aux histoires.

— Moi aussi.

— Je suis reconnaissante envers ma mère, bien sûr, dit Rosalind, après avoir marqué une pause.

— Moi, pas. Je ne pouvais pas respirer en sa présence. Je parle de ma mère, vous comprenez. » Willoughby ébouriffe ses cheveux, regarde autour de lui. « La chambre, je la préfère de beaucoup à présent. Même avec ce papier peint à fleurs. »

Rosalind cligne des yeux. « Rose de Damas. De chez Haynes dans Paddington. Je suis heureuse que vous approuviez. Est-ce que vous approuvez ? »

Willoughby rit, un son riche et profond. « Oui. Et la femme qui occupe ces lieux est aussi beaucoup mieux que l'occupante d'autrefois. Bien que je la voie rarement en dehors de cette pièce.

— J'espère être bientôt sur pied, mais le Dr Rutledge dit que je devrais me reposer. Ce n'est d'ailleurs pas désagréable. C'est plutôt soporifique. Je suis allongée ici et j'imagine les fêtes que j'organiserai à l'automne, et à Noël. Je reste allongée et je me fais une idée de ces fêtes, de ce que je porterai, mais aussi absolument de tout ce qui s'y rapporte. Ensuite, je ferme les yeux et je ne pense à rien. Je m'arrête simplement pendant un petit moment, et tout continue autour de moi, presque comme si je n'étais pas là du tout. N'est-ce pas étrange ? » Pendant qu'elle parle, ses mains ne cessent de remuer, ses doigts s'enroulent dans ses cheveux.

Willoughby s'agite sur sa chaise. « J'attends avec impatience ces fêtes imaginaires. »

Dans la salle de bains, quand Betty ouvre les robinets du nouveau lavabo, les tuyaux émettent des bruits de marteau.

Willoughby se lève avec un sourire grimaçant. « Je devrais vous laisser vous reposer », dit-il.

Et Rosalind le regarde partir.

Pendant les dernières semaines de la grossesse de Rosalind, Willoughby continue de lui rendre visite, lui apportant les articles qu'elle a commandés et qui proviennent des boutiques de Mayfair. Après avoir examiné les achats, elle s'endort souvent. Willoughby se rend compte qu'il n'a encore jamais vu une femme dormir ainsi. Habituellement, lorsqu'il est à côté d'une femme endormie, il est lui-même endormi. Ou bien il est sur le départ, en train de ramasser ses vêtements. Cette fois, il ne quitte pas la chaise près de la coiffeuse et s'adresse à Betty en chuchotant : « Je vais rester ici un moment, pour voir si elle revient à elle. Tu pourrais peut-être lui préparer des fleurs fraîches. »

Il aime observer le visage de Rosalind, qui ressemble à celui d'une enfant lorsqu'elle dort, à la fois innocent et furieux. Parfois, elle fronce les sourcils, comme si elle se concentrait ; d'autres fois, un sourire se dessine à plusieurs reprises à la commissure de ses lèvres, comme si elle saluait un groupe de personnes. Parfois encore, et c'est le plus étrange, il peut voir le bébé bouger dans son ventre, sa chemise de nuit brièvement distendue par un pied ou un poing miniature qui pousse vers l'extérieur.

Mme Hardcastle l'avait regardé de travers quand elle l'avait vu sortir de la chambre de Rosalind un après-midi, fermant soigneusement la porte derrière lui. « Mme Seagrave a besoin de dormir, monsieur Willoughby.

— C'est précisément ce qu'elle fait », avait-il répondu, les mains levées en signe d'innocence.

Il est conscient, bien sûr, du corps encore svelte, malgré son ventre proéminent, qui se cache sous la chemise de nuit. Une femme endormie, en revanche, n'est pas consciente de la façon dont les boutonnières peuvent bâiller ou dont les draps peuvent se bouchonner et découvrir ses jambes.

Mais il y a aussi autre chose : il apprécie ce moment parce qu'il ne ressemble à aucun autre moment qu'il a passé avec une femme. C'est un homme pour qui les portes et les chemises de nuit se sont ouvertes facilement. Le monde, pour Willoughby, est entièrement accessible ; le monde est là, comme un butin de guerre, dans l'attente d'être remporté par lui. Cependant, ses échanges avec Rosalind sont entourés de restrictions et de convenances. Ils paraissent bienséants, courtois, apaisants. Une remise de cadeaux dans une pièce tranquille. Le ruban d'un paquet que l'on dénoue. Rien de plus.

Derrière le voile de ses paupières, Rosalind erre dans les ténèbres. Elle a remarqué une chose singulière. Elle ressent la présence de Willoughby plus intensément si elle ferme les yeux. C'est comme s'il était quelque part dans l'obscurité avec elle, et qu'ils dérivaient l'un vers l'autre comme des ballons. Elle a l'impression que si elle avance, qu'elle perce l'obscurité, elle ira à sa rencontre, tandis qu'il est vautré dans un fauteuil près d'une coiffeuse, balançant une jambe d'avant en arrière comme un pendule, attendant dans une pièce semblable à celle où elle se trouve actuellement.

Elle peut de moins en moins dormir quand il est dans la chambre avec elle, bien qu'elle essaie consciencieusement de le faire. Elle se concentre sur le noir derrière ses paupières, suppliant d'y accéder, se concentrant pour limiter ses mouvements, contrôler sa respiration. Parfois, elle s'assoupit, puis revient, part à la dérive puis revient, comme un bateau amarré au gré de la marée.

Dehors, l'été est brûlant. La lumière du soleil, à travers les rideaux à fleurs, teinte la pièce d'un rose profond comme l'intérieur d'une conque ou l'éclat charnu du monde tel que le voit un enfant en appuyant les doigts sur ses yeux fermés.

Un jour de la dernière semaine d'août, Rosalind est allongée sur son lit, élégamment enveloppée dans un prétendu sommeil. Betty est partie à la cuisine, envoyée par Willoughby chercher une carafe d'eau. Soudain, Rosalind entend la chaise grincer. Il bouge. Elle sait, et le souffle lui manque, qu'il sait qu'elle ne dort pas. Sa voix, quand elle lui parvient, est proche de son oreille, douce. « Ne bougez pas. »

Elle entend le grincement de la chaise que l'on tire sur le parquet, et le bruit qu'il fait en s'asseyant près d'elle. Elle reste parfaitement immobile, incapable d'avouer sa feinte, même s'il lui a parlé. L'obscurité derrière ses paupières s'est réduite à néant. Rosalind n'existe que par le souffle dans sa gorge et au bord de ses narines. Elle pourrait n'exister qu'en ce seul instant pour toujours – puis la chaise recule et elle entend Willoughby quitter la pièce.

Il revient le lendemain. Et Betty est expédiée ailleurs. La chaise à côté du lit.

Il revient quelques jours plus tard. Betty quitte la pièce. La chaise se rapproche du lit.

Il revient, à nouveau, et c'est le premier jour de septembre. Il pose sa main là où le ventre est gonflé. Il la laisse là un instant, comme s'il était à l'écoute de quelque chose, puis il tend brièvement les doigts comme un pianiste cherchant à atteindre une octave, et son pouce effleure le dessous de ses seins. Ils restent ainsi un moment, sans bouger, avant qu'il ne retire sa main. Mais, un instant plus tard, cette main revient, se pose sur le flanc de Rosalind, puis se déplace vers son poignet, sa taille, sa gorge.

Rosalind, allongée, lestée par son ventre, les yeux fermés, n'est pas consciente de Willoughby jusqu'à ce que ses mains effleurent son corps. C'est comme si elle était une chaîne de hautes montagnes et que ses mains à lui étaient les petites touches minuscules, aussi caressantes qu'une plume, d'explorateurs avec leurs plans et leurs boussoles, se frayant lentement un chemin sur la terre endormie, l'encordant.

(Mais où est Jasper ?
Il est aux écuries,
aux courses,
à une vente aux
enchères,
à l'église,
au seul restaurant
décent de
Sherborne,
au club des
gentlemen de
Marylebone :
il est partout sauf
aux côtés d'une
épouse
à quelques semaines
de l'accouchement.
Il n'existe qu'à
l'intérieur du mince
ensemble de ses
repaires habituels
qui lui permettent
de se payer le luxe

de ne regarder ni
en haut, ni en bas,
ni d'un côté ni de
l'autre,
mais simplement
droit devant lui,
le plus souvent à
travers le fond d'un
verre de cognac,
parce qu'il est
incapable de
regarder ailleurs.)

Et quand elle perd les eaux, quand Willoughby est penché sur elle, dans sa chambre étouffante par un chaud après-midi de septembre, c'est comme si Rosalind avait fondu, que sa chair avait cédé la place à du liquide et qu'elle avait laissé son propre corps derrière elle.

CRISTABEL ET LES HISTOIRES

Août 1920

Cristabel a beaucoup à faire avant l'arrivée de son frère. Maudie dit que les bébés sont épuisants et qu'elle aura très vite envie de le laisser sur la pelouse pour que les freux puissent lui arracher les yeux ; Cristabel pense que c'est parce que Maudie n'a pas de frères. Ni de sœurs, d'ailleurs, mais les frères sont l'essentiel.

D'après les livres que Cristabel a lus, un frère est un garçon courageux, plein de vie et d'entrain, prêt pour l'aventure. L'oncle Willoughby est un frère, et il est beaucoup plus aventureux que son père. Le frère de Cristabel aura besoin d'une épée en bois comme la sienne, et elle a placé quelques-unes de ses pierres avec des visages dans son futur berceau pour lui servir de compagnons, car les nuits de grand vent, on entend un hurlement dans les combles que même un frère courageux pourrait trouver alarmant.

Elle prévoit également de raconter des histoires à son frère. Ses protégés actuels – les pierres et la carte postale appelée Chien – sont toujours avides d'histoires. Elle leur lit les journaux mis au rebut ou des lettres de l'oncle Willoughby. Parfois, elle réussit même à voler un livre dans le cabinet de travail de son père. Il lui est interdit d'entrer dans le bureau ou de toucher aux livres ; toutefois, si jamais elle sait que la voie est libre, elle se précipite et fourre un livre sous sa robe. Mais elle n'en prend jamais qu'un à la fois et le ramène rapidement, afin qu'on ne remarque pas le vide sur les étagères.

Le bureau contient un recueil de mythes grecs, des volumes reliés en cuir de *L'Iliade* et de *L'Odyssée*, un livre intitulé

Moonfleet, une histoire de contrebandiers et, surtout, une série de récits d'aventures d'un certain G. A. Henty, intitulés *At the Point of the Bayonet* et *The Bravest of the Brave*. D'après les introductions de l'auteur, ces récits s'inspirent d'épisodes réels de la glorieuse histoire de l'Angleterre. C'est grâce à ces livres qu'elle a appris ce qu'était un frère.

Les livres de Henty ont une reliure toilée, avec des titres en lettres d'or et des couvertures illustrées de fusils croisés et de chevaliers en joute. Chacun d'eux porte soigneusement le même nom griffonné sur le frontispice – *J. Seagrave Esq.* – et nombreuses sont les pages marquées de traces de doigts gras. Quand Cristabel avait lu pour la première fois *The Dash for Khartoum* de Henty, une pluie de vieilles miettes de tarte était tombée des pages sur ses genoux. Elles s'étaient avérées encore comestibles.

Cristabel a apprécié chacun de ces livres et les a mémorisés autant que possible, mais elle aimerait que le frère ait quelque chose de nouveau, qui ne soit pas volé. Une histoire à garder.

« Vous avez des histoires à raconter ? » demande-t-elle à la nouvelle préceptrice française qui roule des yeux et répond : « *Non**. »

« Tu as des histoires à raconter, Betty ?

— Qu'est-ce que je ferais avec des histoires ? répond Betty, qui est à genoux et polit la grille de la cheminée du grenier.

— Tu lis les histoires dans les magazines de la nouvelle mère.

— Ce sont des histoires d'amour, mademoiselle Cristabel. Ce n'est pas de votre âge.

— Pourquoi ? Qu'est-ce que ça raconte ? »

Betty s'accroupit lourdement, le visage rouge, en sueur. « Ça parle de mariages, et de tout ça. »

Cristabel fronce les sourcils. Le frère ne voudra pas d'histoires qui parlent de mariages. Il les trouvera sans doute aussi ennuyeuses qu'elles le sont pour elle, alors elle décide de faire de son mieux avec ce qu'elle a. Elle peut lui lire la lettre de l'oncle Willoughby quand il a découvert un scorpion dans sa botte à Constantinople, continuer avec l'article de journal qu'elle a trouvé et qui raconte la pendaison d'un homme de l'Ontario qui a mis des heures à mourir, et terminer par le récit de Henty sur un Anglais menant une bande de paysans à la victoire contre ces salopards de Français. Et peut-être qu'après, elle pourrait les lui relire, en commençant par la fin.

« Maudie, est-ce qu'on doit toujours raconter une histoire en commençant par le début pour aller jusqu'à la fin ? On ne pourrait pas la raconter en commençant par la fin ?

— C'est comme vous voulez, mademoiselle Cristabel, répond Maudie en taillant soigneusement son crayon avec un canif. Dans mon journal, il m'arrive de revenir en arrière et de lire un passage de l'année dernière, mais ça n'a pas d'importance. On en arrive au même point. C'est agréable de tomber sur soi à l'improviste… »

Journal de Maudie Kitcat
25 décembre 1918
gel
église
dessert aux prunes
me rappelle quand j'embrassé Clive dans l'écurie à gauche après l'église cette fois et comment il tremblé

« … et tu es toujours là. Mais quand tu le lis, tu en sais plus que tu n'en savais à l'époque. Alors tu te sens intelligente. Plus intelligente que cette Betty Bemrose, en tout cas.

— Qu'y a-t-il dans ton journal, Maudie ?

— Ça ne te regarde pas.

— Je peux le voir ?

— Jamais. Sinon, il faudrait que je te tranche la gorge pendant ton sommeil.

— Avec ce couteau-là ?

— Exactement. »

Maudie est un excellent mentor à bien des égards, et Cristabel se félicite de suivre ses conseils en matière d'histoires. Commencer par le début ou par la fin n'a guère d'importance.

L'ATTENTE, LE MANQUE

25 août 1890

Trente ans plus tôt

C'était la première fois depuis des mois que ses parents lui jetaient ne serait-ce qu'un simple coup d'œil, et Jasper était en train de foirer complètement. Après avoir été obligé d'enfiler un costume marin qui comprimait les rondeurs de ses seize ans, il essayait de ne pas faire tomber son petit frère dans un atelier photographique étouffant de Dorchester, tandis qu'un homme, caché sous un tissu noir, regardait à travers l'objectif d'un appareil en bois et lui criait dessus s'il respirait de manière trop visible. Chaque fois que le photographe criait, le père de Jasper criait, sa mère soupirait et l'assistant du photographe soupirait également. Une chambre d'écho de cris et de soupirs. Et tout était de sa faute.

Mais ses parents – Robert et Elizabeth – ne pouvaient se résoudre à le gronder efficacement. Ils étaient trop occupés à adorer Willoughby, neuf mois, dans sa volumineuse robe de baptême ; ils continuèrent d'ailleurs à s'extasier tout au long du voyage de retour, où ils furent bringuebalés dans une calèche cahotante, ce qui ne les empêcha pas de roucouler comme des idiots devant le bébé. Jasper appuyait son front contre la vitre qui vibrait et regardait le ciel défiler. Les nuages majestueux qui avançaient au-dessus des prairies inondables à l'extérieur de la ville semblaient solides, habitables. De grands nuages blancs. De grands mythes blancs.

Bébé Willoughby était un miracle. Chacun s'accordait à le penser. Depuis la prime enfance de Jasper, sa mère Élizabeth n'avait cessé d'être enceinte, mais les enfants Seagrave nés après lui étaient morts, le plus souvent dès la naissance. D'autres avaient survécu juste assez longtemps pour recevoir des noms ancestraux respectés, qu'ils emportèrent avec eux dans le caveau des Seagrave à l'église du village, où leurs petits cercueils étaient alignés sur une étagère comme des colis attendant d'être postés.

Il ne fallait pas en faire toute une histoire, mais c'était ressenti comme une affliction : la mise en boîte répétée de petits corps, ce renfermement, cet étouffement. Chilcombe était un lieu muet aux portes fermées où les servantes aux yeux rouges pressaient des mouchoirs sur leur bouche. À la fin de chaque repas, Élizabeth posait ses couverts exactement au centre de son assiette en porcelaine sans faire le moindre bruit.

L'un des hommes à tout faire du domaine avait dit à Jasper que les bébés ça arrivait parce que « les gens mariés font ce que font les vaches et les taureaux ». Jasper en avait déjà été témoin : le taureau qui s'ébroue et s'élance sur la vache, la vache qui regarde devant elle en ruminant, avec fatalisme. Une telle activité lui était familière, connue comme possible, mais il ne pouvait imaginer ses parents se comporter de la sorte, car ils semblaient à peine conscients l'un de l'autre.

Sa mère portait des robes noires, qui montaient jusqu'au menton et traînaient par terre, et déambulait comme un fantôme, tandis que son père existait quelque part au-delà des murs, se battant pour défendre l'Empire. Quand Robert revenait, ce n'était que pour une visite brève et houleuse, au cours de laquelle il traversait le manoir dans un martèlement exagéré de bottes aux talons éculés et un excès d'ordres hurlés aux domestiques, telle une tornade localisée : il écrasait tout sur son passage plus qu'il n'entrait en contact réel avec son entourage. Parfois, seule l'apparition d'un nouvel animal empaillé dans Oak Hall signalait que son père était rentré à la maison.

La façon dont les bébés étaient conçus semblait invraisemblable, mais qu'ils meurent paraissait inévitable. Jasper était le seul survivant : tout-puissant et monstrueux. Dans son lit, la nuit, il entendait parfois pleurer un nourrisson souffrant et transformait ces pleurs en cris, ceux des Arabes vaincus à Khartoum. Il s'imaginait alors à la tête des troupes britanniques victorieuses ; la notoriété à l'échelle nationale ne tardait pas à suivre, et son père, fier de lui, lui tapait dans le dos. Lorsque les cris cessaient enfin, un long silence restait en suspens dans l'air frémissant, en attente.

Puis Willoughby était né. Jasper ne lui accorda guère d'attention, s'attendant à ce que ce bébé suive le même chemin que les autres ; mais Willoughby, avec ses cheveux cuivrés et sa bouche en cœur, ne mourut pas. Et un jour, au milieu du petit-déjeuner, Élizabeth fit inopinément tomber ses couverts et demanda qu'on lui amène le bébé qui était dans la nursery. Jasper, qui récitait des verbes latins avec son précepteur dans la salle de classe sous les combles, entendit des bruits de pas, puis vit passer Willoughby dans les bras de la nounou, tel un jeune maharadjah au milieu d'un défilé d'éléphants.

Le lendemain, un événement encore plus surprenant se produisit. Sa mère apparut dans la salle de classe. Elle n'y était jamais venue. Auparavant, cette salle de classe n'était que le nom d'un lieu qui existait quelque part au-dessus d'elle, aussi lointain que le ciel.

« Une domestique a suggéré que Willoughby aimerait avoir un jouet », dit Élizabeth.

Une servante apparut alors en brandissant deux des soldats de plomb de Jasper. « Est-ce que ça ira, madame ?

— Parfait », répondit sa mère, et le commando repartit, laissant Jasper avec rien d'autre que *amo, amas, amat, amamus, amatis, amant.*

À partir de ce jour-là, ce fut comme si une fête se déroulait dans la maison à laquelle Jasper n'était pas autorisé à assister. Lorsqu'il traversait le manoir avec son précepteur, avant de partir pour sa marche quotidienne le long de la côte, il voyait les gens arriver pour s'extasier sur le bébé miracle : les invités se rassemblaient dans le salon, et sa mère tenait Willoughby dans ses bras, le visage tendu par un espoir inquiet. C'était une expression que Jasper avait déjà vue sur le visage de la cuisinière, chaque fois qu'elle préparait un nouveau repas pour ses parents.

(Jasper se cachait souvent dans un coin de la cuisine pendant que la cuisinière attendait de savoir comment ses plats avaient été reçus. Et si elle le surprenait en train de regarder, elle lui faisait un clin d'œil et lui disait : « Maintenant, vous allez manger tout ce que je vous donne, monsieur Jasper » ; une remarque suivie d'un morceau de choix : un bout de fromage ou une pomme polie avec ferveur sur son tablier. Jasper mangeait tout ce que la cuisinière lui donnait, principalement parce qu'elle était l'une des rares personnes à lui parler sans y être obligée. De plus, prendre de la nourriture et la manger, peu importe ce que c'était, lui donnait un sentiment de satisfaction. On le négligeait et il était maussade ; il était maussade et on le négligeait. Il était difficile de dire ce qui était venu en premier.)

« Plus vite, Jasper », disait son précepteur en le faisant sortir de la maison, et Jasper passait la promenade à déchiqueter des plantes avec son épée en bois.

Le soir, quand, pour Jasper, venait le moment de saluer ses parents avant leur repas, il descendait l'escalier, les cheveux aplatis par la salive, et se cachait dans le grand hall jusqu'à ce qu'on lui permette d'entrer dans la salle à manger, un endroit qu'il ne voyait que du coin de l'œil, car il n'avait pas le droit de déambuler en restant bouche bée. Les murs étaient peints en rouge sang, pour mettre en valeur la viande servie sur la porcelaine de famille, tandis que ses parents étaient éclairés par des bougies, leurs longues ombres se profilant derrière eux. Dans des coins discrets, des domestiques attendaient pour servir. Tout comme chaque jour, la salle à manger attendait Jasper ; elle attendait et voyait qu'il n'était pas à la hauteur.

Un soir, Robert, un homme qui commençait les conversations par leur milieu, dit : « Il est temps pour toi d'apprendre autre chose que le latin, mon garçon. Tu dois donner l'exemple à Willoughby. Tu viendras demain avec moi. »

À la mention de Willoughby, Élizabeth, assise à la table de la salle à manger, sourit, comme si elle admirait son reflet dans un étang. Jasper regarda les tableaux accrochés sur les murs. Des portraits des Seagrave à la peau d'albâtre, datant d'une époque où les hommes et les femmes avaient un penchant pour les bouclettes. Tous avaient l'air de presser une main sur leur poitrine, un doigt écarté, comme s'ils essayaient de montrer subtilement quelque chose : le tissu luxueux de leurs vêtements, peut-être, ou le décor faussement classique derrière eux – « Regardez ! Dans les arbres ! Un petit temple en forme de dôme ! » – ou même le front étonnamment haut de la personne représentée sur le tableau à côté du leur. Au fond de la pièce était accrochée la photographie de Jasper, maussade dans son costume de marin, tenant dans ses bras Willoughby vêtu de sa robe de bébé.

« Ton épée en bois, dit Robert. C'est un jouet d'enfant. Donne-la à ton frère. Tu peux disposer. »

Congédié, Jasper monta à l'étage et se mit au lit, où il récupéra un biscuit rangé sous son oreiller et prit son livre sur le roi Arthur. Puis il les reposa à nouveau. Il devrait lire moins. Manger moins. Il devrait se secouer, avoir des idées. Jasper fixa le plafond.

Le lendemain matin – en fait, tous les matins de toutes les années qui suivirent, tout au long de sa jeunesse, puis de ses vingt et de ses trente ans –, Jasper suivit d'un air sombre son père hors de la maison pour apprendre à remplir ses responsabilités d'héritier, tandis qu'à l'intérieur son jeune frère s'épanouissait sans effort. Willoughby apprit à marcher en un après-midi. Ce jour-là, Jasper vola du whisky dans l'armoire à liqueurs de son père, partit se baigner tard dans la nuit, glissa sur les galets et se cassa la cheville si gravement qu'il en garda une légère claudication. Willoughby gambadait partout avec l'épée en bois qui avait été la sienne, sa préférée ; désarmé, Jasper clopinait, en attendant que son père meure pour pouvoir enfin faire ses preuves et que son père, à titre posthume, soit fier de lui.

Boiter n'arrangeait pas les choses. Lorsqu'il rendait visite aux métayers, Jasper se sentait mal à l'aise. Il préférait faire sa tournée à cheval. Là-haut, il était suffisamment éloigné du *peuple* pour faire montre de bienveillance. À pied, traînant la patte, il était aussi lourdaud qu'un ours de cirque. Il remarquait les regards aiguisés des ouvriers agricoles du domaine à son approche ; leurs sourires alors qu'il traversait les champs irréguliers aussi maladroitement qu'un homme déplaçant une armoire.

Sa vie sociale était tout aussi limitée. Il aurait voulu être un vrai gentleman anglais, mais il ne pouvait pas danser, car sa cheville fragile se dérobait sous lui. Il faisait tapisserie dans les salles de bal, imaginant des morts atroces pour les jeunes célibataires qui savaient valser. Ses poèmes restaient dans ses poches. Il se consolait en se disant que le noble Hector n'avait jamais valsé, sacré nom ! La nuit, s'il avait trop mangé au dîner (et c'était généralement le cas), il s'entendait lâcher des vents – l'air qui s'échappait malgré lui comme une sorte de prolongement de ses tentatives ineptes de bavardage, un bafouillage de reparties peu convaincantes.

Parfois, alors qu'il suivait son père, encore très vivant, sur leur domaine, Jasper imaginait comment il pourrait changer la vie à Chilcombe s'il était aux commandes. En réalité, il n'y avait pas de place pour ses idées, étant donné la prédominance de celles de son père. L'assurance victorienne florissante de Robert Seagrave dominait l'avenir comme la grande avenue de hêtres qu'il prévoyait de planter. Robert ne vivrait jamais assez longtemps pour voir pousser ces arbres, mais il ne doutait pas que dans plusieurs centaines d'années, des Seagrave comme lui paraderaient sous leur frondaison.

Que la vie du père de Jasper serve d'obstacle à la sienne était étrange. De temps en temps – par exemple, les après-midi de novembre, lorsque le soleil bas sur l'horizon scintillait sur la mer cobalt –, l'océan provoquait chez Jasper des sensations fortes et inexprimables qui réduisaient ses pensées à des demi-phrases inachevées.

J'adore le –

Comment ne pas croire que –

Rencontrer quelqu'un qui –

Qu'est-ce que serait –

Les phrases se brisaient en deux avant qu'elles n'aient la chance de devenir banales, avant que son esprit maussade ne puisse les rejeter comme du charabia, une absurdité impossible.

« Jasper, fais attention, par pitié », aboyait son père.

Il y avait du fromage à manger dans la cuisine. Du gâteau aussi. Des beignets aux pommes. Des crèmes de menthe poivrée. Des loukoums. La croûte couverte de gelée d'une vieille tourte au porc.

LA CHASSE DU LENDEMAIN DE NOËL

Décembre 1914

Six ans plus tôt

Willoughby. Willoughby ! Jasper faisait de son mieux pour ignorer son frère. C'était le premier et, si Dieu le voulait, le dernier Noël du temps de guerre, et le fils cadet des Seagrave était en permission. Loin de la vie militaire pour un temps, Willoughby parcourait la pelouse en jodhpurs blancs, veste écarlate et chapeau haut de forme, tout en sirotant un verre de porto et en tenant les rênes d'un cheval au petit trot monté par une jeune héritière blonde aux formes rebondies. Jasper entendit l'héritière s'exclamer : « Quel courage ! Nous pensons toutes à vous », et il sut que ce n'était pas la massive armée de l'Empire britannique qu'elle et les autres femmes d'Angleterre avaient à l'esprit lorsqu'elles s'agenouillaient pour prier dans les églises de village ou qu'elles regardaient par-delà la mer vers la France meurtrie par les combats – mais plutôt cet emmerdeur de Willoughby.

Willoughby Seagrave était la coqueluche de la bonne société et, plus agaçant encore, la coqueluche des femmes. Jasper avait même vu la moins bien fagotée des vieilles filles contempler lascivement son frère aux longues jambes. Les célibataires affligées d'un strabisme que Jasper escortait aux bals du comté ne le regardaient, lui, jamais de cette façon. En voyant son reflet dans les miroirs à cadre argenté, il savait pourquoi. C'était un rabat-joie d'une quarantaine d'années, avec une tête de haggis, la panse de brebis farcie, et il ne cessait de jeter des regards autour de lui, comme s'il essayait de trouver la réponse à une chose que tout le monde savait.

Jasper avait espéré que lorsqu'il deviendrait chef de famille, les choses seraient différentes. Qu'il serait respecté. Il est vrai qu'une fois que son père eut la bonne grâce de mourir – tombant tel un arbre abattu après le déjeuner du dimanche, comme pour leur montrer comment un homme anglais devrait mourir –, les choses avaient commencé à s'améliorer.

Le jour enneigé des funérailles, juste avant Noël 1913, tous les villageois étaient postés de chaque côté du chemin de l'église. Jasper, qui marchait derrière les hommes portant le cercueil, était conscient de leurs regards car tous le suivaient des yeux. Alors qu'il avançait au pas derrière le corps de son père, il entendit dans sa tête le chant de Noël « Good King Wenceslas ». *Il marchait dans les pas de son maître, là où la neige était tombée.*

Il serait faux de dire qu'il était heureux ; il ressentait l'absence de son père comme un vaste espace empli de sifflements. Mais alors que le cortège quittait le cimetière, après avoir déposé Robert dans le caveau aux côtés de son épouse et de tous leurs bébés, Jasper se surprit à fredonner – *Apportez-moi de la viande et apportez-moi du vin* – et, lorsqu'il fut de retour à la maison (cette maison qui était maintenant la sienne), se versant un cognac, il chantonnait. *Tu trouveras que l'hiver qui fait rage ne glace plus autant ton sang.*

Mais il apparut bientôt que rien n'avait changé. Chaque fois que Jasper rencontrait des habitants du village, ils voulaient lui parler de son père et lui dire qu'il n'y aurait jamais personne qui lui ressemblerait. Robert avait reçu le don du défaut de mémoire et les villageois semblaient l'admirer pour ce même défaut. Chaque fois que Robert passait à cheval, il les saluait indifféremment, on aurait dit qu'il était aveugle et qu'il adressait des gestes dans une direction qu'on lui aurait indiquée, là où se trouvaient des gens, mais sans les voir. Si jamais il apparaissait à pied, une foule – qu'il fendait à grands pas comme un explorateur dans l'épaisseur de la jungle – le saluait, qui en soulevant son chapeau, qui en exécutant une révérence. Les rares fois où Robert remarquait un individu parmi cette masse de gens – un enfant particulièrement mignon, un palefrenier agréablement doué –, cette personne avait le sentiment que l'œil de Dieu s'était tourné vers elle.

Jasper n'était pas, n'avait jamais été ni ne serait jamais Dieu.

« Tout va bien, monsieur ? » demanda le garçon d'écurie qui tenait le cheval de Jasper.

Jasper se contenta de grommeler, regardant l'héritière maniérée se pencher du haut de son cheval pour boire une gorgée du verre de Willoughby. Pas une seule fois leur père n'avait autorisé les femmes à participer à la chasse, estimant que leurs réactions erratiques gâchaient le sport, mais Willoughby les accueillait à bras ouverts.

Un pied botté dans les mains fortes du garçon d'écurie, et Jasper fut hissé en selle, éloignant immédiatement sa jument Guenièvre du reste de la meute.

Heureusement, Willoughby ne fit pas long feu. Après avoir passé une heure à cheval, il déclara que le renard qu'ils poursuivaient était une bête imbattable, et s'écria : « Un porto, un porto, mon royaume pour un porto ! » et ramena ses pairs et les chiens haletants à travers champs jusqu'à la maison.

Il fallut encore une heure de chevauchée résolue à Jasper pour qu'il puisse trouver du réconfort dans la campagne : le froufroutement des ailes d'un faisan qui surgit soudainement d'une haie ; la mer au loin, du même blanc délavé que le ciel.

La fidèle Guenièvre le porta jusqu'à ce qu'ils soient seuls. Il commençait presque à se sentir bien lorsqu'une femme arriva au galop, portant une veste d'équitation noire et un chapeau à voilette. Elle ne montait pas en amazone, mais chevauchait sa monture comme les hommes, droite sur sa selle.

« Vous essayez de vous échapper ? » demanda-t-elle, en ralentissant l'allure pour passer au trot.

Jasper grogna.

« Votre frère est précoce, n'est-ce pas ? dit-elle. J'avais été prévenue.

— Il va tuer son foutu cheval à cette allure-là.

— Dommage qu'on n'ait pas pu prévenir le cheval. Mais bon, ce champ est parfait pour galoper. Allons-y. »

Elle repartit au galop. Enchantée, Guenièvre bondit en avant et Jasper fut contraint de suivre. Ils martelaient la terre durcie de l'hiver, tels des jockeys.

À l'extrémité du champ, la femme fit arrêter sa monture. Jasper remarqua que ses mains étaient fermes mais douces sur le mors. Elle ne tirait pas sur les rênes comme le faisaient Willoughby et ses amis, tous des rustres.

« Il y a une auberge respectable près d'ici, dit-elle. Nous pourrions y laisser ces superbes créatures prendre un repos bien mérité. »

Elle l'y conduisit, rebondissant sur sa selle à l'image d'un jeune garçon. Jasper descendit de cheval, ressentant, comme toujours, la baisse de statut qui accompagnait son retour sur terre. Sa cheville fragile céda dès que ses pieds touchèrent le sol.

La femme, qui grattait la semelle de ses bottes, releva la tête. « Un accident d'équitation ? »

Jasper passa en revue sa liste habituelle d'excuses viriles pour expliquer sa claudication, mais le visage rouge de la jeune femme, amical comme celui d'un labrador, lui fit dire de manière inattendue : « Plage de galets. Whisky.

— Pas de chance, grimaça-t-elle en attachant leurs montures à une barrière. Ça ne vous gêne pas ?

— C'est gênant quand on traque le cerf. Ça me fait défaut en certaines occasions.

— J'ai un cheval avec une jambe folle, dit-elle en poussant la porte, basse et voûtée sous un toit de chaume, de l'auberge. Il avait l'habitude de m'éjecter et d'atterrir dans les endroits les plus improbables, mais il a appris à regarder où il mettait les pieds. Vous savez à quel point ça peut être utile pour un chasseur. Je cherche une jument pour la reproduction, l'année prochaine.

— C'est vrai ? Je cherche un étalon pour Guenièvre. »

Jasper eut à peine le temps de boitiller jusqu'au bar que deux cognacs furent servis. Et déjà, ils étaient assis près de la cheminée dans l'arrière-salle, à parler de ses sujets favoris : les chevaux, la chasse, les lignées, l'élevage. Elle s'appelait Annabel Agnew. Des boucles de cheveux noirs s'échappaient de sa résille et elle avait une trace de boue sur une pommette. Il fallait lui dire de l'essuyer, mais peut-être pas tout de suite.

« Je ne pensais pas que le beau sexe aimait les chevaux, déclara Jasper sur un ton qu'il espérait enjoué.

— Je les ai toujours aimés. Je monte plus souvent maintenant que j'aide mon père à gérer notre domaine. Mon frère aîné a été tué en France, et donc jusqu'à ce que mon jeune frère acquière de l'expérience, c'est moi qui m'en occupe. Il est à Harrow. J'espère qu'il y restera jusqu'à la fin de la guerre.

— Une affaire épouvantable. Mais les Allemands ne tiendront pas longtemps. L'Angleterre sera toujours à la hauteur. Qu'est-ce qui vous amène à Chilcombe ?

— J'ai une petite sœur aussi. Celle qui est tombée de son cheval avant même de l'avoir monté. J'ai des instructions strictes pour la tenir éloignée de votre frère. Ce en quoi j'échoue – je m'en rends compte. Elle est terriblement amoureuse de quiconque porte un uniforme.

— Vous êtes le chaperon, hein ?

— La sœur encore vieille fille est souvent requise pour empêcher ses frères et sœurs de contribuer un peu trop à l'effort de guerre. »

Jasper s'esclaffa. « Nous devrions rentrer alors. »

Annabel fronça les sourcils et se laissa aller contre le dossier de son siège. « Et à votre avis, il en est où votre frère en cet instant ?

— Eh bien… Je suppose qu'il a ramené plusieurs jeunes femmes à la maison.

— Toutes celles qu'il va probablement se faire un devoir de charmer.

— Tout à fait exact.

— Ce qui pourrait lui prendre le temps qu'il nous faut pour boire un autre verre.

— Vous pourriez bien avoir raison.

— Alors, cette Guenièvre, dites-moi où vous l'avez trouvée. C'est une bête impressionnante. »

Trois cognacs plus tard, alors qu'ils trottaient vers Chilcombe, Jasper remarqua qu'à cheval elle ne semblait pas si grande. Dans le pub, debout au coin du feu, elle le dominait ; mais en selle, grâce à Guenièvre, il avait au moins une demi-main de plus qu'elle.

Jasper et Annabel mirent pied à terre devant la maison, laissant leurs chevaux au palefrenier. Jasper boitilla rapidement jusqu'à l'entrée, désireux de l'escorter à l'intérieur, mais alors qu'il poussait la porte, il entendit les fous rires.

Arrivé dans Oak Hall, il vit Willoughby assis dans un fauteuil près de la cheminée – un fauteuil qu'il avait vraisemblablement traîné depuis le salon – entouré de ses acolytes, qui buvaient du porto et jetaient négligemment des bûches dans un feu qui brûlait déjà ardemment. Une femme affalée à côté de Willoughby avait enfilé la moitié inférieure de l'armure et sonnait maladroitement du clairon. Les autres parties de l'armure étaient éparpillées sur le sol, tel un corps démembré.

« Tu y étais presque cette fois, chérie, dit Willoughby.

— Cette armure n'est pas faite pour se déguiser », dit sèchement Jasper. Au son de sa voix, les domestiques qui rôdaient, épiant, sur la galerie, disparurent dans les chambres.

« Tu viens juste de rentrer, Jasper ? Le renard devait être sacrément malin », rétorqua Willoughby sans se retourner.

La jeune femme essaya de se redresser, en hoquetant bruyamment. C'était l'héritière blonde.

« Cette femme devrait être conduite dans sa chambre, dit Jasper se sentant rougir. Nous avons des chambres pour nos invités. Elle devrait peut-être aller s'allonger dans l'une d'elles. »

Willoughby se servit de la lance appartenant à l'armure pour pousser une bûche dans le feu. « Vraiment, mon frère ? Allons-nous demander à nos invités de rester dans leur chambre ?

— Ce n'est pas ce que j'ai dit, Willoughby.

— Jasper, nous sommes tous de retour, pour trop peu de temps, d'une affaire sanglante, nous nous battons pour la bonne cause. Même toi, tu ne peux pas nous refuser quelques verres, si ? »

Jasper s'apprêtait à exprimer vertement sa façon de penser quand il entendit un bruit des plus étranges. Annabel était en train de rire aux éclats. Il aurait dû se douter qu'il y avait quelque chose qui n'allait pas chez elle. Elle devait être l'une de ces vieilles filles lunatiques. Il se demandait si elle allait s'arrêter un jour, quand elle se frappa les flancs, et s'exclama : « Vous n'allez pas le croire, mais c'est exactement ce que Jasper a dit.

— Qu'est-ce que j'ai dit ? demanda Jasper.

— Il ne faisait pour moi aucun doute que si nous revenions ici et vous trouvions en pleine scène de débauche, Jasper devait vous mettre dehors, bande de bougres. Mais il a rétorqué qu'il ne pouvait pas refuser quelques verres à des garçons qui revenaient du front. »

Jasper jeta un coup d'œil à Willoughby, qui s'était retourné pour regarder Annabel.

« Il a même laissé un peu d'argent sur le comptoir du pub au village pour que vous puissiez boire une pinte ou deux avant le dîner, poursuivit-elle. N'est-ce pas, Jasper ? »

Jasper ouvrit la bouche, mais Annabel parla à sa place. « Alors les gars, que pensez-vous d'un verre au pub du coin ? »

Les hommes se regardèrent, puis celui qui s'appelait Perry répondit : « Excellente idée, Jasper, mon vieux. » Bientôt, ils coiffèrent tous leurs chapeaux et sortirent, laissant l'héritière aux mains de Mme Hardcastle.

Willoughby, qui fermait la marche, s'arrêta devant Annabel. « Je ne pense pas avoir eu le plaisir..., murmura-t-il en boutonnant soigneusement sa veste.

— Annabel Agnew », dit-elle en lui tendant la main. Jasper remarqua qu'elle avait le profil d'un empereur romain.

« J'ai connu une fille dans le Hampshire qui portait le même prénom, dit Willoughby en prenant sa main dans la sienne. Elle préférait qu'on l'appelle Belle.

— Moi, c'est Annabel.

— Une amie de Jasper, n'est-ce pas ?

— Exactement, répondit-elle d'une voix sèche comme un coup de fouet. Je ne pense pas avoir bien saisi votre nom. »

Willoughby sourit. « Willoughby Seagrave, pour vous servir.

— Formidable », rétorqua-t-elle.

Jasper surprit un regard entre eux, celui de l'institutrice sévère à l'élève insolent : une solide évaluation de leurs forces respectives.

Après le départ de Willoughby, Annabel se tourna vers Jasper. « Il y a un pub dans le village, n'est-ce pas ?

— Oui. Ça s'appelle Le Naufrage.

— Remercions les saints. Je comptais là-dessus. Il vaut mieux y envoyer un garçon avec des instructions pour le patron car sinon cette drôle de bande va se pointer là-bas pour s'apercevoir qu'on ne leur donnera rien à boire.

— Bon sang. Oui, faisons ça.

— Pas d'urgence cependant. Aucun d'entre eux n'a l'air capable d'avancer plus vite qu'au pas. »

Jasper fit venir le plus jeune des valets de pied et l'envoya au Naufrage avec l'ordre de servir à Willoughby et à ses amis tout ce qu'ils voulaient. Et, de manière inattendue, cet acte de munificence lui procura du plaisir. Il se demanda s'il ne devrait pas se livrer à une même générosité envers le personnel du domaine lors d'occasions spéciales, et il envisagea de réfléchir à cette idée à voix haute devant Annabel Agnew. Il décida de lui en parler en lui faisant visiter la maison.

Pour trouver le courage de s'y résoudre, il dut d'abord passer par son cabinet de travail, la salle à manger, le jardin et les écuries, et ce n'est que lorsqu'ils arrivèrent dans le salon qu'il put enfin lui dire : « Je pourrais reprendre cette idée à mon compte. Offrir un verre au Naufrage. Pour le personnel, je veux dire. Le jour du Nouvel An. Et peut-être un spectacle de feux d'artifice pour les enfants du village.

— Excellente idée, approuva-t-elle.

— Merci d'être intervenue tout à l'heure, bredouilla-t-il. Je me suis emporté.

— Je vous en prie.

— Willoughby me met hors de moi.

— Il vaut mieux qu'il reste loin d'ici, alors. » Et si cette déclaration avait été faite par une autre femme que la franche Annabel, Jasper aurait pu se demander si elle n'était pas destinée à flirter ; mais, de sa part, ces propos ne parurent rien d'autre qu'un simple constat, honnête, de la situation. Bien qu'il eût cru voir une légère étincelle dans ses yeux. Il réalisa alors qu'il la dévisageait depuis un certain temps tout en mâchonnant à moitié sa moustache.

« Je la mâchonne, quand je réfléchis », dit-il en remettant sa moustache en place.

Annabel montra une mèche de ses cheveux qui s'était échappée de sa résille – les pointes étaient cassées et fourchues. « Et moi j'arrache les pointes. »

L'une des mains de Jasper était toujours occupée avec les poils de son visage, et l'autre lui parut soudain agitée et désœuvrée. On n'entendait plus que le bruit des bûches dans la cheminée, leur crépitement et leurs soupirs, et sa propre respiration.

Annabel avait encore sa mèche entre les doigts. « J'ai toujours envié les chiens. Pour avoir des os à ronger.

— En effet », répondit Jasper. Il entendit alors sa respiration à elle, et la sienne aussi, et le silence sembla encore plus grand.

« J'ai toujours voulu avoir beaucoup de chiens, ajouta-t-elle en le regardant avec une franchise étonnante.

— J'adore les chiens. » À ce moment-là, il sentit que chacune des respirations d'Annabel la rapprochait de lui, bien qu'il ne se souvienne pas avoir bougé.

C'est alors qu'une domestique entra, portant un seau à charbon. « Je vous demande pardon, monsieur Seagrave. Je pensais que tout le monde était parti.

— Non, pas tout le monde, lui répondit Jasper en déglutissant. Pouvez-vous nous apporter du thé ?

— Et des pâtisseries », ajouta Annabel.

Jasper se rendit compte qu'il souriait en regardant la remarquable Mlle Agnew. « Oui. Oui, oui. Plein de pâtisseries. »

Jasper et Annabel passèrent l'après-midi au coin du feu dans le salon. C'était une pièce calme, orientée au nord, avec une lumière froide, des murs vert bruyère, où étaient accrochés des tableaux de paysages ruraux : bétail dans la neige, bétail traversant une rivière à gué, bétail arrivant à une rivière au crépuscule. Ils burent du thé, mangèrent des gâteaux et parlèrent de chevaux et de chiens, de chiens et de chevaux. Il lui raconta certaines de ses anecdotes historiques préférées sur la région et il s'avéra qu'elle aussi en avait de fascinantes à raconter.

Le temps parut se livrer à des expériences extraordinaires. À un moment donné, quand Jasper jeta un coup d'œil à l'horloge sur la cheminée, il vit qu'il était quatre heures, mais, quand il vérifia une seconde plus tard, il était déjà six heures passées. Et quand il regarda Annabel en train de mettre à mal efficacement une tranche de cake aux fruits secs, les joues roses à cause de la chaleur du feu, et qu'elle leva les yeux pour croiser son regard, il s'aperçut qu'il était conscient de chaque seconde qui s'écoulait. Lorsque la bande de Willoughby revint du pub et qu'Annabel se leva en annonçant qu'elle devait aller voir sa sœur avant le dîner, Jasper fut soudainement abattu.

Alors qu'elle quittait la pièce, Annabel se retourna : « Ça vous dirait de faire une promenade à cheval demain ? »

Jasper acquiesça. Annabel agita d'une main une mèche de cheveux en guise d'au revoir et disparut.

Ce soir-là, le dîner ne fut pas aussi affreux qu'il le craignait, malgré la présence de deux des amies écervelées de Willoughby assises à côté de lui. Il put supporter leurs inepties car, chaque fois qu'il levait les yeux, il voyait en imagination Annabel, dans une robe du soir en soie bleue, assise à l'autre bout de la table. Dans la lumière des bougies, ses cheveux brillaient, aussi noirs que du pétrole.

Les hommes autour de lui parlaient de la guerre. Ils avaient hâte de repartir en France, de s'en prendre aux Boches. Ils seraient rentrés au printemps. Willoughby se vantait auprès de la blonde héritière d'avoir été affectée en Égypte, promettant de lui rapporter une pyramide.

C'est ma maison, pensait Jasper. Demain, ces gens partiront, et ce sera toujours ma maison. Annabel Agnew vit dans le Wiltshire. Le Wiltshire n'est pas si loin.

Au milieu de ce tohu-bohu dans la salle à manger, il leva son verre dans sa direction, à l'autre bout de la table, pour boire à sa santé.

À LUI

Cinq ans plus tôt

Février 1915

« Naturellement, ma sœur a le cœur brisé, avait dit Annabel, assise dans un fauteuil du salon, détendue. Depuis qu'elle a appris que le célèbre Willoughby est parti en Égypte, elle lit les journaux. Et maintenant que les Ottomans ont envahi le pays, elle est hors d'elle.

— Elle ne doit pas s'inquiéter, dit Jasper en versant du cognac dans deux verres. Mon frère a le don d'éviter tout ce qui s'apparente à des difficultés. Aux dernières nouvelles, il apprenait à monter un chameau. »

Annabel rit. « Dieu merci, vous ne lui ressemblez pas du tout. »

Jasper s'arrêta devant le meuble à liqueurs. De là, à travers une fenêtre, il avait vue sur la pelouse où un freux faisait les cent pas, son allure réfléchie pareille à celle d'un homme les bras dans le dos, marchant pour passer le temps, attendant des nouvelles. Février était gris et lugubre, enveloppé d'un épais brouillard venu de la mer. Il n'y avait que le freux, la pelouse, le brouillard et la pièce dans laquelle se tenait Jasper.

Ce qu'il voulut dire en se retournant pour lui offrir un verre, c'était : « Voulez-vous boire un verre ? » Mais Jasper Seagrave n'avait jamais été doué pour parler en public et les mots sortirent tout autrement. Ce qu'il dit fut : « Voulez-vous m'épouser ? »

Annabel lui prit le verre des mains et répondit : « Laissez-moi d'abord avaler ça. »

Jasper entreprit de faire les cent pas, pour regretter, pour se repentir, pour mariner dans son jus, mais Annabel avait bu le cognac d'une traite et posait déjà le verre sur une table près d'elle en disant : « Je pense que ça me plairait, vous savez. Oui, je pense que ça me plairait bien. »

Un mois plus tard, lorsqu'ils se marièrent dans l'église du village, la cérémonie fut modeste, car beaucoup étaient partis au combat. Ils passèrent leur lune de miel dans la région des lacs, dans le magnifique Cumberland. Plus tard, Jasper se souviendrait de ce jour-là, de ces premières semaines, par flashs lumineux, comme des scènes aperçues depuis un train en marche. Il semblait remarquable de connaître un tel bonheur alors que les nouvelles de l'étranger étaient de plus en plus sombres et inquiétantes, mais Annabel Agnew – Annabel Seagrave – rendait tout remarquable.

De retour dans le Dorset, il eut le sentiment d'avoir grandi. Il était sûr que les domestiques le regardaient différemment. Annabel était si pragmatique, si joyeuse : ses mains robustes feuilletaient les comptes du ménage ou tricotaient des écharpes pour les soldats, resserraient un étrier de Guenièvre ou vérifiaient les dents de l'un de leurs nouveaux chiens. Elle se montrait parfaitement capable en tout.

Ils n'étaient pas sûrs qu'elle puisse un jour avoir un enfant. L'accident d'équitation qui expliquait pourquoi elle montait toujours droite sur sa selle, et jamais en amazone, avait endommagé son bassin. Ils s'en inquiétaient. Annabel avait plus de trente ans et Jasper la quarantaine. Certains jours, il pensait qu'il serait heureux de mourir sans héritier simplement parce qu'elle était là chaque matin à son réveil : fronçant les sourcils à travers ses lunettes de lecture, penchée sur son cahier, un crayon derrière l'oreille, avant de se tourner vers lui avec un sourire. Elle était parfois alanguie, mais toujours concentrée quand il parlait. « Je comprends », disait-elle, et c'était toujours le cas.

Ils entraînaient leurs chevaux ensemble, parlaient d'en inscrire quelques-uns à des concours. Ils allèrent même à Ascot cette année-là, et ils pensèrent que c'était le nouveau corset qu'elle portait sous sa robe qui avait été la cause de son évanouissement après la première course. Elle n'avait pas l'habitude de quitter sa culotte de cheval et, lorsqu'ils rentrèrent à la maison, elle annonça qu'elle ne voulait plus jamais aller là où il fallait porter un corset. Ils ne savaient pas encore qu'elle s'était évanouie parce qu'elle était enceinte. Un mois plus tard, quand il devint clair que Mme Seagrave l'était, ils avaient ri et pleuré jusqu'à ce qu'Annabel ordonne d'arrêter parce qu'ils perturbaient les chiens.

Elle souffrit tout au long de sa grossesse. Son bassin endommagé fut la cause de grandes douleurs. « Il vaudrait mieux que ce soit un garçon, dit Jasper en entrant dans sa chambre avec l'un des nouveaux chiots dans les bras pour le lui montrer. Je ne veux pas que tu aies à revivre une chose pareille. »

Willoughby fut étonnamment admiratif. Son télégramme envoyé du Caire disait :

EXCELLENTES NOUVELLES STOP FEMME FORMIDABLE STOP RAVI POUR VOUS DEUX STOP W

Jasper soupçonnait Willoughby de s'inquiéter de ce qui pourrait arriver s'il n'avait jamais d'héritier, parce qu'alors le poids du nom de famille se déplacerait sur son axe et lui échoirait, et tous les chameaux de Perse ne pourraient jamais galoper assez vite pour éviter qu'il ne croule sous ce poids.

Mais peu importait, car Chilcombe lui appartenait vraiment, comme jamais auparavant. Quand Annabel, son épouse (son épouse !) et lui marchaient bras dessus, bras dessous sur la pelouse, il avait l'impression de retrouver sa place légitime. Il la suivait partout lorsqu'elle traversait la maison ; il la regardait ouvrir les portes, les fenêtres, les placards, trouver les choses les plus improbables : une harpe (dont elle savait [presque] jouer), un bébé éléphant empaillé (qu'elle avait monté sur roues pour que leur enfant puisse le chevaucher), et le vieil exemplaire de *L'Iliade* de Jasper, qu'ils lisaient ensemble au bébé dans son ventre.

Annabel. Elle était vivifiante : elle était le vent qui vous frappait au visage lorsque vous mettiez votre cheval au galop, et elle était le cognac qui vous réchauffait au coin du feu à la maison. Ils allaient avoir un enfant au printemps. Un fils, il en était certain. Tout venait à lui désormais.

ILS NE LE LAISSERONT PAS

Quatre ans plus tôt

Mars 1916

Ils ne laisseront pas Jasper entrer dans la chambre. Il ne doit pas entrer dans la chambre. Ils s'y mettent à trois, puis à quatre pour l'en empêcher. Il essaie d'enfoncer la porte, il veut la voir, mais ils disent pas maintenant, monsieur, pas maintenant, monsieur, vous le regretteriez, monsieur, le docteur a dit qu'il y avait beaucoup de sang, monsieur, c'est mieux comme ça, monsieur ; mais il venait juste de la trouver, il venait juste de la trouver, il a besoin d'aller la rejoindre, il a besoin de la voir, il a besoin de lui dire, elle allait l'aider, elle allait le faire, elle était sienne, elle était sa pétillante et intelligente Annabel, un pur-sang, c'est ce qu'elle était, et elle l'aurait eu, elle l'aurait eu, elle l'avait accepté, elle avait pris sa main, elle avait gardé tout en ordre, elle faisait les comptes, elle était douée pour les comptes, et, quand elle se tournait vers lui depuis son bureau pour lui demander s'il avait besoin de quelque chose, il répondait que tout était parfait, qu'il était entièrement satisfait, et qu'il allait à présent s'asseoir et lire les journaux, mais les nouvelles du jour lui échappaient et glissaient par terre, tout ce qu'il pouvait faire était de fixer la concentration intense dans la nuque d'Annabel, là où des mèches de cheveux tombaient sur son col, et il n'avait jamais pensé qu'il pourrait admirer l'intelligence d'une femme, mais elle avait l'intelligence d'un bon chasseur, elle savait quand sauter les obstacles et quand gagner du temps, elle savait où le sol était marécageux, où le gazon était ferme, elle donnait l'impression que c'était facile, avec ses longues enjambées, une femme qui pouvait briser le cou d'un faisan sans sourciller parce qu'il était moins cruel d'agir rapidement pour qu'il souffre moins et, le soir, il s'asseyait devant le feu et la regardait rire en essayant de jouer de la harpe, en tirant des sons de ces cordes qu'elle avait trouvées cachées dans le grenier ; et elle était venue à lui avec une franchise, une aisance facile et bienvenue, comme quand on laisse tomber ses vêtements sur la plage, sans ces apartés si chers à certaines femmes, qui font claquer leurs éventails, chuchotant avec coquetterie avec leurs amies, non elle était venue à lui franchement, dégingandée comme un garçon, franche comme un soldat, remuant ses longs doigts, des doigts mobiles comme un singe, habiles comme ceux d'un comptable, des doigts magiques qui transformaient l'air en or et en musique, comme si l'or et la musique avaient toujours été là. Et qui fera les comptes maintenant ? Qui fera les comptes pour lui maintenant ? Ses mots le libèrent et il tombe ; ils ne veulent pas le laisser entrer dans la chambre, ils ne le laissent pas entrer, et il entend les pleurs d'un bébé, un bébé qu'on lui dit être une fille, monsieur, une fille qui ressemble à sa mère, monsieur, sa mère, sa mère, sa mère, elle voulait tellement être mère, mais ils ne veulent pas le laisser entrer pour le lui dire, ils ne veulent pas le laisser entrer dans la chambre.

APRÈS

Quatre ans plus tôt

Avril 1916

Ils avaient mis Annabel dans une boîte. Ils l'avaient enfermée dans le caveau. Des funérailles avaient eu lieu. Il pensait y être allé. Mais il savait aussi que c'était impossible.

Jasper savait que chaque jour était suivi d'un autre jour, mais c'était impossible aussi, car chaque jour était le même jour. Il y avait une guerre en Europe. Il y avait un espace vide dans sa maison. Rien d'autre.

Ils avaient imprimé son nom dans le journal à côté de la liste des fantassins morts. Il avait vendu la harpe. Donné les chiens. Remisé l'éléphanteau dans le grenier, renversé, ses petites roues tournoyant dans le vide.

Tout paraissait faux, comme truqué. C'était incompréhensible que des choses continuent à se produire et qu'elle ne soit pas là pour les voir. Parfois, il se réveillait au milieu de la nuit, voulant qu'elle sache que quelque chose d'affreux s'était produit, voulant la secouer pour la réveiller et lui dire : « Ma chérie, vous n'allez pas le croire. » Mais il n'y avait personne, seulement les murs qui sifflaient et le vide de la nuit.

Elle reviendrait bientôt. Pas en ce jour long et vide, mais peut-être le lendemain. Il voulait que quelqu'un fasse taire ce bébé bruyant.

Elle reviendrait bientôt.

LE LÉGUME, DIT LA VÉG

Septembre 1920

« Tout va bien ? demande Willoughby, en désignant d'un mouvement de tête le ventre de Rosalind.

— Je ne sais pas, répond-elle. J'ai senti quelque chose. » Elle glisse prudemment sa main sous les draps et découvre que le lit est trempé.

En regardant subrepticement ses doigts, elle voit qu'ils sont teintés d'un liquide rosi par le sang et éprouve soudain de la peur, une peur lointaine.

« Je vais chercher Betty. » Willoughby repousse sa chaise, sort de la chambre.

Étonnamment, Betty arrive très vite. « Quelque chose ne va pas, madame ?

— On dirait qu'il s'est produit une sorte d'accident, Betty. Le lit est mouillé. Je ne sais pas pourquoi, je…

— Mon Dieu, ça veut dire que le bébé arrive, madame. Je vais appeler Maudie pour qu'elle aille chercher le docteur. On va vous enlever cette chemise de nuit mouillée.

— Il arrive maintenant ?

— Ils viennent quand ils veulent, madame. Levez les bras, là, c'est bien. »

Rosalind laisse Betty s'occuper d'elle comme si elle n'était plus qu'une poupée de chiffon. Elle est dans les vapes, toujours perdue dans le monde enivrant caché derrière ses paupières – et Willoughby est parti, alors qu'ils étaient si près l'un de l'autre, sa bouche si proche de la sienne qu'elle avait pu en sentir le souffle chaud.

Betty envoie d'autres domestiques chercher des serviettes propres et de l'eau chaude. Des bottines martèlent les marches de l'escalier. Mme Hardcastle apparaît sur le seuil de la chambre ; les mains jointes, elle tapote le bout de ses doigts, puis disparaît. On entend des cris venus de l'extérieur, le fracas d'une bicyclette qu'on laisse tomber. Des messages sont envoyés à Salisbury où Jasper visite une écurie de course.

« Quand est-ce que ça va arriver, Betty ? demande Rosalind.

— Le docteur pourra vous le dire, j'en suis sûre.

— J'ai une violente douleur dans le dos. Est-ce que ça fait aussi mal qu'on le dit ?

— Non, madame, sinon les gens ne continueraient pas à faire ça. »

Après avoir rendu visite à un patient dans le village, le Dr Rutledge est vite là, et Mme Hardcastle l'accompagne jusque dans la chambre. Il écoute le cœur de Rosalind avec un stéthoscope et passe ses mains sur le ventre enflé fronçant les sourcils. Puis il lui enjoint de lever les genoux et de les écarter.

« Je vous demande pardon ? dit Rosalind.

— Je dois jeter un coup d'œil, répond-il. Voir où on en est. »

Betty sourit de manière rassurante et replie les couvertures pour permettre au docteur de voir. « Rien qu'un rapide coup d'œil, madame. Pour vérifier que tout va bien. »

À elles deux, Betty et Mme Hardcastle repoussent les genoux de Rosalind sur sa poitrine, puis Betty les écarte. Rosalind regarde ailleurs, ses mains s'agitent devant son visage, alors que le docteur se penche sur elle, armé d'un ustensile en métal.

« Je vois », dit le docteur, après un moment. Il recommence à palper le ventre gonflé, ses yeux se promenant négligemment autour de la pièce comme s'ils examinaient le décor. « Je vois. »

Les femmes attendent.

Après un certain temps, le Dr Rutledge se tourne vers Mme Hardcastle. « Difficile de dire où se trouve ce bébé.

— J'ai compris, docteur.

— Un gros bébé bien costaud. » Tout en ajustant son gilet, le Dr Rutledge regarde Mme Hardcastle pendant un certain temps, comme s'ils se livraient tacitement à la même évaluation de la situation. Finalement, il dit : « S'il se présente par le siège, on risque les complications.

— La tradition veut que l'héritier Seagrave naisse dans la maison, réplique Mme Hardcastle.

— Je ne voudrais pas prendre de risques. Surtout après…

— Oui, docteur », dit Mme Hardcastle.

Betty pose sa main sur le bras de Rosalind.

« Jasper sera-t-il bientôt de retour, madame Hardcastle ? demande le Dr Rutledge.

— Nous n'avons pas de nouvelles, docteur.

— Je me trompe ou bien M. Willoughby Seagrave a une automobile ?

— Nous allons le chercher tout de suite, docteur. »

Betty et Mme Hardcastle aident Rosalind à descendre l'escalier, toutes deux lui parlant – un flux croisé d'encouragements et de propos réconfortants. D'autres membres du personnel de maison s'approchent, les mains jointes nerveusement devant eux.

Rosalind a été vêtue d'une chemise de nuit propre, d'une robe de chambre et de pantoufles, ce qui lui donne la curieuse impression d'être une enfant autorisée à rester debout après l'heure du coucher.

« Bonne chance, madame », dit Blythe en ouvrant la porte d'entrée.

Dehors, Willoughby – une main sur le volant de son automobile décapotable, l'autre allumant une cigarette – fait tourner le moteur. Mme Hardcastle ouvre la portière arrière et aide Rosalind à monter, tandis que le Dr Rutledge se hisse sur le siège passager souriant joyeusement et lance : « Splendide machine. Une Wolseley, si je ne me trompe pas.

— Moteur quatre cylindres, quatre vitesses. Elle va en faire des kilomètres, celle-là, répond Willoughby, en tapotant le tableau de bord en bois. Est-ce que Mme Seagrave va bien ? »

Rosalind remarque que le jour a laissé la place au soir. De longues ombres tombent sur la pelouse, et la silhouette des arbres se découpe sur un ciel rouge orangé. Au-delà des bois, elle peut entendre le doux va-et-vient de la mer. Ce serait une soirée parfaite pour s'asseoir dehors avec un cocktail, en riant d'un petit mot d'esprit, la tête rejetée en arrière, un collier de perles autour du cou.

« Mme Seagrave va merveilleusement bien, dit le Dr Rutledge. Emmenons-la à l'hôpital.

— Un hôpital ? » demande Rosalind. Mais sa voix se perd dans le rugissement du moteur. Alors qu'ils accélèrent, elle regarde en arrière pour voir Betty et Mme Hardcastle debout devant la maison couverte de lierre : Betty une main en l'air, Mme Hardcastle les deux mains sur la bouche.

La voiture descend l'allée en cahotant, passe devant les piliers en pierre qui marquent l'entrée du domaine. Ces piliers sont surmontés de créatures héraldiques indéterminées dont Jasper lui a expliqué un jour la signification, mais Rosalind ne s'en souvient pas. Les grilles en fer forgé ont disparu depuis longtemps et seules les créatures de pierre demeurent, verdies avec l'âge, totems d'une civilisation antérieure.

Alors que la voiture traverse à toute allure le village et le Ridgeway, avec des rots écœurants de vapeurs d'essence, la douleur dans le dos de Rosalind augmente. Elle essaie d'en avertir le Dr Rutledge, mais en pleine conversation avec Willoughby sur la consommation d'essence, il crie pour se faire entendre par-dessus le bruit du moteur et, chaque fois qu'il se retourne vers elle, elle se sent obligée de sourire poliment. Elle tente de se pencher en avant pour taper sur l'épaule de Willoughby, mais les secousses de la voiture et la gêne occasionnée par son ventre l'en empêchent. Il lui est plus facile de simplement pencher le haut de son corps par-dessus le bord du véhicule et d'avaler de grosses bouffées de l'air du soir en regardant défiler la campagne. Elle n'avait pas réalisé que le Dorset était si étendu. Sur les photos qu'on lui avait montrées, il lui paraissait plus petit.

La voiture s'arrête brusquement, les freins crissent. La voie devant eux est bloquée par des moutons, dont les têtes noires émettent une cacophonie de bêlements. Un berger se tient au milieu d'eux, regardant fixement, bouche bée, l'automobile. Willoughby passe en marche arrière, fait demi-tour dans le bocage, et rebrousse chemin.

« Essayez de tourner à gauche ici, s'écrie le Dr Rutledge, en indiquant d'un geste un chemin couvert d'herbe.

— Il n'y a aucun panneau indicateur, fait remarquer Willoughby. Il m'était plus facile de me repérer dans ce foutu Sahara.

— Ah ! Avec les étoiles, hein ? » crie le Dr Rutledge, s'accrochant à son chapeau alors qu'ils prennent de la vitesse. Il se tourne vers Rosalind. « Tout va bien derrière ? »

La douleur dans la moitié inférieure du corps de Rosalind a empiré. Plus qu'une douleur, une attaque délibérée, pense-t-elle. Elle arrive en vagues qui serrent comme un corset de fer, jusqu'à ce que, à leur apogée, Rosalind soit prête à se jeter du véhicule, puis elle s'estompe, et le monde, autour de Rosalind, réapparaît. Elle ne sait pas si ce cycle dure des minutes ou des heures. Elle entend le médecin la rassurer en lui disant qu'ils trouveront bientôt la bonne route, mais il n'est pas possible de parler car la douleur et le corset de fer l'attaquent de nouveau. À chaque expiration, elle émet une plainte pareille à un meuglement. Tant qu'elle peut remplir sa tête avec le bruit de cette plainte, elle peut encore respirer. Tant qu'elle peut rester accrochée à la portière de la voiture, elle peut s'en sortir.

Ils s'arrêtent soudain sur le bord de la route près d'une ferme, et le Dr Rutledge grimpe sur le siège en cuir pour se tourner vers elle. Elle est à moitié consciente qu'il glisse la main entre ses jambes, mais elle n'est plus capable de s'en inquiéter.

« C'est bien ce que je pensais, dit-il. Ça vient. Mettez-vous sur le dos, madame Seagrave, sur le dos. »

À eux deux, Willoughby et le Dr Rutledge la changent de position afin qu'elle se retrouve allongée sur le siège arrière, soutenue par Willoughby.

Le Dr Rutledge a ouvert la portière pour avoir une plus grande marge de manœuvre et se tient en équilibre sur le marchepied pendant qu'il déboutonne la robe de chambre.

« Vous avez quelque chose à lui donner ? Une dose de morphine ? demande Willoughby.

— C'est trop tard pour ça.

— Rien du tout ?

— C'est la nature qui veut ça. Suivez mes instructions, madame Seagrave. Ne faisons pas d'histoires. »

Le docteur déchire sa chemise de nuit d'une main exercée et Rosalind voit ses propres jambes maculées de sang. Elle éclate soudain en sanglots, de gros sanglots, comme une enfant.

« N'essayez pas de vous lever, madame Seagrave, lui conseille le Dr Rutledge. Quand je vous dis de pousser, vous devez pousser de toutes vos forces.

— Mais je ne veux pas », rétorque-t-elle.

Willoughby lui prend la main. « Vous n'avez pas le choix, chérie. J'ai bien peur qu'il n'y ait qu'un seul moyen de s'en sortir.

— Madame Seagrave, j'ai besoin que vous poussiez. Tout de suite », ordonne le Dr Rutledge. Et, retroussant ses manches, il s'accroupit entre les genoux de Rosalind.

Elle penche sa tête en arrière pour regarder le ciel et le voit à des kilomètres au-dessus d'elle, semblable à la surface de l'océan. Il lui paraît impossible de rester à l'intérieur de son corps avec tout ce qu'il s'y passe, il est probable qu'elle meure de douleur et de honte, alors elle le quitte et nage vers le haut jusqu'au voile bleu des cieux ; elle entend ce curieux mugissement qui est le sien résonner en bas dans les champs. Willoughby lui prend la main. Quelque part loin d'elle, elle s'efforce de se débarrasser d'un énorme rocher coincé dans son corps.

« C'est ça, on y est », s'écrie le Dr Rutledge.

Willoughby écarte les cheveux du visage de Rosalind. « Allez, petit soldat. »

Quand le Dr Rutledge lui dit encore de pousser, Rosalind mugit, les dents serrées, essayant d'expulser le rocher hors de son corps. Elle pousse, pousse et pense ne jamais y arriver quand, soudain, c'est fini et le médecin soulève un petit visage violacé vers lui en disant : « C'est une fille, une fille. »

Des petits poings serrés, et une bouche édentée qui s'ouvre avec difficulté, comme un oisillon qui tend le bec pour y recevoir un ver, des yeux jaunâtres qui errent aveuglément ; et quand Rosalind regarde, c'est le silence et le vide.

« Bon sang, l'enfant est le portrait craché de Jasper », s'exclame Willoughby. Et sa voix tremble de façon inattendue.

« N'ayez crainte, madame Seagrave, le prochain sera un garçon », ajoute le Dr Rutledge, en prenant le bébé dans le creux de son bras. Vous vous en êtes sortie à merveille. Nous allons nettoyer tout ça et vous ramener chez vous. Roulez-vous dans la couverture de pique-nique, c'est bien. Je ne veux pas tacher les sièges. »

Le Dr Rutledge utilise son mouchoir pour essuyer soigneusement le visage du bébé dans ses bras, puis sourit à Willoughby qui tend la main pour toucher le poing serré de l'enfant, comme s'ils étaient tous deux les fiers parents d'un nouveau-né.

« Bonjour, dit Willoughby. Comment vas-tu ? »

TOUT COUPÉS

Septembre 1920

Cristabel se réveille avant l'aube sans comprendre pourquoi. Puis elle l'entend : le cri d'un bébé. Elle sort du lit, enfile un pull-over par-dessus sa chemise de nuit et s'apprête à dévaler l'escalier du grenier quand elle voit Maudie – déjà habillée dans son uniforme de femme de chambre, ses cheveux crépus s'échappant de son bonnet blanc –, qui vient vers elle avec une lampe à huile.

« Le frère..., commence Cristabel, mais Maudie l'interrompt en secouant la tête.

— C'est une fille. Costaude. »

Cristabel s'assied sur une marche de l'escalier en bois et fronce les sourcils. « Est-ce qu'ils en sont sûrs ?

— Le visage ressemble à celui de ton père, mais c'est bien une fille. Mme Seagrave ne l'aime pas. Elle dit que le bébé ressemble à un légume.

— Tu as dit qu'ils réessayeraient si ce n'était pas un garçon.

— Oui. C'est pour ça que l'autre est ici. »

Cristabel soupire. Ce n'est pas ce qu'elle avait espéré. Les lettres pour le frère devront être récupérées de sous son oreiller. Les pierres avec des visages aussi. C'est un coup dur, mais, malgré tout, elle éprouve de la sympathie pour le bébé légume que la nouvelle mère n'aime pas. On doit pouvoir aussi tirer profit des sœurs. Elles savent broder et cuisiner des plats simples pour se réchauffer. Parfois, elles s'occupent des parents âgés, quand tout le monde est parti. D'autres fois, elles sont enchaînées à des rochers et offertes en sacrifice. Elle pourrait probablement tirer profit de ce genre de choses.

Maudie la regarde d'un air pensif. « Je sais que vous vouliez un frère. »

Cristabel acquiesce d'un hochement de tête. « Mais j'ai une sœur.

— Une demi-sœur, rétorque Maudie. Elle n'est pas votre mère, l'autre. Vous feriez bien de vous en souvenir. »

Rosalind est contente d'être rentrée à Chilcombe, où elle peut retourner se réfugier dans sa chambre et laisser derrière elle l'épisode d'humiliation subie dans l'automobile. Elle est prise en charge par la dévouée Betty qui lui apporte des repas fortifiants à base de foie et de cœur. Betty l'aide à se baigner dans de l'eau parfumée assez chaude pour qu'elle redevienne elle-même et, ensuite, lui bande le ventre avec un long morceau de tissu, pour qu'elle retrouve sa silhouette. Allongée dans son lit, Rosalind passe ses mains sur les couches serrées du tissu. Tout paraît la blesser, elle se sent démolie, et ce bandage forme une enveloppe protectrice, un réconfort. Dehors, c'est le début de l'automne et le vent se déplace dans les arbres comme une rumeur. C'est le changement de saison.

Parfois, Betty lui demande si elle veut voir le bébé, mais Rosalind dit non, l'enfant est mieux là où elle est. Betty paraît la comprendre. Elle a vu ses sœurs devenir à moitié folles en essayant de s'occuper de bébés qui crient. Ce n'est pas une tâche envisageable pour une dame aussi délicate que Rosalind. Une nounou est embauchée. La mère de Rosalind écrit pour exprimer sa satisfaction car Rosalind a réussi à accomplir *son principal et plus merveilleux devoir d'épouse.*

Un jour, en fin d'après-midi, quand Rosalind se réveille, elle voit Jasper debout à la fenêtre de sa chambre en train de se moucher bruyamment dans un mouchoir froissé, et son profil à double, voire triple, menton lui rappelle étonnamment le bébé expédié dans les combles. Un bébé né dans une voiture. Quel manque de classe. Soudain, les sentiments qu'elle éprouve pour son mari deviennent plus clairs, comme si tout ce qui existait jusque-là formait désormais un tout et s'était solidifié.

Il parle sans la regarder. « Betty me dit que vous aimez beaucoup le prénom Florence pour l'enfant. D'après la célèbre infirmière, je suppose. Ce choix me plairait bien.

— Je pourrais aussi bien l'appeler Légume ou encore Végétal, dit-elle. Le bébé ressemble à un légume. »

Jasper se tourne vers elle, perplexe. « Que voulez-vous dire ? Vous ne l'aimez pas ? »

Rosalind ne répond pas. Elle le regarde fixement. C'est lui qui est la cause de tout ce qu'il s'est passé, sans avoir eu à faire les choses les plus horribles. Elle ressent ce même genre de colère impuissante qu'elle ressentait quand elle était enfant.

Jasper continue : « Harold Rutledge a dit que vous étiez probablement contrariée que ce ne soit pas un garçon. La prochaine fois, ce sera un garçon. »

Rosalind ne dit rien, le silence est pour elle une arme utile. Elle rajuste soigneusement le couvre-lit. Elle doit commencer à faire des listes. Elle veut organiser une fête en novembre pour l'anniversaire de Willoughby.

Jasper fronce les sourcils. « J'ai été retardé. Ce jour-là. Mais je ne voulais pas vous inquiéter.

— Je n'étais pas inquiète.

— Willoughby a dit que vous aviez été un bon petit soldat.

— Vraiment ?

— Vous pouvez appeler l'enfant comme vous voulez. Je suis juste heureux que vous alliez bien. » Il traverse alors la pièce pour venir vers elle, les mains tendues en un étrange geste à moitié suppliant comme s'il portait un poids gênant – un tapis enroulé, le manteau d'un autre, un vieux chien malade.

« Je vais très bien », dit Rosalind, fourrant ses mains sous les draps. L'idée qu'il puisse la toucher la fait frissonner. « Pouvez-vous sonner ?

— Vous avez besoin de quelque chose ?

— Je veux Betty.

— Bien sûr. » Jasper appuie docilement sur le bouton fixé au mur pour appeler la femme de chambre.

« Le prénom. Florence. Ce n'est pas à cause de l'infirmière », dit Rosalind, après une pause. Sous les couvertures, elle passe ses mains sur le bandage, l'ajustant là où il semble plus lâche. « Pourquoi devrais-je me soucier d'une vieille infirmière horrible. Non. J'ai vu un film. Quand j'étais à Londres. *La Femme en blanc.* C'est l'histoire d'une belle femme appelée Laura qui tombe amoureuse d'un professeur d'art, mais un vieil homme méchant appelé Sir Perceval la pousse à se marier avec lui à la place. Ce qu'il ne réalise pas, c'est qu'il existe une autre femme qui ressemble à Laura. Alors... bon, c'est compliqué, mais Sir Perceval meurt dans un incendie et Laura et le professeur pourront donc se marier comme ils le souhaitaient. « Ah, Betty, entre. Je parlais d'un film à Monsieur. Betty adore quand je lui parle de certains films. Elle meurt d'envie d'aller au cinéma, n'est-ce pas, Betty ?

— Oui, madame, répond vivement Betty.

— C'était l'actrice du film, Jasper. Elle s'appelle Florence La Badie. Je me souviendrai toujours d'elle.

— Je vois, dit Jasper.

— Mon enfant ressemblera peut-être à un légume ou à un végétal, mais au moins elle aura un prénom de star de cinéma. À moins que... Betty, penses-tu que c'est pire d'être une fille inélégante avec un prénom glamour ?

— Aucune de vos filles ne pourra jamais être inélégante, madame.

— Tu es adorable, Betty. J'ai presque envie de t'emmener moi-même au cinéma, dit Rosalind. Vous vouliez autre chose, Jasper ? »

Jasper se mouche à nouveau. « Seulement vous saluer », répond-il, aussi formel qu'un juge à la retraite.

Rosalind regarde son mari sortir de la chambre. Une fois la porte refermée derrière lui, elle souffle. Puis elle se lève, en chemise de nuit, et marche pieds nus jusqu'à sa coiffeuse. Elle s'assoit sur le tabouret et s'installe devant le miroir à trois faces : un triptyque de réassurance, de face et de profil. Betty se tient derrière elle, passe une main sur les longs cheveux de sa maîtresse, brillants à la lueur des lampes à huile qui soupirent doucement.

Rosalind dit : « Tu iras au cinéma, Betty. Je t'emmènerai à Londres et te donnerai un après-midi de congé spécial.

— Ce serait un vrai plaisir, madame. »

Rosalind ouvre un tiroir de sa coiffeuse et en sort la photo d'un magazine, qu'elle tend à la femme de chambre.

« Pendant que tu seras au cinéma, Betty, j'irai me faire coiffer, une coupe moderne dans ce style-là. Chez un coiffeur de Londres. »

Rosalind attend de croiser le regard de Betty dans le miroir qui, à deux mains, soulève les cheveux de sa maîtresse et les retient à hauteur de la nuque de sorte qu'ils semblent plus courts. « Comme ça, dit-elle. Tout coupés. »

DES CHOSES

Octobre 1920

À quatre ans, Cristabel accorde, et accordera tout au long de sa vie, toujours beaucoup d'importance à la logique.

Elle n'a pas le droit d'avoir de nouvelles bottines parce qu'elle a abîmé les anciennes en les jetant à la mer pour servir d'ancre. Elle doit donc porter ses bottines tachées de sel jusqu'à ce qu'elle en ait tiré une leçon. C'est une chose qu'elle peut comprendre. Il est facile d'en suivre la logique.

Mais il existe une question qui lui paraît incompréhensible – qui n'a rien à voir avec la logique –, bien qu'elle y réfléchisse beaucoup. La question de la chose que les garçons ont.

Elle l'avait remarquée pour la première fois quand elle avait croisé la femme d'un pêcheur jouant avec son fils en bas âge sur la plage, assis au bord de l'eau. Le garçon nu, qui frappait l'eau de ses mains potelées, ressemblait à l'Enfant Jésus sur les vitraux de l'église du village. L'air légèrement mécontent, avec le crâne bombé. Mais, entre ses jambes, on voyait une chose singulière : un bigorneau charnu recroquevillé sur un petit sac de billes à la peau ridée. Ce qui – Maudie le lui apprit plus tard – était une chose qui faisait de lui un garçon, et les garçons étaient ce que la nouvelle mère était censée apporter à la famille.

Cristabel n'avait pas cette chose. Elle avait vérifié. Par conséquent, elle n'était pas un garçon. Elle n'était pas ce que l'on désirait. Le bébé légume non plus n'avait pas cette chose. Maudie le lui avait confirmé. Par conséquent, le bébé légume n'était pas non plus désiré.

Une fois au courant de l'existence de cette chose, Cristabel garda un œil attentif sur toutes celles qu'elle voyait, pour voir si elles produisaient un effet intéressant. Ce n'était jamais le cas. Les choses qu'elle voyait sur les garçons du village lorsqu'ils allaient nager dans la mer n'étaient que des versions plus longues de celle du bébé sur la plage.

Le nom de ces choses était une énigme. Quand elle avait posé la question, Betty avait répondu d'un air contrarié : « Ça ne vous regarde pas, ma fille », et elle avait emporté le petit-déjeuner de Cristabel avant qu'elle n'ait fini. La femme du pêcheur s'était contentée de rire. Maudie, d'habitude si directe dans ses réponses, avait grimacé et dit : « Je ne connais que des mots qui ne plairaient pas à ta belle-mère. »

Ces choses semblaient parfaitement insignifiantes, mais étaient pourtant protégées par une curieuse absence de nom et dotaient ceux qui en avaient d'avantages considérables. Les garçons qui avaient ces choses pouvaient porter des pantalons et aller à l'école. On leur ébouriffait les cheveux, on leur lançait des pommes, on leur donnait des surnoms amusants, on les félicitait pour leur courage. Ils n'étaient pas obligés d'avoir des jupons ou des maris. Ils gardaient leur propre nom de famille et conduisaient des véhicules motorisés.

Le frère aurait une chose aussi, et le frère serait l'héritier, et l'héritier était ce que tout le monde voulait. Cristabel pensait que « héritier » était un mot étrange. Il ne ressemblait à rien quand on le prononçait.

Ce que signifiait « héritier » était tout aussi confus. On pouvait naître héritier, mais aussi être nommé héritier, si on avait une épée. « Je te nomme Héritier », dit Cristabel au porte-parapluies sculpté en forme de jeune Indien, en tapant sur ses épaules avec son épée en bois. Elle allait sans doute en savoir plus lorsque le frère arriverait. Il partagerait probablement le fait d'être héritier avec elle. Ils partageraient tout, sauf les tartelettes à la confiture et les bâtons qui appartenaient à Cristabel.

Avant d'être au courant de cette chose qu'avaient les garçons, elle avait pensé qu'il était probable qu'elle puisse être un garçon. Elle avait des qualités et des ambitions bien adaptées aux petits garçons. Un intérêt pour les escargots, les cartes géographiques et la guerre. Une âme d'aventurier. Personne ne lui avait dit qu'elle n'était pas un garçon. Quand on avait découvert qu'elle construisait un char, avec une brouette et deux maillets de croquet, on ne fut guère étonné. Mais les sourcils s'étaient levés. On avait débattu sans enthousiasme pour savoir si elle devait être punie, puis l'incident avait été oublié, on n'en avait plus parlé.

Ce n'est qu'après que la nouvelle mère avait commencé à faire pousser un bébé dans son ventre que les gens s'étaient souvenus que Cristabel n'était pas vraiment un garçon, et que des règles de comportement plus strictes devraient être appliquées. Ils avaient commencé à dire qu'elle devait « se comporter comme une grande fille ». Ces nouvelles règles manquaient cruellement de logique, mais quand elle l'avait fait remarquer, on lui avait dit d'arrêter de se comporter comme une petite madame arrogante.

Lorsque le bébé légume fut baptisé (Florence Louisa Rose Seagrave – la suggestion de Cristabel de l'appeler « Cristabel Junior » avait été tristement ignorée), l'oncle Willoughby acheta à Cristabel une robe et des chaussures qui couinent pour la cérémonie à l'église. La robe n'était que nœuds et volants, et elle avait dû se tenir debout immobile devant le miroir en pied dans la chambre de la nouvelle mère pendant qu'on l'habillait. Il y avait beaucoup de lacets et d'agrafes, ce qui lui fit l'effet d'être attachée, entravée.

Son corps n'était plus une chose qui la transportait rapidement d'un point à un autre, tel un parfait pousse-pousse ; c'était devenu une chose contrainte de rester immobile et que l'on pouvait regarder. « Voilà, avait dit Betty, ajustant les rubans de la robe, son regard faisant des allers et retours entre la vraie Cristabel et sa version reflétée dans le miroir. Vous y êtes. » Comme si elle n'avait jamais été là auparavant.

Un soir dans le grenier, avec Maudie qui lui lit *L'Iliade* en échange d'un crayon, Cristabel se rend compte que tous les personnages intéressants de l'*histoire* sont des garçons. Ils possèdent tous des choses. Les seules filles de l'histoire sont de tristes épouses, de tristes servantes ou de tristes belles femmes qui provoquent des guerres.

C'est une nuit sombre et bruineuse. Le vent souffle dans la cheminée. Le bruit de la mer va et vient. Maudie, dans son uniforme noir et blanc, est assise en tailleur sur un tapis en lirette devant la cheminée, suivant soigneusement les mots avec son doigt, récitant lentement. « *Sans armes, si je devais partir, quel espoir de pitié de la part de cet ennemi vengeur ; à part tomber comme une femme, et tomber sans coup férir.*

— Qu'est-ce que ça veut dire, “comme une femme” ? » demande Cristabel, qui est bordée dans son lit. La pièce au plafond en pente est éclairée par quelques bougies fondues sur la cheminée. Maudie réfléchit un moment, puis répond : « Ça signifie que M. Homère ne m'a jamais rencontrée, ni moi ni Betty Bemrose, d'ailleurs. La faire tomber demanderait un sacré travail. » Elle continue à lire pendant que Cristabel réfléchit à ce qui vient d'être dit.

« Maudie…

— … *enfermés dans ce triste palais, faisons le deuil des jours misérables que nous avons à vivre…*

— Pourquoi on ne trouve pas de filles intéressantes dans les histoires ?

— *Encore, encore, pour Hector, laissons couler nos peines, nées de la sienne, et au malheur de ses parents.*

— Maudie, pourquoi tous les meilleurs personnages sont des hommes ? »

Maudie referme le livre brusquement. « Nous n'avons pas encore lu tous les livres, mademoiselle Cristabel. Je ne peux pas croire que toutes les histoires se ressemblent. C'est l'heure de vous coucher. »

LA LUNE DU CHASSEUR

Novembre 1920

Jasper déjeune tardivement, seul. Il écluse une bouteille de bordeaux. En entame une seconde. Il n'a pas vu Rosalind à la table de la salle à manger depuis des mois, et Willoughby ne se montre pas souvent, même pour le dessert. Jasper enfourne tristement des cuillerées de sabayon au citron à travers sa barbe, tout en se demandant vaguement – sans réel espoir ni attente – si lui et Willoughby parviendront un jour à entretenir une relation affectueuse et fraternelle. C'est un sujet de regret pour lui que tous deux ne parviennent pas à renoncer à la tradition éculée des vieilles querelles et des chamailleries mesquines. Willoughby est un paon volage, qui a plus de cheveux que de raison, mais il est courageux. Intrépide, audacieux. Il a entendu les compagnons officiers de Willoughby parler de lui avec admiration. Jasper aimerait pouvoir considérer son frère comme un ami. Ce serait vraiment quelque chose.

Au moment où il se lève, après un silencieux repas composé de quatre plats à une table dressée pour trois, le soir tombe et il fait déjà presque nuit. Jasper traverse le rez-de-chaussée du manoir, où les domestiques se dépêchent de tout préparer pour les invités qui arriveront bientôt pour célébrer l'anniversaire de Willoughby. En ouvrant la porte de son cabinet de travail, il remarque la pleine lune qui éclaire la pièce, pareil à une invitation.

Ces jours-ci, il est plus enclin à fermer les rideaux et à partager la lumière solitaire de sa lampe de bureau avec une carafe de cognac, mais, dans sa jeunesse, il n'avait jamais pu résister à une nuit de pleine lune. Il se faufilait alors hors de la maison pour descendre sur la plage, un livre dans une poche, un pâté en croûte dans l'autre, témoin unique d'un monde illuminé d'une blancheur inquiétante.

Même pendant cette horrible nuit où il s'était cassé la cheville, et où il était sur le dos en train de pleurer, il avait continué à regarder le clair de lune sur la mer. Et, bien sûr, il y avait eu toutes les fois avec Annabel – tous les deux nageant dans l'océan miroitant, elle si légère dans l'eau qu'il pouvait la porter dans ses bras comme une jeune mariée –, quel miracle, quel cadeau. Comme elle lui manque. Son amour. Son épouse.

Il entend un bruit fracassant venu de quelque part à l'étage. Probablement Willoughby qui a laissé tomber une autre bouteille de vin qu'il n'a pas payée. Jasper ouvre le tiroir de son bureau, y trouve une flasque, la glisse dans la poche de sa veste, traverse Oak Hall et sort dans l'air de la nuit. Il marche le long de la pelouse, levant la tête pour regarder la lune.

Car les nuits précédentes, quand il est sorti pour parler aux chevaux, il a été fasciné par la vue d'une énorme lune se levant au-dessus des arbres qui entourent la maison. Un disque géant, jaune comme un ongle d'orteil, se hissant lentement dans le ciel nocturne. Quelle effronterie dans un visage dénué d'expression ! La lune du chasseur, comme l'appellent les villageois. Après que les récoltes d'automne ont été rassemblées et qu'il n'y a plus que des chaumes dans les champs, une pleine lune vient en novembre pour éclairer toutes les tendres créatures qui courent sans avoir nulle part où se cacher. Une nuit pour les prédateurs. La dernière tuerie de l'année.

Il y avait eu trop de tueries. Chaque fois que Jasper balaie du regard la pelouse devant le manoir, il se souvient de l'été 1914 quand la guerre a été déclarée. Les hommes de Chilcombe Mell qui s'étaient engagés s'y étaient rassemblés avant de partir pour la France. On leur avait offert à déjeuner. De la bière au gingembre. Des banderoles. Tout avait été très festif.

Son père aurait su comment leur parler, à ces hommes fiers et timides tout à la fois, piétinant la pelouse dans leurs uniformes neufs et raidis par l'amidon. Mais dès que Jasper voulait s'adresser à eux, des visages familiers attiraient son regard, détournant son attention : le petit Albert qui apportait le courrier ; Tom Hardcastle, palefrenier en chef et mari dévoué d'Ada, la gouvernante ; Frank et Clive, qui travaillaient aux écuries, aux côtés de leur père Sidney ; Reg, le fils du forgeron, et Peter, le plus jeune valet de pied, qui portait encore ses lunettes à monture métallique. Le lendemain, on les embarquerait tous dans le train à destination de Londres depuis Dorchester, pour aller se battre.

Jasper, trop vieux et trop boiteux pour participer au grand show, était purement et simplement envieux. Être exclu de ce qu'il se passait, être un civil en temps de guerre, le rendait malade. Cette impuissance, cette inutilité le rongeaient. Si seulement il pouvait faire quelque chose qui compte, pour prouver qu'il n'était pas ce que son père appelait un « un bon à rien de pleurnichard ».

Il voulait insuffler du courage aux hommes ; il avait donc parcouru son exemplaire de *L'Iliade*, aux pages cornées, pour y repérer un passage susceptible de déclencher les violentes émotions qu'il avait éprouvées en lisant l'histoire du vaillant Hector, sortant des murs de Troie pour affronter le guerrier Achille, malgré les supplications de sa famille. Jasper avait cherché un extrait qui aurait pu convenir pour un discours, mais il avait jugé que le verbe « périr » revenait trop souvent, ce qui ne semblait pas très approprié. Toutefois, le livre contenait des passages merveilleux qu'il s'était entraîné à lire à voix haute, tranquillement, dans les toilettes.

Et donc, Jasper : debout sur le porche de Chilcombe, flanqué de domestiques, face à des soldats. (Soudain, une prise de conscience rapide : n'avait-il pas toujours désiré se retrouver dans pareille situation ? Ne s'était-il pas toujours engagé dans cette voie ?) Il commence : « *Sans crier gare, l'homme courageux tire son épée et n'interroge aucun augure mais la cause de son pays.* C'est ce que dit Homère et je le dis aussi. »

Il avait entendu les freux croasser dans les arbres, vu Peter, le valet de pied, enlever soigneusement ses lunettes pour les essuyer, il avait vu Reg se tourner vers Clive et dire : « Qu'est-ce qu'il raconte ?

— J'en sais rien », avait murmuré Clive.

Jasper s'était éclairci la gorge. « On aimerait se joindre à vous, bien sûr. »

(Le son décevant de sa propre voix ; les hommes se penchaient en avant, s'efforçant d'entendre.) Il avait essayé à nouveau : « Bien sûr, on aimerait se joindre à vous. »

Pourtant, ils ne voulaient pas entendre parler de lui, c'était leur jour. Et bon sang ! Il le savait, il y avait pensé dans les toilettes. Et soudain, derrière lui, une voix claire avait retenti, comme une fourchette tintant contre un verre à champagne. « Naturellement, mon frère Jasper aimerait pouvoir faire sa part, mais nous n'aurons pas besoin d'aide. Les seules personnes qui ont besoin d'aide sont ces pauvres diables qui nous affronteront ! »

Rires, acclamations !

« Par Dieu, je suis sûr que chacun d'entre vous va se tenir à mes côtés, moi, Willoughby Seagrave, et fera son devoir, pour le roi et le pays, et pour le Dorset, ce superbe comté et ses femmes magnifiques. »

Rires complices, applaudissements !

« Vous me connaissez, les gars, et pendant que nous serons là-bas à nous battre pour une cause juste, ma famille s'assurera que vos familles soient bien traitées. Comme nous l'avons toujours fait. »

Murmures d'assentiment, reniflements émus des servantes qui regardent.

« Quand nous reviendrons victorieux, nous nous retrouverons à cet endroit précis, et Jasper sera là pour nous accueillir. »

Acclamations, cris d'approbation !

« Ce ne sera pas long, les gars – parce que les Boches n'ont pas la moindre chance ! »

Les banderoles rouges et blanches qui flottent dans les arbres, le soleil sur la pelouse pommelée, les visages joyeux, Willoughby dans son uniforme d'officier, leur ouvrant à tous les bras, et Jasper debout à l'extérieur des murs de Troie, sachant qu'il s'est porté volontaire pour ce rendez-vous voué à l'échec parce qu'il avait trop peur d'être considéré comme un lâche.

« Que diriez-vous, les gars, d'un petit verre avant de partir ? » s'était écrié Willoughby en traversant la pelouse pour rejoindre les hommes.

Jasper s'était retiré à l'intérieur. Il espérait qu'il y aurait un peu de gâteau aux pommes dans la cuisine. Il aurait aimé ne pas avoir porté d'épée de cérémonie. Elle cliquetait affreusement.

Albert. Frank. Clive. Tom. Sidney. Reg. Peter. Willoughby. Seuls Frank, Reg et Willoughby étaient revenus.

Jasper continue à errer sur la pelouse, buvant le contenu de sa flasque. Il entend le silence de la mer, le hululement tremblotant d'une chouette hulotte ; tout le reste est silence. Il regarde Chilcombe derrière lui, voit les ombres des domestiques qui passent devant les fenêtres, exécutant les ordres de Rosalind, sans aucun doute.

Des lampes sont allumées au rez-de-chaussée, mais le reste de la maison est dans le noir. Jasper entend les hurlements d'un bébé dans le grenier. Il trouve les pleurs des enfants physiquement douloureux. Il souhaiterait ne jamais avoir dû en entendre. Au-delà de la maison, il y a le Ridgeway, imparable, plongé dans le noir. Au-delà encore, d'autres collines, d'autres ténèbres, des villes, des cathédrales, l'Angleterre, et ainsi de suite, le tout empilé derrière la ligne de crête.

Il est fatigué. Il s'est agenouillé. Touché sous la ligne de flottaison. Les journaux disent que « l'usure de la guerre » a épuisé la force nerveuse collective de la nation, permettant à la grippe espagnole mortelle de se répandre. Effroyable, bien sûr, que tant de gens en meurent, mais l'idée d'une fin rapide et fébrile est plutôt attrayante – une fin virulente, soudaine, le corps possédé aussi rapidement et irrévocablement que par l'amour. Il a le sentiment d'être un poids lourd. Un sac de sable. Il porte de nouveau la flasque à ses lèvres, contourne le coin de la maison en direction des écuries, titubant légèrement sur le bord de la pelouse.

La riche odeur de foin des écuries le réconforte. Les chevaux qui renâclent et reniflent. Il se dirige vers le box de la fidèle Guenièvre, et frotte son nez de velours. Elle l'a porté chaque fois qu'il est allé chasser. Et c'est depuis son large dos qu'il avait posé ses yeux pour la première fois sur Annabel Agnew. Quand était-il monté pour la dernière fois accompagné des chiens ? Pourquoi n'en avait-il plus envie ? Encore une chose mise de côté et oubliée.

Il ouvre le box de Guenièvre, la fait sortir. Il trouve une selle, un licol et les ajuste maladroitement, murmurant des excuses aromatisées à l'alcool dans les oreilles frémissantes de la jument. Il attrape un tabouret pour se hisser sur la selle, glissant ses pieds dans les étriers tordus. Le meilleur pied en avant. Une fois de plus sur la brèche. Prêt pour le trot.

L'animal monté par Jasper quitte les écuries d'un pas lourd. Ils contournent la maison, traversent la futaie et prennent le chemin qui mène à la côte. La nuit est glaciale, calme. La lune est basse, suspendue au-dessus de la mer : une sphère vaste et grêlée. Jasper ferme un œil et la regarde de son autre œil mi-clos. C'est la lumière ternie du métal ancien, des boucliers tombés et des épées brisées. Elle le fixe du regard.

Sous la selle, Guenièvre le bringuebale de gauche à droite, de droite à gauche, tandis que la vieille jument avance sur le sol dur. Elle connaît bien ce chemin, alors Jasper laisse tomber les rênes, s'abandonne au balancement de gauche à droite, de droite à gauche. Il ferme les yeux, sa tête bascule vers l'avant, son corps est secoué, comme s'il était assailli des deux côtés par des forces ennemies invisibles. Dormir serait merveilleux. Il tapote à deux mains sa veste pour trouver la flasque – un tapotement enfantin sur son ventre – et, au même moment, un sabot de Guenièvre se prend dans un terrier de lapin et elle est projetée en avant, éjectant Jasper de la selle.

Tout se serait bien passé s'il avait tenu les rênes. Tout se serait bien passé s'il n'avait pas eu son pied le plus fragile coincé dans l'étrier, car son corps a basculé en un arc perpendiculaire au dos de la jument et son front a touché le sol en premier, heurtant un gros rocher avec une force considérable. Son cerveau a été sévèrement secoué à l'intérieur de son crâne et les signaux d'urgence circulant à travers ses synapses pour l'avertir qu'il était blessé n'ont jamais atteint leur destination ; les cellules écrasées de son cerveau mouraient les unes après les autres, clignotant comme des étoiles disparaissant du ciel nocturne, de sorte que sa dernière pensée n'a pas vraiment été une pensée, plutôt la sensation qu'une chose se précipitait sur lui, et l'image qu'il avait formée dans sa tête juste avant qu'il ne tombe, celle d'une femme dans la mer dont la silhouette se découpait contre la lune argentée, lui est apparue.

La loyale Guenièvre reprend son assiette. Renâcle. Attend les instructions. Ne les sentant pas venir, elle continue sa route habituelle, suivant les chemins qu'elle connaît depuis longtemps, traînant le corps de Jasper derrière elle.

JOURNAL DE MAUDIE KITCAT

3 novembre 1920

ce soir, fête. plein de gens arrivent.

monsieur Jasper est parti en vacillant sur un cheval. il est complètement fait. monsieur Willoughby dit qu'il ne faut jamais être la personne la plus soûle à une fête, sauf si c'est une fête ratée. alors il fait un clin d'œil. Betty dit de l'avoir à l'œil, c'est un vaurien. d'autres fois, elle dit : « Maudie, tu laisses trop traîner tes yeux. » il faudrait savoir.

les clins d'œil sont des secrets. il y a des fermoirs sur les corsets de Mme Rosalind appelés agrafes & œillets. c'est ça les clins d'œil. de petits fermoirs que seuls certains voient.

le grand-père m'a raconté que les domestiques dans ce grenier avaient l'habitude de faire clignoter des lampes pour envoyer des signaux aux contrebandiers. la plupart des gens ne remarquent pas ce qu'ils ont sous le nez. je peux être à la fenêtre avec rien d'autre que ma culotte et personne en bas le sait.

Monsieur Willoughby fait des clins d'œil pour me faire rougir mais j'm'en fiche. je le fais aussi. j'ai fait un clin d'œil à un garçon du village & je l'a embrassé dans les bois. J'ai 15 ans demain. je m'ai acheté des cadeaux car ils le feront pas eux.

un des mouchoirs de monsieur Willoughby avec son odeur récupéré dans le panier à linge

une boîte d'allumettes

une bille en verre avec des bulles à l'intérieur

le jour de mon anniversaire j'embrasse quelqu'un d'autre, n'importe qui.

Deuxième acte

1928-1938

BALEINE ÉCHOUÉE

Mars 1928

Elle tend le bras vers le ciel, à la recherche d'une prise. Sous ses doigts, la surface est lisse et glissante. Elle n'a rien à quoi s'accrocher. Toutefois, à peu près à hauteur de sa tête, il y a un piquet de tente en bois qu'elle a laborieusement enfoncé à l'aide d'une pierre. Une corde à sauter est nouée autour de ce piquet, qu'elle saisit et tire en testant son poids. Le piquet vacille mais tient bon. Elle devra se hisser à l'aide de la corde, puis utiliser le piquet comme point d'appui pour atteindre le sommet.

Avant d'entamer son ascension, elle profite de l'opportunité d'avoir vue sur toute le baie : une mer turquoise remuante sous un ciel sans nuage, avec l'île de Portland à l'horizon. Après une nuit d'orage, l'air est aussi frais que du linge propre. Le brouillard glacial qui a enveloppé le comté pendant des semaines a été balayé, se soulevant comme un rideau de scène pour révéler le littoral dans ses couleurs printanières, les falaises couvertes d'ajoncs jaunes, les oiseaux affairés sautant de buisson en buisson. Une matinée intacte : son territoire.

Le soleil est levé depuis une demi-heure déjà et des mouettes intéressées apparaissent au-dessus de sa tête, plongeant et criant. Elle n'a pas beaucoup de temps. Elle ajuste les objets attachés sur son dos, s'appuie sur la corde à sauter et commence l'ascension du gros monticule. Son pied d'appel en avant. En avant et vers le haut. Près du sommet, le gradient de la pente est réduit ; elle avance en rampant sur le ventre et utilise le couteau de chasse à manche d'ivoire de son grand-père comme levier.

Enfin, elle atteint le sommet. Elle se remet debout, extrait une hampe de drapeau, artisanale, du matériel attaché dans son dos, et se dresse sur la pointe des pieds afin d'avoir assez de hauteur et d'élan pour en plonger l'extrémité aiguisée dans la carcasse de la baleine morte ; le Léviathan, le monstre mythologique, qui s'étend sur plus de vingt mètres de long sur la plage, empestant – l'odeur des profondeurs vert foncé de l'océan qu'il a traversé avant qu'une tempête ne le dépose sur sa plage où elle peut le revendiquer comme lui appartenant à elle, Cristabel Seagrave. Elle lance un puissant cri de guerre, entend l'écho résonner dans la baie, la baie, la baie.

Cristabel reste debout un moment, tenant sa hampe de drapeau – un manche à balai au bout taillé – cependant qu'un liquide clair suinte de la blessure peu profonde qu'elle a faite dans la peau caoutchouteuse de la baleine et qu'une légère odeur de bacon s'en échappe. Elle balaie du regard toute la colonne vertébrale de la créature jusqu'à sa queue plate. La veille au soir, lorsqu'elle s'est échappée de la maison pour observer la tempête et qu'elle a découvert la baleine morte échouée sur les galets, sa peau sombre était aussi brillante que de la peinture laquée. Maintenant, hors de son élément naturel, elle commence à se dessécher : elle se froisse, elle pâlit. Cristabel peut voir les taches blanches des bernacles sur son dos.

De petits bateaux en bois partent de la crique d'à côté, à environ un mile à l'ouest. Elle peut entendre les faibles craquements et clapotements des rames des pêcheurs qui s'éloignent du rivage – des sons glissant au ras de l'eau comme des ricochets. Ils auront entendu son cri. Ils sauront qu'elle les attend.

Elle entend derrière elle le bruit de quelqu'un qui descend le chemin escarpé vers la plage. C'est sa demi-sœur Florence, connue par presque tout le monde comme « la Vég ». Essoufflée, son visage rond tout rouge, elle est en robe de chambre, n'a qu'une chaussure au lacet défait et a l'air très inquiète. « Je suis venue dès que j'ai vu ton mot, dit-elle. Mon Dieu, je ne pensais pas qu'elle serait si grosse ! »

La créature est une longue forme tubulaire qui se termine par une énorme queue de sirène. Elle est affaissée sur le côté, avec une nageoire de la taille d'une table à manger posée inutilement sur les galets. À son point le plus haut, là où se tient Cristabel, elle mesure deux mètres, d'une couleur gris foncé passant à un crème pâle sur son ventre qui présente une curieuse texture plissée. Son énorme tête est presque entièrement constituée de sa mâchoire inférieure ; la mâchoire supérieure ne semble être qu'un couvercle plat perché sur le dessus. La ligne fine de la bouche de la baleine est incurvée vers le bas et un petit œil, encore ouvert, est caché à la commissure des lèvres, comme rajouté presque après coup. La Vég pense qu'il pourrait s'agir d'une marionnette géante, avec des boutons à la place des yeux, comme celles qu'elles utilisent avec Cristabel dans leur théâtre en carton-pâte, et sa grande taille rend son expression lugubre des plus touchantes.

« Comme c'est triste, murmure la Vég, les larmes aux yeux.

— Ressaisis-toi, Vég, dit Cristabel. Il était mort quand je l'ai trouvé la nuit dernière, et il était toujours mort quand je suis venue ce matin avec mon matériel.

— Il ?

— Je ne sais pas. Difficile à déterminer. Où est Digby ?

— Je suis là, je suis là. » Un garçon mince, aux cheveux noirs, en chemise, short et tennis en toile descend le chemin en déboulant. Le torchon à carreaux noué autour de son cou flotte derrière lui lorsqu'il passe devant la Vég. Il ne s'arrête de courir que lorsqu'il est au pied de la baleine, juste en dessous de Cristabel, avant d'émettre un murmure admiratif. « Quelle beauté !

— N'est-ce pas ? sourit Cristabel.

— C'est comme si je rêvais, mais je suis réveillé. Une baleine sur notre plage. Elle est à toi, Crista ? Oh, oui ! Tu as pris le drapeau !

— Tu t'en es souvenu juste à temps, Digs. Dis-moi, ils en sont où à la maison ? Tes parents sont réveillés ?

— La situation reste incertaine », dit Digby, qui a six ans. Il est le frère tant attendu de Cristabel, même s'il n'est pas vraiment son frère.

« J'ai réveillé Digby dès que j'ai trouvé le mot. Nous sommes venus aussi vite que possible, ajoute la Vég, qui a sept ans et demi. Tu es très haut perchée, Crista.

— Des pêcheurs arrivent », s'écrie Digby en montrant la mer.

Les filles se retournent, les mains en visière pour se protéger les yeux. Une vive lumière blanche émane du soleil qui se reflète sur l'eau, et les pêcheurs dans leurs bateaux en bois apparaissent telles des silhouettes découpées sur le ciel. À mesure qu'ils se rapprochent, ils s'appuient sur leurs rames et repoussent leurs casquettes en arrière, plissant les yeux vers les enfants et la baleine.

« Qu'est-ce que vous avez là ? crie l'un d'eux.

— Un redoutable Léviathan, répond Cristabel. Il est à moi.

— Vraiment ? » Des rires fusent des bateaux, qui se balancent doucement, les vagues leur battant les flancs. « Vous ne seriez pas mademoiselle Cristabel Seagrave, par hasard ? »

Cristabel les regarde fixement, en tenant fermement la hampe de son drapeau.

« Ça va bientôt commencer à sentir mauvais, dit un autre pêcheur.

— C'est ce qui m'inquiète, rétorque-t-elle.

— Nous verrons ce que les gardes-côtes ont à dire à ce sujet », lui répond-on.

La Vég crie, de sa voix aiguë : « C'est Cristabel qui l'a trouvé.

— Je me doutais que c'était vous, mademoiselle Cristabel, dit le premier pêcheur. Faites attention à vous là-haut. »

Cristabel se redresse et hoche la tête : une reconnaissance muette. « Des gens bien, ces pêcheurs », dit-elle aux plus jeunes. Elle vient d'avoir douze ans ; il n'y a pas grand-chose qu'elle ne sache pas. Elle a lu presque tous les livres de la maison, mais a beaucoup plus appris d'hommes comme eux.

Elle aime les pêcheurs, les gardes-chasse, les forgerons, les bouchers. Elle apprécie à la fois leur compagnie et leurs compétences utiles, car elle admire les choses faites de manière adroite, tout comme elle convoite les outils qui se referment d'un bruit sec et s'empochent facilement. Lorsque les hommes de la région lui enseignent leurs savoir-faire, comme tresser des nœuds marins ou appâter des lignes de pêche, et qu'elle est ensuite capable de les mettre elle-même en pratique, elle éprouve le même sentiment que si elle avait dit : « Maintenant, vous tous, écoutez-moi. » Le sentiment d'avoir écrit des règles à respecter et de les avoir distribuées. Le sentiment d'être à la proue, seule, comme elle l'est maintenant du haut de sa baleine, ses yeux posés sur Digby et la Vég.

Mais quelqu'un d'autre s'approche. M. Bill Brewer, le régisseur de Chilcombe – un ancien agent de recouvrement londonien, repéré dans l'Army Service Corps par Perry, l'ami de Willoughby qui a du flair pour dégoter un homme utile – descend à son tour le chemin accompagné de son épagneul qui, arrivé sur la plage, se met à tourner autour de la baleine en reniflant avec excitation. « Eh bien, eh bien, dit M. Brewer. Qui veut bien m'expliquer ce qu'il se passe ?

— Monsieur Brewer, j'ai besoin que vous alertiez les autorités, dit Cristabel. Je me suis approprié une baleine pour la famille Seagrave.

— Je vois, mademoiselle Cristabel. Vous avez des projets pour cette baleine ? »

Cristabel et Digby échangent un regard. « Nous allons la préserver pour les annales de l'histoire, répond Cristabel.

— Nous rendrons célèbre le nom de Seagrave, ajoute Digby, en caressant la baleine d'un œil approbateur.

— Nous allons examiner ses entrailles pour la science.

— Nous l'exposerons pour que tout le monde puisse venir et s'émerveiller.

— Nous accrocherons ses os au plafond du grand hall.

— Oui ! Nous aurons un énorme squelette dans notre maison !

— Une exposition d'importance nationale.

— Pauvre baleine », murmure la Vég.

M. Brewer regarde la baleine. « Je ne suis pas sûr que Mme Brewer vous permettra de traîner tout ça sur ses sols propres. »

Cristabel lâche prudemment son drapeau, soulagée qu'il reste droit, puis s'accroupit pour s'adresser à Digby d'une voix sifflante : « Il ne joue pas le jeu. Nous allons devoir alerter les autorités nous-mêmes. Pouvez-vous rentrer en courant ? Nous allons devoir envoyer un télégramme.

— À qui ?

— Aux autorités. Je vais rester ici. Pour monter la garde.

— D'accord. » Digby repart en courant, entraînant la Vég avec lui.

Tous deux s'élancent sur le chemin escarpé qui part de la plage et les conduit jusqu'à leur maison. C'est le genre de chemin – comme la Vég l'a souvent remarqué – que l'on aurait peur d'emprunter si l'on ne savait pas où il mène. Il a – comme elle le dit – un côté « limites à ne pas franchir ». Il serpente le long de la falaise, bordé d'ajoncs et de prunelliers envahissants, leurs branches emmêlées hérissées d'épines, de sorte qu'il est impossible de voir où il mène.

Au sommet se trouve un vieux portail en bois au milieu d'une haie mal entretenue avec un panneau d'avertissement : PROPRIÉTÉ PRIVÉE. Digby et la Vég franchissent le portail en courant, et suivent le chemin qui traverse des bois sombres. Des branches craquent sous leurs pieds, et les pigeons ramiers s'envolent des fougères avec un battement d'ailes paniqué ; les rais de lumière du soleil filtrent à travers les arbres. Les bois s'éclaircissent à mesure que le chemin s'élargit et devient moins pentu, pour finalement déboucher sur une grande pelouse. Les enfants sprintent jusqu'à l'entrée de Chilcombe. Ils poussent la lourde porte et, en s'enjoignant l'un l'autre de faire le moins de bruit possible, franchissent prudemment l'entrée et pénètrent dans le grand hall, où la lumière provenant d'une nouvelle coupole en verre encastrée dans le plafond tombe de toute la hauteur du bâtiment et atterrit sur les morceaux d'une bouteille de whisky brisée que ramasse une femme de chambre à quatre pattes.

« Laissez, laissez, dit Willoughby, pieds nus dans l'escalier principal, rentrant une chemise tachée dans un pantalon froissé. Il y aura d'autres bouteilles cassées, j'en suis sûr. Autant s'habituer à les piétiner. Le plus important, c'est le petit-déjeuner. Je meurs d'envie de prendre un petit-déjeuner.

— Oui, monsieur Willoughby, bien monsieur, dit la femme de chambre. Et madame, monsieur ? Voudra-t-elle qu'on lui apporte quelque chose dans sa chambre ?

— Rosalind a renoncé à toute nourriture solide pour le Carême. Elle se contente d'un régime à base de liquides. »

Les enfants lèvent les yeux et voient une porte s'ouvrir sur la galerie ; Rosalind apparaît, les yeux voilés, enveloppée dans un peignoir de soie couleur pêche. « Je t'entends, Willoughby. Ta voix résonne. Je voudrais du thé et des toasts. Tu sais bien que j'aimerais boire du thé et manger des toasts. Mon étui à cigarettes a disparu. »

Willoughby, rejoignant la femme de chambre, murmure : « Au diable le thé et les toasts. J'ai envie de prendre mon petit-déjeuner dehors, sur la pelouse. Vous pouvez faire ça pour moi ? »

« Mon étui à cigarettes en argent, insiste Rosalind. Celui que tu m'as donné.

— Tu devrais vérifier la poche du pantalon de Perry. Tu l'avais certainement quand tu étais assise sur ses genoux.

— C'est toi qui m'as fait asseoir là, Willoughby. Tu parles toujours comme si tu n'avais rien à voir avec quoi que ce soit.

— Il me faut des œufs, précise Willoughby, s'adressant toujours à la femme de chambre. Quel est votre prénom - Lucy ou Elsie ? Je m'y perds. »

Rosalind descend rapidement l'escalier dans ses pantoufles de satin, resserrant la ceinture de son peignoir et dit : « Lucy est partie il y a des mois et il n'y a jamais eu d'Elsie. Laisse cette fille tranquille. Quel que soit son nom, elle doit m'apporter mon thé.

— Pourquoi ton thé et pas mon petit-déjeuner ? Qu'est-ce que tu veux, Rosalind ? »

Elle l'a rejoint à présent et ses mains sont occupées à l'attraper par la taille ; elle tire sur sa chemise, la soulève et pose ses doigts fins sur son ventre. « Je ne t'ai pas entendu te lever. Je me suis réveillée et tu étais parti. Tu m'as laissée seule.

— Je suis sûr d'avoir accompli mon devoir de mari. J'avais faim, femme. J'ai encore faim.

— Digby ! s'écrie Rosalind, remarquant soudain les enfants. Qu'est-ce que tu fais ? Tu es sorti ? Qu'est-ce que tu as autour du cou ?

— Une belle cape en peau de chèvre, Mère.

— On dirait un torchon. Mets un manteau. Tu te souviens quand tu as eu ce terrible rhume de printemps ? Tu n'es pas aussi solide que ton père.

— Son père a faim et mangera des œufs si jamais quelqu'un lui en apporte. » Willoughby passe devant les enfants, ébouriffant les cheveux ternes de la Vég.

La domestique file en direction de la cuisine.

« Nos invités attendent aussi leur petit-déjeuner, Willoughby, dit Rosalind. Combien de personnes étaient ici cette nuit ?

— Sept ? Dix ? L'affreuse femme au turban n'est certainement pas partie, répond-il, sa voix résonnant dans l'entrée en pierre.

— C'est une poétesse américaine. Très admirée.

— Quel malheur ! » rétorque Willoughby depuis la pelouse lumineuse.

Rosalind soupire. « Tu pourrais au moins lui parler. »

La Vég fait un signe de tête encourageant à Digby, le pousse en avant. « Mère ? dit-il.

— Oui, mon chéri.

— Puis-je envoyer un télégramme aux autorités ?

— C'est l'une des idées stupides de Cristabel ?

— Ce n'est pas une idée stupide. C'est une question d'importance nationale.

— Tu ne dois pas la laisser t'intimider, chéri, le sermonne Rosalind. Je sais qu'elle est plus âgée que toi, mais ce n'est pas ta grande sœur, juste une cousine. Elle a de la chance de vivre ici, tout bien considéré.

— Crista n'essaierait jamais de m'intimider, Mère. »

Sur la galerie, d'autres portes de chambres s'ouvrent, et d'autres personnes en peignoir, aux yeux injectés de sang, apparaissent. L'une d'entre elles, un homme mince avec une moustache rousse, est coiffée d'un turban turquoise posé joyeusement de travers sur sa tête.

« Perry ! s'écrie Rosalind en levant les bras, et les rayons du soleil de la coupole accrochent ses manches comme les ailes d'un papillon. Vous êtes un vilain garçon. Vous devriez l'enlever avant que quelqu'un ne le voie.

— Un militaire ne sort jamais sans couvre-chef approprié, répond-il. Mon Dieu, je suis vraiment patraque. J'espère pouvoir boire un verre pour faire passer ma gueule de bois.

— Bien sûr, chéri. Venez, venez. Nous allons petit-déjeuner sur la pelouse.

— Mère ? insiste Digby.

— Demande à M. Brewer, Digby. Je n'ai pas le temps de m'occuper de tout ça. » Rosalind se tourne vers l'escalier pour accueillir les invités qui descendent, puis se retourne vers la Vég. « Qu'est-ce que tu portes ?

— Ma robe de chambre, Mère. Et l'une de mes chaussures. J'ai perdu l'autre dans...

— Tu as réussi à paraître encore moins séduisante que d'habitude. Demande à Maudie de te brosser les cheveux, le peu que tu as.

— Oui, Mère. »

Digby prend la main de la Vég, la presse dans la sienne et l'entraîne à l'écart. Ils traversent le hall et descendent vers le monde sans fenêtre de l'entresol, où ils courent le long d'un couloir bordé en hauteur d'une rangée de clochettes étiquetées – SALLE À MANGER, SALON, BUREAU, CHAMBRE PRINCIPALE, DRESSING, SECONDE CHAMBRE, CHAMBRE D'AMIS 1, CHAMBRE D'AMIS 2 – dont deux sonnent de façon névrotique et insistante.

Le couloir dessert des réserves, des chambres froides, des celliers, des caves à vin. Ces salles souterraines sont remplies de produits du sol au plafond : boîtes de conserve, confitures, jambons, beurriers, bocaux à biscuits et autres, poissons fumés, charcuterie, cakes aux fruits, et bouteilles de champagne empilées sur des rayonnages semblables aux alvéoles d'un nid d'abeille en verre. Au fond du couloir se trouve la cuisine principale, dont les murs carrelés sont recouverts de casseroles en cuivre et qui est équipée d'une grande cuisinière noire avec des fours de chaque côté ; l'on y entend le personnel s'affairer à la préparation du petit-déjeuner dans un grésillement de poêles : harengs fumés, œufs, boudin noir. En passant par là, les enfants peuvent quitter la maison par la porte de derrière, qui donne sur la cour entourée de dépendances en brique. Les quartiers de M. Brewer, où il vit avec son épouse et son jeune fils, sont installés ici, au-dessus de la buanderie.

« M. Brewer a un téléphone dans son bureau. Je pense que nous pourrons l'utiliser pour envoyer un télégramme, dit Digby, alors qu'ils arrivent à la porte qui mène à la maison de M. Brewer. Tu sais comment utiliser un téléphone ?

— Non, dit la Vég, et nous ne pouvons pas entrer dans son bureau sans demander. Ce serait du cambriolage.

— Ce n'est pas du cambriolage si nous devons alerter les autorités.

— Alerter les autorités pour quoi ? demande Betty Brewer, née Bemrose, en ouvrant la porte. Qu'est-ce que vous fabriquez ? Où est cette peste de Cristabel ? »

Digby et la Vég échangent un regard ; ils doutent de la loyauté de Betty. Même maintenant qu'elle est gouvernante à Chilcombe et mariée à l'aimable M. Brewer, ils la soupçonnent d'être toujours aux ordres de Rosalind.

« Bonjour, madame Brewer, dit Digby poliment. Nous ne fabriquons rien du tout. »

Betty fronce les sourcils, accroche un gros trousseau de clés à une boucle autour de sa taille. « Je n'ai pas le temps pour des bêtises aujourd'hui. J'ai huit invités affamés et leurs domestiques à nourrir.

— Cristabel a trouvé une baleine morte et nous devons alerter les autorités », s'exclame la Vég.

Betty ajuste sa robe, remet en place sa large poitrine impérieuse, tire brutalement la porte derrière elle qui se ferme en claquant, et se dirige vers la cuisine d'un pas affairé. « Mademoiselle Florence, je crois avoir dit que je n'ai pas le temps pour des bêtises. »

Digby et la Vég échangent de nouveau un regard entendu.

« Nous allons devoir retourner à la plage et prévenir Crista que nous avons rencontré des difficultés imprévues », conclut la Vég.

Digby grimace.

« Allez, l'encourage la Vég. Elle saura quoi faire. »

Les enfants font le tour de la maison, repartent en direction des bois, mais sont arrêtés par une femme sculpturale aux cheveux teints en blond, vêtue d'un peignoir à motifs, qui traverse la pelouse avec un porte-cigarettes et un verre à champagne. « Oh, salut, dit-elle, d'une voix curieusement traînante. Êtes-vous les héritiers du domaine, jeunes écureuils qui détalez ? Pouvez-vous m'indiquer où se trouve la mer ? Je trouve revigorant de communier avec l'océan avant le petit-déjeuner. Je sens qu'il est proche – je sens une bouffée d'air salin. »

La Vég indique du doigt le chemin qui traverse les bois : « C'est par là.

— Je vous remercie. Mais dites-moi, pourquoi cette course effrénée ?

— Il y a une baleine morte et... », répond la Vég, mais Digby l'interrompt d'un coup de coude.

« Vous plaisantez. » La femme a un visage long et expressif, à la fois solennel et plein d'humour, aux sourcils qu'elle a elle-même dessinés. Elle se retourne et crie en direction d'un groupe de personnes réunies autour d'une table à l'extérieur de la maison. « Ces enfants disent qu'il y a une baleine morte échouée sur la plage. Est-ce un phénomène courant ? »

Digby s'écrie à son tour : « Bonjour à tous. Crista a revendiqué la baleine comme appartenant à la famille Seagrave. Inutile d'en faire toute une histoire.

— Trop tard, Digby, mon vieux. S'il y a une baleine sur la plage, elle appartient déjà à quelqu'un », lui lance un homme coiffé d'un turban, Perry, l'ami de garnison de Willoughby, qui vient si souvent à la maison que les enfants le connaissent sous le nom d'Oncle Perry.

« À quelqu'un ? À qui ?

— Le roi, mon garçon. Tout ce qui échoue sur les plages d'Angleterre appartient de droit au monarque. Baleines, dauphins, marsouins. S'ils s'échouent sur le rivage, ce sont des "cétacés royaux". Une loi qui remonte à l'époque saxonne, si je me souviens bien.

— C'est vraiment vrai, Oncle Perry ?

— Je le jure. »

La femme blonde tape des mains. « Je ne me lasserai jamais de ces lois anglaises excentriques. Pourquoi une loi sur les baleines ? Oh mon Dieu ! C'est si absurde que c'en est beau. »

Depuis la table, Rosalind appelle : « Myrtle chérie, ne perdez pas votre temps avec les enfants, venez prendre votre petit-déjeuner. Je veux en savoir plus sur ce Russe que vous avez rencontré en France. »

La femme glisse sur l'herbe, tourne en rond, dansant à moitié, faisant rire les convives du petit-déjeuner.

La Vég pose sa main sur le bras de Digby. « Il va falloir parler du roi à Crista. »

Digby tourne ses grands yeux bruns vers sa demi-sœur. « Mince alors, Flossie. Ça ne va pas lui plaire. Pas du tout. »

Sur la plage, Cristabel est assise en tailleur sur la baleine, tenant la hampe du drapeau à la verticale, tandis que son drapeau, un vieux mouchoir avec les armoiries des Seagrave reproduites à l'encre – un lion couronné rampant – flotte dans la brise. Son visage, sous la ligne droite de sa frange, est résolu, déterminé. La baleine est maintenant entourée de curieux, de pêcheurs locaux et d'habitants du village, qui la tâtent du bout d'un doigt et poussent des cris d'exclamation, tandis que des enfants grimpent sur sa queue et font semblant de la chevaucher. M. Brewer et son chien sont toujours là, ainsi que quelques autres domestiques de Chilcombe. On parle de l'arrivée possible d'un garde-côte et peut-être d'un photographe de presse.

Digby et la Vég se frayent un chemin à travers la foule.

Cristabel surprend le regard de Digby. « Qu'est-ce qu'il y a, Digs ?

— Des mauvaises nouvelles, j'en ai peur. Oncle Perry dit que tu ne peux pas en revendiquer la propriété. Il dit que la baleine appartient au roi.

— Appartient à qui ?

— Au roi. Perry dit que le roi George possède toutes les baleines échouées.

— Mais elle est à moi. C'est moi qui l'ai trouvée. Le roi George ne sait même pas qu'elle est ici.

— Perry dit qu'il y a une loi. Je suis désolé, Crista.

— Comment diable peut-il y avoir une loi sur les baleines échouées ?

— Je suppose que si on est roi, on peut avoir des lois pour tout, intervient la Vég.

— C'est la chose la plus sacrément injuste que j'aie jamais entendue ! » rétorque Cristabel en arrachant sa hampe de drapeau de la carcasse et en la jetant sur les galets, où elle est joyeusement rattrapée par l'épagneul de M. Brewer.

M. Brewer, qui récupère calmement le bâton de la gueule de son chien, dit : « Dans la vie, il n'y a pas grand-chose de juste, mademoiselle Cristabel. Allez-vous descendre maintenant ? Ce doit être l'heure de votre petit déjeuner. »

Digby ajoute : « On va petit-déjeuner, Crista ? Tu n'es pas affamée ? Nous pourrons revenir plus tard. » Il s'appuie confortablement contre la baleine et, la tête levée, regarde Cristabel.

Elle ferme les yeux et pose ses mains sur la créature sous elle. Elle sent la brise printanière sur son visage, entend les vagues qui frappent les galets. Elle est fatiguée, étourdie, après avoir passé presque toute la nuit debout. Elle élève son esprit au-dessus du bavardage des gens qui l'entourent, et invoque le souvenir des premières heures de la journée, quand elle est montée à l'assaut de la baleine, qui était devenue la sienne : quelque chose qu'elle a trouvé et dont elle a revendiqué la propriété. Cette bête imposante, son trésor mérité, dont la privent maintenant de vieilles lois ridicules.

Elle entend la Vég, loin en bas, qui propose : « On pourrait creuser un fossé autour de la baleine, Crista. »

Cristabel ouvre les yeux et glisse le long du flanc de l'animal pour retomber sur ses pieds. Elle passe rapidement devant M. Brewer et la foule stupéfaite, bouche bée. La Vég et Digby courent pour la rattraper alors qu'elle remonte le chemin de la falaise, les poings serrés.

Elle parle sans les regarder. « C'est peut-être la sienne, mais ça ne devrait pas l'être. Les lois doivent toujours être justes. C'est comme ça en Angleterre. Je rentre maintenant parce que j'ai faim, mais c'est toujours ma baleine. Je veux dire par là : ce sera ma baleine. Je dois juste comprendre comment, et si je dois en parler directement au roi, je lui parlerai. »

L'ARRIVÉE DU DIEU POSÉIDON

Mars 1928

La soupente donne à Cristabel l'impression d'être Alice au pays des merveilles, comme si elle était trop grande pour la pièce. Allongée sur son lit étroit, elle imagine que ses jambes grandissent jusqu'à ce que ses pieds dépassent par la fenêtre. Dehors, il fait soleil. Les freux bavardent dans les arbres. Elle aimerait être sur la plage avec sa baleine. Elle se demande quel roi fou a inventé les lois de la baleine. Elle s'interroge sur l'homme qui a écrit *Alice au pays des merveilles.* Il ne devait pas être très raisonnable non plus.

« Tenez-vous tranquille, mademoiselle Cristabel, pour l'amour du ciel », supplie Maudie, qui est accroupie au pied du lit de Cristabel et essaie de lui lacer ses bottines.

La tête sur l'oreiller, elle peut s'étirer et toucher le plafond dont la pente descend jusqu'au plancher. Les murs et le plafond ont récemment été recouverts d'un papier peint audacieux à rayures rouges et blanches, à l'image d'un chapiteau de cirque. D'après Rosalind, c'est la dernière mode.

Beaucoup de choses à la maison sont désormais à la dernière mode. Cristabel n'en aime aucune. La baignoire en chrome. L'armoire à cocktail vitrée. La table de billard au tapis bleu. Le pouf en peau de girafe. Les choses à la dernière mode arrivent à Chilcombe dans des caisses portées par des livreurs en sueur, et occasionnent une agitation générale, comme si la chose dernier cri allait tout changer ; mais aucun article, une fois installé où il se doit et englobé dans le quotidien, ne tient ses promesses. Les choses à la dernière mode ne le restent pas longtemps. Trop modernes pour s'intégrer dans la maison ancienne ou pas assez pour éviter d'être remplacées, elles deviennent vite des objets d'insatisfaction, s'effaçant dans le décor ou disparaissant d'elles-mêmes.

« Allez, debout », dit Maudie, une jeune femme de vingt-deux ans, costaude, aux sourcils épais et aux cheveux bruns crépus à peine retenus par sa coiffe de domestique.

Cristabel est tirée par les pieds, redressée et brossée. Ses cheveux noirs sont humidifiés avec de l'eau et peignés rapidement pour retrouver leur carré lisse habituel : des mèches, raides, encadrent son visage peu souriant. Puis on la force à manger un bol de bouillie gélatineuse avant de l'envoyer, avec la Vég, longer le couloir du grenier jusqu'à la salle de classe pour des leçons de français avec leur dernière préceptrice, Mlle Aubert.

Mlle Aubert est la sixième préceptrice française des filles. Rosalind insiste pour qu'elles aient une préceptrice française, bien qu'elles se débarrassent efficacement de toutes celles qui sont engagées. Et même si Cristabel admet volontiers avoir joué un rôle dans leurs départs précipités, elle est d'avis que le comportement erratique de Rosalind est en grande partie responsable de la rotation rapide du personnel à Chilcombe. Elle a entendu parler, à l'entresol, de comportements d'ivrogne, d'exigences scandaleuses. Les domestiques disent que Rosalind dépense jusqu'au dernier centime de l'assurance-vie de Jasper pour l'ameublement de la maison et les fêtes, mais se souvient rarement de payer leurs salaires. Cristabel l'a rapporté à l'oncle Willoughby. « Rosalind n'inspire pas suffisamment de respect au personnel.

— Cristabel, ma chérie, tu sais très bien qu'elle préférerait que tu ne l'appelles pas Rosalind.

— Vous ne pouvez pas sérieusement vous attendre à ce que je l'appelle maman.

— Je suppose que non. Tatie ? Ne me regarde pas comme ça. »

De sa chaise face à son bureau dans la salle de classe mansardée, Cristabel entend le ronronnement régulier du moteur de la dernière automobile de l'oncle Willoughby, une Daimler sport, qui descend l'allée. Il sera de sortie toute la journée, filant à toute allure à travers le comté, le monde s'éloignant sous lui comme une mappemonde qui tourne sur son axe.

« Faites attention, mademoiselle Cristabel, *s'il vous plaît**, dit Mlle Aubert, une jeune femme austère au visage parsemé de grains de beauté sombres. Laissez cette mappemonde tranquille. Elle est destinée à Maître Digby pour son apprentissage de la géographie. »

Cristabel donne un dernier tour à la mappemonde, observant les pays se fondre en une masse multicolore, dominée par l'étendue rose de l'Empire britannique, avec ses indigènes, ses plantations de thé et des civilisations anciennes où grand-père Robert a réprimé des soulèvements, ouvert des tombeaux et abattu des lions. Personne n'a jamais essayé de l'empêcher de revendiquer ses trésors. Elle se demande s'il a déjà dû raisonner un roi. Et donc : serait-il possible d'empailler une baleine ? Cristabel note mentalement de poser la question au dernier précepteur de Digby – qui est plutôt une mauviette, mais utile pour fournir des informations scientifiques.

Dans la salle de classe privée d'air, le silence n'est rompu que par le grincement de la craie de Mlle Aubert sur le tableau noir alors qu'elle écrit l'auxiliaire *être**; le bourdonnement d'une mouche bleue qui se cogne contre une fenêtre ; et les coups sourds et réguliers de la bottine de la Vég contre un pied de chaise. Cristabel entend les portes s'ouvrir et se fermer en bas tandis que les femmes de chambre vaquent à leurs occupations. Ailleurs dans la maison se trouvent Digby et son précepteur – ledit précepteur s'efforçant de combler les lacunes de Digby avant qu'il ne parte en pension en septembre.

L'air dans les combles est étouffant. Il y fait toujours trop chaud ou trop froid. Il n'y a qu'une seule petite cheminée dans la chambre des filles ; elle est protégée par un pare-feu en bois où les vêtements humides des enfants sont suspendus, dégageant de la vapeur, face à un rocking-chair où des nounous ont apaisé des générations de nourrissons Seagrave agités, ses patins grinçant sur le plancher.

« Pensez-vous que nous devrions sauver cette mouche ? demande la Vég.

— Non, répond Mlle Aubert. Nous révisons les verbes jusqu'à ce que vous les conjuguiez correctement.

— Des verbes ? *Alors* !* s'écrie Cristabel en levant les mains paumes en l'air dans un geste d'impuissance. *Pourquoi** ? Poor *moi**. »

La Vég s'esclaffe.

« Bravo, mademoiselle Cristabel, dit Mlle Aubert en examinant ses cuticules. C'est malin de se moquer des leçons. » La flegmatique Mlle Aubert se révèle une adversaire redoutable. Elle a déjà surpassé toutes celles qui l'ont précédée, principalement parce qu'elle n'a aucun désir d'être aimée. Elle considère tout signe d'amabilité comme une faiblesse chez ceux qui sont assez fous pour l'approcher aimablement. Willoughby a remarqué que Rosalind a employé la seule fille française désagréable qu'il ait jamais rencontrée.

« Vous aussi vous devez détester les verbes », lance Cristabel.

Mlle Aubert croise les bras. « Les verbes français sont simples. Les verbes anglais sont difficiles. Si vous aviez eu à apprendre les verbes anglais, vous auriez peut-être une raison de vous plaindre.

— Pourquoi vous en êtes-vous donné la peine ?

— Parce que je ne suis pas une paresseuse. Vous, mademoiselle Cristabel, vous serez comme ces dames anglaises qui vont à Paris pour acheter des chapeaux fantaisie, qui crient en anglais sur les vendeuses, et ne comprennent pas quand ces mêmes vendeuses leur disent en français qu'elles vont leur faire payer le double de ce que coûtent vraiment leurs beaux chapeaux fantaisie. Elles ne comprennent pas parce qu'elles ont été trop paresseuses pour apprendre leurs verbes.

— Je déteste les chapeaux fantaisie.

— Mais si on vous disait que vous avez une tête d'âne, vous voudriez peut-être le savoir. » Mlle Aubert tapote le tableau. « *Être.*

— C'est quoi *donkey* en français ? Un *baudet** ? Comment dit-on *the face of the donkey* ?

— *Être**.

— *Vous tête de baudet** ?

— Sans le verbe approprié, vos insultes ne vaudront rien. »

Cristabel pose sa tête sur son bureau pendant un moment. Puis, d'une voix sourde dit : « Très bien. Je vais apprendre correctement les verbes. Mais seulement pour pouvoir insulter correctement les gens. »

L'impassible Mlle Aubert regarde par la fenêtre, en enroulant lentement un cahier. « *Être** », prononce-t-elle, avant de se débarrasser d'une tape efficace de la mouche bleue bourdonnante.

Après de nombreuses et interminables heures, il est temps de déjeuner. Autour d'un repas tiède composé de bœuf et de pommes de terre bouillis, suivis d'un riz au lait, Cristabel tente d'entamer un débat avec la Vég sur le voyage dans le temps. Un inventeur scientifique pourrait-il créer une machine à l'aide de leviers et d'horloges qui les ramènerait à hier ?

« Je n'ai pas aimé hier, objecte la Vég, il y avait des pruneaux en dessert. » Son visage rond est sérieux, les sourcils froncés.

« Moi non plus, mais ce serait dans l'intérêt de l'avancement des connaissances, dit Cristabel. Imagine, si tu revenais à hier, tu pourrais te rencontrer toi-même.

— Me rencontrer ? » La Vég a l'air inquiète.

Cristabel poursuit : « Ou bien tu pourrais retourner à l'époque des Saxons et demander que les lois concernant les baleines soient réécrites parce qu'elles sont injustes.

— Assez d'histoires sans queue ni tête, dit Mlle Aubert, qui considère que la plupart des histoires sont absurdes, sans queue ni tête.

— Quel est le mot français pour *whale* ? demande Cristabel.

— *Baleine**.

— Quel est le mot français pour *injustice* ?

— Mangez votre dessert. »

Après le déjeuner, les filles font leur promenade de l'après-midi. Précédées de Mlle Aubert, elles descendent les escaliers et traversent le grand hall, qui, sous la juridiction de Rosalind, est maintenant rempli de tapis en fourrure coûteux, de fauteuils aux lignes arrondies en tissu crème et en bois marqueté brillant, et de tables d'appoint circulaires sur la surface desquelles sont posés des lampes décoratives, des magazines et des cendriers. Les anciens chandeliers en laiton ont été retirés des murs et remplacés par des lampes électriques sphériques en verre. Là où il y avait autrefois des tapisseries de batailles se trouvent maintenant des miroirs sophistiqués. Le piano à queue a été déplacé au milieu de la pièce et est surmonté de photographies encadrées de gens en tenue de tennis, ainsi que d'un vase en verre cannelé rempli de fleurs légèrement carnivores.

Mais si le rez-de-chaussée ne ressemble plus à une salle médiévale, les galeries lointaines, avec leurs boiseries sombres, conservent une certaine austérité. La lumière du jour qui entre par la nouvelle coupole de verre semble mettre un certain temps à tomber sur le mobilier moderne, de la même manière qu'un rai de soleil est ralenti lorsqu'il traverse les profondeurs de l'océan, et de la même manière qu'un changement de loi est retardé par son passage devant la Chambre des lords.

Dehors, c'est une belle journée. Mlle Aubert ajuste le chapeau de la Vég pour lui protéger le visage du soleil, et elles se mettent en route, traversant la pelouse : Cristabel ouvre la marche d'un pas martial en portant un seau, suivie de la Vég qui chante pour elle-même et de Mlle Aubert qui ferme la marche. Elles empruntent un chemin détourné, car Mlle Aubert insiste pour éviter celui qui les mènerait directement à la plage où repose la baleine en décomposition, dont la seule vue lui donne la *nôôsée*.

Faire en sorte que la baleine reste dans le Dorset n'a pas été de tout repos. Quelques jours après son échouement, un fonctionnaire en uniforme du HM Coastguard était venu de Portland pour se planter à côté de la tête de l'animal et annoncer qu'il l'annexait pour le roi. Mais il était vite devenu évident – après des télégrammes lapidaires échangés avec le personnel du palais – que le roi ne viendrait pas récupérer sa nouvelle acquisition.

Le fonctionnaire en uniforme avait alors déclaré qu'il vendrait la baleine aux enchères au nom du roi. Cristabel, qui avait été ramenée à la maison par Mlle Aubert, s'était mise à écrire des lettres au roi, dans lesquelles elle se comparait au plus grand explorateur anglais, le capitaine Scott, qui s'était héroïquement battu pour atteindre le pôle Sud, mais avait découvert que les Norvégiens y avaient déjà planté leur drapeau. Elle n'avait jamais reçu de réponse.

Elle avait été dégoûtée d'apprendre par M. Brewer que les enchères n'étaient pas très élevées, et la baleine avait finalement été vendue pour trente livres à un instituteur d'Affpuddle à la retraite. Le maître d'école avait déclaré au journal local qu'il exposerait son squelette dans son jardin et donnerait des conférences sur la plus puissante des créations de Dieu. On était allé chercher des charpentiers équipés de cisailles et de scies, pour désosser cette création divine. Les enfants Seagrave avaient rejoint la foule réunie sur la plage pour assister à la scène macabre.

Ce fut un spectacle perturbant. Des hommes en bottes de caoutchouc rampant en haut de la baleine, découpant son corps lisse comme s'il s'agissait d'un jambon géant, son sang dégoulinant en éclaboussant les galets. Cependant, il s'était avéré que l'instituteur à la retraite n'ayant pas discuté de ses plans ambitieux avec sa femme, la baleine n'aurait finalement pas de nouveau foyer à Affpuddle. L'autopsie avait alors été interrompue et les hommes en bottes en caoutchouc s'étaient retirés au pub en maugréant. Les garçons de la région avaient été payés pour emporter les morceaux de baleine dans des brouettes jusqu'au village, où la graisse avait été transportée par charrette jusqu'au marché de Dorchester afin d'être vendue pour fabriquer du savon, tandis que les organes avaient été distribués aux chasseurs de la région pour nourrir leurs chiens.

Malgré une odeur de plus en plus nauséabonde, avec des relents de gaz, ce qui restait de la baleine partiellement découpée demeurait une curiosité populaire. Des étudiants en zoologie étaient venus la voir et l'avaient identifiée comme *Balaenoptera physalus*, un rorqual commun.

Un spécimen mâle âgé, loin de son terrain de chasse habituel. Ils étaient perplexes quant à son surprenant échouement, mais avaient supposé qu'il avait été heurté par un navire. En raison de son état de décomposition progressive, la tête du mammifère s'était dégonflée et sa mâchoire ouverte, révélant une frange hérissée à la place des dents. Les étudiants avaient expliqué que ce matériau, qui ressemblait à des plumes serrées, était appelé « fanon » et servait à filtrer l'eau de mer, de la même manière que la moustache d'un gentleman sert de passoire pour la soupe.

Ils avaient précisé que des bandes de fanon étaient utilisées pour fabriquer les baleines des corsets victoriens, et ce concept avait ravi les enfants : utiliser une passoire à soupe provenant de la bouche d'une baleine pour serrer la taille des femmes. Les vieilles photos des grands-mères Seagrave étaient désormais vues sous un jour différent : sous leurs robes à col haut, elles avaient des morceaux de bouche de mammifère accrochés à leur poitrine, telles des cannibales.

Tandis que les élèves poursuivaient leurs explications sur les produits dérivés de la baleine et sur la façon dont ils avaient contribué au progrès de l'homme à travers les âges, Cristabel avait tranquillement posé une main sur le flanc de sa créature découpée. Avec le petit œil placé de façon redondante sur le côté de sa tête volumineuse, Cristabel ne pouvait pas imaginer comment la créature voyait où elle allait. Cet œil était comme un hublot pour un passager sur un paquebot, juste un endroit pour regarder les choses qui passent.

Elle rêvait de la baleine presque toutes les nuits. Dans ses rêves, elle était à nouveau la découvreuse triomphante ; la baleine, entière et belle, reposait à ses pieds, encalminée. Parfois, elle rêvait que sa baleine était vivante et que lorsqu'elle atteignait la crête de l'océan, maîtresse des mers, ressuscitée comme il se devait, elle montait sur son dos.

C'est ce à quoi pense Cristabel, les baleines et les rêves, lorsque toutes trois atteignent enfin le rivage. Elles peuvent distinguer les restes de la créature près d'un petit cap, à environ huit cents mètres de distance.

Mlle Aubert, le soleil de l'après-midi creusant des lignes sombres sur son visage, s'assied sur la plage, s'adosse à un gros rocher et ferme les yeux. « Les filles, trouvez des choses à mettre dans votre seau. Ramassez des coquillages pour Mme Rosalind. »

C'est leur chance. L'expérience leur a appris que Mlle Aubert peut s'endormir quelques secondes seulement après avoir fermé les yeux ; alors, avant qu'elle ne se réveille, et si elles se dépêchent, elles pourront atteindre la baleine. « Courons », siffle Cristabel, en jetant le seau et en prenant la Vég par la main. Elles prennent de la vitesse, les galets grincent et se tordent dangereusement sous leurs bottines.

Mais au moment où elles contournent le cap, la Vég retient Cristabel, car il y a des enfants en train de grimper sur leur baleine. Quatre ou cinq enfants, nus comme des sauvages, qui escaladent sa carcasse comme des crabes, leurs corps brillant au soleil. Cristabel leur lance un regard féroce. Il est douloureux de voir sa baleine réquisitionnée de la sorte, comme de voir des pirates prendre d'assaut un navire de la marine britannique. L'un des enfants s'accroupit, en équilibre sur la cage thoracique de la baleine, et leur lance un regard noir en retour. Ils sont trempés, des mèches de cheveux noirs pendent sur leurs épaules, et ils se déplacent avec autant d'agilité que les célèbres singes de Barbarie.

La Vég, les joues rouges et stupéfaite, murmure : « Que font-ils ? »

Mais elle n'a pas fini d'être étonnée. En effet, au même moment, elles entendent une voix tonitruante surgissant de l'océan. Un homme barbu se tient dans le ressac, et lui non plus n'a pas de vêtements. Il crie : « L'eau est divine ! »

Pendant un instant, Cristabel croit qu'il s'agit du dieu Poséidon, venu des profondeurs de la mer pour les emmener sur son char, mais elle entend des voix qui lui répondent et se retourne pour voir deux femmes qui débarquent sur la plage en short et en chemise. Elles portent des serviettes de bain et l'une d'elles a un panier qu'elle laisse tomber avec fracas en criant : « Pas aussi divin que le champagne, je parie !

— Ha ! » s'écrie Poséidon. Sa voix grave rebondit sur la mer. « Parfait ! » Il se laisse tomber en arrière, les bras tendus, pour flotter sur l'eau claire.

L'une des femmes s'approche de Cristabel et la Vég en agitant la main. « Bonjour, dit-elle. Je ne suis pas sûre que nous ayons eu le plaisir de vous rencontrer. »

La Vég ne peut que couiner comme une souris et c'est à Cristabel d'annoncer qu'elles sont les filles de la famille Seagrave.

« Vous habitez ici ? demande la femme, en rejetant en arrière ses cheveux, qui sont courts comme ceux d'un garçon.

— Nous vivons dans notre maison, le manoir de Chilcombe », répond Cristabel.

L'autre femme intervient. « L'enfant a dit Chilcombe ? N'est-ce pas là que Rosalind Elliot a atterri ? Ma mère me l'a dit, j'en suis sûre.

— Rosalind Elliot ? Aussi loin de Londres ? rétorque la première femme. Inconcevable.

— Chérie, c'est exactement ce que je me suis dit.

— Que diable fait-elle ici ? Des œuvres de bienfaisance ? »

À la mention de sa mère, la Vég trouve le courage de parler et déclare : « Rosalind est ma mère. »

« C'est une sacrée surprise, dit la première femme. Nous devons rendre visite à Ros. Découvrir pourquoi elle est devenue autochtone. On ne peut qu'imaginer qu'elle n'a pas eu le choix.

— Tu es monstrueuse, Hilly, dit l'autre. Tout comme l'odeur de cette baleine en décomposition, mon Dieu.

— Ne reste pas face au vent, chérie. Viens par ici. »

Maintenant que les femmes sont plus proches, Cristabel peut voir qu'elles sont presque identiques. Toutes deux sont minces et ont une poitrine plate, tout en os, avec des cheveux blonds coiffés en arrière pour dégager leurs visages aux traits anguleux. Des femmes faites de lignes droites, comme les illustrations des magazines de Rosalind.

Poséidon sort de l'océan à grand bruit, trébuchant sur les galets. Presque tout son corps trapu est recouvert de poils bouclés ; une ligne de fourrure sombre court le long de son ventre.

« Holà ! crie-t-il en agitant les bras en direction des filles Seagrave. Qui va là ? »

Cristabel est perplexe, car elle ne connaît pas le protocole à respecter pour accueillir un homme nu et poilu. La Vég résout ce dilemme en se couvrant le visage des mains et en disant : « Nous sommes Florence et Cristabel. Comment allez-vous ? »

Cristabel, piquée au vif, car la Vég a répondu avant elle, décide de regarder la barbe de l'homme et rien d'autre.

Lorsqu'elle lève les yeux pour localiser cette barbe, elle la voit qui fonce droit sur elle.

« Cette enfant a un visage tel, dit l'homme, que j'ai cru un instant qu'Anna Akhmatova m'avait suivi jusqu'ici. » Il tend une main, humide à cause de l'océan, et attrape la mâchoire de Cristabel pour en tracer les contours, comme un bandage pour un mal de dents. « Je devrais te peindre », déclare-t-il. Et elle pense d'abord qu'il veut la décorer, la recouvrir de peinture visqueuse jusqu'à ce qu'elle devienne une statue sans yeux. Au loin, elle entend l'appel plaintif – on dirait le bruit d'un moustique – de Mlle Aubert.

« Nous devons partir à présent, dit la Vég, les mains toujours plaquées sur son visage, en commençant à rebrousser chemin. C'est notre préceptrice. Elle a remarqué que nous nous sommes absentées, alors n'essayez pas de nous capturer. »

L'homme nu sourit avec bienveillance et lève les mains en un geste expansif. « C'est toujours comme ça, non ? À peine s'est-on rencontrés qu'il faut se séparer. » Ses cheveux noirs clairsemés sont rejetés en arrière, révélant un front proéminent et des yeux sombres enfoncés. Il a les pommettes carrées d'un boxeur et un cou de taureau.

« Je vous demande pardon, mais c'est notre plage, déclare Cristabel. C'est notre plage et ces enfants sont sur ma baleine.

— C'est ta baleine ? demande l'une des deux femmes. Tu peux faire quelque chose contre cette puanteur ? »

L'autre femme se veut rassurante : « Ne vous inquiétez pas, les filles, nous connaissons votre mère. On va lui rendre visite. Ros va être dans tous ses états.

— Tu l'as dit », acquiesce la première femme, en passant son bras autour de la taille de sa compagne. Derrière elles, les enfants sauvages rebondissent sur la baleine. L'un d'eux tire la langue.

« Rosalind n'est pas ma mère », dit Cristabel, ignorant Flossie qui l'agrippe par la manche.

Mlle Aubert a fait le tour du cap et arrive à grands pas, portée par ses jambes robustes. « *Alors ! Criiistabel ! Floorrence* !* Éloignez-vous de cette baleine puante ! »

L'homme, qui a ramassé une serviette et l'enroule autour de sa taille, lève les yeux avec intérêt. « Bonjour, s'écrie-t-il, avant d'ajouter dans un français au fort accent : Quel salaire dérisoire vous paient-ils pour que vous couriez après leurs enfants à leur place ? »

Mlle Aubert répond dans sa langue maternelle : « Pardonnez-moi, mais cela ne vous regarde pas, monsieur.

— Tant que ça, hein ? dit l'homme, toujours en français. Ah, mais c'est un privilège, pour une domestique, de courir après les enfants des riches par une belle journée comme celle-ci, non ? »

Mlle Aubert s'approche, essoufflée. « Je ne suis pas une domestique, monsieur. Je viens d'une bonne famille.

— Je n'en doute pas, mademoiselle. Moi aussi, je viens d'une bonne famille, avec une belle maison dans la plus belle ville de Russie et, l'année dernière, mon frère conduisait un taxi dans Paris pendant que je faisais des portraits d'épouses d'hommes riches sur les bords de la Seine, et aucun de nous deux ne pourrait vous dire si nos parents sont vivants ou morts. C'est ainsi que ça se passe de nos jours, en ces temps modernes, n'est-ce pas ? Et nous nous retrouvons ici, échoués sur les plages anglaises. »

Mlle Aubert fronce les sourcils devant ce curieux inconnu qui parle sa langue, et revient à son anglais poussif : « Vous connaissez Paris ?

— Comme je connais le corps de mes maîtresses », répond-il, toujours en anglais.

Le froncement de sourcils de Mlle Aubert s'accentue. « C'était chez moi.

— Alors il faut que nous parlions ensemble de Paris. C'est la seule ville, n'est-ce pas ? »

Mlle Aubert croise les bras. « Pour vous, peut-être. Plus pour moi.

— Mais pourquoi ? »

Mlle Aubert se renfrogne.

L'homme la regarde attentivement. « Laissez-moi deviner. Votre famille n'est plus ce qu'elle était. Il y a eu des moments difficiles. »

Elle acquiesce d'un geste.

Il continue : « Avant, vous avez eu une vie de plaisirs. Une belle maison. »

Mlle Aubert rit amèrement. « Faubourg Saint-Germain. Des fleurs fraîches tous les jours de l'année.

— Faubourg Saint-Germain ? Et maintenant vous courez après les enfants. *Ach.* Quel terrible destin a frappé la maison des fleurs ?

— Cela, monsieur, ne vous regarde pas.

— En effet », répond-il cordialement.

Mlle Aubert fait grincer sa mâchoire. « Ne me prenez pas pour une idiote.

— Je ne me permettrais pas.

— La maison n'a pas été perdue par bêtise.

— Qui pourrait penser cela ?

— Mon père est mort à la bataille de la Marne, en héros. Il n'a jamais pensé qu'il allait mourir.

— Les héros n'y pensent jamais.

— À présent, ma mère vit au-dessus d'une boutique de la rue des Rosiers. Elle fait des travaux de couture. Elle espère qu'un homme riche l'épousera et que nous pourrons retrouver une famille. Mais elle est vieille et ruinée. »

Cristabel et la Vég regardent fixement Mlle Aubert. Elles ne l'ont jamais entendue parler autant. Jusqu'à maintenant, elles la voyaient comme un solide obstacle, couvert d'une robe noire peu flatteuse, pas vraiment une personne, et certainement pas une personne avec une histoire. C'est fascinant d'entendre parler de gens qui vivent dans de belles maisons à Paris et de mères ruinées qui font des travaux de couture, car la France est un pays qu'elles ne connaissent que comme l'endroit où les soldats de l'Empire ont courageusement donné leur vie pendant la Grande Guerre, et où Rosalind et Willoughby vont pour être loin des enfants ; ce qui, dans tous les cas, ne suggère aucunement une population autochtone se livrant à des occupations intéressantes.

« L'horloge tourne lentement pour ceux qui attendent le retour du passé, dit l'homme, et il tend la main. Je suis Taras Grigorevich Kovalsky. C'est un honneur de vous rencontrer. »

Mlle Aubert, dont les yeux se réduisent à des piqûres d'épingle, caresse pensivement le grain de beauté sur sa lèvre supérieure, puis tend la main à Taras Grigorevitch Kovalsky et ne semble pas le moins du monde surprise quand il se penche pour la baiser. « Je suis mademoiselle Aubert, déclare-t-elle par-dessus sa tête inclinée, Ernestine Aubert. »

L'une des femmes blondes, voyant les yeux écarquillés de la Vég, dit d'une voix forte : « Tout le monde finit par raconter sa vie à Taras, chérie. Normalement juste avant d'accepter de se déshabiller pour lui. C'est une bête rusée, tu verras. »

Mlle Aubert lui lance un regard furieux, puis prend la main de la Vég et remonte la plage en disant : « *Au revoir, monsieur Kovalsky**. »

M. Kovalsky, le dieu Poséidon, le portraitiste, la bête rusée, salue Mlle Aubert et la Vég, puis se tourne vers Cristabel pour lui sourire affectueusement, et c'est comme si ce sourire était tout à fait habituel, simplement la suite d'une série de sourires précédents. Il se penche et fait un signe de tête en direction de la baleine. « Je suis venu pour cette créature. Je veux la peindre. Tu dis qu'elle t'appartient. » Ses yeux sont noirs et brillent.

« C'est moi qui l'ai découverte, monsieur, dit Cristabel.

— Tu as donc des droits sur elle.

— Précisément.

— Me permets-tu de peindre son portrait ? »

Elle réfléchit un moment, puis dit : « D'accord. *Oui**. Je vous donne la permission. Mais faites descendre ces enfants. Ils doivent la traiter avec respect.

— Ce sera fait. » Il joint les mains. « *Merci**.

— *De rien**. J'espère que ce sera un beau portrait. » M. Kovalsky s'éloigne en disant : « J'espère que nos chemins se croiseront à nouveau, gardienne de la baleine. »

Cristabel court après la Vég et Mlle Aubert. Elle ne se retourne qu'une fois pour apercevoir M. Kovalsky qui boit du champagne à la bouteille, la tête rejetée en arrière, et les deux femmes qui s'arrachent mutuellement leurs chemises. Puis M. Kovalsky braille sur les enfants sauvages et ils disparaissent de sur la baleine comme soufflés par la force de sa voix.

Tout au long l'après-midi, pendant les cours, Cristabel continue à voir M. Kovalsky dans sa tête ; elle tient son image comme un coquillage qu'elle aurait ramassé. Mlle Aubert – Ernestine ! – est également distraite. Cristabel et la Vég la surprennent en train de regarder par la fenêtre, fredonnant un air inconnu. Elle leur demande de répondre aux questions suivantes : « À quelle distance se trouve la station de métro ? » et « Combien coûtent ces belles tulipes ? ».

Les femmes blondes avaient parlé de Rosalind et évoqué la possibilité de lui rendre visite à Chilcombe. Mais Cristabel ne partagera pas cette information, cette rencontre possible, avec Rosalind la pie, parce que Rosalind voudra que M. Kovalsky et ses étranges compagnes soient ses nouvelles choses à la dernière mode. Rosalind avec sa tête penchée, ses griffes. Non, Cristabel gardera ce trésor, cette brillante découverte, aussi longtemps qu'elle le pourra. C'est un coquillage soigneusement caché à l'intérieur de ses paumes de main ; et ses mains jointes ressemblent à celles de quelqu'un sur le point d'applaudir.

BIENVENUE À CHILCOMBE

Avril 1928

Il fait trop chaud pour rester à l'intérieur. Mlle Aubert a pris son après-midi et écrit des lettres, sans doute pour se plaindre, alors Cristabel et la Vég se promènent sur le promontoire de craie qui marque la limite orientale de leur monde : Ceal Head. Il s'agit d'un affleurement de presque deux cents mètres de haut à l'extrémité de leur plage et qui s'étend jusqu'à l'océan, ressemblant au profil à long nez d'un dragon endormi. Les flancs pentus du dragon sont couverts d'une végétation verte et brune ; des taches de craie blanche transparaissent à la surface tels de vieux os.

Des groupes d'écoliers se rendent parfois à Ceal Head pour taper sur les roches avec des marteaux dans le but d'acquérir des connaissances scientifiques. Les formations rocheuses ici sont intéressantes pour ceux qui s'y intéressent, et pour le précepteur de Digby. Il est à présent – le précepteur – en train de fouiller au pied de la falaise à la recherche de fossiles : une silhouette courbée, fine comme une allumette, sous la face crayeuse de l'Histoire. Digby se tient derrière lui, apathique, avec un seau.

Les filles Seagrave suivent un chemin sinueux jusqu'à Ceal Head, en marchant près du bord ; elles baissent les yeux sur les broussailles enchevêtrées qui longent le promontoire, et entendent les pigeons ramiers qui communient entre eux avec leur *rou-rou, rou-rou* insistant et les oiseaux siffleurs affairés avec leur *peep-peep-peep ! peep-peep-peep !* Parfois, elles aperçoivent des linottes, des oiseaux chanteurs en équilibre précaire sur les branches les plus hautes des buissons d'ajoncs d'où s'échappe une musique douce comme une cascade.

À mesure que Cristabel et la Vég grimpent le long du chemin, les arbres qui le bordent se font plus rares, et ceux qui restent sont maigres et tordus par le vent. Ces arbres exposés au vent font bien de réduire leur voilure, pense Cristabel. Elle approuve les choses qui correspondent à ce à quoi elles sont destinées. En jetant un coup d'œil derrière elle, elle voit un groupe d'adultes qui pique-niquent sur leur plage, à bonne distance de sa baleine. La plage est connue localement sous le nom de Chilcombe Mell Beach, mais les enfants Seagrave ne connaissent pas d'autres plages et n'ont donc pas besoin de lui donner un nom. Cristabel aperçoit parmi eux Willoughby et Perry. Elle ne se soucie pas d'identifier les autres. Elle veut marcher jusqu'à ce qu'ils deviennent invisibles à l'œil nu.

« On accélère, Vég, dit-elle. Quand j'avais ton âge, je montais cette colline toute seule en courant. »

« Ce précepteur, il n'y va pas de main morte, constate Myrtle, la poétesse américaine, en faisant tourner son verre et en regardant en direction de l'intéressé occupé à gratter la roche. Pour moi, toutes les pierres se ressemblent. »

Un déjeuner sous forme de pique-nique a été consommé, principalement par les hommes présents, ainsi que plusieurs bouteilles de champagne. D'autres bouteilles se prélassent à moitié enfouies dans les galets au bord de l'eau. C'est une journée humide, et l'océan est une mer d'huile. Le ciel et l'eau sont d'un gris translucide et se fondent l'un dans l'autre à l'horizon en un mur uni ; il n'y a nulle part où aller.

Willoughby, allongé sur le dos dans un costume de bain rayé, demande : « Dites-moi, Myrtle, vous portez un pyjama d'homme ? Auriez-vous fait une descente dans la garde-robe de Perry ?

— Elle est bien plus grande que moi », réplique Perry en chassant des petits moustiques des sables appelés phlébotomes. Il est maigre et ascétique, avec une peau de roux, des cheveux fins de caneton, et il zézaie légèrement.

Myrtle rit. « Willoughby, vous êtes taquin. C'est un pyjama de plage en soie. Je l'ai acheté à Nice.

— Quand êtes-vous allée à Nice ? » demande Rosalind. Une voix douce qui sort de sous un parasol.

« Je possède une villa sur la côte, alors j'y vais chaque fois que j'ai envie de cette lumière exquise, répond Myrtle, appuyée en porte-à-faux sur un coude. Mais il y a tellement de monde maintenant. Je pense aller ensuite en Italie. Un endroit moins en vogue.

— L'année dernière, à Cowes, la moitié des gens étaient des étrangers. Où auriez-vous envie d'aller en Italie ?

— Venise, Rome, Vérone. Mon cœur me guide et, comme un chien, je suis ce que mon cœur me dicte.

— Vous devriez nous lire plus de votre poésie, Myrtle. Peut-être ce soir ?

— Vous êtes trop gentille, Rosalind. Je serais honorée de partager mes mots avec vous. »

Willoughby roule sur le ventre, enfouit son visage dans les galets.

En atteignant le sommet de Ceal Head, Cristabel et la Vég regardent la mer. Une eau qui dort tel un étang. Si elles jetaient un coup d'œil par-dessus le bord du promontoire, elles apercevraient un faucon crécerelle, qui lui aussi est immobile, près de la falaise.

Ce n'est pas rien, d'être plus haut que les faucons. Ils peuvent voir à des kilomètres. À l'est, la côte disparaît au loin ; il y a des baies isolées et des falaises de calcaire, et Cristabel a juré de toutes les conquérir, dès qu'elle sera autorisée à aller plus loin que Ceal Head. À l'ouest, la vue est moins spectaculaire mais plus familière. Ils aperçoivent les cheminées de Chilcombe, et Digby, qui a échappé à son précepteur, et grimpe à présent le sentier côtier pour les rejoindre.

Au-delà de Chilcombe se trouve un terrain encore inexploré. À l'horizon, très loin, c'est la ville balnéaire de Weymouth, et l'île de Portland reliée au continent par une digue pavée et construite entièrement (croient à tort les filles, après avoir entendu une conversation sur les célèbres carrières de l'île) en pierre : un lieu désolé, à l'instar de la lune.

En l'absence de toute forme d'éducation systématique, les connaissances des enfants Seagrave sur le monde ressemblent à un patchwork d'informations cousues ensemble provenant de sources disparates, qui parfois finissent par s'apparenter à un monstre de Frankenstein fait de données multiples. Ils connaissent le nom de la plupart des papillons (Perry), savent comment dépecer un lapin (Maudie), ont appris à ne pas manger de mûres en octobre lorsque le diable crache dessus (Betty) et connaissent le chemin le plus rapide pour se rendre au pub du village (Willoughby). Mais ils ne connaissent personne dans le village (Rosalind pense que ce serait inconvenant), ne savent pas ce que c'est que de vivre dans le village (ils ne font que le traverser pour aller chercher Willoughby au pub) et ne savent pas ce qui se situe de l'autre côté du Ridgeway, à part Londres, le roi, et un salon de thé à Dorchester où Willoughby les emmène manger des petits gâteaux poisseux pour leur anniversaire.

Quant au reste du globe, ils pourraient vous dire que la France se situe de l'autre côté de la Manche, ainsi que les étendues glacées de l'Antarctique, le Far West et les jardins suspendus de Babylone, mais ils n'ont guère d'idée sur ce qu'il s'y passe. Digby partage parfois des leçons tronquées apprises de ses professeurs particuliers, mais ces îlots d'éducation partielle sont vite oubliés ; des affleurements brumeux de latin ou d'algèbre, inhabités, laissés aux oiseaux.

Cependant, leur éducation factuelle lacunaire est fortement teintée de fiction. Leurs biens les plus précieux sont leurs livres, dont la plupart ont été libérés du bureau par Cristabel au cours des glorieux mois de liberté qui ont suivi la mort de son père, lorsque tout le monde était préoccupé et qu'elle avait la jouissance de la maison.

Outre les mythes grecs et les récits d'aventures de Henty qu'ils adorent, ils possèdent un exemplaire des *Aventures d'Alice au pays des merveilles*, laissé par une préceptrice en partance, et les filles ont été nommées copropriétaires d'une édition illustrée des *Contes de Shakespeare* de Charles et Mary Lamb et de *La Tempête* que Digby a reçu de sa mère à Noël. Elles s'en servent pour monter des pièces dans leur théâtre en carton, avec une distribution de marionnettes faites de chaussettes, ainsi que pour jouer des scènes dans les combles, en utilisant un drap de lit accroché à une corde à linge comme rideau de scène. *La Tempête* met toujours en vedette Digby dans le rôle d'Ariel, le lutin, et la Vég dans celui de Miranda, la romantique, avec une interprétation impressionnante de Cristabel dans le rôle de Caliban. Cristabel améliore sa performance d'esclave grotesque en cachant des noix dans ses joues pour gonfler et bosseler son visage, et baver.

« Retenez vos chevaux, seigneurs rustres, s'écrie Digby, qui remonte la colline en haletant pour les rejoindre.

— La peste de votre gosier, aboyeur de blasphèmes, impitoyable chien », répond Cristabel en arrachant une cardère sauvage et en la brandissant.

Digby s'arrête pour resserrer le torchon autour de son cou. « Comment osez-vous vous adresser ainsi au vaillant Robin des Bois ? » Il court vers la Vég et l'attrape par la main. « Belle Marion ! Rejoignez-moi sur le chemin des contrebandiers ! Nous volons vers la liberté ! »

Leurs livres préférés ont été lus tant de fois qu'il leur suffit de regarder les couvertures pour savoir ce que l'on ressent lorsqu'on y est enfermé. Mais les mondes contenus dans les livres ne restent pas enfermés entre les couvertures. Ils s'échappent et se superposent à la géographie de leurs vraies vies. Les enfants sont persuadés que l'un des sentiers sur Ceal Head est celui utilisé par les contrebandiers dans *Moonfleet.* (*Il commence à l'endroit où la falaise s'effondre à nouveau sous la surface crayeuse, et grimpe en oblique, chaque tournant formant un coude jusqu'au sommet. Les bergers l'appellent le Zigzag, et…*)

« *Même les moutons y perdent pied, et je n'ai jamais entendu dire qu'un seul homme l'ait escaladé,* déclame Digby, dans un murmure fervent, en entraînant la Vég.

— Je n'ai pas envie, Digby, dit la Vég, ça glisse.

— Alors fais la sentinelle au sommet et utilise bien ton mousquet, ma fille. »

Moonfleet, avec ses histoires de mers déchaînées et de navires réduits en pièces sur un banc de galets, est également à l'origine de l'idée de Cristabel selon laquelle la digue de galets qui s'étend entre Weymouth et Portland est la seule chose qui retient un océan déchaîné par la tempête qui fait rage de l'autre côté. Elle aime imaginer ce qu'il se passerait si la digue était rompue, les vagues qui traverseraient la baie en rugissant, telles une armée de mille hommes.

Les nuits de grosse tempête, elle se rend à la fenêtre du grenier et dit à la Vég et à Digby, d'une voix lourde de pressentiments : « J'entends les vagues ce soir. Nous ne pouvons qu'espérer que la digue tiendra bon. » En le disant, elle peut croire que le danger est réel, et elle est parcourue d'un violent frisson, une excitation puissante, renforcée par la vue de la Vég qui ferme les yeux et joint les mains pour prier.

« Tu devrais essayer de dormir, dit Cristabel. Je vais monter la garde. »

Digby acquiesce alors solennellement en boutonnant son pyjama. « Je prends le prochain quart, capitaine. »

Le chemin des contrebandiers à Ceal Head longe une rangée de cottages de gardes-côtes en brique rouge, perchés au-dessus du niveau de la mer, faisant résolument face à chaque front météorologique qui souffle en provenance de la Manche. Le garde-côte à la retraite qui vit dans l'un de ces cottages est dans son jardin, une paire de jumelles à la main. Cristabel et lui échangent un signe de tête.

« J'ai repéré quelque chose qui pourrait vous intéresser, mademoiselle Cristabel », dit-il, alors que Digby et la Vég accourent pour les rejoindre, la cape de Digby maintenant attachée autour de sa tête.

« Qu'est-ce que c'est, Jim ? demande Cristabel.

— Un inconnu de type étranger, barbu, qui avançait en direction de votre maison. Il ne ressemblait pas à un colporteur, et je ne l'ai encore jamais vu par ici. Il y avait des femmes avec lui. En pantalon. Bonjour, Maître Digby, mademoiselle Florence.

— Bon après-midi, Jim, dit Digby. Comment va votre femme ?

— Mieux, Maître Digby, et il faut s'en féliciter. Qu'est-ce que vous avez sur la tête, maintenant ? Vous jouez encore les Croisés ?

— C'est un déguisement magistral, murmure Digby.

— Quand avez-vous vu cet homme, Jim ? veut savoir Cristabel.

— Il n'y a pas plus de cinq minutes, je pense. »

Cristabel jette un coup d'œil en bas de la falaise. Les adultes sont toujours là, étalés comme des corps tombés au combat. « Je vous suis très reconnaissante, Jim.

— Avec plaisir, mademoiselle. J'avais l'intention de vous montrer les nœuds de ris, mais je ne veux pas vous ennuyer avec ça, si vous devez y aller.

— Veuillez m'excuser, Jim, mais il semble y avoir urgence, répond Cristabel. Allez, Vég, du nerf, on se dépêche.

— Pourquoi faut-il toujours courir ? rétorque la Vég. Pourquoi ne pouvons-nous jamais nous asseoir un peu ? Il y a un bel endroit là-bas.

— Je n'ai pas le temps de traîner, dit Cristabel. C'est M. Kovalsky. Il vient à Chilcombe. »

Digby s'écrie : « Allons-y ! » Il ouvre la voie et part en courant ; tous les trois pas, il saute à pieds joints, ou à cloche-pied, ou encore bondit comme un sauvage par-dessus un buisson.

Sur la plage, Perry demande : « Ce sont vos enfants, là-haut ? »

De sous le parasol, Rosalind scrute la falaise. « C'est difficile à dire.

— Ils descendent ce chemin à toute allure. Je pense que ce sont les trois Seagrave. »

Willoughby, toujours la tête enfouie dans les galets, marmonne : « Arrête, Perry… Tu sais que Rosalind n'a qu'un seul enfant. Un garçon appelé Digby. Ces filles n'ont rien à voir avec elle.

— Je l'avoue, je ne sais plus quel enfant est à qui, dit Myrtle. La plus jeune fille est-elle la vôtre, Willoughby ? Celle qui sourit ? Elle est jolie comme un cœur. »

Willoughby se lève et s'approche du bord de l'eau. « Envie de te baigner, Perry ?

— Avec plaisir, mon vieux. Il fait horriblement chaud aujourd'hui.

— Myrtle et moi allons retourner à la maison pour nous habiller avant le dîner, annonce Rosalind.

— Je crois que c'étaient les enfants, tu sais, dit Perry en se levant. Je ne les vois plus. »

Willoughby disparaît sous l'eau.

À mi-chemin sur la falaise, Cristabel, Digby et la Vég prennent un raccourci sur la droite. Ils grimpent sur un muret de pierre et s'élancent à travers les bois qui entourent Chilcombe, quand ils entendent un rire reconnaissable entre tous.

« La pelouse de devant, crie Cristabel, en partant au galop. M. Kovalsky est sur la pelouse de devant. »

Et il est bel et bien là, sur la pelouse : étalé de tout son long, sur le dos. Les deux femmes aux cheveux courts sont assises à la table de jardin, buvant et fumant, elles portent des vêtements masculins assortis : hauts à rayures et pantalons larges. Blythe, un siphon à soda à la main, se tient en retrait, aux côtés de Maudie, et son visage exprime tour à tour une légère inquiétude et une intense curiosité.

« Hourra, les enfants sont là. Ils vont répondre de nous, dit l'une des deux femmes.

— Maître Digby, mademoiselle Cristabel, mademoiselle Florence, ces visiteurs sont là pour voir madame Seagrave. Ils prétendent avoir déjà fait votre connaissance, dit Blythe.

— Formidable ! réplique Cristabel. C'est vrai. Merci, Blythe. »

En entendant la voix de Cristabel, M. Kovalsky se redresse pour s'asseoir. Il porte une chemise ouverte et un pantalon ample en velours côtelé. Ses pieds nus sont couverts d'éclaboussures de peinture. « L'enfant est là, dit-il. La gardienne de la baleine au visage d'Akhmatova. »

Cristabel lève le menton et traverse la pelouse dans sa direction. Elle lui tend la main, et quand il la prend dans les siennes, il la serre fermement. « Cristabel Seagrave, dit-elle. Bienvenue à Chilcombe. » Elle a répété ce moment de nombreuses fois dans sa tête – et c'est parfait, tout se déroule exactement comme il se doit. La scène est à peine gâchée par l'arrivée de Rosalind et Myrtle, car, au moment où elles apparaissent, M. Kovalsky tient la main de Cristabel, ce qui signifie que Cristabel – pour l'éternité – l'aura connu en premier.

« Rosalind, voici M. Kovalsky. C'est un artiste russe qui a vécu à Paris, dans le pays de la France. » Rosalind, aux joues inhabituellement rosies après la promenade de retour de la plage, reste momentanément muette. Puis l'une des femmes blondes s'écrie : « Ros ! Hou hou, chérie ! Surprise !

— Philly ? Philly Fenwick ? C'est toi ?

— Elle-même, répond Philly en levant son verre. Pourquoi ne pas te joindre à nous ? Je crois que tu vis ici. »

Rosalind s'approche de la table, tendant son ombrelle à Maudie. « Philly, mon Dieu, ça fait combien de temps ? »

Philly se lève à moitié pour l'embrasser. « Des lustres. Quel est ce parfum que tu portes ? *Mitsouko* ? Mazette, ça me rappelle des souvenirs. Tu dois connaître Hilly. Hillary Vaughan. Elle et moi nous sommes rencontrées à la Slade[1]. Et depuis, nous sommes inséparables. Philly et Hilly. C'était écrit !

— Impossible de nous dissocier. Ravie de vous rencontrer, dit Hilly.

— Qu'est-ce qui vous amène à Chilcombe ? » demande Rosalind.

Des deux doigts qui tiennent sa cigarette, comme si elle agitait un pistolet fumant, Philly fait un geste en direction de la pelouse. « Nous accompagnons ce misérable, un homme peu recommandable. On s'est rencontrés à Paris. Hilly était mannequin, je prenais des cours de dessin. On en a eu toutes les deux marre d'errer sans but.

— Écœurant, ajoute Hilly. Des déjeuners sans fin où l'on ne fait rien d'autre que de parler de déjeuners. Tous nos amants et nos frères étaient morts. Alors, que nous importait de déjeuner ?

— Il nous a trouvées dans une boîte de nuit de Montmartre en train de danser le Ki-Ki-Kari, et il a voulu qu'on pose pour lui, comme des jumelles. On a bu des quantités fantastiques d'absinthe et on a emménagé dans son atelier au cours de cette nuit apocalyptique. Une sacrée aventure.

1. La Slade School of Fine Art est une école d'art londonienne, rattachée à l'University College de Londres. Elle est ainsi nommée en l'honneur de Felix Slade, philanthrope, mécène et collectionneur anglais qui créa la chaire Slade pour l'enseignement des beaux-arts.

— Et nous avons suivi Dionysos, dit Hilly, les yeux fixés sur Taras.

— Nous avons suivi un grand artiste, souligne Philly. C'est un vrai artiste, Ros. Ses peintures ne ressemblent à rien de ce que tu as vu. On est en route pour les Cornouailles. On s'est dit qu'on allait passer.

— Taras voulait peindre la fameuse baleine, ajoute Hilly.

— Moi, je dis que c'est délicieusement excentrique d'avoir encore un majordome. Un ancien serviteur, s'étonne Philly. Vous avez aussi une grotte ?

— Taras ? Taras Kovalsky ? s'écrie Myrtle. Oh, là, là ! C'est l'artiste russe dont je vous ai parlé, Rosalind. Monsieur Kovalsky, quel hasard de vous rencontrer à nouveau. Myrtle van der Werff. Nous nous sommes rencontrés à Antibes. »

Taras Kovalsky, qui était assis sur la pelouse en souriant à Cristabel, regarde Myrtle. « Non, nous ne nous sommes jamais rencontrés.

— C'était une soirée piscine organisée par un couple de Floride. Vous aviez une foule d'adeptes, mais nous avons eu une conversation sérieuse sur la sculpture. Ses qualités de flexibilité. »

Taras fredonne un peu. « Non, dit-il encore. Mais aujourd'hui nous nous rencontrons sur cette pelouse verte.

— J'ai fait une lecture, insiste Myrtle. Un poème avec pour thème un filet de pêcheur.

— Myrtle est une poétesse, explique Rosalind. Une poétesse très appréciée. Nous nous sommes rencontrées aux sports d'hiver en Suisse. Elle lit pour nous ce soir. Peut-être pourriez-vous vous joindre à nous, monsieur Kovalsky ? Pour le dîner et la poésie. Vous aussi, Philly, Hillary. Rien de grandiose. Une salade de homard. Des coquilles Saint-Jacques. Une *mousse légère au café**. »

Taras se lève et s'approche de Rosalind, prend sa main dans ses grosses pattes pleines de taches de peinture. « Appelez-moi Taras. Je vous suis reconnaissant pour votre gentillesse. Aujourd'hui, je suis fatigué. Je peins, je peins, mais rien ne vient.

— Un bon repas peut revigorer votre élan artistique, monsieur Taras, dit Rosalind. Vous aimez le homard ?

— Tout ce que vous voudrez.

— Maudie, veuillez informer Betty que nous avons des invités supplémentaires pour le dîner. Où êtes-vous tous logés ?

— Nous sommes des bohémiens, chérie. Des gitans. On se planque dans des fermes sordides, répond Philly en riant.

— Nous frappons aux portes pour demander une chambre pour la nuit, ajoute Hilly.

— Ta mère n'y trouve rien à redire ? demande Rosalind. Vous allez vous installer ici, j'insiste. Au moins pour quelques nuits.

— C'est plutôt chouette en fait, Ros, dit Philly. Quand on apprend à vivre sans se soucier de l'argent, on s'abandonne à son destin.

— Même dans le plus petit des villages, nous trouvons toujours de quoi nous loger et une femme du coin qui vient cuisiner pour nous. Nous ne demandons pas grand-chose, dit Hilly.

— Il y a toujours ceux qui croient en l'art, dit Taras en portant la main de Rosalind à sa bouche. Vous êtes généreuse. Mais nous sommes nombreux. Il y a des enfants.

— Nous avons beaucoup de place », dit Rosalind.

À ce moment-là, Willoughby et Perry apparaissent dans le jardin, des serviettes de bain autour du cou, suivis par le précepteur de Digby qui porte un seau rempli de pierres.

Rosalind fait un signe de la main à son mari. « Tu as bien nagé, chéri ? Nous avons de la visite.

— Je vois ça », dit Willoughby.

Rosalind se tourne vers ses invités. « Disons huit heures pour le dîner ? Avec de la poésie pour suivre. Quel charmant salon impromptu. Dites-moi, monsieur Taras, vous arrive-t-il de peindre des portraits ?

— Mes sujets me choisissent, répond-il.

— Nous avons de merveilleuses œuvres d'art ici à Chilcombe. Peut-être puis-je vous faire visiter ? » Rosalind fait un geste en direction de la maison et Taras se lève pour y entrer. Elle le suit rapidement en disant : « Si vous voulez bien tourner à gauche, vous trouverez… »

Mais Taras est déjà en train de traverser le hall et de monter l'escalier principal pieds nus, en passant devant les tableaux qui le bordent, sans se retourner. « Des chevaux, des chevaux, des chiens. Qu'est-ce que c'est, un sanglier ? Les Anglais et leurs animaux. C'est contre-nature.

— Je garde les tableaux plus modernes au rez-de-chaussée, monsieur Taras. Bien qu'il y ait une belle vue sur la coupole depuis la galerie. C'est moi qui l'ai fait installer. Elle est décorée d'un motif zodiacal », dit Rosalind qui tente de le rattraper.

Taras s'arrête pour regarder par-dessus la rampe de la galerie vers le hall en dessous, où les enfants, le précepteur de Digby, Myrtle et Perry se sont rassemblés. Willoughby s'est rendu au salon pour se servir un verre, suivi de Hilly et Philly. Taras désigne Cristabel du doigt, sa main baissée aussi imposante que celle du Dieu de Michel-Ange. « Où te cachent-ils, mon enfant ? Où dormez-vous, toi et ta servante française ?

— Dans le grenier, répond Cristabel.

— La chambre d'enfant traditionnelle de la famille, explique Rosalind. Dites-moi, monsieur Taras, comment savez-vous que nous avons une domestique française ?

— Les enfants et les domestiques sont toujours sous les toits. Tant de choses sont révélées par ce qui est caché en haut des maisons, dit Taras. Cristabella, montre-moi le chemin de ton grenier. »

Cristabel monte l'escalier et guide Taras le long de la galerie, en passant devant les chambres des adultes et celle de Digby, jusqu'à une porte en bois qui dissimule un couloir sans fenêtre menant à un escalier étroit qui grimpe plus haut. Ils sont suivis par Perry, Myrtle, Digby coiffé de son torchon, le précepteur de Digby, la Vég, et une Rosalind au sourire compassé, tous à la queue leu leu comme des alpinistes.

Sous les combles, dans le grenier exigu, Taras doit se baisser. Avec ses larges épaules et ses pieds nus, il a l'air d'un géant au sommet d'un haricot magique et qui rétrécit chaque pièce dans laquelle il entre. La chambre des filles, avec son papier peint à rayures et son théâtre en carton, semble digne d'une maison de poupée, tandis que celle de Maudie, dans la soupente, avec une théière cassée près du lit pour recueillir les gouttes d'un plafond qui fuit, n'est rien d'autre qu'un cagibi.

Les enfants sont habitués à ce que les visiteurs fassent le tour de l'intérieur de la maison aussi lentement et respectueusement que des plongeurs sous-marins, il est donc exaltant de voir Taras entrer dans les endroits où les invités ne vont jamais, ouvrir en grand des portes et entrer sans jamais hésiter pour demander la permission.

La porte du fond, qui mène à la chambre de Mlle Aubert, est fermée à clé et, derrière cette porte, plane un silence farouche comme celui de quelqu'un qui reste immobile et écoute attentivement. Taras secoue bruyamment la poignée, puis passe à une porte adjacente, plus petite, qui ouvre sur un espace de rangement bas de plafond, contenant des caisses, des malles, des valises et une maquette en ivoire d'un palais indien.

L'une des caisses s'est renversée, révélant des badines, des cimeterres et des lances. Des tableaux et des tapisseries sont empilés de manière désordonnée contre les murs, à côté de vitrines en verre fêlé contenant des grouses et des cailles empaillées, tandis que des têtes d'antilopes montées gisent sur le sol, le regard vide. Tout au fond, un éléphanteau empaillé sur roues est en équilibre précaire contre un berceau d'enfant victorien et, derrière le berceau, dans un coin couvert de toiles d'araignées, des livres sont entassés en une pile au sommet duquel on voit un trognon de pomme, un cahier et ce qui semble être une carte dessinée à la main et maintenue en place par une petite figurine en pierre turquoise.

« Qu'est-ce que c'est que tout ça ? demande Taras.

— Je ne viens pas souvent ici, dit Rosalind, en portant un mouchoir à sa bouche. Je crois que de nombreux objets ont été recueillis par le père de mon mari, Robert Seagrave, un grand voyageur.

— Recueillis ? s'interroge Taras. Comme si tout ça traînait et n'attendait plus que lui pour être ramassé ? Et je suppose que ça n'appartenait à personne jusqu'à ce que le grand-père vienne les chercher ?

— Je ne suis pas sûre de vous suivre, dit Rosalind. Beaucoup de ces objets sont anciens. Ils ne traînaient pas. »

Taras crapahute sous le toit, renversant la tête d'une antilope pour aller chercher la figurine en pierre turquoise derrière le berceau. Il n'y a pas assez de place pour qu'il puisse se retourner, alors il repart à reculons, comme un grand bus qui fait marche arrière, en la brandissant. « Ça, cette création, c'est une déesse égyptienne qu'il faut vénérer. Qui la vénère ici ?

— C'est une déesse ? s'étonne Cristabel.

— Devrions-nous la rendre ? s'inquiète Digby.

— Elle a de la valeur ? demande Rosalind. On pourrait descendre les objets de valeur dans les pièces du bas.

— Vous la voulez, maintenant qu'elle a un prix, hein ? dit Taras.

— Je ne sais rien de son prix, rétorque Rosalind en riant d'un rire forcé.

— Si vous y tenez tant, monsieur Kovalsky, pourquoi ne pas faire une offre ? propose Perry. Vous devez vendre vos tableaux, après tout.

— L'argent est le grand destructeur de l'art, dit Taras.

— Vraiment ? insiste Rosalind. Beaucoup d'artistes que je connais considèrent l'argent comme un cadeau.

— Un cadeau qui devient de plus en plus pesant, insiste Taras, qui essuie tendrement la poussière de la sculpture turquoise, une figurine assise à tête de lion.

— Je suis sûre que chaque famille a des boîtes dans le grenier. Des trésors rangés pour les jours de pluie, dit Rosalind toujours en riant.

— La plupart des jours en Angleterre ne sont-ils pas pluvieux ? répond Taras.

— Tout cela est fascinant, dit Rosalind, mais je dois parler à Betty des coquilles Saint-Jacques. Si vous voulez bien m'excuser, je suis convaincue que les enfants seront ravis de vous faire visiter. » Elle s'éloigne, ses petits pas serrés martelant le parquet. La foule dans le grenier se disperse en reculant pour la laisser passer, puis se rassemble à nouveau.

« Dites-moi, monsieur Taras, intervient le précepteur de Digby, avez-vous dit que cet objet représentait une déesse ?

— Les Égyptiens la connaissaient sous le nom de Sekhmet, dit Taras. La déesse du soleil et de la guerre. Elle protégeait les pharaons au combat et lors de leur voyage dans l'au-delà. »

Myrtle regarde Sekhmet. « J'ai un pareil *objet* qui vient de Nouvelle-Guinée. L'art primitif est mystérieux.

— Je ne savais pas que c'était une déesse », dit Cristabel.

Taras se tourne vers elle. « Mais tu as été attirée par elle, non ? Tu l'as gardée ici, dans ton coin. C'est ton coin, non ?

— Qu'est-ce que tu fais ici ? s'étonne la Vég.

— Rien. J'y viens quand j'en ai envie », répond Cristabel.

Taras acquiesce. « L'inconscient nous guide vers des symboles mystiques et nous devons les traduire. Les enfants sont puissamment connectés à cet instinct. Que fais-tu d'autre là-dedans, Cristabella ?

— Rien. Je dessine des cartes. J'écris des pièces de théâtre. Des histoires.

— Depuis combien de temps fais-tu ce travail ? » demande Taras.

Cristabel fronce les sourcils. « Ce n'est pas un travail.

— Si. Tu as commencé un travail artistique. C'est ainsi que ça commence. Les greniers. Les coins secrets. C'est l'œuvre de ton âme.

— Je ne suis pas une artiste, dit Cristabel.

— Tu doutes de toi ? demande Taras.

— Non.

— Bien. » Taras tend la déesse à Cristabel. « Garde-la. Elle t'a appelée. » Puis il se redresse et annonce, comme s'il apportait des nouvelles d'un royaume lointain : « J'ai faim. »

Il y a un remue-ménage général parmi les gens entassés dans le grenier, et tous partent en direction de l'escalier – à l'exception de la Vég, qui se recroqueville dans l'espace de rangement – quand Taras se retourne vers Cristabel. « De qui es-tu l'enfant, gardienne de la baleine ? Tu n'es pas la fille de cette Rosalind. Je ne peux pas le croire. Et tu n'es pas non plus la fille de l'homme roux à la bouche féminine.

— M. Willoughby Seagrave, précise Perry. Votre hôte.

— Mes parents sont morts, explique Cristabel.

— Je n'ai vu personne qui vous ressemble dans les portraits, insiste Taras. Sauf peut-être celui avec le rhinocéros.

— Grand-père Robert, dit Cristabel. J'ai son couteau de chasse.

— Mais il n'a pas ton air pugnace. Peut-être que seule une femme peut avoir une telle pugnacité. Où sont les portraits de ta mère ?

— Il n'y en a pas », dit Cristabel.

Perry intervient en douceur : « Je peux peut-être vous aider. Je crois que les portraits d'Annabel, la défunte mère de Cristabel, ont été rendus à sa famille après sa mort.

— Où est le domaine familial ? demande Taras.

— Il n'existe plus, dit Perry. La mère de Cristabel avait deux frères, tous deux tués à la guerre, et une jolie petite sœur qui est partie se marier en Inde. Le domaine des Agnew est donc allé à un cousin éloigné dans le Suffolk, si ma mémoire est bonne. J'ai entendu dire qu'il avait vendu la maison et son contenu pour couvrir des droits de succession importants. Une histoire triste, mais qui n'est pas inhabituelle.

— Et il ne reste rien pour la fille d'une fille disparue », dit Taras.

Cristabel regarde fixement Perry. « C'est ici le domaine familial, réplique-t-elle. Chilcombe.

— Bien sûr », acquiesce Perry. Puis il tape dans ses mains : le son plat et sinistre d'un Anglais qui rétablit l'ordre. « Je ne sais pas pour les autres, mais je boirais bien un verre. On y va ? » Il offre son bras à Myrtle.

« Il fait une chaleur d'enfer ici », dit la poétesse. Et la petite bande s'éloigne laissant les enfants dans le grenier.

La Vég, couverte de toiles d'araignées et en sueur, surgit de sous l'avant-toit en tirant l'éléphanteau empaillé derrière elle. Digby l'aide à le sortir de là, puis se tourne vers Cristabel : « M. Taras a dit que ta déesse s'occupait des gens dans l'au-delà ? Elle provient peut-être d'un tombeau.

— Probablement, Digs. Elle pourrait bien être maudite », dit Cristabel.

La Vég lève les yeux après avoir caressé affectueusement la tête de l'éléphanteau. « Je me sens mystiquement attirée par cet éléphant. N'a-t-il pas une bonne tête ? Je vais l'appeler Edgar. »

Digby s'approche de sa cousine. « Crista, ça t'ennuie ce que l'Oncle Perry… ?

— Oncle Perry sait que c'est ici mon domaine familial. Il parlait d'un autre endroit, auquel je ne pense jamais. Je n'ai pas à y penser.

— Non, c'est vrai, acquiesce Digby.

— Vous, pauvres malheureux, devriez peut-être oublier votre mère, dit Cristabel. Elle va se ridiculiser devant M. Taras. Vous savez qu'elle tombe en pâmoison devant tous les artistes.

— Elle a toujours voulu qu'on fasse son portrait, précise la Vég.

— C'est nous qui l'avons connu en premier, Vég, dit Cristabel.

— Il t'aime vraiment bien, Crista, ajoute Digby. Il veut peindre ta baleine. »

Soudain, la porte derrière eux s'ouvre et Mlle Aubert sort de sa chambre. Les enfants s'empressent de lui adresser leur *bonjour** obligatoire auquel elle répond comme toujours sèchement, puis ajoute, avec une expression sournoise sur le visage : « Vous savez, *mes enfants**, M. Taras parle bien français. Vous pourriez peut-être avoir envie de travailler en classe, non ? Nous pourrions alors parler tous ensemble. Comme un exercice de conversation. »

Cristabel reste impassible jusqu'à ce que Mlle Aubert ait quitté le grenier, puis se tourne vers les autres. « Votre mère comprend-elle le français ?

— *Non**, répond la Vég en essuyant la poussière de l'éléphanteau.

— Donc, si nous apprenions le français pour parler à M. Taras, elle ne pourrait pas comprendre ce que nous disons ?

— Elle ne connaît que le nom des parfums, dit Digby.

— *Formidable**, dit Cristabel. Un code secret.

— Quand as-tu découvert cet endroit, Crista ? demande la Vég, en jetant un coup d'œil au coin rangement.

— Après que l'oncle Willoughby a épousé ta mère. Elle n'arrêtait pas de jeter mes affaires. J'avais besoin d'un endroit sûr.

— Pourquoi tu ne nous l'as pas dit ? demande Digby.

— Vous étiez encore des bébés. On ne peut pas faire confiance aux bébés. De plus, chaque capitaine de navire a besoin d'avoir ses propres quartiers », rétorque Cristabel, avant de se rendre dans sa chambre pour poser la déesse Sekhmet sur sa table de chevet.

CE QU'APPRENNENT LES ENFANTS

Ce soir-là, lorsqu'ils se glissent hors de leurs lits et se dissimulent sous les manteaux dans le petit vestiaire derrière l'escalier principal d'Oak Hall pendant le dîner.

1. Il peut faire très chaud en avril, la nuit, si vous êtes caché derrière des manteaux dans un petit vestiaire.

2. Les voix des adultes augmentent de volume après chaque plat du dîner, à l'exception de celle de Perry, qui reste un murmure contrôlé et régulier : une rivière calme serpentant entre les pics et les creux de la conversation.

3. Les domestiques envoyés à plusieurs reprises à l'entresol pour chercher des cigares, du champagne et du porto peuvent jurer et le font de manière fascinante entre leurs dents.

4. M. Taras considère que l'art est la seule réponse sensée à un monde insensé.

5. Willoughby pense que c'est complètement débile.

6. Willoughby pense que les esprits les plus brillants ont été perdus pendant la guerre. Ceux qui restent, prétend-il, sont ceux, ridicules, qu'on appelle les Bright Young

Things et qui se promènent dans Londres, se travestissent et se sodomisent.

7. Il y a quelque chose qui s'appelle « sodomie ».

8. Il y a des Russes qui s'appellent Lénine et Trotski et que Willoughby et Perry ne désignent que par l'appellation « ce » : « ce type-là, Lénine », « ce gars-là, Trotski ».

9. Rosalind se demande si Hilly ou Philly ont déjà rencontré l'une des soi-disant Bright Young Things, si elles sont déjà allées à leurs fêtes.

10. En Russie, on croit qu'une bouteille vide jette une malédiction sur votre famille.

11. Il est possible de savoir quand Myrtle a commencé à réciter sa propre poésie, car le poème débute par trois ou quatre mots déclamés en articulant exagérément d'une voix forte, sur le même ton et au même rythme, comme si elle frappait les mots ensemble : « LUMIÈRE BLEUE OCÉAN ATLANTIQUE », « CŒUR AVEUGLÉ, JE TRÉBUCHE », « OH, MONDE INSENSIBLE ».

12. Taras est parti en France pour pouvoir peindre, car il lui était impossible de peindre comme il le souhaitait dans son pays. Il demande aux autres invités de se rappeler qu'ils ne vivent pas dans un pays qui considère la peinture comme un acte provocateur.

13. On peut identifier le propriétaire d'un manteau par son odeur.

14. Taras a un accent russe, ce qui signifie qu'il ACcentue de manière inapproPRIÉE des syllabes inattendues, tandis que ses voyelles, heurtées, roulent. Certains mots sont étirés presque au-delààààààààààà de l'endurance tandis que d'autres sont expulsés. Avec. Dé. Goût.

15. Rosalind trouve merveilleux que l'Angleterre soit un pays libre et se demande si quelqu'un à table sait danser le shimmy.

16. Taras dit qu'en Angleterre, la liberté se mesure en cuillères d'argent pour ceux qui peuvent se le permettre.

17. Le bruit d'un verre brisé peut, au bout d'un moment, cesser d'être surprenant.

18. Perry se demande si quelqu'un a jamais écrit à la famille d'Annabel Agnew pour lui donner des nouvelles de Cristabel.

19. Rosalind pense que Jasper était totalement incapable d'entretenir une correspondance quelle qu'elle soit ; et que s'il avait en effet probablement fallu qu'il s'acquitte de cette tâche, il ne l'avait jamais fait.

20. Rosalind dit aussi que si elle pouvait trouver un moyen d'envoyer une enfant aussi impertinente dans une autre famille, elle le ferait.

21. Rosalind ajoute qu'elle plaisante.

22. Willoughby ne permet pas les plaisanteries aux dépens de sa nièce.

23. Philly garde un petit quelque chose dans un étui à cigarettes qui redonne du peps aux gens s'ils commencent à mollir.

Ce que les enfants auraient appris s'ils ne s'étaient pas endormis dans le petit vestiaire très chaud situé derrière l'escalier principal du hall et s'ils n'avaient pas été emmenés au lit à l'étage par Maudie Kitcat et M. Brewer qui avaient été alertés de leur présence par le ronflement de la Vég.

1. Certains dîners se prolongent si tard que, une fois le dessert terminé, les invités peuvent exiger qu'on leur serve le petit-déjeuner en criant DES ŒUFS-DES ŒUFS-DES ŒUFS-DES ŒUFS.

2. Rosalind a parlé à M. Brewer et s'est arrangée pour que Taras et son entourage séjournent dans un cottage vide à la limite du domaine de Chilcombe, au bord de la mer.

3. Rosalind n'a pas consulté Willoughby à ce sujet.

4. À la fin des dîners, les gens commencent à avoir les mêmes conversations qu'au début, mais en parlant plus fort et tous en même temps.

5. Willoughby pense que trois heures du matin est un moment idéal pour aller faire un tour avec sa nouvelle voiture et qu'il doit être accompagné d'une appétissante assiette d'œufs brouillés.

6. Parfois, les adultes pleurent tout en disant qu'ils vont très bien.

7. Le nom complet de Perry est colonel Peregrine Aubrey Blomefield Drake.

8. Les domestiques peuvent dormir debout adossés contre un mur.

9. Après un dîner, les gens se rendent dans leur chambre à coucher, à la suite de quoi on assiste à des ouvertures

et fermetures de portes successives. D'abord, les portes s'ouvrent et se ferment bruyamment quand les gens utilisent à bon escient les salles de bains et les toilettes ; puis, les portes se ferment plus discrètement quand chacun retourne dans sa chambre, verrouille sa porte et éteint les lumières ; ensuite, on entend les cliquetis lents et discrets des serrures que l'on déverrouille avec précaution, suivis de grincements de portes qui s'ouvrent doucement, accompagnés de pas sur la pointe des pieds, de coups à peine audibles, et les portes qui se referment sur des voix chuchotées – et cette dernière manœuvre se répétera, comme un écho dans les couloirs, jusqu'au matin.

UNE MER DE JACINTHES SAUVAGES

Mai 1928

Le mois d'avril est balayé par une nouvelle série d'orages – le tonnerre roule sur la baie comme la boule en bois d'un jeu de quilles –, puis le mois de mai entre en scène avec une révérence, et le Dorset s'épanouit avec un enthousiasme étourdissant, comme une jeune fille qu'un fermier aux mains puissantes fait tourner sur la piste de danse à l'occasion de son premier bal du comté. Les haies se mettent en mouvement, le persil de vache frémit avec joie chaque fois que Willoughby passe tout près dans sa Daimler ; les marronniers d'Inde de Chilcombe agitent volontiers leurs fleurs en forme de cône glacé, et les prairies de renoncules vous invitent gentiment : apportez un pique-nique, une couverture, des genoux sur lesquels poser votre tête, une tête qui se posera sur vos genoux.

Les bois à l'ouest de Chilcombe, principalement des hêtres élégants avec quelques chênes et des pins, se dressent maintenant au milieu d'une mer de jacinthes sauvages, un flot de fleurs éclairées par la lumière du soleil filtrant à travers les nouvelles feuilles. Ici et là, on trouve des touffes de fougères arborescentes et des fleurs d'ail sauvage aux pompons blancs, qui emplissent l'air de leur parfum exubérant.

Les trois enfants Seagrave, qui se frayent un chemin à travers les arbres, se rendent soudain compte qu'ils sont prudemment silencieux. C'est le milieu de la matinée, un mardi de la première semaine de mai et, depuis qu'ils sont entrés dans les bois, leur conversation a cessé. Ils sont tout ouïe, bien qu'ils ne puissent pas vous dire ce qu'ils écoutent. Ils connaissent bien ces bois, mais les jacinthes les ont changés ;

ils paraissent chargés d'une certaine attente et il en émane à présent un étrange silence, le genre de silence où l'on s'entend soi-même respirer.

Les jacinthes s'étendent à perte de vue et les lignes de hêtres – tant les troncs verticaux qui s'étirent vers le haut que les lignes diagonales des arbres dans le lointain – se répètent, se croisent et se chevauchent jusqu'à ce que les enfants aient du mal à les suivre des yeux.

Le point de fuite disparaît, le défini devient indéfini, et les arbres ne forment plus qu'un mur sans fin. Impossible de voir à travers. Qu'il y ait un monde au-delà semble peu probable. Il n'y a que les bois et le silence des bois. Cristabel imagine Robin des Bois et ses joyeux compagnons cachés dans les arbres ; elle pense aux paysans guerriers vendéens qui se fondaient si silencieusement dans le bocage qu'on aurait dit qu'ils avaient disparu.

Ils descendent un chemin en pente vers un vieux cottage, à la lisière du domaine, où Taras et son entourage se sont installés. Betty les a souvent mis en garde contre les dangers que représentent les messieurs mystérieux que l'on trouve dans les bois de la fée Clochette, mais c'est à Taras qu'ils vont rendre visite, et ils se disent qu'ils ne risquent rien. Cristabel n'est d'ailleurs pas convaincue de ces histoires de fées, surtout en plein jour, bien que la Vég espère secrètement qu'elle rencontrera une créature féerique – un Puck ou une Titania – et Digby, lui, serait prêt à accueillir n'importe qui.

Les enfants avancent en une procession solennelle dans l'ordre décroissant de grandeur : Cristabel ouvre la voie, sourcils froncés, la Vég suit, entortillant une boucle de cheveux autour d'un doigt, et Digby ferme la marche en jetant des coups d'œil émerveillés de tous côtés. Les filles sont en robe de coton ordinaire, Digby en short, chemise, avec un torchon en guise de cape. Tous trois portent de longues chaussettes grisâtres en accordéon le long de leurs jambes pâles et des bottines à lacets appropriées à la marche. Le chapeau de paille de la Vég a glissé et pend le long de son dos retenu par ses longs rubans jaunes. Celui de Cristabel est resté suspendu dans un buisson à huit cents mètres en arrière. Elle l'a remplacé par un mouchoir, attaché et noué sur le haut de sa tête, tel un flibustier. Elle porte un bâton, pour fouetter l'air autour d'elle, et le couteau de son grand-père, pour entailler les troncs d'arbres.

Alors qu'elle commence à croire qu'ils vont marcher parmi les jacinthes des bois jusqu'à la fin de leur vie, elle remarque que le tronc qu'elle est en train de marquer n'appartient pas à un hêtre, mais à l'une des aubépines fleuries qui délimitent l'orée des bois. Le trio avance à présent dans la lumière du soleil avec un sentiment de soulagement et une sensation, plus diffuse, plus discrète, de perte. Les bois se referment derrière eux. Cristabel, qui connaît bien la nature changeante des arbres, empile quelques pierres au pied de l'aubépine pour qu'ils puissent retrouver leur chemin au retour.

Ils suivent un sentier herbeux jusqu'au cottage, qui est inhabité depuis que les derniers métayers sont partis pour trouver un travail mieux rémunéré ailleurs. Il est niché dans le bras incurvé de la baie où Ceal Head descend en zigzaguant jusqu'au niveau de la mer, à quelques centaines de mètres à l'est de la baleine. Le chèvrefeuille étouffe son porche, tandis que des roses trémières et des hortensias envahissants couvrent les fenêtres du rez-de-chaussée. Des papillons dorent leurs ailes au soleil sur ses murs, tandis que des mouettes chamailleuses sautillent le long du toit, arrachant la paille du chaume. C'est une maison de flore et de faune ; à moitié consumée, à moitié vivante.

Face au cottage se dresse une vieille grange en pierre avec un toit de chaume et des portes en bois. Les portes sont actuellement ouvertes, révélant Taras, pieds nus dans une salopette tachée, une palette à la main, peignant avec animation une toile posée sur un casier à homard renversé. Les enfants aperçoivent alors soit Hilly, soit Philly, enveloppée dans un drap et allongée sur des bottes de foin dans l'intérieur ombreux.

L'espace entre la grange et le cottage est traversé à plusieurs reprises par les enfants sauvages qu'ils ont vus sur la plage ; ils portent à présent une sélection disparate de vêtements d'adultes – une blouse brodée, un gilet, des bottes de pêche en caoutchouc – en se hurlant dessus dans un mélange de français et d'autres langues inconnues. Une femme à la peau sombre, coiffée d'un foulard, apparaît de temps en temps sur le pas de porte du cottage, pour crier sur les enfants et agiter une serpillière dans leur direction, comme le coucou en colère d'une horloge et, de temps en temps, Taras se retourne pour les invectiver en russe. C'est au cours de l'un de ses éclats qu'il remarque les jeunes Seagrave.

« Ah, Cristabella ! Es-tu venue me sauver de ces gens terribles qui ne savent pas fermer la bouche quand un grand artiste travaille ? » demande-t-il.

Sur sa toile, les enfants peuvent voir une silhouette grossière et des collines vertes, aussi simples que des collines dessinées par un enfant, une ligne courbe en chevauchant une autre. Tout est joyeusement coloré et aplati. Ce n'est pas du tout comme les peintures accrochées à Chilcombe, avec leurs chevaux musclés et leurs horizons épiques.

Cristabel s'approche, enlève sa coiffe et salue les sauvages d'un signe de tête. L'un des plus petits – une fille, pense-t-elle – lui sourit en retour et, en conséquence, reçoit un grand coup sur le bras de la part d'un plus grand qui passe en courant. L'enfant cesse de sourire mais ne pleure pas.

« Mince alors, ça a dû faire mal, dit la Vég en grimaçant. Je ne pense pas qu'ils aient une nounou.

— Celui-là a un crapaud, dit Digby.

— Ils jouent. C'est un conte de fées, je ne me souviens plus », dit Taras. Il crie en russe, et les enfants s'enfuient vers la plage.

« Nous aussi, nous jouons à faire comme si, dit Digby. Faire comme si est mon occupation préférée.

— Tous les enfants aiment le théâtre, approuve Taras en passant son pinceau sur la toile.

— Nous ne sommes jamais allés dans un vrai théâtre, monsieur Taras, dit la Vég, mais nous en avons un très bien en carton. »

Taras acquiesce. « À Paris, je peignais des décors de théâtre pour pouvoir manger. Mensonges ! Je peignais pour acheter du vin. Puis je me cachais dans les coulisses pour regarder le spectacle.

— Vous peigniez des décors de théâtre ? » s'étonne Cristabel. Elle lance alors un regard à Digby en levant les sourcils.

Digby essaie de déchiffrer cette mimique jusqu'à ce qu'il entrevoie quelque chose qui lui fait hocher la tête très rapidement.

Cristabel se tourne vers Taras et dit d'une voix légèrement plus forte que d'habitude : « Nous avons souvent parlé de monter une vraie pièce de théâtre à Chilcombe. On a rencontré de nombreuses marques d'intérêt.

— Très nombreuses », confirme Digby.

Cristabel poursuit : « Mais il est difficile de trouver un décorateur approprié. Ici. À la campagne. »

Un coin de la barbe de Taras s'agite. « Vous pensez que je pourrais peut-être peindre des décors pour vous ?

— Oh oui ! Montons une pièce de théâtre, dit le modèle dans la grange. Ce serait rigolo.

— Le théâtre n'est pas, comme tu le dis, rigolo. C'est un art, rétorque Taras.

— Je mourrais d'envie de jouer dans une vraie pièce, monsieur Taras, dit Digby, tout excité.

— Maman adorerait que nous montions une pièce que tout le monde viendrait voir », ajoute la Vég.

Taras sourit. « Bien vu, mademoiselle Florence, vous avez raison. Dame Rosalind m'a recueilli comme un petit chat égaré en espérant que de grandes œuvres d'art voient le jour. Nous ne pouvons pas la décevoir. »

Philly – car c'est elle qui est enveloppée dans un drap sur les bottes de foin – s'écrie : « Quelle joyeuse troupe nous ferions ! J'ai toujours voulu jouer le Danois. »

Hilly, qui est sortie du cottage vêtue d'une chemise d'homme, tend un verre à Taras et dit à mi-voix : « Le Danois ? Ou une dame de pantomime[1] ?

— Pas de messes basses, chérie, lance Philly en ajustant son drap.

— Parce que Philippa Fenwick ne fait jamais de messes basses, peut-être ? lance Hilly.

1. Au théâtre, un rôle comique de vieille dame joué par un homme.

— Assez », dit Taras sévèrement, bien qu'il ait passé son bras autour de la taille de Hilly et qu'il la caresse tendrement avec la main qui tient encore le pinceau. Derrière eux, la femme à la serpillière jette un seau d'eau sale dans un hortensia.

« Je pense que Rosalind voudra être au centre de la scène quand elle saura qu'il y a un spectacle, fait remarquer Hilly.

— Rosalind ne sait pas jouer, rétorque Cristabel.

— Oh, je pense qu'elle pourrait apprendre, répond Hilly.

— Quelle pièce allons-nous jouer, Taras ? demande Philly. *Roméo et Juliette* ? »

Taras se tourne vers les enfants. « Cristabella, dis-moi. Est-ce que tu as une histoire préférée ? Une histoire que tu te racontes le soir, dans ton lit. J'étais un enfant solitaire dans un grenier. Je sais ce que c'est que de se raconter des histoires. »

Cristabel n'hésite pas. « *L'Iliade*. Je la raconte aussi à Digby et à la Vég.

— Parfait, dit Taras. Nous allons construire pour toi une ville de Troie et un cheval en bois dans lequel tu pourras te cacher. »

Cristabel est tellement heureuse du tour que prend la conversation qu'elle parvient à se retenir de rappeler à Taras que le cheval de Troie n'apparaît pas dans *L'Iliade*, mais dans l'autre grande œuvre de Homère, *L'Odyssée*. Elle ne peut toutefois ne pas réagir, alors elle s'écarte brièvement et corrige l'erreur auprès d'une Vég confuse.

« Le cheval en bois quoi ? » demande la Vég.

« Pas loin d'ici, sur une colline, on peut voir un grand cheval dessiné à la craie, dit Digby à Taras. Ils l'ont fait pour le roi. Mais le roi était furieux parce qu'ils l'ont représenté en train de s'éloigner du bord de mer alors qu'il aurait dû s'en approcher. Alors le pauvre homme qui a dessiné le cheval s'est pendu à un arbre.

— Betty dit que depuis il hante les bois », ajoute la Vég.

Taras éclate de rire, un cri semblable à celui d'un phoque mâle. « Les artistes et les mécènes. Ça ne finit pas toujours bien. Essayons de ne pas déplaire à dame Rosalind. Je n'ai pas envie de me balancer à une branche d'arbre. » Il se tourne vers sa toile et peint à grands traits la silhouette d'un cheval sur l'une des collines. Les enfants sont ravis de voir que leur conversation est incluse dans son travail avec tant de désinvolture.

« Nous allons nous y mettre tout de suite, monsieur Taras, dit Cristabel en transformant ses mains en poings qu'elle plante fermement sur ses hanches.

— Quel plaisir », dit Hilly, sa voix plate comme l'eau d'un étang.

Philly se redresse sur les bottes de foin. « Hilly, tu aurais une clope ? Je n'en ai plus. »

Taras se retourne, agitant son pinceau. « Je n'en ai pas fini avec toi, crie-t-il, *Rallonge-toi, allez, allez, allez, allez, allez !* » Sa voix est si forte qu'elle fait sursauter les enfants, mais ils n'ont jamais vu un artiste au travail auparavant et supposent que crier fait aussi partie du processus.

Taras se remet alors à donner de petits coups de pinceau sur sa toile, comme si les enfants n'étaient plus là. Son manque d'intérêt pour eux leur permet de l'examiner attentivement – leur premier véritable artiste. De face, il est imposant : des yeux noirs, une barbe spectaculaire. Mais de dos, il a une allure massive, standard. Il y a une lourdeur en lui, une accumulation de chair et de muscle, et ses bras costauds pendent comme de la viande accrochée à la vitrine d'une boucherie. Si de face Taras est l'artiste comique, de dos, il est l'athlète-ouvrier – le greffon derrière la beauté artistique. Cette combinaison ressemble à un colosse de foire.

La Vég pointe du doigt le tableau et murmure : « C'est censé être Mlle Philly ? Ça n'a pas de jambes. »

Taras répond : « Tu veux des jambes ? Une machine peut faire des jambes. L'art vient de l'intérieur. Des rêves.

— *Nous sommes de l'étoffe dont sont faits les rêves* », répond Cristabel, citant Shakespeare.

Taras acquiesce. « Tu as tout compris. Et les autres ? *Oust.* Maintenant, je dois travailler. » Il les renvoie d'un geste de la main.

Cristabel accepte d'être renvoyée et s'en va, suivie de Digby et de la Vég. Elle est contente de bouger car l'idée de monter une vraie pièce à partir de *L'Iliade* est une bulle d'excitation en expansion dans sa poitrine et elle veut l'emporter avant que quelqu'un ne risque de la faire éclater.

Jusqu'à présent, elle n'avait eu que des ressources limitées pour monter des pièces de théâtre. Seulement des chaussettes, des bouts de carton, la Vég et Digby, occasionnellement assistés de domestiques malléables ou par Betty et le jeune fils de M. Brewer, un enfant solide qui ressemble tellement à M. Brewer qu'on l'appelle Petit Bill, mais qui, préoccupé par des techniques de boxe et de coups destinés à renverser son adversaire, n'est guère utile. Digby et elle parlent depuis longtemps de monter un jour un spectacle, mais elle n'avait jamais imaginé que ce serait possible à Chilcombe, avec un vrai artiste et une vraie distribution, avec des adultes. C'est comme si son imagination avait débordé et s'était échappée du grenier, comme Alice au pays des merveilles après avoir bu une potion.

Alors qu'ils se dirigent vers les bois, Cristabel repense aux sauvages, leur indiscipline, la façon dont le plus âgé avait frappé la plus jeune. Elle n'aurait jamais frappé une fille. Pas même la Vég. Mais elle a apprécié l'efficacité du coup. Il y a une férocité, une ardeur chez les sauvages qu'elle admire presque, et elle aura besoin de féroces guerriers dans *L'Iliade*. Elle aurait besoin de guerriers, de dieux, de lances, de boucliers, de bravoure, de trahison, de lâcheté et de loyauté. Cristabel regarde les jacinthes des bois, sent leur vibration, le frémissement silencieux des cordes d'arc tendues. C'est elle qui lancerait les flèches.

Deux semaines plus tard, et à la fin d'un après-midi alcoolisé au soleil, Rosalind et Myrtle cheminent de concert à travers les jacinthes des bois.

« Ma parole, c'est idyllique », dit Myrtle, qui chancelle sous un chapeau de paille, sa voix américaine résonnant trop fort dans les bois silencieux.

« Mes chaussures sont fichues », dit Rosalind.

Myrtle soupire – un grand vent de prairie souffle dans les arbres – et dit : « Si je vivais ici, je me promènerais dans ces bois au clair de lune. Avec un amant.

— Se promener la nuit ?

— Votre bel époux ne vous a-t-il jamais entraînée dans les bois, Rosalind ? Dans les jours heureux, avant qu'il ne soit votre époux. Racontez un peu.

— Il n'a jamais été question d'aller dans les bois. C'est arrivé comme ça. Après la mort de mon premier mari, nous nous sommes tournés l'un vers l'autre pour nous réconforter. Comme beaucoup le font, explique Rosalind, en s'enveloppant d'un châle.

— La mort galvanise les pulsions sexuelles. C'est très freudien.

— Comme la plupart des choses, à ce qu'on m'a dit. Bien que Willoughby n'y croie absolument pas.

— Willoughby qui a épousé la veuve de son frère », dit Myrtle.

Les deux femmes marchent l'une derrière l'autre. Rosalind ouvre la marche, tête baissée, laissant tomber la conversation à ses pieds ; Myrtle suit, menton levé, laissant monter les mots.

« Parfois, je pense qu'il est persuadé que j'ai tout manigancé, dit Rosalind. N'est-ce pas ridicule ?

— C'est-à-dire ?

— Nous étions ensemble, lui et moi. La nuit de l'accident. C'était l'anniversaire de Willoughby. Nous jouions à des jeux idiots. Mais ce n'était absolument pas prémédité de ma part.

— Vous vous êtes réveillée de votre chagrin de veuve pour rencontrer Willoughby – et pour le trouver beau, dit Myrtle. Il est plutôt beau, avec ses cheveux flamboyants. »

Rosalind sourit automatiquement. Elle reçoit souvent des éloges d'autres femmes au nom de son mari, comme des cadeaux diplomatiques. « C'est ce que vous pensez ? Vous ne seriez pas la première. » Elle tire sur une branche d'arbre, puis ajoute : « Ce n'était pas seulement le chagrin, vous savez. Avant, déjà, nous avions une certaine complicité.

— Avant ? Là, vous m'étonnez.

— Je ne vous crois pas. Vous êtes allée dans toutes sortes d'endroits bizarres. »

Myrtle éclate de rire, lève une main, et ses bracelets s'entrechoquent en glissant le long de son poignet.

Rosalind poursuit : « Vous me jugez inhibée parce que je ne parle pas de… disons, de “relations intimes”, comme vous le faites. Ne pensez-vous pas que ça gâche un peu tout, si on est toujours en train de tout examiner et d'en discuter ?

— *Au contraire**. Je pense que le mystère ne fait que s'approfondir. »

Elles marchent en silence pendant un moment, puis Myrtle dit : « Vous êtes si seule avec vous-même ici. En ville, tout est distrayant. Mais à la campagne ? Écoutez. Rien. Seulement votre cœur. Et toutes les terreurs qui s'ensuivent.

— Il peut être très calme.

— Croyez-moi, Rosalind, passer un week-end dans une maison de campagne anglaise, c'est mourir mille fois. Les plus longues heures de votre vie passée à attendre que quelqu'un vous apporte un cocktail. Bien sûr, quand ils arrivent enfin, avec votre verre et portant un costume bien coupé par un tailleur de Savile Row, vous tombez désespérément amoureuse d'eux. Parce qu'il n'y a rien d'autre à faire. Pourquoi sinon aller dans ces grandes maisons avec leurs pelouses infinies ? Tous ces espaces vides parfaitement entretenus – ils exigent que l'on découvre un moyen de les remplir, un sens pour justifier les heures vides.

« Ça paraissait vide, ici, en effet. Après l'accident. Willoughby s'est empressé de partir.

— Les hommes aiment prendre leurs jambes à leur cou.

— Il s'est acheté un avion. Il a disparu pendant des semaines. Il ne supportait pas l'idée d'être piégé à Chilcombe. Moi non plus, d'ailleurs. Mais je n'avais pas le choix. »

Myrtle cueille une jacinthe des bois, la coince derrière son oreille. « Qu'est-ce qui l'a fait revenir ? Willoughby, le frère fuyard.

— Je lui ai envoyé un télégramme. Nous allions avoir un fils.

— Digby.

— Je savais que ce serait un fils. Willoughby dit que c'est impossible que j'aie pu le savoir. Mais je le savais.

— L'enfant d'une fée, un changelin. Ces yeux innocents…

— Je lui ai donné un fils et un héritier. La lignée des Seagrave continuerait. Il n'y avait aucune raison pour qu'il soit froid avec moi.

— Ils n'ont pas toujours besoin d'une raison, dit Myrtle. Je me suis mariée une fois. N'est-ce pas comique ? Il était écrivain. Nous nous sommes rencontrés à Greenwich Village. On s'est mariés dès qu'on a pu.

— Je ne le savais pas.

— Je suis rentrée à Boston pour le dire à mes parents, et j'ai brisé le cœur de mon père. Quand je suis revenue et que je suis entrée dans notre appartement, je pleurais toutes les larmes de mon corps. Je voulais tellement qu'il me prenne dans ses bras, mais mon nouveau mari n'a même pas levé les yeux. Il a simplement tendu une tasse à café sale et a dit : "Sois gentille."

— Qu'est-ce que vous avez fait ?

— Je suis allée dans la cuisine et je l'ai lavée.

— J'aurais cru que vous lui auriez dit que vous le quittiez.

— Trois ans plus tard, je l'ai fait. L'amour est têtu.

— Que voulez-vous dire ?

— Je veux dire que même au milieu d'un champ de ruines, on peut se convaincre que c'est habitable et qu'avec un bon tapis on pourra se sentir chez soi, dit Myrtle en riant. Nous sommes toujours mariés, mais je n'en parle pas très souvent. Les hommes vous traitent différemment s'ils le savent.

— J'essaie de ne pas parler d'argent, dit Rosalind. En parler rend tout désagréable. Willoughby n'aime pas penser que son argent est en fait le mien.

— Et c'est le cas ?

— C'est l'assurance-vie de Jasper et mon héritage. Mais Willoughby est mon époux. Alors, bien sûr, c'est le sien. »

Une pause dans la conversation. L'immobilité des bois engloutit tous les sons. Le silence est une sorte d'effacement. Lorsque les femmes regardent derrière elles, le chemin a disparu.

« Chilcombe n'est pas vraiment mon environnement de prédilection, mais je fais de mon mieux, dit Rosalind. Il ne s'en rend même pas compte. » Son ourlet reste accroché à une ronce. En le dégageant, elle avance en vacillant dans ses chaussures délicates, et ajoute : « J'espère que vous ne ferez pas un poème de tout ça, Myrtle. Vous pourriez plutôt laisser des choses de côté. Si vous deviez écrire sur moi.

— Peregrine a dit à peu près la même chose hier. Qu'il aimait la poésie, mais qu'il la préférait sans les gens. Les paysages, pas les portraits.

— Vous aimez bien Perry ? Il est toujours si intense, si riche. » Rosalind jette un rapide coup d'œil par-dessus son épaule.

Myrtle se redresse de toute sa hauteur. « Chérie, moi aussi je suis très riche. Mon père n'a pas travaillé toute sa vie pour rien. Je l'ai peut-être déçue, mais je suis toujours sa petite fille. »

Les femmes tombent sur une scène d'intense activité. Hilly et Philly ont posé des panneaux d'aggloméré contre le mur de la grange et les peignent pour leur donner l'apparence de remparts de château. La femme au foulard sur la tête est assise sous le porche du cottage, en train de coudre une longue robe. Taras est au milieu de la cour et parle avec animation à Cristabel. Il voit Rosalind et ouvre grand les bras. « Ah ! Ne laissez jamais dire que les dieux n'écoutent pas. Peut-être aurons-nous une Hélène. » Même à une distance de vingt mètres, Rosalind peut entendre Cristabel soupirer.

« Avez-vous besoin d'aide ? demande-t-elle, en s'approchant de lui. Quel hasard. C'est la raison pour laquelle nous sommes ici.

— Des louveteaux, des volontaires », dit Myrtle, en saluant comme un scout.

Cristabel, qui porte une barbe en laine de mouton, fait signe à Taras. Il se penche pour s'entretenir avec elle, tout en caressant pensivement sa propre barbe.

Rosalind sent monter l'irritation qu'elle connaît sous le nom de Cristabel. « Il y a un problème ? »

Taras répond : « Cristabel dit que vous pourriez jouer Hélène, mais que vous n'auriez pas de texte à apprendre. Elle dit que vous serez le témoin muet des scènes d'horreur sanglantes que vous avez provoquées.

— Je pensais que vous superviseriez la mise en scène, monsieur Taras », dit Rosalind.

La Vég apparaît aux côtés de Rosalind avec une taie d'oreiller ceinturée autour de sa taille. « Allez-vous être Hélène,

Mère ? Son visage a coulé un millier de navires ! Cristabel est Zeus. Je suis Hector.

— Un homme ? demande Rosalind, coincée entre l'habitude de dénigrer sa fille et son désir de ne pas lui renvoyer une mauvaise image d'elle-même. Et vous, monsieur Taras ? Quel rôle jouez-vous ?

— Achille. Je viens pour brûler la ville. À l'intérieur des murs, Hélène se cache avec son amant Pâris.

— Qui fait Pâris ? » demande Rosalind.

Taras pointe du doigt la plage, où Digby, en short, une couronne de papier sur la tête, fait les cent pas, s'arrêtant de temps en temps pour esquisser un geste. « *Et voilà**. Le petit prince apprend son texte.

— N'est-il pas un peu jeune ? s'inquiète Rosalind.

— C'est parfait, réplique Taras. Tout est dit en représentant Pâris comme un enfant de bonne famille

— Bien vu », murmure Myrtle.

Philly s'avance en agitant sa cigarette. « Je joue les soldats grecs, chérie. Nous sommes tous en colère en raison de cette histoire. Hilly, ce sont les Troyens. Tous assiégés et pleurnichards. Typique de Hilly. Nous allons avoir des costumes identiques mais de couleurs différentes. Des petites tuniques. Très courtes.

— Identiques parce qu'il n'y a pas de différences quand on se fait la guerre, dit Hilly. Tous les camps sont égaux dans leur futilité. Surtout celui de Philly.

— La pièce se déroule-t-elle en Grèce ? demande Rosalind.

— Presque, ma chérie. À peu près.

— Donc mon costume pourrait être quelque chose de fluide, blanc ou crème, dit Rosalind. Comme dans les tableaux. Ce qui me fait penser : comment avance votre travail artistique, monsieur Taras ? J'espère que toute cette histoire ne vous empêche pas de travailler ? »

Philly expire un panache de fumée. « Son travail avance merveilleusement bien, Ros. Il a un nouveau modèle. Apparemment, elle est à tomber.

— Mon Dieu, qui est-ce ? »

Taras se frotte le coin de la bouche. « Ernestine a eu la gentillesse de poser pour moi. Le travail est… ça avance. C'est le travail. C'est lent.

— Qui est Ernestine ? demande Rosalind.

— Mlle Aubert, répond la Vég. On s'exerce à parler français tous ensemble.

— Mlle Aubert ! s'exclame Rosalind. Je ne la paye pas pour qu'on peigne son portrait. Est-elle ici ?

— On ne peut pas vraiment dire que c'est elle sur le tableau, ajoute la Vég. C'est tout rose.

— Guère approprié, réplique Rosalind, et ses mains se lèvent pour tapoter ses cheveux fraîchement coupés.

— Nous parlons de Paris, dit Taras. Les boulevards bordés d'arbres. Pendant que nous parlons, je revois la ville. *Je reviens**.

— Avez-vous d'autres modèles en tête ? » s'enquiert Rosalind. De nouveau, ses mains se soulèvent et tapotent.

« Ce sont les modèles qui me choisissent », répond-il, et il s'en va.

Rosalind a une furieuse envie de courir après lui et de le pousser, de l'envoyer à terre, de le voir ramper sur le sol poussiéreux de la grange, et de lui arracher sa chemise tachée de peinture.

« Nous répétons demain, Mère, dit la Vég, je pourrais apprendre le texte avec vous.

— Je n'ai pas besoin d'aide, dit Rosalind. Apporte-le-moi. Je vais le regarder. »

La voix de Taras leur provient de l'intérieur de la grange. « La géante peut être Ajax.

— Je suppose que c'est moi », dit Myrtle.

Cristabel confirme. « Ajax a un bouclier fait de sept peaux de vache.

— Qui n'en a pas ? fait remarquer Myrtle. Mon Dieu, regardez-moi ce ciel incandescent ! »

Rosalind déploie son sourire automatique, comme pour elle-même : « Il faut que vous veniez tous boire un verre sans tarder. Nous pourrons jouer au croquet sur la pelouse. » Puis elle fait demi-tour et repart en direction du sentier herbeux. Elle entend la rhapsodie de Myrtle, les murmures lourds de sous-entendus de Hilly et Philly, et le babillage des enfants. Elle pénètre dans les bois. Les laisse tous derrière elle.

Rosalind Seagrave se promène à travers les arbres tachetés de lumière. Tout au long de la journée, le soleil a gagné du terrain, s'est faufilé au milieu des chélidoines, des anémones et des violettes des bois. Et cette lumière se prolongera tard dans la soirée, car le ciel, en ces jours de printemps radieux, rechigne à noircir. Même après le coucher du soleil, il reste une traînée d'ambre à l'horizon et, au-dessus, un lavis pâle qui s'élève jusqu'à une bande bleu-vert, et plus haut encore, un bleu profond qui est la couleur du bord de l'espace ; et alors, et seulement alors, très haut et oublié, l'indigo-noir du ciel nocturne, qui attend dans les coins, tenant soigneusement la boule d'or de la jalouse Vénus.

DRAPEAU NOIR

Mai 1928

La soirée est douce, pareille à un duvet teinté de gris et verts pâles. La brume est arrivée de la mer et s'est drapée au sommet des collines, coupant Chilcombe du reste du monde. Il est plus de neuf heures lorsque Cristabel sort du grenier à pas de loup. Les adultes sont partis à une fête dans le Somerset, laissant la maison à ceux qui y sont cantonnés : les domestiques et les enfants. Personne ne mange, ni ne boit, ni ne réclame quoi que ce soit, aussi la plupart des domestiques sont-ils endormis dans leur lit ou jouent-ils aux cartes dans la cuisine à la lueur des bougies.

Cristabel descend tout doucement l'escalier principal et se glisse dans le grand hall, qui est aussi vide qu'une crypte, faiblement éclairé par la falote lumière filtrée par la coupole et qui tombe sur le piano à queue – rarement ouvert. Bien que Rosalind ait maintes fois exprimé le souhait que les enfants aient « une âme musicale », rien n'a été fait pour atteindre cet objectif. L'une des préceptrices avait bien proposé de donner des cours de piano, mais seule la Vég avait persévéré assez longtemps pour pouvoir jouer, et seule la Vég s'assied au clavier pour s'exercer, parcourant avec détermination les mélodies jusqu'à ce qu'elle les maîtrise, changeant de direction à chaque fausse note, comme quelqu'un qui, les yeux bandés, se heurterait à un meuble.

Cristabel ne se heurte à rien. Elle traverse adroitement le hall et se glisse par la porte d'entrée dans la nuit brumeuse, où elle aperçoit l'étroite silhouette de Maudie qui contourne la maison. Pendant un instant, elles se regardent dans le noir comme des chats de gouttière, puis Maudie esquisse un geste en signe de reconnaissance et disparaît. Cristabel sait qu'elle est libérée, sans condition. Elle devine aussi que, quoi que fasse Maudie, elle n'a pas à chercher à le savoir.

Discrète comme un braconnier, Cristabel traverse la pelouse à toute vitesse. Elle porte ses bottines à lacets et son manteau enfilé sur sa chemise de nuit.

Elle a emporté avec elle un mouchoir teint en noir attaché à un bâton : un drapeau noir – le symbole international des pourparlers. Même les pirates le reconnaissent. Il signifie qu'on leur offre une chance de s'asseoir et de discuter, d'homme à homme, les armes mises de côté. Elle a également emporté un morceau de génoise et un briquet tempête en argent – deux gages de paix glissés dans les poches de son manteau, et le couteau de chasse de son grand-père, pour se défendre, dissimulé dans l'une de ses manches.

Elle atteint les limites de la pelouse et s'apprête à foncer dans les bois, quand elle entend un bruit derrière elle. Digby. Pieds nus dans un pyjama monogrammé. Il frotte ses yeux ensommeillés. Ses cheveux bouclés se dressent sur sa tête. « Je t'ai entendue », dit-il. La chambre de Digby est au premier étage, mais il n'y dort qu'occasionnellement, préférant rester avec les filles dans le grenier. « Où tu vas ? Pourquoi tu ne m'as pas réveillé ?

— Je vais parler aux sauvages. J'ai pensé que c'était mieux d'y aller seule. »

Il fronce les sourcils. « Pourquoi ? »

Elle agite le drapeau noir. « Je vais entamer des négociations.

— Tu ne fais jamais rien sans moi d'habitude.

— Parlementer ne requiert qu'une seule personne.

— Je peux être utile, dit-il. Je serai ton écuyer.

— Très bien, mais c'est moi qui leur parlerai. Tu vas rester dans les bois.

— Dans les bois ?

— Pour monter la garde, explique-t-elle. Dès que j'aurai besoin de toi, je te donnerai le signal.

— D'accord, dit-il. On fait la course jusque là-bas. »

Ils traversent les bois en courant comme des athlètes, enjambent les racines des arbres, s'assurant que toutes les peurs tapies dans l'ombre sont distancées. Lorsque le cottage est en vue, Digby se cache derrière une aubépine et s'arme d'un arc et d'une flèche imaginaires. Cristabel lui fait un signe de tête, puis quitte les bois, le cœur battant à tout rompre.

Le cottage fleuri, au bord de la mer, est calme, mais c'est un calme différent de celui, mis en scène et pesant, de Chilcombe. Le cottage a toutes ses portes et ses fenêtres ouvertes. Des bougies coincées dans des bouteilles de vin vides vacillent sur le rebord des fenêtres. Et des odeurs intéressantes s'en dégagent : nourriture épicée, térébenthine, tabac, et quelque chose d'autre aussi, de riche et capiteux. Cristabel entend parler à voix basse à l'intérieur et s'avance pour entendre ce qu'il se dit, quand une brindille craque derrière elle.

Elle se retourne pour se retrouver face à face avec le plus grand des enfants sauvages, vêtu seulement d'un short. Il est sorti de la grange. Les autres descendent des bottes de foin pour se rassembler derrière leur chef, aussi nombreux qu'une portée de rats.

Cristabel agite le drapeau noir, puis le pose sur le sol. Elle fouille dans ses poches et tend le gâteau et le briquet. Le grand sauvage saisit le gâteau et le jette aux plus petits pardessus son épaule. Il prend ensuite le briquet et le fait tourner dans ses mains pour l'examiner. Avec précaution, Cristabel tend la main pour actionner la molette avec son pouce, et une flamme en jaillit. « C'est un bon briquet, dit-elle, mon oncle Willoughby l'avait avec lui dans le désert. »

Le sauvage est si près d'elle qu'elle peut sentir l'odeur de sa peau. Son visage ombragé, que la flamme du briquet éclaire par en dessous, a des traits anguleux, des sourcils broussailleux. Il fait une tête de plus qu'elle et tient une cigarette au coin de sa bouche, comme un cow-boy. Il est maigre et de large carrure, avec des cheveux foncés qui lui arrivent aux épaules et des touffes éparses d'un début de moustache. Elle pense qu'il doit avoir environ treize ans ; assez vieux pour se considérer comme un adulte. Elle entend la mer tout près, le bruit du flux et du reflux des vagues sur les galets.

« Je viens pour proposer une trêve. J'ai besoin de gens. Pour ma pièce. Pour *L'Iliade*. Je sais que vous aimez jouer la comédie. Je vous ai vus. Vous vous déguisez », dit-elle.

Il se penche vers elle. Quand il parle, et c'est la première fois qu'elle l'entend parler, c'est avec un accent mêlé et des voyelles allongées. « Rentre chez toi, petite fille. »

Il essaie de lui rendre le briquet, mais elle résiste et le pousse vers lui en disant : « Je vais te faire une offre. Si vous apparaissez dans ma pièce, je vous apprendrai à vous battre avec une épée. » Elle élève la voix pour que les plus jeunes puissent entendre. « Vous tous. Je vous apprendrai à vous battre comme des guerriers. Mon oncle m'a appris. Je sais comment m'y prendre. »

Le sauvage éclate de rire. « Je sais comment me battre, petite fille. La seule chose que je ferais avec une épée, c'est me débarrasser des putes blondes dans le lit de mon père, *comprende ?* »

Pendant un moment, elle est perdue. « Des putes blondes ? »

Il fait un signe de tête en direction du cottage.

« Attends, dit Cristabel, Taras, c'est ton père ? Il ne se comporte pas comme ton père. »

Le sauvage émet un grognement. « Comment se comporte un père ? »

Cristabel est perplexe. Par-dessus son épaule, elle peut voir les sauvages qui l'observent. Ils ont tous les cheveux noirs. « Ne me dis pas qu'il est votre père à tous ? » dit-elle, étonnée. Elle avait supposé que l'entourage de Taras était composé de disciples, pas d'une famille.

Le garçon jette sa cigarette. « Pourquoi tu crois que nous sommes ici ? Nous sommes les enfants du grand Taras. Peut-être qu'on aura bientôt un petit frère blond, hein ? Peut-être deux. Ma mère pourra s'occuper d'eux comme elle s'occupe du reste de ses bâtards.

— Qui est ta mère ? » Cristabel se souvient soudain de la femme au foulard. « Tu veux dire celle qui fait le ménage ? »

Le garçon se replie brusquement. « Ma mère est sa femme.

— Je ne savais pas que M. Taras était marié.

— Pourquoi te l'aurait-il dit ? Il préfère l'oublier. » Le garçon aspire une bouchée de salive, la crache par terre, un jet d'écume frémissante. Mais je peux te dire une chose, petite fille : un jour, nous serons débarrassés de ces démons blonds, et nous rentrerons chez nous.

— Tu veux dire Hilly et Philly ?

— Ce ne sont pas les premières diablesses. Il y en a eu une à Nîmes. Une à Bruges. Parfois, on recueille les enfants. Ma mère devient leur mère. Tu comprends ?

— Je commence à comprendre, dit Cristabel. Hilly et Philly sont des démons blonds, et tu penses qu'elles sont des usurpatrices. »

Le garçon fronce les sourcils.

« Usurpatrices, répète-t-elle. Elles ont pris la place de ta mère. »

Il acquiesce.

« Je ne savais pas, dit Cristabel. *Pardonnez-moi.* Elles vous font dormir dans la grange ?

— C'est nous qui avons choisi la grange », dit-il. Des hurlements de rire hystériques proviennent de l'intérieur du cottage, comme pour en expliquer la raison. Le garçon crispe sa mâchoire.

« Comment fait ta mère pour supporter ça ? » demande Cristabel.

Le sauvage hausse les épaules. C'est un sentiment compliqué, celui qu'elle éprouve à ce moment-là. Elle voit dans l'expression du garçon une chose qu'elle reconnaît ; quand on est accablé par la bêtise des adultes – et elle sera toujours du côté des victimes de l'usurpateur, du côtés des impuissants. Cependant, elle ne peut se résoudre à critiquer Taras, son dieu de l'océan, l'artiste qui donne vie à ses rêves théâtraux. Il y a tant à considérer. Mais il y a aussi une tâche à accomplir. Elle a une pièce à monter, et elle a besoin de ces étrangers à moitié nus pour faire de la figuration. Elle se souvient d'une phrase extraite d'un livre de Henty : *Un Anglais doit toujours, d'une manière ou d'une autre, faire preuve de fermeté et redresser ses épaules comme un Français ne pourra jamais le faire.*

Cristabel s'éclaircit la gorge. « Je suis venue pour négocier. Pour conclure un marché. Dis-moi, es-tu français ?

— Non, je suis moitié belge, moitié russe, répond le garçon.

— Mais tu parles français.

— Français, russe, flamand, anglais. Qu'est-ce que tu préfères ?

— L'anglais, bien sûr. Je vais être claire : j'ai besoin de comédiens pour ma pièce. Je veux que toi et tes frères et sœurs fassiez partie de la troupe.

— Vous n'avez pas d'amis avec lesquels jouer ? »

Elle réfléchit à ce qu'elle va répondre et décide d'opter pour la vérité. « Non. Nous n'avons pas d'amis. C'est pourquoi j'ai besoin de vous. En retour, je vous apprendrai à vous battre. Ou je pourrais vous donner des choses de la maison. Qu'est-ce que vous voulez ? Des cigarettes ? Du chocolat ? »

Les sauvages murmurent « chocolat » entre eux comme une incantation.

« Pourquoi devrions-nous te faire confiance ? Tu pourrais commettre ces vols pour nous, puis nous traiter de voleurs, rétorque le garçon.

— Je te donne ma parole d'honneur, dit Cristabel.

— Je ne sais pas ce que vaut ta parole. »

Cristabel réfléchit un instant. Puis elle tend la main et allume le briquet, que le garçon tient toujours. Elle pose l'une de ses mains, ouverte, au-dessus de la flamme. « Regarde, dit-elle, c'est ma parole. » Puis elle abaisse sa main, en regardant le garçon droit dans les yeux, et sous le coup de la douleur, elle bat soudain des paupières.

Les sauvages se rapprochent. Le garçon attend que Cristabel tienne sa main tremblante au plus près de la flamme – clignant furieusement des yeux pour retenir ses larmes –, avant d'éloigner le briquet et de l'empocher. Cristabel serre sa main contre sa poitrine et respire profondément.

« Des cigarettes, oui. Du chocolat, oui, dit le garçon. Encore une chose. Je veux apprendre à conduire une voiture. Tu arranges ça, et ensuite on parle théâtre. *Oui* ?* »

Cristabel acquiesce d'un hochement de tête. Elle ne maîtrise pas encore sa voix.

Il l'observe un moment, puis dit : « Nous non plus, nous n'avons pas d'amis. » Cristabel ne sait pas si cette déclaration est censée exprimer de l'empathie ou une menace.

Elle repart à grandes enjambées en direction des bois, et parvient à dire d'une voix tremblante : « *Monsieur**, je vais considérer vos conditions. » Elle a laissé son drapeau noir planté dans le sol.

Il lui lance : « *Bonsoir, mademoiselle. Je m'appelle Leon**. »

Digby l'attend au milieu des bois, frissonnant dans l'air de la nuit. Elle esquisse un sourire, puis renifle et s'essuie les yeux. « Je me suis brûlé la main.

— Tu ne m'as pas donné le signal, dit-il. Ça fait mal ? »

Elle acquiesce.

« Ce sont les sauvages qui ont fait ça ? demande Digby.

— Non, répond-elle, c'est moi. Pour faire mes preuves.

— Tu as fait ça ? » s'étonne-t-il. Une chouette hulule dans les bois et Digby frissonne à nouveau. « Pourquoi ne m'as-tu pas fait signe, Crista ?

— Je savais que j'en étais capable, Digs. »

Il garde le silence pendant un moment, puis, d'une voix théâtrale, dit : « Nous devons nous hâter vers le château pour soigner vos blessures, mon seigneur. » Il ouvre la voie à travers les arbres, jetant de temps en temps un coup d'œil à la jeune fille par-dessus son épaule, tandis qu'ils prennent le chemin du retour.

Dans l'obscurité de sa chambre au-dessus de la buanderie, M. Brewer allume une cigarette, tandis que Maudie descend l'escalier et sort dans la nuit aussi silencieusement qu'elle est arrivée. Les week-ends où la femme et le fils de M. Brewer sont absents, Maudie a pris l'habitude de se glisser dans son lit, et d'en sortir, comme un chat.

Ce n'était pas une situation qu'il se rappelait avoir essayé d'arranger – il avait de vieilles connaissances de ce genre à Hammersmith auxquelles il pouvait rendre visite s'il en avait envie, des femmes reconnaissantes qui l'appelaient Billy, qui se souvenaient de lui comme d'un jeune homme ambitieux, bien connu dans les pubs de l'ouest de Londres, un homme qui faisait en sorte que ce soit son affaire – mais il n'avait pas été entièrement surpris lorsque Maudie était apparue tard dans la nuit, se matérialisant dans le noir comme un rêve devenu réalité.

Elle n'avait jamais cherché à justifier ses activités nocturnes, elle ne parlait pas beaucoup, ce que Bill Brewer – un homme qui naviguait dans le monde en anticipant la demande et en minimisant les dégâts – appréciait. Ne pas poser de questions, ne pas expliquer. Une seule fois, dans un moment de simple curiosité, il lui avait demandé : « Que fais-tu ici, Maudie ? » et elle l'avait regardé d'un air réfléchi, dans sa position préférée, en haut, les mains posées sur sa poitrine qui se soulevait et s'abaissait, et avait répondu : « Je m'entraîne. »

RÉPÉTITION

Juin 1928

(DÉCOR : Un cottage délabré près d'une plage de galets. Une grange au toit de chaume remplie de toiles à moitié peintes et d'un éléphanteau empaillé sur roues. Un décor de scène représentant les murs d'un château. Une répétition.)

TARAS (*dessine une ligne sur le sol*) : Le public regardera le spectacle depuis ici. Les lumières s'allument. Cristabella, tu peux maintenant commencer ta mise en scène.

CRISTABEL : Entre, Achille.

ROSALIND : Achille, c'est M. Taras ?

CRISTABEL : Oui. Mille fois oui. Le narrateur commence notre histoire.

LE PRÉCEPTEUR DE DIGBY DANS LE RÔLE DU NARRATEUR : C'est à moi ? maintenant ? Très bien. *La colère d'Achille, à la Grèce source funeste de malheurs innombrables, déesse céleste, chante-la ! Ce courroux qui a précipité vers le règne lugubre de Pluton les âmes de chefs puissants tués prématurément, et dont les membres non enterrés sur le rivage nu…* Oh, c'est quoi la suite ?

CRISTABEL : *Les chiens dévorants et les vautours affamés déchirent.*

(*Entrée des enfants sauvages à quatre pattes, grognements et aboiements.*)

CRISTABEL : Les Grecs se réunissent pour justifier la guerre contre les Troyens.

PHILLY (*brandissant une pancarte peinte qui dit GUERRE*) : *Guerre. Guerre.*

HILLY : Un peu plus de peps, chérie, allez.

ROSALIND : Où dois-je me mettre ?

LA VÉG : Par ici avec moi, Mère. Nous sommes à Troie.

TARAS DANS LE RÔLE D'ACHILLE : *Pourquoi ne pas quitter le fatal rivage de Troie, et compter les mers que nous avons traversées auparavant ?*

LA VÉG (*chuchotant*) : Achille ne veut pas se battre, Mère. Il veut rentrer chez lui.

CRISTABEL : Est-ce que les assistantes peuvent maintenant faire la mer ?

(*Betty Brewer, Maudie Kitcat et Mlle Aubert, assistantes en coulisses, costumières et déesses, courent en traînant des rubans bleus.*)

LE PRÉCEPTEUR DE DIGBY DANS LE RÔLE DU NARRATEUR : *La déesse-mère entend. Les vagues se divisent et, comme une brume, elle s'élève au-dessus de la marée ; elle le voit se lamenter sur les rivages nus*... Encore des rivages nus ? C'est bien ça ?

CRISTABEL : La déesse, au centre de la scène. Non, nous avons décidé que nous n'avions pas besoin des poissons.

(*Des enfants sauvages entrent et sortent avec des poissons.*)

MYRTLE DANS LE RÔLE D'AJAX : *Ils détachent la peau ; les cuisses, choisies par les dieux, sont divisées.* Ce n'est pas mon texte, mais j'adore cet extrait.

MLLE AUBERT DANS LE RÔLE DE LA DÉESSE : *Troie et l'épouse adultère pourront-ils, en paix, jouir des fruits des vœux brisés ?*

ROSALIND : Pourquoi est-ce qu'elle me regarde avec insistance ?

LA VÉG : Vous êtes l'épouse adultère, Mère.

ROSALIND : Elle n'a pas besoin de me regarder aussi durement.

PERRY DANS LE RÔLE DE NESTOR, ROI DES GRECS : *Qui ose, sans gloire, rester dans ses navires, qui ose trembler en ce jour mémorable ; ce misérable, trop méchant pour tomber par la force martiale, les oiseaux le déchiquetteront et les chiens le dévoreront.*

WILLOUGHBY (*couché sur le sol au milieu de l'espace public*) : Bravo, mon vieux.

LE PRÉCEPTEUR DE DIGBY : Cette pièce est pleine de chiens.

(*Les enfants sauvages aboient.*)

CRISTABEL (*tapant sur le décor*) : Fini les aboiements !

LÉON LE SAUVAGE DANS LE RÔLE DE PATROCLE (*faisant des gestes en direction des enfants sauvages*) : Quand allez-vous enfin faire les choses correctement, vous écervelés fils de pute ? Zut alors*.

CRISTABEL : Pâris est enlevé par Vénus. Madame Brewer, c'est vous. Si vous ne pouvez pas lever les bras dans ce costume, faites signe juste avec un doigt.

ROSALIND : Est-ce que je fais quelque chose ici ?

CRISTABEL : Non.

TARAS : Mais on doit lire sur votre visage que vous savez que l'homme que vous aimez est un dilettante. Un homme qui a préféré la beauté à la sagesse.

WILLOUGHBY : Je vais rentrer à la maison pour boire un verre. Vous vous en sortez tous merveilleusement bien.

LES MYSTÉRIEUX VOYAGES DES VOIX DANS LA NUIT

Juin 1928

Elle lui envoie le signal après le souper – elle tire discrètement le lobe de son oreille, et renifle – pour dire : là-haut. Ce soir, on monte. Ils se retrouvent dans la chambre mansardée des filles et, après avoir demandé à la Vég, qui a le vertige, de faire le guet dans le couloir, ils grimpent sur une chaise glissée sous la lucarne, et se hissent sur le toit en s'entraidant, tels des acrobates, chacun tirant ou poussant à son tour.

Une fois sur le toit, ils se reposent un moment avant de commencer leur escalade, tels des singes, sur les tuiles jusqu'au sommet, décrochant au passage des touffes de mousse qui poussent en bordure du toit, avec pour but d'atteindre les cheminées au faîte. C'est là, entre les colonnes élevées, que Cristabel et Digby ont fait leur nid nocturne.

Assis côte à côte, ils occupent le même espace aérien que les chauves-souris, les hiboux et les papillons de nuit : des compagnons de route dans l'air nocturne. Le tourbillon rapide des chauves-souris, un chaos de battements d'ailes agitées ; le flottement fantôme des chouettes effraies à face blanche dans leurs collerettes élisabéthaines ; les bruits sourds des papillons de nuit se cognant vainement contre les lucarnes du grenier. De temps en temps, ils peuvent distinguer quelqu'un en bas, comme Perry qui se promène sur la pelouse avec sa pipe, un cercle de cheveux clairsemés sur le dessus de sa tête. « Personne ne lève jamais les yeux, dit Digby le menton au creux de sa main. Je ne dois jamais oublier de regarder en l'air. »

Une boîte à biscuits coincée derrière une brique de cheminée mal fixée contient des cartes qu'on trouve dans des paquets de cigarettes, un dictionnaire français et un carnet de notes. Digby et Cristabel y laissent également du courrier qu'ils s'adressent l'un à l'autre, ce qui en fait une boîte aux lettres privée. Un bout de bougie coincé entre les tuiles du toit donne suffisamment de lumière pour lire ou écrire, et les soldats de plomb de Digby sont alignés dans la gouttière le long du toit : une mince ligne de défense. Parfois, ils entendent des gens les appeler ; il est alors tellement délicieux de rester silencieux, tous deux compagnons de fugue.

Cristabel sort deux pommes de sa poche et en tend une à Digby, en prenant soin de ne pas utiliser sa main gauche brûlée.

Pendant un certain temps, seul le bruit de pommes croquées en chœur se fait entendre, puis Cristabel dit : « J'ai imaginé la première représentation. Là-bas. Derrière les arbres.

— Avec les spectateurs, ajoute Digby.

— Hector sortant des murs de Troie pour défendre son territoire. »

Digby fait soigneusement rouler son trognon de pomme le long du toit jusque dans la gouttière, puis enserre ses genoux et dit : « Flossie joue parfaitement cette scène. »

Ils se taisent un instant pour écouter les ronflements de leur fidèle guetteur, leur noble Hector, qui ne manque jamais de s'endormir à son poste dans le couloir du grenier, souvent avec l'un de ses livres de musique ouvert sur ses genoux, car elle aime s'exercer au piano même lorsqu'elle n'est pas assise devant l'instrument, ses petits doigts se déplaçant consciencieusement sur des touches invisibles.

D'autres sons émis par les habitants de Chilcombe montent jusqu'au toit comme des ballons. La voix de Rosalind, juste à ce moment-là, aussi aiguë et stridente qu'une clochette : « Remonte le gramophone, Philly chérie. » Willoughby, une voix chaude de baryton agrémentée du tintement de verres à fond épais : « Je te ressers, mon vieux ? » Myrtle qui suit Perry partout, telle une rumeur, ses invocations pareilles à de la mélasse : « Peregrine, voulez-vous danser avec moi ? » Le mystérieux voyage des voix dans la nuit.

Digby continue : « Flossie m'a dit qu'elle s'imagine défendre Chilcombe, pas Troie. N'est-ce pas formidable ? Nous défendrons toujours Chilcombe, n'est-ce pas ? Quand il sera à nous. »

Cristabel recrache vivement un pépin de pomme. « Ta mère dit que Chilcombe sera tout à toi. Je suppose qu'elle nous enverra, la Vég et moi, à la ferraille.

— Je ne la laisserai jamais faire une chose pareille, dit Digby. Ce serait ridicule. » Il se penche vers elle pour trouver sa main, lace leurs doigts ensemble, puis tapote son genou de cette unique main nouée.

Il n'a jamais perdu l'habitude de lui tenir la main (tout comme, près de quarante ans auparavant, l'aimable bambin Willoughby saisissait constamment la main de Jasper l'adolescent maladroit). De la part de quelqu'un d'autre, Cristabel penserait que c'est mièvre, mais son affection naturelle a raison de sa fière réserve, et une fois que Digby lui tient la main, c'est comme si les ennuis et les obstacles s'évanouissaient, et les choses deviennent plus simples, possibles ; s'appuyer l'un contre l'autre, les genoux s'entrechoquant, n'est plus du tout embarrassant : frères, hors-la-loi, montagnards, réprouvés. C'est plus facile quand ils sont ensemble.

« Pense à toutes les pièces que nous pourrions monter, si c'était nous qui décidions de la mise en scène. Nous pourrions engager des comédiens de renom, dit Digby.

— Nous n'avons pas besoin d'attendre, Digs. Nous devrions monter des pièces maintenant, pendant que Taras est là », rétorque Cristabel. Elle croque le restant de sa pomme jusqu'au trognon, jusqu'à ce qu'il ne reste plus que le pédoncule. « J'ai des tonnes d'idées. Des idées brillantes. C'est l'œuvre de mon âme.

— Les gens que l'on croit pouvoir être de bons acteurs ne le sont pas forcément. Je pensais que ça plairait à maman, mais ce n'est pas le cas, ajoute Digby, songeur.

— Les gens ont des qualités inattendues, poursuit Cristabel. Je pensais que l'oncle Perry trouverait ça idiot, mais il est formidable. » Elle lance habilement le trognon de sa pomme d'une pichenette, puis rabat son cardigan sur ses genoux.

L'air sur le toit, même en cette nuit d'été, est froid et céleste. Le ciel au-dessus d'eux est rempli d'étoiles.

« Crista, dit Digby, j'ai remarqué une chose au cottage. Il n'y a que deux chambres.

— Oui ?

— Les sauvages dorment dans la grange et la femme à la peau sombre dort dans l'une des deux chambres. Mais ça ne laisse qu'une chambre pour Hilly, Philly et Taras. Ils doivent tous dormir ensemble. Crista, tu crois que Hilly et Philly veulent être des garçons ?

— Qu'est-ce que tu racontes ?

— Les vêtements qu'elles portent, leurs cheveux. Perry dit qu'elles ressemblent à des étudiants d'Eton. Il dit que s'il avait eu un copain pédé comme Hilly, sa scolarité aurait été très différente.

— Elles considèrent probablement les pantalons comme plus pratiques. Je pourrai peut-être moi aussi porter bientôt des pantalons.

— Elles portent parfois des robes, fait remarquer Digby. Tu te souviens de celles avec les perles pailletées ? C'est comme si elles se déguisaient en quelqu'un d'autre.

— Je les ai vus une fois, dit Cristabel. Taras, Hilly et Philly ensemble. Je voulais te le dire. J'avais traversé les bois.

— Tu y es encore allée sans moi ?

— Digs, c'était important. Je devais rencontrer Leon pour finaliser notre accord.

— Je ne pense pas que ce soit un très bon acteur, dit Digby. Il ne se souvient jamais de son texte. »

Cristabel lui donne un petit coup d'épaule. « Écoute-moi, je vais te raconter ce que j'ai vu. Dans le cottage. Deux têtes blondes, et une brune. Beaucoup de jambes. Difficile de dire ce qui était quoi.

— Dans un seul lit ?

— Oui. » Cristabel se souvient de membres enchevêtrés, de corps anonymes entrelacés avec désinvolture et éclairés par la lumière vacillante des bougies, et de ses battements de cœur affolés. Tout était comme lié au souvenir de la voix de Leon dans son oreille – « ces putes blondes dans le lit de mon père » – et au fait de le rencontrer sur la plage, seule à seul, pour lui promettre que l'oncle Willoughby lui apprendrait à conduire. Elle était même allée voir Willoughby au moment où il était le plus ivre et le plus joyeux, pour s'assurer qu'il accepterait, et l'aspect calculateur de cette démarche avait fait battre son cœur encore plus fort.

« Pourquoi crois-tu qu'ils font ça, Crista ? » demande Digby.

Elle hausse les épaules. « Je ne sais pas. »

En vérité, Cristabel pense savoir en partie pourquoi le trio du cottage partage un lit ; tout au moins, elle le devine. Elle a entendu des blagues de Willoughby, des commentaires murmurés par les garçons du village, certains passages des livres que Myrtle avait laissés sur la pelouse. Mais ce n'était pas clair. Même Maudie, leur guide si franche, bien que fantasque, dans le monde des adultes, était réticente à s'exprimer sur le sujet, se contentant de sourire et de tripoter des mèches de ses cheveux. Cristabel pense à nouveau aux trois corps : yeux fermés, absents à eux-mêmes. Toutes les fenêtres du cottage ouvertes, comme s'il avait été abandonné, comme s'ils étaient partis en voyage.

Digby frappe son genou contre celui de Cristabel. « Tu crois que ça va être comment ?

— Quoi ?

— Notre pièce.

— Oh. Tu as le trac, Digs ?

— Non, j'essaie d'imaginer comment ça va se passer.

— Je peux voir comment ça devrait se passer dans ma tête et je crois que ça va probablement se passer comme je l'imagine et que ce sera un énorme succès. Le premier d'une longue série. » Elle lui presse la main. « Ne t'inquiète pas. Je serai là. »

Dans la maison, une horloge sonne minuit. Alors que la nuit cède la place aux petites heures du matin, les voix des adultes à l'intérieur gagnent en volume mais perdent en clarté. Ce ne sont plus des ballons qui s'élèvent doucement, mais des éclats et des fragments, de fortes exclamations coupées en deux par des portes qui claquent et une explosion de musique assourdissante sur le gramophone.

« Je sens l'odeur du bacon, dit Digby.

— Du bacon et des œufs, tu peux me croire, pour ceux qui sont encore debout. Tu savais que si tu jettes un œuf de ce toit sur la pelouse, il ne se cassera pas ? Je l'ai déjà fait dix fois de suite.

— Vraiment ?

— Je te montrerai demain. On devrait dormir un peu.

— Je peux venir avec toi, Crista ? Je n'ai pas envie de retourner dans ma chambre.

— Tant que tu ne me donnes pas de coups de pied. »

Alors ils éteignent leur bougie, glissent pour descendre le long du toit accidenté jusqu'à la fenêtre, jettent une couverture sur leur sœur endormie et sautent dans le lit pour fermer les yeux et laisser le ciel nocturne tourner sans eux.

L'ILIADE

Juin 1928

Pour Cristabel, Chilcombe et ses environs avaient toujours été un lieu synonyme de stabilité. Le soleil suivait la même course tous les jours, s'arquant au-dessus de sa tête comme une balle de cricket bien lancée. Les galets de la plage grincent pensivement au gré des marées. On y voit des champs bombés et des arbres anciens sur lesquels elle, et elle seule, avait gravé ses initiales. Un endroit infailliblement calme – ce qui était toujours la première chose que les visiteurs remarquaient après que le bruit du moteur de leurs voitures s'était estompé. « Mon Dieu, quel calme. » Et, invariablement, la réponse était : « N'est-ce pas ? Entrez, je vous en prie », comme si être exposé à un tel niveau de calme était imprudent.

Pourtant, le matin de leur représentation de *L'Iliade*, quand Cristabel ouvre la fenêtre du grenier, elle sent un air nouveau venu de très loin – volant par-delà la mer scintillante, rapide comme l'ombre d'un avion – se ruer vers elle. C'est ici. Le grand jour. Son jour.

Rien n'est plus comme avant. Un nœud se tortille dans le ventre de Cristabel, comme un nid de souris agitées. Petit-déjeuner semble absurde. La Vég marmonne ses répliques en mâchant son porridge, sa barbe laineuse déjà accrochée à son cou, et Digby sautille dans le grenier sur un pied. Il y a des bruits d'activité frénétique partout ailleurs dans la maison. De la nourriture est livrée. Des chaises transportées dans tous les sens. Des tables à tréteaux qui arrivent du village.

Cette agitation inhabituelle se poursuit toute la journée, avec Rosalind au cœur de l'action, supervisant la décoration et la restauration, accompagnée de Betty, la bouche pleine d'épingles pour faire les ajustements de dernière minute aux costumes. Blythe et M. Brewer sont dépêchés pour décorer le chemin à travers les bois avec des lanternes chinoises en papier et, au début de l'après-midi, le cottage lui-même a été transformé par Taras, Hilly, Philly et Myrtle. De longs pans de tissu sont drapés depuis les fenêtres supérieures et fixées au sol avec des piquets, créant une tente pour les chefs de guerre grecs, et un grand drapeau peint flotte depuis le tuyau de la cheminée. Devant la grange se dressent les créneaux en isorel de la ville assiégée de Troie, décorés de coquillages par Taras. Des bouteilles en verre coloré contenant des bougies délimitent l'avant de la scène.

Toutes les mauvaises herbes et les ronces ont été arrachées, la pelouse entre les bâtiments a été tondue, et des chaises en bois et des chaises longues empruntées remplissent l'espace réservé au public. Cristabel place soigneusement l'un de ses programmes écrits à la main sur chaque siège, tandis que la Vég, suivant les ordres de Rosalind, pose une rose coupée du jardin sur chaque programme, avec un caillou pour l'empêcher de s'envoler. Sur la plage, un feu de bois flotté est prêt à être allumé pour le dernier acte, afin que les dernières scènes se déroulent sur un décor de flammes. Tout est en place et prêt ; une église vide qui attend sa congrégation.

Mais viendront-ils ? Cristabel avait distribué elle-même toutes les invitations locales. Elle avait emprunté une carte du comté à M. Brewer, réquisitionné une bicyclette au garçon boucher et, après un après-midi pénible occupé à apprendre à la conduire, elle avait sillonné la campagne pendant toute une semaine en portant des invitations aux grands de ce monde dans le Dorset du Sud.

Il avait été excitant de chercher des adresses, en se repérant sur une carte, comme un explorateur. Elle ne savait pas qu'il y avait tant de villages cachés dans les vallées. Osmington, Sutton Poyntz, Chaldon Herring, Tyneham. Les épaisses haies d'été s'étendaient si loin au-dessus des chemins étroits que, de loin, ils semblaient impraticables, mais à mesure que Cristabel s'approchait, en faisant crisser ses freins, la route se dévoilait, comme une série de passages cachés. Les soirées chaudes restaient légères alors qu'elle longeait en roue libre des champs où des troupeaux de vaches ruminaient solennellement, le chant du coucou la suivant dans le crépuscule.

Rosalind ne savait peut-être rien d'Hélène de Troie, mais elle savait – Cristabel l'admettait à contrecœur – comment organiser un événement. Elle était suffisamment maligne pour obtenir ce dont elle avait besoin. Elle avait recruté une couturière, une amie de Philly, pour concevoir les costumes et avait convaincu le vicaire de lui prêter pratiquement tout ce qu'il possédait. Elle avait elle-même écrit les invitations, en disant : « La touche personnelle est tout, si vous voulez avoir les bons invités. »

Myrtle, fumant dans sa tenue de combat au cours d'une pause au milieu des répétitions, avait répondu : « Moi, j'aurais certainement envie de venir.

— Chérie, ils veulent tous venir, avait rétorqué Rosalind. Les gens meurent d'envie de rencontrer Taras. Mais n'est-ce pas une façon originale de le présenter ? Le grand artiste dans une production théâtrale avec les enfants. »

Le grand jour est arrivé, et l'heure inscrite sur les invitations – *19 heures pour les cocktails d'avant-spectacle* – approche à grands pas. Cristabel s'assied sous un arbre et attend. Il n'y a plus rien à faire.

Ce sont les voix qu'elle entend d'abord. Les voix des invités qui remontent l'allée. M. Brewer les guide sur la pelouse, où des domestiques, avec des couronnes d'olivier dans les cheveux, attendent avec des plateaux de cocktails. Cristabel voit quelques hommes qui connaissent M. Brewer faire des blagues sur ses jambes nues et sa tunique en cuir. Des clins d'œil amicaux et des piques ironiques. Elle n'a jamais vu M. Brewer se comporter de manière aussi joviale. Puis les voitures commencent à arriver – les unes après les autres, faisant crisser le gravier. Les hauts cris de bienvenue que pousse Rosalind pour accueillir les invités flottent dans le jardin, comme les cris triomphants d'un paon.

Une foule se rassemble peu à peu sur la pelouse ; les invités ont tous un verre à la main. Ils observent attentivement les alentours, l'antique demeure, le jardin clos, les autres invités, et même parfois Cristabel elle-même. Elle reconnaît quelques propriétaires terriens, amis de l'oncle Willoughby, porcins et rustres, ainsi que quelques gars guindés, qui se tiennent bien droit et que Perry et lui ont connus à l'armée. Un groupe de jeunes adultes impétueux arborant de maigres poignets et des coupes de cheveux intéressantes ; elle se dit qu'il doit s'agir des amis de l'école d'art de Hilly et Philly, dont Philly dit qu'ils vivent tous dans des chambres meublées avec des réchauds à gaz posés à même le sol, qu'ils se nourrissent d'œufs durs et qu'ils copulent frénétiquement pour se réchauffer.

Il y a d'imposantes femmes âgées, lestées de bijoux d'un noir de jais et datés d'un autre âge, qui parlent d'une voix forte de Taras et de son ART, et elle suppose qu'il s'agit de ces mécènes qu'il qualifie de « vieilles dames anglaises avec de gros porte-monnaie ». Cristabel saisit quelques bribes des présentations dont se charge Rosalind et devine qu'il y a un « chef cuisinier célèbre » et une « sculptrice moderne » parmi les personnes qui vont et viennent. Près de cinquante personnes, si ce n'est plus.

Dix minutes avant le lever du rideau, elle descend au cottage en courant. Elle doit enfiler son costume et faire les derniers préparatifs. Pendant ce temps, Blythe commence à guider le public à travers les bois. C'est une expérience tout à fait magique, plus tard tous en conviendront, de serpenter à travers les arbres la nuit de la Saint-Jean, en suivant un chemin décoré de lanternes en papier. Lorsqu'ils arrivent au cottage, ils se rendent compte – pourquoi ne l'avaient-ils pas compris avant ? – qu'ils se trouvent dans un endroit idyllique, niché dans un creux de terrain herbeux au bord de la plage. Des hirondelles et des martinets descendent en piqué au-dessus de leurs têtes. L'air est adouci par des effluves de chèvrefeuille. Le son apaisant des vagues qui s'écrasent sur le rivage. Et un léger relent de baleine. Ils s'asseyent et ramassent leur programme.

Sur la couverture, un dessin à main levée représente un homme furieux brandissant une lance vers un château. En dessous, écrit à l'encre :

CE SOIR, LE DOMAINE SEAGRAVE EST FIER DE PRÉSENTER LA PREMIÈRE ADAPTATION JAMAIS MISE EN SCÈNE DANS LE COMTÉ

DU DORSETSHIRE DE LA CÉLÈBRE HISTOIRE DE *L'ILIADE* PAR LE CÉLÈBRE M. HOMÈRE.
MISE EN SCÈNE : MLLE CRISTABEL ELIZABETH SYLVIA SEAGRAVE ESQUIRE (ZEUS)
DIRECTION ARTISTIQUE : M. TARAS GRIGOROVITCH KOVALSKY (ACHILLE)
S'IL VOUS PLAÎT, VEUILLEZ RESTER SILENCIEUX PENDANT TOUTE LA DURÉE DU SPECTACLE.

Cristabel Elizabeth Sylvia Seagrave, maintenant dans les coulisses, jette un coup d'œil à travers une fente dans les remparts de Troie, étudie le public qui lit son programme. D'ordinaire, elle n'aime pas les inconnus, mais elle commence à éprouver de l'affection pour son public. Il monte en elle comme une chaleur approbatrice qui tient à leur acquiescement volontaire, à la façon dont ils accordent à son programme l'attention qu'il mérite et se penchent les uns vers les autres pour montrer du doigt les éléments du décor.

Elle quitte son poste d'observation pour se rendre dans la grange et enfiler son costume. Contrairement à l'attente tranquille du public, l'intérieur de la grange est en proie à une vive agitation, à une surexcitation, et ébranlé à plusieurs reprises par des cris d'urgence explosifs qui se propagent comme un feu au milieu de la troupe rassemblée là. « Patrocle a perdu son bouclier ! » « Hector a le pouce coincé dans sa barbe ! »

Taras, le point mort dans l'œil du cyclone, est assis sur un casier à homard retourné, sirotant de la vodka, dans une tunique courte qui révèle ses jambes incroyablement épaisses, chacune de la taille du torse d'un enfant et couvertes de poils noirs bouclés comme ceux d'un satyre. Hilly et Philly papillonnent autour de lui, sveltes comme des roseaux dans leurs costumes de soldats, les cheveux gominés et les yeux cerclés de khôl. Perry, pâle et droit dans son armure, se tient tout près. Habituellement peu perceptible, la dizaine d'années passées à faire carrière dans l'armée est maintenant curieusement visible, comme si le rôle de Nestor avait permis de lever une sorte de voile intérieur pour révéler Perry le colonel, Perry en terrain connu quand il s'agit de faire la guerre. M. Brewer a lui aussi repris son allure de soldat : une compétence discrète, posée, le fatalisme légèrement amusé des bons soldats de rang inférieur.

La Vég fait solennellement les cent pas avec son épée en bois, ressemblant beaucoup à son père à cause de sa barbe, ses rondeurs n'ayant jamais été aussi touchantes ; elle fait d'Hector un brave homme tonneau, vaillant malgré les obstacles. Myrtle, grande comme une Amazone, ajuste son casque sur ses cheveux décolorés, adossée nonchalamment à l'éléphanteau. Les jeunes sauvages courent dans tous les sens, agitant leurs lances ; Leon porte un seau rempli de sang de lapin pour la bataille finale (des ombrelles seront distribuées au premier rang pendant l'entracte). Digby, le beau prince, une couronne de fleurs dans ses cheveux noirs. Rosalind, une colonne blanche tremblante. Les trois servantes drapées dans leurs costumes de déesses : Betty, toute en générosité débordante ; Maudie, une nymphe des bois aux cheveux hirsutes ; et Ernestine Aubert, solide et immuable comme le destin.

Cristabel aime ses comédiens. Elle s'en rend compte maintenant. Elle les aime comme les dieux aiment les mortels : avec bienveillance et indulgence. Ils étaient exaspérants pendant les répétitions, provoquaient parfois sa colère, mais à présent, grâce à une mystérieuse alchimie, ils sont parfaits. Elle prend une profonde inspiration et commence à monter l'échelle appuyée contre le côté de la grange et qui lui permettra d'apparaître au-dessus de la ville de Troie, comme si elle flottait dans le ciel, au moment de sa première réplique, environ dix minutes après le début du premier acte.

Cachée en haut de cette échelle, elle peut voir le précepteur de Digby, le narrateur, qui monte sur la scène, le premier artiste à sortir de derrière les remparts. Un silence s'installe dans le public. Quelques toux discrètes. Un cri de mouette, puis…

La colère d'Achille, à la Grèce source funeste des malheurs innombrables, déesse céleste, chante-la !

C'est parti.

Au début, Cristabel concentre son attention sur le narrateur, récitant son texte dans sa tête mais, à mesure qu'il s'engaillardit, elle s'intéresse aux autres membres de la troupe. Elle regarde chacun d'entre eux monter sur scène, les sent prendre de l'assurance. Les voix chevrotantes deviennent plus fortes, les gestes nerveux plus précis. Perry échange même quelques brefs apartés avec le public. Finalement, Cristabel est capable de tourner son regard vers la foule et d'observer les visages extatiques.

Elle est très heureuse d'avoir créé ce spectacle. Elle se rappelle alors quand elle jouait avec le théâtre en carton dans le grenier, et son moment préféré quand elle s'accroupissait, pour faire les voix, faire interagir les personnages, et voir Digby et la Vég allongés sur le ventre, le visage calé dans leurs mains, fascinés par l'histoire, comme si elle se déroulait toute seule. C'était une magie de prestidigitateur, un pouvoir divin.

Elle n'avouera jamais à Digby et à la Vég qu'au moment de dire ses premières répliques dans le rôle de Zeus, elle a ressenti une peur véritable, un coup de sang qui l'a traversée de la tête aux pieds, faisant tourner son cœur comme une roue de moulin. Mais dès qu'elle commence à réciter ses répliques, elle est Zeus, le roi des dieux ; elle incarne son personnage à la perfection.

Alors que son public lui accorde une attention polie, elle peut, en tant que bon metteur en scène, voir émerger de sa distribution des interprètes plus naturels qu'elle. Perry, par exemple, avec son air entendu et serein. Mais le préféré, et de loin, des spectateurs, est Digby. Même quand il ne dit rien, elle remarque que leurs yeux le cherchent. Des coups de coude et des hochements de tête parcourent le public dès qu'il apparaît.

Elle croise son regard une fois et voit que son Digby à elle est très loin. C'est Pâris qui lui renvoie son regard. Alors que jouer devant des adultes rend Cristabel un peu nerveuse et maladroite, craignant qu'on se moque d'elle, pour Digby, qui ne voit aucune différence entre lui et les autres, c'est aussi simple que de respirer. Sa franchise naturelle signifie qu'il n'y a rien entre lui et le rôle qu'il joue, rien d'une conscience de soi compliquée qui ferait barrage.

Puis il y a Taras dans le rôle du guerrier Achille. Lorsque les autres personnages sont sur scène, il y a des moments de complicité entre le public et la troupe, une sorte de reconnaissance chaleureuse du sentiment de se tirer d'affaire ensemble. Mais quand Taras apparaît, il n'y a aucune interaction. Son Achille est un tueur. Un homme conscient de toutes les âmes qui doivent être sacrifiées pour qu'il obtienne l'immortalité, conscient de la manière dont elles doivent mourir et des cris qu'elles émettront en mourant. Il fait sienne cette conscience et la communique à ceux qui le regardent, sans état d'âme.

La représentation se poursuit. Pendant la scène finale – Hector/la Vég, déchu, traîné derrière son éléphant, avec les flammes du feu de joie sur la plage en toile de fond –, on voit même des spectateurs se tamponner les yeux avec des mouchoirs, les drapeaux blancs de la capitulation. Puis des *applaudissements*, des APPLAUDISSEMENTS, le bruit le plus merveilleux qui soit, les submergent comme des déferlantes, avant de s'élever à nouveau lorsque Digby s'avance sur la scène. Même chose pour Perry, qui vole la vedette. Et encore pour le grand Achille. Et pour Betty, qui manque de perdre sa tenue extravagante. Et pour eux tous. Une note tenue *d'applaudissements, d'applaudissements, d'applaudissements* qui, Cristabel l'espère, ne s'arrêtera jamais.

Après quoi, les artistes se précipitent dans les coulisses, se tapant dans le dos. Ils reviennent sans cesse sur la pièce, rejouent les scènes qui ont failli mal tourner – « J'ai presque oublié de m'agenouiller ! » – et celles qui se sont bien passées – « Tu as récité ce discours mieux que jamais ! » – pour les garder vivantes. Ils se les renvoient pour les rattraper comme une chose qui ne doit pas toucher le sol. Ils échangent des louanges, se serrent la main, virevoltent comme des danseurs. Les spectateurs trouvent le chemin les menant jusqu'à la grange, pour les féliciter et leur serrer la main eux aussi ; la population qui se déplace lentement à la rencontre des dramaturges prestigieux. Jamais autant de gens n'avaient parlé à Cristabel, elle n'a jamais entendu autant de gens prononcer son nom.

Finalement, le public et les comédiens se mettent en chemin pour rejoindre Chilcombe. En quittant la grange, Leon attire l'attention de Cristabel. Il est taché de sang de lapin, son visage souriant est sale, couvert de croûtes. Il brandit un paquet de cigarettes et fait un signe en direction du feu de joie. Mais elle préfère rentrer à la maison. Elle retrouve la Vég et Digby, et ensemble ils sprintent à travers les bois dans le crépuscule, encore à moitié costumés, les fleurs s'échappant des cheveux de Digby comme des papillons de nuit.

Rosalind est déjà là, saluant chaque membre du public à son retour. Elle a un commentaire pour chacun ; ses manières s'adaptent à chaque invité. Pour les vieilles dames riches, c'est une débutante gracieuse ; pour le vieux birbe, facilement flatté, propriétaire du domaine voisin, c'est une *coquette** pétillante ; pour le vicaire au teint blafard, c'est une mère sage et réservée. Cristabel note, avec un certain agacement, que Rosalind semble parfaitement capable de jouer la comédie lorsqu'elle n'est pas sur scène.

La maison elle-même forme une toile de fond parfaite. Toutes les fenêtres sont grandes ouvertes, la porte d'entrée aussi. Chilcombe a été ouvert en grinçant, comme une maison de poupée, révélant un intérieur éclairé par des bougies flottant dans des bols, brillant et clignotant comme une caverne d'Ali Baba.

Alors que les enfants passent devant Rosalind, Cristabel l'entend dire : « Ta mise en scène a reçu des critiques positives, Cristabel. »

Digby et la Vég continuent à avancer. Cristabel s'arrête.

Rosalind parle sans la regarder. « Si vous deviez jouer une autre pièce, la mise en scène devrait être différente. »

Cristabel ne dit rien.

Rosalind fait signe à quelqu'un à travers le jardin, puis ajoute : « Il devrait y avoir des guirlandes électriques dans les arbres, et la scène elle-même devrait être éclairée. M. Brewer peut s'en occuper. Les costumes devraient être faits par des professionnels. Il y a une femme à Hampstead, j'ai ses coordonnées. »

Une pause. Du champagne, le succès, le brouhaha des invités. Les freux craillent dans les arbres.

Rosalind continue : « Je ne monterai pas sur scène. J'ai trop de choses à faire. Mais Taras doit être impliqué, Digby aura le rôle principal, avant la fin de l'été. La Vég pourrait jouer quelque chose au piano pendant l'entracte, Myrtle me dit qu'elle est plutôt douée ; mais pas l'un de ces morceaux compliqués qu'elle aime tant. Quelque chose qui plairait à tout le monde. Nous inviterons des journalistes aussi. » Elle jette un coup d'œil à Cristabel pour vérifier qu'elle a été entendue, puis ajoute : « Dis à Digby de se mêler à la foule. Tout le monde a hâte de le rencontrer. »

Cristabel rétorque : « J'ai quelques idées. » Comme Rosalind, elle parle en l'air, comme si elle réfléchissait à voix haute. « Des idées bien à moi.

— Je n'en doute pas, dit Rosalind, avec sa voix d'hôtesse.

— Je vais peut-être vous faire une liste », dit Cristabel. Et elle attend, se tient immobile. Elle se retrouve rarement près de sa belle-mère et est heureuse de constater qu'il n'y a plus beaucoup de différence de taille entre elles.

Rosalind pince les lèvres, comme un joueur autour d'une table de jeu, puis dit : « Très bien. »

Cristabel sourit discrètement, puis rejoint la foule qui a envahi la maison. Elle remarque, avec une certaine surprise, que son entrée dans le grand hall suscite de l'agitation. Elle entend des commentaires chuchotés, et le nom de son père qui est mentionné. Quelques personnes sourient même dans sa direction. Elle leur adresse un bref signe de tête en retour, offre une poignée de main ici et là. Il est important de saluer les gens, songe-t-elle. Qu'ils se sentent les bienvenus. Des choses de ce genre.

Elle aperçoit Digby et la Vég en train de manger un gâteau au chocolat près de la cheminée, que Rosalind a décorée d'un bouquet de fleurs exotiques, et se dirige vers eux. En passant, elle glisse dans sa poche l'étui à cigarettes de Myrtle, laissé sans surveillance sur le piano.

« Votre mère veut que nous montions une autre pièce, leur dit-elle.

— C'est formidable ! s'écrie la Vég, en recrachant des miettes de gâteau. Je suis si heureuse ! C'est un jour parfait, historique ! Regarde tous ces gens !

— La meilleure nouvelle que j'aie jamais entendue, acquiesce Digby. Nous pourrions jouer l'un de nos Shakespeare, Crista.

— On pourrait, Digs, oui », répond-elle en attrapant un morceau de gâteau dans son assiette. Tout en le mangeant, elle examine les gens qui les regardent, souriants dans leurs plus beaux habits, un verre de cocktail à la main, et elle pense à *L'Iliade*. Elle pense à ce qu'il s'est passé ensuite, dans l'histoire suivante, lorsque les Grecs rusés ont finalement réussi à entrer dans la ville de Troie pour gagner la guerre.

Après avoir brûlé le corps du courageux Hector sur un bûcher, les Grecs ont construit un énorme cheval de bois qu'ils ont offert au peuple de Troie. Un puissant étalon sur roues, creux à l'intérieur, qu'ils avaient rempli de soldats silencieux, entassés les uns sur les autres, casant leurs membres à l'étroit avec précaution, et faisant prudemment glisser leurs pouces sur les lames aiguisées de leurs épées.

Si vous trouvez un moyen de donner aux gens ce qu'ils veulent, ils vous laissent entrer, pense Cristabel. Si vous créez une créature pour vous cacher à l'intérieur, ils ouvrent les portes, et vous laissent passer.

APARTÉS

Une chambre dans le cottage du bord de mer

HILLY : Tu étais le meilleur, chéri.
TARAS : Oui.

Une chambre d'amis à Chilcombe

MYRTLE : Vous étiez le meilleur, chéri.
PERRY : Je vous en prie, Myrtle. Assez.

La chambre principale à Chilcombe

ROSALIND : Digby était le meilleur, tu ne crois pas, chéri ?
WILLOUGHBY : J'ai laissé mes cigarettes en bas.

Un champ à mi-chemin entre le pub Le Naufrage
et le domaine de Chilcombe

PHILLY : Je me demandais laquelle d'entre nous vous choisiriez. Mes amies londoniennes ont fait un pari. Cette bonne vieille Hilly était la favorite. Pour elles, c'était apparemment gagné d'avance. Elles ne pensaient pas que j'étais votre genre.

WILLOUGHBY : Mais, chérie, vous ne l'êtes pas.

PHILLY : Vous dites des choses horribles avec tellement de charme. On pourrait presque croire qu'il n'y a aucune méchanceté en vous.

WILLOUGHBY : Je ne crois pas en avoir.

PHILLY : Pourquoi continuez-vous à agir de la sorte ? Toutes ces femmes, ces liaisons.

WILLOUGHBY : Je n'appellerais pas ça une liaison. D'ailleurs, vous êtes éprise de cet ogre russe. Vous êtes ici seulement parce que c'est le tour de Hilly ce soir.

PHILLY : Taras aime rendre les femmes folles car il pense que la folie est une forme d'expression suprême. Quelle est votre excuse ? Je crois que vous méprisez secrètement les femmes.

WILLOUGHBY : Vous semblez toutes vous détester assez comme ça. Je n'ai jamais compris pourquoi les femmes ne peuvent pas s'entendre. Toujours à se plaindre, à dire du mal de tout. Elles se compliquent la vie. Cigarette ?

PHILLY : Pourquoi me faire l'amour ?

WILLOUGHBY : Vous parlez comme si je vous avais traînée jusqu'ici par les cheveux.

PHILLY : Vous avez du feu ?

WILLOUGHBY (*après une pause*) : Si vous avez fait quelque chose pendant longtemps, ça devient une habitude, je suppose. Quand j'étais dans l'armée, il y a des choses que je faisais sans faute chaque matin. Bottes, boutons, couvre-chef. Après quelques années, je ne remarquais même plus que je les faisais. C'était fait, c'est tout.

PHILLY : Une parfaite définition de la pulsion inconsciente. Comme il doit être facile d'être soi-même.

WILLOUGHBY : Personne ne dit jamais non, chérie. À qui la faute ?

À LONDRES

Juillet 1928

C'est Perry qui avait lancé l'idée, au cours du dîner : « Pourquoi ne pas emmener les enfants au ballet avec vous ? Ils deviennent plutôt sauvages.

— Sauvages ? s'était étonnée Rosalind. Les trouvez-vous désagréables, Perry ? Les filles ont un certain degré d'arriération, je l'admets, mais Digby a de belles manières. Nous pourrions emmener Digby.

— Une escapade dans la capitale leur ferait du bien à tous. Une escapade civilisatrice, avait répondu Perry. Je suis à Londres la semaine prochaine, je vous y retrouverai. Offrez-leur un thé au Ritz au cours de l'après-midi. Ma grand-mère avait l'habitude de m'y emmener quand j'étais petit. »

Myrtle avait enveloppé le bras de Perry de sa longue main, comme d'une serviette de table. « Quelle bonne idée, Peregrine. Les yeux des enfants doivent être ouverts aux forces des Lumières.

— Vraiment ? avait demandé Rosalind.

— Allez, Rosalind. Au moins, ça les rendra plus intéressants quand il y aura des fêtes. Si vous froncez les sourcils comme ça, vous aurez des rides, avait dit Myrtle.

— Je fronce rarement les sourcils, avait répliqué Rosalind. C'est simplement la pensée de Cristabel empotée dans les rues de Londres. Il ne faut pas qu'elle prenne son épée.

— Il ne vous est jamais venu à l'esprit que Cristabel pourrait être moins empotée si elle se rendait plus souvent à Londres ? avait rétorqué Perry. Y est-elle déjà allée ? Est-elle déjà allée quelque part ? Étonnamment, il ne faudra pas longtemps avant qu'elle ne devienne une débutante. Elle doit apprendre à bien se tenir. Personne n'a rien à redire contre une fille de la campagne pleine d'énergie. Une fille à l'esprit pratique. En revanche, qu'elle n'utilise pas sa fourchette sera mal vu.

— Mais elle utilise une fourchette, non ? »

Willoughby avait ri. « J'ai bien peur que non, ma chère. Elle a pris l'habitude de piquer la nourriture avec son couteau de chasse. Comme un pirate. Et ça me plaît bien d'ailleurs.

— Et vous savez de quoi vous parlez, vous deux », avait conclu Rosalind.

De l'autre côté de la table à manger, les deux hommes, séduisants dans leur tenue de soirée, lui avaient souri d'un air contrit, innocent et plein d'assurance.

Cristabel contemple la locomotive et émet un sifflement admiratif. « Une bête magnifique. Regardez la taille de cette machine ! »

Les enfants Seagrave, à leur grande surprise, ont été vêtus de leurs plus beaux vêtements et conduits en voiture à la gare de Dorchester où ils attendent maintenant de prendre le train de huit heures quinze pour Waterloo avec Myrtle, Taras, Hilly, Philly et une Rosalind qui paraît tendue, en ce mercredi matin ensoleillé de juillet 1928.

La gare est claire et élégante, ornée de paniers suspendus remplis de géraniums rouges, tandis que le train – vert olive et étincelant – est la machine la plus impressionnante que les enfants aient jamais vue. Une locomotive cylindrique parfaitement polie. Six wagons rutilants. Elle se dore au soleil comme un lézard, dégageant un puissant relent de métal chaud.

Ils se rendent au Princes Theatre sur Shaftesbury Avenue pour assister à une représentation en matinée des légendaires Ballets russes au cours de la dernière semaine de la saison d'été que la troupe passe à Londres. Un ami costumier de Myrtle a organisé cette invitation et elle espère que Taras rencontrera Sergeï Diaghilev, un homme qu'elle décrit, sur le ton de quelqu'un lisant un descriptif dans une brochure, comme « le célèbre imprésario de la troupe ».

Elle le répète, d'une voix forte, tandis qu'un porteur hisse les sacs de la petite bande dans le train. « Et Diaghilev

– le célèbre impresario de la troupe – est censé être en ville cette semaine. C'est une occasion inespérée, Taras. Vous allez l'adorer, il va vous adorer, et *voilà* ! Vous serez l'artiste qui concevra sa prochaine merveilleuse production. On dit qu'il tient salon au Savoy après chaque spectacle, alors, chéri, c'est là que nous irons.

— Chéri, c'est là que nous serons, Hilly et moi, pendant le spectacle, dit Philly. Nous avons vu les Ballets russes à Paris il y a des lustres. À l'époque, ils étaient vraiment à l'avant-garde. »

Philly et Hilly font sensation à la gare de Dorchester, dans des robes taille basse de couleurs vives, vert émeraude et safran, avec des foulards assortis. Myrtle, à côté d'elles, coiffée de son turban turquoise et drapée dans un kimono chinois à franges, ressemble à un génie de forme oblongue.

Hilly, en safran, dit : « De nos jours, Diaghilev vend de la nostalgie populaire, du folklore, pour plaire aux masses.

— Il pourrait aussi bien travailler dans la publicité, insiste Philly sur un ton méprisant. Toutes ces églises au clocher à bulbe, applaudies par des gens qui ne comprennent rien à l'âme russe. »

Taras émet l'un de ses rires de morse. « Les femmes ! Elles veulent que leurs artistes soient pauvres et ratés.

— Un vrai artiste réussira toujours, dit Hilly. Mais Diaghilev est un homme d'argent avant d'être un artiste. »

Philly ajoute, sur un ton lubrique : « J'ai entendu dire qu'il s'intéressait surtout au contenu des collants de ses danseurs. »

Myrtle serre son collier de perles de verre vénitiennes entre ses doigts. « Je ne le blâme pas. Les cuisses de Nijinski. Ça vous met en appétit !

— Il est affreusement petit, Myrtle. On dirait un nain. Tu l'écraserais comme un escargot.

— Diaghilev est intéressé par quoi ? demande Rosalind.

— Assez de bavardages, s'exclame Taras qui, pour son voyage dans la capitale, porte un large chapeau noir et une chemise brodée, ainsi qu'un pantalon à carreaux et des chaussures à lacets sans chaussettes.

Comme s'il était d'accord, le train en attente crache un jet de vapeur sifflante, un bruit irritant pour les oreilles, et les femmes poussent des cris en riant. Les deux autres passagers qui attendent à la gare – une fermière et une vendeuse – les ignorent poliment.

Le chef de gare souffle dans son sifflet, les enfants montent à bord du train et se dirigent vers le wagon de première classe. Le compartiment dans lequel ils vont voyager ressemble à un petit salon, avec une porte, des fenêtres, et des sièges en velours avec des têtières brodées qui sentent légèrement le tabac. Cristabel s'affaire immédiatement à comprendre comment ouvrir la fenêtre qui permet d'accéder à la poignée de la porte extérieure, afin de pouvoir sortir correctement du train à leur arrivée à Londres, tandis que la Vég tripote nerveusement son chapeau. Digby est tellement abasourdi qu'il ne peut que fixer le porte-bagages situé au-dessus de leurs têtes. Les adultes se rendent ensuite vers la voiture-restaurant, où ils prévoient de manger des œufs brouillés et boire du champagne pour le petit-déjeuner.

« Cette fenêtre me plaît beaucoup. Regardez. Il faut tirer sur cette lanière de cuir pour l'ouvrir », dit Cristabel, quand soudain le train fait une brusque embardée pour annoncer son départ imminent. Il y a un grand *fffffflump*, *fffffflump*, comme le bruit d'un énorme matelas que l'on retourne, alors que la locomotive commence à avancer ; puis un *tchou-tchou* triomphant de son sifflet, tandis qu'il quitte la gare, et enfin le *tagadam-tagadam-tagadam* des roues des wagons sur les rails, qui prennent de la vitesse en s'éloignant. Les enfants se précipitent pour se pencher à la fenêtre ouverte afin de contempler le long serpent du train entrecoupé par les têtes et le haut des corps des autres voyageurs penchés aux fenêtres, des amateurs d'air frais qui s'accrochent à leur chapeau et sourient.

« J'aurais aimé avoir un sifflet, crie Cristabel, par-dessus le bruit de la locomotive. J'en demande un tous les ans à Noël. »

Ils traversent la campagne à toute allure, une fumée blanche s'échappant de la cheminée de la locomotive. Parfois, lorsque le train prend un virage, l'angle de la voie permet aux enfants d'apercevoir la cabine où le chauffeur crasseux enfourne frénétiquement des pelletées de charbon dans le foyer incandescent – l'industrie vorace qui alimente l'énorme machine – et, quand il s'engouffre dans un tunnel, pris dans les volutes tourbillonnantes de fumée, une obscurité enveloppante rugit à leurs oreilles, et l'excitation est grande.

« Sommes-nous toujours dans le Dorset ? demande la Vég, au bout d'un certain temps, en s'installant sur son siège. Ou sommes-nous ailleurs ? »

Les enfants échangent des regards interrogateurs.

Digby hausse les épaules : « Je ne sais pas.

— Probablement au-delà des limites du comté maintenant. Je vais vérifier auprès du contrôleur, dit Cristabel. Sapristi, regardez toutes ces vaches. On a l'impression de ne les voir que de profil ; très rarement de face, vous avez remarqué ? »

La campagne continue de défiler, sur des hectares entiers. Des vergers, des fermes, des ruches. Des bergers avec des chiens de berger. Des enfants à cheval sur des barrières et qui agitent des mouchoirs. Des passagers montent et descendent du train à chaque station, et chaque station a un nom différent. Wareham, Hamworthy, Parkstone. Parfois, d'autres trains arrivent dans la direction opposée, et le son qu'ils émettent à mesure qu'ils approchent est celui d'un galop incessant qui s'amplifie et s'intensifie jusqu'à ce qu'ils se croisent rapidement dans un flou hurlant, accompagné d'un bruit pareil à un terrible déchirement. Brockenhurst. Southampton. Winchester. Des maisonnettes de gardes-barrières, des hôpitaux, des églises, des lacs pour la navigation de plaisance, des docks, des paquebots aux nombreuses cheminées, des lampadaires, des écoles, des terrains de cricket, des cinémas. Et des gens. Tellement de gens. Les enfants sont subjugués face à cette ruée impétueuse, cette activité permanente, dénuée d'émotions. Il est difficile de croire que tout ce qu'ils voient a toujours été là, que tout se déroule sans eux. Ce qu'ils voient les dépasse.

Lorsque Cristabel s'était imaginé le train pour Londres, elle avait pensé qu'il s'agissait simplement d'un train qui partirait de Dorchester, et traverserait une campagne ressemblant beaucoup à celle qu'elle connaissait, pour ensuite arriver à Londres. Mais il s'avère qu'on croise beaucoup de villes ou villages entre Dorchester et Londres. La ligne entre le Dorset et la capitale n'est pas un simple trait de crayon bien droit, c'est un gribouillis qui serpente, une ligne brisée. Il existe d'innombrables localités dont elle n'a jamais entendu parler, et toutes semblent être peuplées de gens qui vaquent joyeusement à leurs occupations, sans se soucier de savoir si l'on connaît ou non le lieu où ils habitent. Que peuvent-ils bien faire ? Comment s'occupent les habitants de Beaulieu, de Sway, de Hinton Admiral ? Ils ne figurent dans aucun livre. Personne ne les a jamais mentionnés.

Une autre pensée singulière taraude Cristabel : aucun d'entre eux ne la connaissait. Aucun d'entre eux ne connaissait son nom. Même le contrôleur du train ne le connaissait pas ; et elle se serait plutôt attendue à ce qu'il le connaisse.

Après un certain temps, le contrôleur passe une tête à la porte de leur compartiment pour leur dire qu'ils approchent de Londres. Ils regardent par la fenêtre avec impatience, mais c'est comme s'ils entraient dans la ville par ses coulisses, car ce n'est qu'une succession d'endroits fonctionnels laissés sans surveillance : bâtiments industriels noircis, cours broussailleuses, toilettes extérieures, clôtures enchevêtrées. Les bâtiments surgissent d'eux-mêmes, augmentant en hauteur et en largeur à mesure qu'ils approchent de leur destination. Ils aperçoivent Big Ben, puis la gare de Waterloo apparaît au bout de la ligne de chemin de fer, un immense entrepôt ouvert, dont le toit est un treillis de verre noirci par la suie, soutenu par des arches en fonte, avec des moineaux et des pigeons volant à l'intérieur, et une grande horloge suspendue au plafond.

Le train avance en soufflant bruyamment, la respiration sifflante, jusqu'au quai, en ralentissant et s'arrête à côté d'autres trains qui lui ressemblent. Les portes des wagons s'ouvrent avec fracas, les porteurs crient, les malles sont déchargées, il y a des stands de fleurs, des vendeurs de journaux et des gens sur le quai qui appellent et saluent. La bande des Seagrave débarque, et Hilly et Philly se mettent immédiatement en route d'un pas alerte adopté par nombre d'autres voyageurs.

« Ciao, ciao, mes chéris, lance Philly. Nous déjeunons avec les parents de Hilly. Le devoir nous appelle.

— On ne peut pas emmener Taras avec nous, ajoute Hilly. La dernière fois, papa a essayé de le poignarder avec une fourchette à rôti. On se voit au Savoy. »

Les enfants sont guidés à travers la gare, où règne une vive agitation, par le duo improbable de Myrtle et Taras, la grande Américaine et le Russe sans chaussettes, avec un porteur en sueur croulant sous leurs bagages et Rosalind à la traîne qui murmure, d'un ton mal assuré : « Quand étais-je donc ici pour la dernière fois ? Je ne me souviens pas de la dernière fois où j'étais ici. »

À un moment donné, Taras se tourne vers eux, les yeux hagards au-dessus de sa barbe noire, et s'écrie : « Respirez la ville intrépide, enfants de la grande maison ! Laissez-la entrer dans vos veines. »

Et c'est ce qu'ils font. Une voiture à toit ouvert les attend à la sortie de Waterloo – Myrtle s'en était chargée – et, tandis que l'automobile les conduit dans les rues bruyantes et enfumées de Londres, les enfants absorbent tout ce qu'ils peuvent. Les immeubles imposants, les policiers en gants blancs qui régulent la circulation grouillante, les innombrables autobus rouges, chacun doté d'un escalier en colimaçon à l'arrière pour emmener les passagers à l'étage supérieur, des escaliers qui se tordent vers le haut, telles des ceintures décoratives, et chacun affichant un mot, un seul, incompréhensible : DUNLOP. CUSSONS. SCHWEPPES. Lorsque la voiture traverse un pont sur la Tamise, les enfants peuvent voir des grues en activité au bord de l'eau, des remorqueurs qui se déplacent laborieusement et des barges, chargées de charbon noir, qui remontent le fleuve.

Myrtle les emmène dans un restaurant bruyant, dont l'intérieur est décoré de surfaces réfléchissantes : miroir, argenterie et verre. Chaque fois que les enfants lèvent les yeux de leur côtelette de porc, ils voient les images multiples de leurs compagnons de table, fragmentées et éparpillées. Ils n'ont jamais mangé avec des adultes auparavant, et c'est une expérience déroutante.

Rosalind jette un coup d'œil autour d'elle en disant : « Je ne pense pas être déjà venue ici. Non, je ne crois pas.

— Vous devriez insister pour que Willoughby vous emmène à Londres plus souvent, répond Myrtle, au-dessus d'huîtres empilées. L'esprit se fane si on le laisse trop longtemps à la campagne. Trop de paysages, pas assez de théâtre. »

Taras, la bouche pleine de pomme de terre, ajoute : « La ville moderne est un carburant. Comme le pétrole.

— Willoughby ne m'emmène nulle part, dit Rosalind.

— Laissez-le tranquille, intervient Taras avalant une gorgée de vin pour faire descendre la bouchée de pomme de terre qu'il vient d'enfourner. Vous êtes toujours dans ses pattes, comme un chat, à vous tortiller.

— Quelqu'un pourrait-il me dire, demande Cristabel, en agitant son couteau pour attirer l'attention, ce qu'est un "imprésario" ? Comme M. Diaghilev ?

— C'est le responsable d'une compagnie théâtrale, Cristabella, répond Taras. Il trouve l'argent, décide des productions. C'est la locomotive.

— Je ne crois pas que j'aime le vin, dit la Vég en repoussant son verre.

— Ajoute de l'eau, lui conseille Taras en repoussant le verre vers elle.

— Vous savez, Taras, dit Myrtle, qui a mis ses huîtres de côté et qui fume une pipe ornée de bijoux, plus j'y pense, plus je crois que je pourrais vous être utile. Et vous pourriez l'être pour moi.

— Vraiment ?

— Ma poésie sera toujours le travail de ma vie, mais j'ai une vision : une affiche sur le mur d'une station de métro annonçant une nouvelle exposition de Taras Kovalsky, grâce à l'aimable patronage de Myrtle van der Werff. Non ! Présentée par la Société pour les Arts van der Werff. Oh, mon père adorerait que j'aie une société. »

Taras sourit. « Je serais ravi de vous aider à dépenser les dollars américains de votre papa.

— Eh bien, c'est ce que j'espérais », dit Myrtle.

S'ensuivent une conversation d'adultes ennuyeuse sur les galeries d'art et les occasions à saisir, mais aussi de bons desserts : des bananes cuites au four servies dans du rhum avec d'épaisses cuillerées de crème.

Après le déjeuner, ils se rendent dans le quartier de Belgravia pour se changer chez une amie de Myrtle. Lorsqu'ils arrivent au Princes Theatre, de nombreux taxis s'arrêtent devant pour déposer des personnes vêtues de tenues de soirée chics, bien que ce soit un après-midi ensoleillé. Tous se pressent pour entrer dans le hall carrelé du théâtre, qui résonne des voix impatientes de ceux qui attendent d'être placés.

Les enfants, pris sous l'aile de Myrtle, sont conduits à leurs places à l'avant des corbeilles. Ils regardent la multitude de spectateurs chercher leur place à l'orchestre. Au-delà du parterre et de la fosse d'orchestre, où les musiciens s'échauffent dans une cacophonie de variations, un rideau de scène rouge, qui tombe du plafond jusqu'au sol, est éclairé par en dessous, et rougeoie.

Puis les lumières s'éteignent et les murmures du public se taisent. Le chef d'orchestre lève sa baguette, les violonistes coincent leurs instruments sous le menton et tout le monde respire. Ils attendent. Rosalind tousse. Le rideau se lève.

Depuis les coulisses, une silhouette aux cheveux longs arrive en courant, bondissant comme un cerf, bras levés, jambes tendues, un corps puissant en suspension. À l'aide des petites jumelles qu'elle a trouvées devant son siège, Cristabel observe attentivement la scène. Elle peut voir des panaches de poussière s'élever des planches alors que le danseur retombe sur le sol avec un bruit sourd.

Le chef d'orchestre ouvre grand les bras, et les musiciens commencent à jouer. Le danseur, une silhouette musclée dans un costume moulant, répond à la musique par des mouvements spectaculaires qui font appel à tous les tendons. Certains de ces mouvements sont gracieux et arqués, mais d'autres sont saccadés et simplement fonctionnels. Des mouvements qui implorent, apaisent, touchent ; d'autres qui nient, piétinent, insistent.

D'autres danseurs arrivent eux aussi en courant depuis les coulisses. Éclairés par les lumières de la scène, ils se jettent dans tous les sens, leur visage mis en valeur par un maquillage outrancier. À travers sa double lorgnette, Cristabel décide que certains doivent être des femmes car elles portent des robes diaphanes et dansent sur la pointe des pieds. Elle n'a jamais vu de gens bouger de cette façon auparavant, et aucun d'entre eux ne semble gêné par ce qu'il fait. Le décor est également intrigant. Des motifs dessinant une arche pour créer une charmille, mais quand l'éclairage change de couleur, les motifs se transforment : une nef d'église, les poutres d'un atelier, la coque d'un navire.

Elle braque à nouveau ses jumelles sur le premier danseur. Malgré le costume transparent, on ne voit pas tout de suite ce qu'il se cache dessous, mais elle est presque certaine que le renflement en haut, entre les jambes musclées, est bien le signe qu'il s'agit vraiment d'un homme. C'est fascinant, presque choquant, de voir un corps ainsi souligné et révélé. Il paraît nu. Cristabel aperçoit des gouttes de sueur perler sur son front pendant qu'il pirouette, pourtant, son visage ne trahit jamais l'effort.

Un visage hardi. Ses yeux sont soulignés de noir. C'est un homme, mais différent de Perry ou Willoughby, des hommes au visage fermé, l'air désabusé. Le danseur est expressif, sensuel, les bras tendus, la bouche entrouverte. Parfois, ses mains encadrent son visage, comme une actrice posant dans un magazine. Ses sauts semblent physiquement impossibles – il peut bondir à la verticale depuis une position debout, sans prendre d'élan, comme un chat. Il lui rappelle les lutins sveltes qui grimpent aux arbres et font des bêtises dans les illustrations d'Arthur Rackham pour *Les Contes d'après Shakespeare.* Puck du *Songe d'une nuit d'été.* Ariel de *La Tempête.* Ni bon ni mauvais ; ni mâle ni femelle. Tout autre chose.

Cristabel entend Rosalind murmurer à personne en particulier : « Je ne sais pas trop quoi penser de celui-là. »

La musique enfle, une note tenue de violon flotte dans les airs et un morceau de violoncelle oscille en dessous, les danseurs se mêlent et pirouettent à l'unisson ; toutes les parties en mouvement du corps de ballet semblent soudain liées les unes aux autres, et la montée d'émotion qu'elle éprouve surprend Cristabel. Elle ne sait pas comment décrire ce qu'elle ressent ni ce qui provoque cette émotion. Mais, quoi qu'il en soit, et quelle qu'en soit la cause, on dirait que c'est contagieux, car, en jetant un coup d'œil en coin, elle voit les visages émerveillés de Digby et de la Vég qui fixent la scène, les yeux brillants.

Elle reporte son attention sur le spectacle, la façon dont tous les participants se concentrent sur le même objectif, du danseur étoile qui exécute une pirouette au centre de la scène à l'homme invisible qui contrôle les projecteurs, en passant par le percussionniste patient qui compte les mesures vides, avant son unique *tink* doux sur le triangle. Elle ressent la même émotion qu'à la lecture des histoires de soldats qui s'unissent pour aller au combat, un effort collectif au service d'une même cause. Elle aimerait beaucoup en faire partie. Non. Elle aimerait beaucoup être responsable d'une telle solidarité.

Après la représentation, lorsque les spectateurs se retrouvent dans la rue, en clignant des yeux sous le soleil, il y a une sorte d'agitation où les regards se croisent, comme si chacun essayait de lire sur le visage de l'autre si le spectacle avait laissé une trace. Cristabel baisse la tête, sourcils froncés. Elle ne veut pas qu'on l'examine ainsi.

Myrtle a le visage gonflé, extatique, maculé de traces de maquillage. Elle saisit les mains de Digby et s'exclame : « Le ballet me fait toujours pleurer – oh, je me noie ! Ça t'a plus, bel enfant ?

— Beaucoup, vraiment beaucoup », dit Digby. Ses yeux sont grands ouverts et ronds comme des soucoupes volantes. « Je pourrais sauter comme ça, si je m'entraînais.

— Nous allons faire de toi un danseur, dit Myrtle.

— Certains tableaux étaient divins, intervient Rosalind, se rafraîchissant avec un éventail en dentelle, mais la musique était un peu vulgaire. »

Taras offre son bras à la Vég, tandis qu'ils s'acheminent vers le sud de la ville en direction du Savoy. « Dites-moi, mademoiselle Florence. Le ballet vous a-t-il émue ? »

La Vég dit d'une voix chevrotante : « Bonté divine, monsieur Taras. J'ai l'impression que mon cœur va éclater. L'orchestre était tellement merveilleux – et l'histoire du magasin de jouets magiques ! Voir les poupées prendre vie comme ça ! *C'était très bien**.

— De quoi tu parles ? De la fin ? Avec les marionnettes ? demande Rosalind, qui marche derrière eux.

— Oui, *La Boutique fantastique**, Mère. Les poupées s'aimaient tellement qu'elles ne pouvaient pas supporter d'être séparées, soupire la Vég. Je me disais, monsieur Taras, que leur amour étant si fort, elles pourraient se rencontrer dans l'au-delà. Comme dans les histoires grecques où les gens ne meurent pas vraiment, ils vont vivre avec les dieux. Pensez-vous que les poupées peuvent vivre dans l'au-delà ?

— C'est tout à fait possible, mademoiselle Florence », répond Taras, de cette voix grave et océanique qui rappelle à Cristabel qu'il vient de la mer et qu'il connaît les dieux, l'amour et tout ce qui est inconnu.

Digby, qui bondit sur le trottoir en une série de sauts et de pirouettes, ajoute : « Flossie, souviens-toi, ils doivent recommencer ce soir. Et demain. Et le jour suivant. Ainsi, ils seront de nouveau ensemble, pour toujours.

— C'est vrai aussi, dit Taras. La poupée de l'histoire, mademoiselle Florence, aimait-elle de tout son cœur ?

— Oui !

— Mais qu'est-ce qui nous permet de savoir qu'elle aime ? Sa danse. C'est ce dont nous nous souviendrons, longtemps après que l'amour aura disparu. L'art nous survivra à tous.

— Ah, dit Myrtle, mais qu'est-ce qui a inspiré son art ? Son amour. L'amour inspire l'art. Sans amour, il n'y a pas de danse.

— Vous êtes trop sensible, dit Taras, sans méchanceté. Ce sont vos poèmes qui vont souffrir.

— Je crois que c'est le Savoy là-bas, dit Rosalind. Ma coiffure a-t-elle résisté au voyage ? »

Taras s'arrête pour attirer l'attention de la Vég sur sa demi-sœur, qui marche derrière le reste de la troupe, en regardant par terre, absorbée par ses pensées, le visage fermé, les sourcils froncés. « Regardez Cristabella. Elle est déjà au travail. Elle imagine ses futures productions. L'Américaine a raison de dire que l'amour inspire l'art, mais pas seulement l'amour. L'art inspire l'art. La colère, la haine, la faim – tout ça peut être source d'inspiration. Mais quoi qu'il en soit, quelle qu'en soit l'origine, il faut travailler. Une œuvre d'art n'est jamais terminée. Même lorsque mes mains sont vides, je continue à peindre. »

La Vég hoche pensivement la tête. « Cristabel est très douée pour se creuser les méninges. Pendant des heures.

— Beaucoup de gens renoncent, dit Taras, mais je serais surpris qu'elle en fasse partie. »

Au Savoy, les enfants s'attardent dans le hall, attendant que Perry arrive et les emmène au Ritz, tandis que les adultes se rendent au salon, là où M. Diaghilev est assis à un piano entouré d'admirateurs. Les enfants aperçoivent un homme rond, à la moustache soignée, les paupières tombantes et le regard mélancolique, un morse coquet qui accepte patiemment les compliments tout en jouant du piano de manière experte. Autour de lui, sont rassemblés des hommes élégamment vêtus et des femmes au regard sombre avec des mollets fermes et nerveux de danseuses ; et leur conversation ressemble à une chanson dont les couplets sont chantés par les Russes en visite, tout bas et en grondant, et dont les refrains sont repris par leurs disciples enthousiastes : les Américains qui rient de manière extravertie, les Anglais qui applaudissent poliment. *Ha ha ha ha ! Ha ha ha ha ! Ha ha ha haaaa,* c'est exact.

C'est un soulagement de voir apparaître Perry dans son uniforme de colonel, sa casquette sous le bras. La pâleur de sa peau de roux qui le rend si transparent dans la vie civile est occultée par sa tenue militaire, qui le remplit, lui donne une présence rassurante.

« Je vois que les copains ont trouvé leur cible, dit-il en les pressant vers la sortie. Je ne supporte pas les regroupements de gens de la bohème, criant tous plus fort les uns que les autres leurs opinions radicales. Voyons combien de temps il faudra à Rosalind pour s'apercevoir que vous êtes partis.

— Nous ne devrions pas inquiéter Mère, dit la Vég.

— Je vais laisser un message à un groom », dit Perry, qui en hèle un au passage à la manière dont on hèle un taxi.

Entrer au Ritz aux côtés du colonel Drake et être conduit jusqu'à une table du Palm Court – une salle jaune et or avec des lustres et des palmiers en pot –, c'est comme faire l'expérience de l'ouverture de la mer Rouge. On leur tire des chaises, on leur tend des serviettes, on s'enquiert de la santé des parents du colonel Drake ; le personnel et les autres convives leur adressent des sourires bienveillants. Un chariot de gâteaux à plusieurs étages arrive, regorgeant de délicats sandwiches et scones à déguster avec de la crème caillée et de la confiture de fraises. Perry commande du champagne, disant que sa grand-mère pensait que chaque visite au Ritz méritait du champagne, et ils en prennent chacun un verre. Son pétillement qui chatouille les narines les fait glousser et les enhardit.

« Je ne pense pas que j'irai un jour à l'école, proclame pompeusement Digby.

— C'est un endroit très raffiné ici, dit la Vég. Oncle Perry, je me demande si M. Taras va épouser Hilly ou Philly.

— Hillary, répond Perry. Elle a le regard, froid comme l'acier, d'une femme déjà mariée ; et, à moins qu'il ne l'épouse, elle n'est pas différente de toutes les autres filles qu'il fait siennes. Bien que Kovalsky doive se débarrasser de son encombrante première femme avant les noces.

— M. Taras a une femme ? s'étonne la Vég.

— Oui, dit Cristabel en finissant son verre de champagne d'un trait. La femme avec la serpillière. Leon me l'a dit. C'est sa mère. Ils vivaient à Bruxelles. En fait, elle est belge. Elle est d'origine flamande.

— C'est l'inverse, ma chère. La femme est flamande. Elle est d'origine belge. On m'a dit que c'était une artiste de talent, ajoute Perry. Enfin, elle l'était avant d'épouser Kovalsky et d'avoir des bébés russes. »

La Vég a l'air troublée. « J'espère que lorsque je tomberai amoureuse de mon mari, il n'aura pas de femme.

— Ne sois pas ridicule, Vég, espèce de niquedouille, dit Cristabel en avalant un scone.

— Je ne suis pas ridicule.

— Mais si, tu l'es, espèce de nigaude. S'il a une femme, il ne peut pas être ton mari. Leon croit que Hilly et Philly sont des usurpatrices, et il a raison.

— Je ne suis pas nigaude. Un second mariage, ça existe, n'est-ce pas, Oncle Perry ? Maman a eu deux mariages. Elle dit que seules les personnes non éduquées désapprouvent le véritable amour. Et vous savez quoi, ajoute-t-elle en rougissant, je ne pense pas que je veuille encore être appelée Vég. Ce n'est pas un joli nom. Ce n'est même pas mon nom.

— En effet, approuve Digby.

— Digby ne m'appelle jamais Vég, alors je ne vois pas pourquoi les autres le feraient.

— Tu es Flossie, dit Digby en lui prenant la main.

— Oui. »

Prise au dépourvu, Cristabel hésite un moment, mâchant son scone.

« Flossie te va très bien, dit Perry.

— C'est vrai, répond Flossie clignant rapidement des yeux. Je pense que oui.

— Qui aimerait entendre parler de la fois où j'ai gagné une médaille en Inde et où j'ai monté un éléphant ? demande Perry pour faire diversion, tout en indiquant à un serveur de passage qu'il aimerait un whisky et l'addition. J'ai dû le guider avec ses oreilles. »

Après l'anecdote de l'éléphant, la conversation porte sur les autres médailles et galons de l'uniforme de Perry, leur origine et leur signification – avoir frôlé la mort, des équipées à vous faire dresser les cheveux sur la tête, et la bravoure des soldats qui défendent l'Empire. Puis il leur annonce qu'il sera bientôt temps pour eux de prendre le train du retour et leur demande si l'un d'entre eux peut se souvenir du nom de celui par lequel ils sont arrivés.

« Avait-il un nom ? demande Cristabel.

— Normalement, oui. Et un numéro. Pouvez-vous vous rappeler de quelle couleur il était ?

— Bleu, répond Digby.

— Non, dit Cristabel, vert et or. »

Perry acquiesce. « C'est une habitude utile à cultiver, se souvenir des détails d'un train. Un bon exercice de mémoire. La prochaine fois, j'espère que vous connaîtrez aussi le nom et le numéro. »

Perry fait venir une voiture pour ramener les enfants à Waterloo. Elle est conduite par un soldat en uniforme qui les salue lorsqu'ils montent dans l'habitacle et lorsqu'ils descendent à la gare qui est maintenant plus vide qu'à leur arrivée, et qui résonne.

Leur train est à quai qui les attend, alors ils courent dans sa direction et il part presque aussitôt. C'était un tel plaisir d'assister au ballet et d'aller au Ritz, de boire du champagne et d'être conduits à travers la ville par un soldat ; mais ils rentrent chez eux à présent, et tout ça semble avoir une fin plutôt soudaine. Perry leur a dit qu'il se débrouillerait pour que M. Brewer vienne les chercher à Dorchester ; il ne leur reste donc rien d'autre à faire que s'asseoir dans le train qui prend de la vitesse et s'éloigne de la ville pour retourner dans le Dorset. Il fait nuit maintenant. La journée est terminée.

Ce matin, lorsqu'ils avaient quitté Dorchester, le bruit du train était régulier et agréable – un cheval mécanique galopant joyeusement. Mais à présent qu'ils quittent Londres, le bruit du train s'est transformé en un rugissement affligé. C'est un monstre. C'est une machine. Ses fenêtres noires ne montrent que les reflets de ceux qui sont à bord, l'air fatigué et fantomatique.

Digby observe attentivement sa propre image, lève le menton, encadre son visage de ses mains comme le faisait le danseur, puis tourne la tête légèrement pour que son reflet regarde Cristabel. Elle s'y attarde, examine leurs deux visages monochromes côte à côte, puis se tourne vers sa demi-sœur, qui lit le programme du ballet pour la troisième fois.

« Je le ferai, tu sais, dit Cristabel.

— Tu feras quoi ?

— Je t'appellerai Flossie. Si tu veux.

— J'aimerais bien. Si tu es d'accord.

— Tu aurais dû le dire avant.

— C'est dit, à présent.

— L'histoire de Perry sur les éléphants était excellente. Tu aimes les éléphants, n'est-ce pas ? »

Flossie acquiesce. « Oui, j'aime bien les éléphants. »

Cristabel se retourne vers la fenêtre et regarde la campagne plongée dans l'obscurité. Elle aperçoit quelques lumières isolées au loin, comme des bateaux en pleine mer. Des voitures, suppose-t-elle. Des fermes. Le cours des choses se poursuit.

Quelque part entre Southampton et Bournemouth, ils s'endorment tous, bercés par le mouvement du train, frissonnant de fatigue, blottis sous une couverture en laine que leur a prêtée le contrôleur. Cristabel au milieu, avec un bras protecteur autour de chacun de ses protégés : Flossie, qui ronfle doucement, et Digby, qui rêve profondément.

LE JOURNAL DE MAUDIE KITCAT

22 juillet 1928

Monsieur Willoughby est encore parti en avion, donc madame Rosalind dans tous ses états. Maudie fais ci, Betty fais ça, elle donne des ordres à tout le monde. Betty ma couture droite est-elle droite. Maudie, arrête de me fixer.

Il faut que rien ne t'échappe mais tu ne peux pas te faire prendre à regarder. Comme Bill qui ne me regarde jamais quand sa femme est là, mais je sais ce qu'il cache derrière son visage fermé.

Bill n'arrête pas de dire sois prudente, Maudie, mais personne ne se soucie de ce que je fais. ils ne s'en soucieraient que si j'avais un polichinelle dans le tiroir. ça n'arrivera pas maintenant que Bill a ces trucs-là. Monsieur Willoughby en a aussi. Dans la poche intérieure de son smoking. il n'a pas l'air de le remarquer quand certains disparaissent.

ils oublient que je vide leurs poches. ils oublient que je vide leurs seaux hygiéniques et que je lave leurs draps. ils m'oublient complètement. je les vois endormis, malades, ivres, nus comme des bébés, mais quand ils se réveillent et me trouvent en train d'allumer le feu dans les cheminées, ils font semblant d'être surpris et remontent leurs draps, pleins de pudeur.

à part monsieur Willoughby, qui s'en fiche. Il s'étale, effronté, comme un chat au soleil. Comme ce tigre qu'ils avaient au cirque à Weymouth. il ouvre les yeux et ne dit pas un mot. Il me regarde travailler. Il me regarde regarder.

IMAGINER

Juillet 1928

Au fil de l'été, les enfants passent à travers les mailles de plus en plus lâches de leur emploi du temps. Mlle Aubert se montre de plus en plus négligente dans le suivi des leçons, tandis que le précepteur de Digby est distrait par la recherche de fossiles et que Rosalind est préoccupée par ses invités. Chacun a pris des libertés à l'égard de ses obligations. C'est propre à cette période de l'année. Le soleil de juillet se repose sur ses lauriers dans un vaste ciel bleu, il a pris ses aises et ne pense à rien. Tout changement de temps est imperceptible, juste quelques volutes nuageuses.

Dans cet espace doré sans surveillance, arrive Flossie, tirant son éléphanteau à roulettes. Elle conduit un groupe d'enfants sauvages jusqu'à la plage. Elle a élaboré un jeu appelé « Notre école » dans lequel elle joue le rôle d'un gentil professeur qui donne des leçons de chant et permet qu'on monte sur Edgar. Cristabel et Digby passent également à travers la lumière du soleil. Lorsqu'ils en ont assez de programmer des pièces de théâtre, ils visitent la grange où peint Taras. Parfois, ils lui parlent en français, mais, la plupart du temps, ils restent assis à le regarder travailler, tandis qu'il leur fait la politesse de les ignorer complètement.

Lorsque Taras peint, il s'arrête souvent et ferme les yeux, comme s'il essayait de se représenter ou se rappeler quelque chose. Cristabel et Digby remarquent qu'il agit parfois ainsi même lorsqu'il n'est pas en train de travailler : ses yeux se ferment soudainement, au milieu d'un repas, d'une promenade, comme si quelque chose avait surgi à l'intérieur de lui et réclamait son attention. Même ouverts, ses yeux sont souvent inaccessibles, deux cassis furtifs. Ils scellent hermétiquement son esprit, ils en dissimulent les rouages aux regards extérieurs, mais Digby et Cristabel sont des observateurs attentifs.

Ils ont remarqué que, si Taras répond volontiers aux fréquentes demandes de Rosalind pour qu'il monte à Chilcombe afin de rencontrer des visiteurs, il repart rarement les mains vides. Non seulement il semble capable d'acquérir des objets utiles, comme des cuillères à café pour le cottage ou les coordonnées d'un fournisseur de peinture à l'huile, mais il repart souvent aussi avec autre chose : des sujets.

Des visages familiers commencent à apparaître dans ses peintures – le vicaire et le député local –, ainsi que des images que l'on trouve dans les portraits des ancêtres Seagrave, ce qui suggère que lorsqu'il se lasse des gens qui lui parlent, il reporte son attention sur ceux qui se taisent, sur les murs. Sa cordialité paresseuse ressemble alors davantage à celle du crocodile couché dans une eau peu profonde avec ses grandes mâchoires ouvertes en un large sourire. Les enfants l'apprécient d'autant plus.

Ils admirent également sa capacité à toujours être Taras. Eux sont souvent obligés de se transformer en des versions plus propres et plus polies d'eux-mêmes, mais Taras ne change jamais. Il s'adresse à tout le monde de la même manière, s'habille comme il veut et est toujours taché. La peinture s'incruste sous ses ongles, s'infiltre dans les lignes de ses paumes et éclabousse les poignets de sa chemise. Il porte sur lui son travail, ainsi que l'odeur de réglisse de la térébenthine. Alors que la plupart des gens se dispersent tout au long de leur journée, entre obligations et repas, désirs et inactivité, pensant à la politique, aux sardines ou à ce qui va suivre, Taras suit un seul chemin, une seule voie, celle de Taras l'artiste.

Un par un, il entraîne les membres de la maisonnée à la grange, en disant : « Maintenant, je dois faire votre portrait. » Ils ne savent pas comment dire non. Il leur semble impossible de dire non. Parfois, quand ils viennent lui rendre visite, ils trouvent une toile déjà à moitié peinte, ou une sélection d'accessoires qui les attendent, ce qui leur donne la sensation à la fois agréable et déconcertante qu'ils ont déjà été pensés. Pour Mlle Aubert, il y a un couteau de cuisine. Pour M. Brewer, une poignée de pièces de monnaie.

À l'arrivée de chaque nouveau modèle, il le place à l'intérieur de la grange, où la porte sert de cadre. S'ensuit une série d'ajustements, et il positionne et repositionne à la fois le chevalet et le sujet. Lorsqu'il commence enfin à peindre, son attention devient d'une inconstance déconcertante – elle ne se concentre pas sur la personne en face de lui mais tourne autour d'elle, vérifiant sans cesse la lumière, le ciel, la lumière, le ciel. Les enfants regardent attentivement, espérant identifier comment opère le peintre : une transfiguration de leur réalité vécue.

Parfois, Taras est frustré par son travail avant même de commencer. Un jour, M. Brewer s'était présenté pour une séance de pose au moment même où Taras transperçait de son poing une toile vierge, avant de la poser sur le sol, puis de traverser calmement la grange pour en prendre une autre.

« Tout va bien, monsieur ? avait demandé M. Brewer.

— Les nombreuses fois où je vais me tromper, avait répondu Taras, me fatiguent déjà. »

M. Brewer s'était gratté la moustache. « Quand vous voulez, monsieur.

— Inutile de m'appeler monsieur, avait dit Taras. Nous allons peindre un peu, puis boire un verre, toi et moi, d'accord ? Je suis Taras, tu es Bill. Allons-y, mon ami. »

Les enfants observent aussi ce processus : sa capacité à reconnaître l'inutilité d'un projet et à se lancer quand même. Sa capacité à se lancer avec optimisme, même pour se retrouver rapidement au point de départ. Eux sont habitués à ce que toutes leurs tentatives soient biffées d'une croix ou cochées, mais Taras ne semble pas se soucier des croix. Il biffe ou coche lui-même. C'est une façon de penser à l'envers, qui s'accompagne d'une aisance fascinante, et d'un agrandissement de l'espace. Ce qui paraît être une bonne façon de faire les choses, surtout maintenant, en cet été de relâchement, en cette période d'eaux calmes.

De temps en temps, Taras se rend sur la plage avec Digby et Cristabel pour réaliser des croquis au fusain de la baleine. Il est attiré, dit-il, par les os de la créature, qui deviennent de plus en plus visibles à mesure que les charognards en prélèvent la chair. Il leur demande de regarder les os et de lui dire ce qu'ils voient. Des os, disent-ils. Non, rétorque-t-il. Essayez encore. Les côtes sont un panier ; la colonne vertébrale, un piano ; les mâchoires, un bréchet. Mieux, répond-il. Encore. Les côtes sont des mains qui prient ; la colonne vertébrale, un mur de château crénelé ; les mâchoires, le bec d'un ptérodactyle. Mieux, dit-il. Essayez encore.

Ce jour-là, en entrant dans la grange, Digby demande : « Quand vous peignez Hilly ou Philly, pourquoi leur coupez-vous la tête ?

— Pour que je n'aie pas à les écouter quand je travaille, répond Taras en riant avant d'ajouter : Le corps d'une femme est majestueux. Je le célèbre.

— Vous le célébrez sans la tête », insiste Cristabel.

Il hausse les épaules. « Peut-être que j'aime couper les têtes. »

Il donne à Cristabel quelques feuilles de papier et du fusain et lui dit de s'exercer à faire des portraits, tandis que Digby grimpe sur les bottes de foin à l'arrière de la grange, et joue à être un cow-boy. Cristabel dessine Taras sous la forme d'un crocodile venant de la mer ; elle se dessine elle-même comme une baleine sous les vagues.

« Et Mlle Florence ? demande Taras.

— Une grive musicienne ? Non, un loir. Non, un mulot, répond Cristabel.

— Où vit-elle ? Quel est son chez-elle ?

— Elle aime être bien au chaud. Un nid douillet fait de pulls tout doux.

— Des coussins pour dormir, ajoute Digby, qui écoute à moitié. Des chaussettes en laine.

— Montre-moi », dit Taras. Et elle la dessine pour lui. Il demande alors : « Comment dessines-tu ton chez-toi, Cristabella ? »

Son chez-elle ? Elle ne pense jamais à un « chez-soi » ; elle pense à un grenier au sommet d'une maison. Elle dessine une forme étroite pour le grenier, puis un entonnoir en dessous, rempli d'un tourbillon qui tourne en rond comme une tornade. Elle sait déjà ce qu'est Rosalind : une pie. Willoughby : une épée. Des choses qui volent. Elle les ajoute à son dessin.

« Tu vois, dit Taras en lui tapotant le sommet de la tête avec le bout d'un pinceau. Tu as déjà tout. Tout ce dont tu as besoin. N'oublie pas de mettre ton nom dessus. »

Ils travaillent sur leurs projets respectifs dans un silence confortable, Taras debout devant son chevalet, Cristabel allongée dans l'herbe sur le ventre à proximité de l'artiste. Au bout d'un moment, elle se lève et s'approche de Taras, son papier à la main, en disant doucement : « Je ne sais pas comment dessiner Digby. »

Elle a essayé, mais chaque fois qu'elle pose son fusain sur le papier, elle s'arrête car elle rate son dessin à peine commencé. Ils regardent tous les deux en direction de Digby, qui est allongé sur les bottes de foin, pris dans un rai de lumière poussiéreux.

Le problème, c'est qu'il est beaucoup de choses. Le frère qu'elle voulait et le frère qu'elle a, deux notions totalement différentes, et le cousin Digby, qui n'est pas vraiment son frère, et le vrai Digby, son compagnon le plus fidèle et le plus réconfortant. Il est un dessin gribouillé, chiffonné et déchiffonné à nouveau et gardé toujours dans une poche. Sa présence dans sa vie est comme celle d'un chien qui dort au pied de votre lit : une fidélité si affectueuse et constante que vous ne la remarquez que les rares fois quand vous vous réveillez et qu'il n'est plus là ; alors, tout ce que vous voulez, c'est vous lever et le retrouver, pour aller jouer dehors. À moins qu'il ne soit simplement trop proche d'elle pour qu'elle puisse le voir correctement, comme quand vous avez le nez collé sur le miroir et que votre visage devient flou.

« Fais-en un autre de moi à la place », suggère Taras.

Digby se tourne vers eux tout excité. « Il y a une énorme araignée par ici. »

Bientôt, c'est au tour de Rosalind de poser dans la grange, un bouquet de roses, offert par Taras, à la main. Elle souhaite désespérément que son portrait soit peint, d'autant plus que ceux de Mlle Aubert, maussade, et de Maudie, volage, ont déjà été peints ; mais elle trouve l'expérience de la pose inconfortable. Elle est agacée de ne pas avoir la possibilité de voir comment il la représente.

Elle demande : « Puis-je le voir ? » mais, chaque fois qu'elle regarde, n'apparaissent que le contour de son corps et un flou tourbillonnant là où devrait se trouver son visage. En fait, à mesure que le tableau progresse, le vide où devrait se trouver son visage devient de plus en plus vide, tandis que les fleurs dans ses mains regorgent de détails.

« Quand pensez-vous peindre mon visage ? demande-t-elle à Taras, en jetant un coup d'œil au ciel pour savoir ce qu'il peut bien regarder.

— Je suis en train de le peindre, dit Taras, d'une voix emplie de satisfaction, en utilisant son pouce pour lisser la peinture. C'est une surface polie.

— Quand pensez-vous qu'il sera achevé ? Vraiment terminé ? »

Elle veut qu'il soit fini et encadré. Elle n'aime pas les tableaux non encadrés. Rien que des bouts de toile agrafés sur un support en bois. Un jour, elle et Willoughby étaient allés dîner dans une maison remplie de tableaux, peints par un pêcheur, non encadrés et qui ressemblaient à de simples dessins d'enfant. Les invités s'en étaient extasiés, mais Rosalind aime que l'art soit plus abouti et monté en sous-verre.

Les tableaux non encadrés lui rappellent la fois où Hilly et Philly l'avaient emmenée à une fête dans un atelier d'artiste dans le quartier de Fitzrovia à Londres après être allées voir les Ballets russes. Enfin, avait-elle pensé en montant l'escalier menant à l'atelier, une occasion de visiter un lieu de bohème. Mais le lieu de bohème s'était avéré petit et désordonné. Il n'y avait aucun meuble et l'espace était encombré de toiles couvertes d'images criardes de machines à écrire et d'escaliers mécaniques. Des toiles étaient empilées sur le sol et entassées le long des murs, et des personnes aux vêtements informes s'y adossaient, les couvrant de taches de vin et de cendres de cigarettes. Quelqu'un chantait une chanson de marins, un compositeur hongrois tapait sur une casserole, l'air était chargé d'encens et un Gallois à la barbe pleine de saletés ne cessait de lui parler de cubisme à l'oreille. Ivres, ils avaient tous des opinions tranchées sur l'art, et ils n'arrêtaient pas de buter dessus et de se reprendre. C'était comme s'ils s'étaient réunis pour se rassurer mutuellement et se dire qu'ils étaient le cœur battant de tout, mais qu'ils avaient ensuite le sentiment terrible que ce n'était pas le cas, et qu'ils continuaient à faire des choses bruyantes et irréfléchies pour recouvrir le trou béant au milieu de tout ça. « CE QUI EST SI PUISSANT, C'EST LE SENTIMENT D'UNE THÉOLOGIE MALVEILLANTE TOTALEMENT AVEUGLE À LA CONSCIENCE HUMAINE », avait hurlé le Gallois. Je voudrais une chaise pour m'asseoir, avait pensé Rosalind.

Rosalind, debout dans la grange devant Taras, a de nouveau cette pensée : Je voudrais une chaise pour m'asseoir. Par les portes ouvertes, un triangle de soleil lui arrive droit dans les yeux. Elle se souvient que Myrtle (qui adore le portrait sans visage de Rosalind et a demandé à Taras si elle pouvait l'acheter) connaît un artiste italien qui peint le genre de tableaux qu'elle convoite. D'immenses portraits en pied de femmes vêtues de longues robes dans des villas vénitiennes. Un artiste qui la ferait ressembler à une personne réelle, mais plus grande. Il est frustrant que son artiste, celui qu'elle héberge et nourrit, ne la regarde pas ainsi. Elle peut l'imaginer clairement.

DES AILES ET DES OS

Août 1928

Si, comme Willoughby, vous étiez en train de voler un soir d'été au-dessus de Chilcombe Mell dans un avion monoplace, la vue serait la suivante : des champs, des haies, des cottages, une église, puis un bosquet encerclé par une nuée de freux loqueteux. Pas un signe de la maison sous les arbres jusqu'à ce que vous soyez directement au-dessus, puis un aperçu fugace de cheminées et un fragment de pelouse, juste avant de vous envoler au-dessus de l'océan scintillant.

Willoughby pense que la vue depuis un avion dépeint fidèlement l'insignifiance de l'homme. Vues du ciel, les infrastructures humaines sont réduites à des perchoirs temporaires pour les oiseaux. L'Angleterre n'est rien d'autre qu'un circuit de train électrique Hornby, un village modèle : prévisible, étiqueté, bien ordonné. Mais au-delà, il y a la mer, le ciel, l'horizon : des lieux aussi vastes que les déserts égyptiens chers à Willoughby. Quelques vers de poésie datant de ses années d'école lui viennent à l'esprit –

… Autour des ruines
De cette colossale épave, infinis et nus,
Les sables monotones et solitaires s'étendent au loin[1]

– mais s'enfuient avant qu'il puisse se rappeler qui les a écrits.

1. Extrait du poème *Ozymandias*, sonnet de Shelley publié en 1818. Le nom Ozymandias fait référence au pharaon Ramsès II.

Il adore voler au royaume des nuages blancs : d'énormes formations projetant des ombres grandes comme des citadelles alors qu'elles se meuvent avec la lente dignité des choses qui se croient immensément solides. Lorsqu'il est coincé dans un salon, Willoughby cherche des fenêtres avec vue sur le ciel et suit les nuages qui passent, se rappelant les moments où ils les a accompagnés.

À contrecœur, il redescend sur terre, en direction du champ d'un fermier situé à environ huit cents mètres de Chilcombe, où il peut atterrir en toute sécurité et où un couple d'ouvriers agricoles serviables, avec un tracteur, manœuvrera son avion pour le parquer dans une grange si le temps se gâte. Il éteint le moteur pour effectuer la dernière partie de son vol, laissant l'air siffler à travers les câbles et, quelque part en dessous de lui, les freux se rassemblent. Leurs cris variés – un *croa-croa* dur, un *aarrrrrk* pensif, un *akakakakaka* jovial – résonnent dans la vallée. Des appels et des réponses du tac au tac : des pour ou contre après mise au vote ; un paradisier corvin qui fait obstruction. Jasper prétendait qu'il existait une légende locale selon laquelle si les freux quittaient Chilcombe, la famille Seagrave disparaîtrait. Cristabel leur donne des toasts beurrés tous les matins.

Willoughby a acheté son avion pendant la terrible période qui a suivi la mort de Jasper ; quand il se réveillait en sursaut avant l'aube, les tempes battantes, et que tout lui revenait en mémoire : sa fête d'anniversaire, une partie de cache-cache, avec Rosalind, dans une pièce du fond, le siège de la fenêtre derrière les rideaux, sa main sur sa bouche. Puis les cris venus de l'extérieur. Le hennissement d'un cheval. Quelqu'un qui frappe à la porte d'entrée. M. Brewer qui se précipite.

C'était toujours à quatre heures du matin qu'il se réveillait au cours de ces interminables semaines éprouvantes. Le sursaut du cœur coupable. Parfois, quand il revenait à lui, il était allongé dans le lit de Rosalind, leurs corps enlacés et, de nouveau, il était en proie à ce même sursaut. Il repartait alors furtivement dans sa chambre à lui, généralement avec une misérable gueule de bois, pour supporter l'interminable attente avant le lever du jour et son premier verre autorisé, qui le soulagerait suffisamment pour passer au verre suivant. Il prenait la résolution de ne plus se rendre dans la chambre de Rosalind, mais c'est elle qui venait le chercher : ses yeux pleins de larmes, son besoin impérieux, ses vêtements de nuit bien choisis. Il était faible. Il était le frère espiègle. Il faisait donc aussi bien d'accepter le rôle qui était le sien dans le déroulement des événements.

Deux semaines après la mort de Jasper, il achetait son premier avion – un petit Sopwith Snipe, construit dans les dernières semaines de la guerre, trop tard pour être utilisé –, ce qui l'a entraîné plus haut. Il l'a appelé *Mai*. Son mois de prédilection et l'un de ses mots préférés lorsqu'il est utilisé en conjonction avec « oui ». Je peux ? Oui, mais...

Peut-être était-il bizarre qu'il ait pensé à de telles choses – l'aviation, les femmes, ce que Jasper appelait ses « activités de célibataire » – alors que Jasper était mort depuis si peu. Mais son esprit semblait incapable de côtoyer la réalité, celle de la mort de son frère. C'était désespéré, risible et, face à une telle absurdité, son esprit ne cessait de bondir et de fuir pour se réfugier dans ses repaires habituels. Alors même qu'il marchait derrière le cercueil, la petite Cristabel lui tenant la main, il essayait de se rappeler le nom d'une ravissante actrice italienne qu'il avait rencontrée à Covent Garden.

Comme un bouffon grossier agitant sa marotte à grelots, son esprit lui rappelait de temps en temps qu'il était engagé dans une « activité de célibataire » avec la femme de son frère au moment de la mort de ce même frère. Cette combinaison d'événements lui semblait terriblement injuste ; un nœud qui ne pourrait jamais être défait, une condamnation, un marquage au fer rouge. Particulièrement injuste, étant donné qu'il n'avait pas approché la femme de son frère à sa manière habituelle. C'était venu d'ailleurs, mais avait abouti au même endroit, en pire.

Sans cesse aiguillonné par un pique, brûlé par le marquage honteux, que lui fallait-il faire ? Willoughby avait fui. Il avait traversé les cieux avec *Mai*. Il avait passé Noël à jouer à Monte-Carlo. Il était allé skier avec une championne d'escrime autrichienne, Gretchen. Il avait rempli une baignoire de bulles et de danseuses de revue au Savoy le soir du Nouvel An.

Tant qu'il bougeait, tout allait bien. Encore, encore et encore. Sa fuite, à la fois résistance et acceptation du marquage inscrit dans son flanc.

Chaque fois qu'il survolait Chilcombe pour quitter l'Angleterre, il se sentait plutôt désolé pour cette vieille demeure, affaissée, vide et sans propriétaire. Elle n'était pourtant pas vide. Elle était pleine de femmes – une veuve récente, et riche, un bébé fille, une fillette orpheline, une flopée de domestiques agitées –, et de deux hommes robustes noyés dans une mer de femmes, le pauvre Blythe et M. Brewer qui tenaient le fort. Le domaine n'était pas non plus sans propriétaire : il attendait que le seul Seagrave restant arrête de jouer et revienne sur terre.

Mais chaque fois qu'il retournait en Angleterre, elle lui semblait plus petite et vieillotte. Les roues de *Mai* heurtaient le gazon en rebondissant et sa gorge le picotait, un arrière-goût amer, alors qu'il respirait l'air de son pays brumeux. Une odeur de chien mouillé. De la mousse détrempée. Le gris-vert froid du lierre. La vieille Angleterre : familière ; renfrognée ; toujours aussi bruyante. Il faisait le plein aussi vite que possible pour ensuite s'élever jusqu'aux nuages. Et il lui poussait des ailes.

Quand il était finalement rentré à Chilcombe, après avoir reçu un télégramme lui annonçant qu'il allait devenir père, Rosalind s'était accrochée à lui et lui avait dit : « Tu es revenu pour moi. J'étais sûre que tu le ferais. S'il te plaît, ne me quitte pas à nouveau. Je ne pourrais pas le supporter. Je crois que j'en mourrais. »

Elle avait dit : « Peut-être que ça devait arriver depuis le début. Toi et moi. »

Elle avait dit : « Nous allons avoir un fils. Un Seagrave, un fils et un héritier. »

Elle avait dit : « Alors qui est "*Mai*"? Quelqu'un que je connais ? »

C'en était fini. Le piège s'était refermé. Le mécanisme s'était mis en marche. Il y avait l'histoire que Rosalind racontait – l'élégante histoire d'amour, l'éclosion des sentiments quand deux êtres se découvrent, le jeune frère Seagrave et la tragique veuve Seagrave *se tournant l'un vers l'autre pour se réconforter, comme tant d'autres le font* – et une machinerie complexe s'était mise en branle. Ce n'est pas qu'il ne lui faisait pas confiance (mais lui faisait-il vraiment confiance ?). Ce n'est pas qu'il ne la voulait pas (mais alors qu'il l'avait eue, la voulait-il vraiment ? Oui, de temps en temps. Seulement de temps en temps). Pourtant quelque chose le tracassait. Quelque chose qu'il entrevoyait parfois, entre les lents clignements d'yeux de Rosalind ; quelque chose dans la façon dont ses pieds avec ses longs orteils lui rappelaient un singe vu dans un marché du Caire.

L'espace d'un instant, il soupçonnait qu'elle savait qu'il savait qu'elle n'était pas tout ce que ses grands yeux étonnés proclamaient être, mais il était plus facile pour eux deux de s'en accommoder. Sa dévotion était soporifique. Il était Ulysse pour sa Calypso : l'aventurier pris au piège par une nymphe à la voix douce sur une île de plaisir. Il était Pâris pour son Hélène : le beau voleur de belles épouses ensorcelées. Il valait mieux ne pas se demander d'où venait sa dévotion et ce qu'elle voulait ; en règle générale, il valait mieux ne pas regarder les choses de trop près.

Après leur mariage – une cérémonie londonienne discrète qui s'était déroulée assez rapidement pour laisser croire que Digby (un petit bébé du mois d'août) naîtrait plus tôt que prévu – il avait constaté que sa vision d'elle avait encore changé. Elle semblait se fondre dans Chilcombe même, comme un bernard-l'ermite, de sorte que lorsqu'il pensait à elle, elle faisait partie de la maison et de toutes ses attentes. Il y avait Chilcombe et il y avait Rosalind à l'intérieur, décidant de tout, s'occupant de l'ameublement. La façon dont elle se précipitait pour l'accueillir, pleine d'attention et de questions, ses mains cherchant la chair sous les vêtements, ses doigts pressant, pétrissant ; elle se hissait sur la pointe fine de ses pieds, et il sentait ses ongles s'enfoncer. Une ligne de petites morsures souriantes.

Qu'elle soit son épouse semblait plutôt irréel. Sans importance. Le fait qu'il soit marié lui revenait parfois à l'esprit au cours de vols turbulents, lorsque la mince possibilité de sa propre mort lui sautait aux yeux, mais rarement avant, et jamais après. Et, même dans ce cas, il ne s'en souvenait que de façon lointaine, *oh oui*, comme d'une chose qu'il aurait vue en vacances, une seule fois – une chute d'eau, une autruche.

Il était donc retourné dans le Dorset en tant que maître de Chilcombe, en tant que mari, père, et propriétaire du domaine. Il avait posé *Mai* dans un champ. Il avait enlevé son casque de pilote en cuir et ses lunettes. Puis il avait suivi lentement le sentier sinueux le long de la falaise, pour retourner à ses obligations.

Ce jour-là, tandis qu'il emprunte le même sentier, par une douce soirée d'août 1928, il pense qu'une belle journée d'été en Angleterre contribue à racheter la météo habituellement déprimante du pays. Les herbes hautes murmurent et se courbent. Il entend le vrombissement, le *buzz-buzz*, d'un bourdon près de son oreille.

En débouchant sur la pelouse, il voit, une fois de plus, l'activité préparatoire d'une représentation théâtrale. La porte de Chilcombe est grande ouverte et Blythe et Betty supervisent le déplacement des meubles, suivis par le jeune fils robuste de Betty, tandis que Maudie s'affaire à tresser une couronne florale décorative. Quelques freux picorent l'herbe, mais ils s'envolent à l'approche de Willoughby, avec des battements d'ailes vifs, un bruit qui rappelle l'efficacité du brossage d'un costume au tissu coûteux.

Digby, enveloppé de voile jaune, gambade sur la pelouse vers son père, suivi de Myrtle, pieds nus dans un peignoir en soie cerise, brandissant un verre à cocktail, et de Cristabel transportant un énorme jeu de cymbales.

« Willoughby Seagrave, frère fugueur, dit Myrtle, nous nous demandions si vous arriveriez à temps.

— J'ai promis à Cristabel d'être là pour la répétition, et me voilà, répond-il. Quelqu'un devra peut-être me rappeler quel rôle je joue.

— Tu es Antonio, dit Cristabel.

— Nous jouons *La Tempête* d'un type appelé William Shakespeare, dit Myrtle, marchant en dessinant des cercles sur la pelouse. Je suppose que vous avez entendu parler de lui.

— J'ai toujours un exemplaire de son dernier ouvrage à portée de main, dit Willoughby. Je ne vais pas poser de questions sur les cymbales, car je ne veux pas donner à quelqu'un une raison de faire du bruit avec, mais j'aimerais savoir pourquoi mon fils porte des collants.

— Je suis Ariel, Père, dit Digby. Un esprit enjoué.

— Tu ne dois pas laisser les filles t'habiller comme si tu étais une poupée, Digby, dit Willoughby.

— J'ai choisi mon costume tout seul, répond Digby.

— Pouvons-nous nous dépêcher, s'il vous plaît ? » dit Cristabel, en partant à travers bois.

Willoughby offre son bras à Myrtle – « On y va » – et ils suivent les enfants.

« C'est un sacré costume que vous avez là, Willoughby. Est-ce que c'est une veste en cuir d'aviateur ? dit Myrtle, se cognant contre un tronc d'arbre alors qu'ils se frayent un chemin au milieu des bois. Je vous en prie, ne me demandez pas de vous raconter *La Tempête*. Je n'y ai guère prêté attention.

— Il y a un magicien, je crois », répond Willoughby.

Cristabel est loin devant sur le chemin, marchant d'un pas rapide. Digby a disparu de leur champ visuel.

« Prospero. Il est piégé sur une île. C'est Taras, dit Myrtle, passant son verre à Willoughby pour qu'il puisse boire une gorgée. Oh, et il y a un frère usurpateur, j'ai oublié son nom.

— Cette vieille rengaine.

— Il y a aussi un ivrogne, assez comique. C'est là que j'interviens. »

Myrtle fait une révérence élaborée qui permet à son peignoir de bâiller, révélant la peau nue en dessous.

Willoughby jette un coup d'œil gentiment approbateur à ses seins qui se balancent doucement, comme il regarderait distraitement un dessin d'enfant. « Myrtle, ma vieille, vous m'en mettez plein la vue.

— Ne le dites pas à votre femme. Elle me ficherait à la porte. »

Digby apparaît de derrière un arbre. « Qui se fait fiche à la porte ?

— Personne, répond Willoughby. Digby, quand t'a-t-on coupé les cheveux pour la dernière fois ? Avec ces boucles folles et les collants, c'est plutôt excessif. Il va falloir que tu t'arranges un peu avant d'aller à l'école, ou tu vas te faire dévorer tout cru.

— Que signifie "excessif" ? demande Digby.

— Tu le sais, dit Willoughby. Trop cuit. Trop fort.

— Excessif ! » s'écrie Digby très fort. Et sa voix résonne à travers les arbres.

« Ma parole, Digby, je pense que tu es la première personne à parler fort dans ces bois, dit Myrtle.

— J'aime parler fort, pas vous ? » rétorque-t-il, puis il court après Cristabel et lui attrape la main.

« Tu n'as plus besoin de tenir la main de Cristabel non plus, dit Willoughby. Tu n'es plus un bébé. » Il jette un coup d'œil à Myrtle et ajoute : « Ma mère m'a gâté. Je refuse de laisser Rosalind faire la même chose avec lui. Dites-moi, Perry est-il ici ?

— Contrairement à vous, Peregrine n'est jamais en retard, dit Myrtle. En général, il aime arriver avant même que vous n'ayez noté sa présence.

— Il appellerait ça venir en reconnaissance.

— Même quand vous dînez au Berkeley ? insiste Myrtle.

— Le colonel Drake n'est jamais en repos, Myrtle. Vous l'avez sûrement remarqué. »

Myrtle se tourne vers lui. « Pourquoi le colonel Drake n'est-il jamais en repos ? Il n'y a pas de guerre en cours.

— Il y a toujours une guerre quelque part, ma chère. Qu'y a-t-il encore, Digby ?

— Père, j'ai demandé à Cristabel ce qu'elle pensait de mes cheveux et elle a dit que beaucoup de courageux guerriers avaient les cheveux longs.

— Cristabel, Digby a besoin de se faire couper les cheveux, un point c'est tout, lance Willoughby d'une voix forte. Personne ne va au pensionnat avec les cheveux longs. Personne qui veuille survivre en tout cas. »

Cristabel s'arrête et se retourne, tenant une cymbale dans chaque main comme des roues de char en or. « Je croyais que seules les femmes se souciaient des cheveux.

— Les écoles ont des règlements, dit Willoughby. Digby a besoin de s'intégrer.

— Dit l'homme qui est arrivé en pilotant son propre avion, lance Myrtle, en avalant une gorgée de son cocktail.

— Donc Digby doit avoir la même coiffure que tous les autres garçons ou il sera puni, dit Cristabel. C'est un règlement ridicule.

— Ce n'est pas moi qui l'ai écrit, chérie, dit Willoughby.

— Mais tu suis le règlement, dit Cristabel, et tu demandes à Digby de le suivre, et si j'allais à l'école, tu me demanderais de le suivre, mais je n'ai pas le droit d'aller à l'école, et ça aussi c'est ridicule. »

Cristabel se remet en route, guidant le groupe, jusqu'à la sortie des bois et le long du chemin herbeux, vers le cottage.

« Cristabel, commence Willoughby, c'est simplement l'une de ces choses inévitables, je… Mon Dieu, qu'est-ce que c'est que ça ? »

Les alentours du cottage sont une fois de plus transformés. L'espace scénique est à présent entouré d'un éclairage professionnel commandé par Rosalind, et il y a des rangées de nouveaux sièges pliants. Mais le plus surprenant se situe au centre : la baleine de Chilcombe.

Les immenses côtes de l'animal ont été retirées de sa carcasse, dépouillées de leur chair et érigées à la verticale pour former un espace incurvé de deux mètres de haut entre la grange et le cottage. Elles ressemblent à des lignes jumelles de défenses d'éléphants géants s'arquant vers le haut comme la coque renversée d'un galion. Derrière elles, la mer brille d'un éclat doré dans le soleil du soir.

Les os ont été suffisamment espacés les uns des autres pour que les membres de la troupe puissent se déplacer entre eux ou se blottir sous eux, comme le font maintenant Perry, M. Brewer et plusieurs autres, en prétendant être à bord du navire ballotté par les flots au début de *La Tempête*. Digby et Cristabel courent pour les rejoindre. Un couple de randonneurs en short et chaussures de marche s'est arrêté sur la plage, observant la scène avec un intérêt perplexe.

« C'est quelque chose, n'est-ce pas ? dit Myrtle à Willoughby, alors qu'ils se tiennent côte à côte pour regarder. Dans les scènes d'amour, elle sera illuminée par un éclairage rose. Rien ne raconte mieux l'amour qu'une baleine morte.

— Ça alors, comment ont-ils transporté ces énormes os jusqu'ici ?

— Les détails sont un peu flous, mais votre femme a donné son accord. »

Willoughby sort un étui à cigarettes, en offre une à Myrtle, et fronce les sourcils. « J'avais entendu parler d'un théâtre en plein air, au dîner, mais je n'aurais jamais imaginé une chose pareille.

— Rosalind espère attirer ainsi plus d'artistes, explique Myrtle.

— Ne me dites pas que vous allez tous rester, dit Willoughby. Il faut toujours les laisser sur leur faim… N'est-ce pas ce qu'on dit ?

— Vous n'aimez pas partager les feux de la rampe, n'est-ce pas ? » demande Myrtle.

Willoughby se tourne vers elle, sa cigarette à la bouche. « On pourrait dire la même chose de vous, chérie. » Il attrape les deux pans de son ample peignoir, les rajuste, puis glisse une main dans son dos pour trouver la ceinture.

Ils sont à peu près de la même taille, debout l'un en face de l'autre, les yeux dans les yeux.

« Que conclurait un psychiatre de notre besoin infantile d'attention, d'après vous ? demande Myrtle, en titubant légèrement. On doit avoir un gros manque, vous ne croyez pas ?

— Je n'ai pas besoin d'attention, répond-il en resserrant vivement la ceinture du peignoir, avant de la nouer. Tout ce théâtre, je veux dire, c'est très bien pour les enfants, mais pour les adultes, c'est une occupation à peine louable.

— Et que faites-vous de louable ? » insiste Myrtle.

Comme il ne répond pas, elle tend la main pour rajuster le col de sa veste d'aviateur, avec la tendresse attentive de l'ivrogne. « Je me pose la même question, dit-elle. Qu'est-ce que je fais ? Pourquoi est-ce que je le fais ? Pourquoi je ne peux pas me poser ? C'est ce que dit ma mère. Pourquoi ne peux-tu pas te poser, Myrtle ?

— Je fais ce qu'on attend de moi, dit Willoughby.

— Vraiment ? » Elle lui jette un regard en biais.

Il sourit. « Non, même ça, je suppose que je n'y parviens pas. Je ne fais pas grand-chose, Myrtle, et c'est d'ailleurs ce que l'on attend aussi de moi. »

Au même moment, Cristabel, avec ses cymbales, grimpe sur l'un des nouveaux sièges en face de sa troupe et dit : « On commence.

— Nous sommes dans cette scène », dit Myrtle. Elle se dirige vers le squelette de la baleine, entraînant Willoughby derrière elle.

Pendant que les comédiens jouent leur scène, Cristabel se tient debout sur le siège et fait s'entrechoquer les cymbales à plusieurs reprises, pour représenter les vagues de la tempête. Le son est un choc métallique, vif, suivi d'une réverbération frémissante.

« Où a-t-elle dégoté ces trucs diaboliques ? demande Willoughby en se frottant les tempes.

— La fanfare de l'Armée du salut du coin, répond Myrtle, appuyée à une côte. Ce n'est pas la seule chose qu'elle leur a empruntée. »

À ce moment-là, Digby sort de la grange, en annonçant : « J'ai ma flûte, mais j'ai perdu mes ailes.

— Flossie va retrouver tes ailes, dit Cristabel. Très bien, tout le monde, maintenant qu'Ariel a sa flûte, pouvons-nous reprendre à l'acte II, scène 1, où Ariel endort tout le monde avec une musique envoûtante.

— Mon fils a des ailes, s'esclaffe Willoughby.

— Digby a l'air divin, rétorque Myrtle. Tant que vous ignorez le bruit hideux qu'il fait avec sa flûte, c'est une scène saisissante.

— Comme le cri d'un hibou, presque, ajoute Perry.

— Oncle Willoughby, M. Brewer a tes répliques sur un bout de papier si tu en avais besoin, dit Cristabel. En place, tout le monde. »

Antonio (Willoughby) : Merci. Où dois-je commencer ? Ici ? *Quelque chose, quelque chose, l'espoir, quelque chose au-delà.* Cette écriture est très petite. *Accordez-vous avec moi que Ferdinand est noyé ?*

ENTRE LA BALEINE

Août 1928

Arrivé fin août, les enfants Seagrave s'étaient débarrassés de leur ancienne vie comme d'une peau de serpent. Ce sont maintenant des créatures sauvages qui vivent au soleil avec les sauvages, et qui se déchaînent dans les bois en costume de théâtre. Les rares fois où ils retournent à Chilcombe, avec ses sols en pierre frais, c'est comme s'ils entraient dans un sombre étang. Vert-noir et stagnant.

Les nuits chaudes, Cristabel, Flossie et Digby dorment à l'intérieur du squelette de la baleine, blottis les uns contre les autres sous des couvertures qui grattent, partageant des biscuits volés. Cristabel se souvient alors de l'époque où elle soulevait le petit Digby de son berceau et le transportait à l'étage pour lui lire des histoires dans son lit, où ils dormaient ensemble, enchevêtrés, pour partager la chaleur de leurs corps comme des bêtes de somme. Ils se réveillent au son de la mer et lorsqu'ils courent au bord de l'eau scintillante, ils la trouvent immaculée, nouvellement créée, une balle de soie bleue déroulée à leurs pieds.

Chaque matin, Cristabel regarde les os de sa baleine avec fierté et soulagement. Elle avait été si près de les perdre. Alors que l'animal se décomposait, les autorités locales avaient continué à l'examiner. Ils parlaient de l'enterrer ou de le faire exploser. Cristabel avait presque souhaité pouvoir traîner les parties brisées du squelette jusqu'à la mer, pour les laisser couler, là où personne ne pourrait y toucher. Elle savait qu'elle devait découvrir un moyen de le sauver.

Puis une nuit, sur le toit de Chilcombe, tandis qu'elle mangeait un petit pain et feuilletait leur carnet, elle y avait retrouvé un dessin, fait par Digby, du cheval de Troie en bois – un cheval sur roues, comme un Edgar l'éléphanteau en plus grand, avec des petits personnages à l'intérieur – et, sur la page en regard, une note de sa propre écriture maladroite, rapportant que, selon le livre qu'elle était en train de lire, *Moby-Dick* de M. Melville, les rois scandinaves fabriquaient leurs trônes avec des défenses de narval. Elle avait tourné la page, avait marqué une pause, était revenue en arrière. Les défenses. Le roi. Le cheval de bois.

Elle avait regardé l'océan à travers les arbres. Avait posé son petit pain. Avait pris son crayon. Avait tracé des lignes sur la page. Des lignes courbes, comme le décor en forme d'arche au-dessus des danseurs des Ballets russes. Entre ces lignes, elle avait dessiné des comédiens et des danseurs. Puis elle avait arraché la page et était descendue du toit pour rejoindre Digby.

Le lendemain, ils avaient apporté le dessin à Taras qui, ravi de leur ingéniosité (« Ah ! l'esprit vif des enfants ! »), avait fait un croquis plus détaillé, incorporant des supports en bois pour maintenir les fanons de la baleine en place, et il ne leur avait plus manqué que l'approbation de Rosalind. Pour obtenir son approbation, l'idée devait venir de Digby ou d'un adulte, car toute approche de la part de Cristabel était vouée à l'échec. Les enfants savaient que confier une chose aussi importante à un adulte était une stratégie risquée, et ils craignaient que Digby ne soit pas pris au sérieux. Ils avaient donc demandé à Taras de soumettre l'idée à Rosalind.

La fois suivante où Taras était venu dîner à la maison, Cristabel et Digby s'étaient cachés dans le vestiaire sous l'escalier et avaient ainsi pu écouter quand, au milieu des bavardages entre le deuxième et le troisième plats, il avait suggéré d'utiliser le squelette de la baleine pour en faire une sorte de théâtre. C'était excitant à en avoir le souffle coupé de savoir que quelqu'un dans une pièce remplie d'adultes agissait secrètement en leur nom. Mais entendre leur proposition discutée, c'était comme regarder un ballon de plage ballotté par le vent. Elle rebondissait légèrement parmi les convives, en amusait certains, d'autres l'écartaient d'un geste de la main, et, chose exaspérante, Rosalind n'y prêtait aucune attention, demandant à plusieurs reprises ce que les gens pensaient des escalopes servies avec du concombre dans une sauce à la crème.

Leur idée avait paru partir à la dérive, et ils l'avaient crue définitivement perdue, quand elle avait inopinément refait surface après le dessert, lorsque Philly avait plaisanté en disant que s'ils construisaient un théâtre au bord de la mer ils devraient vendre des glaces.

« Si nous faisions quoi ? » avait demandé Rosalind, et Taras avait expliqué à nouveau « son » idée à propos de la baleine, mais cette fois avec plus d'enthousiasme, car plusieurs bouteilles de vin avaient été bues.

Il était heureux que, lorsque Taras avait parlé une seconde fois du théâtre, Rosalind ait été en train de savourer l'un des moments qu'elle appréciait le plus dans la vie : le café à la fin d'un dîner réussi – quand tous affichent le visage rubicond de ceux qui ont bien mangé, se sentant comblés et rassasiés, mais pas encore fatigués ni prêts à se disputer. La conversation est ouverte, humoristique et passionnée.

« Un théâtre de plein air permanent ? s'était-elle étonnée.

— Un théâtre en plein air d'avant-garde créé par un artiste, avait ajouté Hilly.

— Ma chère vieille tante avait l'habitude de monter des spectacles dans le parc de sa maison à chaque Fête de l'Empire, dit Philly. Nous, les enfants, défilions déguisés en Boadicée et Nelson. »

Rosalind s'était soudain souvenue d'être allée voir une représentation en plein air de *La Nuit des rois* dans un manoir du Sussex. C'était avant la guerre, une époque qui lui semblait désormais hors de portée. Elle avait été séduite à la fois par l'élégante dame de la maison et par le cadre parfait : la pelouse en gradins et les jardins paysagers, les invités flânant sous les cèdres. C'était comme si on leur avait donné accès à un lieu enchanté. Elle avait presque oublié la pièce, mais elle se rappelait les sons émis par l'assistance admirative, assise sur l'herbe, une collectivité chaleureuse qui se mêlait en quelque sorte à la chaleur du ciel d'un soir d'été. Un ciel calme et bienveillant, surplombant une activité humaine qui était belle, dans un bel endroit, et c'était si rare.

« Votre fils adore être sur scène, avait fait remarquer Myrtle.

— Digby a un certain talent, avait répondu Rosalind, se souvenant aussi de la sensation grisante de voir son fils applaudi.

— Un don pour faire semblant n'est pas un talent, avait répliqué Willoughby, quittant la table pour aller chercher ses cigarettes. Il n'a pas d'avenir sur les planches, chérie. »

Rosalind avait regardé Willoughby partir, avant d'avaler une gorgée de café. Elle était dénuée de vision du futur. Elle ne faisait rien d'autre, pour autant qu'elle le sache, que s'accrocher trop fermement au présent.

Elle avait reporté son attention sur Taras, affalé sur sa chaise, son col défait, qui l'observait. Il ne prenait jamais la peine de dissimuler ses regards ; il était, au moins dans son manque de moralité, transparent. Raspoutine dans sa salle à manger.

« Ce ne serait pas laid, n'est-ce pas ? avait-elle demandé. Je ne veux rien de ridicule, dont les gens pourraient se moquer.

— Ce serait magnifique, avait répondu Taras. De plus, Hillary ne me laisserait jamais créer quelque chose de laid. Elle est très pointilleuse. »

Hilly, assise à côté de lui, avait esquissé un pâle sourire d'assistante, puis avait regardé Rosalind fixement. « Ce ne serait pas laid.

— Très bien alors, avait dit Rosalind. Créez un théâtre. »

C'est ainsi qu'avait commencé la transformation de la baleine. Un projet dirigé nominalement par Taras, mais en réalité réalisé par M. Brewer et son réseau de contacts utiles, en commençant par une connaissance qui appartenait au conseil paroissial, et qui avait persuadé les pompiers du coin d'amener leur engin sur la plage où, suivis par une bande d'enfants du village tout excités, ils avaient utilisé l'eau de mer pour nettoyer les os au jet. M. Brewer s'était ensuite arrangé pour que quelques hommes du village – un forgeron et un charpentier – transportent les os jusqu'à leur nouveau foyer près du cottage, aidés par Leon et les plus grands des enfants sauvages. Une fois sur place, les os avaient été vernis et installés.

Cristabel avait supervisé ces opérations. Elle avait emporté avec elle sa hampe de drapeau aiguisée, mais, si elle aimait la tenir et avec elle pointer les choses, elle n'avait plus aucune envie de s'en servir comme arme contre l'animal qu'elle avait fini par considérer comme son pupille.

De même, alors qu'elle avait rédigé une lettre au roi George pour l'informer qu'elle avait déplacé la baleine (mentionnée dans une précédente correspondance) sur le domaine familial, elle n'avait pu se résoudre à la poster. Elle ne savait pas trop pourquoi. Elle ne voulait plus revendiquer la baleine comme sienne, ce n'était plus une conquête, c'était autre chose. Quelque chose de mieux. Elle avait glissé la lettre sous son lit et l'y avait laissée.

M. Brewer et son équipe avaient même réussi à extraire les énormes mâchoires de la tête de baleine en décomposition, grâce à l'aide du boucher du village. Les os avaient été dépouillés de leur chair, nettoyés, puis placés à mi-chemin entre le bois et le cottage, à cheval au-dessus du chemin qui menait au théâtre, formant un arc de triomphe, un énorme chas d'aiguille à traverser : l'entrée du théâtre.

La blancheur des os de la baleine attirait les papillons de nuit et les renardeaux prêts à se faire les dents ; toutefois, ils n'étaient pas les seules créatures à s'y aventurer. Chaque année, à la fin de l'été, Betty et Maudie emportaient tous les animaux empaillés de Chilcombe pour les laisser s'aérer sur la pelouse pendant un jour ou deux. Mais, cette année, Cristabel et Digby en avaient emprunté quelques-uns pour servir d'accessoires et de décorations. Ils avaient fini par en utiliser de plus en plus jusqu'à presque vider la pelouse et à transformer la scène du théâtre en un bal de taxidermiste, une cavalcade de blaireaux, de loutres et de cailles, dansant et se battant autour des os, s'écroulant parfois comme des ivrognes aux membres raides. Un oiseau, un grand pingouin, était posé sur le porche du cottage, tandis que plusieurs des plus petits oiseaux chanteurs étaient attachés autour d'un chapeau haut de forme que Leon avait pris l'habitude de porter. Il coinçait ses cigarettes sous leurs ailes.

Un matin, Leon ramasse une longue corde dans la grange, l'enroule soigneusement et part seul vers Ceal Head. Intriguée, Cristabel le suit et le retrouve à mi-chemin sur le sentier côtier, les yeux levés sur un grand sycomore près du bord de la falaise. Il a jeté la corde par-dessus l'une des plus hautes branches et l'a fixée à l'aide d'un gros nœud, et il y attache un solide morceau de bois à son extrémité pour servir de balançoire. Une fois que c'est fait, il se retourne, lui tend la corde et lui lance un regard de défi.

Cristabel attrape la balançoire et recule. Lorsqu'elle est allée aussi loin qu'elle le pouvait, elle prend une grande inspiration et saute sur le morceau de bois avant de pouvoir changer d'avis. Elle décolle en passant devant Leon, l'arbre et le bord de la falaise, s'accrochant à la balançoire qui s'élève dans les airs en un long arc de cercle et l'emporte au-dessus de la mer, dont les rouleaux s'écrasent à une trentaine de mètres en dessous d'elle. Il y a un moment grisant lorsque la corde se détend et qu'elle reste suspendue au-dessus de l'océan, aussi légère qu'un oiseau, avant de revenir en piqué, en toute sécurité.

À chaque premier balancement, Leon l'arrête lorsqu'elle revient à terre et vérifie la corde et, une fois qu'il est convaincu qu'elle est bien fixée, il la pousse pour qu'elle monte encore plus haut. Chaque fois qu'elle passe devant lui, il lui donne de l'élan d'une poussée dans le dos pour qu'elle aille encore plus vite. Puis ils échangent, c'est à son tour d'essayer, et ils continuent tout l'après-midi, travailleurs sur corde, sans presque rien se dire.

Une nuit, les enfants décident de jouer à la guerre, comme les guerriers indiens du Far West.

Cristabel dit que les guerriers indiens doivent faire un sacrifice. Elle récupère au grenier sa sculpture de Sekhmet, la déesse du soleil, pour qu'ils puissent faire un feu de joie devant elle. Ils utilisent du bois flotté comme combustible, qui s'embrase rapidement, les étincelles s'élevant entre les fanons.

Et maintenant ? lui demandent-ils, dans l'expectative.

D'abord, elle enfile le costume, une longue toge, de Prospero. Puis elle attache les pattes avant et arrière d'une belette empaillée à un bâton à l'aide de lacets, et les enfants défilent jusqu'au feu pour la déposer sur les flammes. La belette se consume d'abord lentement, dégageant une légère odeur chimique, puis les chiffons secs qu'elle contient s'enflamment et le feu gronde.

Cristabel utilise une bêche pour étaler le feu rougeoyant, la belette brûlant au milieu. Puis elle leur explique qu'ils doivent chacun sauter par-dessus l'animal sacrifié pour prouver qu'ils sont des guerriers.

« J'y vais en premier, dit Leon en enlevant son chapeau haut de forme.

— Non, rétorque Cristabel. C'est moi d'abord.

— Je ne sais pas si j'en suis capable, dit Flossie.

— Si tu sautes assez haut, tu ne toucheras pas les flammes, Flossie, dit Digby, en lui prenant main. Nous sauterons ensemble. Toi, moi et Crista. »

C'est ce qu'ils font, trois corps bondissants se profilant au-dessus du feu, les mains jointes. Puis les sauvages suivent, un par un, et ils aiment tellement ça qu'ils brûlent un autre animal et recommencent.

Parfois, quand les autres sont endormis, Cristabel marche autour de sa baleine. Dans la lumière bleue et solitaire de la nuit, c'est clairement *sa* baleine, telle qu'elle était lorsqu'elle l'a trouvée. Les nuits de fin d'été sont silencieuses et sans vent, la mer argentée est calme dans le creux de la baie.

Lorsque Cristabel entre en passant à travers les mâchoires, elle se souvient de la bouche affaissée de l'animal, de son œil vulnérable. Lorsqu'elle se tient dans sa cage thoracique, elle se rappelle qu'elle avait posé ses mains à l'extérieur du corps de l'animal, et qu'elle se trouve maintenant à l'intérieur, dans l'espace créé par l'absence de vie. Et lorsqu'elle lève les yeux, elle voit les os former au-dessus de sa tête une arche qui se détache sur le vaste ciel étoilé, comme une charpente, comme les prémices du bâti d'une étrange nouvelle maison. Quelque chose qu'elle a conçu à partir de ce qui a été rejeté, non désiré ; quelque chose créé à partir de ce qui lui a été laissé à elle, Cristabel.

COUPURES DE PRESSE ARCHIVÉES DANS UN ALBUM PAR LES ENFANTS

DORSET DAILY ECHO, AOÛT 1928

Une représentation amateur de *La Tempête* de Shakespeare à Chilcombe Mell a attiré une foule considérable.

Mme Rosalind Seagrave a servi un goûter, avec du thé et des scones accompagnés de crème et de confiture, aux personnes présentes. Mlle Florence Seagrave a donné un récital de piano.

WESTERN DAILY PRESS, AOÛT 1929

Le Songe d'une nuit d'été a été présenté cette semaine à Chilcombe, l'un des domaines les moins connus du Dorset.

La pièce a été jouée dans une structure créée par l'artiste M. Taras Kovalsky à partir des restes d'un rorqual commun, utilisés par la famille Seagrave comme théâtre. Le rôle d'Oberon était tenu par le colonel Peregrine Drake, de retour d'un poste diplomatique en Perse.

La photo montre Mlle Myrtle van der Werff, Mlle Hillary Vaughan et Mlle Philippa Fenwick respectivement en costume d'Hippolyte, Titania et Hélène, aux côtés de Maître Digby Seagrave en Puck et d'un participant inconnu coiffé d'une tête d'âne.

THE LADY, AOÛT 1930

Nos lectrices savent à quel point nous apprécions les efforts artistiques des jeunes. Ce fut donc une joie d'assister à la représentation de *La Tempête* à Chilcombe, dans laquelle Ariel était joué par Digby Seagrave, neuf ans, héritier du domaine familial situé dans le Dorset.

Mme Rosalind Seagrave, sa très fière mère – et à juste titre, car son fils a une sensibilité naturelle –, était au premier rang. Mme Seagrave a bon espoir qu'une œuvre dramatique de M. Noël Coward sera ajoutée au répertoire de cette toute jeune compagnie.

Maître Digby, qui fréquente l'école de Sherborne, n'a pas hésité à nous dire qu'il pense que sa cousine, Mlle Cristine Seagrave, âgée de quatorze ans, est le « cerveau » de leur production. Cependant, nous soupçonnons que la présence de l'artiste M. Taras Kovalsky peut expliquer les choix théâtraux les plus divertissants.

SOUTHERN TIMES, AOÛT 1931

Cet été à Chilcombe, nous avons pu assister à une représentation de *Mesure pour mesure* dans le remarquable « théâtre de la baleine », ainsi qu'à la mise en scène d'extraits du *Bourgeois gentilhomme* de Molière.

Cette pièce a été jouée dans sa version originale en français sur la pelouse du manoir. Les enfants Seagrave parlent couramment le français grâce à leur gouvernante, Mlle Ernestine Aubert, qui les accompagne lors de voyages dans son pays natal.

Les invités ont également eu droit à une sélection de *vol-au-vent** à la française servis *en plein air**, un événement à peine gâché par le mauvais temps.

TATLER, AOÛT 1932

Tous les regards étaient tournés vers l'artiste d'avant-garde Taras Kovalsky et sa nouvelle épouse Hillary Kovalsky, née Vaughan, de retour en Angleterre cette semaine, après une lune de miel passée à éblouir les membres de la haute société new-yorkaise les plus réfractaires à l'éblouissement.

Les jeunes mariés dont on s'arrache la compagnie ont passé du temps dans le Dorset avant de se rendre dans un refuge artistique à St Ives.

Malheureusement, Philippa Fenwick n'a pas participé au raout social de la côte sud cette année, car elle serait en Suisse. Nos meilleurs vœux l'accompagnent.

DAILY EXPRESS, AOÛT 1933

Mlle Cristabel Seagrave est revenue d'une année sur le continent pour assister au bal annuel de la reine Charlotte.

L'athlétique débutante, aussi à l'aise sur les pistes de ski d'Europe qu'à cheval avec des chiens de chasse, a sans doute attiré l'attention de nombreux prétendants potentiels.

Mais Mlle Seagrave a confié à notre journaliste qu'elle manquera une grande partie de la Saison mondaine car elle prévoit de prendre les rênes d'une mise en scène de *Macbeth* au théâtre de plein air de sa famille. Taïaut !

La photo montre Son Altesse Royale le prince George arrivant au Bal de la reine Charlotte. Tous les détails des fiançailles princières, page 4.

WOMAN'S JOURNAL, AOÛT 1934

L'âge d'or estivale touche à sa fin, ce qui ne peut que signifier une escapade dans le Dorsetshire, où Digby Seagrave a occupé le devant de la scène au Théâtre de la Baleine dans un *Henry V* captivant.

Sa cousine Cristabel Seagrave est récemment rentrée de Suisse où elle a terminé ses études. La toujours très enthousiaste Mme Rosalind Seagrave, qui venait d'encourager son mari à Cowes, nous a dit que Cristabel appréciait les expériences de la vie à l'étranger.

DAILY MAIL, AOÛT 1935

Notre critique a été quelque peu déconcerté par une adaptation inhabituelle de *Jules César* de Shakespeare au Théâtre de la Baleine dans le Dorset, dans laquelle César était joué par Mlle Cristabel Seagrave, une jeune femme issue d'une famille locale importante.

Cependant, la toile de fond du soleil couchant sur l'océan était suffisamment pittoresque pour compenser toute erreur juvénile de jugement théâtral.

THE TIMES, AOÛT 1936

La situation politique espagnole s'est reflétée dans une adaptation de *Roméo et Juliette*, où Roméo était représenté comme un membre des Brigades internationales.

Lors de la représentation amateur dans le Dorset, les comédiens portaient des vêtements contemporains, conformément à la tendance actuelle qui consiste à faire du Barde de Stratford un homme moderne.

Digby Seagrave, quinze ans, un charmant Roméo, a confié à notre reporter qu'il avait été inspiré par les volontaires britanniques qui ont rejoint les troupes qui se battent pour l'Espagne. Il a ajouté qu'il espérait être admis à Cambridge tout en poursuivant ses ambitions théâtrales.

La production comprenait également des éléments de danse rappelant les œuvres expérimentales de M. W. H. Auden pour le Group Theatre, courageusement accompagnés par Mlle Florence Seagrave au piano et aux cymbales.

SOUTHERN TIMES, AOÛT 1937

Une foule moins nombreuse que les années précédentes a assisté à la production estivale de Chilcombe.

La troupe d'*Antoine et Cléopâtre* a lutté contre une pluie persistante, mais elle a peut-être aussi dû lutter contre l'attrait de la comédie *Oh, Mr Porter !* qui bat des records d'entrées au Plaza Cinema de Dorchester.

DORSET DAILY ECHO, AOÛT 1938

Les travaux ont commencé sur la nouvelle jetée de Weymouth après que le jury a choisi le projet lauréat d'un concours d'architecture.

Les estivants ont apprécié de voir les blocs de fondation être mis en place.

Plus loin sur la côte, les visiteurs ont été également divertis par une représentation de *Tout est bien qui finit bien* sur le domaine de Chilcombe.

Troisième acte

1939-1941

DES FÊTES

Octobre 1939

Rosalind ouvre aussi grand que possible la porte d'entrée et la maison respire : un souffle de vent s'engouffre dans les couloirs ; les feux dans les pièces du bas enflent pour aller à sa rencontre, et les flammes des bougies bondissent et tressaillent – des mouvements impatients et gonflés d'oxygène qui se reflètent en dansant à la surface des plateaux d'argent sur lesquels sont habituellement servis des cocktails, sur le verre des photographies encadrées posées sur le piano à queue, et sur le piano lui-même, qui est aussi noir et lisse que l'onyx.

Rosalind, debout dans l'embrasure de la porte, se voit être debout dans l'embrasure de la porte. Une silhouette élancée qui se découpe sur un rectangle lumineux. Elle ajuste son étole en renard, attend. Ils viennent d'ailleurs et roulent vers elle dans leurs voitures de luxe, les phares comme des faisceaux de torches qui se frayent un chemin dans l'obscurité.

La nuit tombe de plus en plus tôt. Dans la journée, la lumière du soleil d'automne est basse et riche, la campagne s'enflamme avec ses arbres aux couleurs ambre, terre d'ombre et ocre. Ceux du domaine se dressent fièrement lorsque leurs feuilles changent de couleur, comme on se tient tête haute devant un peloton d'exécution. Mais lorsque le soleil descend sous l'horizon, le refroidissement est soudain.

L'horloge comtoise dans le grand hall sonne l'heure. Bientôt les invités de Rosalind vont arriver, et elle fera la fête. Elle n'a pas cessé de donner des fêtes. Pas encore. Mais voilà que M. Brewer lui dit qu'ils doivent tirer les rideaux occultants parce que la maison est à nouveau éclairée comme une cible.

« Je sais, monsieur Brewer. Je voulais simplement que tout le monde voie Chilcombe comme il devrait être vu. Nous nous sommes donné beaucoup de mal pour nous cacher des bombardiers allemands alors qu'il ne semble pas y en avoir.

— Mieux vaut prévenir que guérir, madame Seagrave.

— Le ruban adhésif sur les fenêtres est si laid que je suis sûre qu'il suffira à lui seul à faire fuir les envahisseurs.

— Je vais tirer les rideaux, madame Seagrave.

— Attendez un instant. » Une voiture remonte l'allée, ses invités vont arriver. Pour compléter le tableau, il lui faudrait tenir une cigarette à la main. « Willoughby ! »

Dans le salon, Willoughby, enfoncé dans un fauteuil à oreilles, berce le whisky dans son verre. Il regarde Maudie vider une pelle de charbon grondante dans la cheminée, éteignant les flammes avec un sifflement fumant, puis s'accroupir et ranimer le feu à l'aide d'un soufflet. Willoughby entend une petite bouffée d'agacement dans chaque soupir du soufflet. Maudie a le don d'animer l'inanimé, de faire parler les ustensiles dont elle se sert dans son travail. Elle n'a jamais appris à se retirer comme le font les autres domestiques, même après vingt ans de travail dans la maison. Elle est toujours bien présente, attirant le regard.

Dans un coin de la pièce, un disque de jazz tourne sur le gramophone, répétant ses chansons sentimentales grésillantes. Non loin de là, Flossie tourne également en rond, répétant des pas de danse et observant les invités qui pénètrent dans le hall. Elle porte une robe rose brodée trop petite de deux tailles. Willoughby se demande si Rosalind habille délibérément mal la pauvre fille, ou si ses tenues sont le résultat d'une collision malheureuse entre l'amour de Flossie, dix-neuf ans, pour les larges jupes froncées de bergère et la conviction de sa mère que les vêtements d'une femme doivent l'envelopper aussi étroitement qu'un cadeau de chez Harrods.

Willoughby étend ses jambes devant lui, pose ses pieds sur un pouf. Il n'a jamais aimé les débuts de fête. « Je n'ai jamais aimé les débuts de fête, dit-il, lorsque sa femme l'appelle à nouveau. D'ennuyeux exercices obligatoires. Maudie, aimes-tu les débuts de fête ?

— Je ne suis jamais allée à une fête, monsieur Willoughby, répond-elle.

— Menteuse. Bien sûr que si. Même dans ces misérables romans de Hardy, les villageois vont parfois à une fête. Ils trinquent avec de l'eau-de-vie. Ils chantent des chansons racontant comment courtiser une jeune fille jusqu'à ce que le destin intervienne et anéantisse tout espoir.

— Je ne suis jamais allée à ce genre de fête, monsieur Willoughby.

— Elles sont surestimées. Tu détesterais ça, dit-il en s'ébouriffant les cheveux. Maudie, je suis désolé – je ne suis pas de très bonne humeur. Je suis allé me présenter à Winchester aujourd'hui, pour offrir mes services à mon pays, mais ils m'ont dit de rentrer chez moi. À la place, ils m'ont suggéré de m'occuper des volontaires de la Défense locale[1].

— Betty m'a dit qu'elle cachait une boîte à poivre dans son tablier pour se défendre contre les Boches, dit Maudie. Elle pourrait donc avoir besoin d'un peu d'aide…

— Merci, Maudie.

— Êtes-vous trop vieux pour vous battre, monsieur Willoughby ?

— Bon sang ! Bien sûr que non. Je n'aurai cinquante ans que dans un mois. Il faut juste que Perry intervienne. Il s'assurera que Digby puisse s'en sortir. Pourrais-tu aller me chercher le whisky dans le meuble à liqueurs ?

— Maître Digby est incapable de se battre.

— On n'a pas le choix quand il s'agit de faire la guerre. Il fera ce qu'il doit faire. » Willoughby peut entendre dans sa propre voix les échos déconcertants de son père, et il se sent incapable de regarder Maudie. Il baisse alors les yeux sur ses genoux comme s'il s'attendait à y trouver un journal, tandis qu'il lève sa main vide, doigts écartés, pour signifier : ce n'est plus de mon ressort.

Chaque fois qu'un invité arrive, un courant d'air souffle dans la maison, perturbant les feux dans les cheminées de sorte qu'ils grondent comme des drapeaux ondulant dans

1. La Home Guard (les Local Defence Volunteers selon l'appellation d'origine) est une formation paramilitaire britannique instituée au début de la Seconde Guerre mondiale, afin de protéger le territoire national contre un éventuel débarquement allemand.

le vent. Flossie, qui rôde à la porte du salon, rapporte : « Les Cunningham sont là. Sa robe est magnifique. »

Willoughby tend son verre à Maudie. « Un peu plus.

— Elle a une plume blanche[1] à son chapeau, poursuit Flossie. Pensez-vous que c'est une déclaration radicale ?

— Les amies de ta mère expriment souvent leurs sentiments par le biais de leurs couvre-chefs, dit Willoughby.

— Ils se sont mariés à Venise le mois dernier, ajoute Flossie.

— C'est lui qu'ils ont surpris dans Green Park avec un soldat de la Garde royale, non ? Je suppose qu'ils ont trouvé un arrangement.

— Crista dit que les riches ne se regardent jamais une fois mariés, continue Flossie, ajustant son décolleté.

— Pas s'ils peuvent l'éviter, en effet, répond Willoughby en observant une photo glamour de sa femme sur une table d'appoint. Aucun signe de Perry ?

— Pas encore. Un vieil homme en imperméable vient d'arriver. C'est peut-être le journaliste polonais en exil. Maman dit qu'il a vu des horreurs innommables.

— Ta mère dit beaucoup de choses. Souvent. Elle n'arrête jamais.

— Il a l'air perturbé.

— Pourquoi n'irais-tu pas te présenter, Floss ? Tu pourrais lui remonter le moral.

— Peut-être.

— C'est sans doute notre dernière fête avant un moment. Mieux vaut en profiter. Tu veux un verre ?

— Non, merci. Voilà Perry. »

Flossie traverse le salon pour s'examiner dans le miroir au-dessus de la cheminée. Elle a passé les dernières heures assise devant un miroir dans le grenier, avec une Maudie au visage soucieux qui essayait sans succès de lui boucler les cheveux avec un fer à friser. Normalement, c'est Betty qui s'en charge, mais, en raison d'un manque de personnel en cuisine, Maudie a dû prendre le relais. Flossie a été obligée de voir son reflet

1. En Angleterre, durant la guerre, les femmes offraient une plume blanche, symbole de la honte, aux hommes qui ne s'étaient pas engagés.

grimacer chaque fois que le fer sifflant lui brûlait les cheveux ; son visage plissé en un sourire embarrassé comme s'il essayait de se replier sur lui-même pour disparaître.

Elle regarde ses cheveux. Des mèches rebiquent d'une drôle de façon, comme si quelqu'un leur donnait des instructions confuses. Sa mère lui dit toujours de les mettre derrière ses oreilles, mais Flossie sait que ses oreilles sont un peu décollées et préfère les cacher. Dans ce domaine, comme dans beaucoup d'autres, elle a le sentiment que son état d'être est une série de dissimulations insatisfaisantes, chacune d'entre elles révélant une autre chose qui devrait rester cachée. Mettre ses cheveux en arrière révèle ses oreilles décollées. Mettre sa taille en valeur souligne ses larges hanches. Montrer ses chevilles, c'est exposer ses mollets robustes. Il s'agit d'une série de feintes et de directives erronées, dans lesquelles elle est à la fois le magicien qui agite les mouchoirs de couleur et l'assistant au sourire figé qui tient le lapin blanc par la peau du cou, mais, d'une certaine manière, elle est aussi le lapin, qui pend mollement ; ce qui lui donne l'impression permanente d'être détachée d'elle-même, comme si les colombes s'étaient échappées du chapeau.

L'embarras, la timidité de Flossie ne sont pas aidés par la tendance de Rosalind à souligner les points les plus vulnérables de sa fille. « Ce problème de poids doit venir du côté de ton père », dit Rosalind avec pitié, lorsqu'elle voit Flossie lutter pour boutonner une tenue. Ou : « Tu es jolie, chérie. Imagine combien tu seras plus jolie quand tu auras perdu tes rondeurs d'adolescente. » Des piques que Flossie doit digérer en silence, tout comme les domestiques restent muettes lorsqu'elles tentent de la rendre présentable, en soufflant discrètement lorsqu'elles tirent avec effort sur sa gaine. Son apparence semble nécessiter des efforts constants, de la part de tous. Pas étonnant que ses vêtements laissent de vilaines marques sur elle.

Dans le miroir du salon, l'effort recouvre son visage d'une fine pellicule de sueur. Peut-être serait-il préférable qu'elle mette son nouveau masque à gaz pour la soirée. Par-dessus son épaule, Cristabel apparaît, aussi impassible qu'un faucon.

« Crista. Tu m'as fait sursauter, s'exclame Flossie. Les Cunningham sont là, ainsi qu'un journaliste tourmenté. Pas de réels candidats appropriés pour la chasse au mari.

— Nécessité fait loi », réplique Cristabel, toujours sans sourciller. Elle a le regard vide et évaluateur des enfants qui jaugent les autres enfants lors d'une première rencontre, sans manières et sereinement. Ses cheveux n'ont pas été bouclés. Les pointes effrangées lui arrivent au menton. Elle porte une robe à fines bretelles qui appartenait à Rosalind et qui ne lui va pas. Ses larges épaules sont voûtées comme si elle avait été surprise dehors en chemise de nuit. Elle fronce les sourcils en s'adressant à Flossie. « As-tu fini de te pomponner ?

— Je ne me pomponnais pas. Je m'attristais devant mon reflet, répond Flossie.

— Je n'ai jamais eu beaucoup de temps pour les miroirs, rétorque Cristabel. Toi et ta mère les regardez constamment. À quoi ça rime ? Ce n'est pas comme si les choses changeaient beaucoup d'un moment à l'autre. »

Comme si elle avait été convoquée, Rosalind apparaît dans l'embrasure de la porte vêtue d'une robe fluide d'un pourpre royal, ses talons hauts claquant sur le sol. « Tchin-tchin, dit-elle en souriant, et en levant son verre. Pourquoi vous cachez-vous ici les filles ? J'ai invité beaucoup de jeunes hommes charmants. Si fringants dans leurs nouveaux uniformes. » Elle est vive, lourdement parfumée : ongles peints, cheveux attachés.

« Je jetais un coup d'œil à ma coiffure, dit Flossie.

— On ne peut rien y faire. Viens te mêler à la foule. La romancière communiste que tu aimes est ici, avec sa compagne qui porte des pantalons et des chaussures plates. Les lesbiennes.

— Vous prononcez toujours ce mot comme si vous le preniez avec des pincettes, dit Cristabel. Tout le monde sait ce qu'elles sont, vous y compris. »

Rosalind agite la main. « Les gens changent d'avis tout le temps. Je ne serais pas surprise qu'elles soient bientôt aux commandes de la défense. Elles sont plutôt redoutables.

— Je pourrais les rejoindre, dit Cristabel. Faire ma part.

— Bonne idée, ma chérie. Tu pourrais rejoindre les WAAFs[1] ou quelque chose comme ça. Tu pourrais y trouver un petit ami, dit Rosalind en avalant une gorgée de sa boisson. Maintenant, Flossie, un conseil : reste loin des desserts. Les seules femmes qui devraient en manger sont celles qui ont l'air de ne jamais en manger. Dans ce cas, c'est charmant. Mais si tu as l'air de passer ton temps à te goinfrer, alors ça n'a plus rien de charmant, c'est un manque de discipline.

— Où sont les desserts ? demande Cristabel, en se dirigeant vers la porte. Je vais en prendre avant le dîner. Je préfère un dessert à un petit ami. Et par ailleurs, il n'y a pas beaucoup d'hommes dans la WAAF. À votre avis, que signifie le W ?

— Je sais ce que ça veut dire. Où est mon mari ? Il a mes cigarettes.

— Je suis là et je ne les ai pas », dit Willoughby, une voix venue du fin fond d'un fauteuil.

Flossie se tourne de nouveau vers le miroir, gonfle ses joues, puis se retourne vers sa mère et lui adresse un léger haussement d'épaules clownesque. Rosalind hausse ses fins sourcils et quitte le salon. Flossie tapote ses joues rondes comme de petits ballons, appréciant les bruits de tambour qu'elles émettent, puis elle en expulse l'air lentement.

Cristabel avale de la tarte à la mélasse, de la tarte aux pommes, de la purée de groseilles à maquereau avec de la crème fouettée, puis arpente les couloirs comme un lion en cage. L'un des invités est le jeune homme qui vit sur un domaine voisin. Un jeune homme à qui elle a parlé de livres lors d'une fête précédente. Un jeune homme dont elle espérait la venue car elle aimerait lui parler au cours du dîner, ce qui la fait se sentir si mortifiée et ridicule qu'elle manque foncer hors de la maison pour aller se jeter du haut de la falaise. Par un effort de volonté, elle s'oblige à s'asseoir à côté de lui et regarde fixement la vaisselle, mangeant un par un des grains

1. La Women's Auxiliary Air Force (WAAF, ou WAAFs pour désigner ses membres) est la section féminine auxiliaire de la Royal Air Force durant la Seconde Guerre mondiale. La conscription au sein de la WAAF n'a pas eu lieu avant le 12 juin 1941et ne s'appliquait qu'aux femmes non mariées âgées de vingt à trente ans.

de raisin muscat enrobés de sucre. Elle parvient à converser par petites touches. Elle parle de son théâtre. Évoque le fascisme. Des bribes de conversation comme autant de mini-crépitements fastidieux de mitraillette.

Elle commence à croire, avec un optimisme prudent, qu'il s'intéresse à ses opinions ; elle se surprend à vouloir mettre ses mains dans des poches qui n'existent pas et à faire un geste vide de sens. Elle se convainc même de danser avec lui après le dîner – heureusement, elle n'est pas beaucoup plus grande que lui. Puis, alors qu'elle admire son visage rieur à la lumière des bougies, il mentionne, en passant, le nom d'une femme. Il mentionne, en passant, des fiançailles.

La déception lui est familière. Lorsqu'on lui sert cette potion amère (« Je sais que tu n'es pas du genre à te marier, mais j'espère que tu ne seras pas trop consternée par l'idée, Crista ma vieille »), il n'y a rien d'autre à faire que de l'avaler d'un trait (« Ne sois pas bête, Ralph. Je suis ravie pour vous deux ») et de recouvrer un air joyeusement insouciant. Elle excelle à ce jeu-là. Elle y est tellement habituée. Il semble impossible qu'il en soit autrement.

Pourquoi les autres jeunes femmes sont-elles considérées comme dignes d'une attention romantique alors qu'elle… eh bien… Elle a vingt-trois ans à présent. Peut-être qu'elle ne devrait pas s'en préoccuper et laisser tomber. C'est un langage qu'elle ne semble pas capable d'apprendre. Elle voit la romancière communiste et sa camarade en pantalon se diriger vers elle, sans doute désireuses de discuter du tyrannique Franco et de la situation en Espagne, mais elle est soudain trop fatiguée pour faire la conversation. Elle quitte la maison et se dirige vers la pelouse.

Elle a froid dans sa robe à bretelles et croise les bras, regarde le ciel. Elle n'est même pas sûre de vouloir une relation amoureuse. Certainement pas d'une relation qui exige d'écraser ses pieds à l'intérieur de chaussures inconfortables, comme les affreuses sœurs de Cendrillon, et d'attendre qu'on lui fasse la cour. Elle ne supporte pas d'attendre qu'on lui fasse la cour. Cette situation la remplit d'une telle fureur que même bavarder devient impossible. Bavarder ! Même ce verbe est horripilant. Offrir des sujets de conversation inoffensifs aux célibataires comme s'ils étaient des bébés pour lesquels il faut mâcher la nourriture. Il doit sûrement y avoir une autre façon de procéder, une façon plus honnête, sans cette basse flatterie.

La plupart du temps, elle y pense à peine ou, plutôt, elle y pense surtout en termes de relations entre les personnages dans les pièces de théâtre, comme celle entre Cléopâtre et Marc Antoine, qui sont bien plus fascinantes. Jusqu'à ce que sa belle-mère organise l'une de ses fêtes ; alors Cristabel est poussée en avant, exposée comme un meuble dans une salle des ventes.

Si elle continue à participer à ces soirées, c'est en grande partie à cause d'un désir pervers de prouver à Rosalind qu'elle a tort de croire que personne ne la trouvera attirante, et du vague sentiment qu'il serait utile d'avoir un partenaire à qui parler, d'avoir quelqu'un pour l'accompagner à l'occasion de ce genre d'événements, afin de ne pas passer la soirée à se tenir à l'écart. Mais devenir réellement l'épouse de quelqu'un, se défaire de son nom, de sa maison et de son théâtre… lui a toujours paru synonyme de renoncement.

De plus, les journaux disent qu'il y a eu une flambée de mariages de guerre, de jeunes couples se mariant avant d'être séparés, donc tous les hommes disponibles sont très certainement pris. Pour ces jeunes gens, désormais, la guerre prendra probablement la plupart des décisions, et en cela, au moins, elle la ressent comme un soulagement.

Digby – dix-huit ans, svelte dans son smoking – traverse la pelouse pour la rejoindre et dit : « Ne fais pas cette tête-là, ma vieille.

— Ce sont ces fêtes, Digs.

— Je sais, Crista. Tu ne les supportes pas.

— Comment toi, peux-tu les supporter ?

— Il y a toujours quelqu'un à qui parler. Les gens sont généralement intéressants, tu ne crois pas ? Et quand je me lasse des gens, je viens te trouver.

— Tu es bien plus doué que moi pour ça. J'aimerais que tout le monde s'en aille, Digs.

— Ils partiront bientôt.

— Heureusement que je t'ai », dit-elle en glissant son bras sous le sien.

Il la regarde. « On monte sur le toit pour fumer ? »

Ils rentrent et montent au grenier, où Cristabel et Flossie ont encore deux lits simples dans leur chambre exiguë.

Le papier peint à rayures oppressant est maintenant couvert d'affiches imprimées sur papier glacé pour des expositions d'art organisées par Myrtle et d'autres, dessinées à la main, et pour des spectacles du Théâtre de la Baleine. L'éléphanteau empaillé sert de bureau de fortune, avec son dos couvert de livres et un tabouret placé sous son ventre, tandis que la déesse Sekhmet repose contre un cendrier en verre sur le rebord de la fenêtre. Digby, en tant qu'héritier en titre, est contraint de dormir dans une chambre plus grande à l'étage du dessous lorsqu'il rentre du pensionnat, ce qu'il compare au fait d'être enfermé dans la Tour de Londres avant d'être exécuté.

Cristabel attrape un pull en laine qui traîne par terre et l'enfile par-dessus sa robe, puis enlève ses chaussures pour les remplacer par une paire de vieilles tennis en toile appartenant à Digby. Ils grimpent par la fenêtre et escaladent les tuiles moussues du toit jusqu'aux cheminées, où des cigarettes et une gourde les attendent. Les collines environnantes sont entièrement noires. Il n'y a aucune lumière en vue.

« Crista, dit Digby en allumant sa cigarette, je dois te dire quelque chose. Je vais partir. Peut-être ce soir.

— C'est-à-dire ? Partir où ?

— Je vais m'engager dans l'armée.

— L'armée ? Mais oncle Willoughby…

— Je sais. Père veut que je rejoigne la RAF. Mais il aime les avions, et moi pas. Je veux être un soldat normal, comme les hommes du village. Comme une personne ordinaire.

— Ta mère dirait que tu n'es pas une personne ordinaire.

— Mais je pourrais l'être, tu ne crois pas ? J'ai raté l'occasion de rejoindre la lutte contre le fascisme en Espagne. Je ne veux pas rater celle-ci. » Il lui sourit soudain, un grand sourire joyeux, comme s'il partait faire la fête et non la guerre.

« Bon sang, Digs. » Cristabel tire vivement sur sa cigarette, passe un bras autour de Digs et l'attire vers elle. L'idée que Digby parte à l'armée lui révulse l'estomac. Elle sent les fines clavicules de son cousin, l'agitation sous sa peau. Il a peut-être l'âge de s'engager, mais il est toujours pour elle un jeune garçon frétillant et émotif, ses jambes maigres se cognant contre les siennes. « Je ne pense pas que cette guerre sera comme celle d'Espagne. Tu n'as jamais été capable de me battre en duel, alors, les Allemands… n'y pense même pas, dit-elle.

— J'ai joué beaucoup de rôles de soldat sur scène, réplique-t-il en prenant sa main dans la sienne avant de proclamer : *Quand le souffle de la guerre retentit à nos oreilles, alors imitons l'action du tigre*[1] !

— Ce n'est pas une pièce de théâtre. Pourquoi ne pas chercher quelque chose de plus proche d'ici ?

— Je me porte volontaire pour divertir les troupes à Dorchester, c'est ça ?

— Non, juste quelque chose de moins…

— Quelque chose de moins qu'une guerre ? lance-t-il en riant. Crista, toi, plus que quiconque, devrais savoir que nous ne choisissons pas nos batailles. »

Cristabel fait tomber la cendre de sa cigarette. « J'ai vu des nazis. Je t'ai dit comment ils sont.

— Tu m'as dit aussi que nous avons dépassé le point où nous pouvons arrêter Hitler simplement en parlant de lui. Tu as dit que le nazisme rendait le pacifisme impossible. Tu as toujours été très claire sur le fait que je devais t'écouter. »

Cristabel grogne.

« Je ne peux tout simplement pas rester ici, dit Digby.

— Pourquoi pas ? Moi, j'y reste bien.

— Ne sois pas injuste, Crista, tu pars tous les ans skier en Autriche.

— C'est parce que je dois passer le reste de mon temps ici, avec ta mère, rétorque Cristabel, plus durement qu'elle ne l'aurait souhaité.

— Tu pourrais vivre ailleurs, suggère Digby, après avoir réfléchi. Père t'aiderait, j'en suis sûr.

— Et laisser notre théâtre fonctionner tout seul ? »

Digby porte son regard en direction du littoral, par-delà les arbres. « Regarde, je ne sais pas ce qu'il adviendra de tout ça.

1. Shakespeare, *Henry V.*

Mais je sais que je veux partir. » Il fait une pause, puis ajoute sur un ton plus léger : « En outre, mon père me dit toujours que je ressemble trop à ma mère. Trop enclin aux émotions. Je peux peut-être lui montrer que ce n'est pas le cas. Il respecte les militaires.

— Si tu agis stupidement, il ne te respectera pas. »

Ils restent assis en silence pendant un moment. Un silence uniquement rompu par les bruits de la fête.

« Je suis désolée, Digs. Tu es vraiment décidé ? » demande Cristabel.

Il appuie sa tête sur son épaule. « Oui. Moi aussi, je suis désolé. Tu es fâchée, n'est-ce pas ?

— J'essaie de ne pas l'être. Tu as sacrément intérêt à m'écrire tous les jours.

— Tous les jours. » Un autre silence, puis Digby ajoute : « Je pensais que tu n'avais peur de rien.

— Comment oses-tu ? Je n'ai pas peur.

— Alors il ne faut pas que tu aies peur pour moi.

— Non, je n'aurai pas peur ! » dit Cristabel en expirant la fumée et en lui caressant distraitement la tête.

Dans la maison, quelqu'un commence à chanter le chant patriotique « Land of Hope and Glory ».

En bas, Flossie semble incapable de trouver un moyen de participer à la soirée. De quelque côté qu'elle se tourne, les groupes paraissent fermés. Elle est à court de sujets de conversation liminaires. Ses cheveux lui font mal. On ne l'a pas invitée à danser. Elle aimerait jouer du piano, mais la foule l'empêche d'y accéder. La fête tourne autour d'elle, sans elle.

Elle erre dans Oak Hall au moment où l'horloge sonne minuit et voit, par l'entrebâillement de la porte, Willoughby qui se prélasse toujours près de la cheminée du salon. Le feu s'est éteint pour laisser place à la lueur orangée des braises. Des hommes en tenue de soirée sont nonchalamment accoudés au manteau de la cheminée ; ils boivent du porto et fument des cigares. Flossie s'arrête un instant pour écouter le murmure codé des conversations entre gentlemen : des choses dont on ne doit parler que dans certains cercles, des choses dont on ne doit parler que de manière détournée, allusive.

Elle s'imagine pousser la porte pour les rejoindre. Mais elle sait que le simple fait de la voir – une jeune femme – ferait que leurs voix se durciraient, et se lèveraient comme des ponts-levis. Elle serait admise parmi eux avec une déférence ironique et pince-sans-rire (« Ah, la jeune Seagrave vient nous honorer de sa présence »), mais les allusions seraient de plus en plus réduites. Elle n'aurait jamais la possibilité d'entendre ce qu'ils voulaient réellement dire. Elle n'entendrait jamais la façon dont ils parlaient en l'absence des femmes.

En écoutant à la porte, elle peut entendre des bribes des conversations qui circulent avec la fumée des cigares, bien qu'il soit difficile de dire qui dit quoi. C'est Perry, elle en est presque certaine, qui fait un commentaire désobligeant sur les forces françaises. Et c'est Willoughby, sans aucun doute, qui raconte que la seule chose sur laquelle on peut compter en France, ce sont les gentes dames du Blue Light Café au Havre, non, non, ces aimables demoiselles ne perdent jamais la tête, malgré leur penchant national pour la guillotine.

Rires. Tintement de verres. Grattement et sifflement d'une allumette.

Perry, encore : « Il faut avoir la vue courte pour couper la tête de ceux qui sont en charge du pays. »

Willoughby : « Ils sont plutôt courts sur pattes, les Français. »

Quelqu'un d'autre intervient, sur un ton dédaigneux : « On est toujours reconnaissant qu'il y ait de l'eau entre eux et nous, non ? Franchement, si j'étais le Führer, je serais tenté moi-même de les envahir. »

Puis encore un autre, aussi bruyant : « Demande à Willoughby de t'y emmener dans sa machine volante. »

Une voix grincheuse, plus âgée : « Ce sera fini à Noël. Je ne peux pas croire que les Allemands ont construit une armée. Mon fils m'a dit que les tanks qu'ils utilisent lors des défilés sont en carton. Est-ce exact, Peregrine ?

— Pas du tout », répond Perry, d'une voix calme, toujours aussi assurée, tel un niveau à bulle.

Willoughby ajoute : « Cristabel a vu des nazis défiler quand elle était en Europe.

— Et donc ?

— Elle a été horrifiée par ce qu'il se passait là-bas. »

Encore le grincheux : « Quelle honte d'avoir perdu David à cause de cette terrible aventurière américaine – Wallis... ou quel que soit son nom –, il aurait pu arranger les choses.

— Wallis Simpson. Il paraît qu'elle a appris quelques trucs à Shanghai qui ont rendu le pauvre garçon inapte au trône.

— Deux mariages derrière elle, elle a dû apprendre plus que quelques trucs. »

Des rires, encore des rires. Une gorgée sirupeuse de porto. Des cris : « Cul sec. »

« Les Bavarois ont du cran. Il n'y a pas à discuter. Ils ont le droit de reconstruire leur pays.

— Que feriez-vous à leur place ? Considérant la menace qui vient de l'Est ?

— C'est vrai. C'est une question de fierté nationale. »

La voix forte : « C'est la cupidité qui nous a amenés là où nous en sommes. La cupidité pure. Ça a toujours été le défaut des Juifs.

— Mais avez-vous lu l'article dans le *Times* ce matin ? »

Un brouhaha. Un symposium. Une salle de commandement.

Puis Perry, avec son calme plein d'assurance : « Alors qu'on espère toujours le meilleur, je pense que notre problème le plus pressant est que nous avons toujours cru que nos adversaires seraient fair-play. Cette croyance a été entretenue même au sein des services du renseignement, que nous avons réduits au point qu'ils sont maintenant dans un état des plus précaires. Je ne suis pas convaincu qu'il faille continuer à voir les choses comme ça. Messieurs, ce ne sera pas une guerre de gentlemen. Regardez Guernica – une cible uniquement civile. Pour être franc, je ne suis pas sûr que nous ayons le temps de... »

Soudain, Rosalind passe devant Flossie pour pousser la porte du salon, agitant les mains à travers les volutes de fumée des cigares et s'exclame : « Vous voilà tous. Nous n'avons sûrement pas encore fini de danser, n'est-ce pas ? »

DÀC

19 octobre 1939
Kent

Très chère Crista,

C'est étonnamment facile de se faire engager pour tuer des gens. Ou être tué, je suppose. Trois voyages en train, plusieurs injections, une demi-heure étrange au cours de laquelle on m'a inspecté les dents, et maintenant je suis un soldat de deuxième classe de l'armée britannique. Soldat Seagrave, deuxième bataillon, Grenadier Guards.

Un homme au bureau de recrutement m'a demandé : « Digby Seagrave ? le garçon de Willoughby ? » d'une voix effrayée. Je n'ai pas pu m'empêcher de penser à ce poème d'Auden que nous avons tous adoré à l'école : Vous devez être à la hauteur de leur nom et les questions ne vous aideront pas.

J'ai répondu, sur un ton à la Lady Bracknell : « Jamais entendu parler de lui, je le jure. »

Aujourd'hui, je suis en poste dans une caserne d'entraînement avec un sac à dos (lourd) et un uniforme (qui démange), avec une centaine d'autres gars, en train de plaisanter sur le temps qu'il nous reste à vivre. Étrangement, c'est comme si nous étions de retour à l'école.

Quand je suis arrivé, un sergent-major écossais m'a vu entrer et s'est déchaîné en me jetant une poignée d'injures à la tête. Il m'a dit – en gros – que je ressemblais trop à une jolie petite demoiselle pour être utile à qui que ce soit et que je devais m'habituer à nettoyer les latrines, car je ne serais bon à rien d'autre. C'était extraordinaire. Comme si je m'étais retrouvé au milieu d'un ouragan.

Lors du voyage en train, à travers la vitre, j'ai vu certaines choses en pensant que tu aurais aimé les voir aussi : un chien de berger sautant une haute clôture, prenant son envol les pattes dressées. Des bouffées de vapeur fuligineuse provenant de la locomotive, suspendues dans les arbres, tels des nuages pris au piège. Des oies volant en formation, suivant le rythme du train. Un vieil homme élégant dans un jardin qui construisait un abri antiaérien à côté de son potager. Des hommes en uniforme debout sur les quais de gare, avec leurs familles attendant de leur dire au revoir, les femmes à l'air pincé.

Les enfants avaient les yeux écarquillés, comme s'ils comprenaient que quelque chose se passait, mais ne savaient pas trop quoi.

J'ai vu un homme portant un uniforme de la marine, debout tout seul, en train de fumer, et je me suis demandé pourquoi il n'avait personne pour lui dire au revoir. J'espère qu'il se trouvera des amis lorsqu'il sera en mer. Passer devant eux, c'était comme voyager le long d'un merveilleux tableau. Tout le monde était costumé, prêt à monter sur scène. Je me demande où nous serons lorsque le rideau tombera.

Je suppose que c'est plutôt triste que je ne sois pas à Cambridge en ce moment. Une chambre dans un collège, avec un foyer à gaz pour faire des toasts. Avoir des conversations avec des âmes sœurs. Je pense que cette version de Digby est une version heureuse. Mais je suis ici dans un lit de camp de l'armée avec un oreiller de paille, en train de t'écrire, et ce Digby est aussi un Digby heureux, tout compte fait. C'est la vie* !

L'homme dans le lit d'à côté est un type formidable originaire de Hull ; il s'appelle Groves. Nous nous sommes tout de suite entendus et nous avons rapidement parlé de l'importance vitale de la nationalisation de l'industrie du charbon. Tous les hommes de sa famille ont travaillé comme mineurs. Il était plutôt surpris de voir que je m'y connaissais.

Il y a – comme je l'espérais – un véritable égalitarisme parmi les soldats. Mon nouvel uniforme est le meilleur costume que j'aie jamais porté. Quand Groves et moi allons au pub du coin, le propriétaire me salue de la même manière qu'il salue Groves. Il n'y a pas cette déférence absurde que l'on reçoit quand on porte des vêtements élégants.

Écris-moi bientôt. Je meurs d'envie de savoir comment mon départ a été perçu. J'espère que Flossie n'a pas eu le cœur brisé. Dis-lui qu'elle me manque terriblement et que je suis désolé de m'être éclipsé sans un véritable au revoir. Mais c'était formidable de ne pas faire exactement ce qu'on attendait de moi.

Demain, nous nous entraînerons à tuer des sacs de sable. Si c'est tout ce que les Allemands nous réservent, je suis sûr d'être rentré pour Noël. Groves pense qu'il est probable que nous soyons envoyés en France d'ici là.

Où que nous allions, je suis toujours…

Ton ami

Soldat Digby Seagrave

P.-S. : *J'ai prêté à Groves ton exemplaire de* Qu'elle était verte ma vallée. *Je suis sûr qu'il en prendra soin.*

CÀD

23 octobre 1939
Dorset

Cher Digby,

Quelles scènes après ton départ ! Un drame familial par excellence, dont l'action se situe à la campagne. Ton père était furieux et se trouve en ce moment même au fin fond de la cave, buvant les millésimes les plus rares. Ta mère, après quelques lamentations grandioses dignes des tragédies grecques, a annoncé qu'elle décamperait à Mayfair le mois prochain pour s'installer chez Myrtle. Elle dit qu'elle veut AVANT TOUT SE RENDRE UTILE, mais je suis certaine qu'elle passera son temps à déjeuner au Ritz et à aller au cinéma pour se pâmer devant Clark Gable et Fred Astaire. (Flossie est également éprise de M. Astaire, mais il lui faudrait se rendre à Dorchester pour le voir au cinéma le Plaza, et tu sais comment elle est quand il s'agit de prendre le bus toute seule.)

(Flossie aussi est désespérément déprimée par ton départ. Je vais couper cette scène au final car je ne pense pas que ça te plairait, Digs. Elle pouvait à peine parler tant elle pleurait. Écris-lui bientôt).

Bien sûr, j'ai moi aussi eu du mal à supporter ton départ. En fait, ça m'était insupportable. Plus j'y pensais, plus il me semblait ridicule que tu partes te battre alors que je restais là ; j'ai donc décidé de suivre la suggestion de ta mère et de m'engager dans la WAAF. C'est l'une des rares fois où j'ai suivi son conseil.

J'ai demandé à Perry de m'avancer l'argent du billet de train et il a été chic. Il m'a donné plus qu'assez et, à présent, je suis sur un banc à la gare de Dorchester avec ma vieille valise cabossée. Il n'y a pas grand-chose dedans. Principalement, des chaussettes de nuit et des livres. Difficile de savoir quoi prendre. À la dernière minute, j'ai emporté cette petite statuette de Sekhmet. Taras a dit qu'elle était la déesse de la guerre, alors j'ai pensé qu'elle aimerait venir.

Perry m'a conseillé de dire aux officiers responsables que je connaissais le français et l'allemand et que j'étais bonne en maths, pour qu'ils me donnent un poste d'« employée de bureau des opérations spéciales ». Je lui ai rappelé que je n'avais jamais suivi de cours de maths, et il m'a dit : « Tu es une fille brillante, tu vas vite t'y mettre. »

Il est maintenant reparti à Londres. Apparemment, il a recruté Leon, entre autres, pour lui servir de chauffeur, bien que je soupçonne qu'il ne sera pas cantonné à ce poste. Impossible d'imaginer Leon en chauffeur déférent, qu'en penses-tu ? Aux dernières nouvelles, il travaillait sur des bateaux et se bagarrait.

J'ai reçu une lettre de Myrtle disant que Londres est aussi silencieuse qu'une cathédrale parce que tous les enfants ont été évacués. C'est étrange de penser à une ville sans enfants jouant dans les rues. Elle dit que tout le monde vaque à ses occupations comme d'habitude, s'efforçant de ne pas remarquer les soldats qui creusent des tranchées dans Hyde Park et déploient des fils barbelés le long de la Tamise.

Les villes d'Europe doivent être probablement toutes silencieuses désormais. Les endroits que nous connaissons. Les rues que nous avons parcourues. Toutes les villes de Normandie où nous avons échappé à Mlle Aubert. Les stations d'Autriche où j'ai skié. Même ce beau village de Provence où Myrtle nous a emmenés pour mon anniversaire. Cet hôtel aux volets bleus. Floss en extase devant la tarte au citron*. *Maintenant tout est vide et barricadé.*

Quand je suis partie, Flossie a dit qu'elle espérait que la guerre ne serait pas aussi affreuse que les gens le pensent. Je lui ai rappelé les nazis que j'ai vus en Autriche. L'HORREUR absolue. Être partie pour participer à l'effort de guerre m'aide à me sentir mieux, bien que ce fût un déchirement de laisser Floss seule à Chilcombe. J'ai fait jurer à Bill de la protéger et de protéger aussi le théâtre. Son fils, le petit Bill, s'est engagé dans la marine et Betty est dans un état lamentable, comme tu peux l'imaginer.

J'ai eu une idée, pour monter La Tempête *l'été prochain – Prospero devrait être un dictateur charismatique, avec Ariel, Caliban et Miranda, ses sujets, en uniformes assortis. L'île comme symbole d'un*

État fasciste. Une toile de fond de drapeaux noir et rouge. Ou est-ce trop évident ? On ne veut pas assommer les gens avec tout ça. Bien que certains le fassent déjà.

Je suis heureuse que tu te sois fait un ami dans le Kent, bien que je n'aie guère envie de discuter de politique intérieure ces jours-ci. Nous pouvons jacasser sur la démocratie tant que nous voulons, mais le fait est que si Adolf gagne, notre pays ne survivra pas, et nous non plus. Fais tout ce que tes instructeurs te disent, Digs. Fais attention.

Mon train est là ! Je pars à la guerre ! Au diable Hitler ! Écris-moi !

Crista

DÀC

29 octobre 1939
Kent

Très chère Crista,

Merci beaucoup pour ta lettre. Je suis ravi, enchanté, que tu partes à l'aventure. Tu es née pour l'aventure.

Le temps est dégueulasse ici. Nous avons eu des averses qui ont martelé le toit en tôle ondulée toute la semaine et nous sommes obligés de sortir. Nous avons commencé six semaines d'entraînement avec de longues marches et des exercices. Nous devons tout faire en portant notre équipement sur le dos, ce qui est extraordinairement inconfortable, surtout sous une pluie cruelle et avec des vents violents.

Le Kent a de plus grands ciels que le Dorset. On se sent plus exposé. C'est comme si la météo devait parcourir de plus grandes distances pour parvenir jusqu'à nous, et elle n'aime pas ça. J'ai dit à Groves que je me sentais persécuté par Mère Nature et il m'a répondu avec son merveilleux accent du Yorkshire que je disais des choses vraiment bizarres. Nous traversions un champ détrempé et la tempête faisait rage – j'ai pensé au Roi Lear errant dans la lande battue par les vents et j'ai proclamé : « Nous sommes pour les dieux pareils à des mouches pour des garçons cruels ; ils nous tuent pour leur plaisir. » Groves a répliqué qu'il me renvoyait à son commentaire précédent. Je l'aime déjà beaucoup.

Hier, lorsque nous étions sous cette incessante pluie torrentielle, nous avons vu un homme enlever les panneaux de la gare qui indiquent « Canterbury ».

Il nous a expliqué qu'ils enlevaient tous les noms de lieux dans les gares pour désorienter les Allemands en cas d'invasion. J'ai dit que les Allemands avaient probablement des cartes et des boussoles, sans parler des fusils qu'ils pourraient pointer sur les gens pour leur faire dire où ils se trouvaient. L'homme a reniflé avec dédain avant de remonter sur son échelle.

Le week-end dernier, il y a eu un bal dans une salle des fêtes voisine. J'ai chaperonné Groves. Il adore danser. Il me disait que lui et ses amis économisaient pour aller dans les grands dancings dont la piste de danse est en parquet flottant, avec un orchestre, et qu'il n'y a rien de mieux. Dès notre arrivée, il a fait swinguer des filles, un grand sourire aux lèvres.

Nous n'avions qu'un gramophone avec des disques à notre bal, pas d'orchestre. Mais ils ont passé une de ces chansons lentes de Louis Armstrong à la fin de la soirée – le genre que maman aime. Je ne sais plus comment ça s'appelle, mais ça parle de la nostalgie de son chez-soi, et j'ai pensé à elle (probablement en train de se balancer au son du gramophone, chère maman) et à papa et à Flossie et à toi et à Chilcombe et à tous ceux qui sont là-bas.

Vous semblez tous beaucoup plus éloignés que vous ne l'êtes. Je veux dire que je pourrais sauter dans un train et être de retour en un jour, si je le voulais. Mais cela semble peu plausible. Et comment trouver la bonne gare maintenant qu'elles n'ont plus de nom ?

Quoi qu'il en soit, je me suis appuyé contre le mur de la salle des fêtes d'Ickham et j'ai fumé une cigarette empreinte de nostalgie, tandis que Groves passait élégamment devant moi, accompagné d'une jeune fille du WVS[1]*, replète, et rayonnante, avec des bas filés.*

Vous me manquez tous. Je te parle tous les jours. J'espère que tu m'entends.

Ton Digby

P.-S. : *Je trouve ton idée de* La Tempête *très intéressante et j'ai décidé de jouer Prospero l'été prochain, si les Allemands le permettent. Ne me dis pas que je ne suis pas assez vieux. La guerre me vieillira comme il faut, j'en suis sûr.*

1. Le Women's Voluntary Service est un organisme fondé en 1938 comme une organisation féminine britannique d'aide aux civils. Pendant la Seconde Guerre mondiale, quand les troupes rentraient au port après l'évacuation de Dunkerque, les membres du WVS étaient là pour les accueillir et leur distribuer de la nourriture, des boissons et des vêtements chauds.

CÀD

10 novembre 1939
Gloucestershire

Cher Digs,

Photo/Instantané. À présent, nous sommes tous les deux dans des baraquements. Le mien est un hangar Nissen avec des lits en fer et un plancher en bois ; au milieu, trône un poêle capricieux avec une cheminée dont le tuyau sort par le toit. Je le partage avec quinze autres recrues, et nous passons la plupart de notre temps à essayer de garder ce maudit poêle allumé.

Nous sommes réveillées à six heures tous les matins, puis nous faisons nos ablutions dans un abri ouvert que le vent traverse en hurlant. Il y a un mélange intéressant de personnages ici – je dors entre une barmaid de Lincoln et une violoniste de Cardiff – mais, une fois que nous avons revêtu nos uniformes, nous affichons notre solidarité.

Ils sont chics, Digs. Du même bleu que celui de l'Air Force. Casquette à visière avec un insigne ailé en laiton. Une vareuse avec des boutons en laiton et une ceinture avec une boucle en laiton. Tout ce qui est en laiton doit être poli chaque jour – une tâche agréable. Tu devrais voir comme je suis douée pour nouer une cravate maintenant.

Nous faisons beaucoup de marches au cours desquelles des sous-officiers tyranniques et mesquins nous aboient dessus. Le salut, les inspections et ainsi de suite. Empaqueter et déballer, encore et encore, notre équipement, avant de faire la queue pour des repas à base de choux en serrant nos assiettes et nos tasses en fer-blanc (ce que nous appelons « notre ferraille »).

Il est sans doute utile que cette observance des rituels nous soit inculquée, mais il est frustrant d'avoir peu de temps pour soi. Cela dit, nous sommes tellement occupées dans la journée que je m'endors dès que ma tête touche l'oreiller.

Certaines des filles ici ne sont jamais parties de chez elles auparavant. L'une d'elles, nommée Edna, qui vient de Warrington, a pleurniché dans son lit toute la semaine dernière. J'ai demandé ce qu'il se passait, et elle a répondu qu'elle ne pouvait pas dormir car elle s'inquiétait pour sa famille. Elle est convaincue qu'ils seront gazés par les Allemands.

Je lui ai dit que la meilleure chose qu'elle pouvait faire pour sa famille était de vaincre Hitler, et que rester active était le remède parfait pour un esprit agité. Ça, et faire des plans pour le futur. En parlant de ça, je pourrais te laisser jouer Prospero l'été prochain, mais UNIQUEMENT si tu acceptes que tout soit éclairé par des torches ardentes. Je t'expliquerai une autre fois.

Bref, hier, Edna et moi transportions du matériel pour l'un des commandants d'escadre. Je lui racontais mon séjour en Autriche et j'ai fait une imitation d'Adolf – je parle en postillonnant à la perfection – et le commandant d'escadre a dû m'entendre car il est venu me demander si je parlais allemand. Je lui ai répondu que je parlais l'allemand et le français et que, même si je n'avais pas suivi de cours de mathématiques, je pouvais m'y mettre facilement et que je ferais donc une excellente « employée aux opérations spéciales ». Il m'a jeté un regard assez semblable à celui de Perry – yeux étrécis, moustache frétillante.

Il s'avère que les choses vont vite si l'armée pense qu'on peut lui être utile. On m'a dit qu'une fois que j'aurais terminé ma formation de base, je devrais suivre une formation supplémentaire pour – devine quoi – des « opérations spéciales » !

J'ai reçu une lettre de Floss hier. Myrtle, qui trouve la guerre extrêmement stimulante – n'est-ce pas drôle ? – lui a rendu visite en coup de vent. Apparemment, elle rassemble des artistes exilés qu'elle prend sous ses ailes majestueuses, et organise des réceptions pour des politiciens apatrides. Elle a raconté à Flossie qu'elle avait eu une brève mais BOULEVERSANTE liaison avec un sous-marinier norvégien et qu'elle ne pouvait pas regarder un hareng mariné sans pleurer, mais qu'à part ça le reste la rendait joyeuse.

Une des cartes postales énigmatiques de Taras est parvenue jusqu'à moi. Plutôt raturée, comme si elle était passée plusieurs fois par le bureau de la censure. Une photo de la statue de la Liberté avec un croquis au dos d'une créature hybride. Tu te souviens comme on avait l'habitude de fouiller dans ses cartes postales ? À la recherche de symboles, comme si on essayait de lire notre avenir dans des feuilles de thé.

C'est étrange de penser que tous ceux que nous connaissons sont dans des endroits nouveaux et inattendus. On dirait que la guerre a secoué le monde comme on secoue un jeu de dés dans un cornet et que nous sommes tous en train de rouler dans des directions différentes. C'est une réflexion idéale pour conclure et dire que j'espère que tu vas bien, où que tu sois. Et où que tu sois, mes pensées t'accompagnent.

Ta Crista

BLACK-OUT

Novembre 1939

Les vitres du grenier sont humides de condensation. Flossie les essuie avec la manche de son gilet. À l'extérieur, le jour est éteint et indistinct – le soleil couvert de brume ressemble à une pleine lune malade, enveloppée de gaze et souffrante. Des rafales de vent précipitent des myriades de feuilles sur la pelouse, tandis que les branches nues des arbres s'étirent et s'agitent.

Novembre donne des signes d'instabilité, pense Flossie. C'est un mois à la fois menaçant et nerveux. Les couleurs vives d'octobre, avec leurs oranges et leurs jaunes éclatants, ont été abîmées et dispersées par novembre qui déboule, traînant l'hiver à sa suite comme une ribambelle de boîtes de conserve qui s'entrechoquent.

Un vent froid secoue les fenêtres, mais la maison elle-même est silencieuse. Digby est parti. Crista est partie. La quasi-totalité du personnel est parti. Il n'y a plus d'invités. Taras et Hilly sont partis en Amérique, Philly est avec ses parents dans leur pavillon de chasse écossais, et Perry, Leon et Myrtle sont à Londres. Il ne reste que Willoughby et Rosalind, mais Rosalind va bientôt partir pour la capitale, et Willoughby est tellement préoccupé qu'il pourrait aussi bien ne pas être là. Au village, les enfants évacués arrivent pour être hébergés dans des familles : de pitoyables créatures portant des étiquettes et serrant des boîtes de masques à gaz entre leurs petites mains, venues remplir les chambres vides laissées par les fils et les maris qui partent. M. Brewer a organisé leur répartition.

Flossie, à présent dos à la fenêtre, survole la pièce du regard ; la lueur de sa lampe de chevet et le feu vacillant de la cheminée la consolent. Bien qu'elle s'inquiète de l'absence de ses frère et sœur et de tout ce que la guerre pourrait apporter, une partie d'elle apprécie toujours la descente annuelle vers l'hiver : la fermeture des écoutilles, le tunnel qui mène à décembre et le creux féerique de Noël, son moment préféré de l'année. Elle ne devrait probablement pas penser à de telles frivolités, mais ne pas y penser lui donnerait l'impression d'être misérable, surtout quand tout semble si sombre. Elle se souvient de la voix feutrée du Premier ministre à la radio lorsqu'il a annoncé qu'ils étaient en guerre contre l'Allemagne. Comme il avait l'air fatigué. Pauvre M. Chamberlain. Il ne lui en voudrait certainement pas de penser à quelque chose de joyeux.

Elle s'installe dans le rocking-chair près du feu, replie ses jambes sous elle, tire une couverture sur ses genoux et essaie d'imaginer les lumières scintillantes de Noël, comme s'il s'agissait d'une auberge lointaine sur une lande balayée par les vents ou d'un phare aperçu sur une mer houleuse. C'est une sensation poignante, comme si elle se racontait une histoire, une scène magique aperçue à travers un sténopé.

Au coin du feu, Flossie éprouve souvent une certaine mélancolie teintée de romantisme. Elle perçoit cette émotion chez les autres aussi : ils font un bon feu, puis s'assoient et le contemplent d'un air lointain. Elle trouve agréable de s'abandonner à ce sentiment sans être interrompue par Cristabel (« Qu'est-ce qui te tracasse à présent ? ») ou Digby (« Floss, viens jouer aux devinettes avec moi »). Elle a son livre, son journal, son tricot – tout ce dont elle a besoin. Elle pourrait demander à Maudie de lui apporter un plateau avec de quoi déjeuner, afin qu'elle n'ait pas à descendre. Elle pourrait faire un puzzle ou lire son livre jusqu'au bout.

Flossie observe les flammes et écoute le silence qui, au bout d'un moment, se transforme presque en une présence tangible dans la maison. Comme quelque chose qui repose calmement à l'extérieur du grenier, attendant qu'elle s'y habitue.

Deux étages plus bas, dans la salle à manger, Rosalind regarde son mari repousser une assiette encore à moitié pleine au profit d'un verre de vin et d'un exemplaire froissé du *Times.* Elle s'efforce de chercher quelque chose à dire. La façon dont chaque sujet de conversation est maintenant alourdi par la guerre est une malédiction. La météo : la guerre. Les enfants : la guerre. Le domaine : la guerre. Willoughby lui-même et les raisons pour lesquelles il devrait faire la guerre. Ou pourquoi il est important qu'elle comprenne pourquoi il devrait faire la guerre. Ou pourquoi la guerre à laquelle il devrait participer est si tristement compliquée qu'elle dépasse de loin son entendement à elle. Que la guerre dépasse son entendement est tout à fait acceptable pour elle. La guerre est impossible à comprendre.

La plupart des conversations se terminent désormais par le bruit sec d'un journal déplié devant le visage de son époux. Les hommes, leurs journaux et leurs guerres. Rosalind a déjà connu ça. Tout continue sans elle, dirait-on, quoi qu'elle fasse. La façon dont ils en parlent avec tant de délectation, comme si c'était un sujet de débat, comme s'il ne s'agissait pas de garçons morts. Des milliers et des milliers et des milliers de garçons morts, partout.

« Je me demande ce que fait Digby », dit-elle.

Willoughby tourne bruyamment une page de son journal. « Entraînement. Exercices et tout ce qui s'ensuit. Il en aura besoin. Je suppose qu'ils vont bientôt l'envoyer en France.

— Il va s'en sortir, n'est-ce pas ? Je ne pourrais…

— Combien de fois faut-il te le répéter, Rosalind ? Nous savons ce que la guerre exige. Elle exige du courage. Des sacrifices. »

Mais pourquoi la guerre devrait-elle toujours avoir ce qu'elle exige ? pense-t-elle.

« Willoughby, te souviens-tu quand Digby était bébé ? Ses cils…

— Écoute ça, dit-il, en tapant sur le journal avec un doigt. La Russie envahit la Finlande. La situation en Chine est épouvantable. Le monde s'enfonce dans la barbarie. Nous n'avons pas le choix. »

Ils avaient sûrement le choix. Ils avaient toujours eu le choix. Ils avaient toujours pris la peine de tout choisir, longuement et avec exigence. Tissus, parfums, tables dans les restaurants. Et les gens approuvaient leurs choix.

Mais son mari continue à déblatérer sur des choses incompréhensibles : Biélorussie, Maginot, Reichstag. Des mots avec des majuscules. Des mots pour les gros titres. Rosalind se dit qu'il doit y avoir des conversations similaires dans les salles à manger à travers tout le pays : un essaim bourdonnant, tournoyant sans cesse au-dessus de la Grande-Bretagne à un rythme effréné. Et chaque fois que vous essayez de le chasser d'un geste, il se disperse et se reforme.

Elle attend qu'un domestique apparaisse ; comme personne ne vient, elle se sert un peu plus de vin, et en renverse sur la nappe. La tache s'étend alors qu'elle la frotte avec un doigt. « Bon. Tu l'as dit toi-même, chéri, ça fera de lui un homme.

— C'était ridicule de la part de Digby de s'engager dans l'armée. Encore plus ridicule de refuser le grade d'officier.

— C'était ridicule, en effet. » Rosalind prend une gorgée de vin, puis fait le tour de la table pour aller s'asseoir aux côtés de son mari. « Bien que tu aies dit que ça lui mettrait du plomb dans la cervelle.

— Ce qu'on apprend en se battant aux côtés d'autres hommes, lorsqu'on vit et meurt avec eux, il n'y a rien de tel.

— Je t'en prie, ne parle pas de mourir. » Rosalind se penche en avant pour poser une main sur la jambe de Willoughby, mais les yeux de son époux restent fixés sur le journal. Le regard de Digby, lui, n'est jamais aussi distrait. Un regard présent, comme s'il vous voyait pour la première fois. Son doux et beau garçon. Parti pour être soldat. Elle espère ardemment que Perry lui dénichera un poste spécial le plus tôt possible.

Elle attend que Willoughby lui prête attention. L'expression sur son visage est souvent loin d'elle, ces jours-ci. Elle n'a droit qu'à des bribes de son profil, de très minces marques d'attention.

« Il en sera reconnaissant à long terme, dit Willoughby. La guerre est ce que j'ai fait de mieux.

— J'en suis sûre.

— Il a besoin de s'y coller.

— En effet. »

Rosalind a le sentiment désespéré qu'elle ne fera jamais que répéter les mots de son époux, en écho. Elle est un perroquet ; elle est une caverne dans laquelle les mots rebondissent contre les murs. Elle a besoin qu'il la regarde pour que ça s'arrête. C'est dans le verbe « coller » qu'elle voit une ouverture. Elle fait glisser sa main le long de la cuisse de Willoughby.

« Willoughby, je sens venir un mal de tête, minaude-t-elle en remontant sa main plus haut et en tirant un tout petit peu sur sa ceinture. Je vais m'allonger, chéri. »

Là. Un sourcil levé prouve qu'elle a capté un coin oublié de l'intérêt de son époux. Le journal est baissé. Sur ce, elle se lève et sort de la pièce, traînant un fil invisible derrière elle, comme un pêcheur à la mouche qui lance une longue ligne pour attraper un brochet légendaire.

Flossie, dans le grenier, entend des bruits de pas dans l'escalier, puis la maison redevient silencieuse. Maudie est venue remplir le seau à charbon, mais Flossie ne l'a pas remarquée, pas plus qu'elle n'a remarqué que la nuit tombait. Elle est plongée dans le dernier roman d'amour emprunté à la bibliothèque de prêt des magasins Boots – *Nobody Asked Me*[1] –, qui retrace les destins mêlés d'une héroïne orpheline et d'un héros étrangement distant. Alison aime Julian, Julian en aime une autre, un autre aime Alison ; elle se languit, il se languit, nous nous languissons. Sa *bouche ferme et intransigeante*, son *baiser violent et passionné*, sa *voix tout à la fois indifférente et caressante.* Flossie suit le

1. Roman de Mary Burchell publié en 1937.

schéma de leur histoire, une boucle parfaite tel un nœud soigné.

À un moment donné, un repas arrive sur un plateau, comme par magie (ce qui est presque vrai : Maudie l'a apporté en montant trois étages, et le pudding contient des raisins secs que Betty a dû aller chercher jusqu'à Dorchester, avec le vélo de son fils parce que le service de bus a été réduit en raison du rationnement de l'essence), et Flossie mange mécaniquement, ne quittant pas la page des yeux. En refusant d'être interrompue, elle reste en sécurité, à l'abri, enfermée dans le monde imaginaire créé par son esprit. Son *torrent de larmes furieuses,* ses *lèvres frémissantes,* ses *pulsions sauvages et impuissantes.*

Un étage en dessous, dans le lit de Rosalind, Willoughby roule sur le dos. Où voulait-il aller, quand il a fait ça ? se demande-t-elle. Où est-il allé quand il s'est tourné et que son épaule s'est dressée devant elle, tel un mur ? Il n'y avait aucun moyen de savoir s'il avait les yeux ouverts ou fermés. Son dos était si indifférent à sa présence qu'il semblait possible qu'il n'ait plus d'yeux du tout. Taper sur son épaule alors qu'ils étaient allongés tous deux dans le même lit lui donnait l'impression d'être une souris dans un livre, un intrus aux pattes minuscules. *Tap, tap, tap.*

« Qu'y a-t-il ? » disait-il toujours. Mais pourquoi fallait-il qu'il y ait quelque chose ? Pourquoi ne pourraient-ils pas juste bavarder, ce qui lui permettrait de savoir qu'elle ne lui répugnait pas, qu'il était reconnaissant de ses efforts, plutôt que d'être distraitement dérangé par elle, comme s'il voulait descendre d'un train et qu'elle était une étrangère qui l'en empêchait en lui disant qu'il avait oublié son chapeau. Excusez-moi, monsieur, je suis vraiment désolée de vous déranger, monsieur. Qu'y a-t-il ? Votre chapeau, monsieur. Votre femme, monsieur. *Tap, tap, tap.*

Rosalind est incapable d'imaginer être si solidement ancrée dans le monde. Ressentir les attentions de quelqu'un d'autre comme d'insignifiantes palpitations que l'on peut balayer d'un revers de main. Un sentiment de désespoir monte à nouveau en elle. Elle attrape le flacon de somnifères sur sa table de chevet.

On frappe à la porte d'entrée mais personne ne répond. Betty et Maudie sont allées à une réunion à l'église sur les alertes de raid aérien. M. Brewer est parti regrouper d'autres personnes évacuées. Il y a un silence, puis l'on frappe à nouveau, plus fort cette fois.

Dans le grenier, Flossie lève la tête. Pourquoi personne ne répond ? Elle pose son livre. On frappe encore, un bruit qui résonne dans toute la maison. Soudain inquiète, elle se lève et descend l'escalier en trottinant, en chaussettes, tout en boutonnant son gilet. Le chemin semble long jusqu'à la porte d'entrée. « Un instant », lance-t-elle, d'un simple filet de voix – une affectation ridicule.

En ouvrant la porte pour jeter un coup d'œil dans le noir, elle voit la femme du boucher sur un vélo. « Désolée de vous déranger si tard, mademoiselle Flossie. Je suis passée par-derrière, mais personne n'a répondu.

— Ce n'est pas grave. En quoi puis-je vous aider ?

— Eh bien, mademoiselle Flossie, nous n'avons pas été payés depuis deux semaines.

— Oh, mon Dieu. Qui vous paie d'habitude ?

— C'est M. ou Mme Brewer.

— Ils ont été très occupés. Je leur parlerai dès que possible.

— Très bien. Savez-vous si ce sera du porc ou du bœuf pour vous cette semaine ? Mlle Cristabel s'occupe habituellement des commandes. Nous n'avons pas pu lui parler avant son départ.

— Crista est partie rejoindre la section féminine auxiliaire de la Royal Air Force. Tout le monde fait sa part, n'est-ce pas ?

— Certainement, mademoiselle Flossie.

— Nous n'avons pas le choix, n'est-ce pas ? Tout le monde donne un coup de main ! » La voix de Flossie s'est transformée en cette voix joviale qui la surprend de plus en plus souvent. Une façon un peu folle de parler. Des phrases brusques, impatientes, qui fusent, chacune venant en renfort de la précédente. « Quand avez-vous besoin qu'on vous passe commande pour la viande ?

— Dès ce soir, mademoiselle Flossie. Si nous voulons que vous soyez servis avant dimanche. Il y a beaucoup de livraisons à faire. Tout le monde fait des provisions.

— Bien sûr. Porc ou bœuf. Porc ou bœuf... » Flossie s'interrompt et, pendant un moment terrifiant, la viande, dans toutes ses variétés, devient un concept abstrait, totalement inimaginable ; heureusement, avant qu'elle ne commence à paniquer, son cerveau redresse la barre, comme un canot heureux, et elle répond : « Du porc, s'il vous plaît. Je n'ai jamais vraiment aimé le bœuf.

— Merci, mademoiselle Flossie. Je préfère le porc, moi aussi », acquiesce la femme, puis elle redescend l'allée en pédalant.

Alors que le bruit que fait la bicyclette diminue en s'éloignant, l'obscurité qui entoure Flossie paraît s'épaissir. Elle marche le long de l'allée, se demandant si elle pourrait encore voir la femme, mais la bicyclette a disparu dans la nuit. Les cottages du village sont habituellement visibles à travers les arbres, cependant, Chilcombe Mell a également disparu avec le black-out, tout comme la femme du boucher.

Tout le monde se cache. Les lumières animées des maisons, des magasins et des véhicules qui parsemaient autrefois la vallée semblent désormais aussi inconsistantes que des paillettes. Il n'y a que du noir : les ombres noires des arbres, et le Ridgeway, noir lui aussi, dont la silhouette les surplombe – un mur sans relief découpé sur un ciel nuageux couvert de suie. Flossie se souvient que Taras disait que l'ingrédient le plus important dans la peinture noire était les restes carbonisés d'os d'animaux. Le « noir d'os », comme il l'appelait. Elle se dit que la normalité est fragile, qu'elle peut facilement être réduite à néant.

Elle entend le glapissement rauque d'un renard dans les bois, et rebrousse chemin en direction de la maison, d'abord rapidement, à cause de la peur qui a commencé à accélérer ses battements de cœur, puis plus lentement, à mesure qu'elle retrouve son calme. Elle se dit qu'elle n'a rien à craindre ;

mais une voix intérieure lui chuchote qu'elle a beaucoup à craindre – à peu près tout, en fait.

Flossie regarde la maison comme si elle était une étrangère arrivant par une nuit solitaire. Chilcombe est sans vie, scellé, rien qu'un mince rai de lumière provenant de la chambre de Rosalind, dont les rideaux ne sont pas correctement tirés. Si Flossie frappait à la porte, personne ne descendrait l'escalier en courant pour ouvrir. Elle est seule. Et il y a des décisions à prendre.

CARTE POSTALE

19 novembre 1939

Cher Père,

Je sais que vous devez être occupé, mais je voulais vous envoyer une carte postale, au cas où vous n'auriez pas vu ma dernière lettre. Comme vous pouvez le constater sur la photo, je suis à Douvres et vous savez ce que ça signifie. Le moral est bon, nous avons hâte de partir, même si j'aurais aimé avoir le temps de visiter le château de Douvres. Nous avons une vue parfaite depuis les docks et c'est magnifique ! Je crois que vous aimeriez me voir ici, dans mon uniforme, même si je sais que vous aviez en tête un tout autre uniforme pour moi. Beaucoup d'officiers que je rencontre se souviennent de vous lors de la dernière guerre et me disent quel excellent soldat vous étiez. Comme je l'ai déjà dit, je pense à vous et à maman tous les jours, et j'espère vous rendre fiers.

Votre fils,
Digby

PETIT MOT ÉCRIT SUR PAPIER ROSE POUR ACCOMPAGNER UNE BOÎTE DE LOUKOUMS

22 décembre 1939
Mayfair

Très chère Flossie,

Je prie pour que tu ne te sentes pas trop seule dans cette vieille maison courbaturée sous les arbres pleins de freux. As-tu reçu le panier de friandises de chez Harrods ? J'ai aidé ta mère à le choisir. Elle envoie ses cartes de vœux, et donc moi aussi.

Londres est comme hantée et aux aguets avec ses lumières éteintes. Nous errons dans les rues sombres, nous nous hélons dans le noir, tandis qu'au-dessus de nous, des ballons de barrage argentés flottent dans l'air nocturne comme des poissons géants hameçonnés. Je porte un long manteau de fourrure blanche, je suis donc immensément visible et j'avance en glissant comme le fantôme d'une reine.

Adorable Flossie, je vais boire un verre à ta santé ce soir. Mais d'abord : un concert de Beethoven à la National Gallery – quel bonheur ! Ils ont enlevé les tableaux et rempli les salles vides avec de la musique, c'est là que nous nous retrouvons nous les tinkers and tailors and soldiers and sailors and even Americans[1]. *Puis*

1. Comptine d'élimination anglaise, dont on pourrait traduire les paroles par « rétameurs et tailleurs et soldats et marins ». Myrtle ajoute « *and even American* », « et même les Américains ». En Angleterre la formule est employée pour compter des cerises ou des boutons. Dans la

au Berkeley, où nous danserons et tournoierons jusqu'à ce que le jour se lève. Oh, quelle vie inimaginable !

Myrtle x

P.-S. : *J'ai vu Cristabel la semaine dernière. Son visage impérieux, aux traits furieusement anguleux. Perry lui trouvera quelque chose d'important à faire, n'aie crainte.*

---

version américaine, les enfants scandent la rengaine pour désigner le loup par élimination.

CARTE DE NOËL

23 décembre 1939
Middlesex

Leon,

C'était certes généreux de ta part de me proposer de me débarrasser de ma virginité avant qu'Adolf ne nous tue tous, mais j'ai bien peur que tu aies fait plusieurs suppositions qui ne peuvent qu'être remises en question. Un : que je suis toujours vierge. Deux : que si je le suis toujours, je partagerais cette information avec toi. Trois : que si je le suis toujours, je souhaiterais ne plus l'être. Quatre : que si je le suis toujours et que je souhaite ne plus l'être, je te considère comme le candidat approprié. Bien qu'il puisse y avoir des femmes stupides qui succombent à ton numéro de brute belge au teint basané, n'oublie pas que je te connaissais avant même que tu apprennes à porter des vêtements. Peux-tu dire à Perry que son idée était bonne et que je participe maintenant aux Opérations spéciales, en poste non loin de Londres ? Et pouvez-vous, toi ou lui, m'inviter à déjeuner ? J'en ai VRAIMENT marre de la tambouille militaire.

Cristabel
P.-S. : *Ce sont les dernières nouvelles.*

CÀD

20 janvier 1940
Middlesex

Très cher Digs, où que tu sois,

J'aurais voulu que cette lettre soit un résumé de mes idées pour La Tempête *jusqu'à ce jour, mais je dois avouer qu'il est difficile de réfléchir à des projets théâtraux sans toi. J'avoue aussi que la possibilité de monter une pièce à Chilcombe cet été paraît de plus en plus improbable. Flossie raconte que le terrain du cottage est en train d'être retourné pour qu'ils puissent y planter des légumes. Les pommes de terre vont être cultivées dans le Théâtre de la Baleine. Elles seront peut-être plus populaires que mes récentes mises en scène. Mais nous devons penser à l'après-guerre. Une représentation théâtrale de la victoire, bien sûr.*

C'est IMMENSÉMENT frustrant de ne pas pouvoir te parler. J'ai l'impression de servir sans cesse des balles de tennis par-dessus un filet, sans personne pour me les renvoyer. Quoi qu'il en soit, je te soumets une idée : ne serait-ce pas grandiose si les spectateurs arrivaient en bateau ?

Oh, cet interminable silence ; le ploc, ploc, ploc *de la balle qui n'a pas été renvoyée et qui rebondit dans un coin poussiéreux.*

Il y a beaucoup de silences dans ma vie maintenant. Je suis en train de suivre une formation de « traceuse[1] *», et j'évolue donc dans*

1. Durant la Seconde Guerre mondiale, les WAAFs décryptèrent des codes et des chiffres, analysèrent des photos de reconnaissance et remplirent des missions de renseignement. Elles jouèrent un rôle essentiel dans le contrôle sol-air, aussi bien dans les stations radars que dans les salles d'opérations, en tant que traceuses. Ce rôle fut vital lors de la bataille d'Angleterre permettant de diriger les avions de combat contre

des pièces souterraines remplies de fumée de cigarette où le silence n'est rompu que par des ordres brusques. On nous apprend à déchiffrer les signaux radio sur une grande table de traçage, où de petits pions métalliques représentant des avions sont poussés par des WAAFs à l'aide de longues baguettes. Ça ressemble à la façon dont je déplaçais les personnages dans notre théâtre en carton, mais avec beaucoup moins de dialogues.

Jusqu'à présent, nous n'avons fait que des exercices d'entraînement, mais si Hitler se décide à envoyer des bombardiers, nous le ferons pour de vrai. Les heures sont longues. Parfois, quand je sors de notre terrier, je ne sais pas si c'est le jour ou la nuit.

Je commence à penser que l'entraînement militaire est surtout un moyen d'empêcher les gens de parler. C'est ce que j'ai dit à Perry – il m'a invitée à déjeuner avec Leon – et il m'a répondu : « Chère petite, vois ça comme une stratégie. Le silence nous donne plus de temps pour réfléchir à nos prochains coups. » Il m'a conseillé de prendre exemple sur le pêcheur à la ligne patient, qui apprend à laisser la rivière couler.

J'ai répliqué en disant que des vies pourraient être perdues si nous passions notre temps à regarder les rivières couler. Perry a répondu qu'à la guerre des vies seront toujours perdues, ajoutant que « c'est une question de nombres ».

Tu peux imaginer comme j'ai manifesté mon agacement en entendant ça. Leon a fait de même. Mais Perry s'est contenté de sourire et a déclaré que la colère n'était utile que si elle était déployée de manière stratégique. Il a dit à Leon qu'un chien non dressé se ferait tirer dessus, puis lui a ordonné d'arrêter de montrer les dents et de m'emmener au Café Royal.

Je me suis demandé si Leon n'allait pas s'en offusquer, mais il s'est contenté de rire à sa manière, celle du flibustier Barbe Noire. J'oublie parfois qu'il est le fils de Taras, mais il a le même caractère explosif. On ne sait jamais comment il va réagir.

Nous sommes allés au Café Royal et Leon s'est montré divertissant, quoique plutôt vulgaire, pendant plusieurs heures. Il m'a raconté ses

la Luftwaffe, en traçant les routes de l'ennemi. Certaines femmes de la WAAF furent recrutées par le service secret Special Operations Executive (SOE) et envoyées dans les pays occupés pour y appuyer la Résistance, en tant que courrier (comme Cristabel) ou opératrice radio de réseaux clandestins.

aventures loufoques dans la marine marchande et comment Perry lui apprenait des choses utiles comme savoir étrangler les gens avec une corde à piano. Il a commencé à me montrer, mais a dû partir au pas de course après avoir reçu un message de Perry. Il ferait un excellent Mercutio, tu ne crois pas ?

Laisse tomber, Digby. C'est TELLEMENENT bizarre de ne pas pouvoir te parler. Perry dit qu'il se pourrait que je ne te voie pas pendant des mois, peut-être des années. Une idée inconcevable. Je ne peux pas m'y faire. Mais j'y suis obligée.

Écris-moi, écris-moi, reviens, reviens. Non, ne m'écoute pas. Reste, bats-toi et sois aussi courageux que possible. Je compte sur toi pour l'être.

Je le serai aussi.

Ta Crista

PAGES DE NOTES

Quelque part en France
26 mai 1940

Chère Crista,

Je doute de pouvoir envoyer ces quelques mots, mais t'écrire me réconforte.

Nous avons battu en retraite. Nous avons été séparés de notre bataillon quelque part près d'Arras. C'était horrible. Nous ne sommes plus que cinq, dont Groves et moi. On fuit les Allemands, on repart en direction de la Manche.

Je n'ai jamais été aussi fatigué et pourtant je ne parviens pas à dormir. Je ne me souviens pas de la dernière fois où j'ai enlevé mes bottes. Je tremble tout le temps – regarde l'état de mon écriture ! Je me surprends à passer sans cesse en revue des choses bizarres. Des tirades de Shakespeare. Les objets dans mon sac. Les noms de nos hommes.

Nous marchons pendant des kilomètres, puis nous nous asseyons dans un fossé et attendons parce que nous ne sommes pas sûrs de ce qu'il faut faire ensuite. Parfois, nous rencontrons d'autres soldats britanniques, et nous nous regardons les uns les autres en espérant que quelqu'un ait une meilleure idée de ce qu'il se passe, mais personne ne sait.

Nous avons creusé un abri hier et nous avons découvert le squelette d'un soldat allemand de la dernière guerre. Nous pouvions voir les boutons métalliques de son uniforme, qui traînaient parmi ses os comme de la petite monnaie. Il semble absurde que nous soyons de retour en France pour essayer de nous entretuer à nouveau.

Je ne me suis toujours pas habitué à voir des cadavres. Pas même ceux vieux de vingt ans.

27 mai

Nous avons passé la journée à nous cacher dans notre abri pendant que les Allemands bombardaient sans relâche un bosquet à cinq cents mètres de là, en essayant d'atteindre l'artillerie antiaérienne britannique et ses hommes. Le bruit des obus est abominable : un cri strident, puis des explosions fracassantes qui font s'entrechoquer vos dents jusque dans votre tête. Le type à côté de moi a crié : « Bon sang ! Combien de fois faut-il qu'ils les tuent ? »

Nous prévoyons de filer à travers les champs ce soir. C'est plus facile la nuit. Dans la journée, les routes sont encombrées par des centaines de Français qui se rendent on ne sait où : véhicules et charrettes chargés de bagages et de meubles. Des vieillards pliés en deux sous des paquets qui s'affaissent. Des mères coiffées d'un foulard traînant des enfants en pleurs. J'ai vu une femme qui portait un bébé si immobile et si bleu que je me suis demandé s'il était encore vivant.

J'ai du mal à le croire, mais apparemment des avions allemands ont survolé les routes à basse altitude et ont abattu des gens. En visant des civils non armés. Groves a dit : « Ils ont tellement de munitions en réserve, qu'ils les utilisent pour tuer des enfants. »

Les Français ne voulaient pas nous regarder. J'ai trouvé ça dur.

28 mai

Hier nous étions perdus dans une forêt jusqu'à ce que Groves repère deux arbres marqués au couteau. Exactement comme quand tu balisais nos virées dans les bois à Chilcombe. Ces arbres nous ont conduits à un chemin, jonché de mégots de cigarettes jetés par les soldats qui étaient déjà passés par là.

Nous nous sommes arrêtés pour la nuit dans une maison vide, récemment abandonnée. Deux verres de vin rouge* *sur la table. La moitié d'une miche de pain. Le four encore chaud. J'ai trouvé des bougies, et nous nous sommes assis autour de la table dans nos uniformes crasseux, avalant de gros morceaux de pain, festoyant comme des* *voleurs. Groves n'avait jamais bu de vin auparavant. Il a dit qu'il pourrait y prendre goût.*

On a dormi à tour de rôle dans une chambre à l'étage. Groves et moi sommes montés ensemble. Alors que je me débarrassais de mon paquetage, nous avons entendu des bombardiers allemands voler au-dessus de nos têtes. Nous sommes allés jeter un coup d'œil à travers une fente dans les rideaux, comme des enfants épiant l'arrivée du père Noël.

Groves a dit que l'idée qu'ils puissent se diriger vers l'Angleterre lui faisait froid dans le dos. J'ai alors mis mon bras autour de ses épaules. Je me sentais si loin de chez moi.

30 mai

Difficile de décrire comment c'est ici. Difficile de croire qu'il y a seulement quelques semaines, c'étaient des villes ordinaires, avec des jardins et des familles, et des enfants qui allaient à l'école. C'est comme si une énorme machine avait traversé la France, écrasant tout ce qui était vivant. Les routes sont jonchées de chars brûlés, de chevaux morts, de gens morts. Des mouches partout. Nous passons devant en essayant de ne pas regarder.

Les hommes continuent de me demander de réciter « un peu de mon Shakespeare » pour nous changer les idées, je suis donc devenu une troupe de théâtre itinérante. Je récite des soliloques pendant que nous avançons. C'est étrange de se rappeler qu'il n'y a pas si longtemps, je ne pensais qu'au théâtre. Henry V *s'avère populaire. J'ai aussi essayé un peu d'Auden. Ils l'ont plus aimé que toi.*

Nous sommes sans commandement depuis plusieurs jours à présent et les hommes semblent se tourner vers moi, bien que je sois aussi inexpérimenté qu'eux. Je suis peut-être même le plus jeune de nous cinq. Groves pense que c'est à cause de ma « drôle de voix radiophonique ». Je lui ai demandé si ma voix le dérangeait et il m'a répondu que non, pas du tout.

Sa voix à lui est riche et bien posée. Pleine d'humour. Chaque matin, il fait semblant de prendre la commande d'un petit-déjeuner pour chacun de nous, alors que nous sommes couchés en tas, boueux et épuisés. « Comme d'habitude, monsieur ? Du haddock fumé ? Du café fraîchement moulu ? » D'une certaine manière, qu'il le fasse tous les jours, sans faute, rend la chose encore plus drôle.

J'ai dormi dans une porcherie la nuit dernière. Des poux nous rampent dessus. « Au moins quelqu'un mange bien », a dit Groves.

1er juin

Nous ne faisons plus de halte. Nous devons atteindre la côte.

Nous sommes réconfortés chaque fois que nous voyons un officier britannique joyeux, attendant près d'un pont pour nous indiquer la bonne direction, en disant : « Vous serez rentrés à temps pour recevoir les derniers ordres, les gars. »

On dirait qu'une certaine forme d'humour surgit chez certaines personnes dans les moments les plus difficiles. C'est le cas pour Groves. Son moral ne faiblit jamais. Il dit qu'on doit partir d'ici parce qu'il a fumé toutes ses cigarettes et presque toutes les miennes, et qu'il ne supporte pas les marques françaises.

Pendant que nous marchons, les hommes chantent une chanson qui commence par « Je ne veux pas d'une baïonnette dans mon trou du cul, je ne veux pas qu'on me tire dans les couilles », et continue ainsi. Je suis reconnaissant aux Français que nous croisons de ne pas comprendre ce que les hommes chantent, mais je comprends aussi pourquoi ils chantent ça. Il ne semble pas que nous menions une grande guerre, simplement une chose dont nous voulons sortir avec les couilles intactes.

2 juin

Nous sommes sur les nerfs. Derrière nous, une ville en feu. Devant nous, une mer grise.

À gauche et à droite, des milliers d'hommes sur un long cordon littoral. De temps en temps, des avions allemands viennent réduire notre nombre. Nous sommes, comme le dit Groves, des cibles faciles. J'ai arrêté de compter le nombre de cadavres que j'ai vus.

Une plage pleine de combattants, mais nous passons le plus clair de notre temps assis dans des dunes de sable, à fumer, les mains tremblantes. Hier matin, un avion allemand nous a survolés en hurlant et l'homme devant moi s'est tiré une balle dans la tête, pour leur épargner la peine de le tuer. Derrière nous, nous entendons leur artillerie se rapprocher. Il n'y a rien d'autre à faire qu'attendre. C'est un sentiment pesant.

Parfois, nous voyons de gros destroyers britanniques qui jettent l'ancre au large. Ils ne peuvent pas s'approcher de la plage car l'eau est trop peu profonde, alors de plus petits bateaux viennent chercher une poignée d'hommes pour les ramener à bord.

Nous entrons dans l'eau docilement en file indienne, en regardant ceux qui sont en tête partir pour un ailleurs où nous souhaitons être plus que tout. L'eau est pleine d'épaves et couverte d'une telle pellicule de pétrole luisante qu'elle ressemble à du consommé. Puis les destroyers repartent vers l'Angleterre sans nous, et nous retournons péniblement vers la plage, frissonnant dans nos uniformes mouillés.

Nous sommes ici depuis deux jours maintenant. Les nuits sont les pires. L'obscurité et le feu. Les Allemands ont bombardé un truc qui contenait de l'essence et qui crache des nuages toxiques sur la plage. La nuit dernière, ce pauvre Groves n'a pas arrêté de tousser. Il a enfoui son visage dans mon épaule, et j'ai mis mes bras autour de lui pour essayer de le protéger ; j'ai souhaité qu'on s'éloigne de cet endroit plus que je n'ai jamais souhaité quoi que ce soit.

4 juin

Il était environ minuit. Nous avons vu un petit bateau longer la plage et nous nous sommes précipités dans l'eau. C'était un pêcheur de Norfolk avec ses fils. Des soldats s'entassaient déjà à bord.

Le bateau s'éloignait, mais nous nous y sommes accrochés, en les suppliant de nous emmener aussi ; nous nous enfoncions de plus en plus dans l'eau. Je coulais quand le pêcheur s'est penché en criant : « Attrape ma main, fiston. »

Le sac à dos m'entraînait vers le fond, tandis que le pêcheur essayait de me sortir de l'eau, et Groves, qui fut soudain à côté de moi, me poussait vers le haut. Quand j'ai basculé dans l'embarcation, j'ai vu l'une de ses mains aux articulations blanchies par l'effort agrippée au bord. Cependant, quand j'ai réussi à me relever, la main avait disparu. J'ai essayé de regarder par-dessus bord, mais le bateau avançait plus vite traînant des hommes dans son sillage.

J'ai crié au pêcheur qu'il y avait des hommes à la mer, mais il m'a repoussé, disant qu'il n'avait presque plus de carburant. Alors que nous nous éloignions, je pouvais les voir – des hommes dans l'eau noire, disparaissant sous la surface, les yeux et la bouche grands ouverts, stupéfaits. Leurs visages. Leurs casques en fer-blanc. Puis juste leurs mains, toujours tendues.

J'ai crié son nom. J'ai continué à crier son nom jusqu'à ce qu'un officier de la marine britannique me dise qu'il serait heureux de me tirer dessus si je continuais à entraver l'évacuation.

Compte tenu de tout le mal que se donnent les Allemands, essayant de nous bombarder et de nous canarder, que nos hommes meurent d'une manière aussi bête paraissait ridicule. Ils ont ouvert la bouche, avalé de l'eau de mer et ont coulé sans un mot.

Je ne sais pas s'il m'a vu ou entendu.

J'ai été très malade sur le bateau pendant la traversée de la Manche.

Nous avons débarqué à Ramsgate où des membres de l'Institut des femmes britanniques[1] *nous ont accueillis comme si nous avions été victorieux. Elles nous ont donné du Bovril chaud et des chaussettes propres. On m'a aussi donné une carte postale à envoyer à ma famille pour vous faire savoir que je vais bien. Je vais bien. Je suis dans un train rempli de soldats crasseux qui dorment les uns sur les autres. C'est un train fermé. Ils ont verrouillé les portes pour nous empêcher de nous enfuir maintenant que nous sommes de retour.*

Voici ce que j'ai vu par la fenêtre : des soldats français blessés, allongés sur des civières, chantant La Marseillaise *; un moulin à vent dont les ailes tournaient dans un champ ; une affiche publicitaire pour le film* Les Sans-soucis.

Je continue à penser à lui. Parti à la dérive, à cent mètres d'une plage française. Se heurtant aux jambes d'autres noyés. Il serait tellement surpris de se retrouver là.

1. Women's Institute (l'Institut des femmes britanniques), souvent simplement WI, est un organisme communautaire britannique pour les femmes. Il a été formé en 1915 avec deux objectifs clairs : revitaliser les communautés rurales et encourager les femmes à s'impliquer dans la production alimentaire au cours de la Première Guerre mondiale.

LETTRE INCOMPLÈTE

Chilcombe
25 juin 1940

Chère Crista,

Bien sûr que j'ai empaqueté tes livres avant d'installer les évacués dans le grenier ! Envoyer un télégramme était inutile. Par ailleurs, je ne pense pas qu'ils y auraient touché. Ils sont très gentils mais tout les terrifie, surtout les vaches. Betty dit que ceux qui sont chez sa sœur sont pleins de lentes, et qu'on devrait donc s'estimer heureuses.

Je leur ai expliqué que mon éléphanteau empaillé bien-aimé était là pour les protéger, ce qui les a fait pleurer, « à cause de ses entrailles qui sortent », et j'ai donc traîné Edgar et ses entrailles qui fuient dans la chambre de Mère, où je dors. Il a perdu ses deux yeux en cours de route, ce qui lui donne un air plutôt misérable, le pauvre chéri.

Tu savais que Mère avait des taies d'oreiller en soie ? Betty dit qu'elles font des merveilles pour le teint. Je me suis autorisée à y enfouir le visage et j'aurai peut-être une toute nouvelle tête d'ici la fin de la semaine.

Digby est reparti ce matin pour rejoindre sa caserne. Quel dommage que vous n'ayez pas pu partir tous les deux en même temps. Je crois que son ami Groves lui manque. Il m'a montré une photo de tous les deux dans le Kent. Il pense qu'il va être envoyé en Afrique du Nord où il sera formé comme officier.

Il a été terriblement bouleversé par la capitulation de la France. Nous l'étions tous. Maudie raconte que Weymouth est rempli de réfugiés qui arrivent des îles Anglo-Normandes en ayant apporté leurs récoltes de tomates plutôt que de laisser les Allemands les manger. Tout le monde pense que nous allons être envahis à notre tour. Tu y crois ? M. Brewer dit que nous sommes dos au mur et qu'ayant laissé la plupart de nos armes en France, nous devrons combattre les Allemands avec des casseroles.

Des camions de l'armée ont traversé le village toute la semaine, transportant des sacs de sable et des barbelés jusqu'à la plage et les volontaires de la Défense locale font des exercices dans nos bois. Après s'être entraînés à s'entretuer avec des pieds de chaise et des fusils en bois, ils viennent prendre une tasse de thé et s'asseyent autour de la table de la cuisine en disant joyeusement des choses comme : « On va y avoir droit maintenant » et « Nous sommes les prochains sur la liste de Hitler ».

C'est affreux de penser que nous nous préparons à nous battre, mais je suppose que c'est vraiment le cas. Nous avons enveloppé les petites lampes dans du papier kraft et décroché tous les tableaux des murs afin de ne pas être écrasés par la chute d'un ancêtre si une bombe tombait. M. Brewer a enlevé la coupole en verre, ce n'est donc plus qu'un trou dans le toit recouvert d'une bâche.

La radio est constamment allumée, et les voix de personnalités importantes résonnent dans toute la maison. Je n'aime pas me faire crier dessus par Herr Hitler, mais il est rassurant d'entendre notre nouveau Premier ministre. On dit qu'avoir M. Churchill aux commandes a donné un coup de fouet à nos troupes. Nous avons même fait installer un téléphone dans le bureau « en cas d'urgence », bien qu'il faille admettre que tout ça ressemble déjà à une urgence, et personne ne semble savoir qui nous devons appeler si les choses empirent.

Mère a appelé hier du Savoy pour parler à oncle Willoughby, mais il est parti chez lord Machin-Truc en Irlande. Il m'a envoyé une carte postale disant qu'il y avait encore des bons whiskies dans les pubs là-bas, et qu'il allait participer à l'effort de guerre au profit de l'Angleterre en les éclusant jusqu'à la dernière goutte. Je ne l'ai pas dit à maman.

On dirait qu'on ne peut plus jamais faire de bons repas.

Et c'est comme si nous ne pouvions pas nous arrêter, parce que si nous nous arrêtons, nos peurs pourraient nous rattraper. As-tu déjà eu peur, Crista ? Je pense parfois que je suis la seule...

Flossie mâchouille pensivement son porte-plume. Il est toujours difficile d'écrire à Cristabel. Elle veut paraître courageuse et pleine de ressources, mais elle craint de ressembler à l'une de ces affiches du gouvernement, exagérément joyeuses, collées à l'extérieur de l'église du village.

LES POMMES DE TERRE nourrissent sans faire grossir et donnent de l'ÉNERGIE ! Aidez à gagner la guerre dans les cuisines : Plus que tout, évitez le GASPILLAGE !

Elle ne sait pas comment s'adresser à sa sœur. Elle veut lui demander si elle aussi a des moments paroxystiques de terreur si violents qu'elle doit s'asseoir et pleurer. Elle veut demander à Cristabel si elle a peur autant qu'elle pour Digby, mais ce pourrait être contraire à la bienséance, car admettre la possibilité d'avoir peur, c'est admettre la possibilité que Digby soit blessé, qu'il soit abattu, qu'il explose, qu'il ne rentre jamais à la maison, et c'est hors de question. Ce serait comme retirer une pierre du mur entraînant l'écroulement de tout le château.

Tenez votre langue ! LES CONVERSATIONS IMPRUDENTES COÛTENT DES VIES.

Flossie pose son porte-plume et range la lettre dans un tiroir. Une carte postale fera l'affaire. Un message bref qui ne dit que l'essentiel et rien de ce qui est important.

C À D

16 septembre 1940
Prieuré Bentley, Stanmore

Cher Digs,

Je n'ai pas beaucoup de temps pour écrire entre les quarts où je suis en poste. Nous sommes dans un schéma de quatre heures de travail, quatre heures de repos et je dois dormir un peu. Ça ne s'arrête jamais depuis que les bombes ont commencé à tomber sur Londres. Après avoir si longtemps espéré que la guerre se dépêche de commencer, elle ne nous laisse pas le temps de souffler.

Nous sommes correctement logées. Je suis au Fighter Command, basé au prieuré Bentley, le genre de grande maison à laquelle ta mère aspirait. Rien à voir avec le vieux Chilcombe décrépit. Il y a ici quelques personnes qui s'intéressent au théâtre. Nous avons parlé de monter un spectacle dans la salle de concert. J'ai proposé Henry V, *mais les officiers supérieurs en ont eu vent et ont décidé de jouer des sketches comiques, habillés en femmes. Je ne vois pas pourquoi ce serait comique, mais ils m'ont chargée de l'éclairage, alors c'est parti.*

J'ai bien l'impression que je ne pourrai pas poster cette lettre, car la ligne officielle est de ne dire à personne ce que nous faisons ici ; mais je veux t'en parler, alors je vais garder ça pour quand tu reviendras en permission.

C'est ultra-secret. Nous, les WAAFs, sommes devenues expertes dans l'art de répondre vaguement aux questions, évoquant simplement « un travail de communication » quand on nous le demande, avant de changer de sujet. Il y a un avantage occasionnel à supposer que si vous êtes une femme, votre travail doit être insignifiant.

Ce n'est PAS DU TOUT insignifiant. Nous suivons les avions allemands lorsqu'ils traversent la Manche, en traçant leurs itinéraires sur une table de traçage à l'aide de jetons de couleur, comme pour le jeu de puces. Les officiers supérieurs regardent la carte depuis des balcons d'observation, comme au théâtre les spectateurs privilégiés dans leurs loges. Ils surveillent ce qu'il se passe et envoient des chasseurs de la RAF à la rencontre des Allemands qui arrivent. Et c'est d'ici aussi que sont lancées les alertes aux raids aériens.

C'est plus facile si je fais comme si c'étaient les pions d'un jeu de société géant. Si je pense que des personnes réelles sont impliquées, je ne peux pas me concentrer. Certaines filles portent des casques d'écoute et peuvent entendre les voix grésillantes des pilotes dans leur radio. Tout va bien quand ils disent « Taïaut ! » et « Je l'ai eu ! », mais rien ne va plus quand on les entend crier.

Durant l'un de mes quarts, j'ai été sacrément secouée quand j'ai réalisé que vingt bombardiers ennemis se dirigeaient droit vers Chilcombe. Pendant un moment, je n'ai pas su quoi faire. C'était un matin ensoleillé, et j'étais là, à utiliser une baguette pour pousser des pions au-dessus de la mer, de plus en plus près de chez moi. Je me disais que Floss était là-bas. Probablement le nez dans un livre de la collection Mills & Boon, complètement inconsciente. Un instant, j'ai envisagé d'essayer de lui transmettre un message, mais il est interdit d'abandonner son poste.

Puis la radio a annoncé que les Allemands attaquaient un navire de la Royal Navy dans le port de Portland. Plus de cent hommes étaient morts, mais tout ce que je pouvais ressentir était une sorte de gratitude mesurée. C'est affreux d'éprouver de la reconnaissance à l'idée que d'autres personnes sont mortes à la place de vos proches.

Flossie m'a raconté plus tard qu'ils avaient entendu des explosions et pensé que l'invasion commençait. Apparemment, M. Brewer et d'autres ont caché des armes dans un tumulus sur le Ridgeway, dans le cadre d'une sorte de projet secret-défense. Il a dit qu'il n'a pas fui les Allemands lors de la dernière guerre et qu'il n'avait pas l'intention de le faire maintenant, même s'ils les voyaient arriver sur notre pelouse avec leurs tanks.

Quand j'étais enfant et que j'imaginais défendre Chilcombe, je me voyais toujours descendre l'allée à cheval en brandissant une épée. J'y pensais beaucoup, tu sais. Tout le monde en danger – et Cristabel à la rescousse ! Parfois, je m'allongeais dans mon lit et j'imaginais que tous ceux que j'aimais étaient en train de mourir et que j'étais la seule à pouvoir les sauver. (Alors j'avais peur, un sentiment insidieux, de les faire mourir parce que j'étais assez stupide pour l'imaginer et que je l'aurais en quelque sorte provoqué. C'était un sentiment effrayant.)

Mais à présent mon pays est attaqué et je ne peux brandir mon épée au pas de charge contre personne. Ce matin encore, les officiers depuis leur balcon regardaient mon coin de carte, où je rapprochais mon jeu de puces mortel du Sussex, et il me paraissait très injuste que de telles choses se produisent, sans que je puisse rien faire que le signaler.

J'ai dû avancer les pions plus lentement car un officier derrière moi a marmonné : « Toujours avec nous, Seagrave ?

— Oui, chef », ai-je répondu, et j'ai accéléré l'avancée de mes pions.

Je dois être capable de faire plus, Digs. Être ici est sans aucun doute une position privilégiée, un peu comme celle d'un dieu superviseur, et je fais de mon mieux pour être ce genre de dieu, le type distant qui laisse sagement les événements se dérouler. Mais je ne peux m'empêcher de penser que je ressemble davantage à ces autres dieux impétueux, qui s'envolent vers le champ de bataille et interviennent dans le monde des mortels.

Perry dit que tu dois probablement transpirer dans un tank en Afrique du Nord. Sois prudent. Nous sommes au cœur de l'action, en plein dedans, n'est-ce pas ?

Ta Crista

UNE BOÎTE DE NUIT À PICCADILLY

Mars 1941

Émane de ces dangereuses nuits de bombardements une certaine exaltation. Ce soir-là plus particulièrement – un samedi soir au clair de lune, avec un soupçon de printemps dans l'air et, malgré tout, des gens partout dans les rues. Ils ont l'air d'avoir bravé les interdictions dictées par l'obscurité imposée sans discussion par le black-out et de s'être évadés pour participer à une fête de minuit. C'est après l'extinction des feux, comme la mère de Rosalind avait l'habitude de dire. La ville est aussi haute et ombragée qu'une forêt et les gens courent dans tous les sens comme des enfants.

Des milliers de Londoniens descendent dans les stations de métro pour s'y abriter chaque nuit, que les bombes tombent ou non. Ils se blottissent sous des couvertures, jouent aux cartes, chantent des chansons et tricotent. Mais d'autres choisissent des repaires souterrains différents : le grill en sous-sol du Ritz, les caves de St James où des groupes de jazz jouent jusqu'au petit matin, et les discrètes boîtes de nuit dont l'activité ne cesse jamais sous les trottoirs du West End. Des lieux auxquels on accède par des escaliers abrupts, plongés dans le noir et dont la clientèle descend sous terre pour y trouver des caves où les rires et la lumière sont synonymes de vie.

Rosalind a vécu trop longtemps pour se joindre à des chants patriotiques dans des stations de métro crasseuses alors qu'elle peut boire un verre d'une boisson fraîche, et elle a toujours préféré le petit nombre à la multitude. Après avoir avalé deux ou trois gins pour calmer ses nerfs, elle marche à grands pas dans les rues jonchées de débris, le verre brisé craquant sous ses talons ; se frayant un chemin dans l'obscurité grâce aux lignes blanches peintes sur les trottoirs, elle rejoint ceux qui sortent en ville.

Chaque itinéraire à travers la ville sans lumière est désormais imprévisible. C'est un paysage lunaire plein d'ombres et les bombes en changent le tracé chaque nuit. Les points de repère disparaissent, les rues sont bouclées et la poussière recouvre tout. Les gardes de sécurité aérienne, casqués et vêtus de combinaisons, enfoncent de longues perches dans les ruines fumantes des bâtiments jusqu'à ce que les décombres se délitent et s'écroulent en tas comme du charbon, la fumée âcre dérivant le long des rues, pareille au brouillard.

Les socles des statues célèbres sont vides, on a démonté Éros, et condamné les fontaines ; et les façades des bâtiments bombardés ne sont plus que des façades, sans plancher, sans plafond, sans habitants à cacher. Les maisons sont grandes ouvertes, éventrées ; les chambres, les salles de bains, tous les espaces intimes sont exposés à la vue du public. Rien n'est sacré. C'est un plateau de tournage, et le décor ne cesse de changer. C'est un plateau de tournage, et les acteurs sont là un jour, partis le lendemain. Seul le ciel est éclairé, sillonné par les lumières de projecteurs comme à la recherche d'une star de cinéma, tandis que les cris des sirènes des raids aériens croissent et décroissent.

Rosalind s'en va retrouver Myrtle à Piccadilly, et peu importe si elle se laisse convaincre de s'arrêter dans un bar ou deux en chemin. C'est différent à présent. Rares sont ceux en tenue de soirée, mais nombreux sont ceux en uniforme. Les jockeys[1] et les moussaillons, comme les appelle Myrtle. Officiers, équipages et soldats de la Garde royale. Sait-elle comment danser le jitterbug ? Oui. Est-elle mariée ? Oui. Mais Willoughby ne l'a pas regardée depuis si longtemps. Et donc, perchée sur un tabouret de bar pivotant, elle se tourne pour allumer sa cigarette de telle sorte que la soie verte de sa

1. En argot de l'aviation, surnom donné aux jeunes pilotes sans expérience. Ainsi surnommés parce qu'ils sont censés être encore « petits ».

robe dévoile ses cuisses – et pour voir le regard des hommes se poser sur elles avec reconnaissance. C'est un échange réciproque. Un autre cocktail et des glaçons qui s'entrechoquent dans son verre. Son visage dans le miroir des toilettes pour dames est fier, triomphant. Des hommes attentifs attendent qu'elle revienne leur tenir compagnie. Son mari est absent. Sa mère est morte. Elle sait danser le jitterbug.

Lorsqu'elle et les hommes se retrouvent ensemble dans la rue, des femmes de petite vertu à la voix rauque les interpellent depuis des portes plongées dans l'ombre, criant aux hommes de revenir les chercher plus tard, disant qu'ils ne peuvent pas partir combattre Hitler sans d'abord s'amuser, disant : allez, chéri, ne me laisse pas seule. Rosalind ne saurait les désapprouver, même si elle le devrait. Elle perçoit ces échanges comme un acte de bienveillance communautaire, une bénédiction pour ces garçons courageux. Elle espère qu'ils n'auront jamais à recourir aux services de ces femmes, mais qui pourrait leur refuser ce petit plaisir ? C'est comme si tout le monde vivait comme elle a toujours vécu : dans une danse vers le plaisir comme moyen de distraction. Les hommes lui tiennent compagnie, en levant leurs verres.

Ils arrivent au Café de Paris, saluant le portier qui les laisse entrer. Ils descendent rapidement deux étages ; elle croise son reflet dans un miroir au cadre doré éclairé par en dessous et remarque les tendons de son cou, deux câbles bandés. Elle s'arrête, regarde de plus près, essuie une trace de rouge à lèvres au coin de sa bouche. Elle est toujours reconnaissante envers les éclairages peu scrupuleux, ceux que préfèrent les professionnels de la santé et les comédiens de théâtre : ceux qui savent que le visage est une toile à peindre. Elle pense que les femmes devraient être objectives quant à leur apparence ; la plupart d'entre elles passent devant les miroirs quand elles s'amusent, pensant bêtement que le bonheur les transforme. Il faut désapprendre à être aussi indulgente envers soi-même.

Les hommes peuvent se désintéresser de vous si facilement. Ils parlent entre eux et vous oublient, peu leur importe. Il est impossible de leur en vouloir. Ils sont forts, virils et prêts à mourir pour leur pays ; et elle, elle est une femme d'une quarantaine d'années avec un décolleté qui commence à ressembler à du papier crépon. Elle a un sourire tout prêt pour les fois où ils l'ignorent – un sourire séduisant et une façon charmante de joindre les mains qui permet à tout le reste de continuer. Elle ne peut les laisser se sentir mal à l'aise, même si peu leur importe dans le fond. Pour elle, c'est important. Tout ce qu'elle a toujours voulu, c'est être désirée, mais pas de façon grossière. Elle est un perroquet, une caisse de résonance. Elle est fatiguée d'essayer d'être tout ce qu'ils pourraient vouloir qu'elle soit, mais qu'y a-t-il d'autre à faire ?

De l'autre côté de la ville retentit le hurlement de la première sirène de raid aérien de la soirée. Ils y sont habitués désormais. Les bombes tombent sur Londres depuis des mois. Ils sont sous terre, à l'abri du danger, et le propriétaire a stocké du champagne pour qu'ils ne soient jamais à court. Les hommes se dirigent vers le bar.

L'intérieur de la boîte de nuit a été conçu pour ressembler à la salle de bal du *Titanic* : une piste de danse au parquet ciré, entourée de tables aux nappes blanches et aux lampes élégantes, surplombée par un balcon incurvé où Rosalind aperçoit Myrtle qui agite la main pour indiquer qu'elle leur a trouvé une bonne place. Un homme trapu et moustachu, arborant de nombreuses médailles, est assis en face d'elle, sirotant un whisky.

À l'extrémité opposée de la piste de danse se trouve un grand escalier à double révolution, où des danseuses glamour, aux coiffures ornées de plumes, attendent de descendre. Le célèbre orchestre est niché sous l'escalier avec ses musiciens en tenue de soirée, accordant leurs instruments, ajustant leurs pupitres.

Alors que Rosalind se voit offrir un verre, l'orchestre démarre. Un petit coup de cymbale – *bling !* – et la réponse, fanfaronne, des trompettes – *taratata !* – et le public commence à taper du pied et à marquer le rythme de plusieurs petits mouvements de tête avant même que le reste de l'orchestre ne joue, parce qu'ils ont tous entendu cette chanson à la radio : « Oh Johnny, Oh Johnny, Oh ! » On ne peut résister à l'envie de danser. Le chef d'orchestre, un jeune homme noir élégant arborant un nœud papillon blanc, se balance comme Fred Astaire en agitant sa baguette, sans effort et avec légèreté. Les danseuses sur les marches ont les mains à hauteur du visage et se déplacent à l'unisson d'un côté à l'autre de l'escalier.

Quelque part au-dessus de leurs têtes, on entend le bruit lointain des bombardiers ennemis et le barrage des canons antiaériens de Londres.

L'un des soldats prend le verre de Rosalind et le pose sur une table afin de la faire tourner élégamment sur la piste de danse. Écrasée contre un torse puissant en uniforme kaki, elle se souvient soudain de Willoughby, jeune officier la serrant contre lui, comme s'il en avait le droit, alors qu'elle était encore mariée à son frère. Quel plaisir de consentir, d'abandonner tout effort de ne pas faire d'effort, d'accepter de lui appartenir. La reddition tant attendue. Le plus beau des hommes. Elle ferme les yeux, et ils se balancent ensemble, au rythme de la musique. La soirée ne fait que commencer.

À l'extérieur, les avions allemands suivent le lit de la Tamise, qui brille comme un ruban d'argent au clair de lune, pour pénétrer dans la ville. Ils lâchent des bombes au fur et à mesure qu'ils avancent. Des explosifs cylindriques tombent du ventre des avions et descendent à une vitesse sifflante sur Barking et Limehouse et Whitechapel et Blackfriars et l'une d'elles, larguée au-dessus de Piccadilly, tombe en piqué et…

tombe
tombe
tombe
tombe
tombe
à travers
un petit
puits de ventilation
qui l'entraîne
prestement
vingt pieds
sous terre
sur
la galerie
au-dessus

des
musiciens
du
Café
de
Paris
où elle
explose
en un éclair bleu pétrole
envoyant une onde de choc d'air chaud
comme le souffle d'une fournaise qui
traverse l'espace emportant avec elle des
cymbales, et des chaises et des partitions, et des plumes,
des étuis d'instruments, des musiciens,
des membres de musiciens et des robes de soie arrachées
à des corps qui dansaient une mosaïque, lancée à grande
vitesse, d'éclats de verre, de talons aiguilles, de fourchettes,
de hautbois, de cendriers qui lacèrent les soldats de
l'armée de l'air, leurs cavalières et les serveurs
dont les assiettes viennent d'arriver sur les tables, jusqu'à ce que
la boîte de nuit et son contenu ne soient plus qu'une aigrette
de pissenlit soufflée par un ouragan dans tous les sens,
chaque chose distincte maintenant éparpillée
et entremêlée, dans les airs, une
partie du
tout.

La décision de la bombe est sans appel : il ne restera rien d'autre ici que de l'air, un l'espace vide. Les lumières s'éteignent. Le plafond s'effondre sur la piste de danse. Le Café de Paris est ouvert sur le ciel nocturne. De la fumée s'élève des décombres.

PETIT MOT ÉCRIT SUR PAPIER ROSE POUR ACCOMPAGNER UN BOUQUET DE ROSES

17 mars 1941
Mayfair

Flossie et Cristabel chéries,

« Les femmes devraient toujours partir en premier – les hommes vous aiment mieux quand ils pensent que vous êtes sur le départ. » Un jour, Rosalind m'a dit ça. Elle disait que la meilleure méthode qu'elle connaissait pour attirer l'attention de Willoughby était de sortir d'une pièce. Elle y excellait. C'est si tordu. Cet énoncé m'est revenu aujourd'hui à l'esprit quand j'ai vu l'avis de décès dans le journal. Elle est partie la première, la pauvre chère petite. Même si je crois qu'elle est soulagée. Elle ne voulait pas vieillir.

J'ai essayé de vivre selon son principe pendant un certain temps. Je me suis efforcée de bien planifier mes sorties, de synchroniser mes mouvements en fonction des intérêts potentiels des hommes. Mais je n'ai plus le temps pour ça maintenant. Le monde n'a pas le temps. La guerre nous a comprimés – et nous nous enflammons. D'ailleurs, je n'ai jamais voulu quitter une pièce en premier. J'aime y rester : parler, boire, déclamer mes vers !

Je ne pourrai pas assister aux funérailles de Rosalind, même si je sais que vous n'enterrerez pas ses restes dans cette église froide. J'embarque demain pour New York, avec des caisses de tableaux qui, je l'espère, seront plus en sécurité là-bas, et j'y retrouve Taras et Hilly pour une nouvelle exposition des œuvres de Taras. J'essaierai aussi de persuader l'Amérique de se dépêcher de rejoindre cette foutue guerre. Mais je serai de retour à Noël, avec des brassées de bas nylon et d'oranges.

Vous savez, le plus étrange au Café de Paris, ce fut le silence. Le pompier qui m'a sortie de là m'a expliqué que si on est très près d'une bombe, on ne l'entend pas. Je portais un toast à ce cher Winston quand soudain on a senti une secousse énergique, comme si le temps lui-même avait tremblé, et tout s'est arrêté.

Quand j'ai jeté un coup d'œil autour de moi, mon compagnon de la soirée était mort, bien qu'assez décent pour être resté assis à la table ; et une poussière grise tombait sur tout comme les cendres de Pompéi.

Présentez mes sincères condoléances à Willoughby et Digby. Pensez à Rosalind avec tendresse et pardonnez-lui, et gardez sa photo au mur, mais rappelez-vous qu'il y a plus important dans la vie que d'être regardée. La vanité est une petite boîte à miroirs. Ne laissons personne gaspiller les jours qui passent. Puissions-nous tous partir en dernier.

Des baisers,
Myrtle xx

CATALOGUE D'EXPOSITION

KOVALSKY EN ANGLETERRE

Du jeudi 15 mai au samedi 5 juillet 1941
Galerie van der Werff, New York
7 cents reversés à la Croix-Rouge américaine
Préface de Myrtle van der Werff

On entend souvent crier : à quoi sert l'art en temps de guerre ? Les galeries européennes restent vides. Des tableaux sont brûlés par ceux qui jugent la modernité « dégénérée ». L'heure est à la bataille, pas à l'art, disent les voix de la raison.

Nous élevons la voix pour répondre : l'art est notre arme ! Que les artistes souffrent en Europe montre à quel point ils sont craints par la menace nazie à laquelle nous devons nous opposer. Laisser les fascistes piétiner l'art de leurs bottes, ne pas protéger ceux qui nous touchent le plus profondément, serait une perte pour l'humanité.

Parmi ceux qui ont fui les persécutions figure Taras Kovalsky. M. Kovalsky a suivi une formation en France au sein de l'École de Paris dans les années 1920 – des artistes émigrés parmi lesquels MM. Modigliani et Chagall.

Bien que deux des œuvres exposées ici aient été présentées à l'Exposition internationale surréaliste de Londres en 1936, M. Kovalsky préfère ne pas se rattacher à un mouvement particulier. Cependant, il est juste de dire que parmi les surréalistes, il a trouvé des artistes frères. Ceux qui font tomber les barrières entravant l'homme civilisé. Ceux qui apprécient le plumage irrationnel des rêves, les lumières arc-en-ciel de l'essence.

Les visiteurs de cette exposition seront accueillis par la *Femme aux roses*, une image ésotérique de l'inconscient. Sa silhouette sans visage remet habilement en cause les conventions du portrait. Comme les roses sont belles, d'une couleur si proche de celle du sang, comparée à la pâleur fantomatique des mains !

Cristabella Ire montre le portrait d'une fillette dont le rendu, peint à l'huile texturée, est très fort. Avec son épée de bois à la main, elle n'a rien de l'un des enfants tranquilles de M. Gainsborough qui jouent avec un cerceau et un ruban. Ce garçon manqué à l'air égaré a tout d'un sauvage Huckleberry Finn du beau sexe. *La Combustion* est née tout autant de sombres présages que de couleurs vibrantes (cet orange inépuisable ! ce noir visqueux !).

À l'heure où l'Europe subit à nouveau les spasmes de la guerre, ces images menaçantes d'un artiste issu du creuset des conflits sont d'une force redoutable – c'est un cri de ralliement auquel nous ne pouvons manquer de répondre !

TITRE	DATE	SUPPORT
1. *Femme aux roses*	1928	Huile
2. *Mademoiselle Aubert prend les armes* (prêté par la galerie Mouradian, Paris)	1928	»
3. *Maudie à Chilcombe*	1928	»
4. *Zeus rencontre la baleine*	1931	»
5. *Le Cheval blanc qui déplut au roi*	1930	»
6. *Mademoiselle Florence* (prêté par Willoughby Seagrave, Esq., Dorset)	1929	Dessin
7. *Des os au clair de lune*	1931	Gouache
8. *L'infini trouvé dans le coquillage*	1933	»
9. *Bill* (prêté par la Galerie Zwemmer, Londres)	1929	»
10. *Cristabella Ire* (prêté par Willoughby Seagrave, Esq., Dorset)	1929	Huile

11.	*Altercation dans la mémoire*	1935	Collage photo
12.	*La Combustion* (prêté par la galerie Zwemmer, Londres)	1934	Huile

OBJETS

13. Pierre de sorcière du Dorset
14. Fossile
15. Belette brûlée

QUATRIÈME ACTE

1942-1943

DES PRISONNIERS

Juin 1942

Ils la voient arriver à travers champ et suspendent leurs occupations. Le soleil est aveuglant. Leurs yeux sont cachés sous des casquettes de travail. Ils portent des chemises et des pantalons réglementaires. Certains ont des ficelles en guise de ceintures, d'autres ont les lettres « PW », prisonnier de guerre, cousues sur leurs manches. Ils campent dans le champ depuis trois jours maintenant, mais c'est la première fois que Flossie vient les voir.

Elle remarque leur silence prudent et neutre alors qu'ils la regardent approcher ; l'air chaud paraît se solidifier à tel point qu'elle a du mal à avancer, trébuchant dans le champ plein d'ornières.

Une silhouette corpulente en uniforme de l'armée britannique se découvre. « Mademoiselle Seagrave », dit-il. C'est le sergent Bullock, le visage rubicond à cause de la chaleur.

« Bonjour, sergent. Je suis venue chercher les hommes qui travailleront dans les écuries, déclare Flossie chassant ses cheveux de ses yeux. M. Brewer a dû partir à Londres.

— Très bien », répond le sergent Bullock. Il se tourne vers les prisonniers de guerre allemands : cinq hommes qui vivent dans un campement sur le domaine tout en étant envoyés travailler dans les fermes voisines, là où l'on manque de main-d'œuvre. Certains de ces hommes ont pour tâche de s'occuper des quelques chevaux qui restent à Chilcombe, désormais employés à travailler dans les champs.

Ces prisonniers vivent sous une grande tente entourée de grillages. Ils sont gardés par le sergent Bullock et deux jeunes soldats britanniques logés au presbytère de Chilcombe Mell. Flossie ne sait pas d'où viennent les Allemands ni ce qu'ils faisaient avant d'être faits prisonniers, mais elle remarque que l'un d'eux a des brûlures au visage et se demande si ce sont des pilotes.

Le sergent Bullock, qui en est responsable, fait signe à deux d'entre eux de s'avancer. Ils baissent la tête et se découvrent : l'un est brun, l'autre blond, les cheveux presque blancs au soleil. « Ils ont été soigneusement contrôlés », dit le sergent Bullock, comme si ces hommes étaient des chevaux.

« Comment s'appellent-ils ? demande Flossie. Comment vous appelez-vous ? »

L'homme aux cheveux noirs la regarde, l'air méfiant. « Mattner », répond-il.

Le blond est plus lent à lever la tête mais, ce faisant, il sourit presque. « Je m'appelle Hans Krause, dit-il en prononçant soigneusement chaque mot.

— Je suis Mlle Seagrave.

— Mademoiselle Seagrave », la salue-t-il. Le nom de Flossie, prononcé avec l'accent allemand, perd pour elle de sa familiarité.

Le sergent Bullock regarde les prisonniers d'un air mauvais. « Un pas de travers et vous aurez des ennuis. »

Flossie entraîne le sergent Bullock et les deux Allemands à travers champs, les fait passer par-dessus un échalier, et les conduit aux écuries à l'arrière de la maison : une étrange parade. À l'approche de Chilcombe, elle imagine sa mère en train de l'observer – comme quand Rosalind, le front appuyé à la fenêtre du palier, une cigarette à la main, contemplait le monde extérieur, les yeux vides. C'est une chose curieuse à imaginer. Rosalind est morte depuis plus d'un an, mais son parfum flotte toujours dans sa chambre. Betty dit que le tissu d'ameublement en est imprégné.

Lorsque Flossie, enfant, se glissait dans la chambre de sa mère, la pièce était toujours si imprégnée de parfum qu'il collait au fond de sa gorge. Elle jouait avec le maquillage sur la coiffeuse ou ouvrait la penderie pour faire courir ses doigts sur l'arc-en-ciel soyeux des robes qui y étaient accrochées. Sur une étagère au-dessus des vêtements se trouvaient des boîtes à chapeaux et un volumineux voile de mariage en dentelle, héritage de la famille Seagrave ; les vêtements de Rosalind étaient suspendus sous ce délicat filet, tels des poissons scintillants. Après sa mort, Flossie a fait don des plus belles robes de Rosalind à un dépôt-vente de Dorchester et a donné le reste à Betty, pour qu'elle les retaille et puisse les mettre. Elles étaient trop petites pour n'importe qui d'autre. Elle a gardé le voile.

Flossie conduit donc le sergent Bullock et les Allemands aux écuries. À l'intérieur, les chevaux renâclent pour attirer l'attention, les naseaux dilatés. Les rayons du soleil pénètrent par des fenêtres en demi-cercle, des rais dans lesquels dansent la poussière de foin.

« Vous avez déjà travaillé avec des chevaux ? » demande Flossie.

Mattner acquiesce. Krause sourit. Il a les dents de devant écartées. Il tend la main vers le cheval dans le box le plus proche. « Mon père a une ferme », dit-il. Ses mains sur l'animal sont expertes, calmes ; le cheval y frotte bruyamment ses gencives.

« Vous devrez nettoyer les écuries et vous assurer que les chevaux sont nourris. Nous avions deux hommes qui s'en occupaient avant, mais ils sont… ils ont dû nous quitter », dit Flossie. Il semble étrangement maladroit de devoir leur expliquer qu'on manque de personnel sur le domaine parce que le personnel est parti combattre les Allemands. Elle n'est pas non plus sûre qu'ils comprennent bien l'anglais.

« Ces animaux vont devoir s'habituer à traîner une charrette derrière eux, déclare le sergent Bullock en se tamponnant le visage avec un mouchoir. Vous avez de la chance de les avoir encore. Les autorités ont réquisitionné la plupart des chevaux utilisés pour la chasse à courre. Il n'y a pas de place pour le luxe quand on fait la guerre.

— Je pense que mon oncle Willoughby a parlé aux autorités, dit Flossie. Il les connaît bien. »

Le sergent Bullock renifle avec mépris.

« Krause, Mattner, si vous avez des questions, n'hésitez pas, dit Flossie. Je ne parle pas allemand, mais je suis sûre que nous pouvons nous débrouiller et nous entendre. » Krause lève les yeux et dit : « Mon anglais pas bon. Mais cheval, pour moi, c'est chez moi. » Il pose l'une de ses grandes mains sur sa poitrine, à peu près là où se trouve son cœur, et lui sourit.

« Merci, Krause. Je crois que ça va bien se passer, n'est-ce pas, sergent ?

— Ça reste à voir, mademoiselle Seagrave. Ces prisonniers ont prouvé qu'ils étaient des travailleurs compétents dans les champs. Ils peuvent être utiles ici aussi. »

Ses mots étaient destinés à rabaisser ces hommes à un rang inférieur au sien. Et, d'une certaine manière, rabaisser leurs capacités offense Flossie. « Je suis sûre qu'ils seront formidables », dit-elle. Et elle s'entend ; sa voix, anglaise, aiguë et féminine, résonne contre la charpente voûtée.

« Vous deux, attendez dehors, dit le sergent Bullock. Mlle Seagrave et moi avons d'autres sujets à discuter.

— Vraiment ? » s'étonne-t-elle, alors que les Allemands sortent des écuries.

Il se tourne vers elle. « On m'a fait comprendre que je devais prendre mes quartiers à l'intérieur de la maison principale. Je me suis donc déjà octroyé la liberté de trouver une chambre convenable et je me suis installé dans la pièce inoccupée au-dessus de la salle à manger.

— C'est la chambre de Digby.

— Elle semblait être entièrement vide.

— Elle l'est en ce moment, sergent Bullock, car Digby est avec l'armée en Afrique du Nord. Mais il reviendra.

— Je crois que dans d'autres régions de l'Angleterre, les maisons attenantes aux camps de prisonniers de guerre ont été entièrement réquisitionnées pour l'effort de guerre. Je suis sûr que nous pouvons trouver un arrangement moins formel. S'il vous plaît, appelez-moi Terence. »

Krause et Mattner viennent aux écuries tous les matins. Quelques jours après qu'ils ont commencé à s'occuper des chevaux, le sergent Bullock cesse de les accompagner, préférant surveiller les prisonniers qui travaillent dans les champs, assis sur une chaise pliante en toile, avant de revenir à la maison le soir, où il a pris l'habitude de s'installer à la table à manger, de fumer des cigarillos et de se servir du vin de panais fait artisanalement par Betty, tout en écoutant la radio.

Il a tendance à faire des déclarations à l'emporte-pièce sur les « Amerloques » et les « Boches » dès qu'il en entend parler, comme si les émissions de la BBC n'étaient qu'un moyen pour lui de faire part de ses opinions les plus éclairées. Tout point de vue divergent est accueilli par des rires gras.

Flossie l'évite. C'est une présence toxique, il est pareil à un crapaud qui squatte sa maison. Dès qu'il la voit, il se lève et se dirige vers le meuble à liqueurs en disant : « Puis-je vous offrir un rafraîchissement, mademoiselle Seagrave ? »

Elle l'ignore d'un geste de dédain, exactement comme l'aurait fait sa mère – un geste dont elle n'aurait jamais pensé devoir se servir – en disant : « Sergent Bullock, si vous allez fumer ces choses-là, je vous serais reconnaissante d'ouvrir une fenêtre. » Le ton de sa voix, remarque-t-elle, est également emprunté à Rosalind.

« Il ne vous embête pas, n'est-ce pas ? demande Betty, alors qu'elles boivent le thé dans la cuisine. Rien de bizarre ?

— Non. J'aimerais simplement qu'il ne soit pas là », répond Flossie.

L'irritation causée par la présence du sergent Bullock est exacerbée par l'absence de M. Brewer et de Maudie – et c'est seulement cette absence qui révèle les alliés inattendus qu'ils sont devenus. M. Brewer a toujours été très occupé par la Garde territoriale, tout en faisant de temps en temps de mystérieuses courses pour Perry ; à présent, cette activité lucrative, auparavant secondaire – consistant à fournir discrètement des œufs et de la volaille, non rationnés, à des restaurants chics – occupe la majeure partie de son temps. Quant à Maudie, elle est partie à Weymouth pour participer au système de surveillance anti-incendie, où elle passe ses nuits postée sur le toit d'un bâtiment avec un sifflet (bien que Betty ait fait des remarques malveillantes sur l'intérêt de Maudie pour la défense de Weymouth, plus lié, selon elle, à l'afflux de marins dans la ville qu'à un quelconque devoir civique).

Les personnes évacuées sont retournées à Londres et il ne reste que Betty dans la maison. La quarantaine passée, elle est devenue une vraie mère poule toute ronde, toujours à s'agiter dans la cuisine, à se plaindre de ses problèmes de reins ou à s'inquiéter de son fils engagé dans la marine.

Après la mort de Rosalind, Betty a tout de suite paru atteindre l'âge mûr, comme en guise de protestation. Le bon sens dont elle faisait preuve quand elle était jeune femme s'est cristallisé en pessimisme, et la guerre et ses tribulations ne lui ont servi qu'à réaffirmer que la vie était décevante, les journaux pleins de mensonges, et que rien de ce qu'elle ferait n'y changerait quoi que ce soit.

Flossie juge ce fatalisme amer épuisant, sans parler de l'incapacité de Betty à laisser une bouilloire tranquille.

Avec Betty qui s'agite au sous-sol de la maison et le sergent Bullock qui pontifie au rez-de-chaussée, il ne reste à Flossie que la chambre de sa mère (trop pleine de sa mère et trop chaude) et le grenier (trop plein de ses frère et sœur qui lui manquent tant et encore plus chaud). Alors elle prend sa bêche et sort.

Tous les matins, Flossie traverse les bois pour se rendre au Théâtre de la Baleine. Mais le théâtre n'est plus un espace dédié aux spectacles – il abrite maintenant un grand potager, qui avait d'abord été planté et entretenu par Betty, puis par Maudie et Flossie, et qui, à présent, ne l'était plus que par Flossie. Plusieurs os servent de tuteurs à des pois de senteur qui enroulent leurs vrilles vertes autour des côtes de la baleine comme des rubans autour d'un mât de mai.

Flossie considère que c'est un travail difficile mais gratifiant que de prendre soin de son lopin de terre. Betty est une enseignante agricole pragmatique et efficace, puisqu'elle a supervisé le potager de la maison pendant de nombreuses années ; et Flossie a très vite eu la satisfaction de voir les fruits de ses propres efforts de jardinier amateur devenir comestibles. Son jardin n'a pas l'austérité soignée de celui de Betty – un potager qui, même sans jardinier pour s'en occuper désormais, s'en tient résolument à la conception victorienne méthodique dont il a bénéficié : des rangs alignés avec une rigueur toute militaire de plants de rhubarbe en pot et des pommiers en espalier contraints de pousser à plat contre les murs. Mais celui de Flossie, avec son mélange de légumes utiles et de fleurs sentimentales, est tout à elle.

C'est étrange, mais le théâtre est redevenu un foyer pour elle, comme lorsqu'elle était enfant, bien qu'elle l'habite seule à présent. S'il fait beau, elle passe toute la journée dehors à travailler, s'asseyant confortablement à la base de l'un des os de la baleine pour manger le contenu de son panier-repas. S'il pleut, elle s'abrite dans la grange, et si elle veut une tasse de thé, elle va dans le cottage, où la cuisine est à peu près utilisable.

La grange et le cottage sont encore encombrés d'objets utiles au théâtre. Costumes et accessoires. Des scripts corrigés. Donnant à ces endroits une atmosphère plutôt fantomatique, comme si une représentation avait été abandonnée en plein milieu, ce qui, pense Flossie avec un pincement au cœur, n'est pas si loin de la vérité.

Au fil des années, il avait été de plus en plus difficile de trouver des gens prêts à jouer dans les spectacles de Cristabel. Et encore plus difficile de trouver un public qui veuille bien assister à une pièce amateur de Shakespeare sous la pluie alors qu'il pouvait voir Errol Flynn ou Gracie Fields sur le grand écran du cinéma de Dorchester. Digby allait partir à l'université, pour commencer une nouvelle vie à Cambridge, et Flossie voulait se marier. Elle ne pouvait imaginer Cristabel sans son théâtre, mais qu'est-ce qu'un théâtre sans troupe ni public ? Puis la guerre s'était imposée, tout avait été arrêté, et personne ne savait si tout recommencerait.

C'est pourquoi les jardins sont si utiles, pense Flossie. Il n'est pas nécessaire de réfléchir à toutes les questions qui les concernent. Il suffit de penser à creuser et à désherber la parcelle de terre sous vos pieds.

Lorsqu'elle a terminé de travailler la terre, Flossie retourne à Chilcombe pour nourrir les poules de M. Brewer, qui vivent dans l'une des petites dépendances qui appartenaient autrefois aux jardiniers. Le vieux bureau en bois du jardinier en chef est maintenant couvert de poules perchées ; des pots de fleurs et des sachets de graines traînent au milieu des plumes, et des œufs qu'elle récupère dans un panier.

Flossie voit souvent Krause et Mattner quand elle est ici, à l'arrière de la maison. Parfois, se rappeler qu'ils incarnent l'ennemi ébranle Flossie, d'autant plus que Krause est très amical. Il la salue toujours, de la main ou en soulevant sa casquette de travail. Elle semble le voir plus souvent que Mattner. Peut-être parce qu'il a les cheveux plus clairs.

Lorsqu'elle longe les écuries, elle l'aperçoit quelquefois en train de travailler, son large dos courbé alors qu'il vérifie les sabots des chevaux. Parfois, il se retourne, toujours penché, et lui sourit. Une rencontre informelle. Les regards devraient être échangés face à face, debout, et pourtant il est là, souriant par-dessus son épaule, un sabot de cheval à la main. Elle ne peut s'empêcher de sourire en retour.

« Mademoiselle Seagrave », dit-il, et c'est comme une blague entre eux, bien qu'elle ne sache pas trop pourquoi.

« Krause », répond-elle en retour, incapable de dire autre chose, ou de faire autre chose que sourire et s'éloigner, baissant les yeux sur les œufs dans son panier comme s'ils étaient sortis de nulle part. Des objets si curieux : à la fois beaux et étrangers. Quand elle les touche, ils sont encore chauds, tout juste pondus. Elle ne sait alors plus ce qu'elle est censée faire, si ce n'est poser le bout de ses doigts sur leurs coquilles mouchetées.

Elle est tout aussi décontenancée lorsque Krause, un matin, vient l'aider à transporter une lourde brouette. Elle ne peut qu'agiter légèrement la tête dans un sens puis dans l'autre, en guise de remerciement, comme si c'était elle qui maîtrisait mal la langue anglaise. C'est une réaction si étrange, cette incapacité à communiquer. Elle décide qu'il doit s'agir d'une forme de phobie sociale ; que Krause soit un prisonnier ennemi, rendant les usages difficiles à respecter, ridiculise bêtement ses réactions.

Lorsque le sergent Bullock suggère que Krause, avec ses connaissances en agriculture, pourrait travailler occasionnellement au jardin, Flossie tient tellement à lui faire comprendre qu'elle peut parfaitement faire face à une telle éventualité qu'elle se retrouve elle-même à le proposer, sur un ton hautain qui les surprend tous les deux.

Le sergent Bullock est d'accord pour dire que, en effet, ce sera possible. Toutefois, plus tard dans la journée, il exige presque, plus pressant que jamais, qu'elle écoute son monologue politique après le dîner, et elle sent que cette conjoncture n'est pas étrangère à ce qui vient d'être décidé – une forme de réalignement, de réorganisation, et elle ne peut donc pas refuser de l'écouter.

Lorsque Krause arrive au théâtre, Flossie est soudain prise de panique : elle a fait une terrible erreur, se dit-elle. Elle entend Cristabel éructer contre les ennemis étrangers. Mais Krause, qui est escorté par l'un des soldats britanniques, est intrigué par les os, et lui raconter l'histoire de ce théâtre de manière à ce qu'il puisse la comprendre, étant donné le peu d'allemand qu'elle connaît et le peu d'anglais qu'il saisit, s'avère une distraction si intéressante que ses doutes se dissipent rapidement. Le soldat s'installe sur le seuil du cottage et les observe sans enthousiasme tout en s'entraînant à devenir un as des tours de cartes.

Krause se met au travail en arrachant les mauvaises herbes avec enthousiasme. « Je toujours pensé que je travaille dans une ferme, mais je ne pas pensé Angleterre », dit-il en riant.

Flossie rit aussi. « C'est drôle comment les choses arrivent.

— Comment vous pensé que vous être maintenant ? demande-t-il.

— Eh bien, pour être franche, je ne pensais pas être encore ici, répond Flossie. Je pensais que je suivrais le programme habituel, vous savez. Être une débutante. Savez-vous ce que cela signifie ? »

L'Allemand secoue la tête.

« Eh bien, les débutantes, des jeunes filles bien nées, sont présentées à la cour pour éventuellement être demandées en mariage par de jeunes hommes, des bons partis, mais j'ai raté cette occasion à cause de la guerre.

— Ah », lâche Krause, qui n'a pas l'air d'avoir mieux compris.

Flossie mime le passage d'une alliance à son doigt et essaie à nouveau, un peu plus vigoureusement. « Je pensais que je trouverais un mari. Un bon mari. Que je partirais vivre dans sa maison. Que j'aurais des enfants.

— Maintenant des légumes.

— Oui, acquiesce Flossie, en survolant du regard son petit lopin de terre. Ce n'est pas ce que j'espérais, mais je les aime bien. Je suppose que je n'ai jamais imaginé que je serais la seule à rester à Chilcombe. Le théâtre appartient en fait à ma sœur. Mais ce n'est plus un théâtre, n'est-ce pas ?

— Un jardin », dit Krause joyeusement.

Après avoir été initié aux légumes, Krause descend tous les deux jours jusqu'au squelette de la baleine à grandes enjambées, suivi par le jeune soldat qui s'ennuie avec son jeu de cartes. Il s'avère, et c'est heureux, que Krause et Flossie travaillent bien ensemble, en inventant un langage commun fait de sourires et de signes de tête par-dessus les déplantoirs et la corde. Ils travaillent côte à côte, et Flossie n'a donc pas à le regarder souvent en face, ce qui lui permet de contenir son étrange timidité ; même si elle est très sensible à la proximité du visage de Krause, son profil.

Krause en sait plus qu'elle sur les tâches pratiques, mais il est plein d'égards et lui explique ce qui doit être fait plutôt que d'essayer de prendre les choses en main. Il lui prête même une attention polie lorsqu'elle lui montre le dépliant « Bêcher pour la victoire », bien que ce soit pour lui probablement du charabia. Elle a gardé ce dépliant dans la poche de son manteau depuis qu'il a été publié par le ministère de l'Agriculture au début de la guerre, car il contient un tableau utile indiquant quoi planter ou semer et quand, et des conseils sur la façon d'avoir « des légumes sains chaque semaine de l'année », en concluant par : BÊCHER CORRECTEMENT ET CULTIVER JUDICIEUSEMENT. Bien que déconcertant au début, il s'est avéré précieux.

Flossie trouve même le courage de prendre le bus jusqu'à Dorchester pour acheter des chemises et des salopettes, afin d'être correctement équipée pour ses travaux. La femme dans la boutique lui dit d'un air approbateur : « Vous ressemblez à une volontaire agricole, mademoiselle Seagrave. » Et c'est vrai. Ces vêtements pratiques lui conviennent bien mieux que les robes à volants que sa mère avait l'habitude de lui acheter. La Flossie dans le miroir de la cabine d'essayage a des taches de rousseur et paraît vigoureuse. Les manches retroussées. Les cheveux retenus par un foulard. Une volontaire agricole.

Flossie regarde à nouveau son reflet. Elle cherche plus fréquemment les miroirs ces jours-ci, mais non plus pour y discerner des défauts, comme c'était toujours le cas auparavant. Au-delà du plaisir que lui procurent ses nouveaux vêtements, il y a quelque chose d'autre : un sérieux dans son regard que ses yeux ne cessent de vouloir rencontrer, comme si elle et son reflet étaient engagés dans une sorte d'échange silencieux permanent.

Un après-midi, alors qu'elle et Krause préparent un lit de semence pour les laitues, ils entendent le bruit d'un avion de chasse. C'est un ronronnement guttural, comme celui d'une grosse tondeuse à gazon, qui va et vient au gré du vent. Ils lèvent les yeux et le regardent arriver au-dessus du Ridgeway, de la fumée s'échappant de sa queue.

Bien qu'on voie moins d'avions de chasse dans le ciel du Dorset qu'au début de la guerre, certains apparaissent encore de temps en temps, et chaque fois Flossie est étonnée de leur proximité – ils volent à basse altitude au-dessus de la vallée comme Willoughby autrefois, faisant fuir les freux nichés dans les arbres. Celui-là, un Messerschmitt, avec son moteur en perte de vitesse, passe si près au-dessus de leurs têtes que Flossie peut voir les deux membres d'équipage dans le cockpit. Elle observe l'avion qui se dirige vers la mer, perdant rapidement de l'altitude. Elle entend Krause soupirer, et se demande s'ils seront les derniers à voir ces deux hommes en vie.

Un jour, au cours de l'été 1940, elle se promenait sur Ceal Head lorsqu'un bombardier allemand était passé en trombe au-dessus d'elle, poursuivi par un Spitfire. Les deux appareils avaient foncé et disparu, mais, peu de temps après, elle avait vu le Spitfire revenir, et le pilote faire un tonneau de victoire au-dessus de la baie, tournant sans effort dans le ciel comme une loutre se mouvant en spirale dans l'eau. C'était comme s'il exécutait ces figures, et fêtait sa victoire, rien que pour elle ; elle avait alors sauté en l'air pour le saluer d'une main. Alors que tout était si sombre et précaire, ce fut un moment de pure joie. Elle n'est pas sûre de pouvoir ressentir la même chose à présent.

« Vous étiez pilote ? » demande Flossie. Elle pointe le doigt vers le haut.

Mais Krause pointe le doigt vers le bas, et fait un geste comme une mer ondulée. « *U-Boot.*

— Un sous-marin. Ça alors. Ça vous a plu ? »

Il rit, avant de poser ses deux mains au-dessus de sa tête et de se baisser, mimant l'idée d'un espace exigu.

« Oui, dit-elle, vous êtes grand. » Elle lève la main au-dessus de la tête de Krause, comme pour mesurer sa taille. Ils rient tous les deux, et il tend sa main au-dessus de la tête de Flossie et hausse les épaules pour indiquer qu'elle est plus petite. Ils rient à nouveau. Avoir comparé leurs tailles les plonge soudain dans l'embarras et ils se remettent rapidement au travail.

« Il est allemand. Il est l'ennemi. » La voix de Cristabel dans sa tête le lui rappelle souvent. Elle se souvient également de l'insistance de Rosalind pour qu'elle ne fréquente que des jeunes hommes de bonne famille. Krause, le fils d'un fermier, ne serait pas convenable. Mais si ce n'était pas le cas, serait-ce plus convenable pour autant ?

Lorsque Flossie s'imagine et imagine Krause dans d'autres circonstances, elle pense à une rencontre dans une gare ou un restaurant. Elle passe beaucoup de temps à se demander à quoi elle pourrait ressembler, en descendant d'un train ou en poussant la porte d'un restaurant, marchant vers lui. Dans ces scènes imaginaires, elle n'évoque ni le visage de Krause ni son corps, elle ne voit qu'elle-même, vue par lui. Il n'existe dans ces rêveries que comme spectateur, un admirateur.

Il y a aussi d'autres moments où il lui vient à l'esprit spontanément, sans qu'elle y pense. Parfois, très tôt le matin, avant qu'elle ne soit bien réveillée, elle a l'impression qu'il est là, derrière ses paupières closes. Une silhouette découpée contre la lumière du soleil. Son dos et ses épaules. Elle ne se souvient pas d'avoir ou non été témoin d'une scène pareille dans la vie réelle, mais c'est une image aussi vive que si elle existait. Plus vive, en fait, car elle porte avec elle une respiration propre au rêve, comme un épisode vivant, libéré dans ce court laps de temps qui existe entre le sommeil et le retour à la conscience.

Elle est reconnaissante qu'ils ne puissent pas avoir de vraies conversations car, de plus en plus, elle ne souhaite pas avoir de vraies conversations avec qui que ce soit. Lorsqu'elle et Krause ont terminé leur travail, le soldat britannique le raccompagne au camp pour sa ration du soir : une soupe avec du pain et de la margarine. Une fois qu'il est parti, Flossie tarde à rentrer et va plutôt se promener en bordure de la pelouse, où elle s'étend à l'ombre sous les arbres, avec un livre ouvert qu'elle ne lit pas, mais dont elle se sert pour se défendre occasionnellement contre le sergent Bullock ou Betty.

À plat ventre, le menton appuyé sur ses mains, les coudes écartés, Flossie regarde le crépuscule tomber. À ras du sol, la pelouse non tondue est une jungle dense, la maison à peine visible à travers la verdure, comme le château de la Belle au bois dormant. Comme il n'y a personne pour les tailler, les roses près de la porte d'entrée sont devenues envahissantes, et les haies habituellement sculptées sont devenues folles, comme bouillonnant d'une centaine d'idées stupides à la fois, de multiples branches s'échappant de leurs ramures. Les insectes s'agitent sans contrôle, dessinant des vecteurs à main levée dans les dernières lueurs du jour.

Flossie repose sa tête sur ses bras et plisse les yeux dans le soleil couchant, ses cils clignant à la périphérie de son champ de vision. Sa propre chair est très présente et proche. La douceur fraîche du haut de son bras contre sa bouche, son souffle dans le nid que dessinent ses bras. Elle presse ses lèvres ouvertes contre sa peau pour voir ce que ça fait, puis ferme les yeux. Elle entend le murmure changeant de l'herbe longue. Le battement rapide des ailes d'un merle qui s'envole soudainement.

LE JOURNAL DE FLOSSIE

Juillet 1942

1er juillet

J'ai travaillé au potager toute la journée. Comme un moulin satanique[1]*, le sergent Bullock a rempli la maison de la fumée de ses cigarillos répugnants jusqu'à ce que Betty le persuade d'aller au pub.*

2 juillet

Il a fait très chaud. Avons planté des oignons. M. Churchill a déclaré à la BBC que nous continuons à « lutter pour notre survie ». Résolue à planter plus d'oignons. Le sergent Bullock aime aller au Naufrage et y prendra tous ses repas du soir à partir de maintenant. Une nation se réjouit !

3 juillet

M. Brewer de retour de Londres avec une boîte de pêches en conserve. Attaque aérienne sur Weymouth la nuit dernière. J'ai pensé à Maudie sur son toit et j'ai récité une prière. Betty dit que je ne devrais pas m'inquiéter car Maudie a plus de vies qu'un chat. Le mot allemand pour « soleil qui brille » est Sonnenschein.

5 juillet

Ai raconté à Krause l'histoire du Magicien d'Oz. *Je lui ai dit que j'avais vu le film cinq fois. Nous nous sommes amusés à essayer de chanter « If I Only Had A Brain ». Krause est légèrement handicapé*

1. Allusion aux usines, qualifiées de « moulins sataniques » ou de « fabriques du diable ». En référence aux « sombres usines sataniques » de W. Blake.

par le fait qu'il ne comprend pas les paroles, mais ça lui donne une certaine ressemblance avec Hunt, l'Épouvantail.

9 juillet

Magnifique concerto de Schumann à la radio. J'ai essayé de le jouer au piano. La plupart de mes compositeurs préférés sont allemands. Je l'ai dit à M. Brewer, et il a haussé un sourcil à sa façon, comme pour dire « bien, bien, bien ».

11 juillet

J'ai emporté le gramophone, qui était dans la chambre de maman, dans la cuisine pour passer les disques de Schumann. Ré *et* Sol *sont mes notes préférées. L'une nostalgique, l'autre rassurante. Betty dit que tout sonne pareil pour elle.*

12 juillet

Cary Grant s'est remarié. J'ai allumé une bougie et j'ai eu du chagrin. Une lettre de cette chère Myrtle. Elle dit qu'il n'y a plus de fruits à Londres, seulement des bananes en carton dans les vitrines des magasins. Imaginez ! Elle a l'intention d'en porter en boucles d'oreilles.

13 juillet

Le sergent Bullock, M. Brewer et Betty sont allés au pub, j'ai pris un bain dans la salle de bains de maman. Ai emporté le gramophone avec moi. J'ai arrangé quelques roses dans un pot sur le rebord de la fenêtre où elles accrochaient parfaitement la lumière du soleil du soir. C'est étrange d'avoir de beaux moments pendant une guerre. Je n'ai jamais aimé être seule à la maison, mais maintenant si. Parfois.

16 juillet

Des radis pour M. Churchill. Le mot allemand pour « tache de rousseur » est Sommersprosse.

Hans connaît les mots anglais pour « tache de rousseur », « soleil », « arc-en-ciel » et « épouvantail ». Il peut dire « rien ne vaut son chez-soi » comme une Judy Garland teutonne.

17 juillet

Betty a suggéré que nous vendions des légumes à son cousin qui est primeur à Dorchester. Au début, nous ne savions pas comment les transporter jusque là-bas, mais l'astucieux Hans nous a fait remarquer qu'il y avait une vieille calèche à l'arrière des écuries. M. Brewer a récupéré une souris morte à l'intérieur et a dit : « Tu iras peut-être au bal, Cendrillon. »

20 juillet

Carte postale de Digby ! Quelle joie d'avoir ne serait-ce que quelques mots de lui. J'ai pleuré. Parfois, j'oublie à quel point il me manque. Je sais que c'est ridicule, mais j'aimerais qu'il puisse rencontrer Hans. Ils s'entendraient si bien.

24 juillet

Aujourd'hui, Hans a essayé de me raconter une blague allemande sur les choux. Il riait tellement qu'il pouvait à peine parler. Je n'ai rien compris, mais je n'ai pas pu m'empêcher de rire moi aussi. Quand on a l'occasion de rire, la journée passe plus vite. Les haricots verts ont merveilleusement bien poussé.

25 juillet

Betty a parlé à son cousin et il va acheter nos légumes ! Nous sommes ouverts au commerce ! Hans et moi avons passé la journée à charger la calèche pour notre premier voyage de livraison. Notre soldat chaperon viendra avec nous. C'est utile d'avoir une autre paire de bras. Betty a dit que lorsque Mère et Père se sont mariés, ils sont arrivés à Chilcombe en calèche. Comme c'est romantique.

26 juillet

Eh bien, nous avons fait l'aller-retour à Dorchester. Ce ne fut pas comme je l'espérais. Je me suis tellement habituée à la présence quotidienne de Hans que j'ai oublié que certaines personnes n'aiment pas croiser un Allemand. Il l'a bien mieux pris que moi.

30 juillet

Je dois essayer de tenir mon journal. Je n'ai jamais su comment résumer une journée en quelques lignes. La plupart du temps, les mots ne suffisent pas.

TEMPO RUBATO

Août 1942

Ils ont travaillé dehors toute la journée écrasés par la chaleur. Le ciel est de moins en moins bleu. Quand le soleil commence enfin à se coucher, ils repartent à travers bois en poussant une brouette pleine de radis et de haricots à rame, suivis par le soldat. La terre est craquelée et poussiéreuse. Bien qu'il reste encore quelques semaines avant le début de l'automne, la campagne est déjà asséchée. Les champs autour de Chilcombe sont pâles comme de la paille, les haies sont pleines de capsules de graines friables comme du papier jauni et d'herbes plumeuses ; les choses se détachent d'elles-mêmes, s'effilochent.

Quand ils arrivent sur la pelouse, Flossie se souvient que la maison est vide. M. et Mme Brewer sont allés au cinéma pour voir *Un de nos avions n'est pas rentré*, et M. Brewer a invité le sergent Bullock à se joindre à eux. Le sergent Bullock a dit qu'il apprécierait en effet une sortie pour se divertir et ils sont tous partis.

Au cours de cette conversation, des regards avaient été échangés. M. Brewer lui avait jeté un bref coup d'œil. Un regard si neutre qu'elle l'avait justement remarqué pour cette même raison. Il n'exprimait absolument rien. Flossie s'en rend compte à présent, ne rien dire a parfois une certaine force. Elle se familiarise avec les silences, elle apprend qu'il en existe plusieurs, tous différents.

Flossie et Hans poussent la brouette jusqu'aux dépendances à l'arrière de la maison, où des orties croissent entre les dalles.

Ensemble, ils chargent sans un mot les légumes dans les caisses en bois qui attendent dans la voiture à cheval. Demain, Flossie et M. Brewer conduiront la voiture et sa cargaison à Dorchester.

Hans se rend ensuite dans les écuries pour s'occuper des chevaux, tandis que Flossie part à la cuisine pour se laver les mains dans le vieil évier Belfast en céramique, qui est aussi grand qu'une auge à bétail et rempli de casseroles non lavées. Le soldat anglais joueur de cartes passe la tête par la porte et dit qu'il va faire un saut au village pour boire une bière. Il a pris l'habitude d'y aller presque tous les jours, et elle avait espéré qu'il y retourne ce soir-là.

« Il a fait si chaud aujourd'hui que vous avez probablement besoin de boire un verre », lui répond Flossie, d'une voix qui semble trop forte pour la cuisine. Elle regarde le vieux miroir accroché au mur. Le verre est terne et taché de graisse, mais, dans ses profondeurs troubles, elle se voit : hâlée, les joues roses, les cheveux attachés en arrière sous un foulard jaune.

Elle tourne le robinet et remplit deux tasses en fer-blanc d'eau froide, puis se dirige vers la porte de derrière. Lorsque Hans sort de l'écurie, elle brandit les deux tasses et fait un mouvement de tête qui signifie : entrez. Il fronce légèrement les sourcils, puis, s'essuyant les mains sur son pantalon, la suit dans la cuisine. Elle lui tend une tasse en disant : « La maison est vide. Ils sont tous partis. »

Elle l'observe pendant qu'il regarde autour de lui. C'est une pièce dans laquelle il n'est encore jamais entré : un tunnel caverneux rempli de fours noirs et décoré d'un drapeau de l'Union Jack en lambeaux que Betty a punaisé sur l'un des murs, avec des photos patriotiques tirées des journaux. Des torchons sales sont empilés par terre en attendant d'être lavés, et les plumes d'un poulet flottent au ras du sol. La grande table est couverte de magazines, de livres, de boîtes à tabac, de disques de gramophone et d'un vieux rafraîchisseur de bouteille rempli d'oignons. Les moules à gelée en cuivre qui garnissaient les hautes étagères sont à présent en équilibre près de l'évier, contenant de la terre et des semis.

Flossie pose les tasses sur la table et d'un geste l'invite à s'asseoir. Elle trouve du pain et un pot de pâte de crevettes et, maladroitement, prépare d'épais sandwiches, qu'ils mangent dans un silence satisfait. Elle le voit regarder la pendule. Elle ne veut pas lui causer d'ennuis, mais elle aimerait lui montrer le corps principal de la maison ; et après qu'ils ont mangé, elle lui fait donc signe de la suivre le long du couloir et de monter l'escalier étroit jusqu'au hall.

Parvenu dans la grande salle, Hans observe la cheminée et les boiseries, lève les yeux vers la bâche qui recouvre le trou où se trouvait la coupole. Il fronce les sourcils mais ne semble pas intimidé. Il lui jette un coup d'œil, et elle comprend que ce qui le préoccupe n'est pas de savoir s'il lui est permis d'entrer dans la maison, mais si ce qu'elle est en train de faire ne pourrait lui porter préjudice à elle.

« J'ai pensé que vous aimeriez visiter la maison », dit-elle.

Hans se dirige vers le piano à queue. Quand il passe sa main dessus avec une telle familiarité, elle sait soudain qu'il existe un piano quelque part en Allemagne qu'il touche en cet instant même. Il désigne l'instrument et demande : « Vous ? »

Elle acquiesce.

Il pointe à nouveau le piano du doigt et elle rit. Il recommence et elle rit encore plus, puis elle sort le tabouret et s'assied en disant : « Pourquoi pas ? »

Hans paraît soudain intimidé. « J'entends, dit-il.

— Je vous demande pardon ? »

Il fait mine de faire courir ses doigts sur les touches, puis d'un geste montre l'arrière du bâtiment. Il passe une main derrière son oreille : « Dans les écuries. J'entends vous jouer. Bien », et fait un signe de tête encourageant. Dans cette salle qui résonne, leur attitude est plus cérémonieuse qu'elle ne l'a jamais été jusqu'à présent.

Elle ouvre le couvercle du piano. Une fois, deux fois, dix fois, elle a imaginé jouer devant lui. Une situation imaginaire devenue réelle, et c'est étrange. L'horloge comtoise fait *tic-tac* tel un métronome.

Pour Flossie, jouer du piano nécessite un oubli de soi volontaire. Elle trouve que c'est différent du jeu d'acteur. Chaque fois qu'elle participait aux représentations théâtrales de ses frère et sœur, elle revoyait constamment son texte, car si elle cessait d'y penser, elle le perdait à jamais. C'est la même anxiété qu'elle ressent lorsqu'elle tient un gâteau d'anniversaire dont les bougies sont allumées et fondent : elle a l'impression que la fenêtre de tir pour que les choses se déroulent bien se referme rapidement.

Mais alors que le jeu au théâtre exigeait un gros travail d'apprentissage et de mémoire, le tout bien présent à l'esprit, la musique exige une perte de mémoire, le vide. Lorsqu'elle est prête à jouer un morceau, elle s'assied au piano, pose ses mains sur les touches, ferme les yeux et attend jusqu'à ce qu'elle ne sente plus rien. Le vide pur. Alors seulement, elle peut commencer.

Sans rien dans sa tête, comment sait-elle où commencer ? (Elle le sait, c'est tout.) Comment ses mains bougent-elles sans directive ? (Elles le font, c'est tout.) Elle ne regarde pas sa partition quand elle joue, et reproduire ce qui y est transcrit n'a rien à voir avec la mémoire, c'est autre chose. En fait, si elle essaye consciemment de reproduire la musique telle qu'elle est écrite, elle joue invariablement une fausse note. Elle tape doucement du pied pour garder le rythme, penche la tête sur le côté, comme si elle attendait de percevoir la musique quelque part au loin. C'est comme une écoute, une invitation, à moins qu'on ne puisse comparer cet état à rien.

Elle ferme les yeux. Un battement dans sa cage thoracique, tout en haut, des palpitations qu'elle calme en respirant en rythme ; elle attend le vide pur.

Tout au long de sa vie, le piano a été un ami pour Flossie. Un endroit où s'asseoir quand elle ne pouvait pas se poser. Un endroit où aller quand elle n'avait pas d'autre endroit à elle. Enfant, puis jeune fille, on la voyait souvent perchée sur le tabouret du piano, jouant de la musique pour elle-même.

Quelques semaines avant sa mort, Rosalind, portant une robe blanche qui lui collait à la peau comme de la crème liquide, avait trouvé Flossie assise là. « Jouer du piano dans une pièce vide est plutôt tragique, chérie. Pourquoi ne pas passer au salon ? Il y a beaucoup de monde ce soir. Myrtle va réciter quelques poèmes sur la fin de la civilisation. »

C'était en février. Une forte pluie crépitait bruyamment contre les vitres.

« Ça va », avait répondu Flossie, en appuyant sur une seule note. Elle n'avait jamais pu jouer correctement devant sa mère.

« Tu joues très discrètement.

— Je ne joue pas vraiment.

— Je me souviens de ma mère qui disait toujours de "garder le niveau d'une concertiste", avait dit Rosalind en redressant l'une des photographies posées sur le piano. Je ne jouais même pas d'un instrument.

— Ça va, avait insisté Flossie.

— Si tu le dis. » On aurait pu croire que la voix de sa mère manquait de substance, qu'elle était comme chimérique. Dehors, le bruit de la pluie qui tombait à verse paraissait plus clair : plus consistant et vigoureux. Rosalind appartenait au murmure des pièces privées, aux lampes savamment placées et aux rideaux tirés contre les intempéries, où les femmes s'apprêtaient et les hommes regardaient. Un circuit fermé.

Pendant un moment, Flossie avait envisagé de proposer de jouer quelque chose pour les invités de sa mère. Il s'était écoulé suffisamment de temps depuis la dernière fois où elle l'avait suggéré pour que Rosalind puisse penser que c'était une idée entièrement nouvelle, et donc suffisamment originale pour être incluse dans sa soirée. Les mots étaient parvenus jusqu'au bord des lèvres de Flossie mais sans aller plus loin. Elle avait tapoté tranquillement ses ongles sur les touches en ivoire.

Rosalind lui avait alors jeté un coup d'œil, comme si elle avait dit quelque chose et, pendant une seconde, elles s'étaient observées à travers leurs silences respectifs jusqu'à ce que Rosalind se retourne pour regarder son reflet à la surface du piano, puis elle était partie sans un mot, laissant Flossie au piano et à la pluie.

Lorsqu'elle arrive à la fin du morceau, Flossie joue le dernier accord, puis lève les mains. La musique reste en suspens, cédant la place à un silence qui vibre légèrement, lesté du son qui vient de traverser l'air autour d'eux. Quand elle regarde Hans, les yeux du jeune homme brillent. « Bach », dit-il, la voix tremblante.

Il vient à l'esprit de Flossie que la musique qu'elle adore peut incarner d'autres lieux et d'autres moments pour lui. Quand elle pense à l'Allemagne, elle voit des soldats en rang marchant au pas de l'oie sur un écran de cinéma ; mais, quelque part derrière ces images, il doit y avoir la ferme de la famille Krause – là où son père élève des chevaux. Elle imagine un homme d'un certain âge aux larges épaules comme Hans, transportant du foin.

« Je ne voulais pas vous rendre triste », s'excuse-t-elle en grimaçant.

Il fait semblant de jouer du piano. « Ma grand-mère. » Puis il pose une main sur son cœur et le tapote, comme pour le tranquilliser.

Flossie ferme le piano. Elle se sent empêtrée, en proie à des impulsions contradictoires, la plus insistante lui intimant d'être une hôtesse courtoise, de raccompagner son invité au salon et de lui offrir un verre. C'est ce que la maison attend d'elle, mais tous deux sont déjà au-delà de ce qui est attendu ; et elle ne veut pas revenir en arrière.

Elle ne le voit pas comme un invité qu'il faut charmer. Elle ne le voit pas non plus comme un prisonnier qu'il faut surveiller, craindre, ou invectiver dans la rue. Elle le voit comme quelqu'un qui, sans que ce soit sa faute, s'est retrouvé à Chilcombe et essaie d'en tirer le meilleur parti – comme elle le fait. Elle voit Hans Krause, qui l'aide avec les légumes, qui est gentil avec les chevaux, qui chante comme Hunk l'Épouvantail, qui la fait rire.

« Sortons », dit-elle. Et elle se dirige vers la porte d'entrée, regrettant de devoir toujours être celle qui mène. C'est dans cet esprit qu'elle s'arrête dans l'embrasure de la porte pour lui permettre de la rattraper, puis marche délibérément à ses côtés, accordant ses pas aux siens pendant qu'ils arpentent la pelouse. L'après-midi a cédé la place au crépuscule, doré et plein du chant des oiseaux, et ils traversent les bois pommelés, en prenant le sentier qu'ils empruntent toujours.

Ils marchent côte à côte et, de temps en temps, se heurtent du bras, d'abord accidentellement, puis délibérément, en plaisantant ; puis délibérément, tendrement ; puis délibérément, en silence, jusqu'à ce que les mains qui se frôlent se cherchent délibérément et se rejoignent. Et c'est donc main dans la main qu'ils continuent à marcher – en regardant droit devant eux, comme s'ils ne pouvaient pas s'avouer le comportement étrange de leurs mains qui, elles, n'ont pas de pareils scrupules : elles se serrent et entrelacent leurs doigts aussi familièrement que de vieilles connaissances.

Une fois cette union établie, il est facile pour Flossie d'entraîner Hans au-delà du squelette de la baleine, au-delà des légumes, jusqu'à la mer. Elle n'a aucune raison de le pousser à y aller, mais il y a un plaisir à le tirer par la main, à l'emmener quelque part. La plage est vide, et une brise fraîche souffle sur l'eau. Contrairement à la terre jaune paille et brûlée par le soleil, la mer est d'un bleu vif et profond. Tout autour de la baie, on entend le flux et le murmure des vagues quand elles avancent sur les galets avant de glisser à nouveau dans l'océan au moment du reflux.

Des rouleaux de barbelés ont été installés en haut de la plage, tout du long, derrière une rangée de bateaux de pêche retournés. Sur Ceal Head, on a construit un nouveau fortin en brique, un poste de surveillance habituellement occupé par un homme de la Garde territoriale. Ils y jettent tous deux un coup d'œil, puis Flossie tape sur le bras de Hans, pour lui rappeler les lettres délavées cousues sur sa manche : PW. Il les recouvre de sa main, puis, étrangement courtois, se retourne pour passer sa chemise par-dessus sa tête. Surprise, elle prend peur, jusqu'à ce qu'il fasse un signe de tête en direction de l'eau. Alors elle comprend : ils forment un couple de villageois, venus le soir à la plage pour se baigner.

Sa poitrine est d'une blancheur fantomatique comparée à son visage et à ses avant-bras bronzés. Avec un sourire malicieux, il enlève rapidement le reste de ses vêtements – bottes poussiéreuses, pantalon de travail, sous-vêtements grisâtres – et court nu sur les galets jusqu'au rivage. Flossie est trop surprise pour être indignée. Son cri de joie spontané lorsqu'il se jette à l'eau la fait rire aux éclats, puis elle porte les mains à son visage et regarde autour d'elle. La plage est toujours vide.

Hans barbote joyeusement comme un chiot, puis s'éloigne en nageant, avant de se retourner pour la regarder. Changer d'élément naturel semble l'avoir libéré : son visage ouvert, toujours prompt à sourire, arbore une nouvelle expression. Il n'est plus lié à la terre, il n'est plus sur le sol anglais. Il lui fait signe de le rejoindre.

Flossie, qui ne le quitte pas des yeux, s'étonne de l'audace du jeune homme. Et une fois de plus, il lui semble que ses propres mains aient acquis une certaine indépendance : ses doigts ont commencé à déboutonner son chemisier de haut en bas. Elle défait donc ses boutons, mais aussi les pressions et les fermetures Éclair. Si elle n'y pense pas, il lui est facile d'ôter ses vêtements, un par un, et de les laisser tomber sur la plage.

Ayant gardé ses sous-vêtements, elle descend avec précaution la plage de galets. Elle n'a jamais nagé nue, pas même quand elle était enfant. Digby et Cristabel l'ont toujours fait, mais Flossie avait toujours été moins audacieuse (bien que, comme elle s'en rend compte, il semble peu probable que Digby ou Cristabel aient jamais nagé avec un prisonnier de guerre allemand nu).

L'eau est plus froide qu'elle ne s'y attendait. Elle se retrouve sur la pointe des pieds, le souffle coupé, mais se force à s'immerger. Elle nage allègrement jusqu'à Hans, en criant : « Je ne me souviens pas de la dernière fois où j'ai nagé dans la mer », comme s'ils étaient en excursion. Il désigne sa tête d'un geste, attirant son attention sur le fait qu'elle porte toujours son foulard. Elle essaie, sans succès, de le dénouer, se redresse tout en se tenant légèrement accroupie pour ne pas émerger. Il plie les genoux pour être à sa hauteur et passe ses deux mains autour de son cou pour dénouer délicatement le foulard.

Alors que ses bras encerclent déjà Flossie, il semble plus facile à Hans de poser ses mains sur sa nuque, un pouce en caressant doucement la peau. Leurs visages étant si proches, il lui semble naturel de se pencher vers elle, comme pour se cacher, et de presser sa bouche contre la sienne.

Tout en gardant soigneusement une certaine distance entre eux, tandis que la mer ondoie autour d'eux, ils demeurent dans cette position. Toutefois, l'élan de leur baiser les pousse à rapprocher leurs pieds jusqu'à ce que leurs corps se rencontrent. Flossie se presse contre lui, d'abord pour cacher son visage, puis parce qu'elle en a envie.

Après un certain temps, il lui tend le foulard. « J'aurais aussi bien pu le garder sur ma tête », dit-elle, et sa voix lui paraît superflue. La conversation, le langage, l'anglais – tout semble inutile maintenant. Elle peut faire autrement. Elle a trouvé un langage sans mots avec lequel elle veut lui dire beaucoup de choses. Elle effleure sa poitrine, son cou, son visage, fait courir ses doigts sur sa bouche.

Ils partent nager au large, puis s'ébrouent dans l'eau comme des phoques, en regardant le rivage. La plage semble très éloignée, de la même manière que leurs corps sous l'eau leur semblent éloignés. Il est tellement facile de se détacher – du sol, de son propre corps, de soi-même. L'Angleterre est une couche peu attrayante de beige et de vert ; elle ne semble pas valoir la peine de se battre. Ils bougent ensemble et il prend son visage dans ses mains tandis qu'ils s'embrassent. La liberté généreuse de la mer. Une liberté qui vous élève.

Mais le soleil se couche, et ils doivent faire demi-tour. Elle le comprend en voyant la mâchoire crispée de Hans. Elle le sent – une douleur lui serre la poitrine. Elle lui sourit et tapote une montre imaginaire sur son poignet. Lorsqu'ils reviennent sur le rivage, il l'aide à remonter la pente raide pour sortir de l'eau, puis recule pour la regarder, debout, avec la mer derrière elle. Il brandit un appareil photo imaginaire. Elle ne croise pas les bras sur sa poitrine, comme lui enjoint une petite voix intérieure, mais pose les mains sur ses hanches et lève le menton. Voilà, pense-t-elle. Pour toi.

« *Schöne* », dit-il.

Puis c'est fini, et ils grimpent sur les galets, enfilent à la hâte leurs vêtements sur leurs corps mouillés et enfoncent leurs pieds humides dans des bottes récalcitrantes. Ils repartent à travers les bois, se tenant solennellement la main comme un couple qui se rend à la gare pour se dire au revoir. À l'orée de la pelouse, il lisse l'une des mèches de cheveux de Flossie, et personne ne l'a jamais touchée d'une manière plus affectueuse. Puis ils se lâchent la main et Flossie traverse la pelouse pour rentrer, tandis que Hans prend le chemin qui mène aux champs.

LE SOLEIL ET LA LUNE

Septembre 1942

Bizarrement, quand vous levez les yeux, ce n'est jamais une surprise de voir le colonel Peregrine Drake. Il a cette qualité rare de pouvoir se matérialiser à tout moment. Cristabel, après avoir trébuché dans un escalier mal éclairé et s'être cassé le poignet, se morfond dans les jardins du prieuré de Bentley par une journée ensoleillée de début septembre. Elle ratisse maladroitement les feuilles de la main gauche, lorsqu'elle lève les yeux pour le voir approcher tranquillement.

« Bonjour, officier de section Seagrave, dit-il. Je ne t'aurais jamais imaginée en jardinier.

— Je ne suis pas jardinier, rétorque-t-elle. Je fais ça en attendant d'aller mieux. » Elle lui montre son plâtre.

« Combien de temps avant que tu puisses retravailler ?

— La guérison est prévue pour dans quatre longues semaines qui s'annoncent ennuyeuses.

— Que dirais-tu de rentrer à Chilcombe ?

— J'aurais besoin d'obtenir une permission.

— J'ai déjà parlé à ton officier supérieur. Il a convenu qu'une Cristabel Seagrave blessée et en colère ferait mieux de passer quelques jours à la campagne plutôt que de se morfondre ici. Leon attend à l'entrée avec la voiture. Prends tes affaires. »

La voiture est un véhicule de l'état-major de l'armée, une Humber vert kaki, avec un long capot et de larges garde-boue. Le moteur tourne : un grondement efficace. En s'approchant, Cristabel aperçoit un Leon en uniforme, cigarette au bec, assis à la place du conducteur, tandis que Perry, sur le siège passager, feuillette un dossier. Cristabel ouvre la portière arrière, jette son sac sur la banquette et monte.

« Et c'est parti », lance Perry en refermant son dossier, tandis que le véhicule accélère en un tourbillon de feuilles mortes et s'éloigne du prieuré.

Cristabel regarde les villages voisins défiler derrière la vitre. C'est le monde civil, préoccupé et ignorant, qui n'est plus le leur à présent : un monde avec des carnets de rationnement, des cheminées en faïence et des tombolas pour le fonds Spitfire local.

Elle surprend Leon en train de la regarder dans le rétroviseur. Elle croise son regard, en levant les sourcils, avant de se tourner vers la vitre. Quelques instants plus tard, lorsque, de nouveau, elle lui jette un coup d'œil, il paraît regarder la route ; mais lui aussi jette de nouveau un coup d'œil au rétroviseur pour lui faire comprendre qu'il sait qu'elle l'a regardé. Son demi-sourire est exaspérant. Elle est consciente de cette singulière inégalité : elle est une femme, à l'arrière d'une voiture et, à l'avant, deux hommes, le chauffeur et son passager. Elle veut croiser les bras, mais son plâtre rend la chose difficile.

« Digby est à Chilcombe, dit Perry en se tournant vers elle.

— Quoi ? Il est revenu d'Afrique ?

— Oui, il est rentré en un seul morceau. »

Cristabel laisse échapper un souffle. « Dieu merci. »

Perry se retourne vers l'avant et ajoute : « Le lieutenant Seagrave est en Angleterre depuis un moment en fait, mais nous l'avons gardé occupé. Formation complémentaire. Il viendra avec moi demain, mais j'ai pensé que tu aimerais le voir d'abord.

— Merci. Quel genre de formation ?

— Complémentaire », répond Perry, un sourire dans la voix.

Ils traversent le Middlesex et le Hampshire, puis descendent les routes sinueuses du Dorset. Cristabel est consciente que Leon la regarde de temps en temps, mais elle n'y prête plus tellement attention à présent. Ils se dirigent vers le sud, passant devant des cottages au toit de chaume, des bureaux de poste et des camps militaires. Trois ans de guerre ont donné au comté un air fatigué : la peinture des pubs s'écaille, des affiches périmées du ministère de la Guerre pendent des poteaux télégraphiques. Il n'y a pratiquement pas d'autres véhicules sur les routes, juste quelques bus ou camions militaires et, une fois ou deux, une charrette tirée par un cheval et chargée de foin.

Quand ils atteignent les hauteurs du Ridgeway, c'est déjà la fin de l'après-midi. Des moutons, éparpillés le long de son sommet élevé broutent les tumulus, tandis que des mouettes passent au-dessus de leurs têtes en criant. Les champs en pente forment un doux édredon, et la mer, brumeuse et scintillante au loin, semble s'évaporer et disparaître dans un ciel marbré de rose, d'ambre et de bleu.

Ils descendent dans la vallée, traversent le village et remontent l'allée sinueuse jusqu'à Chilcombe où M. Brewer, en pardessus et chapeau melon, les attend devant la maison. Leon coupe le moteur et sort de la voiture pour ouvrir la portière à Perry, tout en saluant M. Brewer d'un signe de tête.

Perry rassemble ses dossiers et dit : « Comme c'est étrange d'arriver à Chilcombe sans M. ou Mme Seagrave pour nous accueillir.

— Je suis là, rétorque Cristabel, en s'extirpant de l'arrière de la voiture avant que Leon ne lui ouvre la portière.

— Colonel Drake, salue M. Brewer.

— Toujours un plaisir, Bill », répond Perry.

Flossie apparaît dans l'embrasure de la porte, les bras chargés d'un tas de bois de chauffage, vêtue d'une salopette en toile aux jambières enfoncées dans une vieille paire de bottes d'équitation. « C'est Crista ? demande-t-elle. Oh, oui, c'est elle ! C'est bien elle ! »

Elle lâche le tas de bois et Cristabel se retrouve sans cérémonie dans les bras de sa demi-sœur, qui lui dit : « Je sais que tu n'aimes pas les scènes d'émotion, mais je ne peux pas m'en empêcher, tu vas devoir t'y faire. Oh, comme tu es maigre, Crista, est-ce que tu manges correctement ? Ça va ton bras ? J'arrête maintenant. Entre, entre. Le feu est allumé dans la cuisine. Bonjour, Perry. Bonjour, Leon. Ça alors, comme vous êtes élégants dans vos uniformes. »

Ils entrent dans Chilcombe qui, comme Cristabel le remarque, a changé d'aspect. Avant la guerre, les outils de travail étaient à l'entresol, hors de vue, tandis que les pièces du haut renfermaient des scènes de loisirs opulentes. À présent, les pièces principales sont devenues de sombres espaces de stockage remplis de meubles inutilisés et de sacs de pommes de terre, tandis que le cœur de la maison s'est décroché pour se réfugier dans la cuisine des domestiques.

Betty est là pour les accueillir ; elle a enfilé un tablier à fleurs et est affairée avec la bouilloire, tandis que M. Brewer chasse un poulet hors de la pièce, puis fait signe aux nouveaux arrivants de s'asseoir à la table encombrée. On entend le raclement d'une chaise alors que le sergent Bullock tente de se lever, un verre de vin de panais dans une main ; Hans attend à la porte de derrière avec un seau rempli de pommes, et tous sont observés avec dédain par un chat tigré perché à côté de l'évier. Flossie allume une bougie coincée dans une bouteille de cognac vide, et qui projette une ombre vacillante, dans la cuisine souterraine, sur les habitants actuels de Chilcombe : un petit groupe rassemblé là à l'improviste, bricolé et rafistolé avec les moyens du bord, terré aux confins périlleux de l'Angleterre.

« Où est Digby ? demande Cristabel.

— Il est parti se promener sur le Ridgeway, répond Flossie. Il va être ravi de te voir. Nous ne savions pas que tu venais aussi. »

Perry prend le siège le plus proche du fourneau tandis que le sergent Bullock, qui a réussi à se mettre à la verticale, salue.

« Asseyez-vous, mon vieux, dit Perry. Inutile de vous déranger.

— C'est un honneur, colonel Drake », rétorque le sergent Bullock en se rasseyant.

Leon s'adosse à un mur, et M. Brewer vient l'y rejoindre. Ils se serrent la main, s'offrent des cigarettes. En les observant, Cristabel se rend compte que, malgré leurs différences, ils sont de la même espèce : des intermédiaires, des entremetteurs combinards. Tous deux ont trouvé leur voie en se mettant au service des forces armées, où ces aptitudes particulières peuvent être policées et légitimées : M. Brewer a été l'ordonnance de Perry pendant la Première Guerre mondiale ; Leon remplit le même rôle désormais.

Elle tente d'imaginer les confidences qu'ils se font, la nature de leur travail. Leon, toujours cigarette au bec, sent qu'elle l'observe et tourne la tête vers elle, croise son regard. Elle rajuste d'une main sa veste bleue des WAAFs, puis se tient debout derrière la chaise de Perry, les bras derrière le dos.

« Vous devez être l'un des prisonniers », dit Perry, alors que Hans se retourne pour partir. C'est une manœuvre à la Perry : dans une pièce, repérer la personne qui essaie de partir et l'épingler sur place comme un papillon. Perry passe aisément à l'allemand pour ajouter : « J'ai entendu dire que vous vous êtes rendu indispensable. »

Hans revient sur ses pas et répond en allemand : « Merci, monsieur. J'essaie simplement de rendre la pareille à ceux qui ont été gentils avec moi.

— Il va retourner au camp maintenant, dit le sergent Bullock.

— Krause est un garçon inoffensif », intervient M. Brewer.

Perry fait un geste pour désigner la chaise à côté de lui. « Pourquoi ne pas vous joindre à nous, Krause ?

— Je n'aurai pas assez de quoi faire à manger si l'Allemand reste, lance Betty.

— Leon, retourne à la voiture. Il y a une caisse contenant des provisions pour Mme Brewer, dit Perry. Nous pouvons prendre le thé dans la cuisine. Ne serait-ce pas une première ?

— C'est devenu une habitude, désormais, explique Flossie. Je n'envisage même pas de prendre mes repas ailleurs. La salle à manger semble à des kilomètres.

— Et la nourriture était toujours déjà à moitié froide avant d'y arriver », ajoute Betty.

On s'organise avec entrain pour faire de la place à tout le monde autour de la table et, quand chacun est assis, le thé est servi. Au moment où Hans s'installe à côté de Perry, le chat tigré saute sur ses genoux, et il le caresse tout en répondant à Perry qui le questionne gentiment pour savoir s'il a des nouvelles de sa famille en Allemagne. Pendant ce temps, Betty dit haut et fort ce qu'elle pense de cet homme innommable qu'est Adolf Hitler. S'ensuivent des exclamations à la vue des friandises que Perry a apportées avec lui – cake aux fruits et barres chocolatées –, qu'on partage joyeusement. Betty insiste pour qu'il accepte en retour un panier d'œufs frais ; il le tient poliment sur ses genoux jusqu'à ce que Leon le lui prenne des mains.

Au milieu de la conversation générale et de la dégustation du cake, Cristabel entend l'Allemand dire à Flossie : « Le chat dort encore, Flossie », et voit sa sœur rire ; elle s'étonne de cette familiarité avec un membre des forces ennemies.

« D'où vient le chat ? demande Cristabel.

— Il est apparu dans les écuries, raconte Flossie. Hans le nourrit avec les restes de ses rations. Nous allons l'appeler Toto.

— Mlle Flossie a toujours eu un cœur tendre, dit Betty, en mettant une douillette tricotée sur la théière. Souvenez-vous comment elle s'occupait de cet horrible éléphanteau comme si c'était un être vivant. »

Flossie rit. « C'est vrai. Je lui fourrais de la nourriture dans la bouche, ça pourrissait et je devais nettoyer tout ça. »

Leon, de sa voix grave, ajoute : « J'ai dû trimballer cet éléphanteau pendant des heures lorsque nous faisions du théâtre. C'était un cheval, un chameau, un bateau et un dragon.

— Parfois, Digby était à cheval dessus, précise Flossie.

— Parfois, Cristabel était debout dessus et donnait des ordres, ajoute Perry en la regardant.

— Je vais grimper jusqu'au Ridgeway pour trouver Digs, dit Cristabel.

— Je viens avec toi », déclare Flossie.

Flossie et Cristabel sortent ensemble. Elles quittent le domaine, font le tour du village, puis se dirigent vers le sentier escarpé qui mène au Ridgeway ; Flossie, chaussée de ses bottes, marche en tête. « Attention à l'échalier, la planche du bas n'est pas solide », dit-elle à un moment donné, parfaitement à l'aise au milieu de la campagne, comme Cristabel ne l'a jamais vue auparavant.

Le sentier zigzague entre les ajoncs et les ronces en montant une pente abrupte et, lorsqu'elles regardent derrière elles, la lumière du soleil du soir se livre à un travail minutieux, soulignant avec amour les lignes des lynchets de bande – les terrasses en terre, caractéristiques des pays crayeux – sur les champs en contrebas : des marques laissées par ceux qui ont cultivé la vallée des milliers d'années auparavant. Le chemin lui-même est ancien, un sentier de craie gravé sur la terre.

Elles montent suffisamment haut pour pouvoir observer une nuée de freux qui poursuivent un faucon crécerelle dans la vallée : un combat de chiens aviaires, en piqué. En haut du chemin, se dresse un tumulus préhistorique, une masse herbeuse de trois mètres de haut en forme de bol renversé, au sommet duquel elles aperçoivent Digby. Il est couché sur le dos, si calme et tranquille qu'il doit être endormi.

Cristabel se jette sur lui sans cérémonie et se retrouve à genoux à ses côtés, alors qu'il se repose, les yeux fermés. Flossie suit, mais attend un peu en retrait. Car voici le frère. Le frère qui rêve profondément. Il est plus svelte, plus fort. Ses cheveux bruns sont coupés court. Il porte ses bottes de l'armée ainsi que de vieux vêtements de Willoughby : un pantalon large en flanelle et une chemise blanche ample, dont les manches sont retroussées pour révéler des avant-bras bronzés. Il a une main levée au-dessus de la tête, comme quand il était enfant. Allongé à côté d'un petit cairn de mégots de cigarettes, la riche lumière du soleil couchant le transforme en bronze.

Cristabel l'appelle : « Digs ! » Il remue et ouvre les yeux, et il n'y a pas de moment de surprise, juste un regard de reconnaissance confiant, comme s'il avait toujours su qu'elle serait là à son réveil. Il se soulève et ils s'étreignent comme des marins : ils se balancent doucement et se tapent dans le dos, Digby recevant quelques coups maladroits du plâtre de Cristabel. Elle le sent enfouir son visage au creux de son épaule, l'entend lâcher un « Crista » d'une voix étouffée. Puis Flossie est là, et les prend tous les deux dans ses bras, les serrant très fort, avant qu'ils ne se séparent et se regardent ; et, soudain, le visage de Digby change, son expression est devenue insaisissable, son regard fatigué.

« Oh, mes sœurs. Crista, tu es blessée ? Qu'est-ce que tu as au bras ?

— Ce n'est rien. J'ai trébuché.

— Tu es superbe dans ton uniforme, dit-il. Il te va à merveille.

— Digby a la peau brune, non ? fait remarquer Flossie. Betty dit qu'il ressemble à un Arabe.

— Très brune. Et il est fatigué. Tu as de grosses poches sous les yeux, Digs. Tu dors bien ?

— Difficile de dormir dans le désert, répond-il, puis il sourit. J'ai si souvent pensé au moment où je rentrerais à la maison et, à présent que je suis là, il est difficile d'y croire. Allongeons-nous un moment. C'est divin de regarder les mouettes voler au-dessus de nos têtes. »

Ils s'allongent tous trois les uns à côtés des autres et regardent le ciel. « Tu te souviens quand on a tous eu la rougeole ? demande Digby.

— Je pensais justement à ça, dit Flossie. Ils nous ont laissés partager l'un des grands lits.

— Ça m'a beaucoup plu, dit-il en prenant chacune d'elles deux par la main.

— Trois loirs boutonneux pelotonnés ensemble, ajoute Flossie.

— Mes yeux étaient trop sensibles pour lire, alors Crista nous a lu *L'Iliade*, dit Digby.

— Et Floss chantait ses chants de Noël préférés.

— *God rest ye merry gentlemen, let nothing you dismaaaaay* », chante alors Flossie de sa douce voix de contralto.

Ils sont allongés là dans un silence satisfait, Cristabel jetant de temps en temps un regard à Digby. C'est un tel réconfort de le voir. Lui, en vrai. Après tant de mois.

« Comme c'est paisible, constate Digby. Ça fait longtemps que je n'ai pas été dans un endroit paisible. Quand j'ai marché jusqu'ici tout à l'heure, j'ai vu de la fumée venant du village, et j'ai pensé que quelque chose brûlait. Un avion ou un char. Or, ce n'était qu'un feu de jardin.

— Comment c'était là-bas, Digs ? demande Cristabel.

— Chaud, répond-il en sortant un paquet de cigarettes froissé de sa poche de chemise. Du sable. Magnifique. Tout brillait et devenait mouvant. Parfois je comprenais pourquoi Père aimait ça, mais parfois c'était l'enfer.

— L'enfer ? s'étonne Flossie.

— Mes hommes ont brûlé vifs dans leurs tanks. Je les entendais, mais je n'ai rien pu faire.

— Mon Dieu, c'est affreux.

— Je ne veux pas être macabre, Floss, mais c'est la vérité. Je préférerais qu'il en aille autrement.

— La BBC proclame que les Alliés gagnent en Afrique du Nord, dit Cristabel.

— Difficile à dire, quand on y est », réplique Digby en allumant sa cigarette. Sa voix est claire, étrangement désinvolte.

Cristabel le regarde. « Perry dit que tu as suivi une formation complémentaire. Il t'a trouvé un poste spécial ?

— Tu sais, Mère a toujours voulu que Perry me trouve un “poste spécial”. Bien que je pense que quand elle disait “spécial”, elle voulait dire un poste qui ne comporte “aucun danger”.

— Quel genre de poste spécial ? demande Flossie.

— Oh, ne t'occupe pas de ça, répond Digby en tapant sur son paquet de cigarettes avec son briquet. Où as-tu déniché ces belles bottes, Floss ?

— Dans les écuries. Je pense que c'étaient celles de mon père. Il les avait bourrées de papier journal. Elles sont plutôt élégantes, tu ne trouves pas ? » Flossie fait claquer ses talons ensemble.

« C'est ton ami allemand qui t'a appris ça ? » demande Cristabel, ironique.

Flossie rougit. « Ne sois pas comme ça, Crista. Ce n'est pas l'un de ces types-là. Krause a toujours été charmant avec moi.

— Si Floss l'aime bien, alors moi aussi », dit Digby. Puis il ajoute : « Je m'attends toujours à entendre les cloches de l'église, mais elles ne sonnent plus, n'est-ce pas ?

— Elles n'ont pas sonné depuis des années, dit Flossie. Tu es parti depuis si longtemps ? Elles ne sonneront que si nous sommes envahis ou pour nous avertir que la guerre est finie, mais je ne sais pas comment nous saurons les différencier.

— Avez-vous organisé des funérailles à l'église pour Mère ? demande Digby. Je sais que vous m'avez écrit, mais je ne me souviens pas. »

Cristabel acquiesce. « Flossie et moi étions là. Perry aussi. Je t'ai envoyé une copie de l'office qui a été célébré.

— Père est venu ? demande Digby.

— Il est resté en Irlande.

— Quelqu'un sait ce qu'il fait là-bas ?

— Il y a encore des courses de chevaux en Irlande, dit Cristabel.

— Et du whisky, précise Flossie.

— Je suis entré dans la chambre de Mère hier. Je m'attendais presque à la voir venir vers moi, en se déhanchant, un verre à la main, et l'entendre me dire : “Tant de gens sont condamnés à tomber amoureux de toi, mon chéri !” » Digby change la tessiture et l'intonation de sa voix pour imiter parfaitement celle de sa mère, plus aiguë et tout à la fois voilée.

« Elle ne m'a jamais rien dit de tel, fait remarquer Flossie en riant de façon peu convaincante.

— Oh, ma pauvre Flo, dit Digby en appuyant sa tête sur son épaule. Elle disait tellement de bêtises. »

Cristabel se soulève à l'aide de son bras valide et s'assied, le regard tourné vers la vallée. Elle se demande pourquoi Digby semble avoir oublié les détails de l'enterrement de sa mère, alors qu'elle avait pris tant de soin à les partager avec lui. Lui revient alors à l'esprit la réaction étrange qu'il avait eue quand il avait appris la mort de Rosalind, comme s'il n'avait pas compris. Il est également irritant que Rosalind, même morte, puisse encore bouleverser Flossie. Elle aimerait en parler, mais elle est consciente que ses précédentes tentatives pour endosser son rôle de grande sœur et prôner la sagesse, se sont souvent traduites par des directives strictes, plutôt que par des conseils aimables, et il semble important que lors de ces précieuses retrouvailles, elle puisse plutôt servir de guide à ses frère et sœur.

« Tu sais, Floss, commence-t-elle prudemment, tu ne devrais pas t'inquiéter pour ça.

— De quoi ?

— De ce que les autres disent de toi. C'est un obstacle pour aller de l'avant. C'est comme passer sa vie avec un parapluie ouvert au-dessus de ta tête.

— Un parapluie ? s'étonne Flossie.

— Tu n'as pas besoin d'un parapluie.

— Je ne l'utilise pas souvent. C'est seulement quand je pense à Mère, je suppose.

— Tu es la maîtresse de maison, à présent Floss, dit Digby.

— La maison est dans un drôle d'état, répond Flossie, mais mes légumes sont florissants. Il faut que vous voyiez ça.

— Oui, acquiesce-t-il.

— Seulement si tu me parles de ce poste si spécial », rétorque Flossie en lui donnant un coup de pied.

Digby rit. « Je ne suis pas censé en parler à qui que ce soit. "Les indiscrétions font couler les navires", les murs ont des oreilles, et tout le toutim.

— Tu n'es pas obligé d'en parler, dit Cristabel.

— J'avais demandé à Perry de ne pas m'oublier si quelque chose d'intéressant se présentait. J'en avais marre des tanks. Il m'a contacté en juillet. Il m'a expliqué qu'on lui avait demandé de recruter des bras en plus pour un ami. Il m'a envoyé à une certaine adresse sur Northumberland Avenue. Avec plein de sacs de sable à l'extérieur. Les gens s'y bousculaient. J'ai eu un entretien avec deux types. L'un m'a demandé si j'avais peur de la mort. J'ai répondu que je n'y pensais plus trop. Il a dit que ça me rendait parfaitement apte.

— Apte pour quoi ? demande Flossie.

— Ils sont restés vagues, sans entrer dans les détails, mais ça semble être leur façon de procéder. C'est libérateur, en quelque sorte. De ne pas savoir. Ils ont fait une chose fascinante avec un morceau de papier. Attends, je vais te montrer. » Digby éteint sa cigarette, puis fouille dans la poche de son pantalon et en sort un carré de papier plié. Il le déplie pour révéler une tache d'encre qui a été pressée pour donner naissance à une forme symétrique. « Dis-moi à quoi ça te fait penser. Sans trop réfléchir.

— Un cœur ? répond Flossie.

— Je ne parvenais pas à me décider. Au début, j'ai vu un papillon. Mais tourne-le de ce côté, et regarde… un chien.

— Qu'est-ce que ça veut dire si tu vois un chien ? demande Flossie.

— Je ne sais pas, dit Digby, en repliant le papier. Je ne suis pas sûr d'avoir compris ce qu'ils cherchaient, mais, quoi qu'il en soit, eux ont eu l'air de penser que j'avais compris.

— Qu'attendent-ils de toi ? »

Digby scrute le ciel. « Je ne peux pas te donner de détails, Floss, mais l'idée générale est de rendre la vie difficile aux nazis qui sont en France.

— Digs, si c'est secret, alors tu ne devrais pas nous en parler, dit Cristabel, qui se sent de plus en plus concernée.

— Crista, le français est la seule langue étrangère que je parle, ils ne vont pas m'envoyer en Grèce, n'est-ce pas ? » Il s'assied entre les deux jeunes femmes, regarde la vallée et l'océan. « La dernière fois que j'étais en France, on a trouvé une maison abandonnée dans les bois. Groves et moi avons bu du vin à la lueur des bougies. » Il ouvre son paquet de cigarettes et en allume une nouvelle. « Chaque fois que je regarde la mer, je pense à ce cher Groves. *De ses os est fait le corail*[1]. Cigarette ?

— Tu fumes beaucoup », s'inquiète Flossie, en jetant un coup d'œil au petit tas de mégots à côté de lui.

Cristabel étudie Digby. Elle remarque que sa mâchoire bouge légèrement et qu'il se tapote nerveusement le bout des doigts. Elle se rend compte que les cartes postales au ton léger qu'il a envoyées d'Afrique du Nord ne lui ont pas appris grand-chose. Des visages radieux et courageux. Sous son ton délibérément désinvolte, elle peut sentir une nervosité en lui, une énergie erratique, comme une mouche piégée dans un verre. Il semble incapable de soutenir longtemps son regard. S'il était encore un jeune garçon, elle entourerait ses épaules de son bras, mais il a vingt et un ans à présent, un jeune homme qui a passé presque toute sa vie d'adulte à la guerre, et la voussure de ses épaules montre clairement qu'il ne veut pas être apaisé ou réconforté, même si elle en a envie. Elle gratte la peau autour de son plâtre, envisage une autre tactique.

1. *La Tempête* de Shakespeare, acte I, scène 2.

« Je suis désolée pour Groves, dit-elle. La guerre peut être cruelle.

— Quand on perd des amis, c'est plus que cruel.

— Perdre des gens fait partie de la vie, malheureusement », répond Cristabel, regrettant immédiatement le ton compassé de sa voix.

Flossie dit doucement : « Ça ne veut pas dire qu'on ne se soucie plus d'eux.

— Je n'ai pas dit ça », rétorque Cristabel, plus fâchée qu'elle ne le pensait. Une tension, une certaine distance, certaines priorités les séparent.

« Tu crois vraiment que je ne connais rien à la guerre, Crista ? Mais peut-être penses-tu que je ne peux pas la faire sans toi ? » La voix de Digby, aussi tranchante que du verre, surprend Cristabel.

« Je ne pense rien de tel, répond-elle. Je sais très bien à quel point tu es courageux. » C'est étrange. Bien qu'elle le dise pour le rassurer, elle se rend compte qu'elle sait combien il est courageux, mais qu'elle ne le lui a jamais dit. Peut-être ne se l'est-elle jamais avoué à elle-même. Elle ne pouvait pas prendre le risque qu'il ne puisse pas compter sur elle. Pourtant, il n'a jamais failli, même lorsqu'il était tout petit et qu'il la suivait courageusement dans les buissons de ronces et les ruisseaux gelés.

« Vraiment ? demande-t-il.

— Oui, dit-elle, vraiment. » Et c'est comme une capitulation.

Il la regarde, et il est là, bien présent pendant quelques instants, puis il disparaît à nouveau. Il tripote son briquet, l'allume, l'éteint. « Je suis un bon soldat. Oui. Au début, c'était parce que je voulais faire mes preuves aux yeux de Père, mais à présent c'est pour les autres hommes qui se battent. Je ne peux pas les laisser tomber.

— Tu ne ferais jamais ça, dit Flossie.

— Lorsque j'ai passé cet entretien sur Northumberland Avenue, ils m'ont demandé si je jetterais un coup d'œil par-dessus mon épaule quand je serai en mission. On comprend ce qu'ils voulaient dire. Ils ne veulent pas d'un type préoccupé par autre chose que l'objectif de sa mission.

— Qu'as-tu répondu ? demande Cristabel.

— J'ai dit que je ne voulais pas regarder en arrière.

— Eh bien, c'est pas rien, s'exclame Flossie.

— Alors regardons devant nous, dit Cristabel, en faisant un geste maladroit vers Chilcombe avec son plâtre. L'été prochain, quand tu auras gagné une médaille, Digs, et que nous aurons gagné la guerre, alors nous monterons *La Tempête* et tu joueras Prospero.

— Hitler interprète Prospero bien mieux que je ne le pourrais jamais. Ce qui arrive au monde est entièrement le fruit de son imagination. Quel pouvoir ! rétorque Digby en riant.

— D'accord, nous monterons *La Nuit des rois* alors.

— J'y pense beaucoup, dit Digby. Le fait que ce soit le rêve de quelqu'un d'autre. C'est ce qui explique parfaitement pourquoi rien de tout ça ne semble réel. »

Elle pose une main sur son bras. « *Hamlet*, Digs. On ne l'a pas encore joué. On pourrait aller sur le toit ce soir et discuter de la distribution. »

Digby souffle un panache de fumée. « J'ai tout mon temps.

— Regardez, dit Flossie, M. Brewer nous lance des signaux avec une lampe de poche pour nous dire que le dîner est prêt.

— Parfait, dit Digby, en se levant. Je suis affamé. »

Le trio redescend le chemin vers la vallée : Digby en tête, Flossie et Cristabel derrière. Le soleil couchant est sur leur droite, il brille d'une lueur rose alors qu'il sombre derrière la courbe des collines. Dès qu'il s'est éteint, l'air est plus froid et le monde est moins glorieux de quelques degrés. À leur gauche, une lune presque pleine se lève au-dessus des champs dans un ciel pâle.

DÀC

18 septembre 1942

Chère Crista,

Bon, j'y suis. Dans une école de formation cachée au milieu d'un grand domaine au fond d'une forêt. Perry et Leon m'ont déposé ici avant de continuer leur route pour se rendre à Londres.

Quand Perry est parti, il a dit : « Si tu me revois, ne mentionne jamais m'avoir vu ici. Cet endroit n'existe pas. Le colonel Drake travaille pour le ministère de la Guerre. C'est tout ce que tu sais. » Et il est parti. Oberon, roi des Ombres, disparaissant dans la forêt avec un coffre de voiture rempli d'œufs que lui a donnés Betty.

Tu remarqueras qu'il a dit « si tu me revois » et non « quand tu me reverras ». Il prend soin d'être précis, n'est-ce pas ? J'imagine qu'il fut un temps où ses propos m'auraient blessé, mais aujourd'hui, c'est aussi proche de la vérité qu'on puisse l'être. Je suis dans un endroit qui n'existe pas, et bientôt je n'existerai peut-être plus – et si je cesse d'exister, quelqu'un saura-t-il comment, pourquoi, où ? Je pourrais être l'une de ces pauvres âmes qu'on ne retrouve jamais, étiquetées « disparues au combat ».

On pourrait penser que plus la situation devient précaire, plus je deviens morose, mais je trouve un certain plaisir dans cette double vie. Un soulagement, presque. Je suppose qu'avoir toujours fait du théâtre, sous une forme ou une autre, incarner des personnages de fiction, joue en ma faveur.

Certains gars ont du mal à prendre ça au sérieux. Hier soir, les instructeurs se sont déguisés en nazis et nous ont interrogés, et c'était plutôt ridicule ; mais tout ne l'est-il pas, si l'on prend assez de recul ? Que nous soyons envoyés en France avec des noms inventés et des radios conçues pour ressembler à des boîtes de biscuits est ridicule. Que nous soyons en guerre est ridicule !

L'un des instructeurs les plus populaires ici, Rufus Hendricks, était acteur avant la guerre. Il dit que quand tout ça sera fini, il me mettra en contact avec d'honnêtes agents artistiques. Il nous apprend à nous déguiser et nous montre comment, en changeant de coiffure et en boitant, on peut ressortir d'un café en étant quelqu'un d'autre.

Il est personnellement toujours très élégant. Un homme aux lignes soignées : raie soignée, moustache soignée, ongles soignés. Des mains soignées. Et quand il veut souligner un point, il tape sur son bureau avec sa cigarette.

Aujourd'hui, il nous a expliqué que notre identité d'espion est celle que nous allons endosser en public afin de dissimuler notre véritable objectif. Il a dit : « Si on vous interroge, tenez-vous-en à votre couverture. N'essayez pas d'être intelligents. Ne faites pas preuve de trop de vivacité d'esprit. Ne les laissez pas croire que vous jouez au plus malin, car pourquoi serait-ce un jeu ? Vous êtes un citoyen honnête et ordinaire. »

La semaine prochaine, nous serons envoyés dans des villes voisines pour nous entraîner à jouer le rôle de citoyens honnêtes et ordinaires qui ont des missions secrètes à accomplir avant que l'horloge ne sonne midi – un scénario conçu pour tester ce que nous avons appris en classe.

Je ressens une certaine appréhension à l'idée de regagner le monde extérieur. Il me revient alors à l'esprit que ce monde existe. Je commence à m'inquiéter pour Père, Flossie et toi. J'ai évité de penser à toi car, chaque fois que je le fais, je t'entends me dire que je ne devrais pas mettre tout ça par écrit.

Tiens, te revoilà. Je t'entends. Je vais donc m'arrêter là.

Bien à toi, ici et ailleurs,
Digby

FEUILLE DE PAPIER VIERGE

Laissée sur le bureau dans la chambre de Digby et qui, lorsqu'on la tient au-dessus de la vapeur d'une bouilloire, révèle ce qui suit :

Bien que démontrant une certaine ingéniosité, il n'est pas tout à fait surprenant de trouver une lettre cachée sous une latte de parquet branlante lors d'un contrôle de routine dans cette école de formation très particulière. Je l'ai jetée dans le poêle à bois pour vous éviter d'avoir à le faire pendant que le responsable de la sécurité vous réprimande. N'oubliez pas que vous êtes sous surveillance ici aussi. Estimez-vous heureux que j'aie pu l'avoir entre les mains en premier. Écoutez votre sœur.

RH

INSTANTANÉS

Septembre 1942

Les deux hommes plongent leur regard dans la nuit devant eux : côte à côte, le conducteur et le passager. Deux silhouettes de profil se découpant sur l'obscurité environnante. Les seules lumières à l'intérieur de la voiture sont les bouts incandescents de leurs cigarettes.

« Combien de temps êtes-vous resté dans la cave ? demande Hendricks, qui conduit.

— Environ six heures, chef, dit Digby. Je n'ai pas pensé une seule seconde que la porte pouvait se fermer derrière moi.

— Vous avez eu la malchance que la serveuse appelle la police.

— Si seulement elle avait gardé son sang-froid. Tout ça est plutôt embarrassant.

— Vous n'êtes pas le premier de nos élèves à finir en détention.

— Merci encore d'être venu me chercher, chef. »

Les étroits faisceaux des phares de la voiture sur lesquels était posé un cache percent l'obscurité, accrochant les arbres qui bordent les routes : un pâle assemblage de branches, des capillaires fantomatiques. Une ou deux fois, les yeux vitreux d'un cerf.

« Imaginons un instant que vous ayez été trouvé par les nazis au lieu d'une serveuse paniquée. Comment auriez-vous expliqué votre présence dans cette cave ? demande Hendricks.

— J'aurais dit que je m'en allais, et que je n'avais pas retrouvé la sortie, chef.

— La plupart des gens quittent un pub en ouvrant la porte par laquelle ils sont entrés.

— Je suppose que j'ai agi par impulsion quand j'ai vu que j'étais suivi.

— Un bon agent est prudent, pas impulsif. Nous allons en rester là pour l'instant. » Hendricks change de sujet. Il pose des questions sur la famille et le passé de Digby.

Dans le cocon de la voiture, il est facile de parler. Leurs voix sont désincarnées, elles n'appartiennent à personne. Ils se racontent à grands traits ; des instantanés de qui ils étaient avant.

« J'imagine que ma famille peut sembler insolite, dit Digby.

— Un peu comme l'organisation dans laquelle vous êtes impliqué à présent.

— C'est peut-être pour cette raison que cette organisation me plaît. Quand j'étais à Sherborne, la différence entre ma vie familiale et ma vie scolaire était si grande que j'avais l'impression d'être déguisé.

— Adoptant les manières de l'ennemi, apprenant sa langue.

— Exactement. Le seul endroit où je me sentais à l'aise était sur la scène du théâtre de l'école.

— Comment avez-vous trouvé l'armée ?

— Ironiquement, pas très différente de l'école », répond Digby, en allumant une nouvelle cigarette à celle qu'il vient tout juste de terminer. Après un moment, il ajoute : « Dunkerque a été affreux.

— J'ai entendu dire que ç'avait été une horrible bousculade.

— J'ai perdu un ami là-bas. Groves. »

Hendricks émet un bruit compatissant.

« On s'est engagés en même temps. On pensait qu'on allait traverser toutes ces épreuves ensemble, puis il est parti. Dès le premier acte. Je n'arrive toujours pas à y croire. J'étais si proche de lui, j'aurais pu lui tendre la main », ajoute Digby.

Hendricks hoche la tête, avant de dire : « J'ai un ami. Un opérateur radar. Il est en poste dans les Orcades. Il me manque beaucoup. »

La platitude de cette déclaration est désarmante. Digby sent qu'elle renferme autre chose, mais elle est prononcée avec tant de désinvolture qu'elle résiste à l'idée qu'il puisse y avoir autre chose. Il lui est impossible de trouver une réponse qui convienne.

« Quel était son nom ? Son prénom, je veux dire. À votre ami ? demande Hendricks.

— Sam. Sam Groves. Il était du Yorkshire. Il adorait danser.

— Sam Groves », répète Hendricks.

La nuit passe. Il est trois heures du matin et il se met à pleuvoir. Les essuie-glaces de la voiture couinent et, tour à tour, révèlent, puis dissimulent le monde flou extérieur à l'habitacle. Ils traversent des villages silencieux, sans qu'aucune lumière ne soit visible aux fenêtres.

« Vous connaissez le poème de Kipling sur les contrebandiers ? demande Digby. Qui conseille de détourner le regard quand ils passent ? »

Hendricks complète la citation, sur un ton dramatique approprié. « *À ceux qui ne posent pas de questions, on ne raconte pas de mensonges. Regarde le mur ma chérie pendant que passent les Messieurs.*

— Vous vous en souvenez parfaitement, dit Digby.

— C'est intéressant qu'ils soient décrits comme des *Messieurs*, poursuit Hendricks. Personne n'aurait l'idée de nous appeler ainsi. J'ai entendu dire que notre organisation était décrite comme le ministère des Guerres peu courtoises. On dit que nos agents secrets ne valent pas mieux que des assassins.

— Mais nous ne sommes pas des assassins, n'est-ce pas ? demande Digby. Je veux simplement accomplir quelque chose qui fasse la différence. J'en ai marre de me sentir impuissant. »

Les essuie-glaces balaient plusieurs fois le pare-brise en couinant avant que Hendricks dise : « Tout le monde ne peut pas faire ce travail.

— Que voulez-vous dire ?

— Nos agents secrets les plus efficaces font rarement des erreurs parce qu'ils ne laissent aucune place à l'erreur. Ils abandonneraient des gens derrière eux s'ils le devaient, sans y réfléchir à deux fois.

— Je m'en suis bien sorti au cours de ma formation. Excepté ce soir.

— C'est vrai. Je comprends parfaitement pourquoi ils vous ont recruté. Vous êtes presque très bon.

— Je peux être utile en France, chef.

— Il y a de nombreuses façons d'être utile. C'est facile à arranger. Ils vous transféreront dans une autre branche du service sans que votre dossier ne soit entaché d'aucun commentaire négatif. Je pense qu'ils respectent ceux qui admettent ne pas être à la hauteur – et peu d'entre nous le sont. C'est un milieu sans pitié, sans état d'âme.

— Je ne laisserai jamais tomber personne. »

Hendricks lui jette un coup d'œil. « Digby, vous ne devriez pas considérer un manque d'aptitude pour ce travail comme un échec. Ce n'est pas un échec. La guerre dépend peut-être de gens qui n'ont pas d'état d'âme, mais l'humanité dépend plutôt de ceux qui en ont. »

La voiture fait une légère embardée, cahotant sur un terrain accidenté, mais Hendricks redresse rapidement le volant. Dans l'obscurité, il est difficile de voir où la route se termine et où commence l'accotement. Digby regarde par la vitre latérale.

« Ce n'est pas seulement votre vie que vous risquez. Le mois dernier, nous avons envoyé un opérateur radio en Bretagne. Il était hébergé par une famille de fermiers, commence Hendricks.

— Vous n'êtes pas obligé de me raconter ça, dit Digby.

— Les Allemands l'ont vite repéré. Ils ont obligé les enfants à regarder comment ils tuaient leur chien. Ils ont forcé les parents à regarder pendant qu'ils battaient les enfants. Ils ont torturé le père jusqu'à ce que son cœur s'arrête, mais ils ont laissé la mère en vie, pour qu'il y ait un témoin de ce qu'ils avaient fait. Puis ils ont emmené notre homme, pour s'amuser. Nous ne savons pas où il est. Nous ne savons pas non plus où sont les enfants. Ils se sont enfuis. Deux filles. Six et quatre ans.

— Inutile de me raconter tout ça. Dites-moi ce que vous avez fait aujourd'hui.

— J'ai essayé d'être utile », répond Hendricks après un petit temps de réflexion, et il donne un coup d'accélérateur, en route vers leur destination.

DÉPENSES

Septembre 1942

Flossie trouve la lettre, l'informant qu'elle est tenue par la loi de se rendre disponible pour les travaux de guerre essentiels, enfouie dans un tas de courrier sur la table de la cuisine couverte de factures impayées. Elle date de plusieurs mois. Flossie pense qu'elle l'a probablement posée là au cours de l'une de ses nombreuses tentatives pour remettre de l'ordre dans la maison en réorganisant le chaos en petits tas.

Elle a emporté cette lettre toute froissée avec elle dans le bus qui l'emmène à Dorchester, où la Women's Land Army[1] a un bureau dans l'un des bâtiments du conseil municipal. C'est là qu'elle passe un entretien avec une femme d'âge moyen, à l'air affairé, que sa mère aurait décrite comme « très couleur locale ». Une affiche, avec pour slogan « VENEZ NOUS AIDER À RÉCOLTER LA VICTOIRE », et illustrée d'un dessin de jeune femme tenant une fourche et souriant dans la lumière du soleil couchant, est punaisée au mur.

« Ce sera un travail vraiment pénible, de la sale besogne », dit la femme. Elle est assise à un bureau derrière une vieille machine à écrire, une pile de formulaires et une photo encadrée d'un épagneul. « Vous êtes-vous déjà sali les mains ?

1. La Women's Land Army (WLA), en français littéralement « Armée des femmes pour la terre », est une organisation civile britannique créée au cours de la Première et de la Seconde Guerre mondiale, afin que les femmes puissent travailler dans l'agriculture en remplacement des hommes appelés à l'armée. Les femmes qui ont travaillé pour la WLA sont généralement connues sous le nom de « Filles de la terre » ou, plus simplement, « volontaires agricoles ».

Êtes-vous sûre que vous ne préférez pas un travail de secrétariat ? C'est ce que font la plupart des filles de votre âge.

— Je suis bien décidée, répond Flossie. Je veux être volontaire agricole.

— Eh bien, vous avez l'air plutôt costaude. Si tant est que les résultats de votre examen médical soient satisfaisants, je suis sûre qu'on pourra vous trouver une place. Avez-vous une quelconque expérience avec les vaches ?

— Non, mais j'ai quelques poulets et un grand potager. »

La femme renifle avec dédain et commence à remplir un formulaire.

Flossie ajoute : « Aussi grand qu'un champ cultivé, sinon plus. »

La femme retourne le formulaire comme pour en examiner le verso. Flossie explique : « On a des prisonniers allemands qui travaillent sur mon domaine et on leur a demandé de m'aider à entretenir mon potager. Ce qui vous donne peut-être une meilleure idée de son étendue. »

La femme lève les yeux. « Votre domaine ?

— Chilcombe. Vous connaissez ?

— Pourquoi ? Oui, je connais. Il y a un théâtre de plein air.

— Le Théâtre de la Baleine, dit Flossie. Vous y êtes allée ?

— En effet. Oui.

— C'est une création de ma sœur Cristabel. C'est plein de légumes à présent, mais une fois la guerre terminée, je suis presque certaine que ça redeviendra un théâtre.

— Vous savez, je crois vous avoir reconnue quand vous êtes entrée, mademoiselle Seagrave. Peut-être nous sommes-nous déjà rencontrées. Vous avez dit que vous aviez des Allemands qui travaillaient pour vous ?

— Cinq d'entre eux.

— Comment ça se passe ? Leur présence à mes côtés m'insupporterait.

— Ils sont bien utiles, en fait. Très travailleurs.

— Si vous partez, qui restera à la maison pour les surveiller ?

— C'est une bonne question, dit Flossie, en fronçant les sourcils. En fait, il n'y aurait plus que notre gouvernante Mme Brewer. Et elle n'aime pas avoir affaire à eux. »

La femme fait rouler son stylo entre ses doigts. « Je crois pouvoir trouver une solution.

— Vraiment ? C'est rassurant. »

La femme fourrage parmi les formulaires éparpillés sur son bureau, puis ouvre un tiroir, et en sort de nouveaux documents. « On envoie des Allemands à Southampton pour construire des maisons afin de remplacer celles sur lesquelles leurs compatriotes ont largué des bombes. Il y a un charmant monsieur dans un bureau au bout du couloir qui s'en occupe. Peut-être que les vôtres pourraient partir là-bas eux aussi », dit-elle.

Flossie sourit faiblement, mais ne répond rien, ayant soudain peur que sa voix la trahisse.

La femme continue : « En ce qui concerne les volontaires agricoles, nous avons quelques filles en poste ici, logées à Dorchester. Elles partent travailler dans les fermes alentour, puis rentrent dans leurs quartiers le soir. Si vous restez dans la région, vous pourriez retourner à Chilcombe de temps en temps. Ce qui vous permettrait de continuer à surveiller de près votre domaine, non ?

— Je suppose que oui.

— Cependant, il nous reste le problème de votre potager, mademoiselle Seagrave. Nous ne pouvons pas le laisser se perdre. Mais nous pouvons y remédier. Il suffit de le mentionner sur ce formulaire, dit la femme en brandissant une feuille de papier.

— De quoi s'agit-il ?

— Ce formulaire identifiera Chilcombe comme un domaine nécessitant l'aide de volontaires agricoles. Ce qui n'était pas le cas jusqu'à présent mais, désormais, il passe sous ma juridiction.

— Ce qui voudrait dire que je vais être envoyée travailler sur mon propre domaine en tant que volontaire agricole ?

— Mon Dieu, non. On pourrait vraiment penser que c'est du favoritisme. Nous enverrons plutôt deux autres filles, pour continuer à faire tourner le domaine. De plus, je suis sûre que vous préférerez avoir des Anglaises travaillant sur vos terres plutôt que de sinistres nazis. Qu'en dites-vous ?

— Ils ne sont pas tous sinistres, rétorque Flossie.

— Nous devons nous serrer les coudes, n'est-ce pas ? » La femme insère le formulaire dans la machine à écrire et commence à tourner bruyamment le rouleau. « Nous ne sommes pas là pour rendre la vie des gens difficile.

— Non, en effet », acquiesce Flossie. Elle se lève pour lui serrer la main et ajoute : « Vous devriez venir à Chilcombe un jour. J'ai bien peur que ce ne soit plus ce que c'était, mais vous serez la bienvenue. »

La femme se lève elle aussi et lui prend la main dans les siennes avec enthousiasme, comme si elle avait reçu une rosette.

En chemin vers la sortie, Flossie trouve des toilettes au bout d'un couloir. Elle s'enferme rapidement dans une cabine, où elle ferme les yeux et respire profondément pour se calmer. Que Hans soit envoyé à Southampton n'est pas du tout ce qu'elle avait prévu lorsqu'elle est arrivée ici pour s'engager comme volontaire agricole. Cette pensée la consterne. Elle ne s'attendait évidemment pas à ce qu'il reste au domaine pour toujours, mais elle n'avait pas non plus vraiment envisagé qu'il parte.

Comment peut-il être envoyé ailleurs alors qu'elle s'imagine être avec lui presque partout où elle va. Il est là avec elle, même ici. Elle lui a choisi une tenue parfaite, un costume en lin avec une cravate bleu pâle pour faire ressortir ses yeux. Ils vont se promener dans les jardins de Borough, puis se rendre dans un salon de thé imaginaire pour déguster des sandwiches au saumon et d'autres denrées devenues introuvables. Il n'est même pas nécessaire que ce soit du saumon. Du jambon, peut-être ? N'importe quoi plutôt que de faire la queue dans l'un des restaurants britanniques du ministère de l'Alimentation pour se faire servir quelque chose de marronnasse et de déprimant sorti d'une grosse marmite par un bénévole sur les nerfs, au tablier taché.

C'est sans doute une bonne chose de pouvoir prendre des repas dispensés par le gouvernement dans des restaurants, mais, pense Flossie avec nostalgie, ne serait-il pas plus agréable d'avoir un repas ordinaire, servi d'une manière ordinaire. Pas de tickets de rationnement ni d'œufs en poudre. Choisir ce que vous voulez. Dire : « Oui, prenons un dessert, pourquoi pas ? »

Flossie a la nostalgie de l'ordinaire – du normal. Ses libertés banales. Pouvoir garder les lumières allumées. Laisser les rideaux ouverts. Ouvrir un journal sans avoir peur. C'est un tel effort, parfois, de continuer à avancer. Ils sont peut-être tous dans le même bateau, mais depuis bien trop longtemps, et elle n'a pas particulièrement envie d'y être dans ce bateau, avec plein d'autres gens, tous fatigués, tous à en avoir marre. Elle veut être là où la guerre n'existe pas, dans un restaurant au sommet d'une falaise à l'heure du soleil couchant, avec de charmants serveurs qui proposent plusieurs plats, sans que le temps lui soit compté, et en compagnie d'une seule personne.

Elle soupire. Elle aimerait que ce soit comme elle en a envie, pourtant, ce n'est pas le cas. Depuis la fois où ils sont allés ensemble à la plage, quelque chose a changé entre elle et Hans. Chaque fois qu'elle le voit aux écuries, ils se sourient, mais leurs bouches restent fermées et leurs yeux disent qu'ils sont désolés, même si elle ne sait pas vraiment ce qu'ils regrettent.

Lorsqu'elle est seule, elle ressent parfois une envie pressante et paniquée d'aller le retrouver, de se jeter dans ses bras – et alors ? Que se passerait-il alors ? S'enfuiraient-ils ensemble ? Où iraient-ils ? Non, la réponse est plus simple mais impossible. Elle veut se jeter dans ses bras parce qu'elle en a envie, c'est tout. Et le sentiment de panique qu'elle éprouve résulte de l'impossibilité de se jeter dans ses bras. Dans des moments de lucidité, quand ses pensées sont claires, elle sent à quel point cette panique peut devenir suffisamment incontrôlable pour qu'une femme ait envie de tout abandonner.

Elle jette un coup d'œil au dépliant qu'elle tient à la main et qui lui souhaite la bienvenue au sein de la Women's Land Army et lui assure, en lettres capitales, qu'elle fait partie de celles qui sont DANS L'ÉQUIPE GAGNANTE. NOURRISSEZ LA NATION. LES HOMMES SONT PARTIS SE BATTRE. Elle pense à Digby. Elle aussi doit être courageuse.

En levant les yeux, elle voit un tas de graffitis au dos de la porte de la cabine. Des insultes, des blagues et des déclarations d'amour, écrites et annotées par celles qui sont passées par là. Elle lit « Essayez Sheila au Vieux Navire, elle est facile » et « Le capitaine Barnes en a une de trente centimètres », suivi de : « Et n'a aucune foutue idée de ce qu'il faut en faire !!! » Cette conversation gribouillée entre inconnues la fait sourire malgré elle.

Elle fouille dans son sac à main, trouve un rouge à lèvres, l'utilise pour écrire ses initiales sur la porte et dessine un cœur autour. Puis elle prend du recul et admire son travail. Elle est là : FLRS. Florence Louisa Rose Seagrave. Elle fait partie de la bande.

Un appel en PCV arrive de Weymouth quelques jours plus tard. C'est Maudie.

« Bill a dit que vous aviez des Allemands à la maison.

— Bonsoir, Maudie, répond Flossie, debout près du bureau de son père. Oui, c'est vrai. Tu es dans un pub ? » Elle entend des rires gras, et un fox-trot dissonant joué sur un piano désaccordé.

« Le Lion Rouge, dit Maudie. Vous n'allez pas vous attirer des ennuis, n'est-ce pas ? »

Surprise, Flossie rougit. « Non... il ne s'agit pas de ça.

— Est-ce que quelqu'un est au courant ?

— Mince, alors ! Je ne pense pas. Oh, Maudie, tu me trouves monstrueuse ?

— Je me fiche de ce que vous faites, mademoiselle Flossie. Mais je sais que vous seriez incapable de garder un secret même pour sauver votre vie et ça ferait du vilain si les gens le découvraient. Pour vous deux. Vous n'auriez pas fini d'en entendre parler.

— Nous ne faisons rien de mal. C'est autre chose, tente d'expliquer Flossie, complètement mortifiée.

— J'ai bien compris, mademoiselle Flossie, dit Maudie en riant. Et vous seriez peut-être plus gaie si vous faisiez ce qu'il ne faut pas. »

En bruit de fond, Flossie entend une femme crier : « S'est-elle déjà débarrassée de lui ? » et une voix américaine dire : « Dites à Florence que je trouve qu'elle a les yeux les plus doux du monde.

— Qui est-ce ? demande Flossie. Qu'est-ce que tu leur as raconté ?

— Sally, elle travaille derrière le bar, et Donald, il est du Missouri. Sa famille fait... c'est quoi déjà ?

— Production avicole.

— Il a hâte de vous rencontrer. Je lui ai montré une photo de vous, dit Maudie, qui ajoute, à voix basse : Il ressemble à cet Errol Flynn.

— Comment se fait-il que tu aies une photo de moi ?

— De l'époque où nous étions dans le journal, quand nous jouions des pièces de théâtre. Personne ne me croit, sauf si je leur montre la photo. »

Flossie entend une porte s'ouvrir en claquant et d'autres voix américaines. « On dirait qu'il y a du monde là où tu es, Maudie.

— Oui, pas mal. Il y a un bal sur l'île de Portland, samedi, si ça vous dit. Beaucoup de GI's y seront.

— Avec qui j'irais ? demande Flossie.

— Avec moi », répond Maudie.

Flossie est d'abord déconcertée. Aller à un bal avec Maudie, une domestique, semble une idée ridicule. Pourtant, il lui vient à l'esprit que Maudie est quelqu'un qu'elle a toujours connu. Quelqu'un qui, à sa manière, a toujours veillé sur elle. Elle se souvient de l'absence d'émotions avec laquelle Maudie s'occupait d'elle et de Cristabel lorsqu'elles étaient enfants, de la nourriture qu'elle leur donnait lorsqu'elles oubliaient de manger, de la façon dont elle s'allongeait avec elles, les bras croisés, lorsqu'elles faisaient des cauchemars. Il n'y avait rien de doux ou de maternel là-dedans : c'était une orpheline qui reconnaissait le besoin des autres orphelines, avec le détachement d'une orpheline.

Et la revoilà, avec sa façon de dissiper brusquement les doutes et les inquiétudes, et cette invitation sans détour à l'accompagner à un bal à Portland.

« C'est très gentil de ta part, dit Flossie. Je pense que ça me plairait. Danser me manque.

— Embrassez l'Allemand pour lui dire au revoir, mademoiselle Flossie. Puis nous sortirons et ferons la fête avant qu'ils ne vous envoient travailler à la ferme.

— J'ai récupéré mon uniforme de volontaire agricole aujourd'hui. Betty est dans la cuisine en train de passer mon chapeau à la vapeur pour qu'il ressemble moins à une jatte à pudding. »

Maudie rit. « Ne le mettez pas pour venir danser. Nous avons des Américains à impressionner.

— Salut ! À plus tard », dit Flossie en reposant le combiné.

Lorsqu'elle entre dans Oak Hall, elle s'arrête près du piano. La conversation avec Maudie sur les GI's et le bal lui a donné l'impression de trahir Hans. Elle sait qu'une personne à l'esprit aussi pratique que Maudie lui dirait qu'elle ne lui doit rien, mais c'est voir les choses froidement. N'y a-t-il pas eu une série d'échanges entre eux ? Les sandwiches qu'elle lui préparait avec ses propres rations. La fleur de pois de senteur qu'il lui a offerte, maintenant pressée entre les pages de son journal intime. La façon dont ils se sont touchés. Ce n'était pas grand-chose, mais c'était tout ce qu'ils pouvaient partager.

Elle ne voit pas comment elle pourrait ne pas en tenir compte, d'autant plus que rien n'est terminé. Rien n'est terminé car rien ne peut commencer, donc c'est quelque chose qui pourrait toujours être. Quelque chose de possible mais d'inaccessible. Flossie pense à Dorothy, dans sa maison en bois, emportée par une tornade vers un pays magique, puis ramenée au Kansas, sachant qu'Oz existera toujours, même si elle n'est plus là-bas. Et qu'il ne sera jamais oublié.

(Tout comme le foulard jaune de Flossie sera toujours rangé dans la poche arrière d'un prisonnier allemand dur à la tâche, lorsqu'il sera à Southampton pour déblayer les dégâts causés par les bombardements, qu'il cultivera la betterave à sucre dans le Hampshire et qu'il restera éveillé sur une couchette exiguë d'un camp de prisonniers, essayant de rédiger des lettres dans une langue qu'il ne connaît pas et qu'il n'enverra donc jamais. Il écrira ~~Trace de grousseurs~~. ~~Éprouventreille~~.)

Au cours de la dernière semaine de septembre, la tente des prisonniers sur le domaine de Chilcombe est démontée et le camp démantelé aussi vite qu'un cirque ambulant. Tout ce qu'il en reste est une pâle parcelle d'herbe aplatie, comme un anneau magique. Flossie le regarde, se rappelant ce que Maudie a laissé entendre, à savoir que ce serait terrible pour Hans si quelqu'un était au courant. Elle détesterait que quelqu'un pense du mal de lui.

Elle est envahie de sentiments confus. Depuis plusieurs jours, elle évite le camp et les écuries. Elle n'a même pas l'intention d'aller voir les Allemands partir ; mais lorsqu'elle entend les véhicules militaires se garer devant la maison avant le départ, elle traverse la pelouse en courant pour les rejoindre. Elle voit le sergent Bullock s'en aller dans une voiture d'état-major, laissant une fumée de cigarillo dans son sillage, puis elle aperçoit Hans assis à l'arrière d'un camion. Il est si heureux de la voir qu'il crie son nom et se lève pour la saluer, se cognant la tête contre le toit bas du véhicule avec un tel fracas que les autres hommes rient et lui tendent la main pour l'empêcher de tomber.

Flossie arrive à hauteur de l'arrière du camion au moment où il démarre.

« Je suis désolée de ne pas être venue te dire au revoir avant », crie-t-elle par-dessus le bruit du moteur.

Il sourit. « Ce n'est rien. Tu vas nourrir le chat ?

— Oui, je te le promets », répond-elle, soudain submergée par les gaz d'échappement alors que le camion s'éloigne dans l'allée. « Bonne chance, Hans. Je ne sais pas ce que j'aurais fait sans toi. »

Il sourit à nouveau. Il est toujours debout, retenu par plusieurs hommes. Il lève une main contre le plafond du camion pour se stabiliser, puis pose l'autre sur son cœur.

« Oui », dit Flossie. Elle aussi pose une main sur son cœur.

Alors que le camion prend de la vitesse, Hans la salue avec tendresse comme s'ils se disaient bonjour et non au revoir.

« Au revoir ! » crie Flossie, et elle fait signe de la main jusqu'à ce que le camion disparaisse de sa vue. Il ne lui reste alors rien d'autre à faire que de retourner à la maison, où M. Brewer attend devant la porte d'entrée. Elle le rejoint en disant : « Si j'ai l'air émue, c'est parce que je n'ai jamais été douée pour les adieux. D'aucune sorte. »

M. Brewer ne dit rien, mais lui offre une cigarette, qu'elle accepte et qu'il allume.

« Pourriez-vous me raconter quelque chose ? demande-t-elle en reniflant. N'importe quoi. J'ai juste besoin de penser à des choses pour continuer à aller de l'avant. »

M. Brewer s'apprête à parler quand Flossie ajoute : « La devise de Maudie : “Loin des yeux, loin du cœur.”

— Ça ne m'étonne pas de Maudie.

— Je ne pense pas pouvoir fumer cette cigarette, dit Flossie, sur le point de se décomposer. Je ne fume même pas.

— Donnez-moi ça, mademoiselle Flossie », dit doucement M. Brewer, en lui prenant la cigarette des mains et en sortant un mouchoir de sa poche. Ils restent ensemble un moment, silencieux, Flossie le visage enfoui dans le mouchoir. Puis il suggère qu'ils descendent à la cuisine pour boire une tasse de thé.

Deux tasses de thé et trois biscuits sablés plus tard, Flossie se sent moins désespérée. Toto s'est pelotonné sur ses genoux et elle est réconfortée par sa douce chaleur ronronnante. M. Brewer s'est occupé de tâches discrètes dans la cuisine, et elle a donc pu se ressaisir. Après un certain temps, elle se sent assez bien pour lui parler, et ils évoquent les filles volontaires agricoles et l'endroit où Flossie va être hébergée à Dorchester. Puis M. Brewer s'assied à table en face d'elle et dit : « En fait, il y a une chose dont je voulais discuter avec vous, mademoiselle Flossie.

— Oui ?

— Une opportunité s'est présentée. Le pub du village est à vendre. Le père de Betty. Il vend.

— Ah oui, c'est vrai !

— J'ai toujours envisagé d'acquérir une propriété, de quoi assurer mes arrières pour mes vieux jours. Quand mon fils ne sera plus dans la marine, ce serait bien de savoir qu'il pourra travailler dans un pub avec son vieux père. On nous le laisserait pour un prix raisonnable.

— Avez-vous besoin d'un prêt quelconque, monsieur Brewer ? demande Flossie.

— Je verrais plutôt ça comme une opportunité d'investissement mutuel.

— Oh… mais je n'y connais rien. Je n'ai pas d'argent. Ça paraît idiot, parce que je dois en avoir, mais je ne sais pas où il se trouve. C'est vous qui payez toutes les factures.

— C'est vrai. Et vous avez raison, si je peux me permettre : vous n'avez pas d'argent.

— Non ? »

Il fait un signe de tête vers le haut pour montrer qu'il parle de la maison : « Cet endroit est géré à perte depuis des années. »

Flossie fronce les sourcils. « Vraiment ?

— Vous avez des dépenses importantes, mais pas de métayers. Pas de fermes. Pas d'intérêts sur le capital. Vous vivez de vos économies, mais il n'en reste guère. »

Flossie n'a jamais appris à gérer un budget, mais, en écoutant M. Brewer parler, elle se fait rapidement une idée de la situation financière de sa famille : elle n'a jamais entendu ni vu qu'une version arrangée de la situation sous forme de signes extérieurs extravagants, fastueux, et elle discerne à présent un point final se profiler à l'horizon. Elle a également le sentiment qu'elle n'est pas du tout la bonne personne pour s'occuper de cette question qui nécessite quelqu'un d'aussi déterminé que Cristabel.

« Que dois-je faire ? demande-t-elle.

— Je ferai de mon mieux pour vous aider, mademoiselle Flossie. Mais ça risque de ne pas être une expérience agréable. Quand les gens se sont habitués à une certaine situation, c'est difficile de changer.

— Mais aucun d'eux n'est ici, n'est-ce pas ? dit-elle. Il n'y a plus personne.

— En effet. C'est vous qui êtes responsable de tout ça à présent. C'est pourquoi vous devriez considérer toutes les opportunités disponibles pour vous aider à équilibrer les comptes. »

Flossie caresse pensivement le chat sur ses genoux. « Est-ce un conseil ? demande-t-elle après un certain temps de réflexion. Ou bien voulez-vous vraiment que je le fasse ? Parce que je crois que si je lisais cette proposition sur le papier, je ne saurais pas quoi faire. »

M. Brewer lui sourit tranquillement, et elle a le sentiment qu'il partage ses réflexions pour la première fois depuis le début de la conversation, le M. Brewer poli qui sait si bien se faire discret si besoin est. « Ce sont les affaires », dit-il.

Le jour où elle doit quitter Chilcombe pour rejoindre une équipe de volontaires agricoles, Flossie marche jusqu'à la plage pour s'asseoir sur le rivage, enlevant ses bottes et ses chaussettes réglementaires, et enfouit ses pieds nus sous les galets qui s'entrechoquent comme des maracas, en regardant les longs becs des cormorans qui flottent sur l'eau. De temps en temps, ils plongent, avant de réapparaître quelques minutes plus tard un peu plus loin en secouant vivement la tête, la regardant avec une indifférence hautaine.

C'est une matinée chaude et brumeuse : l'une de ces rares journées qui embellissent la fin septembre comme des bijoux, tels des cadeaux. Une seule vague déferlante court lentement le long de la baie en demi-cercle, l'effleurant doucement comme un pinceau de cymbale. L'eau près du rivage est du même bleu qu'une feuille de papier d'étain ; au large, elle se teinte d'un bleu de Prusse plus foncé.

Flossie patauge à présent au bord de l'eau. La mer est si claire qu'elle peut voir ses pieds. Les galets près de ses orteils sont les mêmes que ceux de la plage, cependant, sous la surface de l'eau, ils apparaissent distordus, lointains, dotés d'une qualité mystérieuse. Quand elle se penche pour en ramasser quelques-uns, ils sont plus éloignés qu'ils n'y paraissent et sa main pâle qui tâtonne sous les flots est le bras désincarné d'un marionnettiste. Mais lorsqu'elle les tient dans sa paume, les galets sont décevants, plus petits, comme réduits. Elle les laisse tomber.

Elle ôte ses vêtements pour ne garder que ses sous-vêtements, se déshabillant sans enthousiasme comme chez le médecin, puis elle se jette dans les vagues. Elle se laisse flotter sur le dos, et entend le tintement de l'eau salée dans ses oreilles, son clapotement. Tous les autres bruits sont étouffés et distants. Il n'y a que l'eau, sa respiration et le poids de son corps en suspension. La façon dont la mer vous contraint à être au plus proche de vous-même ressemble à ce que l'on ressent en étant malade ; un état qui vous aspire, l'impression de couler.

Elle se dit qu'elle a fait le bon choix en ne laissant pas les choses aller plus loin avec Hans. Elle a été une fille raisonnable. Elle a protégé sa réputation. Elle se dit qu'il y aura d'autres hommes, d'autres amours, d'autres baignades. Qu'il n'y aura pas toujours cette douleur dans sa poitrine – comme si elle avait subi l'ablation d'un organe vital.

Au-dessus d'elle, la coupole du ciel, en dessous d'elle, les galets au fond de l'eau. Flottant entre les deux, Flossie expire, inspire, expire, inspire.

Quand M. Brewer descend sur la plage pour l'appeler, disant que la voiture qui vient la chercher est arrivée, elle sort de l'eau en sous-vêtements, ramasse son uniforme et ses bottes, et passe devant lui sans dire un mot.

VOL DE NUIT

Octobre 1942

Après le décollage, le Lysander vole à cinq mille pieds. À l'intérieur, Digby et un autre agent dorment dans des sacs de couchage. Pas de nuages, une pleine lune. Des conditions de vol au-dessus de la Manche parfaites.

Sous eux,
des mouettes   des mouettes   des mouettes

Des ondes radio les suivent jusqu'à ce qu'elles rencontrent l'avion
Et elles
sont renvoyées
vers
un récepteur
sur un grand mât,
un signal rouge
comme un
battement de cœur,
sur l'écran
d'un opérateur radar somnolent.

L'air de la nuit est chargé de communications invisibles, de points et de tirets, du braille dans l'atmosphère, des messages pour les agents ou ceux qui se font passer pour des agents :

— … . . –.. .. . …-. / . —. —… .. –.. — –. / –. –. — –. —. . –. — –..
… . –.. / . –. . . —. – /

— … . . –.. .. . …-. / . —. —… .. –.. — –. / –. –. — –. —. . –. — –..
… . –.. / … . –. –.. /
— . . . – – / … . – / . – –. –.. / –. –. . –. –. – –… –. –. –.. / …
— — –. . …
les parasites des stations de radio, des bribes de rires en boîte, des musiques d'orchestres, les nouvelles.

Cristabel réveillée

Les bords
crayeux
de l'Angleterre Un bateau de pêche La mer
éclaboussée
par le clair de lune.

Sous les vagues, le ventre
noir de l'océan : sous-
marins rouillés, navires
brisés. Des cadavres de
Hambourg, de l'Iowa, Oslo,
à l'intérieur des navires
dans lesquels ils ont coulé
ondulant dans les courants
comme une horrible
récolte, les bras levés ;
des messages
sémaphoriques, non reçus.

UN CANNIBALE SOBRE

Décembre 1942

Octobre sombre dans novembre qui sombre dans décembre. Les jours se contractent. Le soleil ne prend guère la peine de se montrer. Le ciel gris descend presque à ras de terre. Les gens se traînent, près du sol, repliés sur eux-mêmes. Il n'y a guère de place pour autre chose.

Cristabel marche sur les falaises, son manteau fouetté par le vent froid, tandis que les vagues en contrebas grondent et s'écrasent. Elle est de retour dans le Dorset pour y passer quelques jours de congés, mais elle a du mal à rester à la maison. Elle arpente le sentier côtier désert, en direction de Ceal Head, le menton rentré dans le cou, les mains dans les poches : la seule à se pavaner sous une voûte nuageuse qui s'affaisse.

Elle n'a pas eu de nouvelles de Digby depuis plus de deux mois. Ce qui signifie qu'il est probablement parti en France occupée. Une lettre du supérieur de son cousin lui assurant que tout va bien ressemble tellement à une lettre type qu'elle est convaincue que ses soupçons sont fondés. Cristabel ne peut s'ôter de la tête l'idée que Digby travaille sous couverture. Ce qui la rend muette et tendue. Elle ne parvient pas à s'y habituer. Au contraire, cette idée est de plus en plus turbulente, importune : un enfant lourdaud qui se tortille et pèse de plus en plus dans ses bras. Et si le français de Digby n'était pas assez bon ? Et s'il faisait confiance à la mauvaise personne ? Et si les Allemands le trouvaient – un agent britannique derrière les lignes ennemies –, et là, son esprit se ferme.

C'est la fin de l'après-midi. La lumière du jour s'est éteinte. La pluie commence à tomber, un souffle venu de la mer. Cristabel aperçoit les fanons de sa baleine dressés au bord des eaux agitées, comme Knut le Grand, le roi qui tentait de commander les marées. Elle rentre à la maison en marchant dans les flaques d'eau, et se retire dans sa mansarde pour broyer du noir.

Betty fait une brève apparition pour alimenter le maigre feu et lui proposer du thé, mais Cristabel n'en veut pas. Elle ne veut rien du tout. Elle ne peut pas même se résoudre à allumer une lampe. Elle enfile son pyjama, puis s'allonge, toute raide, dans son lit étroit, écoutant la pluie s'abattre sur le toit.

Elle se dit qu'ils n'auraient pas recruté Digby s'il n'avait pas été à la hauteur, mais, en même temps, elle connaît suffisamment la vie militaire pour savoir que ce n'est pas toujours vrai. Perry a dit un jour que c'était une question de nombre. Elle survole la pièce du regard, le lit vide de Flossie sur lequel elle a jeté son sac à dos et ses vêtements. Elle imagine Flossie, allongée sur un lit de camp dans son logement de volontaire agricole à Dorchester, et Digby en planque dans une ferme française. Le ciel se déverse sur leurs têtes à tous. Elle enfouit son visage dans l'oreiller.

Au milieu de la nuit, elle se réveille sans savoir pourquoi. Seuls le vent et la pluie se font entendre, puis, soudain, le bruit de petits cailloux lancés contre la fenêtre du grenier. Cristabel relève la tête. Le même bruit, de nouveau. Une autre poignée de gravier frappe la vitre. Un bruit reconnaissable entre tous ; une sommation délibérée. Elle rejette rapidement les couvertures et va à la fenêtre pour l'ouvrir.

Elle se penche et scrute les ténèbres, un noir hachuré par des gouttes de pluie argentées. Debout sur la pelouse devant la maison, une silhouette aux cheveux bruns, s'abritant les yeux d'une main et vêtue d'un pardessus de l'armée, la regarde. Le sifflement des guirlandes de pluie, le tumulte du vent dans les arbres, ses émotions débordent : elle retient son souffle, c'est son frère qui est de retour, se dit-elle. Mais il lève la main en un salut ironique ; il est plus grand, ses épaules sont plus larges. Leon.

Elle expire et le regarde. Elle aussi lève une main à son front en guise de salut et, d'un geste, indique l'arrière de la maison, puis se retourne pour enfiler une robe de chambre en tartan, qui se déploie derrière elle comme une cape tandis qu'elle descend l'escalier jusqu'au rez-de-chaussée et traverse la maison en chaussettes, se faufilant dans les couloirs jusqu'à la cuisine, où elle déverrouille, puis ouvre la porte de derrière. Il entre, et s'ébroue comme un chien mouillé pour chasser les gouttes de pluie de ses cheveux noirs.

« Tu as quelque chose à manger ? demande-t-il avec son étrange accent. J'ai faim.

— Pourquoi es-tu là ?

— Du pain. Là ! Je vois du pain. Il y a du fromage ?

— Laisse ça. Pourquoi es-tu ici ?

— Je récupère une commande pour le colonel Drake. Bill fournit les denrées dont il a besoin pour Noël. Un faisan et du vin, des trucs comme ça, je crois. J'ai eu un pneu crevé, donc je suis en retard. Sais-tu où Bill entrepose ce genre de choses ? Je parie que ça aura meilleur goût que ce pain sec.

— Je ne sais pas où Bill entrepose ce genre de choses.

— Si, tu le sais, Cristabel Seagrave. Tu sais où tout se trouve dans cette maison. Le colonel Drake ne nous en voudra pas si nous nous servons. Viens, nous pourrions nous faire... comment on appelle ça déjà ? Un festin de minuit. »

Ils se regardent. Il mâche un morceau de pain et sourit. Il est trempé, mal rasé, et son uniforme est débraillé : le col de son manteau est relevé d'un côté, le haut de sa chemise déboutonné, ses bottes mal lacées. Il a une cigarette humide coincée derrière une oreille et, autour de son cou, il porte une écharpe en tricot, rayée, aux couleurs inattendues : jaune, rose, vert.

« Oui, je sais, concède-t-elle. C'est dans la cave à vin. »

Leon disparaît. Cristabel entend le miaulement aigu d'un chat effarouché puis rassuré, Leon lui murmurant quelques mots en russe. Il réapparaît, avec une tourte à la viande et une bouteille de vin.

« Y a-t-il une cheminée dans ton grenier ?

— Oui, mais...

— Allez, viens. Viens. Il fait froid ici. On va monter. Comme on le faisait quand on était enfants, hein ? »

Elle secoue la tête, mais prend des tasses en fer-blanc, et deux pommes qu'elle fourre dans les poches de sa robe de chambre, et le suit jusqu'en haut de l'escalier, en disant : « Tu laisses de la boue partout.

— Tu t'en fous de ça.

— Mais je pourrais ne pas m'en foutre.

— Tu t'en fous. Qu'est-ce que tu portes, Cristabel ?

— C'est la robe de chambre de mon grand-père. Elle fait encore bon usage. C'est toi qui as tricoté cette écharpe ?

— Une gentille vieille dame dans un café me l'a donnée.

— Elle t'a donc pris pour un vrai soldat ?

— Elle m'a trouvé charmant. Pourquoi fait-il si sombre ici ? Tu n'as pas l'électricité ?

— Seulement de temps en temps. Comment as-tu su que c'était moi dans le grenier ?

— Bill m'a dit que Flossie travaillait dans un élevage de porcs ou quelque chose comme ça.

— Elle est volontaire agricole.

— Digby n'est pas là. Ça ne pouvait être que toi.

— Pourquoi tu as jeté des cailloux ? Tu aurais pu frapper à la porte.

— C'est plus romantique. Comme Roméo.

— Ça n'a rien à voir avec Roméo. Il ne jette pas de gravier à la fenêtre.

— Je ne me rappelle plus », dit Leon, alors qu'ils arrivent au grenier où, les mains pleines, il pousse la porte d'un pied.

Il jette un coup d'œil dans le couloir ombragé, s'attarde sur le plafond incliné et dit : « Le toit est plus bas qu'avant.

— Tu es plus grand », réplique Cristabel. Et c'est vrai. Grand et large d'épaules comme un nageur, mais avec toujours un soupçon de sa maigreur d'adolescent. Quand ils étaient plus jeunes, il était presque toujours torse nu, un short délavé tombant sur ses hanches, une cigarette, volée, au coin des lèvres. Un garçon aux cheveux longs sorti du ruisseau. Un roublard. Soudain, elle revoit très clairement le jeune Leon, au pied d'un arbre de Ceal Head, lorsqu'il avait jeté une corde sur l'une des plus hautes branches pour faire une balançoire qui s'envolait au-dessus de l'océan. Elle se souvient qu'il regardait l'arbre les yeux levés, comme à présent quand il inspecte le plafond du grenier, tirant sur la corde avant de la lui tendre pour l'envol inaugural.

Cristabel passe devant lui pour entrer dans la chambre des filles et allumer la lampe à huile. En la suivant, Leon dépose ce qu'il porte sur le lit de Flossie, là où sont entassés les vêtements de Cristabel. Il enlève son pardessus et son écharpe, puis s'assied sur le lit pour retirer ses bottes, en jetant un coup d'œil à un puzzle à moitié commencé sur la table de chevet.

« C'est Flossie, dit Cristabel. Je déteste les puzzles.

— Je m'en souviens. Tu avais l'habitude de retailler les pièces avec des ciseaux pour qu'elles s'emboîtent. » Une fois déchaussé, avec aux pieds des chaussettes moult fois reprisées, Leon lance un paquet de Lucky Strike en direction de Cristabel. Elle s'assied sur son lit, sort une cigarette du paquet, et le regarde ouvrir la bouteille à l'aide d'un couteau de poche, muni d'un tas de petits accessoires, qu'elle lui envie. En lui tendant les tasses pour qu'il les remplisse de vin, elle remarque que ses phalanges sont écorchées et qu'une nouvelle cicatrice est visible sur l'un de ses poignets.

Il lui passe une tasse, puis se lève pour secouer le tisonnier dans la cheminée jusqu'à raviver le feu. Il tire ensuite une couverture à lui et l'étale sur le plancher pour servir de nappe de pique-nique et s'installe devant le feu pour découper la tourte à la viande. L'efficacité de ses gestes dénote une certaine expérience, celle de quelqu'un qui sait probablement monter un campement.

Il remarque le théâtre en carton posé sur le sol. « Tu joues toujours avec ça ? demande-t-il à Cristabel.

— Je ne joue pas avec. Je l'utilise comme modèle pour travailler mes mises en scène. »

Leon fait soigneusement glisser la toile de fond en papier – nuages blancs et ciel bleu – hors de son cadre. « Ton théâtre est toujours debout ?

— Bien sûr, dit-elle. Bien qu'en ce moment il abrite des légumes plutôt que des spectateurs. »

Il sourit et remet la toile de fond en place. « Je suis content qu'il soit encore là. Ça m'a presque tué de traîner ces os depuis la plage.

— Ça fonctionne bien comme théâtre, mais ça pourrait être mieux.

— Comment ça, mieux ? »

Elle descend du lit et s'assied à côté de lui sur la couverture, tirant le théâtre en carton vers elle. « Les spectateurs sont tous sur un seul niveau. » Elle utilise les deux pommes pour figurer le public. « Si on est assis derrière quelqu'un avec un grand chapeau, notre champ de vision est complètement bouché.

— Rehausse le public, dit-il.

— Comment ?

— Comme dans un amphithéâtre romain. On surélève le public pour qu'il puisse mieux voir. »

Il attrape un oreiller sur le lit, le pose devant le théâtre en carton et place une pomme dessus. « Il y a un amphithéâtre à Nîmes. On y allait pour la tauromachie.

— Je ne savais pas qu'il y avait des corridas en France.

— Seulement dans le Sud. Peut-être plus maintenant avec l'arrivée des nazis.

— Pourtant, je suppose que c'est le genre de divertissement qu'ils apprécient, répond Cristabel. J'avais pensé à une sorte de sièges rehaussés, mais je ne savais pas comment faire.

— Des galets qui proviennent de la plage. Du sable. Tu as des matériaux. Trouve une bêche et une brouette. Construis des murets avec ça.

— Est-ce qu'ils seront plus stables s'ils étaient consolidés avec du sable ?

— Je crois que oui. Un mélange de sable et de galets, dit-il en plaçant une autre pomme sur l'oreiller. Je pourrais m'en occuper si je ne devais pas récupérer des faisans pour le colonel Drake. J'ai toujours aimé construire des choses. »

Il tapote l'une des pommes. « Ces gens-là. Ils ont la meilleure vue. Ils doivent payer plus cher.

— Tu voulais être maçon ? demande-t-elle. Quand tu étais plus jeune, je veux dire…

— Personne ne m'a jamais demandé ce que je voulais faire. Je suis parti en mer, puis le colonel Drake m'a engagé, et maintenant je récupère des faisans pour lui. » Il prend une pomme et mord dedans.

Cristabel réfléchit un moment, puis montre du doigt ses phalanges éraflées.

« Tu ne fais pas que collecter des faisans. »

Il rit. « Non. Parfois, je récupère des gens.

— Où ?

— Sur les côtes, le plus souvent. Tard dans la nuit. Parfois ils me suivent de leur plein gré. Parfois non.

— C'est le genre de choses que Digby va faire ? Perry a trouvé quelque chose pour lui.

— Non, Digby est un officier. Il parle bien le français. Il est probablement dans un château. Ici, on ne me laisse parler à personne. Mon accent est trop russe. Tout le monde a peur des Russes, dit-il avec une certaine satisfaction.

— Tu sais si Digby est en France ? demande-t-elle. Est-ce que Perry t'en a parlé ? »

Leon mange sa pomme. « Le colonel Drake sait que je n'écoute jamais. »

Elle lui donne un coup de coude. « Dis-moi.

— Je pense que c'est probable, répond-il finalement.

— Le français de Digby est bon, mais pas parfait. J'aimerais être là-bas.

— Tu iras peut-être. On parle de femmes agents. Ils sont à court d'hommes.

— Ils envoient des femmes en France ?

— C'est plus facile pour les femmes. Un jeune homme attire l'attention des Allemands. Une jeune femme ? Avec un sourire et un signe de la main, elle peut passer son chemin.

— Tu crois que je pourrais y aller ? insiste Cristabel. Est-ce qu'ils m'y enverraient ?

— Parles-en au colonel Drake. Je ne suis qu'un collecteur de faisans. » Il se lève et tire le lit de Flossie à travers la pièce, le poussant à côté de celui de Cristabel.

« Leon, bon sang, qu'est-ce que tu fais ?

— Ces lits sont des lits d'enfants. Je vais en faire un plus grand », répond-il en accolant les deux lits avant de s'allonger sur les couvertures.

Cristabel fronce les sourcils, mais grimpe sur le lit à côté de lui, et pose sa tasse remplie de vin sur sa table de chevet. « Quand vas-tu voir Perry ? Demain ?

— Je crois que oui.

— Tu peux m'emmener avec toi ? Pour que je puisse lui parler.

— Peut-être, dit-il en fermant les yeux. Je suis si fatigué. Je suis prêt à dire oui à tout. »

Elle s'allonge, croise les bras et regarde le plafond, jetant de temps en temps un coup d'œil à Leon. Son esprit tourbillonne à l'idée de parler à Perry et de le persuader de la laisser aller en France. Elle se mordille la lèvre inférieure. Elle ne peut empêcher ses pieds de remuer. Elle regarde à nouveau Leon, son long corps près du sien. Elle n'a jamais été seule dans la maison avec un homme. Un pan de la chemise de Leon est sorti de son pantalon, révélant une bande de peau.

Au bout d'un moment, elle demande : « Tu as lu *Moby-Dick* ?

— Je ne suis pas instruit. Je ne lis pas.

— Tu devrais. Ça te plairait.

— Raconte-moi l'histoire. Une histoire pour s'endormir.

— Bon. Au début, il y a une scène où le baleinier Ismaël doit partager son lit avec un sauvage tatoué appelé Queequeg, qui dort avec son tomahawk.

— Ça a l'air d'être un homme intéressant.

— Ils se rencontrent dans une taverne et sont obligés de partager une chambre, dit Cristabel qui ajoute : Tu voulais dormir ? »

Il ouvre les yeux, se tourne vers elle. « Je ne peux pas. Quelqu'un parle.

— Je me suis souvenue de cette scène extraite d'une grande œuvre littéraire. J'ai pensé que je devais la partager avec toi. »

Il met ses mains derrière sa tête. « Que leur arrive-t-il dans la taverne ?

— Ils couchent ensemble, dit-elle, après un moment. Ismaël dit que c'est mieux de dormir avec un cannibale sobre qu'avec un chrétien ivre.

— Je ne pensais pas que c'était ce genre de livre, répond-il.

— Ce n'est pas le cas. Mais ils dorment dans le même lit.

— Il se passe quelque chose entre eux ?

— Difficile à dire.

— Peut-être que ça arrive quand ils sont en mer, dit Leon. C'est souvent le cas avec les marins.

— Ismaël dit que Queequeg le prend dans ses bras en une “étreinte de jeune marié”. »

Ils se regardent l'un l'autre pendant un moment, puis Leon s'approche lentement d'elle pour dénouer la ceinture de sa robe de chambre.

— Qu'est-ce que tu fais ?

— Ce que tu me demandes de faire, répond-il. C'est quoi : un nœud de plat ?

— Un double nœud plat.

— Je vais peut-être devoir le couper avec un couteau.

— Ça m'étonnerait ! »

Il détache habilement le cordon de la robe de chambre pour révéler un pyjama à rayures. « Voilà. Tu es maintenant libérée de la vilaine robe de chambre de ton grand-père. Tu peux l'enlever. » Elle ouvre la bouche, mais Leon parle le premier. « Cristabel, si tu veux que je descende et que je dorme dans le panier du chat, je le ferai. Mais n'essaie pas de me dire que tu te réserves pour un mari ou quoi que ce soit d'autre, car je suis trop fatigué pour entendre des discours.

— Je ne me réserve pas pour un mari, rétorque-t-elle. Ni pour personne d'autre.

— Et tu as raison.

— Même si certains hommes préfèrent les femmes qui se préservent, comme tu dois le savoir. Bien que ça ne m'intéresse pas.

— Quel genre de femmes crois-tu que je préfère ?

— Je n'en ai aucune idée.

— Je t'ai envoyé beaucoup de cartes postales, Cristabel.

— La plupart sont obscènes.

— Exactement, dit-il en riant. Elles étaient si drôles. Celle de Plymouth… tu te souviens de la photo ? Le petit mari et la grande femme dans le transat.

— Elles étaient toutes affreuses, rétorque-t-elle en souriant.

— De plus, quand je suis à Londres, je t'emmène au restaurant quand tu me le demandes.

— Repas payés par Perry.

— Ce sont de petits détails. » Il penche la tête sur le côté. « Tu es nerveuse ?

— Qu'entends-tu par nerveuse ?

— Avoir un homme dans ta chambre te rend nerveuse ? C'est pour ça que tu veux me raconter des histoires ? »

C'est une raillerie comme celles qu'il lui faisait subir dans son enfance et elle s'en rend parfaitement compte. Elle sait donc comment répliquer.

« Comment oses-tu, dit-elle en s'asseyant pour enlever sa robe de chambre. Est-ce que j'ai l'air nerveuse ? » Il y a quelque chose d'impérieux chez elle, quelque chose d'audacieux, qui la pousse à aller de l'avant. Tout comme elle avait autrefois tenu sa paume au-dessus d'une flamme, elle commence maintenant à déboutonner son haut de pyjama.

Leon se redresse pour la regarder, arborant son habituel demi-sourire arrogant, mais son regard est différent, plus calme. Son sourire est secondaire comparé au regard qu'il pose sur elle tandis qu'elle enlève sa veste de pyjama. Elle est éclairée par la lumière des flammes qui dansent dans la cheminée et il se penche pour effleurer la peau de l'une de ses épaules, il y fait courir ses doigts tout du long.

« Tu as froid ? demande-t-il.

— Non, répond-elle. Et toi, tu n'auras pas froid. Tu as gardé ta chemise, après tout.

— C'est vrai », dit-il, en s'asseyant pour l'enlever.

Maintenant, ils sont à égalité : deux adversaires torse nu. Leon a une ligne de poils noirs qui descend le long de sa poitrine. Une ecchymose violette est visible sur ses côtes, et un tatouage sur le haut du bras.

Cristabel pointe le menton en direction du bras : « Tu es vraiment un sauvage. C'est quoi ?

— Un pari perdu dans un bar de Danzig.

— Non, qu'est-ce que c'est censé représenter ?

— Un bateau. Regarde, il a des voiles. Un petit drapeau. Tu as besoin de lunettes ?

— Non, dit-elle, et elle tend la main pour le toucher, avec autant de désinvolture que possible. Ça ne ressemble pas du tout à un drapeau.

— Qu'est-ce qui ne ressemble pas à un drapeau ?

— Ça, ici.

— Touche-le à nouveau pour que je sois sûr de la partie dont tu parles. »

Ils font une pause, comme des boxeurs qui se tournent autour sur le ring. Elle trace du bout d'un doigt le contour du bateau, puis l'océan d'encre sur lequel il navigue. Les flammes projettent leurs ombres dans la pièce. Dehors, la pluie continue de tomber. Cristabel bouge la première, se penche sur lui et l'attire à elle avant de ne plus oser et de se dégonfler.

CAFÉ, THÉ

Décembre 1942

Cristabel sort lentement du sommeil comme si elle remontait à la surface après avoir plongé dans des eaux profondes. C'est le plaisir de se réveiller le matin après une longue journée à la plage ; de revenir à soi dans un corps bien dépensé et bien reposé. Elle s'étire avec satisfaction, lève les bras et cambre les reins, le corps arqué, telle la corde bien tendue d'un archet, jusqu'à ce qu'elle puisse poser ses mains à plat sur le mur derrière sa tête de lit, se rappelant qu'elle s'est retrouvée dans la même position pendant la nuit. L'écho de ce mouvement résonne en elle, un frémissement.

Elle ouvre les yeux. C'est le matin, il fait encore sombre et il pleut à verse, mais une faible lueur provient des braises dans la cheminée, et un peu de lumière arrive de la fenêtre ouverte où Leon, appuyé sur le rebord, fume. Il a enfilé son pantalon. Elle peut distinguer la peau nue de son dos, la ligne de sa colonne vertébrale. Comme c'est curieux de savoir qu'elle a touché cette peau, qu'elle a senti ces omoplates se déplacer sous ses mains. Comme c'est satisfaisant de l'observer, en ayant conscience de ce corps. Elle n'a aucune envie de bouger. Elle est rassasiée, comme une conquérante. Elle remue ses orteils.

Il la regarde, sourit, puis se tourne de nouveau vers la fenêtre en disant : « J'ai tellement faim que s'il y avait encore des chevaux ici, j'en tuerais un pour le manger.

— Il y en a, mais tu ne les tueras pas. En revanche, nous avons beaucoup d'œufs. »

Il lance sa cigarette dehors aussi précisément qu'une fléchette avant de refermer la fenêtre, et ramasse sa chemise et ses bottes. « Alors pourquoi sommes-nous encore là-haut ? Habillez-vous, Cristabel Seagrave. Il faut que je mange. » En passant devant elle, il se penche et presse sa bouche contre la sienne, un baiser urgent, rêche, sa barbe pique et, soudain, tout ce qu'ils ont fait et découvert récemment ensemble s'empare d'eux à nouveau. Elle lève les bras pour glisser ses mains dans les cheveux épais sur la nuque de Leon ; il jette un coup d'œil au réveil sur la table de nuit et, la bouche encore ouverte sur la sienne, leur souffle mêlé, il dit : « Nous avons une demi-heure avant qu'il nous faille partir. »

Le petit-déjeuner est composé de pain sec mangé dans la voiture avec une bouteille thermos de café noir qu'ils boivent à tour de rôle. Cristabel conduit, car Leon prétend que la faim l'affaiblit et qu'il ne peut tourner le volant. Une fois installé sur le siège passager, il ajuste sa position pour la regarder, en disant : « En plus, j'ai toujours aimé te regarder conduire.

— Qu'est-ce que tu veux dire ? » demande-t-elle, aux prises avec le levier de vitesse alors qu'ils attaquent la montée du Ridgeway.

Ils ont tous deux renfilé leurs uniformes militaires : celui de Cristabel a été lavé et repassé par Betty, mais pas celui de Leon. La voiture est celle de Perry, la Humber kaki. Leurs sacs de voyage et la caisse de nourriture et de vin pour Perry sont entassés sur la banquette arrière.

« Un été, quand nous étions encore des gosses, Bill nous a appris à conduire, poursuit Leon. J'aimais te regarder. Tu étais tellement furieuse quand tu commettais des erreurs.

— Je pensais que tu aimais juste te moquer de moi.

— J'aimais ça aussi, dit-il en brossant les miettes tombées sur son écharpe rayée.

— Cette vieille voiture était une sacrée merde à conduire. Aussi lourde qu'un tank. Je ne sais pas comment on a pu apprendre quelque chose.

— Tu n'étais même pas censée apprendre. Bill était seulement censé m'apprendre à moi. »

Cristabel rit. « Oh, oui. J'avais oublié. J'avais manigancé tout ça, puis j'ai pensé : “Attendez une minute, pourquoi c'est lui qui doit apprendre, et pas moi ?”

— Pauvre Bill. Monter et descendre l'allée avec nous pendant des semaines…

— Je devais m'asseoir sur un coussin pour voir par-dessus le volant.

— Mais crois-moi, si on apprend à conduire une voiture de cette taille quand on est enfant, conduire un véhicule militaire ne pose aucun problème », dit Leon. Il tient deux cigarettes dans sa bouche pour les allumer, puis lui en tend une.

« Espérons-le », répond-elle, et elle accélère.

Au bout d'un moment, elle demande : « Où sont tes frères et sœurs à présent ? Et ta mère ? Est-ce qu'ils vont bien ? Tu as des nouvelles ? »

Il expire une fumée vacillante. « Un frère est mort. Un autre disparu. Un autre est en Espagne. Deux sœurs sont vivantes, je crois. Ma mère, je ne sais pas. Elle était à Gand quand les Allemands sont arrivés.

— C'est inquiétant. As-tu des nouvelles de ton père ?

— J'ai lu dans les journaux qu'il était en vie et qu'il combattait les nazis en étant planqué à New York, en toute sécurité.

— Myrtle le voit toujours. Si tu veux le contacter, elle pourrait transmettre un message.

— Je pourrais lui transmettre moi-même un message si je le voulais.

— Bien sûr », dit-elle. Puis elle ajoute : « Je suis désolée pour tes frères.

— Moi aussi », répond-il, puis il sort de sa poche un reste de tourte à la viande, qu'il mange entre deux taffes de sa cigarette.

Le temps est couvert et pluvieux. Les routes, désertes, regorgent de flaques d'eau, de nids-de-poule et de moutons égarés trempés et pleins de griefs. Il ne reste que cinq jours avant Noël, mais le pays est peu éclairé, sans aucune décoration. Chaque Noël du temps de guerre semble être l'ombre du précédent : moins de nourriture, moins de boisson, plus de places vides à table.

La guerre et toutes ses privations paraissent ne jamais devoir finir, mais Cristabel ressent un étrange et coupable frisson d'excitation car c'est exactement cet effacement de l'ordinaire qui permet de laisser place à l'extraordinaire.

Comment peut-elle aimer cette Angleterre plongée dans les ténèbres, en ruine, marquée de cicatrices, plus qu'elle n'aimait la verte Angleterre d'avant-guerre ? Parce qu'elle peut conduire une voiture, en uniforme, et être avec un homme sans être mariée avec lui, parce qu'elle peut mourir pour cette Angleterre-là, si elle réussit à convaincre Perry.

« Dis-moi, lance-t-elle, car elle veut parler de tout maintenant, où as-tu eu ces trucs-là, les... comment tu appelles ça... les capotes ?

— Ce sont les Américains qui me les donnent. Les leurs sont plus grandes, tu comprends. Pourquoi tu veux savoir ?

— Au cas où j'en aurais besoin.

— C'était ta première fois, hier soir ?

— Pourquoi tu veux savoir ?

— Je le sais déjà. Je te le demande par politesse.

— Tu n'es jamais poli d'habitude. » Elle lui jette un regard en coin. « Oui. C'est vrai, c'était la première fois. D'après ce que j'avais entendu dire, je pensais que ce serait une sorte de spectacle d'horreur. Des draps ensanglantés et des trucs de ce genre. Mais ce n'était pas du tout ça. J'aurais aimé que quelqu'un me donne cette autre version des choses. Tu as été avec beaucoup de femmes ?

— Pas autant que je le voudrais, dit Leon, avant de jurer en russe quand la voiture cahote sur un nid-de-poule, envoyant la cendre de sa cigarette sur ses genoux.

— C'était pas mal ce juron. Je ne l'avais encore jamais entendu. Qu'est-ce que ça veut dire ?

— Fait chier, dit-il, en enlevant la cendre de son pantalon.

— Tu jures en russe et tu parles aux chats en russe. Et désormais je sais que tu parles russe au lit aussi.

— Les chats préfèrent le russe. Certaines femmes préfèrent le français.

— Avec combien de femmes as-tu été ?

— Je ne compte pas.

— Moi, je compterais si j'étais toi. Elles sont toutes différentes ?

— Il est tôt pour avoir cette conversation, Cristabel.

— Tu es embarrassé ?

— Non. J'ai surtout faim et je suis un peu fatigué.

— Très bien, alors. Explique-moi en quoi les femmes sont différentes ? Qu'est-ce qu'elles aiment ?

— Je te montrerai plus tard, répond Leon en enroulant son écharpe autour de son cou. Je vais dormir. Réveille-moi dans une heure et je prendrai le volant.

— Je n'ai pas dit au revoir à Betty », murmure soudain Cristabel.

Ils sont à Londres dans l'après-midi et retrouvent Perry dans le cadre inattendu du café de Fortnum & Mason, où des femmes aisées prennent le thé après avoir fait leurs courses dans le grand magasin. Perry y organise ses rendez-vous, explique Leon, parce qu'il trouve que les gens sont moins agressifs en présence d'un gâteau. Au piano, dans un coin de la pièce, un vieil homme en smoking joue des chants de Noël ; des décorations en papier pendent mollement des murs.

À leur arrivée, un général français en uniforme à l'air furieux quitte la table. Leon et Perry échangent un regard et Leon suit le général. Perry se tourne vers Cristabel et fait un geste en direction d'un présentoir à gâteaux sur trois étages, comme s'il l'attendait. « Sers-toi, ma chère. »

Cristabel enlève son calot militaire. « Nous n'avions pas l'intention d'interrompre votre rendez-vous.

— Nous en avions terminé, répond Perry. Il est parfois difficile de se rappeler que les Français et les Anglais sont du même côté. Nous passons beaucoup de temps à nous affronter.

— À propos de quoi ?

— Ils veulent être plus impliqués dans nos activités, mais ils sont impétueux, ces Français. De plus, ils ont tendance à ménager la chèvre et le chou. C'est plus clair si nous gardons nos activités séparées, explique-t-il, dépliant une serviette de table. Je t'en prie, assieds-toi. À quoi dois-je cet honneur ?

— Je veux contribuer à l'effort de guerre, répond Cristabel en s'asseyant. J'en ai marre de pousser des pions sur une carte.

— Ce que tu fais est vital. Du thé ? Il en reste beaucoup dans la théière. Mon ami français n'en raffole pas.

— Je pourrais faire plus. J'ai entendu dire que les femmes pouvaient servir en France sous couverture, qu'elles pouvaient être utiles, dans la clandestinité.

— Qui a bien pu te dire ça ? » demande-t-il en levant un sourcil. Il verse le thé, et ajoute : « J'espère que tu ne penses pas pouvoir y retrouver Digby.

— Non, à moins qu'on m'en donne l'ordre.

— Certainement pas.

— A-t-il besoin d'être retrouvé ?

— Aucun bon agent secret n'a besoin d'être retrouvé. Du lait ?

— Oui.

— Du sucre ?

— Trois, s'il vous plaît. »

Perry dépose soigneusement des morceaux de sucre dans son thé à l'aide d'une pince en argent, puis lance : « Cristabel, laisse-moi te dire que, officiellement, nous n'utilisons pas de femmes à des postes de combat.

— D'autres pays le font. Avez-vous vu dans les journaux l'histoire de cette tireuse d'élite soviétique ? Elle a tué plus de trois cents personnes. Ils l'ont invitée à la Maison Blanche.

— Une histoire utile à la propagande, dit-il, en lui passant une tasse et une soucoupe.

— Vous n'y croyez pas ?

— J'imagine qu'elle a quelques compétences, mais elle est clairement plus utile en tant que sujet d'une bonne histoire racontée dans les journaux – sinon pourquoi serait-elle à la Maison Blanche ? De plus, nous sommes anglais, pas russes. On provoquerait un sacré tollé si nous envoyions au front des épouses et des mères.

— Je ne suis ni une épouse ni une mère. Croyez-vous que j'ai une chance ?

— Tu es une fille compétente. Ils enquêteront sur ton passé, bien sûr. J'espère qu'ils n'y trouveront rien de préoccupant.

— Ce ne sera pas le cas.

— Ta belle-mère avait des amis qui m'intéressaient, et j'ai moi-même enquêté sur Kovalsky : c'est un révolutionnaire de salon, rien de plus.

— Vous avez enquêté sur Taras ?

— Mieux vaut prévenir que guérir, répond-il en se servant aussi une tasse de thé. En outre, il m'était utile de savoir de quel genre de famille venait mon chauffeur.

— Vous vous débarrasseriez de Leon si Taras était impliqué dans des affaires douteuses ? Ce n'est pas juste.

— Pas nécessairement. Leon a des qualités utiles. Il parle plusieurs langues. Il n'a pas peur de se salir les mains et, surtout, il ne convoite en rien mon poste. » Perry la regarde pendant un moment, puis ajoute : « Il ne semble pas avoir d'ambition, si ce n'est celle de séduire mes secrétaires. »

Cristabel se surprend à ressentir une pointe de jalousie, mais elle lève les sourcils dans ce qu'elle espère être une attitude désinvolte et dit, de manière flatteuse : « Quelqu'un comme Leon ne pourrait jamais faire votre travail. »

Perry remue son thé, puis dit : « Si je devais te recommander pour accomplir des missions confidentielles, Cristabel, je suggérerais que tu sois en poste très loin de ton frère. Perdre deux Seagrave serait… c'est quoi cette phrase de la pièce de Wilde ?

— *Perdre un parent peut être considéré comme un malheur, perdre les deux ressemble à de la négligence.*

— Je savais que tu connaîtrais cette citation, réplique-t-il en souriant.

— Est-il probable que nous disparaissions ? Franchement ?

— Je ne suis pas du genre à spéculer. Mais je crois savoir que les chances de survie d'un agent secret en France sont d'environ cinquante pour cent. Une sur deux. »

Pour appuyer ses dires, il sort une pièce de sa poche et la fait tourner si vite sur la table qu'elle devient semblable à une mappemonde, puis il pose rapidement sa main dessus avant qu'elle ne tombe.

« Cristabel, as-tu réfléchi à ce que tu pourrais faire après la guerre ? demande-t-il.

— Heureusement, la guerre semble avoir supprimé la nécessité d'y penser, répond-elle, en faisant tourner le présentoir à gâteaux pour choisir une pâtisserie.

— En bien des façons, la guerre est menée pour déterminer ce qu'il se passe après. Le général à qui je parlais quand tu es arrivée, par exemple, a des opinions arrêtées sur la raison pour laquelle un grand nombre de communistes ont rejoint la Résistance depuis que la Russie s'est rangée à nos côtés. Il craint que si les communistes aident la France à gagner, alors Moscou aura son mot à dire sur l'avenir du pays.

— Si les communistes veulent rejoindre le combat, pourquoi diable devrions-nous les en empêcher ?

— Ils ne cachent pas leurs intentions. Ils veulent rallier le plus grand nombre à leur cause – une forme de recrutement, si tu veux. À moins que ce ne soit un signe d'insécurité.

— D'insécurité ? s'étonne Cristabel en prenant un éclair au chocolat.

— Les agents secrets n'ont pas besoin d'applaudissements, dit Perry, en lui tendant une serviette. Ils doivent agir comme des moustiques, délivrant des piqûres douloureuses sans jamais être vus.

— Mais l'essentiel c'est de gagner, non ? Il est inutile de se retrouver coincés à l'intérieur d'un nœud politique. Mon Dieu, ça a le goût de la vraie crème.

— C'est de la vraie crème. Et tu as raison : gagner doit être notre objectif. Mais avant même que la guerre ne commence, les hommes réfléchissaient à la manière d'être dans une position avantageuse à la fin. Je ne peux pas croire que la formidable Cristabel Seagrave n'ait pas aussi réfléchi à son propre avenir, dit-il, en ajustant le fond de sa tasse à sa soucoupe. La possibilité de se marier. D'avoir une famille. »

Cristabel se renfrogne. Elle a toujours jugé agaçante cette façon de poser des questions, comme si on tirait sur sa manche ; et maintenant qu'ils discutent de la façon de gagner la guerre, ces questions paraissent totalement hors de propos. « Je n'ai pas le temps de penser à ça. » Elle le regarde et voit une expression étrange passer sur son visage, avant qu'il ne détourne le regard et dise : « Ah, voilà Leon. Je ne m'attendais pas à ce qu'il revienne si tôt. Il semblerait que notre collègue français n'ait pas eu besoin qu'on le reconduise à ses quartiers. »

Leon les rejoint à leur table et tend une main vers Cristabel. « Tu ne devrais pas manger tout ce gâteau. Tu devrais le partager avec moi.

— C'est moi qui ai conduit presque tout le long du chemin, répond-elle.

— Justement, j'ai besoin de ce chocolat pour récupérer.

— Comment oses-tu ? s'offusque-t-elle, en prenant une grande bouchée, mais en mettant le reste dans la main du jeune homme.

— Quand dois-tu reprendre ton poste, Cristabel ? demande Perry qui les regarde en faisant tourner la pièce de monnaie sous son doigt, comme un homme qui réfléchit en jouant à la roulette.

— Ce soir. Est-ce que Leon pourrait me ramener ?

— Non, je ne pense pas, répond Perry. Ce n'est pas sa voiture, après tout. »

Elle jette un coup d'œil à Perry de l'autre côté de la table, mais il évite de croiser son regard. Il annonce : « Je vais te dire ce que je vais faire, Cristabel. Je vais téléphoner, en ton nom. Je vais suggérer que l'on envisage de te confier un travail de spécialiste sur le terrain. Après ça, c'est à toi de voir. » Il ramasse la pièce et la tend, en souriant, à une serveuse qui passe.

CAPITAINE POTTER

Janvier 1943

La lettre qui l'invite à se rendre à un entretien avec le capitaine Ebenezer Potter, du ministère des Pensions, est aussi délibérément anodine que la pièce dans laquelle elle le rencontre : une salle au fond d'un hôtel de Whitehall. À en juger par les rideaux à fleurs et le tapis à motifs, cette pièce était autrefois une chambre à coucher. Elle est entièrement vide, à l'exception d'une table – sur laquelle ne sont posés qu'un paquet de cigarettes et une soucoupe qui sert de cendrier de fortune – et de deux chaises en bois dont l'une est occupée par le capitaine Potter.

« Cristabel Seagrave, dit-il en se levant pour lui serrer la main. C'est un plaisir de vous rencontrer. Êtes-vous arrivée à Londres ce matin ?

— Non, j'ai passé la nuit chez un ami.

— Parfait. Asseyez-vous. Comment ça se passe au Fighter Command ? » demande-t-il. Elle comprend qu'il n'a pas l'intention de cacher le fait qu'il sait déjà beaucoup de choses sur elle.

« Nous avons énormément de travail. »

Le capitaine Potter est un homme d'âge moyen, portant un uniforme de l'armée, aux cheveux noirs coiffés avec de la brillantine et un regard vif et attentif. Les lèvres sont fines, presque amusées, comme pour retenir un sourire. « Responsable de section Seagrave, on vous a demandé de venir ici parce que nous pensons que vous pourriez être utile à l'effort de guerre. Nous savons que vous parlez couramment le français et que vous avez passé du temps en France pendant votre enfance.

— Ma belle-mère m'y envoyait aussi souvent qu'elle le pouvait.

— Elle-même n'y allait pas ?

— Nous y allions avec notre préceptrice, Mlle Aubert. Nous séjournions dans des pensions de famille en Normandie. Elle faisait de longues siestes, tandis que nous errions dans les rues comme des garnements.

— Par "nous", vous voulez dire vous, Florence et Digby Seagrave. Cigarette ?

— Oui. Merci.

— Vous êtes ensuite allée dans une école suisse, où vous avez appris un peu d'allemand.

— Je n'y suis pas restée longtemps. J'ai les bases, mais je ne pourrais jamais passer pour une Allemande.

— Mais vous pourriez passer pour une Française ?

— Je crois que oui. »

Il allume sa cigarette, puis celle de Cristabel, avant de poursuivre en français : « J'ai entendu dire que vous aviez un théâtre en plein air chez vous. Est-ce que vous jouez la comédie ? »

Elle répond en français. « Enfant, je l'ai fait, mais, devenue adulte, j'ai préféré la mise en scène.

— Même un metteur en scène doit monter sur scène à la fin d'une représentation, pour recevoir les applaudissements et des fleurs.

— En l'occurrence, je ne suis pas à l'aise avec cette coutume. Je pense qu'elle déprécie la réussite collective des comédiens.

— Vous évitez les feux de la rampe ?

— Je ne cours pas après, si c'est ce que vous demandez.

— Trouvez-vous difficile d'accepter des ordres ?

— Pas s'ils sont raisonnables.

— Vous savez faire du vélo ?

— Oui. »

Il se penche vers elle, revenant à l'anglais, pour demander : « Dites-moi, en tant que jeune personne intelligente, que pensez-vous des nazis ?

— Je méprise les nazis et tout ce qu'ils représentent.

— Selon vous, que représente Hitler pour ses partisans ?

— Sans tomber dans les clichés, les nazis que j'ai vus en Europe semblaient très fiers de leurs uniformes et de leurs défilés. Des déploiements spectaculaires. Avant même que nous ne soyons en guerre, ils aimaient jouer aux guerriers.

— Et quel jeune homme n'aurait pas envie d'être un puissant guerrier ? » rétorque le capitaine Potter.

Cristabel ne dit rien. Cette question ne paraît pas attendre de réponse.

« Et les jeunes femmes qui sont dévouées à notre ami Adolf, ajoute le capitaine Potter en roulant sa cigarette entre ses doigts. Que pensez-vous d'elles ?

— Je ne sais pas quoi en penser. J'ai habité chez une femme en Autriche qui était amoureuse des nazis. Elle écoutait tous leurs discours. Je n'ai jamais pu comprendre pourquoi. » Elle s'en souvient clairement : l'exiguïté du salon de son logement dans la montagne ; la radio qui diffusait le grondement grésillant de milliers d'applaudissements lointains et cette voix allemande, criarde, proclamant que *si l'homme a donné à la vie les grandes lignes et les formes, c'était le devoir des femmes de remplir de couleurs ces lignes et ces formes.* Elle se souvient des applaudissements enthousiastes de la femme. Qu'est-ce qui lui avait tant plu, s'était demandé Cristabel. Était-ce simplement le mot couleur ? Comme une enfant que des fleurs écarlates enchantent ?

« Comment vous entendez-vous avec les autres femmes ?

— Je peux m'entendre avec n'importe qui s'il le faut. Pourquoi ?

— Je suis en train de me faire une idée de votre caractère. Vous décririez-vous comme un individu politique ? demande le capitaine Potter, bien qu'elle doute que ce soit son vrai nom, tout comme elle doute de l'existence du ministère des Pensions.

— Je sais distinguer le bien du mal.

— Votre situation familiale est inhabituelle. Votre père est mort quand vous étiez jeune. Je mentionne ces faits parce que je crois que la loyauté d'une femme suit invariablement celle de son père. Une petite fille vénère son père, donc si son papa est loyal envers son pays, il s'ensuit qu'elle le sera aussi. Mais si elle n'a pas de père... » Le capitaine Potter lève les mains en guise d'interrogation.

« Je n'ai pas eu de mère non plus, répond Cristabel.

— Avez-vous déjà imaginé ce que ça pouvait être d'avoir des parents ? »

Il ne lui est jamais venu à l'esprit d'imaginer avoir reçu une autre éducation que celle qui avait été la sienne. Son père avait été là, puis ne l'avait plus été, et la réalité de sa mort avait refoulé toute autre possibilité. Sa mère, en revanche, n'avait jamais été là, et Cristabel reste farouchement indifférente à cet état de fait. C'est une absence que personne ne peut toucher.

« Capitaine Potter, dit-elle, beaucoup de gens de ma génération ont perdu leurs parents. Je ne peux pas croire que je sois la seule orpheline que vous ayez rencontrée.

— Malheureusement, non, en effet. Je suis simplement curieux de savoir comment se forme le caractère en l'absence de parents. Avant la guerre, j'étais écrivain, et le caractère des gens m'intéresse beaucoup. Vous aussi probablement, vu votre intérêt pour le théâtre. Qu'est-ce qui, dans notre éducation, nous façonne ? Je me pose la question. »

C'est étrange mais, en cet instant, Cristabel pense à Leon, tel qu'elle l'avait vu le matin même, dans son logement en haut d'un immeuble près de St James's Park. À moitié nu, une serviette nouée autour de la taille, il se rasait devant le lavabo, la peau éraflée par la lame du rasoir. Sa chambre donnait sur les toits et les bouches d'aération, les tuyaux d'évacuation et les gouttières et, loin en dessous, sur une rue secondaire, abritant des hôtels et des clubs privés, avec de tranquilles allées et venues, et un portier, coiffé d'un chapeau haut de forme, en faction.

Il n'y avait rien de personnel dans cette chambre. Pas de livres, pas de photographies. Seulement une radio et une bouteille de rhum. Il la partageait avec un marin qui était absent pendant de longues périodes. Les deux hommes divisaient la pièce avec un drap suspendu au plafond. C'était un espace vide, provisoire, conçu pour être quitté facilement. Des coulisses ; un camp de nuit. Ce qu'elle comprenait parfaitement.

Elle pensait à comment Leon, sans mode d'emploi ni exemples à suivre, avait été livré à lui-même et avait grandi comme le ferait un enfant débrouillard, utilisant les outils qu'il avait eus à portée de main – ce qu'elle avait fait, elle aussi : elle avait créé son propre modèle et l'avait ajusté pour pouvoir fonctionner dans le monde. Ils étaient des ébauches, des brouillons, des dessins d'enfants ; des Mowgli qui avaient appris à marcher debout et à s'habiller.

Les yeux sombres de Leon dans le miroir, se regardant devenir présentable, le passage assuré de la lame qui glisse librement, brutale, sur sa joue. Et, attendant au pied du lit simple, leurs uniformes militaires.

« Je ne crois pas qu'il soit toujours nécessaire d'avoir des parents, dit-elle.

— Diriez-vous alors qu'être orpheline a favorisé chez vous la capacité d'être autonome ?

— C'est possible. J'ai souvent été livrée à moi-même, mais j'ai toujours su quoi faire.

— Que diriez-vous à quelqu'un qui pense qu'une jeune femme ne devrait pas être appelée à faire la guerre ?

— Si je peux être utile à mon pays, alors on doit utiliser mes compétences. »

Le capitaine Potter acquiesce avec enthousiasme. « J'ai une grande confiance dans les femmes que je recrute. Elles savent se débrouiller toutes seules, et ne compter que sur elles-mêmes. Elles savent garder la tête froide. Les hommes sont tellement habitués à être en compagnie d'autres hommes, qu'ils en viennent à compter sur les autres. »

Cristabel retrousse les lèvres en un sourire et éteint sa cigarette.

« Quelle est votre situation familiale actuelle ? demande le capitaine Potter. Si je devais vous recommander pour une formation plus poussée, qui s'occuperait de votre domaine familial ? Étant donné que votre cousin Digby est aussi en service actif. »

Elle se demande ce que le capitaine Potter sait de Digby. Elle répond : « Je crois que ma sœur Florence est plus que capable de gérer le domaine ; ce qui est curieux, car je ne pense pas que j'aurais pu dire ça avant la guerre.

— La guerre est une grande source d'inspiration, dit le capitaine Potter en tapant sur la table du plat de la main. Pour quelques chanceux, la guerre leur permet de s'élever d'une manière qui serait autrement impossible. Pour certains, c'est l'occasion de donner le meilleur d'eux-mêmes. »

Elle a l'impression qu'il apprécie la conversation et souhaite poursuivre l'entretien comme on pourrait prolonger une partie de poker ou un match d'escrime. Elle a observé que certains hommes apprécient ce genre d'interactions avec les femmes. Mais elle se demande comment clore la rencontre, pour obtenir le résultat qu'elle souhaite, sans l'offenser. Est-il le type d'homme qui souhaite qu'elle brandisse son épée et s'agite avec coquetterie un peu plus longtemps, ou veut-il qu'elle le prenne à la gorge ? Elle réfléchit, se rappelle combien elle déteste les jeux de société, et entend son oncle Willoughby lui chuchoter à l'oreille. « Les deux mains sur la garde d'une épée à deux tranchants, Cristabel. »

« Capitaine Potter, vous avez parlé de loyauté. Je suis loyale envers ma famille. Je suis loyale envers mon pays. Mais ce n'est pas pour ça que je suis ici. Je suis ici parce que je ne supporte pas l'injustice. Penser que Hitler et ses voyous marchent à travers l'Europe comme s'ils en étaient les propriétaires me révolte. C'est de l'intimidation arrogante à très grande échelle et je déteste ça. Je les déteste. Je veux aller en France dès que je le pourrai. Et si on m'y envoie, je ferai tout ce qu'on me demandera pour vaincre l'ennemi. Absolument tout ce que l'on me demandera. Pouvez-vous faire en sorte que ce soit possible ? »

Le capitaine Potter joint le bout de ses doigts en forme de clocher ; ses yeux sont très brillants. « Quelqu'un vous contactera. »

NOUVELLES RECRUES

Mars 1943

À l'arrière de la voiture, Cristabel croise ses mains sur ses genoux. D'ordinaire, elle n'est jamais nerveuse.

Elle porte un nouvel uniforme kaki, celui d'une subalterne de la First Aid Nursing Yeomanry[1], les aides-soignantes et infirmières engagées – un corps civil qui, lui a-t-on dit, lui permettra d'être formée au port d'armes. Les femmes dans l'armée n'ont pas le droit de prendre part au combat, mais, paradoxalement, les femmes civiles ont plus de liberté. Elle est dans une voiture banalisée, une énorme Chrysler avec des rideaux noirs couvrant les fenêtres des passagers ; on la conduit dans un manoir du Surrey qui sert d'école préparatoire, une école de formation préliminaire pour les agents secrets. Le conducteur est une jeune femme, également en uniforme kaki.

Cristabel n'est pas sûre de devoir faire la conversation. La particularité d'être une femme en uniforme dans une voiture conduite par une femme, elle aussi en uniforme, a renforcé l'impression qui est la sienne depuis que le capitaine Potter l'a sélectionnée pour être formée à un travail confidentiel : celui d'être passée à travers le miroir de verre. C'est à la fois excitant

---

1. Le corps de la First Aid Nursing Yeomanry, en abrégé FANY, est une unité féminine indépendante et une organisation caritative britannique, affiliée à l'Armée territoriale mais n'en faisant pas partie. Le mot *yeomanry* (« cavalerie ») se réfère au fait qu'initialement, les femmes qui en étaient membres montaient à cheval. Le corps fut créé en 1907. Dès ses débuts, il fut chargé d'assurer la liaison entre les hôpitaux de campagne et les lignes de front dans le cadre des secours d'urgence.

et perturbant ; et elle se sent inhabituellement nerveuse, comme au début d'une soirée de première. Elle regarde ses mains sur ses genoux, vérifie que ses ongles sont propres.

La voiture ralentit et s'arrête. Cristabel ouvre le rideau. Ils sont devant un manoir élisabéthain entouré de pins. Son toit de tuiles en pente et ses multiples cheminées lui rappellent Chilcombe ; mais des jeunes gens en uniforme, hommes et femmes, vont et viennent dans le parc : pour la première fois, elle aperçoit d'autres nouvelles recrues. Dans l'hôtel où elle avait rencontré le capitaine Potter, elle n'avait vu que le portier qui l'avait laissée entrer ; le reste du bâtiment était vide, ce qui était déconcertant.

Elle prend ses bagages des mains de la femme chauffeur, qui lui souhaite bonne chance d'un ton solennel, puis se dirige vers l'entrée principale, où elle est accueillie par un officier d'état-major qui connaît son nom. Il y a des emplois du temps affichés sur les murs dans le couloir, ainsi que des cartes géographiques parsemées de punaises. Cristabel se dirige automatiquement vers l'escalier principal, mais l'officier la conduit le long d'un couloir jusqu'à un étroit escalier à l'arrière de la maison, et lui précise qu'elle devra partager une chambre au dernier étage avec une autre jeune femme, qui est d'ailleurs là quand elle arrive : brune, menue, elle est en train de se tapoter le nez avec du papier poudré. Elle salue Cristabel avec enthousiasme, à la française, avec un baiser sur chaque joue, en disant : « Bienvenue dans cette maison de fous ! Je descends au bar, viens m'y retrouver quand tu seras prête, mon canard. »

Cristabel déballe les quelques affaires qu'elle a apportées, place la déesse Sekhmet sur sa table de nuit, se regarde dans un miroir. Elle se redresse et lève le menton, prend une grande inspiration, essaie de sourire, puis hoche la tête en signe d'acquiescement.

Elle redescend pour trouver le bar. Il est situé dans ce que Cristabel imagine avoir été autrefois un salon et qui est maintenant meublé d'un mélange de tables d'appoint, de fauteuils et d'un coin bar improvisé, derrière lequel se tient la jeune femme menue qui leur sert à chacune un Dubonnet et du Tonic. Elle s'écrie : « *Bonjour, chérie** ! » lorsque Cristabel entre. Plusieurs hommes en uniforme, lisant des journaux assis dans les fauteuils, lèvent les yeux et regardent la nouvelle venue avec curiosité.

« Ce n'est pas un peu tôt pour boire ? demande Cristabel. Il est dix heures du matin.

— Ils gardent le bar ouvert toute la journée. Ce qui leur permet de repérer les personnes qui ont un goût immodéré pour l'alcool, répond la jeune femme. Ils disent qu'ils n'aiment pas quand leurs filles boivent, ce qui signifie en fait qu'ils n'aiment pas que les filles puissent tenir l'alcool mieux qu'eux. » Son accent est un mélange joyeusement désordonné de français et de cockney.

« Ne recommence pas, Sophie, gémit l'un des hommes. Je ne me suis pas encore remis de la nuit dernière. »

Sophie fait un clin d'œil à Cristabel et lui tend le verre. « À la tienne, mon canard, dit-elle. Je m'appelle Sophie Leray. Ravie de faire ta connaissance. Essaie de ne pas rouler sous la table. »

Il y a douze nouvelles recrues, deux femmes et dix hommes qui, tous ensemble, bénéficient de la même formation. Alors que l'entraînement avec les WAAFs était une série d'exercices répétés à l'infini, l'entraînement au manoir du Surrey ressemble curieusement à l'emploi du temps d'un invité dans une maison de campagne, avec des activités de groupe entrecoupées de repas réguliers.

Chaque journée commence tôt le matin par un parcours d'obstacles, les femmes portant des tenues de combat empruntées aux hommes, suivi d'un petit-déjeuner chaud. Ensuite, ils apprennent à coder et déchiffrer des messages et construisent des maquettes Meccano, ou jouent à des variantes du jeu de mémoire où des objets sont posés sur un plateau, puis cachés sous un tissu, avant d'être escamotés, un par un. Après le déjeuner, ils lancent des grenades dans une carrière de craie voisine, ou se baignent dans l'eau froide de la piscine extérieure sous les pins. Le soir, ils dînent en uniforme, puis se rendent au village voisin pour aller au pub, où les gens du coin, curieux, les observent.

« On ne nous a pas appris ça à l'école, murmure Sophie un matin, alors qu'elles recopient l'alphabet Morse.

— Je ne suis pas allée à l'école, répond Cristabel, le cerveau encombré de points et de tirets.

— Tu n'as rien manqué », rétorque Sophie.

Cristabel aborde certains aspects de la formation avec beaucoup de facilité – comme grimper à un arbre et en descendre par une corde, avec Sophie en bas qui lui crie : « Grands dieux, tu as grandi dans la jungle ? » et, habituée à chasser, le tir au fusil lui est familier ; les pistolets sont certes nouveaux pour elle, mais apprendre à les démonter et les remonter est un exercice agréable. Toutefois, certains cours sont plus difficiles.

Un matin, on convoque les nouvelles recrues sur les pelouses où des tapis de sol ont été étendus sur l'herbe. Deux officiers responsables sont déjà là, torse nu à la manière des Grecs anciens, les bras derrière le dos. L'instructeur d'éducation physique militaire et sportive, un homme musclé avec un accent de Lancaster, ne perd pas de temps à insister sur la nécessité de lui prêter attention, car ce qu'il va leur apprendre pourrait leur sauver la vie.

En utilisant les deux hommes torse nu comme modèles de démonstration, l'instructeur passe rapidement en revue une série de prises de lutte et explique comment utiliser le poids de son ennemi contre lui, comment le mettre au tapis. Il saisit l'un des hommes, puis le jette par-dessus son épaule, le faisant atterrir sur le dos avec un bruit sourd.

« Qui veut essayer ? demande-t-il. Pourquoi pas l'une de vous deux, les filles ? On m'a dit que vous vouliez vous battre contre les nazis.

— La plupart des hommes me payent un verre avant de me demander de lutter corps à corps, réplique Sophie.

— La plupart des femmes savent bien qu'elles ne peuvent pas faire la guerre, dit l'instructeur en levant les yeux au ciel. Hitler n'aura pas le temps d'écouter vos excuses, mademoiselle, et moi non plus. »

Cristabel s'avance sur le tapis de sol. « Très bien. »

Elle entend l'une des recrues masculines dire : « Vas-y doucement, hein. » Alors elle ajoute à voix haute : « Et pas la peine de me ménager. »

L'instructeur rit, puis s'approche, le dos courbé, les bras tendus vers l'avant. Embarrassée, Cristabel essaie d'imiter ses mouvements, mais, alors qu'elle étudie son jeu de jambes, il lui fauche ses jambes à elle et la renverse sur le tapis avec un tel choc qu'elle en a le souffle coupé. En la regardant de haut, il lui dit : « Tu es grande et maigre. Plus dure a été la chute. »

L'un des officiers responsables relève Cristabel, et elle est sur le point de quitter le tapis, mais l'instructeur d'éducation physique l'attrape à nouveau. « Essaye avec lui, dit-il en désignant l'officier. Baisse-toi cette fois. Nous avons une guerre à gagner, mesdames. »

Respirant avec difficulté, Cristabel constate qu'elle grince des dents. Elle se baisse, le corps ramassé, et tend les bras. L'officier responsable s'approche d'elle et la saisit par les épaules. « Attrape-moi », lui siffle-t-il à l'oreille. Elle l'imite, ses mains s'agrippant à sa peau nue. Le visage de l'officier est très proche du sien, son regard est concentré. Il fait des mouvements brusques, la poussant ou la tirant vers l'avant ou l'arrière. Quand il accroche une jambe derrière la sienne, elle se dégage d'un coup de pied. Ne connaissant aucune des techniques de lutte, elle essaie de se précipiter sur lui, de le faire tomber au sol, ce qui le fait reculer de quelques pas, mais il se reprend rapidement, et elle se retrouve à nouveau projetée au sol, cette fois avec l'officier sur elle, la plaquant au tapis, son coude sur sa gorge. « Désolé », dit-il à voix basse. Elle peut sentir son souffle, le mouvement de sa cage thoracique contre sa poitrine.

« Vous en avez terminé, mademoiselle ? » demande l'instructeur en la regardant de haut.

L'officier retire son coude, pour qu'elle puisse parler. « Non, chef, répond-elle.

— C'est l'idée », réplique l'instructeur en souriant.

Ce soir-là, Cristabel est assise dans son bain et examine les bleus sur ses hanches, les écorchures sur ses coudes. La séance s'est améliorée à mesure qu'elle s'est familiarisée avec les techniques, mais elle s'est constamment fait surprendre. Les recrues masculines ont été plus promptes à s'y mettre, paraissant ne pas hésiter à se malmener les uns les autres et à rouler par terre les membres entremêlés. La plupart d'entre eux avaient dû apprendre à se battre à l'école. Tout jeunes, ils avaient probablement fait de la lutte, joué au rugby, et s'étaient familiarisés avec le corps des autres. Elle, en revanche, on lui avait appris à garder ses distances, à se tenir à l'écart. Ne touche pas à ça. Bas les pattes. Où sont tes gants ?

Elle regarde ses mains. Elle pourrait probablement compter sur les doigts de l'une d'elles le nombre de personnes qu'elle a touchées. Digby et Flossie. Leon. Maudie et la nounou qui s'était occupée d'elle quand elle était bébé. Elle ne sait pas si sa mère l'a tenue dans ses bras. Et même si c'était le cas, elle ne s'en souviendrait pas. Mais à présent : les épaules en sueur d'un officier responsable ; les bras musclés de l'instructeur d'éducation physique (« Empoigne-moi, ma fille ! ») ; les cous, les dos, les tailles, et les jambes de ses camarades de section. Sophie, qui lui entoure les épaules d'un bras alors qu'elles marchent, épuisées, vers la maison.

Sur le haut de son bras, elle peut voir une ligne de marques rouges laissées par les doigts de l'un de ses adversaires, comme une série d'empreintes digitales sanglantes.

Les instructeurs et les officiers de la maison sont stéréotypés – des militaires brutaux ou d'anciens pensionnaires d'Eton, raffinés –, mais les élèves sont plus diversifiés. Ils sont britanniques, français, tchèques, belges, mauriciens, canadiens, ou un mélange de plusieurs nationalités. Seuls deux d'entre eux ont une expérience militaire, les autres ont été sélectionnés pour leurs compétences linguistiques et les indicibles qualités que le capitaine Potter a décelées en eux. Parmi eux, on trouve un journaliste, un enseignant, un pilote de course et un acrobate. Sophie, de père français et de mère anglaise, travaillait dans le magasin de vêtements de son père à Hackney jusqu'à ce qu'elle voie une annonce dans le journal pour recruter des secrétaires bilingues.

La nature de leur travail, ce pour quoi ils sont formés, est curieusement insaisissable, impalpable, et les conversations entre instructeurs que Cristabel entend dans le bar sont si vagues qu'elle soupçonne que c'est voulu – que de ce côté du miroir, il y a un brouillage délibéré. Cette tendance au mystère est contagieuse. Bien que Cristabel se demande souvent si Digby est venu ici avant elle, elle ne pose jamais de questions à son sujet. Il lui semble important de se concentrer sur la tâche qui est la sienne. Elle repousse donc toutes les pensées afférentes à Digby dans ce coin de son esprit qui rumine à trois heures du matin.

Elle a l'impression que le rôle des recrues est un puzzle dont elles font partie tout en tentant de le résoudre. Elle se souvient des scènes de films où un détective réunit les invités d'une soirée pour les informer qu'il enquête sur un meurtre et que le meurtrier est toujours parmi eux : la légèreté délibérée des réponses des invités – *Oh mon Dieu ! Non, sûrement pas* –, se regardant les uns les autres.

Au fil des semaines, elle découvre peu à peu que l'organisation à laquelle elle appartient est un nouvel organisme créé pour envoyer des agents infiltrés dans les pays occupés. La section française est dirigée par un homme appelé colonel Buckmaster. Elle le rencontre brièvement un jour où il visite le manoir, et il est aussi pâle et quelconque que Perry, hautain, parlant à voix basse, avec l'air abstrait de quelqu'un constamment préoccupé par des questions de très haut niveau.

L'organisation est dissimulée sous des titres factices, tout aussi quelconques : le Bureau de liaison inter-services, le Conseil mixte technique. Son nom officiel est le Special Operations Executive, le SOE, la direction des opérations spéciales, un service secret britannique créé en 1940 par Winston Churchill – et les instructeurs plaisantent en disant qu'il devrait signifier « Stately 'Omes of England », majestueuses demeures d'Angleterre, étant donné que, le plus souvent, elle loge ses membres sur des domaines seigneuriaux –, mais la plupart des gens l'appellent simplement « l'Org ». Elle se situe en dehors des forces armées régulières et des services secrets établis et, comme la plupart des nouveaux venus sont inexpérimentés, elle est considérée comme participant d'un passe-temps pour amateurs, notamment parce qu'elle est prête à recruter des civils dont certains sont des femmes.

Quelques instructeurs semblent particulièrement mécontents de la présence de recrues féminines et le font savoir par des commentaires sarcastiques ou des blagues aux dépens des femmes, surtout après quelques tournées au pub.

« Ils pensent qu'avoir des femmes ici va les empêcher de s'amuser, dit Sophie en portant leurs boissons jusqu'à une table, ignorant les remarques de deux instructeurs installés au bar. Les guerres ont toujours été réservées aux garçons. C'est pour ça qu'ils les aiment tant. »

Bien que Cristabel soit agacée par les railleries puériles et légèrement vexée par les affirmations selon lesquelles elle n'a pas le sens de l'humour, elle décide de les ignorer. Elle est reconnaissante que Sophie soit là. Il serait difficile d'être la seule femme parmi ces hommes à la moquerie facile ; une équipe de deux, partageant une table et un paquet de cigarettes, constitue un front uni.

D'ailleurs, elle n'a guère le loisir d'y penser. L'emploi du temps des agents secrets en herbe est intense et, à chaque étape, ils sont observés par des officiers qui évaluent leur aptitude à endosser leur rôle. Tous ne réussiront pas. Le fait d'être observé ajoute un air de sérieux à la procédure. Chaque activité, aussi passionnante soit-elle, est aussi un test. Toute expérience acquise est une case de cochée.

Cristabel juge cette simplicité satisfaisante : elle nécessite toute sa concentration et ne permet aucune marge d'erreur ; un système aussi bien huilé qu'une machine. À la fin de la journée, elle plonge dans la piscine d'eau glacée, tandis que le bruit de l'entraînement au pistolet, tout proche, fait voler en éclats l'air autour d'elle : le *bang* de la détonation, le claquement sec de la détente des armes à feu, et le gargouillement de l'eau dans laquelle elle s'immerge. Lorsqu'elle se couche le soir, le sommeil l'assomme tel un coup de poing.

Les recrues sont enfermées dans la bulle de leur étrange nouveau monde. On leur répète sans cesse que ce qu'elles apprennent doit rester secret. Elles ont fait le serment de respecter l'Official Secret Act, la législation relative aux secrets d'État ; elles n'ont pas le droit de passer d'appels téléphoniques et leurs lettres sont si lourdement censurées qu'il paraît vain d'écrire. Cristabel se sent un peu vide sans ses monologues écrits, ses exutoires pour exprimer ses opinions, mais elle se sent aussi comme neuve. Arrêtée dans son récit d'elle-même, quand elle se réveille, elle se retrouve face à qui elle est. Plus calme. Seule. Seule avec d'autres qui sont seuls eux aussi.

« Tu peux utiliser la salle de bains la première, dit Sophie allongée dans le lit voisin, avec un sourire endormi. Ils auront beau sonner cette foutue trompette comme des perdus, je ne me lèverai pas si tôt que ça aujourd'hui. » Le matin, sans maquillage, elle a l'air aussi jeune qu'une enfant.

Sophie avait un fiancé, Bob, un pompier qui est mort au cours du Blitz. Un petit bébé, Paul, vit avec ses parents à Hackney. Elle a maintenant un admirateur américain, qui lui envoie d'outre-Atlantique des rouges à lèvres Elizabeth Arden : des rouges provocants. Le soir, avant qu'elles aillent au pub, elle applique la couleur soulignant nettement les contours de sa bouche, tout en racontant à Cristabel : « Depuis que mon Bob est parti, rien ne semblait me toucher. J'étais vraiment au fond du trou, et puis j'ai lu cette annonce. J'étais juste heureuse de dire oui à quelque chose. Je n'en pouvais plus de rester assise à ne rien faire. » Elle utilise un mouchoir en papier pour absorber le trop de rouge à lèvres, le pressant contre sa bouche comme un baiser.

Au pub, elle poursuit : « C'est différent ici, n'est-ce pas ? Toi et moi, on ne se rencontrerait jamais dans la vie ordinaire. Sauf si tu venais dans le magasin de mon père pour chercher une robe.

— Je ne vais pas dans les magasins si je n'en ai pas besoin, dit Cristabel en buvant à petites gorgées le vin de fruits que Sophie veut absolument qu'elle goûte.

— Et tu ne sais pas non plus quand c'est ta tournée », réplique Sophie en lui donnant un petit coup d'épaule amical.

Il y a beaucoup de choses que Cristabel ne sait pas, en fait. En écoutant les récits de ses camarades sur les repas et les fêtes de famille, elle se rend compte que sa vie à elle est peu commune. Elle observe Sophie – son charme bavard, sa popularité – et, pour la première fois, ressent la difficulté d'avoir été façonnée par une famille qui lui a donné une forme étrange.

Elle n'est pas sûre de ce qu'est l'habituel – les manières et la texture de l'habituel.

Cependant, il y a une chose qu'elle sait : comment écouter une grande maison. Les nuits où les instructeurs se glissent dans les chambres des élèves pour tester leurs réactions, Cristabel est derrière la porte, prête à les recevoir.

« Comment savais-tu qu'ils allaient venir, mon canard ? demande Sophie, pendant le petit-déjeuner.

— J'ai grandi dans une maison comme celle-là, répond Cristabel en mangeant son porridge.

— Mais il n'y avait pas de gens qui se déplaçaient sur la pointe des pieds dans le noir. »

Cristabel pense à elle, plus jeune, aux aguets, cachée sur le toit. « Ce n'était guère différent.

— Bon sang, dit Sophie en riant. Rappelle-moi de ne jamais aller chez toi. Même si je ne pense pas que quelqu'un comme moi y soit un jour invité. Je devrais probablement acheter un billet. »

Cristabel fronce les sourcils. « Ce ne sera pas nécessaire. Tu viendras avec moi.

— Oui, faisons ça, d'accord ? Quand tout sera terminé », s'enthousiasme Sophie.

Son ton est taquin, mais Cristabel prend au sérieux la question qu'elle pose.

« Oui », répond-elle.

Après trois semaines dans le Surrey, les deux élèves les plus faibles sont éliminés et les autres se rendent en Écosse pour un mois de formation complémentaire – un instructeur parle d'école d'« endurcissement », comme s'il s'agissait de pièces de cuir qu'il fallait tanner. Les nouvelles recrues séjournent sur la lointaine côte ouest, dans une résidence victorienne en granit. Située au bord d'un loch, nichée sous une montagne escarpée, la maison a été choisie pour son isolement et, comme le manoir du Surrey, son nom a été occulté et remplacé par un numéro. Les instructeurs sont ici des chasseurs, des alpinistes, des explorateurs polaires : des hommes qui leur apprendront l'art de la survie.

Les recrues sont envoyées marcher pendant de longues heures, dans le brouillard et sous la pluie, ne mangeant que ce qu'elles tuent. Cristabel est reconnaissante à Maudie de lui avoir appris il y a longtemps à dépecer les lapins. Elles fabriquent des abris avec des branches d'arbres, font des feux avec des excréments de bétail séchés. Elle constate que l'état physique est un facteur de nivellement : tout le monde atteint le même degré de fatigue, tout le monde est trempé. Dans leurs luttes, les recrues forment une véritable équipe ; elles sont soudées, loyales les unes envers les autres, d'une manière taquine et affectueuse. Solidaires face aux instructeurs, aux insectes, aux tourbières, elles parlent des soirées qu'elles passeront à Londres, quand tout sera fini.

Savoir qui elles sont et d'où elles viennent n'a plus d'importance. Et d'ailleurs peu importe que certains soient des hommes et d'autres des femmes. Cristabel est la meilleure tireuse, un Tchèque corpulent est le meilleur cuisinier. Il existe une camaraderie entre les recrues que Cristabel n'a jamais connue auparavant. Malgré tout le mal qu'elle pense des avantages injustes accordés au sexe opposé, elle se rend compte qu'elle ne veut pas être un homme, elle veut seulement qu'aucune importance ne soit accordée au fait d'être une femme. C'est ce qu'elle veut. Cette amitié, cette approbation. Être appréciée pour ce qu'elle peut faire, plutôt que d'essuyer des remarques sur ce qu'elle ne peut pas faire.

Ensemble, les recrues apprennent à sauter d'un train en marche, à émettre des signaux avec une lampe Aldis[1], à envoyer et recevoir des messages codés sur un poste de radio. Sophie, si soucieuse de son apparence qu'elle recourbe ses cils tous les matins avec minutie, se révèle une opératrice radio tout aussi minutieuse, ses doigts agiles étant beaucoup plus rapides que ceux des autres, même sous une pluie battante. Les recrues s'entraînent à charger leurs armes et à tirer dans l'obscurité, apprennent à tirer à hauteur de hanche en

1. Une lampe Aldis, ou lampe à signaux, est un projecteur spécialement conçu pour transmettre des signaux lumineux codés selon l'alphabet Morse.

position accroupie, et tirent toujours deux fois, pour être sûres d'atteindre leur cible.

Deux anciens policiers leur enseignent des méthodes apprises dans les ruelles de Shanghai pour tuer en silence. Que l'on puisse apprendre à mettre fin à une vie en une succession de gestes simples dans une salle de classe paraît ridicule. *Un petit mouvement vers le haut et vers l'arrière.* Une rumeur circule selon laquelle un élève a tué un instructeur de cette façon par accident. Il y a beaucoup de rumeurs de ce genre – des histoires racontées en guise d'avertissement sur des agents secrets imprudents et qui ont commis des erreurs fatales, ou de toutes petites erreurs, qui les ont trahis sur le terrain : celui qui a bu sa soupe à la cuillère et non directement dans son bol, celui qui portait des gants avec « *Made in England* » cousu à l'intérieur d'un doigt, ou encore celui qui a regardé du mauvais côté en traversant la route.

L'un des deux anciens policiers, un homme affable d'une cinquantaine d'années, leur montre comment utiliser une lame effilée mortelle qui a été spécialement fabriquée pour eux, conçue pour transpercer même les uniformes militaires les plus épais. C'est parfait, explique-t-il, pour les combats rapprochés et « l'enlèvement de sentinelle » – un euphémisme intéressant, pense Cristabel, comme si la sentinelle était emmenée ailleurs, plutôt que laissée pour morte avec un trou dans la cage thoracique.

« Tout peut servir d'arme, mais ce couteau est particulièrement efficace », dit-il en le brandissant. Ils sont dans une pièce au rez-de-chaussée du manoir, où de hautes fenêtres ouvrent sur le parc et, au-delà, sur le loch d'un bleu profond. Les recrues sont assises sur des chaises pliantes, chacune ayant son propre couteau, tandis que l'ancien policier est adossé à un bureau, à côté d'un épouvantail rempli de paille, revêtu d'un costume et coiffé d'un feutre.

Il poursuit : « Ce n'est pas pour les âmes sensibles. Avec un pistolet, vous pouvez tirer sur un homme à distance aussi facilement que sur un pigeon. Avec un couteau, il faut s'approcher de lui comme on s'approche de sa ou son chéri. »

Il pose le couteau sur le bureau, boit une gorgée de thé et continue : « Appuyer sur la gâchette, tout le monde peut le faire. Mais si votre cerveau se met à réfléchir et fait obstacle à vos intentions quand vous tenez un couteau, c'est fatal.

— Je ne pense pas que mon cerveau ait jamais fait obstacle à quoi que ce soit », dit Sophie, provoquant des rires.

L'ex-policier sourit poliment. « Ce n'est pas toujours un travail propre et net. Vous aurez peut-être besoin d'en venir aux mains pour l'étrangler si le travail est inachevé. Ensuite, vous devrez vous éloigner et l'oublier. C'est la partie la plus importante. »

Cristabel tient son couteau sans le serrer dans sa paume, appréciant l'équilibre entre la fine lame et le manche en laiton. Elle détourne le regard, laissant la sensation de l'arme blanche devenir familière dans sa main, et regarde par la fenêtre les pelouses en pente douce – où ont été construites des structures en brique sans fenêtres utilisées pour simuler un isolement –, jusqu'au loch où les recrues seront immergées pour tester leur capacité à résister au froid. Chaque jour marque une étape un peu plus pentue à franchir, sur un chemin plus étroit, où l'oxygène est plus rare.

« Qui peut se souvenir des parties les plus vulnérables du corps de la cible ? » demande l'ex-policier.

Cristabel lève son couteau.

Parfois, ils font du canoë le long de la côte, longeant des récifs rocheux et des plages de sable blanc. Par temps clair, la mer est d'un bleu turquoise exceptionnel et, lorsque le soleil se couche, le ciel se pare de roses et de violets somptueux, éclairant les îles montagneuses qu'ils aperçoivent du rivage. Dans ces moments-là, Cristabel ressent un bonheur intense, une conscience presque douloureuse d'être en vie et de respirer. Le mouvement du canoë sur l'eau, le battement régulier de sa trajectoire vers l'avant, la lumière du soleil sur la mer.

Des vautours nichent dans les hauts sommets près de la maison. Elle les voit parfois, tournoyant dans les courants ascendants, traçant des cercles dans le ciel avec leurs ailes aux longues rémiges, leurs cris plaintifs descendant jusqu'à terre. Une fois, lors d'une course matinale dans la campagne, elle en avait croisé un qui s'était posé sur le sol, une griffe jaune agrippant un rongeur se tortillant pour tenter vainement de s'échapper. Il était plus gros qu'elle ne l'imaginait. Un roi hirsute, vêtu d'une cape de plumes rousses et crème, avec un bec crochu et un regard puissant, qui ne la quittait pas des yeux. Ils s'étaient examinés l'un l'autre ; le regard du vautour avait paru l'évaluer d'égal à égale.

Un sifflet avait retenti au loin. Le vautour s'était envolé avec sa proie, ses ailes pâles pareilles à un éclair montant en flèche, et Cristabel avait couru jusqu'à la maison, n'entendant rien d'autre que le bruit de son sang battant dans ses oreilles et le vent qui soufflait.

PLEINE LUNE

Juin 1943

C'est une nuit humide de juin. La maison et ses habitants sont agités. Cristabel entend des robinets qui coulent, des ressorts de lit qui grincent, quelqu'un qui appelle dans son sommeil. Allongée sur son lit, apathique sous le poids de l'air immobile, elle entend les gouttes de pluie qui tombent lentement dehors. Son réveil sonne. Il est vingt-deux heures.

Elle enfile sa robe de chambre et va prendre ce qu'ils appellent un « petit-déjeuner matinal ». Elle est la seule à être assise dans la salle à manger, sous une lumière électrique qui grésille, où un officier en formation, une femme fatiguée, lui apporte du thé et des toasts. Les fenêtres ne laissent voir que la nuit et la pluie. Alors qu'elle mange machinalement, elle voit Joan, un officier responsable de l'Org, venir vers elle.

« Courage, dit Joan. Il est prévu que les conditions météo s'améliorent en cours de journée. Je parie que tu partiras ce soir.

— Tu dis ça tous les soirs », réplique Cristabel en se préparant un autre toast.

Elle séjourne à l'« école du départ » depuis une semaine. Il s'agit d'un manoir géorgien caché dans le Bedfordshire verdoyant, où sont logés le personnel de la RAF d'un aérodrome voisin et des agents secrets en attente d'un vol vers le continent. Chaque nuit, elle avait été conduite à l'aérodrome et, chaque nuit, le vol prévu avait été annulé parce que les nuages occultaient la lune. Les pilotes ont besoin de la lune pour naviguer et n'ont donc qu'une fenêtre de douze jours autour de la pleine lune de chaque mois pour tenter de voler en direction de la France. Pour cette raison, ils sont connus sous le nom d'« escadrons de la lune », et ils regardent le ciel nocturne avec la ferveur des astronomes, celle des amoureux.

« On va t'habiller et te préparer », dit Joan.

De retour dans la chambre de Cristabel, Joan l'aide à enfiler les vêtements du personnage qu'elle deviendra en France : Claudine Beauchamp, une étudiante en littérature qui rend visite à des parents à la campagne pour se remettre d'une longue maladie. Claudine porte des sous-vêtements en laine et un tricot de peau – Joan dit qu'il fera froid pendant le vol –, un chemisier beige avec une étiquette française soigneusement fabriquée cousue à l'intérieur du col, un pull en laine marron et un tailleur en tweed gris. Aux pieds, elle porte des bas de laine et des chaussures de marche noires, délibérément vieillies.

Les cheveux de Claudine sont plus longs que ceux de Cristabel, coiffés en arrière, relevés par des épingles, parce que Sophie insiste pour qu'elle n'aille pas en France en ressemblant à un *garçon manqué**. Dans la poche de sa veste, elle a une paire de lunettes, un livre de poésie française et un rouge à lèvres Lancôme avec lequel, grâce à Sophie, elle sait à présent farder sa bouche, si nécessaire. Cristabel met la main dans sa poche pour en retrouver le tube, compact. Elle en aime la forme même si elle hésite à l'utiliser.

La Chrysler noire qui la conduit jusqu'à l'aérodrome ronronne et roule prudemment sur des chemins gorgés de pluie, le long de hautes haies parsemées d'églantines. Le terrain d'aviation clôturé paraît provisoire, réduit à quelques cabanes Nissen camouflées installées au milieu d'un pré détrempé. Il est en activité principalement la nuit pour éviter d'attirer l'attention des Allemands, ses pilotes décollant et atterrissant dans le noir. Les équipes au sol, entassées sous de gros bombardiers Halifax – fantômes au long nez qui attendent sur les pistes en béton –, effectuent des contrôles mécaniques vêtues d'imperméables à capuche.

L'aérodrome est si confidentiel que le bâtiment où les agents attendent leurs vols a été conçu pour ressembler à la grange d'un fermier ; et quand Joan en pousse la porte, une odeur familière de renfermé – empreinte de fumée de cigarette avec des relents de tabac froid – et le brouhaha de conversations entre hommes s'en échappent pour les accueillir. Cristabel jette un dernier regard sur le ciel nocturne, encore couvert de nuages, puis entre.

C'est une construction d'un bloc, sans fenêtres, remplie de membres du personnel navigant qui étudient des cartes géographiques, jouent aux cartes et boivent du café dans des bouteilles Thermos. Un chien labrador dort dans un coin. Elle voit l'agent avec lequel elle va s'envoler, Henri, en train d'enfiler sa combinaison de parachutisme. Ce lieu lui rappelle la grange de son théâtre, où ils enfilaient leurs costumes et attendaient de monter sur scène.

Henri est un Français, avec qui elle a fait ses classes en Écosse, bien qu'à l'époque il ne s'appelât pas Henri. Elle connaît son vrai nom, les jeux préférés de ses enfants, son amour de la pêche, sa gentillesse tranquille, mais tout ce qu'elle sait de lui appartient au passé et doit être oublié. À présent, il est seulement Henri. Elle croise son regard et le salue d'un signe de tête.

Joan installe Cristabel à une table et lui remet une série de faux documents – acte de naissance, cartes de rationnement, permis de circulation –, de faux papiers parfaits sur lesquels son propre visage, solennel, la regarde, avec sa nouvelle coiffure et ses sourcils fraîchement épilés. On lui donne même une photo froissée d'un couple français plus âgé : ses nouveaux parents. Puis Joan passe en revue les détails opérationnels de la mission.

Cristabel connaît parfaitement sa mission. Après avoir achevé avec succès sa formation, elle avait été convoquée à Londres, au QG de l'Org – judicieusement caché dans un immeuble de la Baker Street de Sherlock Holmes – et on lui avait annoncé qu'elle serait envoyée en France pour travailler comme courrier. L'Org avait divisé la France en différentes régions appelées « zones d'action » avec, dans chacune d'elles, un chef de réseau responsable des opérations, ainsi qu'un courrier et un opérateur radio. Les femmes étaient soit des courriers, soit des opératrices radio.

Cristabel doit travailler pour un responsable des opérations connu sous le nom de Pierre, au sein d'un réseau appelé Shepherd. Une partie du travail de l'Org consiste à armer les forces secrètes existantes ; Cristabel sera donc parachutée en France en même temps que des caisses remplies d'armes qui seront distribuées aux résistants. Elle a un nom de couverture, Claudine, et un nom de terrain, Gilberte, sous lequel ses collègues agents la connaîtront.

« Pourquoi Pierre a-t-il besoin d'un nouveau courrier ? » avait-elle demandé.

Les recruteurs à l'intérieur du bureau avaient échangé des regards vides.

Elle avait ajouté : « Je pose la question, car si elle ou lui est tombé après avoir commis une erreur, je voudrais éviter de faire la même erreur. »

Ils lui avaient dit que Pierre la mettrait au courant, puis on les avait emmenés, elle et Henri, voir le colonel Buckmaster, leur chef de section, qui les avait regardés avec un étrange clignement rapide des yeux avant de dire « Bonne chance à vous, les enfants » et de leur fourrer des cadeaux dans les mains.

Celui de Cristabel était un poudrier doré. Elle l'avait tendu à Joan quand elles avaient quitté le bureau. « Je ne l'utiliserai jamais.

— Si besoin est, tu pourrais le vendre, dit Joan, en le lui rendant. De plus, un miroir peut être utile pour vérifier qui est derrière toi. »

Elles étaient ensuite restées quelques jours à traîner dans Londres avant de se rendre dans le Bedfordshire. Cristabel avait passé du temps à étudier les cartes Michelin de la France et à mémoriser les détails des contacts. Une fois, Joan l'avait emmenée déjeuner au Lyons Corner House sur Oxford Street, et, alors qu'elles partaient, Cristabel avait vu Philippa Fenwick, bras dessus, bras dessous avec un fringant officier de la RAF, sortir d'un grand magasin à la mode de l'autre côté de la rue. Philly, à l'allure glamour, dans une robe d'été rouge avec un foulard à pois dans les cheveux, parlait d'une voix forte, tout excitée.

Cristabel avait été sur le point de lever la main pour l'appeler. Elle pouvait imaginer la réaction immédiate de Philly : « Chérie ! Quel plaisir de te voir ! Si noble dans ton uniforme ! » – mais s'était retenue. Elle avait préféré ne pas être vue. Elle s'était reculée sous un porche et avait regardé la joyeuse silhouette de Philly disparaître, son rire résonnant dans la rue.

L'un des membres de l'équipage du bombardier Halifax, le dispatcheur, chargé de s'assurer que les agents infiltrés sautent au bon moment, s'approche de Joan et Cristabel dans la grange, et leur fait un signe, pouce levé.

« Le saut est d'actualité ? demande Joan.

— Ça s'éclaircit, répond-il.

— C'est une bonne nouvelle, Gilberte », dit Joan, qui prend soin d'utiliser le nom de code de sa protégée, même ici.

Joan attache des liasses de billets de banque français sur le corps de Cristabel avec du ruban adhésif et l'aide à ajuster l'étui de son pistolet avant de remonter la fermeture à glissière de sa combinaison de camouflage. Dans ses nombreuses poches se trouvent le couteau de Cristabel, une lampe torche, une boussole, un foulard en soie fine sur lequel est imprimée une carte de sa zone d'action, et une bêche pliable pour enterrer le parachute. Joan lui tend ensuite une petite boîte contenant deux capsules de cyanure s'il fallait qu'elle se suicide.

« Il faut mordre dedans avant de les avaler », précise Joan.

Cristabel se demande comment on décide d'une chose pareille. « Je n'en veux pas, dit-elle.

— C'est utile d'avoir le choix », rétorque Joan, sèchement.

Cristabel met les capsules dans l'une de ses poches, puis s'assied sur une chaise pour que Joan puisse lui bander les chevilles afin de les protéger. En regardant les bandages, elle pense aux bandes molletières portées par les soldats lors de la dernière guerre, ces hommes se tenant bien droit, photographiés devant leur caserne, les bras croisés. Elle se dandine ensuite jusqu'à la porte de la grange pour prendre l'air, se sentant aussi volumineuse qu'un colis mal emballé.

Il pleut toujours. Alors que Cristabel fume une cigarette, une limousine aux vitres garnies d'un rideau s'arrête à l'extérieur et une haute silhouette en uniforme en sort et se dirige vers la grange, avant de s'arrêter soudainement et de se tourner vers elle. « Mes yeux me jouent des tours ou on se connaît ?

— On ne se connaît absolument pas. Que diable fais-tu ici, Leon ?

— Quelle surprise, dit-il en la regardant de haut en bas. On m'a envoyé ici pour récupérer quelqu'un. Qui revient de là où tu vas probablement aller, n'est-ce pas ?

— Je n'irai nulle part tant qu'il pleuvra, rétorque-t-elle en lui offrant une Gauloise, la marque qui sera désormais la sienne.

— Tes mains ne tremblent pas, dit-il sur un ton approbateur. Ta tenue me plaît bien.

— Cette tenue est incroyablement sexy, répond-elle en allumant sa cigarette.

— Tu ferais peut-être mieux de l'enlever…

— Pas maintenant, Leon, dit-elle, mais elle sourit.

— Tu seras bien contente de l'avoir dans l'avion. Tu savais, toi… moi, je l'ai appris cette semaine… que les Espagnols appellent les parachutes la rose blanche de la mort. Presque romantique, non ?

— Presque.

— Un instant. » Il va à la voiture et revient avec une flasque qu'il lui tend. « Nous devons porter un toast à ta mission. »

Elle avale prudemment une gorgée, grimace.

Leon jette un coup d'œil à sa montre-bracelet. « Mon invité va bientôt arriver. »

Cristabel pense aux capsules dans sa poche. « Leon, au cas où… »

Il lève la main pour l'interrompre. « En Russie, on ne parle pas entre le premier et le second verre.

— Tu n'es jamais allé en Russie, répond-elle, mais elle boit une nouvelle gorgée à même la flasque avant de la lui rendre. Leon, je ne reviendrai peut-être pas, tu sais.

— Ce sera le cas pour beaucoup », dit-il en jetant un coup d'œil dans la grange et en saluant quelqu'un. Puis il se tourne vers elle. « Tu t'en sortiras, Cristabel Seagrave. Tu as le cœur solide.

— Je ne voulais pas être sentimentale.

— Quand as-tu jamais été sentimentale ? » Il pose une main sur la poitrine de Cristabel. « Ce n'est pas du sentimentalisme. C'est ce qui va te garder en vie. »

Elle pose sa main sur la sienne, plutôt maladroitement. « Je sens que je devrais dire quelque chose de profond. Comme dans un livre.

— Je ne veux rien qui sorte tout droit d'un livre. » Il se penche et l'embrasse, un baiser qu'il fait durer. « Viens me voir à ton retour pour boire une vodka avec moi. »

Cristabel le regarde ; ses épais cheveux noirs, ses yeux sombres, la façon dont sa bouche exprime une chose puis une autre, sans presque jamais se fixer. Elle connaît le goût précis de sa bouche, quand elle s'ouvre à la sienne. Puis elle lève les yeux en direction du ciel. « Il a cessé de pleuvoir. »

Le dispatcheur du Halifax apparaît à ses côtés, fait un signe de tête vers la lune, à présent presque entièrement visible à travers les nuages qui s'estompent. « On dirait que tu as de la chance. »

Soudain, Joan est là aussi et, à eux deux, ils l'aident à enfiler son lourd parachute, à mettre les sangles sur ses épaules et à attacher son casque de saut sur sa tête. Ils les escortent, elle et Henri, à travers les flaques d'eau sur la piste, jusqu'à l'avion où le pilote et son équipage les accueillent avec des poignées de main avant de monter dans l'appareil. Joan lui serre fermement la main et lui souhaite bonne chance. Cristabel ne regarde qu'une seule fois en arrière, et elle aperçoit une grande silhouette à l'entrée de la grange, avant d'être hissée dans le ventre du Halifax.

À l'intérieur, l'avion est un tube creux, aux parois couvertes de tuyaux et de ferrures d'assemblage, qui sent le kérosène. Les sièges ont été retirés pour faire place à des réservoirs supplémentaires de carburant ; Cristabel et Henri doivent donc s'asseoir sur des sacs de couchage à même le sol, appuyés contre leurs encombrants parachutes, à côté de pigeons voyageurs entassés dans des boîtes en carton, chacune étant équipée d'un mini-parachute. Les containers d'armes qui seront largués avec les agents sont suspendus sous le Halifax. Le pilote a disparu dans le nez de l'avion et le tireur arrière est descendu jusqu'à sa bulle de verre dans la queue de l'appareil ; Cristabel peut entendre les échanges de messages radio, les vérifications avant le vol.

Plus soudainement qu'elle ne s'y attendait, on entend le cliquetis des hélices qui se mettent en marche l'une après l'autre, puis le grondement des moteurs alors que le Halifax commence à avancer sur la piste. « À votre place, je dormirais un peu », dit le dispatcheur en étalant une couverture sur les boîtes de pigeons.

Cristabel acquiesce d'un geste. Elle est incapable de parler. Elle était déjà montée dans un avion lors de sa formation de parachutiste et avait trouvé le décollage particulièrement terrifiant. Une fois en l'air, elle respire à nouveau, mais elle trouve exténuant le passage de la terre au ciel, qui se fait par à-coups.

« Tout va bien ? demande le dispatcheur, alors qu'ils accélèrent sur la piste.

— Oui », parvient-elle à répondre, avant de fermer les yeux et de se laisser bercer par le rugissement de l'appareil, le bruit de ses quatre moteurs pareil à celui d'un ventilateur pivotant, qui se rapproche puis s'éloigne, un son circulaire hypnotique qui occulte tout le reste.

Le Halifax quitte l'Angleterre et survole la Manche, gagnant en altitude pour éviter les tirs antiaériens à l'approche des côtes françaises. Et le barrage des canons antiaériens allemands réveille Cristabel. L'avion monte en flèche et, à l'intérieur de la carlingue, tout glisse et tremble ; elle peut sentir les vibrations jusque dans ses mains, des bruits mécaniques et des cliquetis, les oscillations de l'avion sous les efforts qu'il fournit. Le dispatcheur est assis tout près. « Ils ne peuvent pas nous atteindre à cette hauteur », dit-il gaiement, et elle se demande combien d'autres agents se sont également réveillés à ce moment-là, surpris de se faire tirer dessus dans leur sommeil.

Elle se relève pour regarder à travers un hublot, et aperçoit la Manche loin en dessous, un plan étrangement incliné, en mouvement, moucheté d'écume, semblable à la texture de la peau marquée de ridules. Puis l'avion vire brusquement, la mer disparaît, et on entend le crépitement électrique des tirs antiaériens, et des nuages de fumée noire deviennent visibles. Elle se rassied, trouve quelque chose à quoi s'accrocher.

Une fois en France, hors de danger, le pilote vole plus bas pour se repérer à la lueur du clair de lune. Le dispatcheur ouvre la trappe de sortie pour lâcher les pigeons dans leurs boîtes, chacun équipé d'un morceau de papier de riz et un crayon, dans l'espoir qu'ils seront renvoyés, porteurs de messages, en Grande-Bretagne. L'air froid s'engouffre dans l'appareil avec un tel bruit que le dispatcheur doit crier pour être entendu. « Si j'en attrapais un, il finirait dans une tourte à la viande ! »

Cristabel peut voir des lambeaux de volutes nuageuses passer sous eux et l'ombre du Halifax glisser sur les champs et les fermes, tel un dragon. Elle imagine les gens qui l'entendent voler au-dessus d'eux. Des Français. Des Allemands.

Il est trois heures du matin lorsqu'ils approchent de la zone de largage, l'endroit où un comité d'accueil devrait attendre Gilberte et Henri. Le Halifax vole encore plus bas, à neuf cents, huit cents, sept cents pieds, assez près du sol pour que l'équipage puisse distinguer les lumières des torches électriques.

Soudain, l'avion ralentit, s'incline. Un message du pilote est transmis par l'interphone au dispatcheur qui ouvre à nouveau la trappe de sortie en faisant signe aux agents : « Nous les avons repérés. Tous à vos postes. » Il resserre leurs bretelles, puis accroche la sangle d'ouverture automatique de leur parachute à un point fixe dans le fuselage, qui ouvrira les parachutes lorsqu'ils sauteront. Il leur donne une dernière tape sur l'épaule, puis s'accroupit à côté d'eux, qui attendent près de la trappe.

Cristabel jette un coup d'œil au visage concentré de Henri le regard fixé sur le terrain en dessous de la carlingue. Elle se demande s'il pense à sa famille, quelque part en bas. Elle pose un instant sa main sur la sienne et la serre ; il se tourne vers elle et ils s'étreignent maladroitement en se souhaitant « *Bonne chance** » à l'oreille.

« Les containers seront largués en premier, les prévient le dispatcheur, puis Gilberte, et enfin Henri. »

Cristabel acquiesce. Ils larguaient toujours les femmes en premier pendant l'entraînement pour s'assurer que les hommes suivraient, et elle préfère qu'il en soit ainsi. Elle n'aura pas le temps d'être inquiète.

Le Halifax décrit à nouveau des cercles réguliers. La lumière au-dessus de la trappe clignote en rouge et les agents voient les containers s'envoler accrochés à des parachutes. Cristabel s'approche au bord de la trappe, laissant pendre ses jambes dans le vide. Puis le feu passe au vert, le dispatcheur crie : « *Go !* » et elle s'élance, sans hésiter, dans le vide.

Tandis qu'elle plonge dans le néant, la chute est rapide, son cœur paraît s'arrêter ; s'ensuit une secousse lorsqu'elle se retrouve happée dans le sillage de l'hélice. Puis aspirée par le souffle de la voûte soyeuse au-dessus d'elle quand le parachute s'ouvre et la fait tournoyer, elle subit une autre secousse brutale, les étoiles défilant dans un flou tourbillonnant, une danse sauvage au clair de lune. Le mouvement cesse enfin et elle flotte sereinement ; c'est la partie qu'elle aime le plus, celle qui ne dure jamais assez longtemps – l'ivresse de l'apesanteur alors qu'elle glisse au-dessus de la terre, planant comme un faucon, l'air sifflant autour d'elle.

Le sol se précipite bien trop tôt à sa rencontre, et elle atterrit avec un bruit sourd. Une seconde plus tard, son parachute s'écrase sur le sol derrière elle, accompagné d'un grand *flllump*, comme une pile de draps qui tombe. Elle se relève péniblement et se libère de son harnais lorsqu'elle voit des silhouettes courir dans sa direction. Pendant une seconde, elle retient sa respiration, cherchant à tâtons son pistolet, puis elle entend crier en français : « *Bienvenue* !* » Le Halifax passe au-dessus d'elle, elle croit apercevoir le pilote dans le cockpit en train de la regarder, avant que l'appareil ne s'éloigne dans la nuit en agitant ses ailes en signe d'adieu.

RÉVEILLÉE

Juin 1943

Dans un dortoir, Flossie est allongée dans son lit, écoutant le tonnerre des bombardiers allemands qui survolent Dorchester. Elle ferme les yeux et essaie de se convaincre que ce n'est qu'un bruit – elle sait que d'autres filles autour d'elle sont allongées toutes raides et silencieuses, feignant elles aussi le sommeil –, tout comme elle préfère croire que les pilotes de ces avions ne se concentrent que sur leurs instruments de navigation, refusant de penser à ce qu'ils transportent, ou qu'ils pourraient bientôt mourir. Tout le monde est conscient ; mais personne ne veut l'être. Dehors, dans la rue, un chien aboie comme un fou : seule protestation manifeste.

Comment devient-il normal que la mort passe au-dessus de votre tête ? se demande Flossie. Comment devient-il normal de continuer à vivre comme si c'était normal ? Elle se souvient que, lorsque sa mère a été tuée, ce fut d'abord un tel choc que cette mort avait paru inconcevable. Mais à présent, c'est un fait ancien, une coupure de journal jaunie. Une absence parmi tant d'autres. C'est curieux ce à quoi on s'habitue.

Des photographies de Cristabel et Digby dans leurs uniformes trônent sur sa table de chevet ; derrière, un portrait de Rosalind, pris en studio et encadré, est posé en équilibre. Les autres filles admirent souvent la mère sophistiquée de Flossie – ce qui ne lui fait plus autant plaisir qu'autrefois. Elle se souvient de Myrtle disant qu'il y a plus important dans la vie que d'être regardée et se rend compte que c'est encore une chose à laquelle elle s'habitue : ne plus souhaiter être comme sa mère. À côté des photographies, une fleur pressée lui rappelle Hans, et d'autres souhaits.

Flossie découvre que renoncer à certains souhaits n'est pas toujours un soulagement, mais plutôt une séparation. Le souhait existe toujours, il a simplement pris une autre voie. Elle peut parfois l'apercevoir au loin, la saluant de la main depuis une haute colline. L'astuce, et la tâche à accomplir, c'est de continuer son chemin, quoi qu'il en soit.

Le bruit des bombardiers diminue à mesure qu'ils s'enfoncent dans les terres, en direction de leurs cibles. Flossie est certaine de ne pas pouvoir se rendormir – sachant qu'un réveil va bientôt sonner l'heure de se lever, pour elle et les autres Land Girls, les volontaires agricoles, afin de commencer à accomplir leur devoir dès les petites heures du matin ; et, pourtant, elle se rendort d'un sommeil agité.

Les filles accueillent l'alarme du réveil en grognant, s'habillent sous leurs couvertures, enfilent des pulls et des salopettes. Elles sortent dans l'air matinal, seules à être réveillées dans les rues vides, à l'exception du garde de sécurité aérienne qui rentre chez lui, et grimpent dans une charrette derrière un tracteur qui les emmène en cahotant jusqu'aux étables pour traire les vaches ; elles ronchonnent de concert, calées les unes contre les autres.

« Je ne voulais pas sortir du lit, dit Flossie.

— Ce ne serait pas pareil sans toi », lui répond Barbara, tandis qu'Irène lui offre un bonbon au citron. Shirley passe son bras sous celui de Flossie et commence à siffler. Flossie prend la sucrerie, regarde la ville endormie alors qu'elles partent à la ferme et se dit : « Je suis si loin de là où je pensais être. »

Mais elle est ici, avec les autres filles, active, réveillée assez tôt pour voir la campagne du matin encore confortablement enveloppée de plusieurs couches de brume, avec ses champs et ses prairies qui dessinent des courbes douces, la rivière qui serpente, le ciel qui s'éclaircit à l'est, les premières volutes de fumée qui s'élèvent des cheminées des fermes, et les oiseaux qui chantent déjà dans chaque haie : tout est encore vivant, toujours vivant.

CLAUDINE, GILBERTE

Juin 1943

Là où elle atterrit n'est pas là où elle croyait atterrir. Ceux qui l'ont accueillie lui donnent le nom d'un lieu situé à une centaine de kilomètres, afin de garder secret l'emplacement du site d'atterrissage et éviter le risque qu'il soit découvert. Elle ne le comprend que plusieurs jours plus tard, et elle ne l'oubliera pas : s'il le fallait, même ceux qui l'ont accueillie si chaleureusement n'hésiteraient pas à lui mentir. C'est ainsi que les choses se déroulent ici.

L'équipe de réception au sol est composée de membres d'un réseau de résistance local. Des hommes et des femmes, sveltes, aux visages fins, les hommes sombres, barbus, les femmes jambes nues. Ils rassemblent rapidement les deux agents, leurs parachutes et leurs containers de munitions, et entassent le tout à l'arrière d'un camion bruyant fonctionnant au charbon de bois pour les conduire dans une ferme isolée, où une vieille femme coiffée d'un foulard leur sert un plat de haricots en sauce et plusieurs verres de vin rouge âpre.

Elle, Gilberte, observe ses hôtes, se rappelant que les Français utilisent du pain pour ramasser les restes dans leur assiette, et qu'ils discutent avec passion. Ils parlent de Charles de Gaulle, le commandant français exilé à Londres, dont ils écoutent les messages à la BBC. Ils veulent savoir comment est la vie de l'autre côté de la Manche, ce que les Britanniques pensent de Staline, et quand pourrait avoir lieu l'arrivée des Alliés – les *débarquements** tant attendus. Gilberte répond qu'elle ne sait pas. Au QG, elle a entendu dire que le débarquement pourrait avoir lieu dès septembre, mais elle garde cette information pour elle. Elle laisse Henri faire le plus gros de la conversation et économise son énergie pour manger.

Après le repas, les containers sont ouverts avec autant d'empressement que des cadeaux de Noël. Ils contiennent des caisses de grenades aussi soigneusement emballées que des œufs Fabergé, ainsi que des pistolets Sten et des munitions, des cigarettes, des barres de chocolat, et quelques petits mots pliés, écrits par les femmes qui ont tout préparé, des mots d'encouragement, accompagnés de cœurs et de drapeaux dessinés.

Gilberte et Henri partent à l'aube pour rejoindre la gare à pied, où ils se séparent pour regagner leurs zones d'action respectives, avec rien de plus qu'un bref regard échangé. Gilberte ressent un élan de tristesse lorsque Henri disparaît dans un train, comme s'il était tout ce qu'il lui restait. Mais son train à elle arrive sur l'autre quai et elle s'empresse d'y monter, emportant avec elle une valise en toile contenant des billets de banque cachés dans un double fond secret et un pistolet dissimulé dans une boîte de talc.

En avançant dans le train en marche pour trouver un siège, elle a l'impression qu'un projecteur est braqué sur elle, et que tous les autres voyageurs voient immédiatement qu'elle est une grande Anglaise portant les vêtements de quelqu'un d'autre. Elle vient à peine de s'asseoir qu'elle aperçoit son premier Allemand : un officier de la Wehrmacht qui avance dans le couloir.

Elle s'est souvent demandé ce qu'il se passerait lorsqu'elle rencontrerait son premier Allemand sur le terrain – si elle serait remplie de haine ou de peur –, mais ce n'est qu'un homme en uniforme avec une coupure de rasoir sur le menton. Il pourrait tout aussi bien être conducteur de bus, ou gardien de square. Il tient ses mains derrière son dos et se promène, plein d'assurance, gonflé comme un ballon par son autorité. Les gens dans le train lui jettent à peine un coup d'œil.

Elle voit la campagne défiler par la fenêtre, ses vignobles et ses villages alors que l'officier s'approche d'elle ; elle sent qu'il s'arrête pour la regarder. Elle se tourne vers lui, s'attendant à ce qu'on lui adresse la parole, mais se rend compte alors qu'il regarde tous les passagers de cette façon, simplement pour montrer qu'il y est autorisé. Elle baisse les yeux. L'officier passe son chemin. Elle sort le poudrier de sa poche pour se donner une contenance : Claudine Beauchamp a l'air abattue, la bouche pincée.

Ils sont presque parvenus à destination quand le train s'arrête brusquement, à l'écart de la gare d'un petit village, dans un crissement de freins. Elle comprend à l'expression de ses compagnons de voyage que cet arrêt n'était pas prévu, mais pas totalement inattendu pour autant. Elle se presse contre la vitre et voit, plus loin, des hommes en uniforme gris et d'autres en civil qui attendent sur le quai pour monter à bord.

Elle sent que la femme assise en face d'elle, une ménagère avec un sac de courses, la regarde avec intérêt, alors elle se cale sur son siège. Que ferait Sophie, se demande-t-elle ? Elle mettrait son rouge à lèvres écarlate et lèverait la tête, prête à sourire.

Claudine n'est pas ce genre de femme ; néanmoins, elle peut être d'un autre genre : le genre studieux qui utilise les retards de train à bon escient. Elle fouille dans sa veste et en sort son recueil de poésie française et ses lunettes peu flatteuses. Elle met les lunettes, pose ses pieds sur sa valise, lève les yeux vers la femme, et hausse légèrement un sourcil comme pour dire : « Eh, encore l'un de ces contrôles dont on a l'habitude », puis ouvre son livre.

Lorsque les hommes arrivent à hauteur de son wagon, elle a lu la même page au moins vingt fois. Ce sont des officiers SS : plus dangereux que les simples soldats de la Wehrmacht. Elle peut voir la tête de mort en métal – la *Totenkopf* – au-dessus de la visière de leurs casquettes. Les hommes en costume et long manteau sont très probablement de la Gestapo : la police politique nazie, plus dangereuse encore. Ils saluent les passagers et, dans un français courtois et formel, demandent à voir leurs papiers. Elle entrevoit son visage peu souriant sur ses faux papiers et les leur remet. Les Allemands les étudient avec une lenteur déconcertante, comme s'ils en pesaient la qualité. L'un des officiers SS, mince et grisonnant, demande : « Que lisez-vous, mademoiselle ? »

Elle se rend compte qu'il lui est impossible de répondre sans jeter un coup d'œil au titre du recueil, alors elle dit : « De la poésie, monsieur. » Elle a décidé que Claudine est timide et déférente. Elle ne parle pas beaucoup car son français n'a pas l'accent de la région, et elle ne sait pas si un officier SS le remarquerait ou non.

« J'aime votre poésie française. Verlaine. Baudelaire », dit-il. Les hommes derrière lui ont une conversation à voix basse en allemand qu'elle ne comprend pas.

Il tend la main et elle lui passe le livre. Il le feuillette. « Vous lisez pour le plaisir ?

— J'étudie la poésie, répond-elle, d'une voix monocorde.

— Lequel de ces poèmes est votre préféré ? » demande-t-il.

Elle ne peut que penser au poème qu'elle lisait quand ils sont arrivés – des vers insipides évoquant la brise – mais ne se souvient pas du titre.

« Je ne les ai pas encore tous lus », répond-elle, et elle ressent cette légère baisse de confiance engendrée par une réponse trop évasive.

Il la regarde, puis l'un des autres officiers dit : « Wagon suivant. » On lui rend son livre et les hommes poursuivent leur chemin.

Une demi-heure plus tard, le train redémarre. Gilberte passe le reste du voyage à lire lentement pour calmer ses nerfs, à choisir quelques poèmes à mémoriser, en pensant tout le temps à Hendricks, l'acteur devenu instructeur dans sa dernière école de formation dans la New Forest, qui avait insisté sur le fait que leur identité de couverture ne pouvait pas être uniquement un masque qu'on met et qu'on enlève, mais une seconde vie, entièrement habitée, entièrement incarnée. Il ne pouvait y avoir aucun blanc.

Elle se souvient aussi de l'étrangeté de sa rencontre avec Hendricks, sachant qu'il avait formé Digby. Elle avait eu très envie de demander de ses nouvelles, mais avait préféré se taire, de peur que Hendricks pense qu'elle était là uniquement pour son frère. Elle se souvient aussi qu'il l'avait sorti de ce dilemme en évoquant lui-même Digby, un aparté discret dans un moment de calme, un commentaire sur les ambitions d'acteur de son frère. « Oui, avait-elle acquiescé, il aime monter sur scène.

— Et toi ? » avait demandé Hendricks. Ce à quoi elle avait répondu non. Elle n'a parlé de son théâtre à personne à l'Org. Peut-être que Digby l'avait déjà fait, mais en parler lui aurait paru inapproprié. C'était un peu fastidieux, embarrassant à expliquer, dans cet univers militaire symbole d'efficacité. Il n'y avait pas de place pour une chose pareille. Hendricks avait tapoté une cigarette sur son bureau et hoché la tête.

Lorsque le train arrive enfin à destination, dans une ville marchande animée, elle est dirigée vers une file d'attente où son faux titre de transport est à nouveau inspecté, cette fois par des policiers français zélés. Elle garde la tête baissée et ne parle que lorsqu'on lui adresse la parole. À la périphérie de son champ de vision, elle aperçoit une famille qu'on extrait de la file d'attente, et qui patiente anxieusement au milieu de ses bagages.

Après avoir quitté la gare, elle traverse la ville en direction de l'hôtel où elle doit rencontrer son chef de réseau. Claudine, jeune femme banale, marche d'un pas régulier, avec une valise. Il y a des Allemands partout, qui mangent à la table des cafés, qui se promènent dans les rues, comme s'ils étaient des touristes et non des occupants. Les Allemands ont des voitures, les Français des bicyclettes. Les Allemands flânent dans les magasins, les Français font la queue à l'extérieur.

Sur les murs, elle voit de vieilles affiches défraîchies annonçant la venue d'un cirque, il y a longtemps, sur lesquelles se superposent des affiches plus récentes appelant avec enthousiasme les Français à travailler en Allemagne : des images d'hommes musclés avec des marteaux, LES OUVRIERS ALLEMANDS VOUS INVITENT À LES REJOINDRE ! Elle sait qu'il ne s'agit pas d'une invitation : les Allemands ont donné des ordres, ils ont institué le Service du travail obligatoire par une loi qui oblige les hommes valides à travailler dans les usines allemandes ; c'est en partie ce qui a gonflé les rangs de la Résistance, les jeunes Français préférant s'enfuir à la campagne plutôt que de travailler pour le Reich.

L'hôtel est caché dans une ruelle. Il est délabré et peu attrayant, avec une peinture écaillée. En poussant prudemment la porte d'entrée grinçante, elle trouve la réception vide, mais un vieil homme qui passe la serpillière sur le parquet lui dit, à voix basse : « Chambre 6. » Elle monte donc l'escalier avec sa valise et frappe à la porte. Un jeune Français lui ouvre et la laisse entrer. La pièce est sombre, ses volets sont fermés. Une autre personne est à l'intérieur, un homme d'une quarantaine d'années avec une moustache noire, le teint cireux et des cernes sous les yeux. Il est assis sur le lit, un pistolet sur les genoux, et la regarde pendant qu'elle est interrogée, jusqu'à ce qu'il soit sûr de qui elle est et que c'est effectivement Londres qui l'a envoyée ici.

Finalement, Pierre se lève pour lui serrer la main. « Je suis content que tu sois là, Gilberte, dit-il. Tu comprends que nous devons être prudents. » Son accent français est impeccable. Elle sait qu'il travaille sous couverture depuis plus d'un an. Il ne reste aucune trace de celui qu'il était avant, sauf peut-être dans les cernes sous ses yeux.

« Vous avez perdu un courrier, une autre jeune femme, répond-elle.

— Nous ne l'avons pas perdue. Ils l'ont trouvée. Tu ne dois jamais rester au même endroit. »

Et, en effet, elle ne reste jamais longtemps au même endroit. Elle dort dans des trains de nuit, dans des greniers à foin, dans des caves. Elle parcourt des centaines de kilomètres à vélo, transportant des messages dans toute sa zone d'action, ses lunettes et son recueil de poésie dans sa poche. Après avoir rencontré des patrouilles allemandes à plusieurs reprises, elle n'écrit plus jamais rien, elle mémorise tout, et se chante les messages en appuyant sur les pédales de son vélo. Elle donne à Pierre son pistolet et ses capsules de cyanure, décidant qu'elle préfère ne pas les avoir sur elle au cas où elle serait démasquée. Elle garde juste son couteau. Une femme peut justifier le port d'un couteau.

Par ailleurs, Pierre a lui aussi entendu dire que le débarquement des Alliés pourrait avoir lieu en septembre et l'activité de son réseau ne cesse d'augmenter ; et les Escadrons de la lune, obstinés, fournissent davantage de matériel aux combattants qui se cachent dans les montagnes et les bois. Gilberte et lui travaillent sans relâche : ils contactent les chefs de la Résistance, repèrent des sites pour les parachutages, collectent et distribuent des armes, des équipements, de la nourriture et de l'argent.

Ce rythme qui jamais ne ralentissait, et leur objectif implacable, indiscutable, lui procuraient une sensation de liberté. Une vie vécue à toute allure, étrangère à qui elle était, et qui exigeait une immersion totale. En Angleterre, elle s'était sentie mal à l'aise dans tous les endroits où elle était contrainte de se trouver – salons, salles à manger, même ceux de sa propre maison. Les filles anglaises de son milieu étaient destinées à être extraites de leur foyer familial par un mari ; celles qui ne l'étaient pas étaient un gaspillage de ressources pour leurs familles ; et elles avaient besoin d'une force de volonté sans cesse grandissante, simplement pour exister dans des systèmes qui voulaient les faire disparaître.

À présent, elle est autopropulsée, rien qu'un mouvement nécessaire : une *fille anglaise** venue se battre aux côtés des Français, accueillie par un réseau de boulangers, de religieuses, de mécaniciens, de cheminots et de veuves de soldats, qui lui offrent un lit pour la nuit et un verre de cognac, et l'envoient poursuivre son chemin avec un baiser sur chaque joue et le mot « *courage** ».

Un matin, on l'envoie porter de l'argent au chef d'un réseau de résistants qui se cache au fond d'une forêt. C'est un jour de pluie et les arbres dégoulinent en un lent *tic-tac.* La forêt est si dense, et les arbres sont si hauts, que l'air semble immobile, épaissi, comme si les hommes se cachaient dans les algues au fond d'une lagune. Le passage occasionnel d'un avion de chasse dans le ciel n'est qu'un bourdonnement lointain, un syrphe vu du fond de l'eau.

Les hommes – principalement des agriculteurs locaux et leurs plus jeunes fils, portant des bérets et des bottes à semelles cloutées, ainsi que quelques combattants républicains espagnols usés par la guerre – la regardent avec intérêt : une femme dans leur forêt. Elle pense aux Garçons perdus, dans *Peter Pan,* qui vivent dans les arbres. Elle en avait détesté la représentation : la manière dont les enfants réclamaient leur mère, un besoin revendiqué avec trop d'insistance, le pétulant Peter suppliant Wendy en bêlant pour qu'elle reste et s'occupe de leurs travaux de couture, comme si elle n'était là que pour ça.

Dans un double fond de son sac à dos, elle récupère une grosse liasse d'argent liquide et la remet au chef du groupe, qui a une ceinture de munitions portée en bandoulière à travers la poitrine comme un bandit mexicain.

« Vous devriez bénéficier d'une meilleure sécurité sur le chemin qui traverse la forêt, dit-elle, dans le français de plus en plus régional de Gilberte. J'ai vu votre sentinelle bien avant qu'elle ne me voie. »

Le chef compte l'argent, ne dit rien.

« Il me faut un reçu, s'il vous plaît », demande-t-elle, puis elle fouille dans le sac pour en sortir une bouteille de cognac. Les hommes s'approchent. Elle tend la bouteille au chef. « *Vive la France**. »

Il débouche la bouteille, en boit une gorgée, puis la tend à son tour aux hommes derrière lui. « *Vive la liberté** », réplique-t-il, et il lui fait signe d'entrer dans leur camp de base.

SOUS TERRE*

Octobre 1943

Lorsque le réseau Shepherd tombe, tout va très vite. Leur opérateur radio est capturé par la Gestapo dans le grenier d'une pharmacie où il envoyait ses messages codés à Londres, et le garçon qui travaille dans la pharmacie court sur huit kilomètres pour en informer Pierre et Gilberte.

Les quarante-huit premières heures qui suivent l'arrestation d'un agent sont les plus périlleuses. L'opérateur radio – menotté, attaché à un mur de prison, battu et en sang – se doit de tenir tout ce temps sans rien révéler, quoi qu'on lui fasse, pour donner à ses collègues une chance de s'évanouir dans la nature.

La dernière fois que Gilberte voit Pierre, il jette des papiers dans un feu au milieu de la cour de la ferme qui lui sert de camp de base, et lui crie de partir. *Va-t'en* ! Elle sort son vélo caché dans une étable et file, s'arrêtant seulement pour jeter ses lunettes dans un ruisseau, dénouer ses cheveux, mettre du rouge à lèvres et retrousser sa jupe. Un Allemand à moto passe devant elle et elle lui sourit si effrontément, avec tout le charme fou d'une Sophie, qu'il manque de quitter la route. Elle se déteste un instant, mais pédale furieusement.

Elle a un contact dans le village voisin, un coiffeur qui la recueille, lui trouve une nouvelle tenue – une robe à fleurs et des chaussures à semelles de liège – et une nouvelle coiffure, les cheveux relevés en un rouleau au sommet de sa tête. Lorsque Claudine Beauchamp sort à nouveau dans le monde, elle porte un panier à provisions et une alliance, une jeune femme au foyer, française, avec une photo de son bébé, un petit garçon, dans son sac à main.

Elle prend un autre train, puis un autre, et encore un autre, n'embarquant qu'au dernier moment, changeant soigneusement de wagon pour s'assurer qu'elle n'est pas suivie, s'en tenant méthodiquement à ce qu'elle a appris au cours de sa formation. Elle descend dans de petites gares de village plutôt que de risquer les contrôles dans les plus grandes. Elle évite les hôtels où elle pourrait être obligée d'écrire son nom dans les registres. Elle dort rarement, elle mange à peine.

Tandis que les trains traversent la campagne au ralenti, passant devant des rangées d'arbres têtards et des canaux, elle lit son recueil de poésie, plaçant un ongle fraîchement peint sous chaque mot pour guider ses yeux fatigués – en suivant des vers de Victor Hugo :

Je suis fait d'ombre et de marbre.
Comme les pieds noirs de l'arbre,
Je m'enfonce dans la nuit.
J'écoute ; je suis sous terre.

Quand le train s'arrête, elle entend les portes des wagons claquer. Un chien qui aboie. Des bruits ordinaires qui pourraient ne pas l'être.

Dans la clandestinité, comme dans une pièce de théâtre, tous les détails ont une signification. Si vous avez une arme au premier acte, elle doit avoir servi avant la fin du troisième acte. Tout doit être considéré, enregistré. La voiture est-elle un véhicule militaire ? Le chien est-il gros ou non ? Dans une partie obturée d'elle-même, elle est consciente que ce mode de pensée incessant est épuisant, mais elle estime qu'il vaut mieux être réveillé et fatigué qu'endormi et mort.

Le chien qui aboie est réduit au silence par son maître français furieux. Le train s'éloigne de la gare.

Elle revient à Victor Hugo, le mystère passionnant de la traduction. S'enfoncer *dans la nuit** signifie-t-il qu'il s'enfonce dans la nuit, ou qu'il s'enfonce dans les ténèbres ? Est-ce que *je m'enfonce,* dans ce contexte, implique un travestissement du soi ? Son cerveau est une bêche qui retourne tout.

Elle finit par atteindre un village dans les montagnes, marchant des kilomètres sur des routes escarpées et poussiéreuses, les semelles en liège de ses chaussures s'effritant, ses pieds couverts d'ampoules. Un contact de la Résistance la conduit à un opérateur radio, caché dans un entrepôt rempli de peaux de lapin, à qui elle remet un message qu'il envoie à Londres ; on lui répond immédiatement pour dire que Londres veut que Gilberte revienne d'ici la lune d'octobre. L'opérateur radio lui explique qu'il y a des rumeurs selon lesquelles un important réseau de Résistance à Paris a été demantelé, faisant tomber les agents alliés à travers la France comme une rangée de dominos.

Une semaine plus tard, sur un haut plateau à l'extérieur du village, un avion Lysander atterrit pour larguer deux nouveaux courriers, et la récupérer elle. Elle est hors jeu.

Plongée dans le brouillard, Londres est grise. Aucune des fenêtres crasseuses du siège de l'Org ne semble se fermer correctement. Elles laissent passer des courants d'air sifflant et les radiateurs cliquettent en permanence, mais restent froids au toucher. Ils ont du thé mais plus de sucre ; l'une des secrétaires veille habituellement à ce que les stocks soient renouvelés, mais elle est absente depuis une semaine. Les deux hommes en uniforme qui mènent le débriefing de Cristabel regardent le sucrier vide, perplexes. Ils lui offrent des paroles rassurantes. Ils lui souhaitent la bienvenue dans son pays.

« Avez-vous des nouvelles de Pierre ? demande-t-elle. Est-ce qu'il va bien ? »

Ils éludent la question et passent à ce qu'ils connaissent de la situation à Paris : l'effondrement du réseau du Magicien. Selon eux, c'est ce qui a conduit à la capture d'agents dans d'autres réseaux, y compris le réseau Shepherd, et à la rafle de membres de nombreux mouvements de résistance. Le Magicien avait un objectif ambitieux, de nombreux contacts, c'était un réseau très étendu.

Les hommes ont devant eux un dossier qu'ils feuillettent de temps en temps, comme pour vérifier certains détails. Cristabel se rend compte qu'elle ne les a jamais vus auparavant. Ils lui apprennent qu'on soupçonne le Magicien d'avoir été infiltré dès le mois de juillet, lorsque l'opérateur radio a omis à plusieurs reprises un contrôle de sécurité, même après avoir été réprimandé par Londres. Un opérateur radio doit savoir que le contrôle doit précéder chaque message envoyé au QG.

« Omettre cette vérification signifierait peut-être que l'opérateur a voulu signaler qu'ils étaient aux mains de l'ennemi ? » demande Cristabel, en pensant à Sophie, qui ne commettrait jamais une telle erreur.

Les officiers acquiescent. Ils disent que, depuis, ils en sont malheureusement venus à cette conclusion.

Cristabel considère le mot « depuis ».

« Écoutez, je ne sais rien sur le réseau Magicien. Mais je peux vous parler de Shepherd. Je sais beaucoup de choses sur ce réseau », dit-elle.

Encore une fois, les hommes font la sourde oreille. Ils lui disent que, d'après eux, l'un des agents britanniques du réseau Magicien, nom de code Gabriel, n'a pas été arrêté par la Gestapo, mais qu'il est toujours en liberté et circule librement dans Paris. On leur a transmis des rapports indiquant qu'il avait été aperçu là-bas. Cependant, ils n'ont reçu aucune nouvelle de lui, et il ne semble pas vouloir quitter sa zone d'action. Ils sont inquiets – elle remarque qu'ils choisissent leurs mots, et prennent des gants pour lui parler –, ils pensent qu'il a pris des risques.

Elle attend la question.

Les deux hommes échangent des regards. Il est, disent-ils, inhabituel que l'identité d'un agent soit révélée, mais étant donné l'importance des opérations de sécurité à cette étape charnière de l'effort de guerre, ils le jugent nécessaire. L'agent connu sous le nom de Gabriel est son cousin, Digby Seagrave. Sait-elle s'il a des contacts à Paris ? A-t-il été en contact avec quelqu'un là-bas, avant la guerre ? Y a-t-il un endroit où il pourrait aller ?

En cet instant, elle prend conscience de l'utilité d'avoir été formée aux interrogatoires lors de son entraînement dans la New Forest et éprouve de la reconnaissance pour l'instructeur qui lui avait conseillé de toujours répondre à la question posée et non d'anticiper ce que l'on pourrait lui demander.

« Notre gouvernante était originaire de Paris, répond-elle. Ernestine Aubert. Je ne sais pas si elle y est encore.

— Êtes-vous allés à Paris avec votre gouvernante ?

— Non. Nous sommes allés en Normandie.

— Êtes-vous allés à Paris avec quelqu'un d'autre ?

— Non. Le seul autre endroit en France que nous avons visité était la Provence. Notre amie Myrtle nous y a emmenés pour mon vingt et unième anniversaire.

— D'autres vacances en famille ?

— Aucune. »

Ils lui disent que ces informations leur sont utiles. Ils prennent quelques notes. Ils comprennent qu'elle se trouve dans une situation délicate – Digby est son cousin –, mais... lui a-t-il déjà donné l'impression d'avoir... des *sympathies*... non, peut-être serait-il mieux de parler de... *doutes* ? Est-il possible qu'il doute ? Connaîtrait-elle une raison pour laquelle il n'aurait pas exécuté... ?

La phrase s'essouffle. Elle sait qu'on attend d'elle qu'elle comble les trous, mais elle choisit de ne pas les aider. « Je ne suis pas sûre de comprendre ce que vous attendez de moi, répond-elle. Je n'ai pas été en contact avec mon cousin depuis l'année dernière. Je ne sais pas ce qu'il fait à Paris. Je n'ai aucune idée de ce que vous croyez que je sais. Ce n'est certainement pas pour cette raison qu'on m'a demandé de rentrer, non ? »

L'irritation perceptible dans sa voix se heurte à une calme indifférence. Ils disent qu'on lui a demandé de rentrer pour sa propre sécurité après le démantèlement de son réseau. Ils cherchent des informations parce qu'ils craignent que Gabriel n'ait trahi, soit volontairement, soit contraint par l'ennemi.

L'un des deux hommes sort une feuille du dossier, la fait glisser sous les yeux de son acolyte, qui la parcourt du regard et dit : « Vous avez passé du temps en Autriche. Est-ce exact ?

— Pour skier », répond-elle, réalisant alors pourquoi elle est interrogée par des hommes d'un autre département de l'Org : elle ne fait plus partie de sa propre équipe. Elle est parente d'un agent possiblement passé à l'ennemi. Elle est donc considérée comme suspecte.

Plus tard dans la journée, elle prend le train bondé qui la ramène dans le Dorset. Elle se glisse sur un siège côté fenêtre et regarde le ciel du soir alors qu'elle laisse Londres derrière elle. Des nuages sombres sont amassés au-dessus de la campagne, solides comme un cuirassé, et des gouttes de pluie ruissellent le long de la vitre. Seule une bande couleur citron éclaire l'horizon, comme un rai de lumière sous une porte. Les arbres dénudés le long de la voie ferrée ne sont plus que des moignons branchus, des doigts squelettiques de sorcière pointant follement vers le haut, un millier d'accusations mises à nu.

Elle est profondément plongée dans ses pensées et, lorsque le contrôleur, se frayant un chemin dans un couloir rempli de voyageurs debout, lui demande son billet, elle fouille automatiquement dans la poche de son manteau pour y attraper les *papiers* de Claudine.

Un marin assis à côté d'elle, son sac de voyage en équilibre sur ses genoux, puant la bière, lui dit amicalement : « Je perds toujours mon billet. Je perdrais ma tête si elle n'était pas vissée. » Son grand corps se cogne contre elle à chaque secousse du train sur les rails, et elle a envie de sortir son couteau et de le lui planter en pleine face. Mais elle n'a plus de couteau, et elle n'a plus ses *papiers*. Elle n'a rien qu'un billet aller pour Dorchester. « Nous vous contacterons si nous avons besoin de vous, avaient dit les hommes de l'Org, et si vous avez des nouvelles de votre cousin, nous vous serions reconnaissants de nous le faire savoir. Immédiatement. »

THÉÂTRE D'OMBRES

Novembre 1943

Ne pas dormir est une habitude difficile à perdre. Réveillée à cinq heures, Cristabel descend le sentier qui mène à l'océan ; seule créature animée, si ce n'est les goélands argentés et leur lugubre langage : de longs appels, suivis de cris rauques répétés. *Tiret tiret point point point point. Tiret tiret point point point point.*

Le monde pré-humain, avant le lever du soleil, a un aspect sauvage et impétueux. La mer est épaisse, imposante, un vent de nord-est la pousse haut et fort. Elle est l'objet d'une intense activité. Les longues herbes le long de la côte se plient et frissonnent, en cascades, en de longues ondulations.

La silhouette noire des falaises de Ceal Head, qui se découpent sur le ciel, plonge la plage de galets dans l'ombre. Les premières lueurs dorées de l'aube tomberont d'abord sur les lointains bâtiments du front de mer de Weymouth, avant d'arriver à Chilcombe.

Au théâtre, les feuilles sont éparpillées sur le sol. Les parcelles de légumes ont été bêchées et recouvertes d'une couche de compost. Quelqu'un a arraché tous les framboisiers et les a soigneusement attachés avec de la ficelle.

En poussant les portes de la grange, Cristabel découvre des bêches et des brouettes. Elle les écarte du pied, se fraye un chemin jusqu'au fond où, sous un tas de sacs, elle trouve une pile de décors en bois, un fouillis d'éclairages de scène et des malles pleines de costumes, mais aussi quelques animaux empaillés qui s'effilochent et un gobelet à vin en papier mâché. Elle sort ces objets les uns après les autres, les dépoussière.

À sept heures, l'espace entre les os du squelette de la baleine est rempli de morceaux de décor disposés à plat – un mur de château, un arbre, une porte – ainsi que de quelques costumes, accessoires et animaux empaillés. Le soleil a dépassé l'horizon, offrant à Weymouth ses premières lueurs, mais le théâtre est toujours dans l'ombre, et elle a froid. Dans le cottage, elle récupère une vieille bouilloire et un réchaud à pétrole bancal en cuivre qu'elle amadoue suffisamment pour finir par le remettre en état de marche, transformant les flammes jaunes, fuligineuses, en flammes bleues, sifflantes, avant de placer la bouilloire en équilibre dessus. Le breuvage qu'elle prépare ressemble plus à de la rouille qu'à du thé, mais elle le remplit de sucre et l'emporte dehors. Assise sur le décor mis à plat, une vieille tasse ébréchée dans ses mains, elle regarde la lumière du soleil se rapprocher.

À l'est, où le ciel s'éclaircit, elle peut voir le profil patricien de Ceal Head en relief et, au-delà, les caps saillants – une série de nez aristocratiques s'avançant dans l'eau, comme les portraits en silhouette d'une famille victorienne, de père en fils, s'éloignant dans le futur. Les flots roulent en crêtes vers eux, et le son qu'ils produisent en frappant la terre au loin, puis en se rapprochant, est une bataille sourde ; avec ses échos, ses effets et ses répercussions.

« Je n'ai jamais vu de lion », entend-elle soudain derrière elle ; une voix aiguë.

Elle se retourne pour découvrir un petit garçon d'environ cinq ans, en pull et pantalon court. Il a un fox-terrier teigneux attaché au bout d'une ficelle et se tient debout au milieu du fouillis théâtral, devant la tête de lion empaillée. « Pourquoi n'y a-t-il que la tête ? Où est le reste du corps ? demande-t-il.

— Si on a seulement la tête, c'est pour qu'elle puisse être accrochée sur les murs de ma maison. Mon grand-père l'a tué.

— Oh, dit le garçon en caressant pensivement le mufle du lion. J'aimerais mettre la tête de mon professeur sur un mur. Ou celle de Hitler. Ma mère dit que c'est le diable. C'est quoi tout ça ? »

Cristabel avale une dernière gorgée âpre de thé, se lève et répond : « Tout ça a servi pour jouer des pièces de théâtre. Il y a bien longtemps. J'ai pensé que je pourrais aussi bien tout sortir, tant que je suis là. Je n'ai vraiment rien d'autre à faire.

— Je n'ai jamais vu de pièce de théâtre, avoue le garçon.

— J'avais l'habitude de monter des pièces avec des histoires que j'inventais quand j'avais ton âge, répond Cristabel. On utilisait un drap de lit comme rideau de scène. Attends, je vais te montrer. »

Elle fouille parmi les costumes et en sort une cape de velours, puis elle trouve de la corde qu'elle tend entre les os de baleine. Alors qu'elle y étend la cape, une voix de femme s'écrie : « Enfin te voilà, Norman ! »

Cristabel se retourne et voit une femme, qui ressemble à Betty Brewer en plus grande, venir vers eux. Une des jeunes sœurs de Betty, elle en est sûre. Celle qui a épousé un agriculteur. La femme porte un casque en fer-blanc et un manteau élégant, d'allure vaguement officiel, avec un brassard.

« Oh, c'est vous, mademoiselle Cristabel. On nous a signalé une activité inhabituelle sur la plage. Vous n'avez vu personne ?

— Non. Désolée. Joyce, c'est ça ?

— C'est exact, et je vois que vous avez fait connaissance avec mon Norman. J'espère qu'il ne vous embête pas. Qu'est-ce que vous faites à présent, mademoiselle Cristabel ? Je croyais que vous étiez en mission quelque part.

— Je fais partie de la First Aiding Nursing Yeomanry, mais je suis en congé.

— Premiers secours ? Oui, c'est du bon sens. On ne sait jamais quand on peut avoir besoin des premiers secours. Vous devriez nous faire un exposé à la salle des fêtes, si vous en avez le temps. Nous cherchons toujours des orateurs.

— C'est la nouvelle salle ?

— Oui, acquiesce Joyce. Nous allons y monter notre premier spectacle à Noël, si tout va bien. »

Norman intervient. « La dame des premiers secours s'y connaît en pièces de théâtre.

— Bien sûr, dit Joyce. C'est ici que vous les jouiez, n'est-ce pas ? Je me rappelle en avoir entendu parler. On disait que les gens venaient de Londres pour les voir.

— Avez-vous assisté à l'une de nos représentations ? » demande Cristabel.

Joyce rit. « Ce n'est pas le genre de divertissements auxquels j'étais invitée. Bien que Betty – ta tante Betty, Norman – y ait parfois participé. Elle a eu le droit de garder l'un de ses costumes, quand elle était une fée, et c'était magnifique. Aucune de nous ne peut entrer dedans maintenant, c'est bien dommage.

— *Le Songe d'une nuit d'été,* se souvient Cristabel. Vous pouviez venir sans être invitée. Nous vendions des billets.

— Eh bien, si vous en avez le temps ou l'envie, mademoiselle Cristabel, nous vous serions très reconnaissantes de nous donner un avis professionnel sur notre petite pantomime. Le comité de Noël se réunit le jeudi, après la partie de whist, alors passez nous voir. Je leur ferai savoir que nous en avons parlé. »

Cristabel sourit vaguement.

« Si je reviens ici, vous voudrez bien jouer une pièce pour moi ? demande Norman.

— Norman ! s'exclame Joyce.

— Oui, répond Cristabel, et n'hésite pas à revenir.

— S'il vous plaît, ne vous mettez pas en quatre pour lui, mademoiselle Cristabel, dit Joyce, en attrapant son fils par la main.

— Qu'aimerais-tu voir dans la pièce, Norman ? » demande Cristabel.

Norman réfléchit. « Des créatures qui mangent les gens ?

— Très bien. »

Cristabel les regarde partir – Joyce avec son casque, Norman et son chien –, puis regarde les os de la baleine, à moitié cachés par la cape froissée, comme s'ils portaient un déguisement. Elle n'aurait pas dû dire qu'elle créerait un spectacle pour le garçon. Toute seule, c'est impossible. Mais si la cape était un drap de lit, elle pourrait se servir d'une lampe torche et inventer une sorte de spectacle d'ombres chinoises. Ça pourrait lui plaire.

Ce n'est pas une si mauvaise idée. Il lui suffirait d'utiliser des lampes-tempête pour projeter des ombres sous différents angles. Et peut-être ajouter des effets sonores, comme ceux des pièces radiophoniques. Elle monterait alors le spectacle à la tombée de la nuit, pour que les ombres ressortent mieux, et prévenir la Garde nationale pour ne pas se faire arrêter. Si seulement Digby était là, il pourrait faire certaines des voix. Et soudain, penser à Digby éclipse tout le reste. Elle ferme les yeux, attendant que la peine qu'elle ressent s'estompe. Elle n'est d'ailleurs même pas sûre de ressentir de la peine, mais peut-être de la peur, ou de la colère ; elle est incapable de se résoudre à affronter cette émotion, à en identifier les différentes manifestations.

Au bout d'un certain temps, Cristabel rouvre les yeux. Le soleil, à présent, est au-dessus des falaises et se déplace lentement vers le théâtre. Elle devrait retourner bientôt à la maison car elle n'a rien mangé et la faim la tenaille. Mais d'abord, un petit tour dans la grange, pour voir si elle déniche quelque chose susceptible de lui servir.

LE COMITÉ DE NOËL

Décembre 1943

À Chilcombe, Cristabel dort toujours sous les toits, dans une mansarde glacée, alors que les autres chambres sont libres. Par une nuit particulièrement froide, elle parcourt la maison, enveloppée dans une couverture, pour inspecter ces autres chambres. Entrer dans celle de Willoughby ressemble à une intrusion, tandis que l'ancienne chambre de Rosalind porte désormais la marque de Flossie : des foulards drapés sur une chaise et un éléphanteau décrépit qui attend dans un coin. La chambre de Digby est sombre et peu accueillante, les rideaux tirés, des pommes de pin poussiéreuses dans la cheminée.

Elle jette même un coup d'œil dans les chambres d'amis, avec leurs édredons fleuris et leurs compositions de fleurs séchées, des pièces muettes et ordonnées comme des tombes bien entretenues, mais il lui paraîtrait ridicule d'y dormir. Pour finir, elle récupère sous l'escalier un vieux pardessus de l'armée ayant appartenu à Willoughby, et l'enfile pour dormir avec dans le grenier.

À son retour de Londres, Cristabel avait vu Flossie, Betty et M. Brewer, mais elle avait eu l'impression que leurs vies n'avaient qu'à peine dévié de leur cours pour l'accueillir et qu'elles continuaient sans elle. Betty et M. Brewer sont tous deux occupés par les préparatifs de Noël au village, et Flossie ne revient que rarement de Dorchester. Parfois, elle les trouve tous les trois en train de rire autour d'une tasse de thé dans la cuisine, partageant des blagues et des potins locaux ; elle se sent alors mal à l'aise en leur compagnie, consciente des alliances, des habitudes, qui se sont formées sans elle.

Elle est aussi de plus en plus consciente de la chape de silence qui l'entoure ; car elle ne peut rien dire, ni sur là où elle était, ni sur ce qu'elle a fait, et ne peut certainement pas partager ce qu'elle a entendu au sujet de Digby ni le mélange d'émotions que son nom suscite désormais. C'est comme une jambe de bois qu'elle traînerait avec elle : un handicap dont, d'une certaine manière, ils sont tous conscients, mais sans pouvoir se résoudre à en faire état. Elle est Achab arpentant le pont de son navire, avec son *front plissé et bosselé, ses pensées insomniaques, jamais au repos.*

Toutes les questions sur ce qu'elle a fait durant les mois passés sont écartées d'un revers de main : « Pas grand-chose. » « Rien d'inhabituel. » Pourtant, ils la connaissent assez bien pour savoir que ces réponses brèves, sèches, font office de bouclier – tout en ignorant ce qu'il se cache derrière.

Son esprit est gangrené par ses pensées au sujet de Digby. Elle est malade de peur qu'il ait été capturé. Imaginer les méthodes de torture qu'elle sait être utilisées par la Gestapo – celles dont elle a entendu parler lors de sa formation – appliquées à son frère la met dans tous ses états, elle en devient presque folle. Elle craint de se laisser aller à perdre la tête uniquement pour éviter que de telles pensées la lui emplissent.

Mais elle est aussi en colère. En colère car on a mis fin brutalement à la guerre qui était la sienne. Elle sait que Digby est d'une loyauté à toute épreuve et qu'il serait mortifié d'apprendre qu'il est la cause de son retour en Angleterre ; quelle qu'en soit la raison, elle a été renvoyée chez elle, et pas à cause de ce qu'elle a fait, mais à cause de quelqu'un d'autre. Cette injustice la fait bouillir de rage, elle en a la gorge nouée.

Qu'il puisse y avoir un point d'interrogation à côté de son nom la consterne. Que Sophie ou Henri ou les autres agents puissent apprendre qu'elle a dû quitter la France et qu'ils puissent se demander si elle a trahi – et rien ne serait être pire –, alors qu'elle était déterminée à réussir, la rend malade. La nuit, elle se réveille en criant.

Lorsqu'elle arpente les falaises près de Chilcombe, elle aperçoit au loin de singuliers véhicules militaires se déplaçant dans les eaux peu profondes au large de Weymouth Beach – des machines amphibies, un croisement entre un bateau et un camion. Les troupes américaines sont de plus en plus nombreuses à établir leurs camps dans les bois du Ridgeway, et M. Brewer dit qu'ils sont en train d'évacuer un village entier, plus loin sur la côte, pour le transformer en zone d'entraînement militaire. Ils préparent le débarquement, elle en est certaine, juste à côté de chez elle, et elle ne peut que regarder – sans participer.

Lorsque Cristabel arrive dans la nouvelle salle des fêtes en brique rouge de Chilcombe Mell, des enfants alignés le long de tables à tréteaux s'appliquent à peindre sagement des journaux, pour en faire des chaînes de papier, et à attacher des rubans autour de branches de houx, sous la surveillance de plusieurs jeunes femmes. Un petit groupe d'environ huit autres femmes, âgées de trente à soixante-dix ans, est assis autour d'une table près de la scène ; toutes discutent avec animation. Plusieurs tricotent, une autre fait office de secrétaire. Elle suppose qu'il s'agit du comité de Noël.

Cristabel s'approche d'elles et se présente. Au nom « Seagrave », toutes se lèvent. Elle est l'objet d'un flot de politesses : on lui offre un siège, on lui offre du thé ; et quelqu'un se précipite pour lui donner une chaise. Cristabel, qui ne veut pas s'asseoir, se retrouve debout à côté d'une table autour de laquelle les femmes ne savent pas où se placer par rapport à elle. Joyce finit par se rasseoir, et les autres suivent son exemple, à l'exception de celle qui était partie chercher une chaise supplémentaire et qui se tient debout derrière, les deux mains posées sur le dossier, tel un valet de pied.

« Joyce m'a dit que vous cherchiez de l'aide pour votre spectacle de Noël », dit Cristabel. Elle a l'impression d'être un professeur s'adressant à des étudiants. Elle remarque que les femmes jettent des regards furtifs à son vieux pantalon et à ses bottes boueuses.

« Comme vous le savez sûrement, Mlle Cristabel vient du manoir, dit Joyce en s'adressant aux membres du comité. Ils ont un théâtre de plein air là-bas, au bord de la plage. Elle s'y connaît, donc. »

Le comité manifeste son intérêt par des bruits polis. L'une des femmes les plus âgées dit : « Je me souviens de votre père.

Il nous a offert un spectacle de feu d'artifice un soir de Nouvel An.

— En effet », répond Cristabel.

Une autre femme demande : « Qu'est-ce qui vous amène à Chilcombe, mademoiselle Seagrave ? Nous avons appris que vous étiez dans l'armée.

— Je l'étais. J'aimerais l'être encore. Mais ce n'est plus le cas. »

S'ensuit un silence embarrassant, puis une femme plus jeune demande : « Vous n'auriez pas des costumes, par hasard, mademoiselle Cristabel ? Personne n'a de vêtements en trop, ces jours-ci. Je veux dire, personne dans le village.

— Justement, j'ai récemment retrouvé quelques malles pleines de déguisements, dit Cristabel, en essayant de paraître plus agréable. Il faut que vous veniez voir. »

Cette déclaration est suivie de bruits de surprise reconnaissante, une liste est cochée.

« Vous vous êtes fait couper les cheveux, mademoiselle Cristabel ? demande Joyce. Il y a quelque chose de changé chez vous.

— C'est moi qui me les suis coupés. C'était plutôt une entreprise de démolissage, j'en ai peur. Ça me tapait sur les nerfs.

— Ce sera très pratique quand vous reprendrez vos activités de secouriste, j'en suis sûre. Norman ! Ces baies sont toxiques.

— Laissez-moi d'abord vous dire que je n'ai aucunement l'intention de me mêler de vos activités. Je suis simplement ici pour vous offrir mon soutien, comme Joyce me l'a demandé », précise Cristabel.

Joyce glousse. « Oh, il n'est pas nécessaire que vous y participiez, mademoiselle Cristabel. Tout se déroule comme prévu. J'ai simplement pensé que vous auriez quelques conseils à nous donner. Nous ne nous attendons pas à ce que vous vous occupiez d'un spectacle de village, mon Dieu non. »

Cristabel fronce les sourcils. « Je ne voulais pas dire qu'un spectacle de Noël était indigne de moi. J'applaudis chaleureusement vos efforts. Le théâtre amateur communautaire doit être encouragé. »

Ces propos sont de nouveau accueillis par un silence gêné. Les femmes baissent les yeux sur la table, résolues à se contenter de sourire poliment. « Avoir des costumes nous serait très utile, dit Joyce.

— J'ai aussi des éclairages pour la scène, si vous avez une source d'alimentation électrique… et vous en avez sûrement une, dans une salle aussi moderne », dit Cristabel.

On coche de nouveau la liste et Cristabel, comme pour inspecter le systèmes électrique de la salle des fêtes, se rend à la cuisine. Elle y voit Norman crachant des baies de houx dans l'évier, ce qui lui fournit une excuse pour s'attarder, en essayant de trouver un moyen de prendre poliment congé.

« Vous êtes sûre que vous ne voulez pas jeter un coup d'œil à l'histoire ? demande Joyce, qui vient remplir la bouilloire. Nous avons choisi *Cendrillon*, mais avec des chansons populaires, et il y en a donc pour tous les goûts.

— Ça a l'air formidable.

— Peut-être pourriez-vous monter un petit spectacle pour les enfants dans votre théâtre de plein air, comme vous l'avez fait pour Norman ?

— Oui, peut-être, répond-elle en se dirigeant vers la porte. Faites-moi savoir si je peux encore vous aider, Joyce. Ma sœur Flossie est généralement disponible aussi.

— Oh, nous connaissons Mlle Flossie. D'ailleurs, vous pouvez lui dire que mon mari lui a enfin trouvé un jambon. C'est si difficile de s'en procurer en ce moment. Elle tenait absolument à en avoir un pour Noël. »

Plus tard dans la semaine, Cristabel lit le journal dans la cuisine, quand Flossie entre par la porte de derrière.

« Salut, Floss. Au village, Joyce dit qu'on t'a dégoté un jambon.

— Merveilleuse nouvelle ! » s'exclame Flossie. En tenue de volontaire agricole, velours côtelé et bottes de caoutchouc, elle a l'air d'une jeune fermière.

« Ce n'était pas le boucher qui nous en procurait un d'habitude ? » demande Cristabel en posant son journal. Elle porte un bonnet de laine et des gants, car la température est descendue en dessous de zéro et même la cuisine est à peine habitable.

« Nous n'avons plus de boucher, répond Flossie. Il a été appelé l'année dernière. On doit mendier pour avoir de la viande de nos jours.

— Perry ne pourrait-il pas trouver une solution ? Je pensais le contacter bientôt, je pourrais le lui demander.

— Ça vaut le coup d'essayer, dit Flossie, qui a pris le chat pour le câliner. Betty et moi avons consciencieusement économisé nos rations toute l'année, alors nous aurons quelques friandises. On ne peut pas fêter Noël sans friandises. Tu as regardé dans le garde-manger ? »

Cristabel sort de la cuisine et suit le couloir jusqu'à la caverne d'Aladin en pierre du garde-manger, où elle découvre les étagères garnies de pots de cornichons et de confiture faits maison, de joyaux scintillants en bocaux, chacun soigneusement étiqueté par Flossie avec son contenu et la date – *confiture de baies d'été, 15 août 1943* – comme si le jour lui-même, sa lumière et son déroulé étaient sauvegardés à l'intérieur.

« N'ai-je pas été efficace ? » lance Flossie depuis la cuisine, où elle a allumé la radio et fredonne.

Cristabel passe soigneusement un doigt le long des rangées de conserves : *gelée de coings, marmelade d'églantier, confiture de quetsches.* Sur une étagère du bas sont alignées des bouteilles en verre, contenant un liquide bleu-noir, marquées *Vin de sureau.* « Je ne savais pas que tu savais faire tout ça, Floss, dit-elle.

— Moi non plus, répond joyeusement Flossie, avant d'entonner les premières paroles de “Silver Wings in the Moonlight”.

— Je vais bientôt sortir faire une promenade, si tu as envie de m'accompagner, propose Cristabel.

— J'adorerais, mais Betty m'a déjà réquisitionnée. Nous allons cueillir du gui.

— D'accord », dit Cristabel. Elle redresse l'un des bocaux, puis quitte le garde-manger et monte l'escalier pour se retrouver dans le faste poussiéreux du grand hall, à côté de l'armure vide.

Bien évidemment, elle avait déjà passé du temps loin de Chilcombe avant la guerre, mais elle n'avait jamais envisagé qu'elle pourrait un jour revenir dans la demeure familiale et se sentir quelque peu exclue, comme excédentaire par rapport aux besoins. Elle entre dans le cabinet de travail de son père. Elle va écrire une autre lettre à ses officiers supérieurs, leur demandant de nouveau à être renvoyée en France, leur rappelant ses excellentes qualifications à l'issue de sa formation.

Elle écrira la lettre et courra jusqu'au bureau de poste, pour se maintenir en forme, se tenir prête, se dit-elle, debout au milieu de la pièce froide, entourée de photos de chevaux et d'histoires de batailles.

SECOUÉ PAR UNE TEMPÊTE

Décembre 1943

La veille de Noël, Cristabel donne l'ordre aux Brewer de passer le jour de Noël au village dans leur famille ; il est inutile qu'ils restent à Chilcombe car il n'y a rien à y faire. Flossie assistera à un déjeuner de volontaires agricoles dans un hôtel de Dorchester, et pourrait revenir dans l'après-midi si elle est encore capable de faire du vélo, ce qui semble peu probable, et Maudie reste à Weymouth.

Avant de partir, Betty se tient sur le seuil de la cuisine avec un poulet plumé, regardant Cristabel allumer une cigarette au feu de la cuisinière, et lui demande : « Vous êtes sûre que ça va aller ?

— C'est si difficile que ça ? dit Cristabel en lui prenant le poulet des mains. Je le mets au four et je le sors quand il est cuit.

— Je préfère ne pas répondre, mademoiselle Cristabel, car c'est la période des fêtes et de la mansuétude », rétorque Betty.

Cristabel fouille dans sa poche et tend à Betty une savonnette française à la lavande, emballée dans du papier décoratif. « Joyeux Noël, Betty.

— Ma parole, ça fait des années que je n'ai pas vu une si belle savonnette. »

Cristabel en a une autre pour Flossie ; elle la pose sur la table de la cuisine, en pensant à la jeune infirmière française qui l'avait abritée dans les montagnes avant son départ, et qui la lui avait donnée, lui pressant les mains, en disant que c'était un cadeau de la part de la France. Elle se demande si la femme est encore en vie – les journaux rapportent que le gouvernement collaborationniste de Vichy en France est déterminé à « écraser les terroristes » de la Résistance.

Le matin de Noël, Cristabel regarde le poulet, sa chair blanche et ridée, puis le met dans le garde-manger où le chat ne pourra pas s'y attaquer. La maison est silencieuse et froide. Un Noël solitaire, pense-t-elle ; et cette pensée est presque agréable... jusqu'à ce qu'elle se demande quel genre de Noël Digby est en train de vivre, et toutes ses idées noires remontent alors à la surface.

Elle chasse frénétiquement ses pensées de sa tête jusqu'à ce qu'elle ne soit entourée que par les bruits de la maison vide. L'horloge de la cuisine. Le vent, dehors. Elle ne peut imaginer que quelqu'un d'autre ait un jour passé Noël seul à Chilcombe. Les festivités d'autrefois étaient probablement des événements grandioses, à grand renfort de robes somptueuses, de vœux et de bienveillance, de maintien des traditions et des apparences. Tant de choses à préserver, et tant d'énergie dépensée pour y parvenir, comme si la maison et ses coutumes étaient destinées à être transportées sur un palanquin. C'est une chance pour elle, à présent, de n'avoir aucune obligation.

Cristabel prend la radio pour l'installer dans le grand hall. Elle veut pouvoir l'entendre depuis le grenier, où elle va trier de vieux vêtements pour voir si elle trouve des choses qui pourraient être utiles aux femmes du village. Les meubles sont maintenant recouverts de draps, car la bâche qui doit boucher le trou dans le toit ne cesse de flotter au vent, laissant la pluie s'infiltrer. Elle place la radio en équilibre sur le piano, la branche et tripote le bouton jusqu'à ce que des voix de choristes dans une lointaine cathédrale se fassent entendre en grésillant.

Lorsqu'elle redescend, les bras chargés de vêtements, la radio crépite au son des roulements de tambours pour l'hymne national, puis le roi en personne intervient de sa voix bredouillante pour s'adresser au Commonwealth et à l'Empire britannique ainsi qu'à ses vaillants alliés. « En ce jour plus qu'en tout autre, vos pensées s'envoleront vers des terres étrangères et vos cœurs seront aux côtés de ceux que vous aimez. »

La météo se dégrade, avec des rafales de vent et une pluie battante. Cristabel sait, sans même vérifier, qu'il reste deux jours avant la pleine lune, mais elle soupçonne que même les courageux Escadrons de la lune n'oseraient pas tenter un vol en ce soir de Noël. Elle débranche le roi et l'emporte à la cuisine, où il reprend son discours. « Notre pays et tout ce qu'il signifie, déclare-t-il à travers un essaim soudain de grésillements parasites, est secoué par une tempête telle qu'il n'en a jamais connu. »

Lorsque Flossie revient en fin d'après-midi, elle trouve Chilcombe vide et une radio bruyante et confuse diffusant des messages de Noël provenant de membres de l'armée stationnés à Ceylan. Après avoir fait le tour de la maison et du domaine, elle découvre Cristabel dans la grange au bord de la mer, sous de vieux sacs, une bouteille de cognac posée à côté d'elle.

« Qu'est-ce que tu fais là, Crista ? Je t'ai cherchée partout. Pourquoi n'es-tu pas à la maison ? » demande Flossie en secouant son parapluie.

Cristabel ouvre un œil. « Tu te rends compte qu'il fait plus chaud ici que dans le grenier ?

— C'est le jour de Noël », réplique Flossie. La pluie bruyante sur le toit de la grange lui fait mal à la tête. Elle avait espéré qu'un repas chaud l'attendrait à la maison pour éponger l'alcool qu'elle a bu au déjeuner.

« J'ai mis de l'ordre dans mes affaires, dit Cristabel.

— Tu es pompette ? Tu ne bois pas de cognac normalement. C'est quoi tout ça ?

— Des marionnettes pour un théâtre d'ombres chinoises. J'étais en train de les fabriquer. Je vais peut-être monter un spectacle pour les enfants du village. Ne t'inquiète pas, je ne laisserai personne toucher à tes légumes.

— Tu es sûre que ça va, Crista ? Tu as des nouvelles de Digby ? Je pensais que nous en aurions à Noël. »

Cristabel se lève et titube légèrement. « Non, rien, dit-elle en croisant les bras. Je me disais que c'était drôle d'avoir eu l'habitude de t'appeler la Vég, et que maintenant tu adores les légumes.

— Je ne trouve pas ça drôle. Où est Betty ?

— Au village. Je ne pensais pas que tu reviendrais aujourd'hui. »

Flossie soupire. « Je n'allais pas te laisser seule à Noël. Même si je devais pédaler en pleine tempête pour venir ici, ce que j'ai fait.

— Ça ne me dérange pas d'être seule.

— Bon, mais moi je ne veux pas que tu le sois. Il n'y a peut-être que nous ici, mais ça ne veut pas dire qu'on ne peut pas passer un bon moment, rétorque Flossie, en rouvrant son parapluie. Je rentre à la maison pour manger du jambon. Tu veux bien m'accompagner ? »

Cristabel se frotte le front. « Oui. Il y a aussi un poulet que Betty nous a laissé.

— Je sais, dit Flossie, en glissant son bras sous celui de sa sœur. Je l'ai mis dans le four. Qu'est-ce que tu as fait à tes cheveux ? Tu ressembles à Jeanne d'Arc. »

De l'autre côté de la baie, une tempête se lève. À l'autre bout de la plage de Chesil, la partie de la côte la plus exposée aux intempéries, l'eau tumultueuse est marbrée de blanc et de gris, grondant sur les galets et se cabrant. Ce sont de gros rouleaux venus d'Amérique, qui ont traversé l'Atlantique pour se jeter sur la plage en une culbute exubérante, une fanfaronnade meurtrière et intimidante.

Dans la cuisine de Chilcombe éclairée à la bougie, la table est recouverte des morceaux épars de crackers faits maison et de la carcasse d'un poulet. Cristabel, assoupie dans un fauteuil près du poêle, se laisse aller à des rêveries imbibées de vin de sureau.

Quand Cristabel rêve, elle voit la baleine. Elle se tient sur la plage de Chesil, sur une montagne de galets humides, au-dessus du tumulte des vagues, et regarde la baleine sortir de l'océan et s'approcher, l'eau s'écoulant de ses flancs en longs rubans blancs. Elle la voit plonger comme un sous-marin, et regarde son grand dos couvert de barnaches réapparaître de l'autre côté, filant en direction de la baie où elle dort et attend.

C À D

Lendemain de Noël 1943

D,

Je n'ai aucune raison d'écrire cette lettre. Je ne peux l'envoyer nulle part. J'ai un crayon et un carnet, tout simplement, et quand j'ai un crayon et un carnet, je t'écris.

J'ai parfois le sentiment de m'adresser à toi plus clairement lorsque je te parle dans ma tête en marchant au bord de la mer. Et puis, à d'autres moments, j'ai l'impression que je ne parle jamais qu'à moi-même, que je me console en m'adressant à un toi fictif, comme si j'étais seule à répéter une pièce écrite en fait pour deux personnages.

Tout ça est probablement absurde. J'ai une monstrueuse gueule de bois.

Je sais que tu sais que je pense tout le temps à toi, parce que je suis convaincue que tu vis dans mes pensées, et que lorsque tu reviendras, je n'aurai pas besoin de te dire quoi que ce soit, parce que tu auras toujours été là. Ne me dis pas que ce n'est pas vrai. Je ne te croirai pas un seul instant.

C

CINQUIÈME ACTE

1944-1945

TRÈS HAUTS NIVEAUX

Janvier 1944

Cristabel est finalement convoquée à Baker Street la première semaine de la nouvelle année. C'est un jour glacial à Londres ; le ciel est lourd, avec quelques flocons de neige. À l'intérieur du QG de l'Org, on la conduit dans une salle d'information spartiate, éclairée seulement par une ampoule nue suspendue au plafond, et elle entend la voix de sa belle-mère : *Des lampes, chérie, jamais de plafonniers. Ils nous vieillissent tellement. Ils nous momifient presque.*

Cette séance d'information est aussi courtoise et opérationnelle qu'elle l'avait prévu. Le bâtiment aurait les sols recouverts de tapis à la place d'un lino bon marché, beaucoup de choses seraient balayées sous les tapis, se dit-elle. Ils l'informent qu'ils n'ont aucune nouvelle de son cousin disparu, mais ils reconnaissent que Gilberte est un courrier efficace et qu'il n'y a aucune raison de retarder davantage son retour sur le terrain. Leur approche anodine lui fait croire qu'ils l'ont rappelée parce qu'ils avaient peut-être besoin de plus d'agents, tout simplement. Elle se rappelle que, comme le dit Perry, c'est une question de nombre.

« Mon retour sur le terrain n'a déjà que trop tardé, répond-elle. Il va sans dire que je suis impatiente de commencer ma prochaine mission, quelle qu'elle soit. J'espère que ma probité n'est plus remise en question. »

Ils lui assurent que non, évoquent les *protocoles* et, dans leurs sourires figés, elle reconnaît le même sentiment d'exaspération que le sien, ce qui suggère qu'eux aussi ont épuisé la liste des raisons possibles du silence de Digby – Digby capturé et incapable de communiquer ; Digby blessé ou souffrant de dépression nerveuse ; Digby contraint de travailler pour les Allemands ; Digby travaillant joyeusement pour les Allemands dans l'espoir d'une victoire nazie – et qu'ils n'ont rien trouvé de concret. Ils ont donc reporté leur attention sur d'autres questions plus pressantes. Personnellement, Cristabel a écarté la dernière hypothèse, mais tout le reste est encore possible.

« Pour que les choses soient claires, dit-elle, pensez-vous que mon cousin puisse représenter une menace pour nos opérations en France ? » Il est plus facile de parler de lui de manière objective, comme on parlerait d'un simple problème professionnel à résoudre.

Ils clignent des yeux et disent non, ils espèrent que ce n'est pas le cas. À la fin de sa formation, on avait souligné sa loyauté envers les autres agents. De plus, il faut adopter *une vision globale* de la situation désormais. Cristabel acquiesce en pensant au nombre croissant de soldats qui arrivent dans le Dorset. En se rendant à la salle d'information, elle avait également remarqué que des bureaux avaient été cloisonnés pour y installer des lits de camp, et que des files ininterrompues de visiteurs attendaient à l'extérieur des salles où se trouvent les officiers les plus haut placés – les colonels et les généraux de brigade au regard froid comme l'acier – qui n'en sortent jamais. Seul un mot, un ordre aboyé de temps à autre – « Entrez ! » – témoigne de leur présence.

On appelle une secrétaire pour apporter plusieurs dossiers cartonnés. Une fois qu'elle s'est exécutée, on lui demande de sortir et de fermer la porte derrière elle. Une carte du nord de la France est dépliée sur la table.

« L'autre possibilité est que Digby se soit fondu dans la société française, après s'être adapté à ses coutumes, au point de s'évanouir au milieu de la population civile », dit Perry, lorsqu'ils se rencontrent pour boire un verre après son rendez-vous. Il a choisi un pub victorien de Whitehall, sombre, rempli de fumée de pipe et de vieux messieurs en costume noir qui toussent : des députés, des fonctionnaires – l'appareil aseptisé du pouvoir. Un décor monochrome dans lequel Perry, vêtu de son uniforme, se fond imperceptiblement. Malgré elle,

Cristabel apprécie d'évoluer au sein d'un milieu privilégié, car elle aussi porte un uniforme.

Elle avait contacté Perry afin, avait-elle prétendu, de s'enquérir de la possibilité pour Flossie d'obtenir certaines denrées alimentaires, et avait fini par lui suggérer de boire un verre du Nouvel An, pensant qu'il était celui à qui elle pourrait parler ouvertement de Digby. Après tout, c'était Perry qui avait suggéré que Digby rejoigne l'Org ; il savait ce que signifiait travailler sous couverture. Elle le soupçonnait aussi d'en savoir peut-être déjà beaucoup plus qu'elle sur la situation à Paris, étant donné son accès à de très hauts niveaux d'information.

Perry continue : « Il y a toujours un risque à utiliser du personnel non entraîné pour des missions secrètes. Pas étonnant que certains d'entre eux finissent par faire du hors-piste. Être invisible peut devenir enivrant pour les non-initiés. » Son visage blanc comme la craie est éclairé par la lumière hivernale que filtre la fenêtre couverte de givre ; il semble plus distant que jamais, austère comme un saint, un homme indéchiffrable.

« Nous sommes entraînés, répond Cristabel.

— Quatre mois, n'est-ce pas ? Entre le recrutement et la pratique du terrain. Mais je suppose que c'est suffisant pour le genre de rôle à court terme que l'Org veut te confier.

— Ce n'est pas une promenade de santé, rétorque Cristabel. Nous devons faire la liaison avec un nombre croissant de mouvements de Résistance, chacun avec sa propre opinion sur la façon dont la guerre devrait être gagnée.

— Un autre sujet bien trop délicat pour qu'on puisse faire confiance à des débutants. La règle de base des principes de sécurité est que chaque fois qu'un réseau s'agrandit, les chances d'être découvert augmente. Ou, comme le disait mon vieux mentor, trois personnes peuvent garder un secret si deux d'entre elles sont mortes.

— C'est vous qui avez recommandé Digby pour travailler en France, dit-elle.

— Il parle français, c'est ce qu'ils voulaient. »

Cristabel sirote son verre. « Mais vous, vous ne l'auriez pas engagé, n'est-ce pas ?

— Non. Digby est trop le fils de sa mère », répond Perry.

Une image surgit à l'esprit de Cristabel : celle de la photo que Rosalind gardait près de son lit, une photo d'elle et de Digby, leurs visages aux traits si fins, côte à côte, jumelés par la beauté, comme deux chats.

Perry fait tourner le whisky dans son verre. « Il y a ceux pour qui il est naturel d'identifier toutes les sorties disponibles dès qu'ils entrent dans une pièce. Je pense qu'étant donné ta profonde aversion pour les obligations sociales tu étais devenue experte en la matière avant même d'endosser ton rôle actuel.

— Il y a une double porte, à trois heures, qui donne sur la rue et, à onze heures, une porte qui mène aux toilettes. Il y a une porte de service derrière moi, à environ sept heures, mais je soupçonne qu'elle permet d'accéder aux caves, et une voûte derrière le bar qui ouvre sur une arrière-salle.

— Je n'imagine pas ton cousin avoir jamais pensé à chercher les sorties, ou à considérer pourquoi il serait prudent d'y penser. Sa mère était dans le même cas.

— Un instructeur écossais nous a dit que Churchill dormait sous une carte avec tous les points d'invasion possibles de l'Angleterre, et que sa première pensée au réveil était de se souvenir des menaces auxquelles nous sommes confrontés », dit Cristabel.

Perry lève son verre. « Il est bougrement têtu, mais il sait comment mener une guerre. »

Cristabel avale une gorgée, puis dit : « Vous n'auriez jamais suggéré d'engager Digby si vous aviez pensé qu'il représentait une menace pour l'Org.

— J'ai cru qu'il avait une chance de réussir. Il a un certain charisme. De plus, il m'a dit lui-même qu'il en avait assez de conduire des tanks. Avec son amour pour les feux de la rampe, j'ai pensé qu'il aimerait le travail spectaculaire dans lequel votre département s'est spécialisé.

— Spectaculaire ?

— Comme faire exploser des choses. Et ce n'est pas comme ça qu'un service de renseignement devrait fonctionner, à mon avis.

— J'imagine que vous êtes sur le point de me dire comment il devrait fonctionner, en vous appuyant sur le travail que fait le vôtre.

— Tout à fait exact. Nous avons des gens qui travaillent sous couverture et qui continueront bien après que vos hommes seront rentrés chez eux sous les applaudissements et avec leurs noms cités dans des articles de journaux. Vous ne connaîtrez jamais leurs noms, mais leur rôle est essentiel.

— Que font-ils ? »

Perry passe sa main sur la table polie comme pour la lisser. « Ils recueillent des renseignements. N'est-ce pas une belle expression ? Des plans. Des emplois du temps. De la paperasse. C'est dans la paperasse d'un empire qu'on trouve ses faiblesses.

— Ce que nous faisons remonte le moral des gens. Les Français savent qu'ils ne sont pas seuls.

— Cristabel, c'est très bien d'avoir une bande de poivrots français postés sur une colline, prêts à tirer des coups de feu quand les Alliés arriveront, mais à moins de connaître la position exacte des défenses côtières allemandes, les Alliés n'ont aucune chance d'arriver. »

Elle admet qu'il a raison sur ce point. « Les deux, alors. Les deux sont importants.

— Pour l'instant, répond-il, mais le moral des Français ne sera probablement pas une priorité après la guerre. C'est pourquoi votre organisation prendra fin une fois que nous aurons gagné. C'est un peu ironique, de penser que vous travaillez à votre propre extinction.

— Vous n'en savez rien.

— C'est ce qui a été convenu. Au plus haut niveau. » Il fait un geste en direction des hommes assis autour d'eux. « Il n'y a pas besoin de deux services de renseignement. Le tien va disparaître – et que feras-tu alors ? »

Cristabel regarde autour d'elle les hommes présents, tous évoluant dans de hautes sphères. Elle se dit qu'on n'a pas dû leur demander souvent ce qu'ils allaient faire ensuite.

Leur ascension sociale semble aussi simple que de prendre un escalier roulant : en partant d'une école privée et en passant par Sandhurst avant d'arriver à la City ou au Parlement, et d'aller chasser la grouse, pêcher à la mouche, attraper une femme au passage comme on récupère ses costumes dans un pressing, avoir des fils, boire du porto, fumer des cigares, prendre des décisions pour défendre leurs propres intérêts dans des salles sombres, lambrissées.

Au lieu de quoi, Cristabel, elle, a toujours fait un pas de côté en se posant des questions. Avec une série de barrages routiers, de contrôles d'identité. Des rappels pour lui dire qu'elle n'est pas là où elle devrait être.

« Je ne pense pas à la guerre, dit-elle. Je pense à mes amis en France. »

Un tic contracte la bouche de Perry. Il a toujours été irrité par les Français, et cette irritation a été exacerbée par son aversion pour de Gaulle, qu'il évoque – à point nommé – pour dire que l'homme est incroyablement arrogant, un général exilé qui agit comme s'il avait une armée sous ses ordres, plutôt qu'un simple appartement réquisitionné à Mayfair et un créneau aléatoire pour s'exprimer sur la BBC.

Cristabel a plus de sympathie pour le Français exilé. Elle sait que le refus de plier peut parfois être votre meilleure, voire votre seule arme.

« Il leur donne de l'espoir, dit-elle.

— Il leur donne des illusions, rétorque Perry en reniflant avec dédain.

— L'espoir est une illusion, répond-elle. C'est pour ça que c'est puissant. » Perry regarde sa montre, et elle s'empresse donc d'ajouter : « Perry, vos agents secrets, vous pensez qu'ils pourraient savoir où est Digby et ce qu'il fait ?

— La France n'est pas mon domaine. » Il s'est en quelque sorte replié sur lui-même, comme un hibou à la tête cachée sous ses ailes. Elle est désormais consciente de l'isolement de Perry, une chose dont il n'a jamais fait état.

« Si je vous le demandais, pourriez-vous le découvrir ? » insiste-t-elle.

Il la considère attentivement : « Tu vas me le demander ? »

Cristabel devine qu'il s'attendait à ce que la conversation prenne cette tournure et qu'il y a déjà réfléchi. Elle a l'impression qu'il attend déjà sur l'autre rive, là où se trouve une réponse possible. Elle sait aussi, avec une grande lucidité, et elle en a le cœur serré, qu'elle ne peut pas se permettre de lui être redevable, même s'il est à même de lui parler de Digby.

« Pourquoi aurais-je besoin de vous le demander, Oncle Perry ? dit-elle. Je suis sûre que si vos agents ont des informations sur un agent britannique, ils les partageront avec nous, c'est une évidence.

— Oncle », souligne-t-il Et son sourire est perfide, presque venimeux. « La fourberie ne te sied guère, Cristabel. »

Elle ne réplique rien, se sent mal à l'aise, coupable, comme une enfant.

« J'ai un rendez-vous chez White. Je t'aurais bien invitée, mais je ne peux pas. C'est un club de gentlemen. » Il se lève, brosse sa veste. « Ils sont très pointilleux et n'admettent que ceux qui ont une carte de membre. Le pauvre capitaine Kovalsky doit attendre dehors, comme un chien fidèle. Ça va aller si tu rentres en métro ? »

Cristabel descend dans la station la plus proche pour se rendre à l'hôtel de Bloomsbury réservé par l'Org, où elle restera jusqu'à ce qu'il soit temps de rejoindre l'aérodrome. La rame, à moitié vide, sent le renfermé ; un homme d'affaires corpulent somnole sur le siège en face d'elle. Elle prend le journal qu'il a abandonné et, tandis que le train traverse des tunnels obscurs, elle lit des articles sur les partisans qui, contre toute attente, tiennent bon en Yougoslavie, et sur ceux qui harcèlent les Allemands en Pologne et dans les Balkans. Elle pense à tous ceux qui, en ce moment même, se cachent dans des bâtiments en ruine, tenant dans leurs mains moites des fusils de fortune, récitant leurs dernières prières.

Elle parcourt les petites annonces. Les naissances, les mariages, les décès. Perdus en mer. Tués par l'ennemi. Des parents demandant des informations sur leurs fils dans les camps de prisonniers de guerre. Des pièces de monnaie et des médailles vendues contre de l'argent liquide. Des réfrigérateurs et des manteaux de fourrure à vendre. Une jeune veuve cherche de l'aide pour ses enfants. Une voyante, qui évolue au sein de la haute société, souhaite à ses amis et clients une année 1944 paisible et victorieuse.

En bas de page, un encart :

RECHERCHE UN AVENIR POSSIBLE

Jeune officier de l'armée sachant faire preuve d'énergie, de débrouillardise, et doté de capacités d'organisation, recherche un poste pour assurer son avenir à la fin des hostilités.

Écrire Boîte restante M557, *The Times*, EC_4

Elle réalise alors ce qu'elle aurait dû dire à Perry. Que spéculer sur l'avenir est un luxe réservé à ceux qui pensent en avoir un. Le train entre en station. Elle laisse le journal à côté de l'homme d'affaires endormi, sort du métro et se dirige vers son foyer provisoire.

MES CHERS GARÇONS

Mars 1944

Cristabel a toujours voulu que sa vie soit un roman. Dans chacun des livres d'aventures de Henty qu'elle aimait tant, il y avait une lettre d'introduction signée de l'auteur qui commençait par « Mes chers garçons ». Ce qui lui donnait l'impression d'appartenir à un club – un club où chacun était destiné à faire de grandes choses. Henty n'a jamais pris ses garçons de haut. Ils connaissaient aussi bien que lui les certitudes de la vie : l'Empire britannique était le plus beau du monde, mais il fallait puiser du courage où l'on pouvait car, « mes chers garçons, nous avons tous des combats à mener ».

En dehors de l'oncle Willoughby, Henty avait été la première personne à s'adresser à elle avec affection. Il avait aussi été le premier à insister sur l'importance de sa singularité et le premier à suggérer qu'elle pourrait influer sur le monde, ce qui signifiait qu'elle existait.

C'est pourquoi, chaque fois qu'elle range son pistolet militaire dans son étui ou qu'elle remonte la fermeture à glissière de sa combinaison de camouflage pour le saut en parachute, elle se sent importante et légitime, comme si elle vivait enfin l'histoire qui lui revient de droit. Après tout, le monde décrit par Henty était un monde constamment en proie aux guerres, où un garçon courageux n'avait qu'à monter à bord d'un brick et traverser l'océan pour se retrouver attaché militaire de l'armée prussienne, ou à la tête d'un peloton de mousquetaires à travers la brume crépusculaire ; et la jeune Cristabel avait marché à leurs côtés, brandissant une épée de bois.

Pourtant, malgré ce sentiment de légitimité, elle est en proie à un certain malaise. Elle est gênée par l'impression tenace que si elle entrait dans sa propre histoire, on pourrait voir qui elle est vraiment ; car, dans l'histoire, l'enfant imaginé n'est pas l'enfant de la réalité. Et si jamais le duc de Wellington ou l'amiral Nelson avaient un jour baissé la tête et vu qu'une petite fille avait rejoint leur armée, elle aurait été renvoyée chez elle.

Elle n'a jamais douté d'elle-même et n'a aucune raison de commencer à douter maintenant. Pour autant, il devient de plus en plus clair qu'elle est là – assise sur le plancher du ventre d'un Halifax secoué par des turbulences au-dessus du nord de la France – uniquement grâce à une série d'échappatoires limitées dans le temps. Elle est une anomalie. D'ailleurs, la combinaison de parachutisme qu'elle porte n'est pas conçue pour une femme : elle est serrée au niveau de la poitrine et les manches sont trop longues.

Contrairement à ce qu'elle avait toujours pensé, elle n'est pas à l'aise dans cette histoire ; elle avait cru pouvoir se fondre dans le récit aussi facilement que de rentrer dans le rang au cours d'un défilé – comme ce fut le cas au cours de son entraînement en Écosse et de sa première mission en France, quand elle avait eu l'impression de marcher du même pas que les autres. Mais, à présent, après avoir vu à quelle vitesse elle pouvait être écartée si l'Org se retournait contre elle, et après avoir parlé à Perry, elle n'en est plus si sûre. Perry a probablement raison de dire que l'Org n'existera plus après la guerre et que, même si elle existe, il y a peu de chances qu'elle y reste, qu'elle puisse gravir les échelons et devenir général de brigade.

Elle enroule ses bras autour de ses genoux et fronce les sourcils. C'est déconcertant de penser ainsi à sa situation, et tout aussi déconcertant de découvrir qu'elle en est blessée. Cependant, l'oncle Willoughby lui a toujours dit qu'il ne fallait jamais se préoccuper de ce que font les hauts gradés, mais seulement des hommes qui, dans la hiérarchie, vous sont les plus proches.

En enfilant son casque de saut, elle se demande ce que Henty lui-même aurait fait d'elle s'ils s'étaient rencontrés. À la vue d'une femme en tenue militaire, elle imagine la légère perplexité – toutefois suivie d'une salutation chaleureuse – de l'auteur. Après tout, il venait de l'ère victorienne, une époque où les hommes pouvaient être considérés comme des « géants » et renverser l'ordre des choses. Elle avait tellement souhaité entendre cette voix ferme, celle de quelqu'un qui lui dise qu'elle ne faisait pas fausse route.

Le dispatcheur ouvre la trappe et fait s'envoler des brassées de tracts de propagande britannique qui tourbillonnent dans la nuit comme des confettis. Il crie : « La visibilité se dégrade. »

Au bord de la trappe, Cristabel se penche vers l'avant, pour qu'il puisse attacher la suspente de son parachute au fuselage, et regarde en bas, où stagne une épaisse couche de nuages gris. Elle ne voit rien : pas de routes, pas de champs, pas de comité l'accueil. Elle va sauter à l'aveuglette. Le vent hurle à travers l'avion secoué ; la peur de Cristabel se transforme en une boule dans sa gorge, et elle s'efforce de déglutir.

Le dispatcheur échange des instructions avec le pilote en criant dans l'interphone, puis se rapproche d'elle pour lui parler à l'oreille. « Nous ne voyons personne en bas, mais nous n'aurons pas de meilleure occasion. Tu veux tenter le coup ? » Elle hoche la tête. Elle a déjà raté une occasion d'entrer en France en février, elle ne veut pas en rater une autre. Le dispatcheur transmet sa décision au pilote, le feu passe du rouge au vert, et elle saute avant de pouvoir changer d'avis.

La couche nuageuse se précipite vers elle et, instinctivement, Cristabel réagit comme si elle allait à la rencontre d'un élément solide, elle s'arc-boute, genoux levés, coudes rentrés. Son parachute s'ouvre avec un *whoomph*, et elle tombe à travers les nuages, une masse humide et brumeuse qui la fait tournoyer et la désoriente. Et quand, soudain, elle en sort, une colline française vient à sa rencontre. Reconnaissante d'avoir atterri sur le sol plutôt que sur le toit de la cathédrale de Rouen, elle est allongée sur le dos, essoufflée et haletante. Elle lève les yeux, mais l'avion est invisible. Son histoire aussi a disparu, et elle se retrouve seule. Elle s'empresse de se relever.

Il lui faut plusieurs heures de marche à travers les champs et le long des chemins de campagne – sautant dans un fossé chaque fois qu'elle entend une voiture – avant de trouver une gare. De là, elle se rend dans une petite ville du Nord où elle rejoint le chef de réseau qui aurait dû l'accueillir lorsqu'elle a sauté. Antoine est un Gallois pragmatique qui se rend à peine compte de son arrivée tardive ; il la conduit immédiatement dans un débarras à l'arrière du garage où il est stationné. « C'est un véritable enfer ici », dit-il en sortant un vieux vélo de dessous une pile de cartons, un vélo de course pour homme avec une barre transversale haute et des poignées tombantes. « Il est pour toi. J'espère que tu as des jambes musclées. Il pèse une tonne.

— Je me débrouillerai, répond-elle. Pourquoi c'est l'enfer ?

— Tout le monde est à bout de patience. Français et Allemands. Tous veulent savoir quand les Alliés vont débarquer. Nous avons un flot de nouvelles recrues, mais aucune ne sait tenir un fusil, et nous manquons tellement d'opérateurs radio que notre pauvre fille envoie des messages pour trois réseaux différents. Elle ne dort jamais. Tu as apporté des amphés ? Ces comprimés sont la seule chose qui la maintient en vie. »

Cristabel confirme. « Et je lui donnerai les miennes. »

Il fouille dans ses poches pour en sortir quelques bouts de papier. « J'ai besoin que tu lui remettes ces messages-là à envoyer à Londres dès ce soir. La plupart viennent de moi pour signifier mon mécontentement. J'en ai ras le bol des containers mal emballés qui ne contiennent rien de ce dont nous avons besoin.

— Où est-elle ? »

Il lui donne l'adresse et décrit comment s'y rendre, puis ajoute : « Je crois que vous vous connaissez. Elle m'a dit que je devais repérer une grande Anglaise qui parle de manière affectée car apparemment tu lui dois quelques verres. »

Elle découvre que Sophie – nom de code Sidonie – se fait passer pour une infirmière à domicile et vit dans une petite maison en pierre, isolée et entourée d'interminables rangées de pommiers. C'est étrange et formidable de voir un visage familier si loin de chez soi. Sophie a déjà dépassé de plusieurs mois la durée de vie – six semaines – d'un opérateur radio en fonction et, lorsqu'elle la serre dans ses bras, Cristabel peut sentir à quel point sa compagne d'entraînement est devenue mince. Elle respire l'intensité fébrile d'une personne en sursis.

« C'est si bon de te voir, dit Sophie, les yeux brillants. J'ai hâte qu'on rentre chez nous et qu'on fasse la fête. J'y pense tout le temps. Revoir tout le monde.

— Le débarquement des Alliés devrait avoir lieu bientôt, dit Cristabel. Ils sont terriblement occupés au QG.

— Ça fait un moment qu'on entend ça, mon canard, rétorque Sophie. Les Français pensent que Staline va arriver avant les Alliés. Ils disent qu'il va interpeller Winston de l'autre côté de la Manche pour le prévenir qu'il n'y a plus de danger.

— Ils le pensent vraiment ?

— Oui, et pendant ce temps, la Gestapo est à l'œuvre. Ce sont de tels salauds, tu ne peux même pas imaginer. De toute façon, les hommes n'acceptent jamais qu'on leur tienne tête, n'est-ce pas ?

— J'ai des messages pour toi de la part d'Antoine, dit Cristabel en fouillant dans ses poches. Ils doivent être transmis à Londres dès ce soir. »

Sophie conduit Cristabel dans une chambre à l'étage où sa radio est cachée dans une étroite cheminée. Elle explique que, normalement, elle travaille au coup par coup, mais, à présent, il y a tellement de messages qu'Antoine lui a trouvé cet endroit où elle peut demeurer et travailler de façon permanente.

« Je suis ici depuis janvier, dit-elle en attrapant la mallette en cuir qui contient son matériel pour la poser sur un bureau. *Home sweet home.*

— Qu'est-ce que c'est ? demande Cristabel, en voyant une pile d'enveloppes cachées derrière une horloge sur la cheminée.

— Des lettres. Je me suis dit qu'habiter ici sans jamais recevoir de courrier paraîtrait bizarre, alors je me suis écrit des lettres. Qui proviendraient d'une tante imaginaire. C'est bien d'avoir un peu de compagnie. Tu peux les lire si tu veux, mais elle n'est pas très douée pour écrire. »

Cristabel sourit. « Et qu'est-ce qu'elle raconte dans ses lettres ?

— Oh, elle a un petit garçon qui a presque deux ans maintenant, n'est-ce pas incroyable ? dit Sophie, assise à son bureau. Elle parle de lui. De ce qu'il fait. Ce genre de choses. Voyons voir tes messages. »

Cristabel les lui tend en silence. Sophie ouvre les deux clapets métalliques de la mallette, puis prend les messages de Cristabel sans lever la tête.

La radio, calée dans la mallette fabriquée sur mesure, est un poste en métal recouvert de cadrans noirs. Sophie s'empresse de l'installer, de brancher le cristal de galène qui détermine sa fréquence et de dérouler l'antenne, un fil de trente mètres qu'il faut faire passer par la fenêtre. Puis elle prend les messages de Cristabel et les transcrit en code, à l'aide d'un crayon et d'un bloc-notes caché dans un compartiment dissimulé dans le couvercle de la mallette.

Quand c'est fait, elle met ses écouteurs, remonte l'une de ses manches pour que sa montre-bracelet soit visible, regarde Cristabel et demande : « Tu restes ? »

Elles savent toutes deux que dès que Sophie va commencer à taper un message en Morse, elles seront en danger. La Gestapo est si douée pour repérer les opérateurs radio que Sophie doit taper, émettre, recevoir, remballer son matériel – récupérer l'antenne, l'enrouler, ranger le clavier de code, d'innombrables tâches minutieuses qui ne peuvent être accomplies dans la précipitation – et cacher la mallette, en moins de vingt minutes avant que les fourgons de détection ne puissent la localiser.

Cristabel acquiesce. « Oui, je reste. »

Sophie sort un pistolet d'un étui caché sous son cardigan et le tend à Cristabel. Cristabel s'approche de la fenêtre et survole du regard le verger et la campagne environnante. Une ligne de visée parfaitement dégagée. Elle pense à tous les messages que Sophie doit envoyer sans que personne ne veille sur elle et ressent une pointe d'anxiété. Elle sait que le travail d'une opératrice radio est dangereux ; mais c'est une chose de le savoir, et une autre de voir à quel point son amie est seule, isolée.

Sophie pose son doigt sur le manipulateur Morse et commence à transmettre les messages d'Antoine. Cristabel entend, très faiblement, le bip pizzicato du code. Pendant l'entraînement, elle avait trouvé les points et tirets impossibles à suivre.

« Ne compte pas, disait Sophie, écoute. C'est comme une chanson. *Dah dah didy didit.* »

Cristabel l'observe. Sophie a fermé les yeux pour écouter le code chanter sur les ondes, le crayon posé sur son bloc-notes. L'Org a surnommé ses opérateurs radio « les pianistes », et ce nom leur convient bien : c'est un travail d'écoute délicat, qui demande de l'attention, des doigts habiles et rapides. Ceux qui sont capables de l'effectuer sont si prisés qu'ils sont généralement trimballés d'un endroit à un autre pour ne pas risquer d'être découverts, voyageant séparément de leur matériel tout aussi précieux qu'eux – transporté pour eux par des courriers –, mais qu'ils retrouveront dans des lieux secrets, tels des amants aux amours interdites. Mais Sophie et son matériel ont élu domicile ici, ensemble. Cristabel remarque la boîte d'allumettes sur le manteau de la cheminée et, dans l'âtre, les cendres de papier noir des messages brûlés. Elle donne un coup de pied dans la grille du foyer pour les disperser.

Sophie retire ses écouteurs et passe à Cristabel un message décodé aussi soigneusement écrit qu'un devoir. « Tu ferais mieux d'y aller, mon canard, dit-elle. Il y a un largage de parachutes ce soir. Une personne, cinq containers. » Puis elle commence à ranger son équipement.

« Les filles de la WAAF à la station de réception rivalisent pour prendre tes messages, lui dit Cristabel, tout en aidant Sophie à remettre la mallette dans la cheminée.

— C'est vrai ? Tant mieux, répond Sophie, l'air ravi. J'avais oublié qu'il y avait des filles là-bas. Je pense "Londres", c'est tout – une personne, qui ne parle pas beaucoup, probablement un type.

— On dit que tu as des doigts de fée, ajoute Cristabel en lui rendant le pistolet. Tu ne fais jamais d'erreur.

— C'est bon de savoir que je sers à quelque chose, réplique Sophie en rangeant l'arme, puis en serrant Cristabel dans ses bras avec ferveur. J'ai fait un long chemin depuis Hackney, n'est-ce pas ?

— C'est vrai, acquiesce Cristabel. Tu t'es très bien débrouillée. »

Sophie embrasse son amie sur les deux joues. « C'était formidable de t'avoir ici avec moi, dit-elle. File à présent ou Antoine va faire une crise. *À bientôt* !* »

Tandis qu'elle s'éloigne en pédalant, Cristabel regarde la petite maison à des kilomètres de tout, au milieu de rangées de pommiers qui s'assombrissent dans le crépuscule. Elle pense à Sophie qui brûle soigneusement le papier sur lequel elle écrit ses messages – une petite flamme de guerre au bout de ses doigts.

En plein milieu de la nuit, Cristabel se rend sur le lieu de largage, filant au clair de lune sur son vélo de course comme un cycliste échappé du Tour de France, pédalant en danseuse dans les montées, s'accrochant au guidon dans les descentes. Antoine est parti devant dans la camionnette d'un boulanger, et elle le retrouve dans un bosquet de hêtres aux abords d'un champ, regardant sa montre, déjà en colère. Il dit que l'avion a du retard et qu'ils sont trop nombreux à attendre pour l'accueillir. Cristabel aperçoit un groupe de jeunes Français au-delà des arbres, fumant et discutant, des pistolets accrochés à leurs ceintures.

« Pourquoi sont-ils si nombreux ? marmonne-t-elle entre ses dents.

— Quelqu'un dans le village est sacrément bavard », répond-il.

Au moment où ils entendent le Halifax approcher – un grondement de plus en plus assourdissant – le ciel s'éclaircit déjà à l'est. Courir à travers champs dans le demi-jour gris pour faire signe au pilote est terriblement risqué. Les parachutes blancs largués par l'appareil, et qui flottent nonchalamment au gré du vent, ressemblent à des cibles gonflables géantes. Le nouvel arrivant – un Français d'âge moyen salué avec enthousiasme par ses compatriotes – est tout aussi nonchalant. Cristabel se dit qu'il ne peut être l'un des leurs, c'est impossible : il semble content de se tenir en plein champ, parfaitement visible, avec un parachute attaché dans le dos. Il s'arrête même pour ramasser une poignée de terre.

« *On y va,* dit Antoine. *Vite* !* »

Ils cachent les containers dans le bosquet, car il fait trop jour pour risquer de les emmener où que ce soit, puis ils expédient l'homme et son parachute à l'arrière de la camionnette du boulanger pour qu'Antoine le conduise à la gare la plus proche, et les autres suivent sur leurs vélos – une patrouille hétéroclite. Seule Cristabel prend un autre chemin. Mais quand elle arrive à la gare, elle est stupéfaite de découvrir qu'ils sont encore tous regroupés, ensemble sur le quai. Elle scrute les autres passagers. Beaucoup trop de gens, dont certains ne semblent pas avoir de bagages, paraissent attendre ce train matinal.

« C'est absurde », fait-elle remarquer à Antoine en ouvrant son miroir compact comme pour y vérifier son reflet.

Il répond à voix basse : « Ils disent qu'ils doivent rester près de lui pour le protéger.

— Qui est-ce ?

— Un laquais de De Gaulle. Il est en route pour Paris.

— Ils veulent lui mettre un panneau autour du cou pour que tout le monde le sache ? rétorque-t-elle, en fermant le compact avant de le ranger dans son sac à dos.

— Mettons-le à l'abri, Gilberte. Ensuite, ils se débrouilleront. »

Le train entre en gare en crachant de la vapeur et tous les membres du groupe montent dans le wagon de première classe. Antoine les suit mais s'assied à l'écart, et lit un journal. Cristabel se tient dans le couloir du wagon voisin, d'où elle peut voir Antoine par la porte communicante.

Un hurlement de sonnettes d'alarme retentit dans sa tête. Sa respiration s'accélère, couvre le bruit du train qui redémarre. Il suffit de trois choses : le journal qui bouge, quand Antoine le replie avec une lenteur délibérée ; une silhouette fugace en imperméable noir qui se déplace dans le wagon de première classe ; et un Français furieux qui élève la voix.

Cristabel baisse au maximum la fenêtre la plus proche. Le train traverse la campagne brumeuse, tandis que le soleil se lève à l'horizon en une lueur orangée. On entend crier en première classe, un ordre aboyé en allemand. *Hände hoch !* Au-dehors, elle voit des arbres approcher. Elle s'agrippe des deux mains à l'encadrement de la fenêtre et pose un pied sur le rebord. Quand elle jette un coup d'œil derrière elle, elle aperçoit un groupe d'hommes se frayer un chemin dans le couloir pour la rattraper. Elle pose son autre pied sur l'appui de la fenêtre, s'accroupit un moment, en équilibre comme un oiseau aux longues pattes. Un coup de feu retentit, et elle s'envole.

Elle n'aurait pas dû atterrir lourdement comme elle l'a fait, sur un pied ; elle s'est gravement tordu la cheville et hurle de douleur. Elle n'aurait pas dû marcher avec cette cheville blessée. Elle n'aurait pas dû retourner à l'endroit qu'ils venaient de quitter.

Elle aurait dû disparaître dans la nature. Elle aurait dû s'enfuir.

Au moins, a-t-elle évité d'être visible sur l'horizon, boitillant et s'accroupissant à travers les champs pleins d'ornières, se mordant la lèvre pour étouffer les cris de douleur qu'elle pousse malgré elle, et obligée de s'allonger sous une haie de bruyères, au passage d'une patrouille allemande, immobile, les ongles enfoncés dans la terre. Au moins, lorsqu'ils se sont éloignés, a-t-elle rampé, toujours invisible, sur ses coudes et ses genoux, jusqu'à ce qu'enfin elle aperçoive au loin la petite maison isolée de Sophie. Au moins s'est-elle arrêtée lorsqu'elle a été assez proche pour voir la porte d'entrée dégondée de la petite maison – une dent cassée dans une bouche grimaçante ; elle s'est autorisée à regarder. Elle n'a pu s'empêcher d'y jeter un dernier coup d'œil, avant de se forcer à faire demi-tour et à ramper à travers les pommiers.

LES ENFANTS PERDUS[1] *

Mars 1944

Cristabel a une adresse, qu'elle a mémorisée un jour qu'elle était assise dans un bureau plein de courants d'air de Baker Street. Une planque possible. Un bistrot en bordure de route, à la périphérie de Rouen, qui fait partie d'une ligne d'évasion qui permet de sortir clandestinement de France. Avec sa cheville blessée, elle ne peut pas marcher jusque là-bas car la douleur est à présent insupportable ; alors elle tente sa chance : elle fait signe à un garçon conduisant une charrette, lui raconte une histoire improbable de chute lors d'une randonnée, et lui propose de l'argent s'il veut bien l'emmener. Il jette un coup d'œil à sa jupe et à son chemisier couverts de boue, mais ne dit rien, se contentant d'un geste de la tête pour lui signifier qu'elle peut monter dans sa charrette.

Alors qu'ils cahotent le long des routes étroites, elle voit de la fumée noire s'élever dans le ciel derrière eux : quelque chose brûle. Le garçon lance un regard par-dessus son épaule, et met le cheval au trot. Il dépose Cristabel à quelques encablures du bistrot, un bâtiment à colombages avec des géraniums aux fenêtres.

À l'intérieur, une vieille femme est en train de laver des verres. Cristabel récite la phrase codée convenue – *J'ai visité*

1. Les Enfants perdus sont, du XVIIe au XIXe siècle, une troupe de soldats d'infanterie légère servant d'éclaireurs lors d'une opération militaire, où le risque de pertes est élevé. Dans le monde anglo-saxon, on les nomme par l'expression d'origine néerlandaise « *Forlorn Hope* ». C'est aussi, dans *Peter Pan*, des enfants jadis tombés de leurs landaus.

la campagne avec mon oncle Maurice – et entend en retour la réponse codée – *Je me souviens bien de Maurice* – et c'est à peu près tout ce qu'elle peut supporter comme conversation. La vieille femme la fait passer en vitesse dans la réserve à l'arrière du magasin, où Cristabel enlève son sac à dos et s'assied parmi les caisses de bouteilles de cidre vides, sentant des larmes couler sur ses joues, bien qu'elle reste immobile et silencieuse. Elle s'appuie contre une caisse, repose sa tête.

Plus tard, la vieille femme lui apporte un morceau de pain sec et lui dit que quelqu'un viendra la chercher à la nuit tombée. Il s'agit d'un médecin ; il a une voiture et un laissez-passer qui lui permet de se déplacer après le couvre-feu. Lorsqu'il arrive, il installe Cristabel sur le siège arrière d'une petite Simca, lui dit de s'allonger et jette sur elle une couverture. Le médecin, un petit homme d'une cinquantaine d'années aux cheveux bouclés et à la barbe grisonnante, lui donne un mouchoir et lui explique que, s'ils sont arrêtés, elle doit se mordre la lèvre et cracher du sang dedans.

Le voyage en voiture est lent, sans à-coups et, en regardant le ciel nocturne défiler depuis sa position allongée, Cristabel, même si elle n'est pas fiévreuse, est livrée à la tranquille sensation de flottement d'une malade. Mais lorsqu'ils sont arrêtés – une fois à un barrage de la Wehrmacht et une fois par la milice française – et qu'elle crache du sang, comme on le lui a demandé, la morsure et la tache rouge sur le mouchoir lui paraissent extrêmement réelles, et lui procurent un sentiment de vive satisfaction. Les soldats braquent leurs torches sur elle, elle tousse et porte le mouchoir à sa bouche pour qu'ils puissent voir les traces de sang. Elle entend le médecin dire d'un ton grave qu'il soupçonne une tuberculose. Les soldats s'éloignent, les ténèbres l'enveloppent et la voiture roule dans la nuit.

Arrivés chez le médecin, il l'aide à entrer et à se coucher. La cheville de Cristabel a doublé de volume et il lui donne un médicament contre la douleur qui, lui dit-il, l'aidera à dormir. Elle l'entend expliquer qu'une forte dose d'analgésique fait autant de bien qu'une grand-mère qui borde un enfant, mais elle n'a ni réponse ni voix pour réagir, alors elle ferme les yeux.

Lorsqu'elle les ouvre à nouveau, elle voit des poutres en bois au-dessus d'elle et des rais de lumière dorée filtrant par les interstices des volets. Cette lumière la désoriente : la couleur et l'orientation des rais ressemblent à celles d'une fin d'après-midi, et elle peut entendre des voix conviviales à l'extérieur. Elle vérifie sa montre : elle a dormi toute la journée. Elle se hisse hors du lit, sautille sur le parquet jusqu'au palier et descend avec précaution un escalier étroit. Elle se trouve dans une maison basse, tout en longueur, avec des murs en pierre, de grandes cheminées et des sols carrelés. Certains meubles sont anciens : une table en bois ciré, une bibliothèque affaissée, une lampe en laiton.

Cristabel sort sur le seuil, en s'accrochant au cadre de la porte pour ne pas perdre l'équilibre, et voit le docteur avec une belle femme d'une quarantaine d'années et une fillette d'environ sept ans. Ils sont assis autour d'une table sous un noyer, au milieu d'une petite prairie à l'orée d'un bois. Tous se lèvent pour la saluer. « Venez, dit le docteur, vous devez avoir faim.

— Je dois partir, dit-elle.

— Vous n'irez nulle part avec cette cheville. Mangez avec nous. Ensuite, je vous examinerai. Mais d'abord, asseyez-vous. Dites-nous comment nous devons vous appeler.

— Claudine », répond-elle. On l'aide à s'asseoir et prendre place à une table recouverte d'une nappe blanche avec, au centre, un vase rempli de fleurs. La femme, qui est l'épouse du médecin, se présente sous le nom de Wanda. Elle s'affaire à préparer une assiette de pain et de fromage, des tranches de saucisson au poivre, un œuf dur, de la laitue, des radis. Un verre de vin rouge, âcre et terreux, est servi par le médecin – Édouard, lui dit-il, en posant la main sur son épaule – et un toast est porté par Wanda à l'amitié et à la victoire.

Après le repas, Édouard surélève le pied de Cristabel sur une chaise et examine doucement sa cheville. Il fronce les sourcils. « Il se pourrait qu'elle soit fracturée, dit-il. Nous avons besoin d'une attelle, et vous allez devoir vous reposer.

— Je ne suis pas en sécurité ici, rétorque-t-elle.

— Vous pouvez rester dans le grenier. Nous gardons la radio là-haut. Vous ne serez pas la première à avoir été cachée ici, Claudine.

— Avez-vous un moyen de savoir ce qu'il est advenu de mon chef de réseau et de notre opératrice radio ? demande-t-elle à voix basse. Antoine et Sidonie. Ce sont des agents britanniques.

— Je vais me renseigner. Mais maintenant, vous devez vous reposer. Ou reprendre du vin. Les deux sont bénéfiques. Ordre du médecin. »

Quelques jours plus tard, alors qu'il lui rebande la cheville, Édouard lui dit qu'il a appris que Sidonie et Antoine ont été arrêtés après avoir été trahis par une informatrice du réseau local. Alertée de l'existence des agents britanniques, la Gestapo avait patiemment attendu que le parachutage soit effectué pour capturer Antoine, celui qui arrivait d'Angleterre, et les containers. Ils avaient ensuite cerné et attrapé Sidonie, commis une série de violentes représailles – fermes incendiées, civils fusillés – et emmené leurs prisonniers à Fresnes, au sud de Paris.

Cristabel a entendu parler de Fresnes : c'est là qu'on garde prisonniers les espions alliés et les résistants pour les faire parler. Son esprit vacille à l'idée de ce que pourraient subir ses camarades ; elle pense qu'aucun ne cédera facilement, et elle se dit qu'ils sont encore en vie, du moins pour le moment. Elle se demande si la Gestapo surveillait la petite maison de Sophie le jour où elle lui a rendu visite. L'ont-ils vue ? Ou pire, est-ce elle qui les y a conduits ? En y pensant, elle a la nausée. Est-il possible qu'elle ait manqué de vigilance et pris des risques ?

« Notre fils est passé par Fresnes le mois dernier, dit tranquillement Édouard. Il s'était fait prendre en train de distribuer des tracts de la Résistance dans son école.

— Où est-il maintenant ?

— Quelque part ailleurs, nous l'espérons. Nous ne savons pas. Nous ne pouvons que prier.

— C'est dur de ne pas savoir », dit Cristabel.

Le médecin la regarde. « Oui, c'est dur.

— Qu'est-ce qui va arriver à celle qui a trahi ? demande-t-elle après un moment.

— Rien pour l'instant. On m'a juste dit qu'on allait s'occuper d'elle. » Il grimace. « Je n'ai jamais aimé ça, mais on m'a fait comprendre que c'était nécessaire. » Il continue ensuite à enrouler le bandage autour de la cheville de Cristabel, avant d'ajouter : « Vous devriez rester ici pendant un moment, Claudine. Jusqu'à ce que vous puissiez marcher. Nous allons essayer d'envoyer un message à Londres pour dire que vous êtes en sécurité. »

Cristabel passe les mois d'avril et mai chez le médecin et son épouse. Le temps se réchauffe. Les premières hirondelles arrivent, décrivant de grands arcs de cercle autour de la maison. Ils n'entendent plus parler de Sidonie et d'Antoine ; mais Édouard utilise un contact pour envoyer un message à Londres via la Suisse neutre, et faire savoir que, même si son réseau est tombé, Claudine est en vie – et, fait rassurant, son visage n'est apparu sur aucun avis de recherche, ce qui laisse penser qu'elle a survécu sans avoir été repérée. Elle est vivante mais invisible.

Malgré tout, Cristabel change d'apparence autant qu'elle le peut en se teignant les cheveux, avec des produits chimiques qui sentent fort achetés par Wanda, pour obtenir des mèches auburn. Wanda lui trouve aussi d'autres vêtements que les siens : des robes d'été et des cardigans laissés par une ancienne résistante en planque, quelqu'un qui, comme Cristabel, avait eu besoin de se débarrasser de sa première peau, et de changer d'identité.

Cachée dans le grenier, elle s'installe chaque jour près de la radio pour écouter les messages sur BBC Radio Londres, après les journaux de six et neuf heures du soir. Ce sont des morceaux de phrases surréalistes qui lui rappellent la poésie de Myrtle – *Mon tigre d'or se promène la nuit, Natalie reste en extase* –, ce sont des messages codés destinés aux membres de la Résistance. Elle les transmet à Wanda et Édouard pour qu'ils les partagent avec leur réseau.

Cristabel suggère également que les *résistants** du coin viennent la rencontrer s'ils ont besoin d'apprendre à se servir des armes qu'on leur a livrées. Et ils viennent, presque timidement, comme s'ils participaient à leur premier bal, avec des pistolets rouillés cachés dans leurs cartables. Pour la plupart, il s'agit de jeunes garçons de ferme et d'enseignants d'âge moyen. Elle les emmène dans la prairie, en s'appuyant sur les béquilles en bois qu'Édouard lui a trouvées, et leur donne l'ordre de viser de vieux chênes, l'écorce noueuse explosant sous l'impact des balles.

La maison est isolée, à l'orée d'un vaste bois qui libère de la fraîcheur, et respire le calme et la tranquillité. Une construction basse, avec un toit de tuiles rouges et des volets bleu-gris. Le jardin, où les poules peuvent picorer, est rempli d'épilobes à feuilles étroites. Chaque matin, Cristabel voit Wanda mettre soigneusement le couvert pour le petit-déjeuner, et Édouard servir sa fille avec beaucoup de tendresse.

Wanda est polonaise. Quelques autres émigrés qui vivent à proximité viennent souvent le soir, s'asseyant dehors autour de la table pour partager des bribes de nouvelles de leur pays d'origine ou se remémorer leur ancienne vie. Quand on est assis dans le jardin baigné de soleil, la guerre semble être un événement lointain et inimaginable ; le jeu monstrueux d'un enfant gâté qui trépigne et lance des coups de pied dans un raffut assourdissant.

Après les repas, Annick, la fille d'Édouard, grimpe sur ses genoux, et il se cale sur sa chaise pour l'accueillir confortablement, une main caressant sa tête, l'autre tendant la main vers son verre de calvados. Cristabel remarque que, pour tous deux, cet arrangement est si familier qu'il est presque inconscient. Annick apporte toujours avec elle un vieil appareil photo qu'elle porte autour du cou, un Leica noir abîmé, et regarde dans le viseur pendant que son père parle.

« Un jour, ma fille sera photographe, déclare Édouard. Elle veut tout saisir.

— Ou détective », ajoute Annick. La fillette tourne l'appareil photo vers Cristabel.

« Oh, il ne faut pas me prendre en photo », dit Cristabel en levant la main.

De derrière l'appareil, Annick répond : « Il n'y a pas de pellicule. Papa m'en achètera une quand il y en aura de nouveau dans les magasins. »

Édouard capte le regard de Cristabel par-dessus la tête de sa fille. « Il faudra que tu reviennes une autre fois, pour qu'elle puisse vraiment te photographier.

— D'accord », dit Cristabel.

Annick dit alors : « Claudine tire des coups de feu. Mon frère aussi savait tirer.

— Il reviendra bientôt à la maison, si Dieu le veut, réplique Wanda.

— Maman, n'oublie pas qu'il court très vite, dit Annick. C'est le plus rapide de sa classe. » Elle tient fermement l'appareil photo à deux mains et plisse un œil pour regarder à travers le viseur. L'obturateur se ferme, s'ouvre.

Édouard encourage souvent Cristabel à participer à leurs discussions d'après dîner sous le noyer. « Dis-nous ce que tu penses, Claudine », demande-t-il. Et, même si elle trouve généralement une excuse pour expliquer pourquoi elle préfère écouter, quand elle s'allonge plus tard dans son lit, elle discute avec elle-même de ce qu'elle pense ; et elle découvre que c'est moins clair qu'elle ne le croyait. Ces réflexions l'aident à oublier Sophie et Antoine ; et aussi Digby – bien qu'il interrompe souvent ses débats internes avec ses propres opinions bavardes.

S'ils parlent de livres, Édouard se lève parfois d'un bond pour courir à l'intérieur de la maison et prendre des romans sur les étagères, en s'exclamant : « Je ne peux pas croire que tu n'aies pas lu *Madame Bovary* !

— Je ne lis pas de romans d'amour, répond Cristabel, se souvenant de ces romans cachés près du lit de Flossie, de leurs couvertures criardes. Ça semble si frivole. »

Édouard s'écrie : « Frivole ! L'amour, c'est le risque, la passion et toutes les choses qui font une vie.

— Sans passion, nous ne sommes que des machines », ajoute Wanda, en regardant son mari.

La déclaration de Wanda ressemble à des propos que Taras pourrait tenir, et Cristabel n'a pas pensé à Taras depuis longtemps. C'est une surprise de le retrouver ici, à cette table, dans les bois en Normandie, même si, à n'en pas douter, c'est un lieu dans lequel il se sentirait chez lui. Un endroit où les exilés se réunissent pour parler de passion.

Cristabel ne se souvient pas d'avoir jamais parlé de passion, mais elle pense qu'elle aimerait bien le faire, si elle savait par où commencer. Elle pose son menton dans ses mains et constate que Leon apparaît alors dans un coin de son esprit, comme s'il l'attendait dans les arbres qui entourent la maison. Elle se souvient de leur intimité dans l'obscurité, quand elle avait senti qu'elle pouvait lui demander n'importe quoi. Parlerait-elle de passion à Leon ? Elle teste le mot dans son esprit. Elle imagine sa bouche près de l'oreille du jeune homme. Non, elle ne parlerait pas de passion. À Leon, elle parlerait de désir.

Quand elle relève la tête, elle croise le regard de Wanda et se sent gênée, comme mise à nu. Wanda sourit.

Les hommes et les femmes qui viennent à la maison du médecin pour apprendre à tirer sont désireux de faire plus que cibler des arbres ; mais avec seulement quelques armes et sans radio, ils sont limités dans leurs actions. Cependant, Cristabel se souvient qu'un instructeur de l'Org disait que *la subversion était l'une des armes les plus puissantes pour saper le moral de l'ennemi* et elle enseigne à son groupe de volontaires comment mener de petits actes d'insurrection, des activités destinées à entraver, à ralentir, à frustrer l'ennemi. À cette fin, ils coupent des lignes télégraphiques, perforent les réservoirs de carburant, bloquent les routes et sabotent les voies ferrées.

Mais chaque acte de rébellion comporte un risque, et lorsqu'elle rejoint Édouard, Wanda, Annick et leurs amis à la table du jardin, où ils allument des bougies à la tombée de la nuit, elle a l'impression d'attirer sur eux le danger, comme si elle tendait un filet qui les prendrait au piège.

Un après-midi, alors qu'ils se promènent dans les bois, Cristabel partage avec Édouard son inquiétude, la peur de leur faire courir des risques. « Je ne veux pas qu'il arrive quelque chose à l'un d'entre vous.

— Ne t'inquiète pas, il faut que tu restes ici.

— Je me trouverai une nouvelle planque, si vous ne le faites pas.

— Tu t'es peut-être débarrassée de tes béquilles, mais tu boites toujours », répond Édouard. Cependant, au vu de la tête qu'elle fait, il ajoute : « Je vais essayer de te trouver quelque chose. »

Ils continuent leur promenade lentement et en silence, Cristabel boitillant tout du long, jusqu'à ce qu'Édouard lui demande si elle connaît l'expression française *les Enfants perdus.* Elle secoue la tête.

« J'y pense souvent, dit-il. Elle a une signification militaire. Elle décrit une petite troupe qui se portait volontaire pour une mission dangereuse. Ceux qui partaient en éclaireurs. En néerlandais, c'est *Verloren Hoop.* En anglais, *Forlorn Hope.* On ne s'attendait pas à ce qu'ils survivent, mais, si c'était le cas, ils étaient promus. C'était une chance pour ceux qui n'avaient rien à perdre. »

Édouard lève les yeux vers la canopée des arbres. « Quand mon fils n'est pas rentré, j'ai été malade. J'ai souffert de nausées, comme on en a sur un bateau. Comme si je ne pouvais plus me déplacer dans le monde sans en être malade. Mon garçon adoré. Mon obsession était de le voir enfin passer le seuil de la maison. Ça me rendait fou ; je dormais près de la porte, au cas où je l'entendrais. Pour l'aider. Au cas où il n'arriverait pas à ouvrir. »

Il la regarde. « Je ne peux pas l'aider, Claudine. Mais je peux t'aider. » Il lui attrape une main qu'il garde un instant entre les siennes, puis poursuit son chemin.

C'est par une chaude soirée, quand elle est assise dans le grenier, qu'elle l'entend. Les roses qui grimpent sur la façade de la maison ont commencé à fleurir ; elles sont de couleur abricot, avec des fleurs doubles, et un parfum qui incite à la somnolence filtre par la fenêtre ouverte.

Annick joue dans le jardin, tandis qu'Édouard et Wanda sont dans la cuisine. Cristabel, assise les jambes croisées avec son bloc-notes et son crayon, après avoir abandonné l'exemplaire de *Madame Bovary* pour pouvoir se concentrer, écoute BBC

Radio Londres qui diffuse ses messages mystérieux. Sa cheville n'est plus bandée, mais elle a encore mal, et elle la frotte d'une main quand, soudain, elle entend : *Les sanglots longs des violons de l'automne.* Le vers extrait d'un poème de Verlaine qui signifie qu'un débarquement des Alliés est imminent.

Pendant quelques secondes, elle a le souffle court. Elle se fige, comme si elle s'attendait à ce que le monde extérieur, secoué par des émeutes, explose autour d'elle ; mais, dans les bois, seul le chant des oiseaux rompt le silence. L'annonceur radio continue, imperturbable. Cristabel se lève d'un bond et descend l'escalier à toute vitesse. « Édouard ! Wanda ! Ils arrivent ! »

LET'S FACE THE MUSIC AND DANCE[1]

Mai 1944

Flossie est dans l'ancien potager clos de murs à l'arrière de la maison, dont un tiers est maintenant occupé par un couple de jeunes cochons que Betty s'est procuré auprès de son beau-frère agriculteur. M. Brewer a clôturé une parcelle du terrain pour qu'ils puissent s'ébattre et a construit un ingénieux abri en forme de dôme en tôle ondulée. L'idée est de ne plus jamais manquer de jambon de Noël, mais Flossie, les voyant trotter avec empressement à sa rencontre, avec leurs yeux timides et leurs cils albinos, préfère ne pas y penser.

Elle les a appelés Fred et Ginger et, tandis qu'elle déverse un seau d'épluchures de pommes de terre dans leur enclos, elle chante pour eux – en tapant du pied pour marquer le rythme – et ils grognent joyeusement en mangeant : des grondements gutturaux et de petites bouffées d'air. Leur nourriture leur procure beaucoup de plaisir.

C'est un samedi de mai, lumineux et venteux, et Flossie, une fois encore, a le sentiment de ne plus être chez elle. Six officiers américains sont à présent cantonnés à Chilcombe. Ils sont rattachés aux unités d'infanterie qui campent dans les bois du Ridgeway, près des tumulus, où de grands panneaux avertissent :

1. Chanson dont la musique et les paroles ont été composées en 1936 par Irving Berlin pour le film *En suivant la flotte*, où la chanson fait l'objet d'un célèbre duo de danse avec Fred Astaire et Ginger Rogers.

LES CIVILS N'ONT PAS LE DROIT DE S'APPROCHER OU DE PARLER AVEC LES SOLDATS

Pour autant, cette interdiction ne décourage pas les enfants du village, qui traînent dans le camp en espérant qu'on leur lance un chewing-gum ou un paquet de bonbons aux fruits Life Savers.

Les Américains sont si nombreux, à présent, que le Dorset ressemble à un camping géant, avec parking, pour l'armée américaine. Malgré les efforts constants pour élargir les routes et renforcer les ponts, plusieurs gros véhicules militaires sont restés coincés dans les rues étroites de certains villages, et les haies printanières se couvrent de poussière lorsque de lourds convois sillonnent les chemins de campagne.

Afin d'éviter d'être repérés par les avions allemands, les Américains ont recouvert leurs véhicules de filets de camouflage et se sont entassés – leurs troupes, leurs tentes et leurs unités de soutien – dans chaque cache qu'offrent les environs : les bois, les bosquets, les allées ombragées. Si des avions allemands apparaissent dans le ciel, tous les canons anti-aériens à courte et longue portée ouvrent un feu si nourri que les bombardiers font immédiatement demi-tour ou sont vite descendus en flammes.

Flossie n'a rien contre ses locataires américains. Malgré leur tendance à toujours s'appuyer sur les meubles ou à s'y allonger (« C'est comme s'ils n'avaient plus de colonne vertébrale », dit Betty), ils se sont rendus populaires grâce à leur volonté de partager des friandises exotiques comme le lait concentré et les fruits en boîte. Leur générosité de bon aloi rappelle souvent Hans à Flossie ; mais de voir qu'ils sont bien mieux accueillis que ne le fut Hans l'attriste. Ils sont presque traités comme des célébrités dans le village et ont même réussi à convertir Betty aux joies de la radio AFN – l'American Forces Network – en lui procurant un certain plaisir inattendu à l'écoute du jazz rythmé de Louis Jordan et Count Basie. (« Ça a du peps », dit-elle en tapant d'une main sur la table de la cuisine.)

Des soldats noirs américains campent également dans les bois, mais Flossie remarque qu'ils sont cantonnés ailleurs que les soldats blancs et qu'ils effectuent des tâches différentes. Chaque fois qu'elle revient à vélo à Chilcombe, en rentrant de Dorchester, elle les voit conduire des véhicules de ravitaillement. Betty lui a raconté qu'il y avait eu des bagarres à Weymouth entre les soldats blancs et les soldats noirs ; des soldats blancs en visite au Naufrage avaient insisté pour être servis avant les soldats noirs, mais les habitants n'avaient rien voulu savoir. (« De plus, dit Betty, les hommes de couleur ont de belles manières. »)

Flossie est en train de converser avec Fred et Ginger quand elle entend le ronflement d'une moto militaire remontant l'allée. Il y a toujours des gens qui vont et viennent sur le domaine, et elle sait que si cette visite la concerne, on l'appellera. Son attention est attirée par la voix d'un Américain qui traverse la cuisine en disant : « Je suis sûre qu'elle ne s'y opposera pas, elle est adorable. Tenez, elle est là, vous pouvez lui poser vous-même la question. »

Le visiteur est vêtu d'un duffle-coat et d'un pantalon foncé, du type de ceux que portent les officiers de la marine. Il est robuste, la peau claire, rasé de près et le visage carré.

« Quelle question ? demande Flossie qui se tourne vers eux en essuyant ses mains sur sa salopette.

— Peut-on utiliser vos pelouses ? répond l'homme, avec un accent écossais et un regard assuré.

— Pour quoi faire ?

— Pour organiser des matchs, explique-t-il. Rugby, football...

— Base-ball, ajoute l'Américain.

— Tir à la corde. N'importe quoi, en fait, insiste le visiteur. Nous recherchons un espace suffisamment grand où nos hommes et les soldats américains pourraient profiter d'une petite activité récréative de plein air. Une façon de garder le moral. Et, en cas de dégâts, vous serez bien évidemment dédommagée.

— Je n'y vois pas d'inconvénient, dit Flossie. Il y a aussi des champs que vous pourriez utiliser, à condition de trouver quelqu'un pour les faucher.

— Nous pourrions demander à nos gars de le faire, propose l'Américain.

— Ce serait vraiment gentil, dit l'officier écossais. Une dernière question. J'ai remarqué que vous aviez un gramophone dans le hall à l'étage.

— En effet.

— Je trimballe avec moi une collection de disques depuis le début de la guerre, espérant avoir l'occasion d'organiser une soirée musicale. Mais j'imagine que vous ne seriez pas d'accord pour…

— Vous prêter mon gramophone ?

— Je pensais plutôt à organiser cette soirée chez vous, répond-il. Si ce n'est pas trop vous demander. »

Flossie réfléchit une seconde. « Il faudrait faire le ménage. L'endroit est couvert de poussière et il y a un trou dans le plafond.

— Nos gars pourraient aider pour ça aussi, dit l'Américain.

— Très bien alors, conclut-elle, et elle tend la main à l'officier de marine motocycliste. Flossie Seagrave. »

Il lui rend sa poignée de main, et se présente : « George. »

Son accent, devine-t-elle, pourrait être un accent des Highlands. Elle y reconnaît une certaine intonation. « Juste George ?

— George, c'est comme ça que les hommes m'appellent, répond-il. Ça ou Padre. » Et c'est seulement à ce moment-là qu'elle remarque le col romain d'un aumônier militaire sous son duffle-coat.

Le week-end suivant, George arrive en trombe dans l'allée avec une caisse de disques attachée à l'arrière de sa moto ; il les remet à Flossie en lui promettant qu'il y en aura d'autres. Elle est surprise de constater qu'il ne s'agit pas des chansons populaires américaines auxquelles elle s'attendait, mais d'enregistrements d'Elgar, Haydn, Mendelssohn. George en pose un sur le gramophone et monte le volume au maximum, pour tester l'acoustique ; le son des cordes enfle et s'élève jusqu'au plafond, emplit tout l'espace.

« Je n'avais jamais essayé d'écouter de la musique aussi fort, dit Flossie. Le son est excellent.

— Et depuis la galerie, qu'est-ce que ça donne quand on est là-haut ? » demande-t-il.

Elle s'élance dans l'escalier pour se tenir sur la galerie qui surplombe le hall. « C'est très bien aussi, constate-t-elle. J'ai l'impression d'être au poulailler dans un théâtre.

— Parfait. Dès que je suis entré dans cette pièce, j'ai su qu'elle était faite pour la musique.

— Nous devrions l'utiliser davantage, mais il y fait terriblement froid, même par temps ensoleillé.

— Je vous suis très reconnaissant de pouvoir les écouter à nouveau, dit-il en tapotant la caisse de disques. Nous n'avons pas de gramophone sur le bateau.

— Vous êtes sur un bateau ?

— La plupart du temps.

— Que faites-vous à bord ?

— Je suis surtout une oreille attentive, mais je célèbre aussi des offices religieux, sur le pont, en tenue et tout le tralala. J'ai dû apprendre à prêcher d'une voix couvrant le bruit de l'océan.

— Qui viendra écouter la musique ? demande-t-elle.

— Ceux qui en ont besoin », répond-il.

Le lendemain, un groupe d'Américains se met au travail pour rendre Oak Hall à nouveau habitable. Ils s'attaquent à leurs tâches avec l'enthousiasme de fantassins en pleine forme physique qui n'ont pas grand-chose d'autre à faire. Ils forment une chaîne pour emporter les meubles inutiles à ranger dans les dépendances, grimpent sur le toit pour clouer des planches sur le trou du plafond, et nettoient la salle de fond en comble, polissant même l'armure jusqu'à ce qu'elle soit prête au combat.

« Notre principal problème, dit Flossie à Betty, alors qu'elles regardent les Américains frotter les dalles, est le manque de places assises. Je ne suis pas sûre du nombre de soldats qui viendront, et ils ne peuvent tout de même pas s'asseoir par terre. Nous devrions faire en sorte que ce soit beau et confortable pour eux, étant donné qu'ils… eh bien… ils ne vont pas rester longtemps dans le Dorset. »

Un jeune soldat de deuxième classe du Milwaukee, qui essuie le sol près de Flossie, lève les yeux et dit : « Nous avons l'habitude de nous asseoir par terre, madame.

— Je pourrais vous trouver des coussins, au moins. Nous en avons beaucoup. Nous avons aussi des oreillers. Et de la literie. En fait, ça pourrait être une solution. »

Elle lui demande si lui et ses collègues peuvent rassembler les matelas et la literie qui seront disposés tout autour de la salle, afin que les invités puissent s'y asseoir, adossés aux murs. D'autres sont éparpillés sur la galerie afin qu'une rangée d'auditeurs puisse s'y allonger. Des édredons et des couvertures sont étendus sur les matelas pour les rendre plus attrayants, et Flossie trouve des chandeliers pour que la salle soit agréablement éclairée. Betty est chargée de trouver du bon café à servir pendant l'entracte, et les Américains promettent des beignets frais fournis par leur cantine mobile. Flossie leur demande même de lui couper du bois pour qu'elle puisse allumer du feu dans la cheminée pour la première fois depuis des années.

C'est alors que, debout devant la cheminée, en regardant les miroirs aux murs, elle pense à sa mère ; soudain, elle sait ce qu'il lui reste à faire.

George, qui s'avère être un homme plein de ressources, parvient à réquisitionner un bus de l'armée pour amener les participants à leur première soirée musicale à Chilcombe. Lorsqu'ils arrivent, le soleil se couche et les freux se rassemblent bruyamment dans les arbres. Flossie, qui attend dans l'embrasure de la porte, les regarde débarquer. Il s'agit principalement d'Américains, vêtus de blousons courts d'aviateur et coiffés d'un calot légèrement incliné sur le côté, et de quelques officiers de la marine britannique aux vestes sombres croisées. Quelques simples marins sont là aussi, en pull-over de laine bleu. George, qui est venu en moto, porte une veste bleu marine élégante par-dessus sa chemise et son col romain. Elle voit les hommes regarder la maison couverte de lierre, puis leurs yeux se poser sur elle, debout sur le seuil où elle se tient avec Betty et Bill.

Étant donné qu'elle ne porte plus que ses vêtements de jardinage, il lui avait fallu un certain temps pour adopter la tenue appropriée : une robe bleu vif qu'elle avait enfilée pour le rôle de Miranda dans *La Tempête*, et transformée à présent en robe de soirée après que Betty l'avait ajustée à sa taille. Une robe un peu édouardienne, certes ; avec son encolure carrée et son drapé, elle ressemble plus aux tenues portées à l'heure du thé dans les années 1910 qu'aux robes de danse virevoltantes des années 1940, mais Flossie a bon espoir qu'elle servira ses intentions : créer une atmosphère de gala. Elle se dit que si les hommes doivent s'asseoir dans Oak Hall pour écouter les disques aussi attentivement qu'elle l'espère, il faut les accueillir de manière formelle. Les Brewer, à ses côtés, se sont également mis sur leur trente et un : Bill en costume trois pièces et cravate, Betty en robe noire à col blanc.

Elle salue chaleureusement ses invités, un par un, alors qu'ils passent devant elle pour entrer dans le hall éclairé aux bougies, leur calot à la main. Une fois à l'intérieur, ils s'installent confortablement sur les matelas, regardant autour d'eux les tableaux aux murs, ou en levant les yeux vers les étages supérieurs de la maison plongés dans la pénombre. Betty se déplace parmi eux en distribuant des cendriers. Leur bavardage, note Flossie d'un air approbateur, s'est assourdi, ils parlent à présent plus doucement, comme au théâtre les spectateurs qui attendent le lever du rideau, et leurs visages sont éclairés par les flammes qui dansent dans la cheminée. Le décor lui fait penser à un château médiéval ou à un ancien habitat viking : des hommes réunis autour d'un feu dans une grande pièce sombre.

Flossie a installé le gramophone sur une table au milieu de la salle, à côté d'un vase de tulipes, afin qu'il occupe d'emblée le devant de la scène. Elle a passé en revue les disques de George et y a ajouté quelques-uns des siens pour composer un programme qui console et remonte le moral, tout en utilisant pleinement l'excellente acoustique de la salle. Elle se dirige vers la table, attend que les conversations des hommes cessent, puis fait glisser avec précaution le premier disque de sa pochette et le place sur le gramophone. Elle soulève l'aiguille et la guide jusqu'aux sillons.

À la suite de cette première soirée, les concerts deviennent un événement bihebdomadaire. Un petit noyau d'habitués – dont un violoncelliste professionnel de Chicago, qui souhaite entendre des morceaux qu'il espère un jour jouer lui-même – s'est formé, mais l'auditoire change fréquemment, George amenant sans cesse de nouveaux jeunes gens.

Flossie se demande comment l'aumônier repère ceux qui ont besoin de musique ou de ce qu'elle leur apporte. Elle ne voit aucun lien commun entre eux. La plupart semblent joyeux et sereins, même si certains sont nerveux et ont les mains qui remuent sans cesse. Un soir, arrivent trois jeunes hommes, bruns, séduisants qui font partie des Forces françaises libres. Elle leur passe un concerto de Leclair pour leur donner un avant-goût du retour dans leur pays, mais elle découvre qu'ils viennent de Corse et qu'ils n'ont jamais mis les pieds sur le continent.

Il est difficile d'évaluer les réactions des hommes au cours de ces soirées. Lorsque les Américains viennent dans la journée pour courir comme des fous sur sa pelouse avec des ballons de foot, ils jouent comme des chiots, ne cessent de se taquiner. Il n'est surtout pas question pour eux d'être sérieux. C'est un moyen efficace de tenir leurs peurs à distance, pense-t-elle. Mais lors des soirées musicales, ils sont calmes, presque renfermés. Certains enlèvent leurs bottes et s'asseyent les jambes croisées, en chaussettes, comme des écoliers.

En les regardant, Flossie pense souvent à Hans, et combien il était ému lorsqu'elle jouait du piano. Elle ne passe pas souvent du Bach au cours de ces soirées, car cette musique lui évoque trop vivement le jeune prisonnier allemand ; mais quand c'est le cas, elle regarde autour d'elle pour observer les visages des jeunes soldats – la tête rejetée en arrière, les yeux clos, ou levés vers les hautes fenêtres, enfermés dans leurs pensées – et elle se souvient de cet autre soldat, qui se languit de sa maison et de sa famille, tout comme eux.

Les hommes échangent rarement des regards entre eux pendant que la musique joue ; laisser à chacun son espace pour écouter relève presque de la politesse ; d'ailleurs, certains ne regardent même pas Flossie quand ils partent, bien qu'elle essaie toujours de terminer la soirée en passant un air léger. Mais s'ils reviennent, ils lui apportent parfois des fleurs, ou quelque chose qu'ils ont fabriqué eux-mêmes – un bol en bois sculpté, un marque-page dessiné à la main – des marques de considération. En retour, elle se met au défi de trouver une nouvelle tenue pour chaque soirée musicale, revenant en courant des étables de Dorchester pour fouiller dans les vieux costumes défraîchis.

« Ils doivent penser que les Anglais s'habillent tout le temps comme ça, grommelle Betty en cirant ses chaussures.

— Je sais que ça peut paraître idiot, dit Flossie en épinglant ses cheveux, mais je veux faire un effort. »

Les hommes lui demandent à maintes reprises de passer le « Nimrod » d'Elgar, même si ce morceau semble les affecter puissamment. Elle les voit lutter pour garder leur calme pendant les roulements de timbales, quand la partition atteint son point d'orgue. La musique paraît les mettre à l'agonie. Peut-être en ont-ils besoin, se dit-elle : pour leur permettre d'éprouver leur douleur à mesure qu'elle devient plus aiguë, dans sa forme la plus magnifiquement orchestrée – une musique qui souligne le caractère inévitable de ce qui va arriver et qui, ensuite, les soulage doucement, au moment où ils le reconnaissent. Elle se rend compte que la musique leur offre non pas du réconfort, mais une sorte d'acceptation ; il ne s'agit pas d'anesthésier le chagrin, mais de le comprendre.

Au cours de la dernière semaine de mai, l'un des officiers américains lui annonce que les soirées musicales vont prendre fin. Les marins doivent retourner à leurs navires et les soldats doivent rester cantonnés dans leurs camps de base pour recevoir leurs dernières instructions ; le seul endroit où ils doivent se rendre, à présent, c'est la France.

Le dernier soir, elle jette un coup d'œil à George, qui se tient à sa place habituelle, assis sur l'escalier, et constate qu'il a les mains jointes, les yeux fermés, les sourcils froncés. Mais lorsque la musique se tait, il ouvre les yeux et endosse automatiquement sa fonction de pasteur ; et il pose une main dans le dos d'un soldat pour l'accompagner quand il descend l'escalier.

Alors qu'elle sort de la maison avec lui et qu'ensemble ils regardent le bus s'éloigner dans l'allée avec à son bord les soldats qui agitent la main en guise d'au revoir, Flossie demande : « Qu'allez-vous faire maintenant, George ?

— Je pars avec eux, dit-il.

— Quoi ? s'écrie-t-elle. Mais vous ne vous battez pas, n'est-ce pas ? Vous n'êtes pas armé, si ?

— Non, ce qui est dommage parce que je suis un excellent tireur. Mais je pars tout de même avec eux.

— On ne pourrait pas vous donner une arme pour cette fois ? C'est un peu injuste.

— Je serai sur un vaisseau de guerre. Il y a de gros canons.

— Eh bien, assurez-vous de rester caché derrière l'un d'eux », dit-elle. Ce qui le fait rire, bien qu'elle sente immédiatement que son commentaire est désinvolte, inadéquat.

« Pourriez-vous garder mes disques ici, en sécurité ? demande-t-il. Jusqu'à mon retour. Et si je ne reviens pas…

— Oh, ne dites pas ça, George. Je n'ai pas mis cette robe ridicule pour la mouiller de pleurs.

— C'est une sacrée robe, on peut le dire.

— Un peu extravagante, je sais, mais parfois c'est bien de se mettre sur son trente et un.

— Je suis d'accord, dit-il en portant la main à son col.

— À dire vrai, c'était très amusant de quitter ma salopette. D'écouter votre merveilleuse musique. Ça m'a plu. Ça m'a beaucoup plu, ajoute Flossie en riant.

— Les hommes s'en souviendront. Ils se souviendront de cet endroit. De votre gentillesse. De vous. Je m'en souviendrai, moi aussi. » Il lui adresse un sourire rapide, la regarde un instant, puis rajuste sa veste, fait un signe de tête élégant et se dirige vers sa moto. Elle le regarde démarrer sa machine et descendre l'allée, avant de faire le tour de la maison, dans sa robe longue argentée qui traîne par terre, pour nourrir ses cochons.

LE CAVALIER DE BÂTON, L'ÉTOILE[1]

Juin 1944

À Weymouth, Madame Camille, la voyante conseillère des rois et des reines, debout à sa fenêtre, regarde les hommes, chargés de fusils et de sacs à dos, défiler le long du port. Une tente a été montée par la Croix-Rouge pour distribuer des beignets aux Américains qui partent rejoindre leurs bateaux – une douceur au goût de chez-soi qui risque d'être vite régurgitée lors de la traversée houleuse de la Manche. Le vent a soufflé en rafales toute la journée et la mer est agitée.

Autant être honnête, c'était bon pour les affaires d'avoir les Américains en ville avec de l'argent à ne plus savoir qu'en faire, se dit-elle. Chaque jour, s'interrogeant sur son avenir et essayant d'en rire, un jeune homme – jamais le même –, une cigarette derrière l'oreille, venait la voir.

Elle avait caché les cartes du tarot sur lesquelles tous hésitaient, les images les plus macabres qui les faisaient tressaillir. Elle avait mis celles qui incarnaient la réussite sur le haut du paquet. Le Cavalier de bâton. Le Chariot. Un jeu trafiqué ne reflète pas la vérité, mais Madame Camille se compare à un trafiquant de drogue. Une dose. Allez-y, les gars. Ça vous fera du bien. Évidemment, ce n'est pas le cas. Elle a vu les cartes qui s'accrochent à sa manche, qui

1. Au tarot, le Cavalier de bâton incarne à l'endroit l'opiniâtreté, la volonté, l'ambition, la fougue ; à l'envers, l'impulsivité, l'arrogance, la violence, l'emportement, l'arrivisme. Et l'Étoile incarne l'espoir. Comme l'étoile du Berger, elle guide vers un avenir meilleur. Il faut toutefois se méfier des illusions.

se retournent d'elles-mêmes. Elles parlent de désastre coûteux, d'un long combat.

Madame Camille regarde les soldats monter en file indienne dans les navires de guerre amarrés les uns à côtés des autres tout le long du port. Elle sait que certaines âmes ne quittent jamais ce royaume pour un autre. Elle regarde les rangs obstinés des visages gris sous les casques de métal, tous entassés comme des sardines en boîte dans leurs navires de débarquement à fond plat. Ils n'ont sûrement pas envie de partir.

Le crépuscule. Maudie est assise sur son toit et regarde la ville. Weymouth est silencieuse. Dans l'expectative. Les pubs et les cafés sont vides. Les maisons qui hébergeaient les soldats, les marins, ont maintenant un lit d'appoint vacant, soigneusement fait. À l'arrière de la ville, on a installé un hôpital de campagne où les médecins attendent en préparant des bandages.

Maudie ouvre son journal intime. Elle a gardé une liste de tous les hommes qu'elle a eus. Elle a noté où elle les avait rencontrés, s'ils étaient revenus la voir, comment ils étaient. Depuis le début de la guerre, ils ont afflué et reflué comme les marées, en apportant leur pays avec eux. Que ce soient les réfugiés autrichiens qui jouaient des valses dans les salons de thé ou les Noirs américains qui chantaient des spirituals dans les églises et swinguaient tous les samedis soir sur la musique des big bands qui faisait trembler le toit du Co-op Hall.

Un soldat noir lui avait raconté qu'au début, quand il était arrivé, regarder un Blanc en face était bizarre ; il avait dû s'y habituer et apprendre à lever le menton. Avant, lever son menton et garder la tête haute aurait été impensable. Tout est impensable, mais elle aime y penser. Elle sort un crayon de la poche de sa salopette pour ajouter un homme à sa liste.

5 juin 1944
Warren

il sent le savon. les Américains sentent meilleur. mais ils ne tiennent pas l'alcool & ça se sent aussi sur eux. on peut apprendre beaucoup de choses sur les gens par leur odeur. on peut apprendre beaucoup de choses sur le toit d'une baraque à frites à Weymouth, bien que la ville ne s'appelle plus Weymouth. les journaux parlent de la « ville de la côte sud » pour que les Allemands ne nous trouvent pas. tous les sucres d'orge avec écrit Weymouth *ont été jetés comme des bombes.*

les noms n'ont pas d'importance de toute façon. les noms sont juste une pince à linge pour accrocher les choses. je vois un nom dans mon journal intime & je me souviens de ce que j'ai ressenti. Parfois un jeu, parfois un combat. Parfois l'un alors que vous pensiez que ce serait l'autre.

Warren signifie : ses mains, sa bouche. ce à quoi il ressemble sans son uniforme, allongé sur une couverture sur un toit, près d'une radio qui passe du Billie Holiday. il dit que je suis un grand verre d'eau, mais lui est une rivière et je vais me coucher à ses côtés.

il dit que, s'il s'en sort, il quittera l'armée. il dit qu'ils sont bien contents qu'il ait rejoint leurs rangs, mais qu'ils ne veulent pas de lui devant pour les photos. il ne voit pas l'intérêt d'œuvrer pour des Blancs qui ne veulent pas de son beau visage sur leurs photos. il me demande ce que je vais faire après et je me le demande aussi…

Warren lève le bras, lui prend le crayon des mains. Il dit qu'il va devoir partir bientôt. Il dit qu'il ne faut pas gâcher ça.

Lorsque Maudie ouvre les yeux, il est deux heures du matin et elle est seule. Elle lève la tête pour savoir ce qui l'a réveillée et voit un flot constant d'avions se frayer un chemin à travers le ciel rempli d'étoiles. Plus qu'elle n'en a jamais vu auparavant. Des bombardiers, des avions de transport militaires. Des avions remorquant des planeurs. L'un derrière l'autre, à l'infini. Un convoi aérien sans fin. Un bourdonnement profond. Elle rejette d'un coup de pied la couverture dont Warren l'a recouverte et s'allonge nue sur le toit, les regardant passer, laissant l'air de la nuit rafraîchir sa peau.

LES AMÉRICAINS

Juillet 1944

La première semaine de juillet, Édouard conduit Cristabel jusqu'à la ville la plus proche, en passant par des chemins cahoteux. Il a vu passer des Américains dans une Jeep. « Ils étaient immenses ! s'écrie-t-il, par-dessus le bruit strident du moteur de la vieille Simca. Et ils mâchaient du chewing-gum ! Je pensais qu'ils ne faisaient ça que dans les films ! »

Ils les retrouvent – un groupe de trois éclaireurs – dans un bar d'hôtel, où le maire de la ville pointe du doigt une carte qu'il a étalée sur une table. Les Américains ont le visage bruni par le soleil et sont couverts de poussière, en treillis, chaussés de brodequins et coiffés d'un casque, les mains sur les hanches. Ils sont les premiers des forces alliées à arriver dans la ville et semblent être des émissaires venus d'une autre planète.

Cristabel s'approche d'eux et leur dit, dans son plus bel anglais, qu'elle est un agent secret britannique travaillant avec la Résistance locale. S'ils doutent de ses références, elle leur suggère de contacter Baker Street à Londres. Les Américains la regardent, voient ses cheveux mal teints, sa robe froissée et les sandales éculées que lui a prêtées Wanda. « Vous parlez français ? demande celui qui semble être le responsable, un premier lieutenant.

— Ces gens croient que je suis française », dit-elle en désignant, comme étant les dignes représentants de la Normandie, le maire et le barman de l'hôtel. Le barman, qui verse du cognac dans trois verres tulipes, renifle avec dédain.

« Nous avons besoin d'un interprète qui connaisse la région », dit le lieutenant. Il se tourne vers la carte. « Parlez-moi de cette route à travers les bois. »

Après que le soldat a passé quelques coups de fil depuis le bureau de l'hôtel pour vérifier son identité, Cristabel se retrouve dans la Jeep et fait visiter rapidement les environs aux Américains. Elle est assise aux côtés d'un soldat peu amène qui tient une mitrailleuse en équilibre sur le bord du véhicule. Parfois, ils s'arrêtent, et le lieutenant bombarde Cristabel de questions pour qu'elle les traduise à un fermier aux yeux écarquillés. Où sont basés les Allemands près d'ici ? Combien sont-ils ?

Les habitants de la région se pressent sur leurs pas-de-porte pour regarder le véhicule passer, sans être certains de comprendre. Ils savent que les Alliés ont débarqué sur les plages de Normandie, mais ils savent aussi que les combats ont été violents et que la bataille pour libérer la France n'est pas encore gagnée.

Les Américains traversent des villages endormis, aux volets fermés, avec des places pavées, et des fontaines presque à sec. Dans la campagne, ils passent devant des murs de pierre chauffés par le soleil et des champs en mosaïque. De vastes cieux européens. Ils traversent même en trombe une petite ville que Cristabel a visitée avec Mlle Aubert, Flossie et Digby, il y a une éternité. À la recherche d'une pension où dormir, ils s'étaient perdus et s'étaient alors arrêtés dans un bar pour demander leur chemin. Elle se souvient du bruyant ventilateur de plafond. Et des bâillements d'ennui de Mlle Aubert.

« Nous avons peut-être une autre mission pour vous, dit le lieutenant, au bout d'un certain temps. Vous pourriez aller à Paris ?

— Oui, s'empresse de répondre Cristabel.

— Nous voulons en savoir plus sur l'état des forces allemandes dans la ville. Impossible pour nous de nous approcher de Paris, et nous devons rentrer à Saint-Lô ce soir, mais si vous pouviez…

— Oui, répond-elle de nouveau. Dites-moi ce dont vous avez besoin. Comment vous contacter. »

Édouard insiste pour la conduire aussi près que possible de son point de chute en utilisant son laissez-passer de médecin. Pratiquement aucun train ne circule. La plus grande partie du réseau ferroviaire a été mise hors service, soit par les bombardements alliés, soit par les sabotages de la Résistance ; et tandis qu'Édouard et Cristabel se dirigent vers la capitale, ils voient les bombardiers britanniques voler au-dessus de leurs têtes, une série de croix sombres dans le ciel. Des véhicules militaires allemands, couverts de branches d'arbres, roulent parfois à toute allure dans la direction opposée. Cristabel tient son mouchoir, prête à cracher du sang mais, à présent, la Simca d'Édouard ne paraît plus les intéresser.

Ils ne se sont arrêtés qu'une seule fois, à quelques kilomètres de Paris, à un barrage routier où un jeune soldat de la Wehrmacht vérifie le laissez-passer d'Édouard, puis les laisse continuer d'un signe de tête.

« Il avait l'air d'avoir à peine plus de seize ans, tu as remarqué ? dit Édouard en redémarrant. Quel drôle d'endroit pour un garçon de son âge…

— Ils doivent manquer d'hommes, répond Cristabel, en vérifiant qu'elle a tout ce dont elle a besoin dans son sac à dos : papiers, argent, cigarettes, couteau et l'exemplaire de *Madame Bovary* appartenant à Édouard – il avait insisté pour qu'elle le prenne.

Édouard s'arrête dans une petite rue pour la déposer. Il se penche pour l'embrasser plusieurs fois sur chaque joue et lui donner un sac de navets, en lui recommandant de dire, si on l'interroge, qu'elle est allée rendre visite à des amis à la campagne pour ramener de quoi manger.

« Je dois y aller, dit-elle. Je ne veux pas être surprise après le couvre-feu.

— Je t'en prie, sois prudente.

— Je reviendrai. Je vous le promets. Merci pour tout. »

Il la serre fort dans ses bras et elle l'entend murmurer, « Chère enfant », presque pour lui-même, puis il se réinstalle sur son siège et lui dit : « Vas-y. Vite. Nous te reverrons. »

Les Américains lui ont donné un contact, Jules – qui, d'après eux, est l'un de leurs agents les plus fiables à Paris – et le nom d'un restaurant où elle peut le trouver. Cristabel dégote un hôtel bon marché où passer la nuit. Même en tant qu'agent secret dans un hôtel miteux en pleine guerre, c'est excitant de visiter Paris pour la première fois. Elle se penche par la fenêtre et écoute la ville – dans laquelle, quelque part, se cache Digby.

Le lendemain, elle épingle un œillet à son chemisier, comme convenu, et se rend au restaurant pour rencontrer Jules. L'endroit n'est pas le petit bistro qui ne paye pas de mine auquel elle s'attendait, mais un établissement coûteux sur la grande avenue des Champs-Élysées, où les tables extérieures sont occupées par des officiers nazis chaussés de bottes hautes, qui profitent du soleil. Il est étrange de les voir si détendus, sachant qu'à seulement quelques centaines de kilomètres de là, la bataille fait rage.

Elle entre sous prétexte de demander son chemin à un serveur, scrute la clientèle, mais ne voit personne à qui s'adresser, et s'apprête à partir quand, à une table voisine, une main se tend et lui attrape le poignet.

« Vous n'avez pas vu le journal ? demande une femme dans un français parfait. Je l'ai sciemment ouvert en grand sur la table. »

Cristabel se retourne pour découvrir le journal, qu'on lui avait dit de chercher, sur une table devant un individu qu'elle avait repéré avant de s'en détourner : une femme assez imposante d'une cinquantaine d'années, aux cheveux argentés élégamment coiffés d'un chapeau à plumes, vêtue d'une jupe rayée gris et noir à la mode et d'une veste assortie boutonnée sur une poitrine imposante. Elle a un visage large et autour de son cou pend une mosaïque d'accessoires : une grappe de perles, un pince-nez sur une chaîne en argent, et un foulard en soie épinglé d'une broche en forme de cheval. Elle porte, à chacune de ses mains robustes, des bagues ornées de pierres précieuses aux couleurs sombres : rubis, grenats. Une étole en fourrure est suspendue au dossier de sa chaise et un sac à main en crocodile contenant un petit chien est posé à ses pieds.

« Je suis contente que vous soyez arrivée, dit la femme en se levant. J'ai hâte de partir. Ils ont engagé un nouveau chef, et c'est un désastre. » Elle attrape son étole, ramasse le sac d'où elle sort une importante liasse de billets de banque, et pose l'argent sur la table. Alors qu'elles se dirigent ensemble vers la sortie, elle s'arrête et prend Cristabel par le bras. « Nous devons montrer que nous sommes heureuses de nous retrouver. » Elle l'embrasse sur chaque joue, une fois, deux fois, trois fois. « Maintenant, partons. »

Elle s'appelle Lieselotte de Brienne. Alors qu'elles marchent le long des allées sablonneuses bordées d'arbres des jardins des Champs-Élysées, elle explique à Cristabel qu'elle est mi-allemande et mi-américaine – « un mélange compliqué » ; mais elle a vécu la majeure partie de sa vie en France, après avoir épousé un riche industriel français, qui se trouve actuellement dans leur résidence d'été près d'Avignon. « Il n'a jamais aimé Paris au contraire de moi », dit-elle. Avant la guerre, elle tenait régulièrement salon dans son appartement parisien – des réunions d'écrivains, d'artistes, d'hommes politiques – et a continué pendant l'Occupation. C'est ce qui a attiré l'attention des services secrets américains, qui lui ont suggéré d'inviter quelques hauts responsables nazis désireux de se mêler aux intellectuels français.

« Je suis juste assez française pour flatter leur ego, dit-elle en parlant de ses visiteurs allemands, juste assez allemande pour leur rappeler leur mère, et juste assez américaine pour qu'ils me jugent un peu idiote. C'est ça le plus important en fait, vous comprenez. Ils pensent que je ne m'intéresse qu'au caviar et aux ragots, alors ils disent des choses, qu'ils ne devraient pas dire, devant moi. Ou devant la gentille fille qui est là pour remplir leurs verres. Mais assez parlé de moi. Que faites-vous ?

— Je travaille pour une organisation britannique..., commence Cristabel.

— Non, pas ça. Que faites-vous vraiment ? En dehors de tout ça, dit Lieselotte en sortant son chien de son sac.

— Je ne suis pas censée...

— Si vous n'assouplissez jamais les règles destinées à vous garder en sécurité, je crains que nos conversations ne soient très ennuyeuses.

— C'est justement le but de ces mesures de précaution.

— Dites-m'en autant que vous le pouvez, et nous ferons ce que nous pourrons », dit Lieselotte, alors qu'elles s'arrêtent devant une fontaine dont la vasque en pierre est vide.

Cristabel marque une pause. « J'ai un théâtre.

— Un théâtre ? Mais c'est merveilleux.

— Non. Ça pourrait l'être, en effet. Mais ça ne l'est pas.

— Qu'est-ce que vous y jouez ? Quels sont vos thèmes ?

— On a joué du Shakespeare. Je ne dirais pas que j'avais des thèmes. Une fois, cependant, nous avons fait référence à la guerre d'Espagne. L'un de mes comédiens avait trouvé cette idée enthousiasmante. Avec le recul, toutefois, je pense que c'était un peu lourd.

— Le théâtre politique ne m'a jamais convaincue. Je n'aime pas être bousculée, dit Lieselotte. Vous faites de la mise en scène ?

— Oui.

— C'est parfait. Un aspirant metteur en scène de théâtre est exactement le genre de personne que j'inviterais à déjeuner. J'avais du mal à avancer une raison qui justifierait ma rencontre avec une étudiante en art, tuberculeuse, ce que vous êtes censée être d'après ce qu'on m'a dit. Avez-vous vu la nouvelle mise en scène d'*Antigone* ? Au théâtre de l'Atelier. »

Cristabel rit. « Je ne suis pas allée au théâtre depuis longtemps.

— Alors nous irons. Tout le monde en parle.

— Je suis ici pour me renseigner sur l'état des forces militaires allemandes, pas pour aller au théâtre.

— L'un n'empêche pas l'autre. Devons-nous les laisser nous priver de tous nos plaisirs ? Je ne crois pas », dit Lieselotte. Elle se penche pour récupérer son chien et le remettre dans son sac. « Nous allons tenter notre chance chez Lucas Carton. Généralement, ils me trouvent toujours une table de libre. »

Elle guide Cristabel à l'extérieur des jardins, et fait le tour de la place de la Concorde avec, en son centre, l'obélisque. De grands drapeaux noir et rouge à croix gammée sont accrochés aux imposants bâtiments qui surplombent la place et, à un coin, des panneaux de signalisation donnent en allemand la direction de différents lieux pour les soldats – Soldatenkinos, Soldatenkaffee – avec un nouveau panneau ajouté en bas : *Zur Normandie Front.* Les seuls véhicules qui circulent dans Paris sont allemands : il n'y a plus d'essence pour les Français.

« Je voulais vous poser une question, dit Cristabel, alors qu'elles se dirigent vers le restaurant. Deux des nôtres sont détenus à Fresnes. Leurs noms de code sont Sidonie et Antoine. Si vous pouvez avoir de leurs nouvelles, nous vous en serions très reconnaissants. »

Lieselotte acquiesce. « Où êtes-vous logée ?

— Je suis dans un hôtel sur la Rive gauche.

— Il y a un restaurant sur le boulevard Saint-Germain où nous pouvons laisser des messages au sommelier. Je vous donnerai les coordonnées », dit Lieselotte.

Lorsqu'elles arrivent à l'entrée du restaurant Lucas Carton, un bel officier de la Wehrmacht en sort, accompagné d'une jeune femme en robe de soie et talons hauts. Apercevant Lieselotte, il la salue avec une courtoisie excessive, se saisissant de sa main pour la baiser.

« Cher Herr Schulte, j'espère que nous vous verrons jeudi, comme d'habitude, dit Lieselotte en allemand.

— Je ne manquerais ça pour rien au monde, répond-il, puis il fait un geste vers Cristabel et dit : Votre amie se joindra-t-elle à nous ?

— J'espère que oui, dit Lieselotte. Claudine est metteur en scène au théâtre. Je lui ai parlé de la nouvelle adaptation d'*Antigone* d'Anouilh, elle ne l'a pas encore vue.

— Alors laissez-moi vous trouver des billets, dit l'Allemand avec empressement. C'est une pièce fascinante.

— Ah, mais Claudine pense qu'il n'est pas moral d'aller au théâtre en temps de guerre », dit Lieselotte d'un ton taquin. Cristabel remarque que l'allemand de Lieselotte est plus rapide et plus fluide que son français.

L'officier sourit à Cristabel et dit dans un français soigné : « Les Grecs anciens pensaient qu'il était du devoir d'un citoyen d'aller au théâtre. Je suis d'accord avec ça. Je vais vous offrir des billets.

— Vous êtes trop aimable », répond Lieselotte.

Il s'incline pour les saluer avant de s'éloigner avec sa compagne.

« Je ne peux pas accepter de billets de théâtre de sa part », dit Cristabel, alors qu'elles entrent dans le restaurant. L'intérieur raffiné est décoré de boiseries Art nouveau et de miroirs incurvés reflétant l'élégance des clients français et les nazis en uniforme, servis par des garçons en veste blanche. Les deux femmes sont conduites à une table à côté des fenêtres.

« Si. Vous pouvez, et vous allez, accepter, dit Lieselotte en installant son chien sous la table. Nous devrions profiter de lui autant que possible. Cet argent n'est pas le sien, après tout, n'est-ce pas ? Rien de ce qu'ils ont ici n'est à eux. En attendant, vous devez accepter quelque chose de ma part. Je voudrais vous acheter des vêtements et vous envoyer chez mon coiffeur. Je ne pense pas qu'un non puisse être une réponse acceptable. »

Lieselotte commande une bouteille de champagne, puis regarde par la fenêtre les Parisiennes qui passent à bicyclette, avec des lunettes de soleil à monture blanche et les lèvres fardées de rouge, les cheveux relevés haut sur le front ou attachés sous des turbans en tissu brillant, pédalant dans des chaussures à talons compensés, leurs jupes remontées haut sur leurs jambes, flottant comme des drapeaux sur le boulevard Malesherbes.

« Regardez ces filles magnifiques, dit Lieselotte, un tel défi aux autorités ! »

Au cours des semaines suivantes, Cristabel enfourche régulièrement sa bicyclette – qu'elle a volée devant un magasin en laissant un mot d'excuse et de l'argent, le prix d'une bicyclette dans le Paris occupé étant presque équivalent à celui d'une voiture – et parcourt la ville et ses environs pour enquêter subrepticement sur les allées et venues des troupes allemandes.

Elle repère les bâtiments où les unités allemandes sont situées et se rend dans les cafés et les bars des environs, cherchant timidement des contacts qui pourraient lui en dire plus sur l'état des forces en présence. Elle partage chaque information utile qu'elle découvre avec Lieselotte pour qu'elle la transmette aux Américains.

Cristabel devient experte dans l'art de poser des questions neutres qui pourraient la conduire à une personne disposée à parler. Elle constate qu'être vue en train de boire de l'alcool l'aide, car elle peut donner ainsi l'impression d'être une personne qui a oublié d'être prudente. Une femme ivre et bavarde est agaçante, mais pas suspecte, et nombreux sont les gens qui boivent pendant la guerre. Un cognac bon marché sur un estomac vide adoucit la dureté de la vie. Même l'oncle Willoughby, qui faisait passer la guerre pour la plus grande des aventures, avait presque toujours un verre à la main ; à présent, elle comprend pourquoi.

Ses précédentes missions en France lui ont permis d'acquérir la conscience de soi élevée qu'un agent secret a de lui-même ; mais, à présent, elle a l'impression de s'être dédoublée. D'un côté, elle travaille pour les Américains et, de l'autre, elle scrute constamment la ville à la recherche de Digby. Ce qui ne va pas à l'encontre de sa mission, mais qui n'est pas sa mission ; la réalité lui paraît brouillée, comme si elle était une radio qui changeait sans cesse de station. Elle se limite à deux verres par jour pour pouvoir se concentrer ; pour le reste, elle peut jouer la comédie.

Son sac à dos sale a été remplacé par une sacoche élégante, et elle porte une tenue fournie par Lieselotte : une robe d'été à carreaux bleus et blancs, et des richelieus à semelles de bois, qu'elle chausse, comme les Parisiennes, avec des socquettes. Elle a un foulard assorti noué dans ses cheveux bruns fraîchement coupés et une paire de lunettes de soleil, car il fait chaud et ensoleillé à Paris en juillet. Les habitants se pressent sur les rives de la Seine, et descendent les marches en pierre qui mènent au fleuve où ils s'allongent sur les berges chauffées par le soleil sous les rangées des grands arbres.

Le temps semble être suspendu à Paris ; la population vit dans le flou. Il est difficile d'obtenir des nouvelles de l'avancée des Alliés, car ni la BBC ni les Allemands ne veulent donner de détails, et il y a tellement de coupures de courant qu'il est difficile de trouver une radio qui fonctionne. Parfois, une fumée noire arrive de Normandie et flotte sur la ville, cachant le soleil comme une énorme et visible prémonition ; de quoi, on ne le sait pas.

La ville est une horloge arrêtée, une marmite sous surveillance. Il y a des files d'attente devant les magasins, des femmes adossées aux murs qui s'éventent sous la chaleur. La nourriture, qu'il a toujours été difficile de se procurer, manque, et des panneaux apparaissent dans les vitrines des magasins pour énumérer tout ce qu'ils n'ont plus en stock. Les panneaux et les affiches prolifèrent partout dans la ville. Des annonces de couvre-feu, des annonces de condamnations à mort, et l'affreuse Affiche rouge – avec les photos des *résistants** capturés. Les Parisiens s'arrêtent, regardent et parlent à voix basse. Cristabel pousse son vélo en passant devant, scrutant les photos d'identité judiciaire, les visages meurtris, au regard fixe.

Des rumeurs courent selon lesquelles les nazis ont préparé le dynamitage de certains ponts de Paris ; des rumeurs selon lesquelles quelqu'un aurait essayé de faire sauter Hitler lui-même. Des soldats armés apparaissent aux portes des hôtels fréquentés par des Allemands. Les rues sont envahies par des véhicules militaires. De temps en temps, on assiste à des parades – les Français défilent le 14 juillet pour la première fois depuis des années, les Allemands font défiler leurs troupes sur les grandes avenues – mais rien de vraiment spectaculaire.

La plupart du temps, la ville est calme. Si calme, que lorsqu'un char allemand traverse la ville, on l'entend à plusieurs rues de là. Un monstre mécanique, qui tourne sa tourelle avec une lenteur impassible et pointe son canon sur différents bâtiments à tour de rôle : une banque, un grand magasin et un appartement au deuxième étage avec des poulets sur son balcon. Comme un enfant qui dirait, en montrant du doigt : Je vais t'attraper, et toi aussi, et toi aussi.

Cristabel passe à bicyclette devant le char pareil à un monument métallique impassible qui trône au milieu d'un boulevard bordé d'arbres. Les restaurateurs sortent sur leur pas-de-porte pour voir, puis retournent à l'intérieur pour essuyer les tables. Elle continue à pédaler, en direction du sud, jusqu'à la périphérie de la ville. Elle continue jusqu'à ce qu'elle trouve un endroit d'où elle peut voir l'énorme prison de Fresnes au loin : une sinistre rangée de blocs de détention en pierre alignés derrière un mur d'enceinte et surveillés par un mirador.

Elle peut distinguer les fenêtres à barreaux et imagine ceux qui sont à l'intérieur. De jeunes rebelles, comme le fils d'Édouard et de Wanda. Des agents secrets capturés, comme Antoine et Sophie. Une prison pleine de gens courageux. Elle se demande ce que les Allemands feront d'eux à l'arrivée des Alliés.

Elle se dit : c'est moi. Je suis là. Puis elle fait demi-tour et rentre à Paris.

UN APPARTEMENT À PARIS

Juillet 1944

Un jour d'orage, chargé d'humidité, Cristabel se rend à vélo dans le nord de Paris, pour jeter un coup d'œil à la caserne de Clignancourt, qui sert de garnison et de terrain d'exercices pour les troupes d'occupation, et dont on dit qu'elle abrite des volontaires français ayant rejoint les SS. Bien qu'elle ne puisse pas s'approcher des baraquements eux-mêmes, elle s'installe dans un café voisin pour la matinée et prend note du type de véhicules militaires qui entrent et sortent, tout en écoutant une conversation instructive sur le moral des troupes.

Ensuite, elle revient dans le centre, en prenant un chemin détourné pour éviter les rues soumises à des barrages. Elle s'arrête brièvement à un kiosque pour acheter un journal, et le vendeur de journaux lui dit en souriant : « Vous avez entendu, les Alliés ont libéré Saint-Lô. »

Cette nouvelle excitante lui donne un regain d'énergie, et elle file bientôt vers la Seine lorsqu'une plaque de rue – *Rue des Rosiers* – attire son attention. Elle s'arrête. La rue des Rosiers était l'endroit où vivait la mère de Mlle Aubert, au-dessus d'une boutique, là où elle s'était mise à la couture en espérant que sa famille serait un jour réunie. Tout lui revient en mémoire en un éclair. La salle de classe étouffante de Chilcombe. L'amertume de Mlle Aubert face à la situation de sa famille tombée en disgrâce.

Cristabel s'engage avec son vélo dans la rue étroite et pavée, et la scrute attentivement. Les immeubles, serrés les uns contre les autres, semblent plus vieux que les autres immeubles parisiens. Certains sont barricadés ou ont des fenêtres cassées.

Elle voit des inscriptions gribouillées, le mot *Juif** peint sur une porte d'entrée. Une vieille femme enveloppée dans un châle est assise sur le pas d'une porte. Cristabel lui offre une cigarette et lui demande discrètement si elle connaît une Mme Aubert qui aurait vécu dans cette rue.

La vieille femme rit, et son rire déclenche une quinte de toux. « Elle n'habite plus ici. Elle est partie dans le monde. Avec ses nouveaux amis, finit-elle par dire.

— Savez-vous où je pourrais la trouver ? demande Cristabel.

— Pourquoi voudriez-vous la trouver ? Nous la trouverons en temps voulu, quand tout ça sera fini. Vous pouvez le lui dire.

— Je le lui dirai, si vous me dites où elle est. »

La vieille femme ne répond pas. Mais quand Cristabel tourne les talons comme pour s'éloigner, elle lui lance : « Je vous parlerai en échange de vos cigarettes. »

Cristabel lui donne ses cigarettes, et la femme lâche : « Rue Beaujon. Près de l'Arc de triomphe. Cherchez la concierge la mieux nourrie de toute la rue. Elle est dodue comme une oie, prête pour le pâté de foie gras. »

Cristabel est consciente qu'il n'est pas vraiment raisonnable d'essayer de retrouver Mme Aubert, une femme en lien, même de loin, avec sa véritable identité. Pour autant, elle est curieuse, et elle pense qu'il y a une chance que Digby ait pu lui aussi être curieux, s'il a un jour découvert la rue des Rosiers.

D'autant que le lien est très ténu, et que les Alliés pourraient être là la semaine prochaine. Elle sent que les vents lui sont favorables, et Mme Aubert s'avère d'ailleurs extrêmement facile à trouver. Elle est debout dans la rue, devant sa *loge**, en train de chasser deux garçons chahuteurs. C'est une version replète de sa fille, la soixantaine, avec les mêmes grains de beauté sombres et le même visage revêche, vêtue d'une robe noire, ses cheveux gris noués en chignon.

Cristabel exprime un semblant de sympathie. « Typique des enfants.

— Ils ne me montrent aucun respect », dit Mme Aubert.

Cristabel regarde la rue : une rangée d'immeubles de couleur vanille dans le 8e arrondissement, un quartier prisé par les Allemands et qu'elle évite habituellement. La Gestapo a son quartier général non loin de là, dans la verdoyante avenue Foch. Mme Aubert s'est bien débrouillée ; pourtant, rares sont ceux qui s'en sortent en temps de guerre. Cristabel pense à la menace de la vieille dame de la rue des Rosiers, à son allusion aux « nouveaux amis » de Mme Aubert, et décide de tenter sa chance. « Vous ne seriez pas madame Aubert ?

— Qui la demande ?

— Je m'appelle Claudine Beauchamp. C'est mon ami, Herr Schulte, qui m'a donné votre nom. »

C'est alors que Mme Aubert conduit Claudine jusqu'à sa loge en disant : « Herr Schulte ? Je ne suis pas sûre de me souvenir d'un Herr Schulte.

— Il dit le plus grand bien de vous.

— Entrez donc, mademoiselle Beauchamp. Vous pouvez laisser votre vélo près de l'escalier. » Mme Aubert la fait entrer dans son logement, qui est protégé de la rue par des rideaux. Le long d'un mur sont installés des casiers pour le tri du courrier et un tableau en liège sur lequel sont accrochées les clés des appartements. La pièce est meublée d'un bureau dont le plateau est enfoui sous les papiers et d'un registre des locataires. À travers une alcôve, Cristabel aperçoit une table recouverte d'une nappe à l'ancienne, et un grand buffet contenant une masse de vaisselle, de formes et de styles différents. « La porcelaine de ma famille, dit Mme Aubert en voyant Cristabel la regarder.

— C'est très beau. »

Elles échangent des civilités, puis Mme Aubert disparaît dans une petite cuisine adjacente pour faire du café. Cristabel feuillette rapidement le registre, se demandant quel nom Digby aurait pu utiliser, et ce qu'il aurait pu dire, s'il était venu dans cette pièce. Au bout d'un moment, elle interpelle la logeuse : « On m'a dit que vous pourriez m'aider à trouver un logement.

— C'est possible, répond Mme Aubert.

— J'ai entendu dire que vous étiez très discrète », ajoute Cristabel, en regardant les décorations aux murs : des photos de famille, des images de saints et un portrait encadré du maréchal Pétain.

Mme Aubert revient avec des tasses en porcelaine à motifs de roses sur un plateau en argent. Cristabel fait un geste vers l'une des photographies accrochées au mur, dont elle est sûre qu'elle représente une Mlle Aubert maussade. « Qui est cette charmante jeune fille ? Elle vous ressemble beaucoup.

— Mon Ernestine. Elle est préceptrice. Employée par de nombreuses familles. J'aimerais qu'elle soit auprès de moi.

— Elle ne vit pas à Paris ?

— Non, elle est en Suisse. Et avant ça, elle était en Angleterre, répond Mme Aubert.

— Vous devez être très fière. » Cristabel porte sa tasse à ses lèvres. « Ça alors, on dirait du vrai café. C'est difficile à trouver de nos jours. »

Mme Aubert sourit un peu timidement.

Cristabel sourit à son tour. « Nous avons tous besoin de petits plaisirs. Dans quel endroit votre fille travaillait-elle en Angleterre ? J'ai visité l'Angleterre avant la guerre. Mais je n'irais plus à présent. On dit que le pays est méconnaissable.

— Je ne sais pas où exactement, mais c'était dans une famille distinguée, comme la mienne. Tout ça – elle désigne d'un geste la pièce qui les entoure – est provisoire, vous comprenez.

— Les temps sont difficiles, acquiesce Cristabel avec sympathie. On dit que les Anglais sont envahis, dans leur propre pays. Submergés par les éléments les plus indésirables.

— C'est terrible, souligne Mme Aubert.

— Si ça continue, il ne restera rien de la bonne société. » Et, en jetant un regard vers Pétain, Cristabel ajoute : « Heureusement qu'il y a encore des gens qui prennent position.

— Sans lui, nous serions perdus, et Dieu sait que la France a assez souffert, dit Mme Aubert, qui lance un coup d'œil à l'horloge murale. En ce qui concerne votre logement, mademoiselle Beauchamp, je m'occupe d'un autre immeuble, dans la même rue. Le numéro 20. Il y a un appartement au troisième étage qui s'est libéré récemment. Peut-être aimeriez-vous y jeter un coup d'œil ?

— S'il vous plaît, si c'est possible.

— Je vous donne la clé car je dois aller chez le boucher avant qu'il ne ferme, mais nous pouvons nous retrouver ici une fois que vous aurez fait le tour. » Mme Aubert se lève pour attraper une clé sur le tableau, puis la tend à Cristabel.

« Parfait, dit Cristabel en se levant. C'est une chance qu'il y ait un logement disponible.

— La famille qui était là... Elle n'aurait jamais dû être autorisée à habiter l'immeuble. C'est à cause de gens de leur espèce qu'on en est là.

— C'est peut-être mieux qu'ils soient partis.

— S'ils n'avaient rien fait de mal, ils ne se seraient pas cachés, continue Mme Aubert en prenant un panier à provisions. Je les voyais. Allant et venant à toute heure.

— C'est louche.

— On ne pouvait pas leur faire confiance. » Mme Aubert s'arrête avant de sortir et ajoute : « C'est curieux que nous en soyons arrivées à parler des Anglais. Un membre de la famille chez qui ma fille travaillait a également séjourné au numéro 20, au quatrième étage. Il avait de très bonnes manières. On voyait qu'il était bien élevé.

— Vraiment ? s'exclame Cristabel, la gorge sèche, soudain.

— Il a dit que j'entretenais si joliment son logement que ça lui rappelait sa maison, dont il m'a expliqué qu'elle était l'une des demeures les plus anciennes d'Angleterre. »

Cristabel sourit, malgré elle. Digby avait menti à cette femme tout autant qu'elle. Il ne s'était jamais soucié de sa maison ou de son histoire. C'est curieux que cette réflexion lui vienne soudain à l'esprit dans de telles circonstances.

« Cet appartement est-il toujours disponible ?

— Je crains que non, répond Mme Aubert, en sortant dans la rue.

— Que faisait un Anglais à Paris à cette époque ? » demande Cristabel, d'un ton aussi désinvolte que possible.

Mme Aubert la regarde. « Je ne saurais le dire. »

Cristabel se penche vers elle avec un air de conspiratrice. « Vous savez, j'ai entendu dire que beaucoup d'Anglais ne supportaient pas Churchill. Je ne serais pas surprise que certains décident qu'ils seraient mieux de l'autre côté de la Manche. »

Mme Aubert sourit. Elle conduit Cristabel jusqu'au numéro 20, puis poursuit son chemin.

Cristabel entre dans l'immeuble, un immeuble parisien typique, avec un escalier en bois sombre. Elle monte les marches, la clé de l'appartement du troisième étage à la main – mais se rend directement au quatrième sur la pointe des pieds et, pendant quelques instants, incapable d'expliquer pourquoi, elle reste devant la porte de l'appartement qu'elle touche légèrement du bout des doigts ; elle est presque tentée d'essayer la clé dans la serrure. Toutefois elle se ravise, et redescend au palier du troisième où elle est accueillie par un officier SS en uniforme qui grimpait l'escalier et demande : « Claudine Beauchamp ? »

Elle s'arrête, juste une seconde, puis répond : « Oui. »

L'officier est essoufflé, mais lui sourit et dit en français : « Bien. Madame Aubert m'a dit que vous aviez la clé. Moi aussi je suis venu pour visiter l'appartement. »

Elle lui tend la clé, mais il la refuse et dit : « Non, je vous en prie. Vous d'abord. Vous êtes la future locataire. Je suis ici seulement pour regarder certaines choses. » Il fait un geste vers la porte, qu'elle déverrouille, et il la suit à l'intérieur.

L'appartement est très lumineux. Les fenêtres qui montent du sol jusqu'au plafond donnent sur la rue, et le soleil pénètre à flots sur le parquet ciré à chevrons. Les sièges sont tapissés de jaune pâle, et les hauts plafonds, blancs, sont ornés de corniches décoratives dorées. Les murs sont couverts de tableaux modernes et de miroirs qui font danser la lumière du jour dans la pièce.

« Ah, madame Aubert a bien fait le ménage », dit l'officier. Il a enlevé sa casquette et s'en sert pour s'éventer. C'est un homme corpulent d'une quarantaine d'années, avec une large ceinture de cuir sur sa veste vareuse grise, et un visage rougeaud. « Vous aurez de la chance de vivre ici.

— Je ne fais que jeter un coup d'œil, dit Cristabel en s'éloignant comme pour regarder la vue depuis les fenêtres.

— J'ai toujours rêvé d'avoir un appartement à Paris, poursuit-il en posant sa casquette sur une chaise, puis en traversant la pièce pour examiner un tableau au mur. Un rêve insensé, peut-être. » Il se dirige vers un deuxième tableau, l'examine attentivement, puis le décroche pour le poser sur une table basse.

« Oui », dit Cristabel, en se dirigeant rapidement dans la salle à manger adjacente, accompagnée du bruit de ses chaussures à semelles de bois qui ébranlent le plancher, comme autant de petits chocs remontant le long de ses jambes.

« J'avais même commencé à me renseigner dans le quartier. Pour voir s'il y avait quelque chose que j'aurais pu acheter. » Elle l'entend rire tout seul.

Cristabel traverse la salle à manger, puis retourne dans le salon où l'officier SS examine un presse-papier en marbre. Il a rassemblé une sélection d'objets sur la table basse. Quelques tableaux, des figurines en porcelaine. Il lève les yeux et lui dit : « Je vous envie. Au train où vont les choses, vous allez rester à Paris bien plus longtemps que moi. »

Elle acquiesce et se rend à l'autre bout de l'appartement, où elle fait rapidement le tour de la salle de bains et de la chambre principale, puis entre dans une chambre plus petite meublée de deux lits jumeaux. Ce devait être la chambre des enfants, pense-t-elle, car une série de traits de crayon sur le montant de la porte marque les étapes de leur croissance.

Elle passe de nouveau devant l'officier, qui regarde de près un autre tableau, et entre dans la cuisine, qui donne sur l'arrière de l'immeuble. Elle ouvre machinalement les placards, quand quelque chose attire son attention : un service d'assiettes avec le même motif de roses que celui qui ornait les tasses à café de Mme Aubert.

Elle repart dans le salon et dit : « Je dois m'en aller. C'est bientôt l'heure du couvre-feu. »

Il lève les yeux du tableau. « Quelqu'un ici avait très bon goût. »

Un rai de lumière qui filtre par les fenêtres tombe sur un objet qui scintille par terre sous la table basse, et Cristabel se baisse pour le ramasser. Elle trouve une paire de lunettes d'enfant, dont un verre est cassé. L'officier la regarde poser les lunettes sur la table basse, à côté des tableaux, des figurines et du presse-papiers.

« Comment trouvez-vous l'appartement ? » demande-t-il en alignant le tableau avec les autres. Elle ne peut détacher son regard du pistolet rangé dans l'étui qu'il porte à la hanche.

« Ce n'est pas vraiment ce que je cherche, dit-elle.

— Où habitez-vous actuellement ?

— Sur la Rive gauche.

— Avec votre famille ?

— Je vis seule.

— Qu'est-ce que vous faites ?

— Je suis étudiante.

— Une étudiante avec des vêtements neufs qui peut se permettre un appartement comme celui-ci… », s'étonne-t-il. Et elle comprend qu'elle est dans le pétrin.

« Ma famille a de l'argent, un héritage », répond-elle en s'apprêtant à partir.

Il lève la main pour l'arrêter. « Quand je suis arrivé, vous descendiez du quatrième étage. Pourquoi ça ?

— Je m'étais trompée.

— Mais la clé de cet appartement est soigneusement étiquetée.

— J'étais perdue. Je n'ai pas bien dormi la nuit dernière.

— Puis-je voir vos papiers ? » demande-t-il.

Elle fouille dans sa sacoche et les lui tend. Il les examine attentivement.

« Puis-je voir ce qu'il y a d'autre dans votre sacoche ? » insiste-t-il. Elle a soudain le sentiment d'être dans une impasse.

« Juste un livre et quelques affaires », répond-elle, sachant que dans son sac se trouve le carnet où elle a noté les détails des véhicules de la caserne de Clignancourt. Il contient aussi l'adresse du restaurant où elle peut laisser des messages à Lieselotte.

« Pourriez-vous sortir les affaires de votre sacoche et les poser sur la table afin que je puisse les voir ? » Sa voix est feutrée, presque lasse, comme s'il avait déjà fait cette demande trop souvent.

Le cerveau de Cristabel vrombit comme une machine de codage, essayant d'anticiper frénétiquement toutes les probabilités : il pourrait ouvrir le carnet, comprendre ce que signifient les notes qu'elle a prises et l'arrêter ; il pourrait ouvrir le carnet, ne pas comprendre et la relâcher – mais quel officier SS en découvrant des notes qu'il ne comprend pas supposerait qu'elles sont innocentes ? Plus : l'adresse du restaurant pourrait le conduire à Lieselotte. Sans compter qu'il connaît son nom d'emprunt. Elle a beau retourner le problème dans tous les sens, elle ne sait pas quoi faire. D'autant que marquer un temps de réflexion avant d'accéder à la requête de l'officier réduit ses chances de quitter l'appartement saine et sauve. Chaque seconde d'inaction est incriminante.

« Videz le sac, dit-il.

— Oui, bien sûr. » La machine de codage s'enclenche. Il n'y a aucun moyen de ne pas lui obéir. Même si elle l'assomme, il se réveillera et saura plus tard la reconnaître.

Elle essaie de se remémorer l'Écosse, la salle d'entraînement avec le mannequin de paille. La pièce dans laquelle elle se tient à présent ne laisse la place à rien d'autre que leurs deux respirations, la sienne et celle de l'officier. Elle se souvient de chaque étape de l'exercice pour surprendre une sentinelle par-derrière et lui trancher la gorge ; mais l'Allemand n'est pas une sentinelle, il ne lui tourne pas le dos, et elle n'a pas son couteau en main – il est dans sa ceinture. Il est obscène de penser à se battre dans cette pièce baignée de soleil, d'envisager d'attaquer quelqu'un qui se tient debout devant elle, si près qu'elle peut entendre le *tic-tac* de sa montre-bracelet ; elle pense trop, et une voix dans sa tête lui dit alors : *c'est ta mission.*

Elle fouille dans son sac, le fait tomber par terre et se penche pour le ramasser. Il fait de même. Elle se relève alors en une brusque détente et le frappe d'abord à la mâchoire de la paume de la main, le déséquilibrant. Puis elle se saisit du presse-papiers en marbre sur la table basse et, grimaçant à l'idée de l'impact au moment même où elle lève le bras, l'envoie s'écraser sur son nez, sa bouche. Il tournoie sur lui-même, étourdi, crachant du sang, mais s'élance vers elle en criant et lui assène un coup violent à la tête.

Elle recule en titubant et le voit l'injurier à travers sa bouche pleine de sang. Elle ne veut pas qu'il la regarde. Elle pousse la table basse dans sa direction, et il tombe sur le dos, tout en sortant son arme de son étui. Elle se précipite vers lui en enjambant la table, lui écrase la main avec son talon en bois et envoie le pistolet valser sous un fauteuil.

Il avance à quatre pattes pour le récupérer et elle le rattrape. Furieux, il décoche un coup de poing, la frappant violemment à la poitrine ; le choc l'envoie heurter une bibliothèque, un tas de livres dégringole des étagères. Il atteint le fauteuil avant elle, et tâtonne sous son assise pour récupérer son arme ; mais elle a sorti son couteau de sa ceinture, et lui saute sur le dos. Ses mains sont moites, elle rate sa première tentative, la lame s'enfonçant à peine dans le tissu épais de l'uniforme.

Il se cabre, essayant de la repousser, en criant un flot grossier d'invectives assorties de postillons épais, qui déclenchent soudain en elle une telle fureur qu'elle enfonce le long couteau aussi haut et profond qu'elle le peut entre les côtes supérieures de l'Allemand, son bras gauche bloqué autour de sa gorge comme on le lui a appris. Il émet un horrible cri aigu, comme celui d'un animal. Puis il s'effondre sur le ventre, se tordant sous elle, le bras toujours tendu sous le fauteuil, les ongles grattant en direction de l'arme. Elle pèse sur lui de tout son poids, la main toujours sur le manche du couteau, de sorte qu'elle paraît agrippée au corps de l'officier.

Elle l'entend dire, dans un allemand étouffé, un gargouillis : *S'il vous plaît.* Elle entend son propre anglais étouffé : *Taisez-vous.* Elle resserre son bras autour de son cou, enfonce le couteau plus profondément. Il s'agite, secoué de soubresauts, jusqu'à ce qu'ils tombent tous deux à la renverse, collés l'un à l'autre, emboîtés comme des chiens, et qu'elle se retrouve sous lui, le tenant fermement contre elle, elle a les yeux ouverts sur le plafond doré. Elle l'entend haleter ; le souffle rauque, il émet des sons sans mots, dans une langue qui n'existe pas, des *mummmumumumu.* Et pendant toutes les longues minutes nécessaires pour que sa bouche cesse de bouger, que son corps cesse de convulser, que son poids devienne un poids mort et que sa tête se laisse aller contre la sienne comme un bébé le ferait, Cristabel prend conscience de l'urine chaude qui filtre à travers l'uniforme, et de l'odeur âcre de sa propre sueur.

Seule sa respiration haletante se fait entendre dans l'appartement à présent silencieux, et ce bruit est insupportable. Elle repousse le corps de l'officier de toutes ses forces. S'en libère. S'empresse de se relever et se rend dans la cuisine. Elle tremble et chancelle. Le goût aigre de la bile monte dans sa gorge, et elle crache dans l'évier. Elle est vidée. La rage violente qui l'habitait a laissé place à des frissons de dégoût.

Plus que tout, elle veut quitter l'appartement, mais elle doit s'occuper du corps. La machine dans son cerveau fonctionne encore, lentement. Par la fenêtre de la cuisine, elle regarde la cour en contrebas : une sorte de puits abrupt avec en guise de parois les façades arrière de différents immeubles, un espace creux, avec au fond des poubelles et un tas d'ordures.

Elle revient vers l'officier, qui est affalé sur le côté, le manche en laiton du couteau dépassant de son dos, comme s'il était un jouet à remonter. Elle ressent un frisson d'horreur. Elle pense à l'ex-policier écossais qui parlait de l'utilisation du couteau en termes si techniques, comme s'il s'agissait de la chasse : quelque chose de nécessaire qu'un homme faisait puis oubliait. Comment peut-elle oublier ? Il gît devant elle, la bave aux lèvres et sans vie. La preuve qu'elle est capable de tuer.

Mme Aubert sera bientôt de retour. Cristabel doit être aussi méthodique qu'un chasseur. Elle va dans la salle de bains, trouve une serviette et revient de nouveau vers l'Allemand pour la glisser sous lui. Bouger son corps, sentir son poids, lui donne des haut-le-cœur. Elle tousse, dégoûtée.

Une fois la serviette en place, elle tire sur le couteau, qui s'extrait du corps avec un lent bruit de succion, et une traînée de sang. La blessure suinte un peu, tachant la veste de gabardine de l'homme, mais ne saigne pas autant qu'elle le craignait. Elle prend une profonde inspiration, lui retire ses bottes, une par une, son pied appuyé contre la jambe de l'officier pour empêcher le corps de glisser. Elle déboutonne le pantalon trempé et le lui ôte. Sa chair pâle est encore chaude. Il a des mollets poilus, une cicatrice sur le genou, un trou dans une chaussette.

Elle travaille vite à présent, défait la ceinture de cuir, lui enlève sa veste, sa chemise, ses chaussettes. Sa montre-bracelet. Son alliance. Elle le manipule comme un mannequin de couturière – un mannequin mou, poisseux et humide – jusqu'à ce qu'il ne reste que ses sous-vêtements. Elle s'arrête un instant, puis le déshabille aussi rapidement qu'une nounou qui retire un maillot de bain mouillé à un enfant sur une plage froide, en regardant au loin par les fenêtres.

Puis elle le traîne dans la cuisine, ses mains sous ses aisselles, les talons nus de l'officier couinant sur le sol. C'est une tâche pénible, il est presque trop lourd à déplacer, et elle donne des coups de pied aux meubles en signe de frustration, essuyant la sueur de ses yeux.

Une fois dans la cuisine, elle tire le corps jusqu'à la fenêtre qu'elle ouvre aussi grand que possible. La seule solution à laquelle elle pense pour s'en débarrasser est de le balancer dans la cour ; elle le cale le long du mur, puis, comme le ferait un pompier, elle s'arc-boute pour le soulever et le charger sur ses épaules, gémissant sous l'effort. Ses mains s'enfoncent dans le gros ventre de l'officier, elle le hisse sur le rebord de la fenêtre, la tête du cadavre branlant contre le cadre, et elle le pousse en forçant jusqu'à ce qu'il bascule et s'envole. Elle le regarde tomber ; il atterrit sur le tas d'ordures avec un bruit sourd. Un cadavre nu trouvé près de quelques poubelles pourrait lui faire gagner un peu plus de temps qu'un officier SS découvert poignardé dans un appartement bourgeois.

C'est alors qu'elle remarque une jeune fille debout à la fenêtre de l'immeuble d'en face, les mains collées à la vitre, qui l'observe fixement. Elles se regardent. Cristabel pose un doigt tremblant sur ses lèvres.

Elle se ressaisit. Elle se force à retourner dans le salon, où elle repositionne les meubles, les tableaux. L'uniforme mouillé de l'Allemand traîne encore sur le sol. Après une fouille rapide des lieux, elle repère une valise bien rangée sous le lit de la chambre principale. Elle en vide le contenu dans un tiroir, puis y fourre les vêtements et les bottes de l'officier. Elle y ajoute son arme et le presse-papier taché de sang. Elle se rend à nouveau dans le salon et utilise la serviette comme serpillière, qu'elle glisse ensuite également dans la valise. Avant de partir, elle retourne dans la cuisine et jette un coup d'œil à la fenêtre d'en face, mais la jeune fille a disparu.

Dans la rue, la lumière du soir est radieuse, et des martinets criards s'élancent entre les immeubles. Elle retourne chez Mme Aubert, en trimballant la lourde valise, et glisse la clé de l'appartement dans la boîte aux lettres. Elle récupère son vélo et s'éloigne en pédalant, vacillant légèrement, la valise en équilibre précaire sur son guidon ; elle est vêtue d'une veste trouvée dans une armoire, et boutonnée sur sa robe tachée de sang.

ANTIGONE

Juillet 1944

Le lendemain matin, elle donne rendez-vous à Lieselotte dans un café tranquille près du jardin du Luxembourg pour lui dire qu'il lui faut un nouveau nom, de nouveaux papiers, de nouveaux vêtements et une nouvelle adresse. Claudine Beauchamp est finie. Elle s'est mise en danger.

« Autre chose ? demande Lieselotte, en avalant une bouchée de son croissant, avant de grimacer. Je ne sais pas avec quoi ils ont fait ça, mais ce n'est pas de la farine.

— J'ai une valise dont je dois me débarrasser », répond Cristabel en commandant un cognac. Elles sont assises dehors à une table ronde au plateau de marbre, côte à côte sur des chaises en rotin, face à la rue. Cristabel porte des lunettes de soleil. Elle a un gros bleu sur la tempe qu'elle a essayé de cacher avec du maquillage.

« Une nouvelle identité, une valise dont tu dois te débarrasser et un petit-déjeuner au cognac. Tu as été bien occupée, fait remarquer Lieselotte.

— J'ai été stupide. J'ai pris des risques inutiles.

— Je suis sûre que tes informations sur la caserne seront utiles. Je les transmettrai aussi vite que possible.

— Ça vaut une vie, vous croyez ? »

Lieselotte rompt un morceau de son croissant et le donne à son chien sous la table. Aujourd'hui, elle est habillée en vert et blanc, avec des boucles d'oreilles sophistiquées en argent torsadé, et un bibi avec une voilette verte. « Je peux te trouver des vêtements et un endroit où loger, mais les papiers prendront plus de temps. Mes contacts sont tous en train d'imprimer des tracts pour la Résistance », dit-elle. Elle regarde Cristabel, au visage de marbre, et ajoute : « Le 14 juillet dernier, la Résistance a distribué des tracts dans tous les théâtres de Paris, tous en même temps. C'était magnifique. Un acte théâtral en soi. »

Cristabel ne dit rien. Elles restent assises en silence pendant un moment, regardant les gens passer. Un groupe d'enfants qui courent dans les jardins. Un homme à bicyclette et une femme qui rit installée sur la barre transversale. Une charrette à lait tirée par un cheval.

« Claudine Beauchamp sera une dernière fois de sortie. Elle a un billet pour *Antigone* ce soir. Moi aussi. Tout ça arrangé par Herr Schulte. Les billets, à nos noms, sont à prendre au guichet du théâtre, annonce Lieselotte au bout de quelques minutes.

— Je ne veux pas aller au théâtre », rétorque Cristabel.

Lieselotte fait signe au serveur pour demander l'addition. « Je ne veux pas y aller seule. Sois prête à six heures. Je vais te faire livrer des vêtements. » Elle ramasse son sac à main, se tourne vers Cristabel. « Tu t'attendais à ce que tout ça soit juste ? »

Il n'y a plus de taxis à Paris, alors Claudine Beauchamp et Lieselotte de Brienne se rendent au théâtre dans l'un de ces « vélos-taxis » qui les remplacent : des petites remorques à deux roues semblables à des pousse-pousse, juste assez grandes pour deux personnes, tirées par un homme ou une femme à vélo. Certaines ont un toit pour protéger les passagers des intempéries, d'autres sont mues par deux personnes qui pédalent en tandem. La leur est ouverte sur un ciel d'été et tirée par un homme portant un béret, en bras de chemise, un pantalon large rentré dans ses chaussettes, qui les conduit à travers la ville à vive allure ; les pneus fins rebondissent sur les pavés et les deux passagères en sont secouées.

Il est curieux de voyager si vite, tout en étant si près du sol qu'elles pourraient toucher les genoux des piétons. Il est tout aussi curieux de voyager dans un engin tiré par un humain et non par un animal, mais leur cycliste siffle, la brise est rafraîchissante et Paris est charmant, même vu d'en bas.

Elles avancent à hauteur de trottoir, voient défiler les pieds de table et de chaise des terrasses de café, les jambes croisées des clients – des jambes en pantalon, des jambes plus rares en bas résille, des jambes entrelacées, et les chats errants qui se faufilent entre.

La circulation est certes absente des rues de Paris, les restaurants moins fréquentés qu'avant-guerre et les cinémas fermés, mais les Parisiens qui, en été, partiraient normalement pour la Côte, sont restés en ville. Même si la nourriture se fait rare, avoir de la compagnie, généralement, n'est pas difficile et il est possible de trouver un ersatz de bière ; c'est samedi, les Alliés sont en Normandie, les Russes se battent sur le sol allemand, et les théâtres sont encore ouverts.

« Parle-moi de ton théâtre, demande Lieselotte, alors qu'elles se dirigent vers le nord. Tu as une compagnie à demeure ? » Lieselotte porte une robe de soirée en taffetas bordeaux avec une cape assortie, une avalanche de perles autour du cou, et tient une pochette dorée trop petite pour contenir son chien, qui a été laissé au maître d'hôtel chez Lucas Carton.

Cristabel, dans un fourreau de satin noir, secoue la tête. « Rien de tout ça. Nous avions des volontaires. Des gens qui appartenaient au club de théâtre amateur de la région. Nous sommes installés à la campagne, donc un peu limités.

— Vous n'avez pas d'affiche ? dit Lieselotte, alors que leur véhicule traverse le majestueux boulevard Haussmann, où des mannequins posent dans les vitrines des grands magasins.

— Des affiches ?

— Des affiches, comme pour un cirque. Pour dire aux gens que vous êtes là, explique Lieselotte, en faisant un geste vers l'une des grandes croix gammées accrochées à un bâtiment voisin.

— Non.

— D'autres compagnies théâtrales sont-elles venues vous voir ?

— Non. Il n'y avait que moi, quelques amis, et tous ceux que je pouvais forcer à faire mes quatre volontés », répond Cristabel, fouillant dans le sac de soirée que lui a prêté Lieselotte pour y trouver des cigarettes.

Lieselotte fronce les sourcils. « Forcer ? Pourquoi les as-tu forcés ? Ils ne voulaient pas participer ?

— Pas comme moi.

— Alors pourquoi faire appel à eux ? Il faut trouver des gens qui s'intéressent au théâtre autant que toi.

— C'est plus facile à dire qu'à faire.

— Comme la plupart des choses. Est-ce que ça t'importe ?

— Bien sûr.

— Que ça t'importe n'est pas obligatoire, dit Lieselotte. Mais si ce n'est pas le cas, tu dois alors découvrir ce qui t'importe vraiment. C'est également la règle que j'applique quand je tiens salon. Peu m'importe les centres d'intérêt de ceux qui se réunissent – le tennis, l'architecture ou le basson – du moment qu'ils en ont un.

— Le théâtre m'importe, dit Cristabel.

— Pardon, mais d'après ce que je t'ai entendue dire, tu es un metteur en scène qui préfère qu'on s'adresse à elle en tant qu'étudiante, qui travaille avec des amateurs peu enthousiastes comme comédiens, qui est désenchantée par ses propres productions, et qui n'invite pas d'autres compagnies et ne met pas d'affiche pour promouvoir ses spectacles.

— C'est un peu injuste de dire ça.

— Non. Tu veux créer ? Réaliser quelque chose ?

— Bien sûr.

— Bien sûr n'est pas un oui. » Lieselotte regarde Cristabel : son visage pâle, sa tempe meurtrie. Cristabel regarde ailleurs, allume une cigarette.

Leur cycliste pédale dur maintenant, les hissant sur les hauteurs de la ville à travers Pigalle, le quartier des ateliers d'artistes et des divertissements nocturnes, des plaisirs de la nuit, où les soldats allemands font la queue devant les cabarets.

Au bout d'un moment, Lieselotte dit : « Dans cette ville, il est impossible de faire du théâtre. Pas d'électricité. Pas de lumière. Pas d'argent. Chaque scénario doit être approuvé par les Allemands, la *Propagandastaffel*, de sorte que les auteurs, pour que leur travail soit accepté, doivent parfois se renier. S'ils réussissent à monter leurs pièces, ils seront accusés de trahison et seuls les journalistes voulant marquer des points politiques chroniqueront leurs pièces. C'est impossible. Et pourtant, regarde où nous sommes. »

Ils sont arrivés à Montmartre, le village aux rues étroites en haut de Paris, où le théâtre de l'Atelier occupe tout un côté d'une place pavée, surplombée par des tilleuls tordus, et flanquée de part et d'autre d'immeubles et de restaurants. C'est un petit théâtre, peint en blanc, avec trois portes doubles voûtées au rez-de-chaussée et trois fenêtres cintrées au premier étage, où sont situés les places au balcon et un bar. Une foule se presse devant, dans l'attente d'y entrer.

Leur cycliste les aide à descendre du vélo-taxi, et désigne la foule d'un signe de tête. « Il y a du monde ce soir.

— On dit que c'est comme ça tous les soirs. Vous avez vu la pièce ? demande Lieselotte

— En février. J'ai failli mourir de froid.

— Oui, il a fait froid en février, acquiesce-t-elle en lui donnant un gros pourboire. Merci, *monsieur**. »

Lieselotte et Cristabel rejoignent les personnes qui se pressent à l'entrée du théâtre et retirent leurs billets au guichet. Dans le foyer, un panneau indique l'emplacement de l'abri antiaérien le plus proche et précise que les spectateurs doivent rester à l'écart des balcons en cas de bombardement, alors ils se frayent un chemin jusqu'aux places d'orchestre.

À l'intérieur, le théâtre est sombre, aux lignes courbes, intime. Les fauteuils rouges de l'orchestre sont proches de la scène, de sorte qu'il y a peu de distance entre les comédiens et le public. En l'absence d'éclairage dans tout le bâtiment, le personnel du théâtre se tient prêt avec des lampes de poche pour guider les gens vers leur place. Lieselotte salue de la main plusieurs personnes qu'elle connaît.

Cristabel aperçoit Herr Schulte, et elle se sent nauséeuse, se rappelant qu'elle a donné son nom à Mme Aubert, qui pourrait bientôt transmettre cette information à ceux qui enquêtent sur le meurtre d'un officier SS, et leur décrire la grande et jeune femme qui se fait appeler Claudine. Herr Schulte la salue joyeusement. Il est au premier rang, en tenue de soirée, avec quelques autres hommes qui ont l'air d'être allemands. Lieselotte lui explique que, pour chaque représentation, le théâtre doit réserver un certain nombre de places pour les occupants.

La soirée commence par une courte pièce en deux actes et en vers intitulée *À quoi rêvent les jeunes filles*, d'Alfred de Musset. La représentation est immédiatement interrompue par le hurlement d'une sirène de raid aérien. Les spectateurs, imperturbables, ramassent leurs affaires et retournent sur la place devant le théâtre, poursuivant leurs conversations. Le ciel de la ville est maintenant couleur pêche, strié de longs nuages de coucher de soleil ; des moineaux se rassemblent dans les arbres. Cristabel remarque que le public est mixte : des personnes âgées en tenue de soirée côtoient des jeunes gens en chemise et en jupe ; cinq d'entre eux se tiennent près d'elle, partageant une cigarette.

Quand la fin de l'alerte sonne, ils rentrent en file indienne pour assister à la suite de la première pièce. L'absence d'éclairage scénique a pour effet de rapprocher les comédiens du public, comme si les spectateurs assistaient à une répétition plutôt qu'à une représentation. Puis ils attendent que le rideau se lève sur *Antigone*.

« Connais-tu l'histoire ? C'est une tragédie grecque, explique Lieselotte, qui a mis ses lunettes pince-nez pour lire le programme.

— Oui, répond Cristabel.

— Ce qui est le plus intrigant dans la version d'Anouilh, continue Lieselotte, c'est que personne n'est d'accord sur le contenu de la pièce. Tous les critiques l'adorent, mais pour des raisons différentes. Certains l'encensent parce que c'est une pièce qui colle à la politique de Vichy, une pièce fasciste, d'autres parce que c'est une pièce symbole de la Résistance, voire une pièce anarchiste.

— Anarchiste ?

— Oui. Le soir de la première, quand le rideau est tombé, le silence était total. Personne ne pouvait croire qu'une telle pièce passerait devant la censure. Mais le plus étrange, c'est que les Allemands ont envie de la voir autant que les Français. Tout le monde est convaincu qu'elle lui est adressée. »

À peine Lieselotte a-t-elle fini de parler que le rideau se lève sur une scène nue, fantomatique, qui n'est éclairée que par un mince faisceau de lumière naturelle tombant d'une verrière. Le mur du fond du décor ressemble à des rideaux drapés, et les comédiens sont assis sur une rangée de marches. Les femmes sont en robe noire, les hommes en queue-de-pie et cravate blanche, quelques-uns en imperméable et coiffés d'un feutre. Ils jouent aux cartes, discutent, comme s'ils rentraient d'une fête.

L'un d'eux, un homme avec des lunettes et un nœud papillon, s'avance vers le bord de la scène. Il sourit familièrement au public et dit : « *Voilà.* Ces personnages vont vous jouer l'histoire d'Antigone. Antigone, c'est la petite maigre qui est assise là-bas, et qui ne dit rien. Elle regarde droit devant elle. Elle pense. Elle pense qu'elle va être Antigone tout à l'heure, qu'elle va surgir soudain de la maigre jeune fille noiraude et renfermée que personne ne prenait au sérieux dans la famille, et se dresser seule contre tous, seule en face de Créon, son oncle qui est le roi. Elle pense qu'elle va mourir… » Il marque une pause et regarde les spectateurs les plus proches de lui : « … qu'elle est jeune et qu'elle aussi aurait bien aimé vivre. »

Cristabel se penche en avant, concentrée.

L'action est rapide. Elle commence avec Antigone qui tente d'enterrer secrètement le corps de son frère, mort au combat, mais dénoncé comme traître. Elle est arrêtée par des gardes et conduite à Créon. Créon lui dit que personne n'est au-dessus de la loi. Il lui dit aussi que quelqu'un doit diriger le navire. Il déclare : « *Il n'y a plus que le bateau qui ait un nom et la tempête. Est-ce que tu le comprends, cela ?* »

Antigone répond : « *Moi, je suis là pour autre chose que comprendre. Je suis là pour vous dire non et pour mourir.* »

Un frémissement parcourt le public, une grande respiration collective, des applaudissements épars.

Créon n'abandonne pas. Il veut sauver Antigone. Il lui dit qu'il est facile de dire non, que dire oui est une tâche plus difficile, qui exige de retrousser ses manches et de se mettre au travail. Le public acquiesce à ces propos, des murmures d'approbation.

Mais la lumière naturelle décline, l'obscurité se répand sur la scène, et Antigone refuse d'être sauvée. À partir de là, la mécanique de la tragédie se met en branle toute seule et les morts se succèdent jusqu'à la tombée du rideau.

Il y a un moment de silence, puis le public se lève et applaudit à tout rompre en criant « bravo, bravo ». Cristabel reste assise. Elle regarde droit devant elle. Elle pense.

Elle a suivi Antigone de près tout au long de la pièce, elle est restée à ses côtés – Antigone qui se lève tôt pour être la première vivante, Antigone qui a l'impression que le monde entier l'attend et s'agace de voir que ce n'est pas le cas. Cristabel l'a suivie comme quand on a repéré une personne que l'on croit connaître. Cependant, la pièce d'Anouilh l'a entraînée d'abord dans une direction, puis dans une autre, pour finalement la laisser quelque part au milieu du chemin – persuadée que si Antigone avait raison, elle était folle, aussi, et que si Créon était fautif, il n'avait pas non plus tout à fait tort.

Elle comprend que le martyre d'Antigone puisse plaire aux jeunes Parisiens dans le public, mais quelle liberté a Antigone ? L'acte qu'elle commet, le seul dont elle ait décidé de son propre chef, conduit inéluctablement à sa mort, en coulisse. Elle prend la défense de son frère, puis se débarrasse habilement d'elle-même en se pendant avec sa robe. Comme dans *Mesure pour mesure* de Shakespeare, la sœur provocatrice qui défend son frère est écartée de la famille via un mariage improbable à la fin de la pièce. Et s'il y avait une version dans laquelle ces sœurs n'étaient pas exclues ? se demande Cristabel. Si elles restaient en vie ? Si elles restaient elles-mêmes ?

Cristabel regarde Lieselotte qui, avec le reste du public, applaudit les comédiens qui saluent et qu'on peut à peine apercevoir ; elle voit son profil fier dans la pénombre, la quantité extravagante des perles autour de son cou.

Les comédiens quittent la scène et le personnel du théâtre réapparaît avec des lampes de poche. Le public se dirige vers les sorties, pressé d'attraper le dernier métro avant le couvre-feu. Alors que Cristabel suit Lieselotte le long de la rangée de fauteuils, elle voit deux machinistes s'élancer sur la scène pour ramasser les quelques accessoires laissés sur place : une bouteille de vin, des cartes à jouer. Son attention est attirée par le plus petit des deux, puis le rideau se baisse.

À l'extérieur du théâtre, l'un des lampadaires de la place s'est allumé. Il est recouvert de papier bleu et il s'en dégage une étrange lueur maritime. Aucun des autres lampadaires ne fonctionne ; il n'y a que quelques petites bougies dans les vitrines des restaurants voisins où les serveurs balaient.

Le vélo-taxi de Lieselotte est revenu pour la ramener chez elle. Cristabel dit qu'elle va se débrouiller toute seule, et regarde Lieselotte disparaître dans la nuit. Cristabel fait ensuite le tour du théâtre, et cherche l'entrée des artistes. Une fois qu'elle l'a trouvée, elle attend dans l'ombre du porche de l'immeuble d'en face, regardant les comédiens sortir, échanger des baisers, faire des signes d'au revoir, jusqu'à ce qu'elle voie le petit machiniste, au chapeau rabattu sur les yeux et au col relevé, passer la porte et descendre la rue pavée.

Elle le suit à une distance respectable alors qu'il marche rapidement dans les rues escarpées de Montmartre, s'arrêtant seulement pour renouer ses lacets. Il tourne à un coin de rue, et elle accélère le pas, mais quand elle arrive, il a disparu. Elle avance prudemment, regardant autour d'elle. Elle est en haut de la Butte à présent, le vent souffle, et elle peut voir la ville sombre s'étendre à ses pieds, le mince échafaudage de la tour Eiffel au loin. Puis elle entend un bruit de pas, et une voix derrière elle : « Pensais-tu vraiment qu'ils ne m'avaient rien appris, Crista ? »

NOUS

Juillet 1944

Elle est tellement furieuse contre lui qu'elle ne peut pas le lâcher. Elle le serre contre elle et jure copieusement dans un mélange de français et d'anglais. Il lui rend son étreinte en riant et dit : « Je sais, je sais. »

Elle le repousse. « Où étais-tu passé ? Digby, où étais-tu ?

— Je m'appelle Denis, répond-il en français, et nous devrions filer avant d'être arrêtés. Par ici. Viens, je vis tout près. »

Il l'emmène jusqu'à un petit restaurant avec sur le côté une porte qu'il déverrouille, en jetant un coup d'œil à gauche et à droite, avant de la faire entrer. Elle le suit en montant un escalier jusqu'à un minuscule appartement qui se situe au-dessus du restaurant. Il fait sombre à l'intérieur, tous les rideaux sont tirés, mais elle voit la lumière vacillante d'une bougie et une voix masculine appelle : « Denis ?

— Je ne suis pas seul », répond Digby. Il regarde Cristabel, puis l'entraîne dans la pièce en disant : « Jean-Marc, voici Cristabel, ma sœur. Cristabel, voici Jean-Marc. »

Elle voit un jeune Français à lunettes et aux cheveux bruns bouclés, assis dans un fauteuil miteux, qui lit un journal à la lueur d'une bougie. Il est vêtu d'un gilet et d'un pantalon, les pieds nus croisés devant lui. Il se lève quand elle entre, regarde Digby. « Ta sœur ?

— J'aurais dû me douter qu'elle me retrouverait », dit Digby en souriant.

Jean-Marc s'empresse de replier et poser le journal sur la table devant lui et de tendre la main. « C'est un honneur de vous rencontrer, Cristabel. J'ai beaucoup entendu parler de vous.

— Je m'appelle Claudine, dit-elle en lui serrant vivement la main en retour. Qu'avez-vous entendu dire ?

— Que des bonnes choses. Je peux vous offrir un verre ? Je vous aurais bien proposé du café, mais il y a si peu de gaz qu'il faut une heure pour faire bouillir l'eau.

— Je vais chercher le vin, dit Digby en se dirigeant vers la cuisine. Crista, assieds-toi. Mon Dieu, nous avons tant de choses à nous dire. Je n'arrive pas à croire que tu sois là. »

Jean-Marc fait un geste pour désigner le fauteuil à côté du sien et Cristabel s'assied un moment, mais elle se rend vite compte qu'elle est trop excitée pour échanger les civilités d'usage. Elle suit donc Digby dans la cuisine, où elle le trouve en train de déboucher une bouteille de vin.

« C'est juste un vin de pays…, commence-t-il.

— Où étais-tu ? chuchote-t-elle. Je me suis fait un sang d'encre.

— Quelqu'un t'a envoyée ici pour me retrouver ? demande Digby.

— Non, je t'ai repéré parce que j'étais dans le public quand tu traînais sur scène à la fin de la pièce.

— C'est ma couverture, je travaille là-bas », dit-il.

Cristabel le regarde, essayant de saisir ce qu'elle voit. C'est Digby mais ce n'est pas Digby. Il a l'air tout à fait français. Ses cheveux bruns sont plus longs, gominés et coiffés en arrière comme ceux des jeunes Parisiens. Il porte un pantalon large retenu par une étroite ceinture de cuir, et une chemise à rayures au col ouvert avec les manches retroussées. Mince et le teint hâlé, il n'est pas rasé de frais, et ses yeux noirs sont très brillants. Elle a une furieuse envie, et c'est étrange, de passer les mains sur le visage de son cousin pour vérifier qu'il est bien réel.

« Tu travailles pour l'Org, dit-elle. Ils veulent vraiment savoir où tu es. Je travaille aussi pour eux. J'étais en France l'année dernière pour accomplir une mission, mais ils m'ont rappelée pour m'interroger et savoir où tu étais.

— Vraiment ?

— Et ça n'a pas été une partie de plaisir.

— En effet, ça n'a pas dû être drôle. Raconte-moi tout ce que tu as fait, Crista. » Digby pose une main sur son bras et ajoute : « Tu m'as tellement manqué. J'aime bien ta robe.

— Ne t'occupe pas de ma fichue robe. Pourquoi n'as-tu pas contacté Londres ?

— Tu m'en veux ?

— Merde, Digs ! Personne ne sait ce que tu fais. J'ai cru que tu avais été pris par les nazis. J'ai presque perdu la tête. » Dans la petite cuisine, sa voix résonne.

Il a soudainement l'air préoccupé. « Je suis désolé. Je ne pensais pas que tu saurais quoi que ce soit. Est-ce que Père est au courant de tout ça ? Ou Floss ?

— Non, juste moi.

— Que t'ont-ils dit ?

— Que ton réseau était tombé, mais que tu étais toujours en liberté. Ils te soupçonnaient de trahison.

— Ça n'a rien à voir. Ils se sont honteusement servis de nous, sans scrupule, réplique Digby.

— Qui ?

— Londres, répond-il. L'année dernière, ils ne cessaient de nous répéter que le débarquement était imminent. Nous avons pris des risques énormes pour que tout soit prêt. Mais c'était un leurre.

— Un leurre ?

— Pour tromper les Allemands, pour détourner leur attention. Pour leur faire croire que le débarquement aurait lieu en septembre. Nous sommes aujourd'hui convaincus que c'est de ça qu'il s'agit. Jean-Marc dit qu'ils nous ont utilisés comme appâts. » Il se retourne pour prendre des verres à vin dans un placard.

« Je suis sûre qu'ils avaient leurs raisons, dit Cristabel.

— Oui, moi aussi et je suis sûr que ce sont les mêmes raisons qu'ils ont pour tout ce qu'ils font : leurs propres intérêts.

— Les agents sur le terrain ne savent pas tout. »

Il se tourne vivement vers elle. « Ils m'ont menti, et j'ai cru à leurs mensonges, et j'ai persuadé mes amis de croire à ces mensonges, et mes amis ont risqué leur vie en mon nom. La plupart d'entre eux sont maintenant en prison ou morts. Parce qu'ils m'ont fait confiance. »

Elle ne dit rien.

« Que ferais-tu, Crista, à ma place ? Devrais-je retourner à Londres, auprès de ces menteurs qui pensaient que les vies de nos alliés ne valaient rien ou devrais-je rester ici et faire la guerre pour laquelle j'ai signé ? »

Comme elle ne dit toujours rien, il verse du vin dans les verres, et lui en tend un. Il ajoute : « Si j'avais pu te contacter, je l'aurais fait. Allons dans l'autre pièce. »

Jean-Marc se lève quand ils réapparaissent. Et quand Cristabel retourne s'installer dans l'autre fauteuil, il se rassied. Digby prend place sur le tapis. Le silence règne dans la pièce éclairée à la bougie et dans la ville au-dehors. Cristabel fixe le sol et réfléchit à ce que Digby lui a dit.

Jean-Marc se tourne vers elle. « Comment as-tu fait pour trouver Denis ?

— J'étais au théâtre, répond-elle.

— Tu es venue de ton propre chef ? demande Digby.

— Je ne vais pas entrer dans les détails », dit Cristabel en se tortillant sur son fauteuil. Elle ne parvient pas à s'installer dans une position confortable, les ecchymoses sur son corps lui font mal.

« Tu peux parler devant Jean-Marc. Il n'y a pas de secrets ici.

— Et pourtant, il devrait probablement y en avoir », rétorque-t-elle en se frottant les yeux. Elle souhaiterait pouvoir parler à son frère sans une tierce personne, et elle aimerait qu'il le comprenne. Elle est immensément reconnaissante de découvrir qu'il est encore en vie – le soulagement qu'elle éprouve l'étourdit presque –, mais elle est secouée par leur rencontre soudaine, et la situation dans laquelle elle se trouve la rend confuse. Elle pense que l'option la plus sûre est de s'en tenir aux questions d'ordre pratique. Elle demande : « Denis, as-tu séjourné dans un appartement loué par Mme Aubert ? Près de l'Arc de triomphe. »

Il rit. « Oh, elle aussi tu l'as trouvée ? J'étais sur ses traces après que notre réseau est tombé. Je suis resté là-bas jusqu'à ce que Jean-Marc repère cet appartement. Elle est affreuse, non ? Elle est sur la liste de Jean-Marc.

— Quelle liste ?

— On établit une liste des collabos supposés, dit Jean-Marc, pour quand la guerre sera finie.

— Il s'est passé quelque chose dans cet immeuble, poursuit Cristabel, sans les regarder. Un officier SS a été tué. Il serait prudent de supposer que les Allemands, même s'ils sont très occupés, vont chercher tous les suspects possibles. En particulier ceux qui ont dit à Mme Aubert qu'ils étaient anglais.

— Je savais que c'était un risque, répond Digby en grimaçant, mais ça l'a convaincue de me louer l'appartement.

— Il serait sage de continuer à bouger, Denis, intervient Jean-Marc.

— J'ai un contact qui va me procurer un logement. Tu pourrais rester avec moi. Si tu veux, dit Cristabel.

Digby acquiesce. « Très bien. Je dois aller chercher des choses au théâtre.

— Nous pourrons y aller tôt demain, dit Jean-Marc. Tu prendras quelques-uns des nouveaux tracts.

— Nous avons créé un *Manifeste de la Révolution*, à distribuer dans tout Paris, explique Digby. Jean, tu devrais lire à Crista ce que tu as écrit hier. Commence par le passage intitulé : "Trahis par nos aînés". Pendant ce temps, je vais nous trouver quelque chose à manger. »

Cristabel observe Digby qui file à la cuisine. Le moindre de ses mouvements dénote une grande énergie. La nervosité qu'elle avait constatée lors de leur dernière rencontre dans le Dorset semble avoir disparu ou, plutôt, elle semble s'être concentrée pour le pousser en avant, comme un voilier avec un vent arrière.

Jean-Marc ramasse un cahier sur le sol, tousse poliment et lit : « *Trahis par nos aînés, la pseudo-élite bourgeoise, nous nous sommes retrouvés hors la loi dans notre propre pays. Nous avons dit non aux mensonges et nous sommes frères parce que nous avons dit non.*

— C'est très émouvant, dit Cristabel.

— La dernière ligne est inspirée d'*Antigone*. Tu as vu, dans le programme elle est décrite comme *la sœur de tous ceux qui s'opposent à la raison d'État* ? Nous avons vu la pièce tellement de fois. Et, chaque fois, elle nous inspire. »

Digby réapparaît les mains vides. « Je ne sais pas pourquoi je suis allé à la cuisine. Je sais que nous n'avons rien à manger. Dis-moi, comment va cette chère Floss ?

— Elle va bien. Elle est volontaire agricole.

— Formidable ! » s'exclame Digby.

Jean-Marc met un doigt sur ses lèvres. « Il est tard.

— Crista, tu dois être fatiguée, je suis désolé, je suis un hôte épouvantable, dit Digby. Jean, on peut lui préparer le lit de camp ?

— Bien sûr, répond Jean-Marc en posant son cahier et en se dirigeant vers la pièce adjacente.

— Nous n'avons pas souvent de la visite », dit Digby avec enthousiasme.

Cristabel se sent soudain dépassée par ces événements. Elle est fatiguée et a mal partout. Elle en veut à Digby de l'avoir obligée à écouter des déclarations révolutionnaires ; elle est contrariée qu'il ne remarque pas son ressentiment. Et, à présent, on la met au lit comme une enfant. Elle est en colère, frustrée, au bord des larmes.

« Je t'ai vraiment manqué ? demande-t-elle.

— Oui. Pourquoi cette question ? »

Elle secoue la tête, incapable de parler.

Il s'agenouille près d'elle, la regarde avec inquiétude. Elle secoue à nouveau la tête, regarde ailleurs, les yeux remplis de larmes. Il s'approche, la prend dans ses bras. « Que se passe-t-il ? Dis-le-moi.

— Tu ne sais pas… ce que c'est.

— Que veux-tu dire ?

— Chaque matin, on se réveille et, pendant une fraction de seconde, tout va bien. Mais, très vite, on se souvient. On ne sait pas où ils sont, on ne sait pas s'ils sont vivants ou morts, et on ne peut penser à rien d'autre. On ne pense qu'à ça à longueur de journée, tous les jours. C'est une sacrée souffrance. »

Il resserre son étreinte, l'embrasse sur le sommet de la tête. « Mais à présent tu es là. Et je suis là. Tu t'es toujours trop inquiétée pour moi.

— Je n'ai pas le choix, rétorque-t-elle en se laissant aller contre lui. Personne d'autre ne le fait.

— Tu as l'air très fâchée, comme tu avais toujours l'habitude de l'être, les sourcils froncés. Je te reconnais bien là. C'est mieux. »

Elle rit et s'essuie le nez sur sa manche. « Qui est Jean-Marc ? »

Digby s'assied et sourit. « Un chef de la Résistance, et un bon. Nous avons l'intention…

— Non, je veux dire, qui est-il pour toi ? C'est pour lui que tu es ici ? »

Il la regarde à nouveau. « Nous sommes ici parce que c'est la bonne chose à faire. Pourquoi cette question ?

— Je me demandais, tout simplement. Beaucoup de tes phrases commencent par “nous”.

— N'est-ce pas une bonne façon de commencer ? demande Digby. J'aime penser que je fais partie d'un “nous”. Je ne parle pas seulement de ceux d'entre nous qui sont ici, mais de tous ceux qui ressentent la même chose que nous.

— Tu as toujours voulu que tout le monde participe, dit Cristabel, en remarquant qu'il n'a pas complètement répondu à sa question. Tu as toujours rassemblé tout le monde pour participer à tes jeux. Tu te rappelles quand tu as persuadé le facteur de lire le rôle de Lady Macbeth ? »

Digby sourit et jette un coup d'œil au cahier de Jean-Marc posé sur le sol. « Crista, tu n'en as pas marre de devoir toujours faire comme eux l'entendent ? Tout est si figé, conventionnel. L'idée qu'on gagne cette guerre pour que tout redevienne comme avant est insupportable. »

Jean-Marc appelle : « Tu peux m'aider avec la literie, Denis ? »

Cristabel regarde Digby se rendre dans la pièce d'à côté et finit son verre de vin. Elle entend la pluie qui commence à tomber. Elle pense alors à eux deux, sur le toit de Chilcombe, quand ils étaient un grand Moi et un petit moi qui formaient un nous, un nous qui paraît ne plus être le nous auquel il veut appartenir.

Cristabel se déshabille dans la petite chambre où elle va dormir, et monte avec précaution dans un lit pliant en toile. Les murs de l'appartement sont fins comme du papier, et elle entend une armoire s'ouvrir dans la chambre voisine, et la conversation murmurée de Digby avec Jean-Marc, puis le bruit qu'ils font en se couchant. Le ton affectueux sur lequel ils se parlent et le rire étouffé de Digby lui laissent à penser qu'ils sont très proches. Un instinct enfantin et un agacement infantile lui donnent envie de se glisser hors du lit et de coller un verre contre le mur pour entendre ce qu'ils disent. Mais ils chuchotent à présent et, même si elle essayait, elle ne pourrait pas savoir ce qu'ils racontent. Elle tire une couverture sur sa tête, puis s'allonge toute raide dans son lit jusqu'à ce qu'elle s'endorme.

Ils partent tôt le lendemain matin. Digby emporte un sac de vêtements, tandis que Jean-Marc a une grande valise contenant une autre valise vide plus petite, les deux devant être remplies au théâtre. En sortant de l'appartement exigu en haut de Montmartre, ils s'étirent et bâillent ; ils ont l'impression de sortir d'une tente plantée en haut de la montagne. En bas, le soleil apparaît à peine au-dessus des toits gris de Paris. Mais alors qu'ils descendent les rues pavées et escarpées, les premiers rayons s'y faufilent et viennent à leur rencontre, visant les fenêtres des appartements et les peignant en or.

« C'est si calme », dit Cristabel, alors qu'ils arrivent sur la place du théâtre de l'Atelier. Elle porte encore sa robe de soirée et ses chaussures à talons de la veille et, intérieurement, maudit pour la énième fois les vêtements féminins si peu pratiques, et dont on ne peut faire grand usage.

« Une ville peuplée uniquement d'oiseaux, s'exclame Digby en levant les yeux sur les arbres où des moineaux pépient. Imaginez ! Vivre dans une ville pareille à celle-là. »

Elle le regarde et son cœur se serre soudain, car elle le connaît : il a toujours eu cette façon d'espérer – une qualité, une force, venue d'ailleurs ; un garçon fait pour se tenir à la cime des arbres et dans la lumière.

« Normalement, les boulangers devraient être debout, mais ils n'ont rien à cuire, dit Jean-Marc en déverrouillant la porte de l'entrée des artistes.

— Quand les Alliés seront là, on aura à nouveau du pain, réplique Digby.

— Avec une épaisse couche de beurre, ajoute Jean-Marc.

— Arrêtez, j'ai l'estomac qui gargouille », dit Cristabel en suivant les deux hommes à l'intérieur. Elle se retrouve à côté d'un bureau contenant des casiers pour le courrier des comédiens et quelques bouquets fanés. Jean-Marc ferme la porte à clé derrière eux et ils traversent un couloir dont les murs non crépis sont couverts d'affiches de pièces plus anciennes. Le couloir serpente à l'arrière du bâtiment, longe des loges exiguës remplies de portants, auxquels sont accrochés des costumes, et de coiffeuses encombrées.

Digby prend les valises vides et se dirige vers un escalier étroit en disant : « Je fais aussi vite que je peux.

— On se retrouve sur la scène », dit Jean-Marc en entraînant Cristabel dans une succession labyrinthique de couloirs qui les fait déboucher sur le côté de la scène. C'est la première fois que Cristabel pénètre dans les coulisses d'un théâtre. De là où ils sont, elle peut voir plusieurs toiles de fond suspendues, qui se balancent doucement, des scènes peintes de différents lieux, de multiples dimensions. À côté d'elle, il y a un jeu compliqué de cordes qui montent jusqu'au toit du théâtre, comme le gréement d'un bateau. Elle a l'impression d'être au bord d'un lieu sacré, plus grand qu'elle, comme si elle attendait derrière un rideau avant une audience avec un empereur.

Jean-Marc se tourne vers elle. « C'est merveilleux d'assister à la représentation d'ici. » Sa voix est feutrée, emplie de respect, même si le théâtre est vide. « Denis m'a dit qu'en Angleterre, le mot pour désigner les coulisses est "les ailes", comme pour un oiseau.

— C'est exact.

— J'aime bien cette idée. Un lieu qui symbolise l'effort. Les battements d'ailes, quand les comédiens prennent leur envol. »

Un bruit se fait entendre sous le plancher. Un instant plus tard, une trappe en bois située au milieu de la scène s'ouvre et Digby apparaît comme un diable à ressort, proclamant : « *Si nous, légers fantômes, nous avons déplu / Figurez-vous seulement (et tout sera réparé) / Que vous avez fait ici un court sommeil / Tandis que ces visions erraient autour de vous*[1] *!* »

Sa voix résonne dans le théâtre, et Cristabel entend Willoughby à travers lui – une voix chaude de baryton qui raconte des histoires –, comme si Digby avait brièvement incarné une version plus ancienne de lui-même. Ne l'ayant pas vu depuis si longtemps, elle semble maintenant découvrir plusieurs déclinaisons différentes de lui-même, certaines familières, d'autres inconnues. Le Digby d'hier, d'aujourd'hui et de demain.

« Je vais vous passer tous les trucs », dit-il, puis il disparaît sous le plancher.

Jean-Marc se dirige vers le centre de la scène et Cristabel le suit en regardant les rangées de sièges rouges. Elle a le sentiment d'être exposée ; même s'il n'y a personne dans le public, le théâtre ne paraît pas être complètement vide.

Digby apparaît à nouveau par la trappe. En se penchant, Cristabel voit qu'il se tient sur une plate-forme en bois. Il tend la valise en cuir, qui est lourde à présent.

« Qu'est-ce que tu emportes ?

— De l'encre et du papier principalement. Tu n'imagines pas à quel point c'est précieux.

— Ce sont les meilleures armes que nous ayons, ajoute Jean-Marc, surtout que Londres ne nous envoie pas de fusils.

— Jean-Marc n'arrête pas de leur demander de nous en envoyer, mais ils l'ignorent, dit Digby. C'est comme si j'écrivais à mon père. Tu sais ce que Perry m'a dit une fois ? Il m'a dit qu'ils ne voulaient pas donner trop d'armes aux Français car ils pourraient les utiliser pour commettre des bêtises après la guerre. Comme si nous étions de vilains enfants. »

Cristabel pense à Perry, dans le café de Fortnum & Mason, qui lui avait servi une tasse de thé en lui disant que les guerres étaient menées pour décider ce qu'il se passera après. Toute requête venant de quelqu'un comme Jean-Marc et qui atterrirait sur son bureau serait soigneusement éliminée.

« Tu as de ses nouvelles ? demande Digby. De mon père, je veux dire.

— Non », répond-elle.

1. Shakespeare, *Songe d'une nuit d'été*, Épilogue.

« Denis, il faut se dépêcher, dit Jean-Marc. Les gens qui font le ménage vont bientôt arriver.

— Je dois juste préparer l'autre valise. » De nouveau, Digby disparaît sous la scène.

Cristabel et Jean-Marc patientent ensemble. Au bout d'un moment, elle lui demande poliment : « Vous avez réussi à garder le théâtre ouvert pendant toute la guerre ?

— Nous avons fermé quand les nazis sont arrivés, répond-il. Quand nous avons rouvert, nous étions limités dans ce que nous pouvions jouer. Rien de trop patriotique. Seulement des adaptations de mythes, de légendes, des trucs nostalgiques. Tous les vieux fantômes du théâtre. Mais le public est revenu. »

Cristabel se demande si ce sont des fantômes qu'elle peut sentir alors qu'elle se tient sur la scène. Des rôles qui attendent d'être endossés, incarnés – comme Antigone, au début de la pièce d'Anouilh, qui attend de devenir Antigone.

« L'hiver dernier, poursuit Jean-Marc, a été le plus dur que nous ayons connu. Les gens avaient si froid, si faim ; mais le théâtre n'avait jamais été aussi fréquenté depuis des années.

— Et pourquoi ?

— Eh bien, d'abord, il fait plus chaud quand on est entouré d'autres personnes, sourit-il. Et quand vous luttez, vous vous sentez seul, alors vous venez ici, et vous voyez que d'autres aussi ont lutté – comme Antigone.

— On voit son courage.

— Antigone meurt seule. Mais nous racontons son histoire au théâtre de l'Atelier. Ici, nous pouvons encore avoir de la voix.

— Même si vous ne pouvez pas vous exprimer directement.

— Il y a plusieurs façons de s'exprimer, rétorque-t-il. Tu te souviens de cette réplique dans *Antigone* : *Rien n'est vrai, sauf ce qu'on ne dit pas*. Nous savons tous ce que ça signifie. »

Cristabel embrasse le théâtre du regard, recroquevillé sur lui-même comme un coquillage contenant l'écho de la mer. Elle imagine les spectateurs, grelottant dans un théâtre non chauffé, chacun comptant sur des inconnus pour se réchauffer. Elle pense aux dramaturges, bâillonnés par la bureaucratie et qui tentent de trouver un moyen d'atteindre le public malgré tout. Puis elle pense à ses propres représentations d'avant-guerre qui lui paraissent aujourd'hui n'être qu'un marmonnement inutile, une mascarade vide.

« J'imagine que Denis a eu du mal à ne pas monter sur scène », dit-elle.

Jean-Marc rit. « C'est vrai. C'est un homme bien, ton frère. Nous avons de la chance de l'avoir. » Il s'arrête un moment, puis ajoute : « L'ecchymose sur ta tempe. C'est récent, non ?

— Ça se voit tant que ça ?

— Non, je ne l'ai remarquée que quand nous étions dehors, mais nous avons du maquillage de scène qui le couvrira mieux que ça. Je vais t'en trouver. »

Digby réapparaît alors, soulevant une valise en toile, que Jean-Marc lui prend des mains. « De quoi parlez-vous tous les deux ?

— Du théâtre », dit Cristabel. Elle espère que Digby n'a pas remarqué l'ecchymose. Elle ne veut pas parler de cet appartement, ni avec lui ni avec personne.

Ils entendent le bruit des avions qui approchent. « Les Alliés ne sont plus qu'à quelques jours de Paris, constate Digby.

— Mon vieux, si paresseux, va sortir de son fauteuil pour la première fois depuis le début de la guerre et épingler ses médailles rouillées, dit Jean-Marc.

— On ne laissera pas les vieux revendiquer celle-là », rétorque Digby en leur souriant.

Ils écoutent le bruit des avions, puis Cristabel demande : « Tu as des contacts à Fresnes, Jean-Marc ? »

Il acquiesce. « Il y a un homme qui travaille ici et qui est menuisier à la prison. Si tu reviens ce soir, tu pourras lui parler pendant le spectacle.

— Je dois d'abord aller à mon hôtel pour me changer, dit-elle. Y a-t-il un endroit où Denis pourrait rester ? Juste pour aujourd'hui. »

Jean-Marc sourit. « Il y a une femme, pas loin d'ici, qui accueille volontiers les jeunes hommes. Elle a une couverture parfaite. Des hommes impatients vont et viennent chez elle à toute heure. Elle dit aux Allemands qu'elle garde les meilleures filles pour eux, mais elle ment. C'est une vraie patriote. Les meilleures filles ne sont que pour les Français.

— C'est aussi une femme charmante, ajoute Digby.

— Ça m'a l'air parfait », dit Cristabel vivement, en prenant la valise.

Ce soir-là, quand Cristabel revient au théâtre de l'Atelier alors que la foule se presse à l'extérieur, elle entre cette fois par l'entrée des artistes. Les coulisses bruissent d'activité. En passant devant les loges, elle voit des comédiens à demi costumés, à moitié maquillés, le visage brouillé par un épais fond de teint, qui ne sont déjà plus eux-mêmes, mais pas encore tout à fait leurs personnages. Ils discutent, fument, chantent. Elle aperçoit même Antigone dans sa robe noire, penchée vers un miroir pour passer du fard à joues sur ses pommettes hautes. Jean-Marc, qui l'accompagne à l'intérieur, se retourne et lui demande : « Tu l'as vue ? »

Cristabel acquiesce, excitée malgré elle.

Alors qu'ils se rapprochent de la scène, elle entend un bruit de plus en plus fort, un brouhaha de voix murmurées. Elle réalise que ce sont les spectateurs qui arrivent. Jusque-là, elle ne s'était jamais rendu compte du bruit que fait le public. Jean-Marc la guide le long d'un passage qui traverse le fond de la scène, permettant aux comédiens de passer d'un côté à l'autre pendant les représentations – du côté cour au côté jardin, comme on dit au théâtre. C'est excitant de se déplacer sans être vu, tout en sachant que le public prend place de l'autre côté de la gaze scénique. Cristabel est habituée à se cacher dans les couloirs et sur les paliers, tous les endroits invisibles d'une maison mais, là, dans un théâtre, c'est dans les recoins secrets que la vie s'écoule.

Jean-Marc l'entraîne près de la table des accessoires, d'où elle peut voir la scène sans être vue.

« Ne franchis pas cette ligne, sinon le public te verra, dit-il en désignant une ligne blanche peinte sur le sol. Les comédiens attendent ici jusqu'à ce que ce soit leur tour de jouer. Parfois, c'est là que je trouve Denis. L'habitude est une seconde nature, *non** ? Je te revois à l'entracte. »

Cristabel observe les préparatifs avec un vif intérêt. Des machinistes déplacent les décors, et deux des comédiens de la première pièce, leurs perruques à la main, ont une conversation à voix basse sur les tickets de rationnement. Le dernier appel est lancé dans les coulisses, un cri qui résonne dans le dédale des couloirs. À l'avant-scène, les bavardages du public se taisent. Les deux comédiens terminent leur conversation, mettent leurs perruques. Un machiniste tire sur une épaisse guinde de chanvre, une main après l'autre. Lorsque le pendrillon s'ouvre, Cristabel l'entend soupirer d'un bout de la scène à l'autre. L'un des comédiens s'approche de la ligne blanche. Il lève son visage, ses lèvres remuent légèrement, puis il avance, entre dans la lumière.

Dans l'intervalle entre la première et la seconde pièce, Jean-Marc réapparaît et lui indique une échelle solidement fixée par des boulons à un mur au fond du théâtre. Elle mène à une passerelle, une plate-forme suspendue au-dessus de la scène pour permettre aux techniciens d'accéder à l'éclairage du plateau. « Là-haut, dit-il, si quelqu'un nous pose des questions, nous répondrons que nous vérifions l'installation électrique. » Ils grimpent l'étroite échelle dans le noir, en entendant un pigeon piégé quelque part sous le toit, loin au-dessus d'eux – des roucoulements étouffés, des battements d'ailes. En jetant un coup d'œil en bas, Cristabel peut voir les machinistes préparer la scène pour le début d'*Antigone*.

La passerelle, en bois, est petite, fixée de façon précaire à des conduits qui courent le long du mur. Elle oscille et grince lorsque Jean-Marc et Cristabel quittent la solide échelle et montent dessus. Le menuisier, un homme âgé, cigarette au bec, un tournevis à la main, est déjà assis là. Il fait un signe de tête à Cristabel, serre la main de Jean-Marc.

« Fresnes, dit Jean-Marc à voix basse. Elle a des questions.

— Je cherche deux personnes, explique Cristabel. Les Allemands savent probablement que ce sont des agents britanniques. » Elle donne les noms de couverture de Sophie et Antoine et les décrit brièvement.

« La femme a les cheveux noirs ? s'enquiert le menuisier.

— Oui, répond Cristabel, et elle est petite. Elle sourit beaucoup. Elle doit être populaire, même en prison. »

Il acquiesce. « Je l'ai vue. Lui, non. Mais elle, je crois l'avoir vue.

— Elle est vivante ?

— Je pense que oui. » Il ôte un filament de tabac de sa lèvre. « Il n'est pas toujours bon d'être populaire en prison. » Il se tourne vers Jean-Marc qui lui demande s'il peut transmettre un message. Le menuisier observe la scène où les comédiens prennent place. « Peut-être, mais je ne peux rien promettre. Ils la gardent à part des autres prisonnières », explique-t-il.

Cristabel regarde Jean-Marc. « Envoyer un message vaut-il la peine ? »

Le menuisier hésite un instant, puis déclare : « Si tu as quelque chose à dire à ton amie, c'est maintenant que tu dois le faire. »

Cristabel perçoit une note solennelle qui la met mal à l'aise. Elle s'agrippe à l'une des guindes situées sur le côté de la passerelle.

Jean-Marc lui pose une main dans le dos. « Qu'est-ce que tu veux lui dire ?

— Je ne sais pas ce que je peux dire.

— Il faut se dépêcher, dit le menuisier. La pièce va bientôt commencer.

— Dis-lui que tu es avec elle, murmure Jean-Marc.

— Mais je ne le suis pas, répond-elle.

— Elle a peut-être envie d'entendre ça, même si tu n'y es pas vraiment. D'après toi, qu'aimerait-elle que tu lui dises ? »

Cristabel entend l'agitation dans la salle se calmer. Elle murmure : « Dites-lui que je suis tout près. »

Le menuisier acquiesce, range son tournevis dans sa poche et montre l'échelle du doigt. « Autre chose ?

— Dites-lui que nous passerons une soirée à Londres ensemble, comme prévu. »

Cristabel quitte le théâtre avant qu'*Antigone* ne commence et traverse la ville à pied, dans le crépuscule estival. L'air est chaud, pesant, et les rues sentent les égouts et les ordures non ramassées. C'est l'avant-dernier jour du mois de juillet, et Paris s'apprête à entrer dans le désert du mois d'août, sans nourriture et avec peu d'eau. Tout manque. Sur le mur d'une pissotière puante, Cristabel lit un graffiti gribouillé : *Vive les Soviets* !*

En traversant la rue de Rivoli, elle aperçoit devant l'un des hôtels une voiture d'état-major allemand que plusieurs membres du personnel militaire, dans leurs uniformes gris nazis, sont en train de remplir à la hâte. Ils la remplissent d'un curieux fatras : une boîte de dossiers, une caisse de Moët et Chandon, une machine à coudre. L'un d'entre eux distribue des petits paquets de beurre à des passants perplexes, dont certains se sont arrêtés pour regarder. En arrivant devant, Cristabel sent une odeur de fumée et lève les yeux pour voir des cendres, des morceaux de papier carbonisés, qui tombent du ciel comme de la neige.

L'ÎLE

Août 1944

Lorsque Cristabel arrive au restaurant, Lieselotte est déjà sur le départ.

« Si vous voulez faire payer près de mille francs pour un camembert, vous devriez veiller à ce que votre personnel s'occupe correctement de vos clients », lance-t-elle haut et fort, en tendant à Cristabel le sac contenant son chien. « Tiens-le, le temps que je me rajuste. » Elle s'arrête un moment pour mettre ses gants et incliner son chapeau – une structure géométrique rouge vif – sur le côté. « Voilà. C'est parti. »

Alors qu'elles marchent sur le boulevard Saint-Germain, Lieselotte reprend son sac en disant : « Il ne faut jamais s'attarder dans les restaurants décevants, Claudine. La vie est courte. »

Elle fouille dans son sac et en sort un trousseau de clés et une enveloppe qu'elle donne à Cristabel. « Les clés de ton nouveau logement. L'adresse est dans l'enveloppe, ainsi que de l'argent et de nouveaux papiers. L'appartement sera vide dès ce soir, lorsque ma belle-mère l'aura quitté. J'ai le plaisir de la raccompagner à Avignon, où nous rejoindrons mon mari.

— Vous partez ?

— Oui. Ma belle-mère est furieuse des désagréments causés par les Alliés, mon mari me manque et… eh bien, ceux d'entre nous qui parlent allemand ne seront bientôt pas très bien vus par ici.

— Mais vous travaillez pour les Américains.

— Il y aura beaucoup de gens qui prétendront travailler pour les Américains. Je préfère ne pas faire partie de cette bousculade. Tu sais si le métro fonctionne aujourd'hui ?

— Je ne crois pas.

— Je vais marcher. Alors disons-nous au revoir maintenant. » Lieselotte s'arrête au milieu du trottoir et embrasse Cristabel, à deux reprises, puis elle tend inopinément une main ornée de bijoux qu'elle pose sur l'une des joues de la jeune fille. Elle met alors son pouce sous son menton pour le lever plus haut. « Comme ça, dit-elle. Garde le menton levé. » Puis elle se retourne et descend la rue bordée d'arbres, ses talons frappant le pavé.

Cristabel regarde Lieselotte partir, avant d'entrer dans une église voisine, un bâtiment gothique sombre, au plafond voûté. Elle s'assied sur l'une des chaises en bois mises à la disposition de la congrégation, derrière une colonne de marbre, et ouvre soigneusement l'enveloppe.

Elle y trouve une liasse de billets qu'elle glisse dans son chemisier, de nouveaux papiers d'identité, sur lesquels est écrit *metteur en scène* au titre de profession, et la broche en forme de cheval que Lieselotte portait souvent, enveloppée dans un petit mot : quelques lignes d'une écriture élégante – *Si tu n'en veux pas, vends-la, mais assure-toi d'en tirer un bon prix. Quand tu rouvriras ton théâtre, envoie-moi une invitation* –, et une adresse sur l'île Saint-Louis.

Un prêtre d'un certain âge apparaît à ses côtés et lui demande poliment s'il peut l'aider.

« Non, répond-elle, mais je vous remercie quand même. »

Les deux îles au milieu de la Seine, en forme de baleine et de baleineau, sont accessibles par des ponts ; Cristabel traverse l'un d'eux pour atteindre l'île Saint-Louis, la plus petite, où elle trouve l'immeuble de la belle-mère de Lieselotte dans une ruelle latérale.

L'entrée est une énorme porte cochère à deux vantaux assez grande pour laisser passer un cheval et une voiture. L'une des clés lui permet d'ouvrir le petit portillon intégré qui ouvre sur une cour avec une loge de concierge. Une autre clé donne accès au bâtiment principal, là où un escalier en bois en colimaçon avec des rampes en fer forgé monte dans les étages. L'air à l'intérieur est froid, lugubre, et le bruit de ses pas est amplifié.

Au quatrième étage, deux autres clés ouvrent la porte d'un appartement qui sent la cire d'abeille et le velours, l'odeur des vieilles fortunes. Des commodes anciennes en bois. Des chaises à pieds arqués recouvertes de tissu brodé. Une chambre à coucher noyée sous les volants. De grandes *portes-fenêtres** qui coincent légèrement lorsqu'elle veut les ouvrir. L'appartement est situé en haut de l'immeuble, avec vue sur les toits en pente et les appartements aux façades claires de l'autre côté de la rue. En se penchant et en regardant à droite, Cristabel peut voir les peupliers qui bordent la Seine.

Au fond, l'appartement donne sur une cour fermée par l'arrière d'autres immeubles, comme souvent à Paris. Beaucoup sont sérieux en façade, bavards à l'arrière où les fenêtres de cuisine ont vue sur d'autres fenêtres de cuisine, les éviers et les casseroles, les bouches d'aération et les disputes. Il n'y a pas d'électricité, aucune lampe ne fonctionne, et lorsqu'elle ouvre le robinet de la cuisine, il se passe un certain temps avant que ne coule de l'eau couleur de rouille. Si l'immeuble est un corps, c'est un corps âgé, plein de toux et de gargarismes.

Pourtant, il lui plaît. Elle n'a jamais eu d'appartement à elle. Lors de ses précédents séjours en Europe, elle avait logé dans d'ennuyeuses pensions françaises avec Mlle Aubert, ou dans des gîtes autrichiens où elle allait pour skier. Dans son école suisse, elle avait dû partager un dortoir avec des filles qui ne parlaient que de mariage, et ses rares séjours à l'hôtel avaient été consacrés à des lectures, enfermée seule dans sa chambre, évitant les espaces communs. Même à Chilcombe, elle ne s'est jamais vraiment sentie la bienvenue. Plutôt comme quelqu'un qui résistait contre l'adversité. Elle apporte son sac dans la chambre. Pose *Madame Bovary* sur la table de chevet.

Quand, plus tard, elle part à la rencontre de Digby, elle parcourt le pont qui relie l'île au reste de la ville en ayant l'impression de traverser la passerelle qui mène d'un bateau à une digue, avec toute l'assurance et la discrétion du voyageur intrépide.

Ensemble, ils cachent les valises de Digby sous le plancher de l'appartement dont ils ont soulevé des lattes de bois, puis Cristabel dépense une partie de l'argent de Lieselotte pour acheter quelques-unes des maigres denrées qui restent dans l'épicerie la plus proche : des pruneaux, des macaronis, une croûte de fromage à pâte dure. Dans les placards de la cuisine, ils trouvent plusieurs boîtes de conserve ainsi que trois oignons flétris, une bouteille d'eau-de-vie poussiéreuse et quelques bouts de chandelles. Le premier soir, ils s'installent à la table cirée de la salle à manger, devant les hautes fenêtres qui sont ouvertes sur le ciel.

« À notre nouveau chez nous, dit Digby en levant son verre.

— Je ne pense pas que ces macaronis soient mangeables, dit Cristabel. Je ne savais pas combien de temps il fallait les faire cuire.

— Jean-Marc se moque toujours de moi parce que je ne sais pas cuisiner. Je ne savais même pas comment allumer le four la première fois. »

Elle pique les pâtes du bout de sa fourchette. « On devrait quand même essayer de les manger.

— À propos de Montmartre… je me disais que ça a dû être étrange pour toi.

— N'en parlons plus.

— Ce n'est pas pour lui que je suis resté, mais c'est un homme bien, Crista.

— Il dit la même chose de toi.

— Vraiment ? Nous sommes d'accord, alors », rétorque Digby en riant.

Elle le regarde. « J'en suis heureuse. Mais c'était un tel choc de te revoir.

— Et tu étais en colère.

— Furieuse. »

Il fait tourner son verre entre ses doigts. « Je sais qu'on pense probablement que je fais tout de travers, mais ce n'est pas le cas. C'est le contraire. Je fais enfin les choses comme il faut. »

Soudain, une explosion au loin les fait sursauter tous les deux. « Artillerie, dit-il. Ils se rapprochent. Il y a une radio ici ? On devrait avoir une heure d'électricité ce soir. »

Ils fouillent l'appartement et trouvent une radio dans la chambre. Ils l'emportent dans la salle à manger et essaient de la régler, en tournant le cadran dans un sens puis dans l'autre.

« Ça a dû te plaire de travailler au théâtre, dit-elle, tandis que la radio grésille.

— J'ai adoré, répond-il. Faire partie de la troupe, c'est comme faire partie d'une famille. »

Ces propos déclenchent chez Cristabel un léger pincement au cœur, une douleur étouffée, sourde ; la sensation d'un tir d'artillerie lointain.

Il saisit son expression. « Non, pas comme tu le crois, Crista. Pas comme ça. Je vous ai imaginées, toi et Floss, ici avec moi, tellement de fois. Venant me voir sur scène. »

Elle a l'impression de traîner quelque chose derrière elle : un canon, puissant et lent. À contrecœur, elle dit : « Il faudra donc que nous venions jusqu'ici pour te voir, désormais.

— Oui », répond-il.

Un morceau de jazz jaillit de la radio, suivi d'une voix en français typique de BBC Radio Londres. Le présentateur s'exprime dans le langage diplomatique de quelqu'un qui a pour consigne de ne pas trop en dire, mais la situation semble prometteuse. Les Alliés gagnent du terrain, les Allemands battent en retraite. Il est brièvement question du peuple britannique qui attend au pays, et Cristabel pense à Flossie, à Betty et à Joyce, et à toutes les femmes qui tiennent le fort à Chilcombe Mell. Elles aussi font probablement des pauses dans leurs cuisines pour écouter la radio.

« Avec Taras, on parlait des théâtres de Paris, dit Digby en remplissant leurs verres, mais je n'aurais jamais cru que je finirais machiniste dans l'un d'eux.

— Avec Taras, on parlait d'accomplir l'œuvre de notre âme, réplique Cristabel. On était tellement ridicules. Nous avions tellement d'imagination.

— Il ne faut pas dire ça. » Il se penche vers elle. « Sais-tu ce que j'aime le plus dans le théâtre ? C'est un lieu rempli de gens, d'une machinerie et d'accessoires compliqués.

— Je suppose que oui.

— Quand je suis là, je peux parler aux gens des personnages, de ce que signifie être acteur, de tout ce que je veux, et personne ne rit, ne se moque de moi ni ne me dit que je dois faire quelque chose de plus sensé de ma vie. Je peux leur parler comme je te parle à toi. »

Il sort un paquet de cigarettes de sa poche, en trouve une à moitié fumée et l'allume. « Tu sais, à l'école, on nous décourageait de lire des romans. Ils ont confisqué mon exemplaire du *Vent dans les saules*[1]. Et quand j'en ai demandé un nouvel exemplaire, mon père m'a donné une batte de cricket. Il m'a dit de ne pas m'embêter avec les histoires. Il m'a dit d'abandonner la scène. Tout ce que j'aimais m'a été enlevé, et personne n'a pu m'en donner une bonne raison. »

Il souffle la fumée et continue : « Je suppose que Mère était parfois compatissante. Elle venait se glisser dans ma chambre la nuit quand elle était pompette, avec un vol-au-vent de crevettes enveloppé dans une serviette, en disant : "Je serai au premier rang tous les soirs, chéri. Tu seras le nouvel Olivier. C'est bien son nom ? Sa femme est très jolie." Mais le lendemain, elle avait tout oublié. »

Cristabel sourit à la description parfaite qu'il donne de sa mère ; cette façon qu'il a de faire le portrait de Rosalind telle qu'elle était mais en plus sympathique.

Il continue : « Sans Floss et toi, j'aurais été perdu. Tu sais, vous m'avez aidé à tenir bon. Jusqu'à ce que j'arrive ici. Ce n'est pas une chose stupide. Ce n'est pas un rêve. C'est possible.

— Comment peux-tu en être sûr ?

— Parce que tu m'en as donné la certitude, répond-il se penchant par-dessus la table pour lui prendre la main. Je le dis tout le temps à Jean. Mes parents n'étaient peut-être pas très présents et avaient des défauts, mais j'avais un excellent modèle. La sœur la plus courageuse et la plus déterminée qui soit.

— Pas vraiment. J'ai fait des choses dont je ne suis pas fière.

— Ne sois pas comme ça. Tu peux tout rendre possible. Tu es notre chef intrépide.

---

1. Roman publié en 1908 par le romancier écossais Kenneth Grahame. En France, le roman est paru pour la première fois en 1935. C'est un classique de la littérature britannique pour enfants, et l'un des principaux représentants de la fantasy animalière.

— Non, Digs. Je n'étais même pas chef quand je faisais partie d'un réseau. J'étais courrier.

— Tu aurais pu l'être. Tu es plus que compétente pour diriger un réseau, j'en suis sûr.

— Peut-être, mais nous ne le saurons jamais, car l'Org n'autorise pas les femmes à être chefs de réseau.

— Viens en France. Au diable Londres. Au diable leurs règles stupides.

— Combien de Français connais-tu qui seraient prêts à recevoir des ordres d'une Anglaise ?

— Je pense qu'ils s'en moquent. Si tu étais compétente, et je sais que tu le serais, ils ne remarqueraient même pas que tu es une femme.

— Mais c'est bien là le cœur du problème, non ? Soit ils remarquent que je suis une femme, et ils ne veulent pas de moi à cause de ça, soit je dois espérer qu'ils ne remarquent rien. Dans les deux cas, les dés sont pipés.

— À mon avis, tu compliques les choses plus qu'il ne le faut. Tu te fais des idées.

— Non. C'est comme ça que ça se passe. La seule raison pour laquelle tu penses que c'est compliqué, c'est que tu n'y as jamais pensé.

— Attends, dit-il en lui lâchant la main. Je sais ce que c'est que de ne pas entrer dans le moule. Le garçon qui préfère les sonnets au rugby n'a pas toujours la vie facile à l'école.

— Au moins, tu as pu aller à l'école, toi, rétorque Cristabel en laissant échapper un soupir. Peut-être que je suis injuste.

— Non, je suis désolé. Je suis trop susceptible. Continue.

— Paradoxalement, je trouve ça difficile à dire, même à toi.

— Pourquoi ?

— J'ai l'impression de me plaindre. On ne devrait pas se plaindre de son sort. On devrait être reconnaissant d'être impliqué dans tout ça. Mais c'est comme ça que ça marche, n'est-ce pas ? Nous avions un instructeur qui disait que les femmes étaient des opérateurs radio parfaits parce qu'elles aimaient rester à la maison toute la journée. L'ai-je contesté ? Non, parce que je ne voulais pas faire de difficultés.

— C'est compréhensible. Personne n'a envie de se faire trop remarquer.

— Ce serait le même problème si je partais pour rejoindre la Résistance. Ils m'utiliseraient comme exemple pour montrer que les femmes ne sont pas faites pour ce genre de travail. »

Digby éteint sa cigarette. « Je ne pense pas. Je suis sûr qu'on ne me cite pas en exemple pour expliquer pourquoi les hommes ne devraient pas être utilisés sur le terrain.

— Probablement pas, ce qui prouve plutôt que j'ai raison. Mais ils pourraient le faire, s'ils étaient au courant pour toi et Jean-Marc.

— Ça n'a rien à voir avec ça. Ce que je ressens à l'égard de Londres et mes sentiments pour Jean sont deux choses complètement différentes.

— Je le sais, Digs. Ce que tu fais après les heures de travail, pour ainsi dire, c'est ton choix. »

Il marque une pause. « Ce n'est pas un choix, Crista. C'est ce que je suis. »

Elle le regarde, et il continue : « Je n'ai jamais rien voulu de tout ça, pas vraiment. Je ne crois pas que Père ait voulu ce qu'il a eu. Être le maître du manoir. Qu'en penses-tu ?

— Je pense qu'il détestait ça, répond Cristabel. Je ne suis pas sûre qu'il reviendra un jour à Chilcombe.

— Pourquoi devrait-il revenir ? Pourquoi continuons-nous à nous forcer à faire des choses qui ne nous plaisent pas ? Dans quel but ? » Digby rit. « J'étais tout le temps persuadé que j'échouais, que je n'étais pas à la hauteur. Quelle énorme perte de temps. Il n'y a pas de vie pour moi là-bas, Crista. En tout cas, pas une vie qui me plairait.

— Je suis contente que tu sois déterminé.

— Non, tu n'as pas l'air de l'être.

— J'ai l'air fâchée, sourcils froncés, c'est ça ?

— En effet. »

Elle tend la main et il lui passe le paquet de cigarettes.

Elle en sort une cigarette écrasée et l'allume, la tenant avec précaution entre deux doigts pendant qu'elle inhale. Quand elle reprend la parole, sa voix est hésitante. « Je suppose que ça me met dans l'embarras. Je veux dire, j'ai toujours su que tu pourrais aller à l'université, mais je pensais que tu reviendrais. Je pensais que le reste n'aurait pas tant d'importance, parce que nous aurions notre théâtre. Mais désormais, tu as trouvé un autre endroit où vivre, et je ne sais pas ce qu'il me reste à faire. Je n'ai jamais imaginé la vie sans toi.

— Mais tu as toujours été si indomptable, Crista. Tu trouveras toujours un moyen.

— Où ça ? Je ne suis à ma place nulle part. C'est sans doute pour ça que j'ai fait du théâtre, tu ne crois pas ?

— C'est exactement ce que je dis. Nous n'entrons pas dans leurs moules », insiste Digby.

Elle lui donne la dernière cigarette. « Quand tu hériteras de Chilcombe, tu devrais le léguer à Floss.

— Ils m'ont demandé de rédiger un testament avant que je ne m'envole pour la France, répond-il. Toi et elle hériterez à parts égales.

— Moi aussi, j'ai dû en rédiger un. Mais je n'avais rien à léguer à personne. »

Ils rient tous les deux. Dehors, on entend les détonations de nouveaux tirs d'artillerie, puis le hurlement d'une sirène d'alerte aérienne.

« Je veux juste choisir ma propre vie. Pas toi ?

— Je n'ai aucune idée de ce que ça pourrait être, répond-elle.

— Ne pas savoir est de loin la meilleure option », conclut Digby.

Ils parlent tard dans la nuit, et la nuit suivante aussi. De la famille, du théâtre, de la guerre. Dans la journée, Digby va à la rencontre de ses camarades résistants. En l'absence de Lieselotte, Cristabel n'a plus de contact avec les Américains. Toutefois, Jean-Marc a envoyé des hommes à vélo hors de la ville pour rejoindre les troupes alliées qui approchent, et elle décide alors d'attendre leur rapport.

La ville brille sous le soleil d'août. L'exode des Allemands s'accélère : le personnel administratif part dans des voitures civiles réquisitionnées, ou encore des camions militaires chargés de meubles. Cristabel va dans les cafés et s'assied près des téléphones publics où elle peut saisir des bribes de conversation. Des noms de lieux sont mentionnés dans des chuchotements fébriles. *Les Alliés ont atteint Nogent-le-Rotrou* !*

Ils sont presque à Chartres !* Elle remarque deux soldats de la Wehrmacht assis impassiblement à une table voisine et essaie d'imaginer ce qu'ils ressentent. Le personnel les sert dans un silence méprisant.

Le soir, elle et Digby rentrent sur l'île Saint-Louis pour préparer de mauvais repas et rouler des cigarettes avec les restes d'autres cigarettes. À l'approche du soir, juste avant que les rideaux ne soient tirés, quand le black-out s'abat sur la ville, que l'île Saint-Louis doit naviguer dans l'obscurité comme un navire sur le fleuve, elle aime approcher un fauteuil de la fenêtre, pour regarder dans les appartements d'en face qui, éclairés par des bougies, brillent comme des alvéoles remplies de miel.

« Baudelaire a vécu sur cette île, dit Digby, qui a trouvé une histoire de Paris sur une étagère et la feuillette allongé sur le canapé, et Chopin.

— Flossie aime Chopin », dit Cristabel en pensant à sa sœur au piano, jouant les motifs circulaires du compositeur, comme des ricochets dans l'eau. Une scène appartenant à un autre monde.

« Digs, j'ai réfléchi, dit-elle soudain. Si je rouvre mon théâtre, je veux faire les choses différemment. Voir *Antigone* m'a fait envisager la possibilité de prendre une pièce qui a déjà été jouée et de la raconter autrement.

— Continue, dit Digby, en posant son livre.

— Disons *La Tempête*...

— Comment la mettrais-tu en scène ?

— J'en ferais l'histoire de Caliban. Je commencerais par sa naissance. Avec sa mère, la sorcière. Les enfants aiment les sorcières.

— Tu en ferais une pièce pour les enfants ?

— C'est possible. Je me vois bien la monter en ombres chinoises.

— La mère de Caliban est-elle une sorcière ? demande Digby. Je n'ai jamais joué son rôle.

— Peut-être que c'est juste ce qu'on dit d'elle. Peut-être ne l'est-elle pas vraiment. On pourrait raconter aux enfants qu'ils vont entendre une histoire secrète, une histoire qui n'a jamais été racontée auparavant.

— Oh oui ! Ça me plaît, dit Digby. Je raconterai l'histoire d'Ariel. Quand je pense à lui, je le vois comme une flamme, une énergie en mouvement.

— Un danseur pourrait jouer Ariel. Un danseur avec du feu.

— Les os de la baleine feraient comme une cage autour de lui.

— Oui. Parfait. C'est tout ce qui reste de cognac ?

— Laisse-moi aller voir. »

Ils reçoivent parfois la visite de Jean-Marc. Cristabel se sent bien avec lui. Avec ses cheveux bouclés, très souples, son visage sérieux derrière ses lunettes, il paraît toujours prêt à passer à l'action, déterminé. Digby lui a dit que Jean-Marc aimait faire de la randonnée dans les Pyrénées et elle l'imagine là-bas, avec un sac à dos, des chaussures montantes, évaluant avec précision la direction du vent. Elle remarque qu'il prend soin de Digby, qu'il insiste pour que Digby mange et dorme. Il est le guide de montagne, pense-t-elle, et Digby les hauts nuages qui passent au-dessus.

À certains moments – lorsqu'ils pensent qu'elle n'y prête pas attention – elle les voit se regarder l'un l'autre parfois avec une telle intensité qu'en être témoin est presque gênant, mais d'autres fois aussi avec une tranquille euphorie ; des prières, et des prières exaucées.

De temps en temps, Jean-Marc amène d'autres *résistants** avec lui, des jeunes gens, hommes et femmes. Elle perçoit la camaraderie à toute épreuve qui les unit, la manière dont ils se parlent, rarement sans une main sur l'épaule d'un autre. Cette ambiance lui rappelle les membres de son équipe en Écosse, et combien ils lui manquent.

Un soir, Digby, allongé sur le canapé, lui dit : « La plupart des *résistants** sont sûrs qu'ils vont mourir. » Ils boivent une liqueur de pêche sirupeuse trouvée au fond d'une armoire. « C'est bizarre de les entendre en parler, mais ils ne sont pas malheureux.

— Non, dit-elle en pensant à Antigone. Ils ont la foi. » Mais elle se souvient aussi qu'Antigone a perdu la foi à la fin, lorsque mourir en martyre, ainsi qu'elle l'avait désiré, est devenu une tâche physique épuisante à accomplir, comme se forcer à marcher dans l'eau.

Certains soirs, Digby s'endort sur le canapé. Et quand Digby s'endort, Cristabel le sait sans même le regarder car sa respiration change. Elle s'assied alors et l'écoute respirer, tandis que dans les rues du bord de Seine les chars allemands s'alignent sous les arbres.

Une nuit, elle se réveille en hurlant, luttant pour respirer, étouffée par l'obscurité plaquée comme un tissu sur son visage, et Digby se précipite dans sa chambre : « Qu'est-ce qu'il se passe ? »

Elle est seulement capable de dire qu'elle a fait un cauchemar, le genre où vous ne pouvez pas respirer. Elle ne mentionne pas le corps qui, dans son rêve, gisait sur sa poitrine, un immense poids mort humide qui l'écrasait, privant ses poumons d'oxygène, et aux yeux encore ouverts qui la suppliaient.

Digby lui apporte un verre d'eau. Il lui raconte qu'en Afrique du Nord, la nuit du désert résonnait parfois des cris des soldats qui faisaient des cauchemars. Il reste assis avec elle pendant un moment, en silence, puis pose une cigarette et un briquet sur la table de nuit et la laisse se rendormir.

Un soir, un garçon arrive en courant avec un message de Jean-Marc disant qu'il a peut-être des nouvelles de Sophie et Antoine. Plus de mille prisonniers ont été sortis de Fresnes pour être embarqués dans des bus. On dit qu'il y a des agents britanniques parmi eux et qu'ils vont traverser Paris afin d'être conduits jusqu'à une gare pour être déportés.

Cristabel dévale les escaliers, ralentit seulement devant la concierge âgée, puis court à nouveau vers son vélo. Elle pédale furieusement à travers la ville, passant devant des flots chaotiques de voitures et de camions allemands, qui semblent s'être multipliés comme des fourmis. Certains véhicules sont remplis de soldats aux yeux vides qui reviennent de Normandie, couverts de terre des champs de bataille, leurs armes encore à la main.

Elle remarque des attroupements dans les cafés et s'arrête devant l'un d'eux pour voir ce qu'il s'y passe. Les gens à l'intérieur sont agglutinés autour d'une radio. Les nouvelles affluent : les Alliés ont débarqué dans le sud de la France, la Résistance est venue en renfort, les Allemands ont battu en retraite dans tout le pays. Ici, à Paris, les policiers se sont mis en grève et défilent dans les rues en manches de chemise. « La liberté est en marche », crie un homme sous les acclamations.

Alors que Cristabel continue à pédaler, elle entend des tirs sporadiques en provenance de la banlieue. Elle se dirige vers la gare de l'Est ; elle sait que les trains pour l'Allemagne partent de là. Arrivée à la gare, elle laisse tomber son vélo et se précipite à l'intérieur, mais les quais sont vides. Une femme qui passe en trombe voit l'expression désespérée de Cristabel, lui attrape le bras et murmure : « Les prisonniers ? J'ai entendu dire qu'ils étaient à Pantin. » La femme saute à l'arrière d'une motocyclette qui l'attend et démarre à la hâte. Pantin est une autre gare, au nord-est de la ville. Cristabel remonte sur son vélo et se force à se tenir debout, pédalant aussi fort et vite qu'elle le peut.

Lorsqu'elle atteint enfin Pantin, haletante et fatiguée, elle est confrontée à une scène inquiétante, un répit illusoire. Un train attend sur le quai aux bestiaux, immobile dans le soleil de fin de journée. Il est composé d'une longue série de wagons à l'ancienne, chacun étant gardé par un soldat SS armé d'une mitraillette.

Sur le quai voisin, elle aperçoit un rassemblement d'officiers nazis, dont l'un tient un bloc-notes, et une foule de femmes bouleversées, qui s'avancent vers une rangée de soldats qui montent la garde et les repoussent sans cesse. Elle aperçoit aussi quelques représentants de la Croix-Rouge, portant des brassards pour pouvoir être identifiés, qui avancent également vers les wagons, mais qui eux aussi sont repoussés.

Cristabel se fraye un chemin à travers la foule. Certaines femmes ont des petits mots à la main, d'autres des colis de nourriture et des bouteilles d'eau. Elles supplient les soldats de les laisser passer pour rejoindre ceux qui sont dans les wagons. Les soldats les ignorent. La chaleur des corps tassés les uns contre les autres sur le quai est étouffante. Cristabel baisse les yeux et voit un petit garçon à côté d'elle, agrippé à la main de sa mère.

« Depuis combien de temps êtes-vous là ? demande-t-elle à la mère.

— Depuis l'heure du déjeuner », répond la femme, la mâchoire crispée. Ses cheveux sur les tempes sont mouillés de sueur. Cristabel se déplace pour se tenir derrière l'enfant et le protéger de la foule qui se bouscule.

Certaines fois, on laisse passer une femme qui court le long du quai, frappant aux portes des wagons à bestiaux, hurlant le nom d'un fils ou d'une fille, d'un mari ou d'un père. En guise de réponse, un cri s'élève parfois à l'intérieur des wagons pour signifier que les gardes déverrouillent brièvement les portes en bois et les font coulisser afin qu'un colis puisse être glissé entre les mains de quelqu'un. Lorsque les portes s'ouvrent, celles qui attendent sur le quai aperçoivent les prisonniers qui se tiennent à l'intérieur, serrés les uns contre les autres. À ce moment-là, une clameur traverse la foule – une cacophonie, des noms – et entraîne un regain de violence de la part des soldats qui, de nouveau, repoussent les femmes et tirent des coups de feu en l'air.

Juste à côté du wagon le plus proche, Cristabel remarque une fillette d'environ dix ans, debout près des portes cadenassées. Elle est vêtue d'une robe et d'un cardigan soignés, avec des chaussures cirées, et se tient droite, comme la sentinelle SS impassible qui paraît la surveiller. La fillette jette parfois un coup d'œil vers l'endroit où sa mère, une jeune femme portant un bébé, supplie l'un des représentants de la Croix-Rouge, mais, la plupart du temps, elle lève les yeux vers la minuscule ouverture recouverte d'une grille métallique située tout en haut du wagon. Là, Cristabel distingue le visage d'un homme, les mains agrippées aux barreaux. Il est probablement porté par ceux qui sont à l'intérieur. Lui et la fillette se regardent fixement ; les phalanges de ses doigts blanchies par l'effort.

Cristabel se hisse sur la pointe des pieds pour observer les officiers nazis, essayant de comprendre qui est le responsable, qui il faut approcher. Il semble qu'il n'y ait aucune logique pour expliquer pourquoi ils permettent à certaines femmes de passer, et pas à d'autres : le hasard obéit simplement aux caprices des officiers. Elle demande à la femme à côté d'elle : « Est-ce qu'ils laissent sortir qui que ce soit du train ?

— J'ai entendu dire qu'ils les autorisent éventuellement à sortir si on peut prouver qu'ils sont malades. J'ai une lettre de notre médecin », répond la femme, un papier froissé à la main.

Cristabel essaie d'avancer, mais d'autres femmes se retournent contre elle avec colère. Son esprit court dans le labyrinthe de toutes les solutions possibles et se heurte sans cesse à des impasses : faire passer un message à Jean-Marc ? Suggérer une intervention de la part de la Résistance ? Un blocage plus en aval pour intercepter le convoi ? Mais elle ne sait pas où est Jean-Marc ni quelle route le train va emprunter. Elle se doute aussi qu'il n'y aura pas assez de personnes disponibles pour tenter une attaque sur un train si bien gardé. Elle n'a rien qu'elle puisse donner à Sophie ou Antoine. Ni nourriture, ni eau. Sa meilleure idée – essayer d'approcher suffisamment les soldats pour les corrompre avec une discrète poignée de billets de banque – est écartée lorsqu'une femme devant elle essaie et se fait raccompagner par un soldat.

Toutes les supplications que Cristabel adresse en criant aux officiers s'avèrent inutiles. Elle dit que Sophie est enceinte, qu'Antoine a une maladie infectieuse, mais elle n'obtient aucune réponse. Elle ne parvient même pas à trouver une raison pour laquelle elle devrait rester là ; pourtant, elle ne peut se résoudre à partir. Au fil des heures, les cris des femmes deviennent moins cohérents ; elles n'appellent plus dans l'espoir d'être entendues, mais simplement parce qu'il n'y a rien d'autre à faire.

Le ciel s'assombrit et les femmes vacillent sous la fatigue, lorsqu'elles entendent soudain un cliquetis et un sifflement, tandis que la locomotive se met en marche et que le convoi commence à s'éloigner lentement. Sur le quai, certaines hurlent, et des cris étouffés proviennent de l'intérieur des wagons. La foule s'agite, paniquée, plusieurs femmes se séparent du groupe pour courir le long du train qui s'éloigne lentement, les soldats leur criant après.

Cristabel attend une seconde, se préparant à des coups de feu. Rien. Alors elle respire et se fraye un chemin à travers la foule et se met à courir, jetant des coups d'œil aux SS sur son passage. L'avant du train a déjà disparu à la vue, le premier wagon aussi, mais elle allonge sa foulée et atteint le bout du quai à temps pour frapper sur la porte du deuxième wagon. « Sophie, crie-t-elle. Antoine, Sophie. »

Des mains sont agrippées aux barreaux des petites bouches d'aération, poussant de petits mots à travers. Elle entend certains de ceux qui sont dans les wagons chanter *La Marseillaise.* D'autres font écho à son cri et appellent Sophie, Antoine. Un wagon passe, puis un autre. Elle tape sur les parois en bois, crie, mugit, désespérée à présent, furieuse contre les autres femmes sur le quai qui crient plus fort qu'elle. Alors que l'avant-dernier wagon passe devant elle, elle entend une clameur à l'intérieur, puis voit deux mains fines se saisir des barreaux, et un visage pâle et hagard. Sophie.

« Où nous emmène-t-on ? demande-t-elle d'une voix faible.

— Je ne sais pas, nous allons nous renseigner », répond Cristabel. Le train accélère, et Sophie lâche les barreaux, disparaît, alors que son wagon trépide sur les rails, puis elle réapparaît.

« Assure-toi que mon fils va bien, dit-elle. Ne lui dis que les bonnes choses.

— Oui, bien sûr. Ne t'inquiète pas, n'y pense pas », lance Cristabel. Elle se trouve maintenant tout au bout du quai et est obligée de s'arrêter, car le train s'éloigne sans elle. « Ne t'inquiète pas », crie-t-elle encore une fois. Elle voit une petite main qui s'agite à travers les barreaux, des voix multiples qui crient des messages qu'elle ne parvient pas à comprendre, puis le train siffle, quitte la gare et amorce lentement un virage.

Elle entend un garde SS lui aboyer des ordres alors qu'elle regarde le train s'éloigner. Elle est déterminée à regarder le convoi jusqu'à ce qu'il disparaisse, jusqu'à la dernière seconde. Elle ne bougera pas de là, même si elle risque de se faire tuer. Elle se redresse, de sorte que, lorsqu'ils lui tireront dessus, elle se tiendra droite. Le soldat crie à nouveau, et se rapproche.

Puis elle se souvient des billets écrits jetés des wagons, qui gisent sur le quai à ses pieds ; alors, tout ce qu'il y avait de rigide et de figé en elle lâche. Elle jure, jure et jure encore, crachant ses mots avec véhémence le long de la voie ferrée vide, en direction du train disparu, puis elle se retourne et lève les mains, pour que le soldat sache qu'elle lui obéit.

Derrière lui, elle voit la foule des femmes s'éparpiller. À présent désemparées, certaines courent vers la sortie, d'autres s'affaissent sur le sol. Elle ramasse autant de billets écrits qu'elle le peut, puis repart rapidement en direction de la gare, croisant la petite fille dans sa robe élégante, toujours debout au bord du quai.

De retour sur l'île Saint-Louis, elle monte en courant les escaliers jusqu'à son appartement, où règne une activité intense, bien qu'il se fasse déjà tard. Jean-Marc et Digby sont en train de trier des affiches qui seront placardées sur les murs de la ville par des volontaires. Un groupe d'adolescents attend près de la porte, avec chacun une sacoche à la main.

« Il y a un train qui vient de quitter Pantin, dit-elle en haletant. Il transporte les prisonniers de Fresnes. On peut l'arrêter ? »

Jean-Marc lui jette un coup d'œil. « On peut essayer de transmettre un message aux Américains, mais il est difficile de contacter qui que ce soit en ce moment. » Puis il se retourne et donne des instructions rapides aux volontaires tout en remettant à chacun une pile d'affiches.

« Et la Croix-Rouge ? dit-elle. On peut passer par eux ?

— Tu peux essayer. » Il prend sa propre sacoche et pose une main sur son épaule. « Plus vite nous mettrons fin à cette guerre, plus grandes seront leurs chances. » Il embrasse rapidement Digby sur les deux joues, puis suit les volontaires dans la nuit. Digby le regarde partir depuis la fenêtre.

« Où peuvent-ils bien les emmener ? demande Cristabel. La plupart des Allemands veulent partir le plus vite possible, sans s'embarrasser de prisonniers. Je ne comprends pas ce qu'ils font avec eux.

— Si nous, nous savons qu'ils sont en train de perdre la guerre, eux ne le pensent pas, dit Digby. Pas tous. Ils suivront les ordres pour emmener les ennemis de l'Allemagne vers les camps.

— Les camps ? Des camps de prisonniers de guerre ?

— Nous avons reçu des rapports qui suggèrent que ce ne sont pas des camps de prisonniers. Du moins pas comme nous l'entendons. Espérons que les Alliés seront sur les lieux en premier. Assieds-toi. Je vais te servir un verre. »

Elle s'affale dans un fauteuil avec ses vêtements tachés de sueur, sentant pour la première fois ses jambes douloureuses, ses pieds endoloris. Elle enlève ses chaussures. Elle accepte le verre que lui tend Digby. Il souffle les bougies pour qu'ils puissent ouvrir les rideaux et laisser entrer l'air de la nuit.

Ils restent assis ensemble en silence pendant un moment.

« Tu pourras toujours me parler, tu sais, dit-il, sa voix sortant de l'obscurité. De n'importe quoi.

— Nous avons un téléphone à la maison maintenant, répond-elle, alors il est possible que je puisse t'appeler.

— Un téléphone ?! Où va le monde ? » s'exclame-t-il. Et elle l'entend sourire.

Dans la dernière heure avant le couvre-feu, ils se promènent sur l'île, dans l'espoir de rencontrer quelqu'un qui pourrait leur vendre quelques cigarettes. Des marches mènent aux berges pavées de la Seine, où ils trouvent ceux qui veulent être proches de l'eau si sombre. Des pêcheurs à la ligne. Des ivrognes. Des fugueurs. Ceux qui peuvent repérer un abri pour la nuit, et ceux qui se glisseront sous les vaguelettes avant l'aube, l'île continuant à naviguer sans eux, de longues lignes de cannes à pêche traînant tout le long, tels des harpons.

AOÛT

1944

Paris, août 1944. Le temps est magnifique. Les Alliés approchent par l'est et le sud. L'après-midi, les coups de feu dans les rues crépitent dans la chaleur comme pendant la chasse à la grouse. À vélo, Cristabel traverse la ville, aux avenues frémissantes dans la lumière du soleil, pour rejoindre Jean-Marc afin de lui transmettre des messages.

Elle a emporté avec elle les petits papiers jetés du train à Pantin, pour les remettre à leurs destinataires si elle le peut. Si elle doit les ouvrir pour trouver les noms et les adresses, elle essaie toutefois de ne pas en lire le contenu. D'après les quelques mots qu'elle entrevoit – *au revoir, mon amour ! embrasse mes filles !* –, il semble que les passagers du train ne s'attendent pas à revenir, quelle que soit leur destination. Elle a le cœur serré chaque fois qu'elle y pense, imaginant le farouche Antoine et l'exubérante Sophie, prisonniers et déportés.

À plusieurs coins de rue, elle croise des groupes de Parisiens qui dressent des barricades. Les habitants ont commencé à empiler tout ce qu'ils peuvent trouver : des chariots de distribution de repas, des panneaux de signalisation, de vieux lits, des bancs publics. La ville a un air de fête, il y règne une atmosphère de solidarité, comme s'ils préparaient des feux de joie. Ils arrachent même les pavés.

Une grande partie de cette activité est supervisée par de jeunes hommes comme Jean-Marc et ses amis, les cheveux lissés en arrière et les manches de chemise retroussées comme des gangsters de cinéma, balançant des grenades de leurs mains brunies par le soleil. Des forces irrégulières, pointées du doigt par les enfants, déjà fêtées et immortelles. Une armée de guérilla civile qui s'est matérialisée en sortant de l'ombre, arborant des brassards où l'on peut lire : FFI, Forces françaises de l'intérieur. Leurs affiches promettent que, dans la bataille pour la libération de Paris, tout le monde aura un Boche. Cependant, les chars boches se mettent en position, prêts à leur prouver le contraire.

Certaines rues sont vides, si ce n'est le sifflement des balles, les deux camps se tirant dessus par intermittence, aucun n'étant encore totalement engagé dans le combat. D'autres sont encombrées par les Allemands qui continuent de déserter la ville dans un mélange hétéroclite de véhicules ; certains sont joyeusement ivres, d'autres tirent sur les passants. Les Parisiens agitent des balais de toilettes en direction des convois en partance, et accrochent des drapeaux français de fortune à leurs balcons. Dans les parcs, des soldats, le menton grisé par une barbe de plusieurs jours, dorment sous des statues. Dans les bureaux des diplomates et des fonctionnaires, on ne cesse d'échanger de brèves conversations téléphoniques.

C'est comme un carnaval, symbole de fête tout autant que de danger. Jusqu'à présent, rien ne se passait et désormais tout est possible. Tout se termine et tout commence en même temps. Tout ce qu'ils avaient espéré voir arriver.

Tôt le matin, avant le lever du soleil, Digby la secoue pour la réveiller et lui fait signe d'aller à la fenêtre. Cristabel regarde la ville : ses toits de zinc, parsemés de tuyaux de cheminée en terre cuite et de grappes de pigeons qui roucoulent ; le ciel pâle, comme neuf.

En regardant en bas dans la rue étroite, elle distingue, blottis dans les entrées, des groupes d'hommes arborant des brassards, armés. L'un d'eux regarde sa montre. Les autres ne cessent d'épier autour d'eux, et de lui jeter des coups d'œil. Finalement, l'homme à la montre leur adresse un signe de tête et se met à courir, ses pas résonnant dans la rue aux volets clos. Les autres le suivent. De plus en plus d'hommes sortent des entrées d'immeubles, comme des enfants qui quittent leur maison pour suivre le joueur de flûte.

Quand elle se retourne, elle voit Digby ajuster un brassard FFI par-dessus l'une de ses manches de chemise. Il a récupéré son pistolet sous le plancher et le range dans sa ceinture. Écartant ses cheveux de ses yeux, il la regarde.

« Je ne t'ai jamais vu avec une arme, dit-elle.

— J'ai eu l'occasion de tirer assez souvent quand j'étais dans l'armée, je ne devrais donc pas trop me ridiculiser, répond-il. Nous allons sur l'île de la Cité, pour occuper le quartier général de la police. La libération commence aujourd'hui.

— Tu en as un pour moi ?

— Un revolver ?

— Oui, Digs. Moi aussi, j'ai été entraînée. J'étais le meilleur tireur de ma classe.

— Tu es sûre ? »

Elle met ses mains sur ses hanches. « Tu crois que j'ai rejoint l'Org pour rester assise dans un appartement ?

— Non, répond-il, penaud. Mais je ne veux pas que tu sois blessée. Écoute, dès que je saurai ce qu'il se passe, je te contacterai. J'enverrai quelqu'un venir te chercher. Avec une arme.

— Tu as intérêt à ne pas oublier », dit-elle.

Il la serre fort dans ses bras et sourit. « Je te le promets. Nous pourrons nous battre côte à côte sur les barricades. » Puis il quitte l'appartement, et elle l'entend descendre bruyamment l'escalier, quatre à quatre.

« Essaie de ne pas attirer l'attention sur toi », crie-t-elle dans le vide.

Elle attend dans l'appartement, essayant de passer le temps en terminant *Madame Bovary*, mais le personnage principal semble encore plus contraint qu'elle ne l'est, ce qui ne fait qu'ajouter à son impatience. Tout au long de la journée, on entend des coups de feu au loin, qui rappellent le bruit d'un feu d'artifice. Elle va parfois à la fenêtre, et voit les habitants des appartements d'en face, les bras croisés, essayant eux aussi de voir ce qu'il se passe. En bas, les rues sont vides, bien que de temps en temps un individu s'y engouffre, comme s'il était poursuivi. Levant les yeux, elle embrasse la ville du regard et aperçoit des nuages de fumée s'élever au loin, mais n'a aucune idée de leur signification – des signes sporadiques et illisibles.

En fin d'après-midi, quand l'attente est devenue presque insupportable, Cristabel entend le rythme codé des coups frappés à la porte pour l'avertir qu'il s'agit de Jean-Marc. Elle s'empresse de le faire entrer. Il est trempé de sueur, trimballe un gros sac, mais il est rayonnant, il exulte.

« Nous avons pris le contrôle de la préfecture de police, dit-il en haletant, mais nous avons besoin de renforts. Des munitions, de l'eau.

— Denis m'a trouvé une arme ? » demande-t-elle.

Il sort un pistolet de la ceinture de son pantalon. « De la part de Denis, pour toi. Un Luger, pris sur le corps d'un officier allemand il y a moins d'une heure. »

Quand elle le prend en main, la crosse est encore chaude, car elle était contre le ventre de Jean-Marc. Pendant une seconde, elle imagine que c'est la chaleur de l'Allemand mort et se sent légèrement nauséeuse. Elle prend une grande inspiration et se concentre sur l'arme posée sur sa paume ouverte, en sent le poids. Elle n'a pas tenu une arme depuis des mois ; lors des entraînements, elle a toujours pris son temps pour s'y habituer, un peu comme elle offrirait sa main à un chien pour qu'il la renifle, pour qu'il la jauge.

Jean-Marc ouvre son sac et elle découvre plusieurs boîtes contenant des munitions et des bouteilles de vin vides. « Tu peux m'aider à les remplir ? »

Elle range le pistolet dans sa ceinture et se dirige vers la cuisine, où Digby et elle ont stocké de l'eau dans des casseroles. Elle la verse dans les bouteilles, remet les bouchons, puis les passe à Jean-Marc qui les fourre dans son sac, et les cale soigneusement à l'aide d'une couverture afin de les protéger. Il soulève le sac qui tinte, et titube sous son poids.

« Tu ne vas pas pouvoir porter tout ça tout seul, dit-elle. Laisse-moi t'aider. »

Elle prend son propre sac à dos et ils se partagent les munitions et l'eau.

« Prête ? lui lance-t-il, en hissant son sac sur ses épaules.

— Prête », répond-elle.

Ensemble, ils sortent sous le soleil et se dirigent vers le pont qui mène à l'île de la Cité, où la préfecture de police trône sur une place ouverte, face à la cathédrale Notre-Dame. Cristabel a glissé son bras sous celui de Jean-Marc, comme s'ils formaient un couple. « Si on nous arrête, on dit que notre maison a été endommagée par les combats et qu'on va chez mes parents », murmure-t-elle, tandis qu'ils marchent à grandes enjambées.

Lorsqu'ils atteignent l'île de la Cité, ils s'arrêtent un instant à l'ombre sous la banne d'un café vide. Les rues sont désertes, mais plusieurs *résistants** foncent à bicyclette vers le lieu du soulèvement, armes en bandoulière, suivis par un photographe qui court, son appareil à la main. Depuis la préfecture, les combattants chantent *La Marseillaise.* Pourquoi chantent-ils, se demande Cristabel alors que la bataille n'est pas encore gagnée ? On hisse aux fenêtres les couleurs du drapeau tricolore, bleu, blanc, rouge, qui flottent haut dans le vent.

Jean-Marc l'entraîne prudemment jusqu'à un endroit d'où ils peuvent voir, au loin, l'un des ponts qui relie le reste de la ville à l'île de la Cité. Il est traversé par une cohorte d'Allemands : des soldats en marche et des voitures blindées, tous en direction de la préfecture. Son cœur se serre un instant, craignant que les *résistants** qui chantent ne tombent aux mains de l'ennemi, piégés, puis elle voit des éclairs de tirs défensifs venant de derrière les parapets des quais de la Seine – accompagnés du cliquetis assourdissant des pistolets-mitrailleurs Sten brandis par les combattants FFI –, et les Allemands qui se jettent à terre.

Jean-Marc et Cristabel empruntent une rue qui mène à Notre-Dame. Ils ralentissent en arrivant au bout, puis jettent un coup d'œil prudent au coin du dernier immeuble et reportent leur attention sur la place. Sur leur gauche, la cathédrale se dresse derrière d'énormes piles de sacs de sable qui protègent ses principaux portails, et sur leur droite, la préfecture de police.

Cristabel peut distinguer des silhouettes aux fenêtres, les formes allongées des fusils pointés vers le bas en direction d'un char allemand, trapu et immobile comme un crapaud. Elle entend le bruit des balles qui en frappent le corps métallique, une succession de *ping* inefficaces ; puis le char riposte, un *boum* assourdissant, et un énorme nuage de fumée et de poussière s'échappe de la préfecture. Elle entend aussi le bruit des pierres qui explosent sous les balles, une alarme incendie qui se déclenche, des voix qui crient. Des flammes apparaissent, vacillant derrière les fenêtres du bâtiment.

Jean-Marc l'entraîne en direction de la place au moment où un motard allemand passe à toute vitesse et crache : « Reculez » ; et ils repartent donc d'où ils viennent pour rester en sécurité. Puis ils tentent de nouveau de traverser ; ils avancent par à-coups, à l'abri d'une rangée d'arbres. Les balles sifflent autour d'eux. Ils se blottissent dans le renfoncement d'une porte lorsqu'une volée de tirs provenant de la préfecture retentit, visant un blindé allemand apparu brièvement de l'autre côté de la place.

D'un bout à l'autre de cette place, la distance est de moins de cent mètres ; mais Jean-Marc et Cristabel mettent vingt minutes à la parcourir. Enfin, ils se retrouvent face à la préfecture, où de la fumée s'échappe par les fenêtres. Il ne leur reste plus qu'à traverser une rue pour s'engouffrer sous la grande arche qui donne accès à sa cour. Jean-Marc arrête Cristabel et dit : « À partir d'ici, on avance l'un après l'autre. J'y vais d'abord, puis je te couvrirai. » Il ajuste son sac, sort son pistolet de sa ceinture, puis se met à courir, son arme levée devant lui.

Au même moment, un camion allemand déboule en trombe du coin de la rue, avec un soldat debout sur le marchepied à l'avant, tirant à tout-va. Jean-Marc crie et s'effondre, laissant tomber son arme, son sac heurtant le sol avec fracas. Des cris fusent de la préfecture, les freins du camion grincent, il fait une embardée, les tirs ricochent sur les bâtiments. Jean-Marc est allongé au milieu de la rue, une main pressant son flanc, Cristabel toujours accroupie près de l'endroit où il l'a laissée. Deux brancardiers surgissent de la préfecture, brandissant un petit drapeau blanc. Mais ils doivent battre en retraite lorsque le camion fait marche arrière à toute vitesse. Le soldat allemand est toujours sur le marchepied et ne cesse de tirer. Une épaisse fumée flotte partout autour d'eux. Jean-Marc essaie de se relever. Il n'est qu'à cinq mètres de Cristabel. Dix tout au plus. Elle peut l'atteindre et le ramener à l'abri.

Tandis qu'elle s'élance vers lui, elle entend les balles frapper les lampadaires. Elle se met à genoux à côté de lui, puis couvre son corps avec le sien, et tourne son arme vers le camion en mouvement, tirant une fois, deux fois sur le soldat allemand qui tombe du véhicule, et enfin une troisième fois directement à travers la vitre latérale sur le conducteur, et le camion fonce dans un arbre.

On entend le sifflement des balles qui font des étincelles sur les pavés juste à côté d'elle. Elle se relève à moitié et se retourne, regardant à travers la fumée pour voir d'où elles viennent. Un homme court vers elle, les yeux levés vers les tours de la cathédrale et, lorsqu'il la rejoint, il l'attrape et la fait tourner sur elle-même pour qu'elle soit protégée lorsqu'il tire vers le haut ; elle se rend compte, trop tard, qu'il y a là-haut des tireurs embusqués. Elle voit une forme sombre se dessiner contre le ciel, entend le bruit d'un tir, puis d'un autre, puis un silence, et une nuée de pigeons qui s'envole soudainement.

Elle pense avoir été blessée, car Digby la serre très fort contre lui. « Je suis blessée ? » demande-t-elle. Il s'appuie sur elle de tout son poids, et tous deux s'effondrent lourdement sur les pavés. Il tousse, suffoque, et quand elle pose les mains sur le dos de son frère, sa chemise est trempée. Elle aperçoit un ambulancier, un homme portant un casque peint d'une croix blanche, courir vers eux. L'homme saisit les mains de Cristabel et les presse contre le dos de Digby. Puis il se retourne et fait signe à une femme qui fonce vers eux en tenant un brancard. Ils emportent d'abord Jean-Marc, puis reviennent chercher Digby. Elle réalise qu'il n'y a plus de coups de feu en provenance de la cathédrale. Digby a dû avoir le tireur embusqué. « Tu l'as eu », lui dit-elle, tandis qu'on le transporte ailleurs sur le brancard bringuebalant. Il la regarde et sourit.

L'un des grands bâtiments qui bordent la place est un hôpital. Ils ont déplacé tous les patients et le personnel au sous-sol, pour les protéger des combats à l'extérieur. Sans éclairage, certaines infirmières sont équipées de lampes de poche. Une douzaine de blessés – des civils et des combattants des

FFI – sont allongés sur des civières dans les couloirs sombres, ou sur des lits de fortune à même le sol, et d'autres arrivent encore, transportés par des brancardiers peinant dans les escaliers qui sont raides, difficiles à monter et à descendre.

Jean-Marc est allongé sur le sol, où une infirmière s'agenouille à côté de lui. Il est toujours conscient et gémit de douleur. Cristabel est écartée, on la pousse dans un coin, tandis que des personnes en blouse blanche s'agglutinent autour du corps de Digby, qui a été placé sur un lit métallique. Elle peut voir ses jambes se tordre, avant qu'un médecin ne lui fasse une injection et qu'il se calme. La cloche d'un camion de pompiers retentit à l'extérieur de l'hôpital.

Elle voit le médecin poser une main sur le bras de Digby, puis glisser quelques mots à une infirmière, avant de s'éloigner dans le couloir. Elle le suit rapidement pour lui demander : « Docteur, est-ce qu'il va s'en sortir ? »

Le médecin se tourne vers elle ; c'est un homme d'une soixantaine d'années, aux cheveux gris et au visage tourmenté. « Nous lui avons donné de la morphine pour qu'il souffre moins.

— Oh… tant mieux, dit-elle.

— Mais c'est tout ce que je peux faire.

— Que voulez-vous dire ?

— Ils ne m'ont rien laissé pour soigner les blessés. Je suis désolé. Nous allons vous chercher une chaise. » Il pose sa main sur son épaule et se dirige vers le lit suivant.

Elle s'empresse de le suivre à nouveau. « Mais vous pouvez sûrement faire quelque chose.

— Il a reçu une balle dans les poumons. Sa seule chance serait une opération, mais je n'ai pas d'équipement, pas d'anesthésiant, rien. Les Allemands ont tout pris avec eux. » Une puissante explosion éclate à l'extérieur, suivie du fracas du verre qui se brise à l'étage supérieur. Le personnel médical se jette à terre.

« De quoi a-t-il besoin ? demande Cristabel, en rampant près du médecin. Je vais me débrouiller pour trouver ce qu'il faut.

— Je resterais avec lui, si j'étais vous, rétorque-t-il en se relevant avec précaution. Il n'en a peut-être plus pour longtemps. Je vous en prie. Je dois travailler. »

Elle se lève et reste là un moment sans bouger, puis retourne auprès de Digby. Ses yeux sont ouverts, il respire par à-coups, le souffle entrecoupé par la toux. Elle se sent comme coupable, presque paniquée, de savoir ce que le docteur lui a dit sans que lui le sache. Elle n'a jamais aimé lui cacher quoi que ce soit. Elle se penche sur lui et lui écarte les cheveux du visage. Il est pâle. Son front est humide de sueur. Elle voit qu'il la reconnaît. Il essaie de parler, mais ne parvient qu'à prononcer son prénom, puis celui de Jean.

« Jean va bien, dit-elle, ils s'occupent de lui. »

Elle s'assied sur la chaise en bois qu'une infirmière a apportée au chevet du patient. Elle sait que dans les films ceux qui attendent près du lit disent généralement à ceux qui sont allongés là de ne pas essayer de parler, mais elle est convaincue qu'il doit parler, il faut qu'il lui parle.

« Je n'ai pas vu le tireur embusqué sur le toit. Je suis désolée », lui dit-elle.

Il secoue la tête, puis tousse encore et sa toux est pleine de sang épais. Il déglutit maladroitement, avale de l'air et, quand il la regarde à nouveau, il est déjà loin. Ses paupières tombent.

« Ne pars pas, Digs, l'implore-t-elle. Je suis là. Je vais rester avec toi. »

Il papillote des yeux avant de les garder ouverts un instant. Elle retrouve son regard familier. Il réussit à répondre : « Je n'en ai jamais douté », puis il tousse à nouveau et crache du sang. Ses yeux se ferment et sa tête s'affaisse sur sa poitrine.

Elle reste assise dans le sous-sol sombre, où les infirmières vont et viennent, tandis que les tirs résonnent à l'extérieur, et elle l'observe. Elle a l'impression qu'il part à l'intérieur de lui-même, pour s'engager dans une lutte dont elle est exclue. De là où elle est, la lutte semble étrangement ordinaire. Un homme, tout simplement, allongé sur un lit qui se bat pour respirer, sa poitrine se soulevant et s'abaissant par saccades – de petits soubresauts provoqués par l'effort. Elle regarde autour d'elle à la recherche de ce qui pourrait briser l'ordinaire, une sorte d'accessoire. Elle n'a même pas de mouchoir. Elle n'a plus rien à présent.

Une fois de plus, les yeux de Digby papillotent et la regardent, puis ils se ferment et restent fermés. Il respire plus lentement maintenant. Elle est figée sur place, à l'agonie, en proie à un dilemme douloureux : elle veut à la fois que cet instant se termine et qu'il dure à jamais. Ce qui est en train de se passer est irréel, pense-t-elle. C'est juste là, derrière elle, énorme, irréel et insupportable. Mais elle est incapable de le regarder en face.

(Et si elle le faisait, qu'est-ce qu'elle verrait ? Si elle pouvait regarder en face ce qu'elle vient de perdre, quelle forme lui donnerait-elle ? Quelle couleur ? Bleu vif. Bleu ciel. Bleu espoir. Un amour aussi grand que le ciel. Si brillant, si violent. Impossible à éteindre. Penser qu'il a disparu lui donne envie de crier. Il est son frère. Il est quelqu'un qu'elle a voulu voir naître. Il est en elle et en dehors d'elle. Et elle serait prête à renoncer à tout ce qu'elle a jamais eu pour être là sur ce lit, pour se battre à sa place. Elle renoncerait même à l'avoir connu pour l'empêcher de…)

Elle refusera de penser à certains mots. Il n'y aura pas de mots qui disent une fin. Elle ne regardera pas derrière elle et ne verra pas la chemise de son frère, trempée de sang, ni ne pensera aux *flic floc* réguliers des gouttes de ce sang qui tombent sur le sol en ciment. Elle restera calme. Elle restera avec lui.

Elle prend sa main, noue leurs doigts ensemble et prononce son prénom. Elle lui demande s'il se souvient de l'époque où ils montaient sur le toit, et la bouche de Digby se contracte. Elle lui demande s'il se souvient de toutes les fois où elle lui racontait des histoires, quand il était petit, jusqu'à ce qu'il s'endorme, et elle sent qu'il lui serre la main, à peine – une réponse, aussi faible soit-elle. Elle lui raconte l'histoire d'une fillette qui souhaitait avoir un frère et du frère qui est venu à elle, qui était si aimé de tous, et l'histoire du théâtre qu'ils ont créé, et des aventures qu'ils ont vécues, et elle continue à lui raconter leur histoire même si cette histoire l'amène au point où elle en est maintenant, avec ce frère en face d'elle, le frère profondément rêveur, son beau visage si paisible qu'elle pourrait presque croire qu'il dort si elle ne savait pas qu'il est parti très loin, et qu'il ne reviendra jamais, et si elle n'avait pas vu sa poitrine qui avait cessé de bouger, et qu'ainsi il est…

Et qu'ainsi il a…

Mais peut-être que l'histoire ne se termine jamais si on continue à la raconter. Peut-être que si elle continue à lui tenir la main et continue à raconter, il n'y aura pas de fin. Elle pose sa tête sur le lit, près de celle de son frère. Elle bouge ses lèvres pour raconter l'histoire, même si elle semble incapable d'émettre le moindre son. Elle reste là. Et même quand une infirmière vient et essaie de le couvrir avec un drap, elle s'y oppose et reste là.

Un brancardier apparaît avec un crayon et une étiquette et demande : « Comment s'appelle-t-il ?

— Denis, répond-elle, sans bouger. Il fait partie de la Résistance. Si vous essayez de lui accrocher une étiquette, je vous tue. »

Le brancardier s'en va. Une infirmière qui passait la serpillière à côté s'approche du lit : « Denis. Un héros tombé pour la France », dit-elle.

Cristabel acquiesce.

« Avez-vous un endroit où vous pouvez aller, chère petite ? demande l'infirmière. Avez-vous de la famille dans le coin ? » C'est une femme nord-africaine d'âge moyen, aux cheveux noirs cachés sous sa coiffe blanche et aux yeux sombres. Elle a l'air fatiguée, mais sa voix est posée, courtoise. Elle parle français avec un léger accent.

« Non, répond Cristabel. C'est lui ma famille. Mon chez-moi. »

L'infirmière paraît réfléchir. « On m'a dit que vous ne vouliez pas qu'il soit recouvert d'un drap.

— Non, en effet.

— Je comprends, dit l'infirmière. » Elle reste debout à regarder Digby, puis s'en va. Un peu plus tard, elle revient avec une cruche d'eau et un bol, et plusieurs bandes de tissu déchirées. Elle s'occupe de ces choses d'une manière calme et méthodique, en versant de l'eau dans le bol. « Chez moi, nous baignons nos morts, avant de les couvrir. C'est une cérémonie que nous accomplissons tous ensemble dans la famille », explique-t-elle. Elle trempe un morceau de tissu dans l'eau et le passe à Cristabel. « Vous pourriez peut-être m'aider à faire ça ? »

Cristabel attrape la bande de tissu et observe l'infirmière qui commence à essuyer doucement le sang de la main de Digby, la retournant pour en nettoyer soigneusement la paume, les doigts, les espaces entre les doigts. « Il a de belles mains », dit l'infirmière.

Cristabel lâche la main qu'elle tenait pendant tout ce temps et la lui tend, pour qu'elle puisse la nettoyer aussi. Puis, à l'aide de la bande de tissu que lui a donnée l'infirmière, elle commence lentement à ôter la saleté sur le visage de son frère. Les traces de sueur salée sur son front. La crasse sur sa joue.

Elle regarde l'infirmière prendre une paire de ciseaux dans son tablier et couper la chemise tachée de sang, en la soulevant légèrement pour l'ôter. Cristabel se lève pour l'aider, tandis que la soignante recouvre les plaies dans le dos de Digby avec un pansement. Puis, ensemble, elles essuient sa poitrine et son ventre, son cou et ses bras. D'une certaine manière, cette tâche est apaisante.

Quand c'est fait, l'infirmière dit : « Maintenant, il faut qu'il repose en paix et retrouve un peu d'intimité. Vous voulez bien ? » Elle tient un drap blanc qu'elle tend à Cristabel.

Cristabel acquiesce. « Oui », dit-elle en attrapant le drap.

Quand Jean-Marc les retrouve, tard ce soir-là, Cristabel est assise sur le sol à côté du lit sur lequel repose le corps de Digby recouvert d'un drap, et elle tend le bras pour pouvoir une fois encore tenir la main de son frère.

CE QU'IL RESTE

Septembre 1944

Lorsque Flossie voit l'employé du télégraphe avec sa petite casquette élégante remonter lentement l'allée sur son vélo, elle comprend immédiatement de quoi il retourne. Elle n'a plus qu'à attendre de savoir de qui il s'agit. Elle a de la peine pour le garçon que les villageois ont surnommé « l'ange de la Mort » et, lorsqu'il lui remet le télégramme et qu'elle le remercie poliment, il a l'air embarrassé.

Elle emporte le papier dans la cuisine sans le regarder et le pose, face contre la table. Elle est toujours assise là quand M. Brewer la rejoint une heure plus tard. Elle a l'impression qu'une bombe est entrée dans sa maison. Une bombe toute petite. Quand M. Brewer la voit, lui aussi comprend immédiatement.

« Voulez-vous que j'aille chercher Betty ? demande-t-il.

— Non, répond Flossie. Je vais le lire dans un instant. »

Il acquiesce. « Je vous laisse ?

— Non, restez. S'il vous plaît. » Elle a peur, en lisant le télégramme, de s'effondrer sans pouvoir jamais se relever. Elle tapote des doigts sur la table. Elle aimerait qu'ils soient là avec elle, pour l'aider. L'un ou l'autre, les deux. « Je dois être courageuse », dit-elle en s'emparant du télégramme. C'est une chose si fragile. Puis elle le retourne et les mots se brouillent, si bien qu'elle doit cligner des yeux et les relire.

Regrettons profondément.
Mort au champ d'honneur.
Digby.

Quand M. Brewer lui demande ce qui est écrit, celle qui lui répond n'est plus Flossie – elle n'est plus là.

Le chagrin l'emporte à la dérive des jours durant. Il s'empare d'elle violemment, l'étreint si étroitement qu'elle doute que quoi que ce soit existe au-delà de ces bras qui l'enserrent. Elle s'est ratatinée, repliée sur elle-même. Parfois, elle est secouée par des sanglots secs, mais elle n'a pas de larmes. Elle est petite et dure comme un bigorneau. Juste une coquille vide qui transporte, d'un endroit à l'autre, sa douleur cramponnée à elle comme un grippe-sou.

C'est ainsi qu'elle passe ses journées, ou plutôt que les jours passent, sans qu'elle s'en aperçoive. Elle observe les mauvaises herbes qui se multiplient dans son jardin, mais semble incapable d'y faire quoi que ce soit. Elle s'assied sur la plage et observe les vagues qui viennent s'y échouer bruyamment puis se retirent, laissant l'écume bouillonner et disparaître entre les galets, comme de petites lumières qui s'éteignent.

Elle reste dans cet état vacant pendant plus de quinze jours, suivie par le chat Toto qui se couche à côté d'elle dès qu'il la trouve recroquevillée sur son lit. Quand Betty laisse des sandwichs au corned-beef sur la table de chevet, Flossie les ignore jusqu'à ce qu'ils disparaissent. Et quand M. Brewer arrive avec une feuille de papier lui demandant de vérifier la formulation de l'annonce du décès pour les journaux, elle ferme les yeux et hoche aveuglément la tête.

Un jour, Flossie ouvre les yeux pour trouver Maudie assise sur son lit, une pile de lettres à la main. « Vous avez reçu tout ça, dit Maudie. Vous devriez lire votre courrier. » Maudie porte son uniforme de surveillante des feux : une combinaison sombre avec de solides bottes en caoutchouc.

« Non. Merci, Maudie », répond Flossie.

Maudie ouvre alors la première lettre et commence à la lire à voix haute. Une lettre de l'ancien professeur d'anglais de Digby, parlant de son enthousiasme, de son imagination. La suivante a été écrite par l'un de ses camarades de classe à Sherborne, qui se souvient de sa gentillesse, de sa fantaisie : il raconte comment Digby, un soir, les a fait se déguiser avec des taies d'oreiller.

« Des taies d'oreiller ? s'étonne Flossie.

— C'est ce qui est écrit », confirme Maudie en ouvrant une troisième lettre.

Une autre encore a été écrite par un soldat ayant servi avec lui en France, et qui se rappelle comment il les a divertis avec des extraits de pièces de Shakespeare. Une lettre d'un conducteur de char qui l'a accompagné en Afrique du Nord parle de son courage. Chaque lettre laisse apparaître une facette différente de Digby.

« Celle-ci est de Mlle Myrtle, précise Maudie.

— Oh, laisse-moi voir », dit Flossie, en se redressant pour la lui prendre des mains. Maudie pose le reste des lettres sur le lit et se lève. Flossie la regarde. « Pourquoi es-tu là, Maudie ? Ne devrais-tu pas être à Weymouth ?

— Betty m'a appelée. Elle a dit que vous aviez besoin de quelqu'un pour vous sortir du lit.

— Je n'ai jamais été très douée pour me lever et me tenir debout.

— Comme votre père, dit Maudie. Je vous laisse tranquille pour le restant de la journée. Mais demain, on vous fera sortir du lit. Ça ne sert à rien de moisir ici. Entre autres choses, il faut répondre à toutes ces lettres. »

Répondre aux lettres n'est pas une tâche aussi pesante que Flossie le craignait au départ ; c'est comme avoir une conversation au sujet de son frère, et partager de belles histoires, ce qu'elle a toujours aimé faire. Elle va poster elle-même ses réponses écrites, ce qui signifie qu'il lui faut s'habiller correctement. Au village, les gens viennent lui parler, lui disant combien ils sont désolés, ce qui, d'une certaine manière, est bien aussi ; on lui tapote le bras, elle reçoit des témoignages de sympathie. Elle suppose que beaucoup d'entre eux ont perdu un proche et savent qu'on peut être tellement vidé par la tristesse que l'on existe à peine et que se rappeler qu'il faut se brosser les cheveux demande un effort, parce qu'on a oublié qu'on avait des cheveux.

Elle retourne aussi dans son jardin, cet espace à elle, planté entre les os de la baleine, et constate qu'il y aura beaucoup à faire une fois les mauvaises herbes arrachées. Carottes, haricots verts et pommes de terre nouvelles, tous prêts à être récoltés. Les dernières framboises aussi sont prêtes à être cueillies, et les tiges de rhubarbe doivent être coupées. C'est réconfortant pour elle d'avoir de telles petites choses qui requièrent son attention.

Tout en travaillant, elle réfléchit à ce qu'elle pourrait faire avec ce qu'elle récolte. Betty a une recette de sablés aux framboises qu'elle pourrait essayer, si elle économise ses rations de margarine. Ces réflexions, faisant appel à son imagination, lui donnent l'impression d'être en train d'organiser des retrouvailles, même malaisées, avec presque elle-même, dans un futur proche.

Un jour, à la fin du mois de septembre, elle est assise sur la marche à l'entrée du cottage avec un roman aux pages cornées et une tasse de thé, lorsque Cristabel s'approche pour s'asseoir à côté d'elle et passe un bras autour de ses épaules. Elles penchent leurs têtes l'une contre l'autre. Elles restent là jusqu'à ce qu'il commence à pleuvoir, puis se mettent à l'abri à l'intérieur ; Flossie fait bouillir de l'eau et lave quelques tasses. Cristabel fait le tour des pièces de la maison, comme si elle voulait en retrouver le souvenir. Aucune des deux ne parle. Elles sont silencieuses, comme le sont les gens après un grand bouleversement, se déplaçant à travers les traces d'autrefois. Ce qu'elles font, c'est ce que font les brosses des archéologues qui débarrassent soigneusement de la poussière ce qui reste du passé.

Cristabel se saisit du livre que Flossie est en train de lire et le feuillette. « As-tu lu *Madame Bovary* ? Je pense que ça te plairait.

— Non, je ne l'ai pas lu, répond Flossie. Mais celui-là est très bien. Je reviens toujours à Jane Austen quand je veux me sentir mieux dans le monde. Elle remet les choses en ordre pour moi. »

Elles s'asseyent à une petite table dans le cottage pour boire leur thé. Au bout d'un certain temps, Cristabel dit : « J'étais avec lui. Quand c'est arrivé.

— Ma pauvre chérie. Est-ce qu'il… est-ce qu'il a beaucoup souffert ? demande Flossie.

— Non. Ils lui ont donné de la morphine. »

Flossie prend une profonde inspiration. « Je te poserai probablement des questions une autre fois, si tu es d'accord. Je ne pense pas pouvoir le faire maintenant. »

Cristabel acquiesce et elles se tiennent tranquilles un moment en écoutant la pluie au-dehors qui devient plus forte, plus insistante. Le son de la pluie qui frappe la mer est un sifflement crépitant, comme de l'huile dans une poêle à frire.

« Que faisais-tu en France ? demande Flossie. Le même genre de choses que Digby ? Une mission secrète ?

— Oui, ce genre de choses. Mais n'en parle à personne. »

Flossie secoue la tête, puis dit : « C'est tellement bête, mais je n'arrête pas de penser au fait qu'il a manqué son anniversaire. C'était seulement quelques jours plus tard. Il aurait eu vingt-trois ans.

— Il aurait aimé fêter son anniversaire à Paris.

— Oh, oui ! Il aurait adoré ça », s'exclame Flossie en soupirant. Puis elle ajoute : « Qu'est-ce que tu as fait, Crista ? Après ça.

— J'ai pris les armes », répond Cristabel, les paupières lourdes, le regard engourdi.

Cristabel raconte à Flossie comment elle a combattu avec la Résistance jusqu'à l'arrivée des Alliés. Accroupie derrière une ligne de sacs de sable, pointant un pistolet-mitrailleur sur un long boulevard, n'existant nulle part ailleurs qu'au milieu de sa ligne de mire. Comme il était pur et juste de tirer à l'époque ; chaque recul de l'arme contre son épaule était un impact dont elle avait besoin.

Elle raconte comment Jean-Marc et elle avaient fait partie de la foule qui se pressait sur les trottoirs quand de Gaulle était entré dans Paris, le Général marchant dans les rues, les bras écartés comme un albatros aux grands airs. Les gens se suspendaient aux balcons, grimpaient aux statues pour l'apercevoir. Elle s'était sentie comme un pilier de silence, un pilier de sel, dans une ville victorieuse pleine de bruit.

Elle raconte qu'elle n'avait pas voulu quitter Jean-Marc ; il était tellement rongé par la douleur qu'elle craignait qu'il retourne son arme contre lui. Elle s'était tenue auprès de lui au cours de longues nuits sans sommeil. Elle raconte comment leur curieux compagnonnage s'est forgé autour de moments fortement alcoolisés, dans le silence, alors que les rues du quartier étaient en fête. Et comment, une nuit, l'électricité était soudainement revenue dans tout Paris, allumant toutes les lumières en même temps, les radios hurlant brusquement dans les appartements à travers toute la ville ; un terrible éblouissement, un projecteur qui les avait révélés l'un à l'autre, clignant des yeux, blottis sur leur chaise, comme des choses habituellement furtives désormais exposées à la vue de tous.

Elle raconte comment elle s'est réveillée un matin, avec la gueule de bois et nauséeuse ; elle avait alors décidé de se baigner dans la Seine, et s'était laissée couler jusqu'à ce que ses poumons manquent d'exploser. Quand elle avait refait surface, elle avait su qu'il était temps pour elle de rentrer à la maison.

Elle avait pris contact avec l'armée américaine, qui lui avait alors procuré un téléphone en état de marche, lui permettant d'être mise en relation avec Londres, où une sympathique WAAF avec un doux accent du Devon avait promis de lui obtenir une place dans le prochain avion qui rentrait en Angleterre et la possibilité de passer quelques nuits dans un hôtel pour se reposer un peu – comme s'il s'agissait de réserver des vacances, plutôt que d'organiser un retour après combat. Elle était rentrée dans un Lysander avec deux commandos britanniques – l'un des deux transportant avec lui un grand flacon de parfum Chanel. À son arrivée, elle avait participé à un débriefing dans un hôtel à Bayswater. Puis avait dormi pendant vingt-quatre heures d'affilée.

En revanche, elle ne dit pas à Flossie qu'elle avait vu Leon et qu'elle s'était servie de son corps pour s'oublier, plusieurs nuits de suite, jusqu'à ce qu'il ne reste d'elle que les marques qu'elle avait laissées sur lui et lui sur elle. Leon pouvait se permettre le sombre oubli qui flottait à la lisière de ces nuits ; quant à elle, elle ne souhaitait pas s'en imprégner.

Elle poursuit plutôt en racontant à Flossie qu'on lui avait rendu ses anciens vêtements civils – rangés et pliés par une secrétaire de l'Org, ses vieux bas traités avec révérence comme des reliques –, puis qu'elle avait pris un train pour rentrer dans le Dorset, en pensant que, quelque part dans un bureau de Baker Street, devaient se trouver les anciens vêtements de Digby, toujours bien rangés, pliés et qui attendaient.

« Je ne suis pas encore allée dans sa chambre, dit Flossie.

— Je ne crois pas que je puisse retourner dans le grenier, dit Cristabel. Nous devrions peut-être brûler tout le domaine. À long terme, ça nous ferait probablement économiser de l'argent.

— En fait, Bill et moi avons quelques idées à ce sujet. Nous investissons dans l'immobilier et nous prévoyons de faire de la publicité pour avoir des hôtes payants. Je suis sûre que tu n'as jamais pensé que je pourrais devenir une femme d'affaires.

— Un jour, j'ai rencontré un homme qui m'a dit que la guerre nous permet de nous révéler et de nous élever, de se dépasser d'une manière qui serait autrement impossible. Même si je pense, Floss, que tu te serais révélée malgré tout.

— J'aurais levé, comme de la pâte », dit Flossie en souriant.

Elles rient ensemble et Cristabel sent que le poids, à l'intérieur d'elle, se déplace un peu.

« Crista, j'ai pensé redevenir volontaire agricole, dit Flossie. Ça me donnerait quelque chose à faire.

— C'est une bonne idée. Et moi, je pourrais aller à Londres. Séjourner chez Myrtle. Ou chez Leon, s'il est dans le coin.

— Tu vivrais avec Leon ? Est-ce que toi et lui... ?

— Non. Non, non. »

Flossie lève les sourcils. « Ça ressemble à un certain genre de "non".

— Quel genre ?

— Le genre qui ne se sent pas si sûr de lui tout seul, qui a besoin de quelques amis autour de lui.

— Non, non.

— Un autre non, comme un ami.

— Arrête.

— Crista, ce que tu fais ne me regarde pas. Je sais que ces choses ne sont pas toujours simples », dit Flossie en souriant.

Elles se regardent un moment, avec tendresse et sollicitude, puis Flossie suggère : « Si nous partons, Betty et Bill pourraient avoir du temps libre. Leur fils est à l'hôpital à Plymouth. Je sais qu'ils aimeraient aller lui rendre visite.

— Bien sûr, acquiesce Cristabel. Fermons la maison pendant quelque temps. »

Cristabel repart donc à Londres. Elle emporte un livre en prévision d'un voyage en train qu'elle pourra apprécier, libérée de toute angoisse, mais elle ne lit pas un mot, se contentant de regarder par la fenêtre l'Angleterre qui défile sous ses yeux : des fermes aux cours boueuses et des cottages en pierre, des bois où les feuilles commencent à changer de couleur.

À Winchester, deux femmes d'âge moyen portant des manteaux et des chapeaux coûteux montent dans le train. Elles entrent dans son compartiment sans la saluer. Elles prennent place et poursuivent une conversation qui, selon Cristabel, dure depuis un certain temps.

« J'ai dit la même chose à Hugh. Ils ne peuvent pas s'attendre à ce que nous passions un autre hiver sans vrais bains chauds, dit la première, en faisant claquer d'un geste brusque le fermoir de son sac à main.

— Je crains que nous ayons oublié de penser à nous, répond l'autre. Nous avons tous fait des sacrifices, et avec plaisir mais, à un moment donné, la vie doit revenir à la normale.

— Tu as tout à fait raison. Faut-il attendre que tous les hameaux d'Europe soient libérés pour remplir d'essence le réservoir de nos voitures ? »

Elles rient, puis l'une d'elles se tourne vers Cristabel et lui dit : « Je suis sûre que vous ressentez la même chose. Ça doit être effrayant d'être jeune à une telle époque de restriction. »

Cristabel peut voir à la façon dont elles l'examinent qu'elles la trouvent difficile à situer. Des chaussures de marche abîmées, certes, mais de bonne qualité. Une jupe et une veste convenables, mais un chemisier d'apparence étrangère. Une allure solide, la peau tannée comme celle d'un métayer, et une curieuse nonchalance dans la façon dont son grand corps svelte est installé sur le siège. Pas le moindre sac à main.

Tout en la regardant, elles arrangent leurs vêtements – une écharpe en cachemire drapée, une étole en fourrure – comme si elles rajustaient leurs peignoirs. Avec leur posture droite et leurs cheveux argentés torsadés, elles paraissent incarner un semblant de pouvoir judiciaire. Elles considèrent qu'elles ont le droit de l'inspecter, et Cristabel sait ce qu'elles voient. Elle est, après tout, de leur espèce. Ou l'était.

Depuis ce qu'elle a vécu à Paris, elle a l'impression que la Cristabel d'autrefois, peu importe qui elle était, n'existe plus. Chaque partie d'elle, son cœur et ses os, des extrémités de ses oreilles au bout de ses orteils, s'est délitée. Elle s'est écroulée, comme une falaise de craie s'effondrant dans la mer. Elle n'est plus ce qu'elle était. Elle est un espace, autrefois solide, qui ne contient plus qu'un tas de pierres et de poussière, dans l'attente d'être reconstruite.

« Non. Je ne ressens pas la même chose que vous, répond Cristabel.

— Pourquoi pas ? » demande la première femme, en baissant le nez comme si elle regardait en bas depuis le haut d'un escalier.

Cristabel entend les cris furieux mais étouffés de son ancien moi, qui voulait à tout prix faire comprendre à ces femmes qu'elles ne connaissent rien du sacrifice. Mais ce moi est enterré désormais, et elle est fatiguée. On ne peut mener qu'un nombre limité de combats.

Ces femmes appartiennent à sa vie d'autrefois, celle qui est morte, et sont comme des fantômes pour elle. Elle les laisse passer à travers elle comme le train passe à travers l'Angleterre, qui défile dans son champ de vision périphérique : petites maisons, petits champs, petites maisons, petits champs. Elle fixe les deux femmes jusqu'à ce qu'elles baissent les yeux, puis elle s'écarte légèrement et regarde par la fenêtre.

Cristabel retourne à Baker Street. Le bâtiment est aussi mal éclairé et plein de courants d'air qu'il l'a toujours été. Comme il n'y a plus autant d'activité, la plupart des bureaux sont déserts : on n'entend que le bruit occasionnel du téléscripteur dans la salle des transmissions et, de temps à autre, un coursier qui pousse un chariot grinçant dans un couloir vide. Elle finit par trouver l'officier Joan, son ancienne responsable, qui range des affaires dans un carton.

Joan lui donne une chaleureuse accolade. « C'est bon de te revoir. Comment c'était ? »

Cristabel hésite. « Je ne sais pas comment te le résumer.

— Oui, j'imagine qu'il s'est passé pas mal de choses. »

Cristabel fait un geste vers le carton. « En route pour ailleurs ?

— Je suis transférée au ministère des Affaires étrangères. Je n'ai plus grand-chose à faire ici.

— Bonne chance, dit Cristabel qui ajoute : Joan, je me demandais si on avait eu des nouvelles de Sophie Leray. Je sais qu'elle a été arrêtée, puis déportée.

— Nous espérions trouver les nôtres dans les prisons en arrivant à Paris, mais il semble qu'elles aient toutes été vidées. Nous supposons que les Allemands gardent des prisonniers précieux pour servir d'otages.

— Tu me le feras savoir, si tu as des nouvelles ?

— Bien sûr, répond Joan. Bonne chance à toi aussi, Gilberte.

— Cristabel », dit Cristabel en lui tendant la main.

Cristabel traverse le couloir en direction de l'escalier qui la conduira jusqu'à la sortie du bâtiment, lorsqu'elle aperçoit, à travers la porte entrebâillée d'un bureau, une silhouette familière. Le colonel Peregrine Drake, assis avec décontraction sur une chaise, son chapeau posé sur la table de travail, est en train de rire en réponse aux propos de quelqu'un installé en face de lui. Il sent qu'il est observé et se tourne vers elle. « Cristabel.

— Bonjour, lui dit-elle. Comment allez-vous ? Je ne savais pas que vous seriez ici.

— Je ne fais que passer. » Il se lève et s'approche d'elle, pose une main sur son bras. « J'ai été vraiment désolé d'apprendre la mort de Digby. J'espérais qu'il s'en sortirait.

— Moi aussi.

— Mais tu es de retour, et je suis sûr que ta famille t'est infiniment reconnaissante.

— Je n'ai pas vu l'oncle Willoughby depuis des années, répond-elle. Je ne pense pas qu'il ait la moindre idée de ce qu'il s'est passé. »

Perry évite poliment de répliquer, puis se tourne vers la personne installée en face de lui et annonce : « Cristabel Seagrave. L'une des filles de l'Org. Elle a été envoyée en France. »

Cristabel n'a pas besoin d'entrer dans le bureau pour savoir quel type d'homme est assis là. Un général de brigade ou un commandant. Moustache raide. Couvert de médailles. Qui donne l'impression d'être penché, recroquevillé presque, sur une chose qu'il défend, et d'être furieux d'avoir été interrompu dans cette occupation. Elle s'avance quand même et salue : « Chef » ; un geste qui semble incongru à présent qu'elle porte des vêtements civils, et elle se sent empotée.

C'est un commandant de brigade. « Ravi de vous revoir, dit-il.

— Mais pourquoi es-tu ici, Cristabel ? demande Perry. Tu devrais être chez toi. Ça a dû te manquer terriblement.

— J'essaie de savoir si on a eu des nouvelles d'une fille avec qui j'ai été formée. Elle a été arrêtée. »

Perry hoche la tête. « Nous sommes tous désireux d'en savoir plus sur ceux qui ont disparu. La difficulté à laquelle nous sommes confrontés est que, en diffusant les coordonnées des agents féminins dans le but de les retrouver, on admet qu'elles étaient là.

— Elles l'étaient, rétorque-t-elle.

— Pas officiellement, répond-il.

— Nous faisons tout ce que nous pouvons », intervient le chef de brigade.

MAISONS VIDES

Septembre 1944

Le téléphone sonne, ses appels stridents résonnent dans tout Chilcombe, mais il n'y a personne pour répondre. La maison est vide. Le silence n'est rompu que par les bruits des conduites d'eau qui cliquettent et vibrent. Et par les carillons désordonnés d'horloges déréglées.

Le courrier non lu s'empile derrière la porte. Des circulaires et des cartes de condoléances. Les lettres d'un aumônier militaire voyageant à travers la France.

Une caisse remplie de disques attend près d'un gramophone poussiéreux. Des palmiers en pot, desséchés, se pressent contre les fenêtres aux vitres sales. Dans le bureau, les livres lourds ne parlent qu'entre eux, si tant est qu'ils se parlent. Les grains de poussière s'envolent pour un périlleux voyage à travers des espaces vides.

Dans d'autres vallées et villages, d'autres maisons sont à peu près dans le même état. Des manoirs aux prix inabordables laissés vides eux aussi, sans héritier ; des mausolées creux.

Les grains de poussière se posent sur les grandes cheminées, dont le marbre recouvert de toiles d'araignées laisse voir certains motifs : des fossiles recroquevillés d'escargots d'eau douce, qui se frayaient autrefois un chemin au fond des ruisseaux couverts de cailloux avant que le temps, le poids et l'argent ne les amènent ici, écrasés et immobiles, des structures calcifiées si finement polies qu'il est facile d'oublier qu'elles ont été autre chose.

UNIFORMES

Octobre 1944

La porte de la cuisine est tellement gonflée par les pluies d'automne qu'elle coince et que Cristabel doit s'aider d'un coup d'épaule pour la forcer à s'ouvrir. L'intérieur est lugubre et sombre. On entend un robinet goutter dans un évier vide. Flossie la suit en s'exclamant : « Mon Dieu, on gèle ici.

— Il y a une odeur désagréable, ajoute Cristabel.

— Je crains que Toto n'ait encore caché des trucs morts », dit Flossie.

Betty, déjà affairée, leur passe devant et se dirige résolument vers la bouilloire. « Une tasse de thé nous fera du bien. »

Bill arrive après elle, suivi de Maudie et de Toto le chat, dont la queue frémit du plaisir d'être de nouveau en présence d'êtres humains.

« J'ai trouvé deux filles du village qui viendront pour nettoyer les lieux la semaine prochaine, annonce Bill.

— Ensuite, nous serons prêts pour accueillir nos premiers locataires, dit Flossie, en balayant de la main une toile d'araignée.

— Je vais monter voir dans quel état sont les pièces principales. »

Cristabel regarde Bill disparaître le long du sombre couloir, avant de l'entendre marcher au-dessus de leur tête. Elle a l'impression d'être entrée dans la maison aussi loin qu'elle le pouvait, que ce bunker souterrain est raisonnablement sûr ; mais, en haut, les chambres, qui attendent, sont pleines de douleur, parsemées de dangers – des mines cachées en attente d'être déclenchées.

« Combien de gens ont loué ? » demande-t-elle. Elle ouvre un tiroir de la cuisine, cherche des bougies et des allumettes, mais ne trouve que des boules de croquet et de vieux colliers de chien.

« Nous avons eu cinq réponses à notre annonce jusqu'à présent », répond Flossie.

Betty claque la langue, agacée. « Il y a des associations de sauvegarde du patrimoine qui s'occupent des demeures historiques, dit-elle en remplissant la bouilloire. Vous n'avez donc pas besoin que Pierre, Paul, Jacques viennent s'y installer.

— Je ne céderai pas Chilcombe à une association de sauvegarde du patrimoine, dit Cristabel. En tout cas, pas ma moitié. Floss fera ce qu'elle voudra.

— Betty, il y a tellement de gens qui ont besoin d'un endroit où loger, dit Flossie. Je connais une volontaire agricole qui vient de se marier, mais elle et son mari ne trouvent pas de logement dans leurs moyens.

— Quand je pense à ce que c'était, avec Mme Rosalind et ses fêtes si élégantes, soupire Betty en mettant la bouilloire sur le feu. Elle voulait toujours que tout soit parfait. Ça n'a plus jamais été pareil depuis. »

Tandis que Betty continue de se souvenir de Chilcombe avant la guerre, Flossie sort des cuillères à café poussiéreuses d'un placard. Elle se sent libérée, étrangère à la nostalgie de cette femme plus âgée qu'elle. Enfant, chaque fois qu'elle se faufilait hors du grenier, vivement tentée d'apercevoir comment se déroulaient les fêtes de sa mère, ce n'était jamais la scène romantique qu'elle envisageait. C'était bruyant et chaotique. Les gens se bousculaient, titubaient, se disputaient, renversaient leurs boissons.

Un soir, en jetant un coup d'œil depuis la galerie, elle avait vu Rosalind, portant un costume d'Arlequin soulignant ses formes, étalée sur les genoux d'un homme masqué, tandis que Willoughby, en toge, tapait sur le piano. Rosalind avait essayé d'attirer l'attention de son mari, mais n'avait réussi qu'à laisser tomber son costume et à glisser sur le sol, tandis que Willoughby lui jetait à peine un regard, comme si c'était quelque chose de banal, sans importance.

Flossie avait rejoint son lit et avait tiré les couvertures sur sa tête pour ne plus voir sa mère si scandaleusement exposée. Le lendemain matin, elle les avait vues tous deux à la table du petit-déjeuner, sirotant du thé, lisant les journaux, comme si tout avait toujours été normal. C'était comme si, au cours de la nuit, un tremblement de terre avait ouvert un précipice dans le sol – dans lequel tout avait dégringolé – avant qu'il ne se referme si proprement qu'il était impossible de savoir ce qui s'était passé. Comme si c'était elle, en quelque sorte, qui s'était trompée.

Préserver Chilcombe tel qu'il était à l'époque lui semblerait malhonnête. Elle aurait l'impression de perpétuer cette sensation de dégringolade et que rien n'était comme c'était censé être.

« Où va s'installer Mlle Cristabel s'il y a des étrangers dans sa chambre ? demande Betty qui rassemble les tasses de thé comme s'il s'agissait d'enfants désobéissants.

— Je vais m'installer dans le cottage, répond Cristabel. Je dois m'occuper du théâtre. »

Le silence emplit la pièce à l'odeur de renfermé, puis Flossie intervient : « Tu es sûre ?

— Certaine », répond Cristabel.

Flossie ajoute prudemment : « Ne serait-ce pas le moment d'essayer de s'occuper à autre chose ?

— Non, je ne pense pas.

— Parfois, on s'accroche à quelque chose parce qu'on a le sentiment qu'on doit le faire, mais, tu sais, on dit aussi que rien ne vaut le changement », poursuit Flossie en posant soigneusement sa poignée de cuillères à café sur la table.

« Les on-dit ne m'intéressent pas, réplique Cristabel en mettant ses mains dans ses poches. Tu penses que je suis têtue, Floss, et tu as raison. Mais l'obstination m'a menée jusqu'ici. Là où je me suis trompée, c'est dans l'objet de cette obstination. Je pensais que je devais monter les mêmes vieilles pièces de la même manière. C'est là que j'ai eu tort.

— Une fois que Mlle Cristabel a une idée en tête, elle n'en démord pas, dit Betty.

— Bon. Je suis sûre que tu vas avoir de quoi t'occuper », conclut Flossie.

On entend le bruit du pas régulier de Bill le long du couloir et il apparaît avec une pile de courrier. « Des lettres pour vous », dit-il, en les tendant à Flossie.

Flossie les regarde avec curiosité, puis ouvre la première, la lit rapidement, avant de porter une main à sa bouche. « Oh, pauvre George.

— Qui est George ? demande Cristabel.

— Un ami. Il est à l'hôpital à Bruxelles, répond Flossie en ouvrant rapidement une autre lettre. Il a reçu des éclats d'obus, et ils ont dû l'opérer pour les lui retirer.

— Comment peut-on tirer avec un obus sur un homme d'Église ?! » s'indigne Betty.

Flossie s'assied, toujours en train de lire. « Il dit qu'il a pensé à nos soirées musicales. »

En tirant vers elle un grand carton posé sur la table, Cristabel l'interrompt et demande : « Qu'est-ce que c'est que ça ? »

Flossie lève les yeux. « Oh, Crista… Ce sont les vêtements et les livres de Digby. Ce qui était dans sa chambre. J'ai demandé à Betty de les emballer. J'ai pensé que tu voudrais… »

Cristabel s'empresse de repousser le carton loin d'elle. « Ferme-le, Betty. Et range-le. Je ne veux pas le voir. »

Betty pose la théière sur la table avec un bruit sourd qui les surprend tous, et dit d'une voix larmoyante : « Je me dis que c'est une bénédiction déguisée, même si ça n'en a pas l'air, que Mme Rosalind n'ait jamais à savoir qu'elle a perdu son garçon chéri. »

Personne ne dit rien pendant un moment, tandis que Betty cherche un mouchoir dans son tablier, puis Bill s'approche de son épouse et dit : « Mademoiselle Flossie, mademoiselle Cristabel. Betty et moi nous nous demandions si quelqu'un avait parlé à M. Willoughby ? Pour lui faire savoir pour Maître Digby. »

Flossie et Cristabel se regardent. Flossie répond : « J'ai passé une annonce dans le *Times*.

— Rien ne nous dit s'il l'a vue, rétorque Betty en reniflant.

— Nous n'avons pas eu de nouvelles de lui depuis longtemps, dit Bill.

— Pas un mot, ajoute Betty en se mouchant.

— Il n'était pas le plus traditionnel des pères, dit Bill, mais perdre un fils…

— Oui, vous avez parfaitement raison, acquiesce Flossie, nous devrions le retrouver. Quelqu'un sait-il où il est ?

— Aux dernières nouvelles, il essayait d'acheter un hydravion quelque part près de Limerick, répond Bill, mais ça remonte à plus d'un an à présent.

— Je ne sais même pas si on peut aller en Irlande, dit Flossie. Est-ce que c'est autorisé ? Qui irait ?

— Moi j'irais, s'il le faut », rétorque Maudie. Tous se retournent vers elle. Elle est adossée à la porte de derrière, à moitié dedans, à moitié dehors, avec ses bottes en caoutchouc et son bleu de travail de couleur sombre, un sifflet autour du cou et un brassard sur lequel on peut lire *Fire Guard*. Ses cheveux habituellement en bataille sont attachés, et elle a posé son casque en fer-blanc près de l'évier. « C'est autorisé, mais vous avez besoin d'un passeport et d'un permis de séjour.

— Comment tu sais ça, Maudie ? demande Cristabel.

— J'ai eu un amant irlandais », répond Maudie.

Cristabel est surprise d'entendre de tels propos de la part de la domestique. Mais Maudie, cette femme d'une trentaine d'années qui laisse tomber son mégot de cigarette sur le sol dehors et l'écrase sous sa botte, n'a plus l'air d'une domestique. Si Cristabel se demande pourquoi Maudie est en uniforme, étant donné qu'elle n'est pas en service, elle sait aussi qu'il peut être difficile d'y renoncer. Ses propres vêtements civils – chemises fonctionnelles et pantalons en coutil – sont aussi proches que possible d'une tenue militaire, tandis que Flossie a toujours l'air d'un jardinier, avec son foulard à fleurs et ses cardigans tricotés à la main. Cristabel imagine qu'un uniforme de temps de guerre, qui suppose l'anonymat et confère un certain statut, est probablement encore plus attrayant quand votre tenue ordinaire, dans le civil, est celle qui incarne un rôle de subalterne.

« Je ne veux pas de tes propos déplacés dans ma cuisine, Maudie Kitcat, dit Betty, tu peux garder ça pour les pubs et leurs sales marins.

— C'est bon, Betty, intervient Flossie. Maudie a des petits amis. Beaucoup de filles ont des petits amis.

— Ils ne sont pas ce que j'appellerais des "petits amis", rétorque Maudie.

— Je pourrais peut-être t'aider pour les formalités administratives », dit Cristabel, en pensant aux secrétaires de l'Org qui semblent capables de sortir des papiers officiels de nulle part. Elle rejoint Maudie à la porte de derrière. Dehors, le ciel d'octobre est gris et il en tombe une pluie fine ; toutefois, l'air frais est un soulagement comparé à l'odeur de renfermé de la maison.

« Je pourrais vous donner un coup de main pour débarrasser le cottage, dit Maudie.

— Le thé sera bientôt prêt, intervient Betty.

— Si la pluie ne te dérange pas, Maudie, allons-y maintenant, pour voir ce qu'il y a à faire, dit Cristabel.

— Un peu de bruine n'a jamais fait de mal à personne », répond Maudie.

Un mois plus tard. Fin d'après-midi. Maudie, arrivée au port de Holyhead, traverse la passerelle qui rejoint un ferry en partance pour l'Irlande. C'est la première fois qu'elle quitte la terre ferme. La première fois qu'elle part où que ce soit. Elle frissonne d'excitation en voyant l'eau agitée qui claque, renfrognée, contre la digue en dessous d'elle.

Le ferry est bondé. Il n'y a que des places debout. Les bagages s'entassent dans les couloirs, avec des enfants perchés dessus. Des valises, des malles, des cages pleines de poulets. Maudie est sur le pont avant, pressée contre une famille qui lui dit que la traversée est souvent pénible, mais que les douaniers en Irlande sont pires. Ils confisquent tout, et on ne le récupère que des semaines plus tard, si tant est qu'on le récupère. Mais c'est un plaisir rare, ajoutent-ils, de laisser le black-out derrière soi et de naviguer vers Dublin, où toutes les lumières du port brillent et se reflètent dans l'eau.

Elle écoute à peine. Elle s'appuie sur la rambarde qui oscille, et sent les trépidations du bateau qui prend vie sous ses pieds quand ses turbulentes hélices commencent à tourner. En quittant le port, la corne de brume retentit, assourdissante, et le ferry, escorté par les mouettes qui survolent l'eau à basse altitude, laisse derrière lui les sommets des collines alentour, couverts de nuages.

Maudie regarde les eaux remuantes de l'océan, le tumulte blanc qui jaillit de l'étrave, tandis que le ferry fend la mer hivernale déchaînée. La houle soulève le bateau et le propulse en avant, en de longues poussées, comme s'il était cueilli par la main d'un géant.

Elle n'est plus sur la terre ferme. Elle n'est plus nulle part. Elle n'est portée que par l'eau, capricieuse et puissante, qui ne se soucie de rien. Elle pense à son grand-père, le contrebandier qui, même alité depuis des années, ressentait encore le roulement des flots. Elle le comprend à présent : quand on a connu une vie de désobéissance, on ne l'oublie pas.

Le vent se lève et le ciel s'assombrit tandis que le ferry s'enfonce dans la mer d'Irlande, les embruns glacés des vagues soufflant sur les ponts. Les passagers se serrent les uns contre les autres et regardent avec curiosité Maudie ouvrir la petite valise qu'elle transporte avec elle, en sortir son tablier blanc de femme de chambre, soigneusement repassé et emballé par Betty, et le laisser tomber par-dessus bord, un esprit, pâle, se tordant et voletant au-dessus de l'eau. Betty lui avait fourré le tablier entre les mains, disant qu'il pourrait être utile, on ne sait jamais ; puis, de façon inattendue, elle avait serré Maudie contre sa large poitrine comme une mère avec son enfant. C'est si bizarre d'être étreint par une femme. Chaleureux, doux et bizarre. Maudie regarde le tablier disparaître sous une vague. Lorsque le ferry, qui tangue, arrivera à destination, elle s'élancera vers l'avenir en étant quelqu'un d'autre, une nouvelle Maudie.

LE SPECTACLE DE LA VICTOIRE

Mai 1945

« On peut réessayer ? demande le caméraman.

— Très bien, répond le producteur. Quatrième prise. Madame Seagrave…

— Mademoiselle.

— Mademoiselle Seagrave, si vous pouviez vous mettre sur la pelouse et nous expliquer brièvement à quoi sert cette brouette.

— Je vous l'ai dit. Je l'ai utilisée pour construire des gradins pour mon théâtre, afin d'avoir de meilleures places assises.

— J'avais compris, répond le producteur, avec une pointe d'agacement dans la voix. Mais, comme je vous l'ai dit, nous avons besoin de vous filmer en train d'expliquer à nos téléspectateurs comment vous avez fait.

— Vous m'avez filmée en train de l'expliquer au moins trois fois déjà, réplique Cristabel. Combien de fois faudra-t-il recommencer ? Je suis très occupée.

— Ce que nous essayons de faire ici, dit le producteur en se pinçant l'arête du nez, c'est de donner à notre public une véritable idée de votre théâtre. Et montrer à quel point il est inhabituel. Un lieu unique pour célébrer la victoire. Un instant, laissez-moi noter ça. "Un lieu unique – certains diraient plutôt excentrique." Non, attendez. "Un spectacle plutôt excentrique mais très britannique, pour célébrer la fin des hostilités en Europe, dans le Dorset." Oui, c'est ça.

— Vous en avez pour longtemps ?

— Nous allons finir cette scène, puis nous filmerons l'arrivée enthousiaste des gens du coin. Ensuite, nous aurons besoin de plans du spectacle lui-même, mais nous nous efforcerons de ne pas être intrusifs. Pouvez-vous me rappeler le contenu du programme ?

— On commence par une scène de victoire jouée par les enfants du village, habillés comme ceux qui nous ont aidés à gagner la guerre. Soldats, pompiers, infirmières, etc. Ils chantent des chansons, dirigées par ma sœur Flossie. Cette scène sera suivie d'un spectacle, que j'ai monté, pour les enfants, avec des créatures qui mangent les gens.

— Je me souviens que vous avez parlé de marionnettes, non ?

— Des marionnettes géantes. Je les ai créées en utilisant du papier mâché et du tissu fixés sur des armatures en fil de fer, et aussi en me servant des animaux empaillés que nous avions dans la maison.

— Oui, j'ai bien noté ça. Vous aviez dit que nous pourrions filmer l'un des garçons du village…

— Oui. Norman. Il est là, il jouera un Français.

— Parfait. Par ici, Norman. Ces oignons sont splendides. Comment te sens-tu en ce grand jour ?

— Heureux parce que Hitler est mort. Vous pouvez filmer mon chien ? Il a un ruban autour du cou.

— Le téléphone sonne », dit Cristabel qui quitte l'équipe de tournage pour rejoindre la maison et répondre.

Il lui a fallu un certain temps pour en avoir le courage, mais Cristabel peut maintenant revenir au manoir, à condition de rester au rez-de-chaussée. Chilcombe est devenu différent, plus accessible depuis que les locataires de Flossie s'y sont installés. Dans le grand hall, on trouve à présent une corbeille à courrier en laiton, pour recevoir des lettres qui leur sont destinées, et au portemanteau sont accrochés de nombreux vêtements que ne reconnaît pas Cristabel. Une diversité de chaussures rangées là évoquent les allées et venues de ces inconnus qui ont leurs propres clés, pour qui ce lieu ne représente rien d'autre que leur nouveau logement et qui posent des questions sur l'eau chaude et la possibilité de profiter des jardins. La maison a développé la fonctionnalité stoïque des habitations partagées, avec des tapis qui s'effilochent et des peintures écaillées, même si Flossie s'assure qu'il y ait toujours des fleurs fraîches sur le piano.

Cristabel ne s'aventure jamais à l'étage, mais elle sait que Bill a déblayé les combles pour y installer une jeune veuve avec quatre enfants en bas âge. Elle les entend parfois, galopant dans les escaliers, ou tapotant sur les touches du piano, encouragés avec enthousiasme par Flossie. (« C'est ça, Martin ! À deux mains ! »)

Le cabinet de travail de son père est désormais ouvert et utilisé par Flossie et M. Brewer pour ranger leurs carnets de quittance de loyer et accueillir les locataires. Flossie y a installé un meuble classeur, le bureau est couvert d'un fatras de factures des services publics et de catalogues de semences, et il y a des plants de tomate sur le rebord de la fenêtre.

Cristabel s'approche du bureau pour décrocher le téléphone, et la première chose qu'elle entend est un déferlement de parasites dans son oreille, puis une voix familière : « Cristabel ?

— Leon ?

— Oh, tu réponds enfin !

— J'ai répondu tout de suite.

— J'ai essayé d'appeler plusieurs fois.

— Je viens juste d'entendre sonner. Où es-tu ?

— En route pour Berlin avec le colonel Drake.

— Vous êtes en Allemagne ?

— Je ne sais pas si le pays a encore un nom. Il n'en reste plus rien. Que des ruines.

— C'est quoi ce bruit de fond ?

— Des Américains. Ils sont heureux parce que tout le monde est content de les voir. Mais tu n'as rien demandé.

— Qu'est-ce que je n'ai pas demandé ?

— Pourquoi je téléphone.

— Pourquoi téléphones-tu ?

— J'ai vu ta photo dans le journal, avec Flossie souriant et agitant un grand drapeau. J'ai aimé revoir les os de la baleine. Il a sûrement fallu quelqu'un de très fort pour les monter jusque là-haut.

— Bon sang ! Toi aussi tu l'as vue ? On dirait que tout le monde l'a vue. Il y a des gens de Pathé News ici aujourd'hui, ils sont venus nous filmer.

— C'était ton idée de monter des spectacles pour fêter la victoire au Théâtre de la Baleine ?

— Oui, bien que Floss ait aidé pour la musique et que nous ayons fait appel à des villageois pour les costumes et les accessoires.

— Tu devrais être contente, non ? C'est une bonne publicité.

— Oui, en effet. C'est plutôt une surprise en fait. Le téléphone n'arrête pas de sonner, les gens veulent venir. »

Au bout du fil, ses propos sont suivis d'un crépitement et d'un silence qu'elle reconnaît comme étant l'un des silences propres à Leon. Il ne se sent jamais obligé de combler les pauses dans la conversation par des politesses d'usage ; c'est l'une des qualités de Leon qu'elle apprécie le plus chez lui. Elle écoute donc ce silence qui traverse les minces fils télégraphiques qui les relient, en couvrant des centaines de kilomètres, présent à la fois là-bas, dans une Allemagne en ruine, et ici, avec elle, dans cette pièce. C'est rassurant d'écouter ce silence. Elle appuie sa tête contre le récepteur du téléphone.

« Comment ça se passe pour toi, à présent ? demande-t-il au bout d'un moment.

— Ça va, si je ne réfléchis pas trop à l'avenir.

— Tu n'as pas besoin de réfléchir à l'avenir. Pas encore. Une chose à la fois.

— Tu viendras me voir pour qu'on boive de la vodka ensemble ?

— Oui. Et une fois que les négociations de paix en Allemagne seront terminées, j'assisterai à l'un de tes spectacles. Mais je n'ai plus d'argent, alors... »

Il a raccroché et, cette fois, le silence à l'autre bout du fil est vide. Elle pose le combiné et reste un moment sans bouger. Elle repense aux articles de journaux qu'elle a lus et qui décrivent les horreurs que les Alliés découvrent à mesure qu'ils avancent en Allemagne, les camps remplis de prisonniers affamés. Ces articles sont accompagnés de photographies qu'elle a à peine pu supporter de regarder ; pourtant, elle s'y est obligée, étudiant les visages squelettiques au cas où elle en reconnaîtrait un. Elle se demande ce que Leon a vu, ce qu'il verra, s'il sera le même quand il reviendra. Une chose après l'autre.

Le salon de Chilcombe sert toujours de pièce commune, où les locataires peuvent se réunir pour discuter et participer à des jeux de société. Au début, ils ont hésité, préférant le caractère informel de la cuisine, mais, depuis que le temps est devenu plus chaud, ils s'y réunissent plus fréquemment. C'est d'ailleurs le cas pour plusieurs d'entre eux à présent ; et ils font poliment la conversation avec certains des invités captivants qui sont arrivés pour découvrir le nouveau programme théâtral : une semaine de spectacles célébrant la victoire en Europe.

« Oh, Crista, te voilà », dit Flossie, déjà en costume. Elle porte un plateau avec des verres et un pichet de limonade. « Des enfants se sont enfuis avec les banderoles et je crains que Betty ne devienne folle si nous ne parvenons pas à les récupérer. Elle a passé toute la semaine à les coudre. George les a poursuivis dans les écuries, mais on dirait que ça ne fait que les encourager.

— Quand j'étais petite fille en Allemagne, échapper au prêtre de mon village en courant était toujours un grand sport, raconte Lieselotte, dans un anglais fortement accentué. Nous le tourmentions jusqu'à ce qu'il devienne fou.

— On s'occupe bien de vous, Lieselotte ? demande Cristabel. Vous avez eu quelque chose à manger ? »

Lieselotte hoche la tête. Elle porte une robe à carreaux noirs et blancs, comme un échiquier, avec un chapeau noir orné d'une plume d'autruche et un sac à main qui semble fait de métal fondu. Le visage du locataire de Chilcombe sur lequel elle a jeté son dévolu – un jeune dentiste nerveux de Tavistock – exprime tout à la fois la crainte et l'admiration.

« Je crois que j'ai eu un œuf à l'écossaise, répond Lieselotte, ça m'a suffi. Heureusement, ce jeune homme a eu la gentillesse de me servir du champagne. Il s'intéresse aux molaires, m'a-t-il expliqué, et à la santé des gencives.

— Il y a des tonnes de champagne, dit Cristabel. Nous avons découvert des bouteilles qui avaient été cachées au début de la guerre. Ça vaut probablement une fortune.

— C'est ce qu'il nous faut, acquiesce Lieselotte en souriant au dentiste. Nous célébrons la défaite d'un mal qui aurait pu tous nous tuer.

— Voilà George avec les banderoles, s'écrie Flossie. George, voulez-vous de la limonade ?

— Non, merci, Flossie, vous êtes très gentille, mais je pense que ça va aller, répond George, les joues rosies dans son costume sombre d'aumônier. Je suis content d'avoir pu jeter un coup d'œil à la ronde pendant que je courais après les enfants. Et j'ai trouvé ça dans les écuries...

— Oh, Crista, regarde, s'exclame Flossie. C'est ton épée en bois.

— Alors rendons à César ce qui appartient à César », dit George, la tendant à Cristabel avec un sourire, avant de s'empresser d'aider Flossie à poser le plateau sur une table d'appoint. Puis lui et Flossie se tournent simultanément vers une locataire, qui hésite sur le seuil de la pièce, pour l'inviter à y entrer et lui offrir des rafraîchissements.

Cristabel se rend compte à quel point Flossie et George sont bien assortis, se comportant déjà comme un couple, même si Flossie insiste en rougissant sur le fait qu'ils « apprennent encore à se connaître ». Toutes deux possèdent une qualité d'ouverture naturelle. Ce qui n'est pas le cas pour Cristabel. Plus exactement, elle ne lui est pas naturelle, il lui faut se la rappeler. Les autres. Leurs sentiments. Elle est toujours si concentrée sur ce qu'elle fait ; alors que Flossie sait s'arrêter et regarder autour d'elle.

Alors elle s'y efforce à l'instant même, en saluant d'un signe de tête la nouvelle locataire, la mère inquiète des enfants du grenier, qui porte une robe ordinaire, et de vieux bas, et tient nerveusement un verre de limonade maison en fixant la peinture à l'huile sur le mur à côté d'elle.

« Un tableau peint par un artiste russe qui a vécu chez nous, explique Cristabel. Il avait une façon inhabituelle de voir les choses.

— Ces drôles d'animaux à grosse tête, dit la femme, on dirait tes marionnettes. »

Cristabel rit. « C'est possible, en effet.

— Mes enfants adorent participer à votre spectacle. Ça m'a évité de les avoir dans les jambes pendant des semaines.

— J'en suis ravie.

— Ils sont fous des marionnettes aussi. Ils n'arrêtent pas de mimer l'histoire quand ils sont censés être au lit. Celle du lutin et du monstre qui vivent sur une île. C'est vous qui l'avez inventée ?

— Je suis partie d'une pièce que je connaissais déjà, avec des éléments supplémentaires fournis par mon ami Norman », répond Cristabel. Elle baisse les yeux sur l'épée en bois qu'elle tient dans ses mains, puis ajoute : « J'imagine que vos enfants n'en voudront pas ?

— Oh si ! Ils seraient ravis. Mais ils risquent de casser quelque chose en jouant avec.

— C'est à ça que ça sert, dit Cristabel en la lui tendant. Mon oncle Willoughby me l'a donnée il y a longtemps, et il aimerait bien que cette épée continue à casser des choses. »

Elle pense alors à Willoughby, comme c'est souvent le cas, et se demande comment il va. À Noël, ils avaient reçu un télégramme de Maudie pour dire qu'elle avait trouvé Willoughby et demandait qu'une photo de Digby soit envoyée à une adresse située à Dingle, dans le comté de Kerry. Puis personne n'avait eu d'autres nouvelles ; rien qu'une carte en mars pour l'anniversaire de Cristabel, avec une photo d'un hydravion et, au dos, un message rédigé par Willoughby, tout en pleins et en déliés, pour préciser qu'il levait un verre de Guinness à sa santé, avec un post-scriptum ajoutant que Maudie pourrait un jour faire un admirable copilote, suivi d'un énorme point d'exclamation.

Elle ne parvient pas à croire qu'il puisse emmener Maudie en hydravion. Elle soupçonne qu'il s'agit d'une fanfaronnade de comptoir. Mais elle se plaît à imaginer qu'il pourrait le faire. Elle se plaît à imaginer leur hydravion planant au-dessus de la côte sauvage de l'Irlande, en direction de l'océan. Tous deux équipés d'un blouson et de grosses lunettes d'aviateur, s'envolant peut-être même pour l'Égypte ; deux fugueurs. C'est l'histoire qu'elle invente pour lui, tout en sachant que la réalité est peut-être davantage imprégnée de chagrin et d'alcool, la lente dissolution d'un ivrogne grandiloquent dans le coin d'un pub. Perry a dit un jour de Willoughby qu'il appartenait à une lignée d'Anglais qui ne supportaient pas d'être en Angleterre. Présent seulement dans son imagination, elle sait qu'il est plus heureux ailleurs, sans qu'on entende parler de lui. Son oncle voyageur, si fascinant.

Flossie apparaît à ses côtés et dit : « Il est presque six heures. Le public va arriver. »

Les sœurs sortent sur la pelouse et regardent le ciel. C'est l'une de ces journées de printemps, changeantes et venteuses, qui peuvent tout aussi bien se dégrader que s'améliorer. Tôt, ce matin-là, il a plu abondamment – une averse soudaine alors que les cloches de l'église du village sonnaient à travers la vallée –, et de gros nuages se déplacent encore au-dessus du Ridgeway, mais le temps sec pourrait tenir à présent.

L'équipe de tournage, fatiguée d'attendre Cristabel, s'est déplacée dans l'allée pour filmer l'arrivée des spectateurs, une foule de gens bavards, habillés élégamment pour l'occasion, les hommes en costume ou en uniforme et les femmes avec du fard à lèvres rouge vif sur des visages fatigués, tenant dans leurs bras des bébés aux rubans rouges, blancs et bleus dans leurs cheveux. Ils se dirigent vers l'entrée au-dessus de laquelle est suspendu le nouveau panneau de Cristabel qui leur souhaite la bienvenue : LE THÉÂTRE DE LA BALEINE.

Elle est heureuse d'avoir réussi à le monter à temps pour que Lieselotte puisse le voir à son arrivée, la peinture étant encore fraîche, et elle est enchantée par les lettres en rouge et or vif, avec l'image d'une baleine soufflant, peinte par un artisan d'enseignes qui travaille pour des cirques ambulants. Il y a là exactement ce qu'il faut d'exubérance et d'absurdité, conçu pour exciter les enfants et rappeler aux adultes les enfants qu'ils ont été.

Le même esprit a présidé à la décoration du circuit qui traverse la pelouse bordée d'animaux empaillés peints de couleurs gaies, et où des jeunes du village, tous costumés différemment – aviateurs, infirmières, cow-boys –, distribuent maintenant des programmes dessinés à la main. Les plantes et les buissons à proximité sont décorés de vieilles boules de

Noël et de brins de laine colorés, comme des toiles d'araignées tricotées.

Cristabel se dépêche d'aller emprunter, avant le public, le chemin à travers les bois qui a été festonné de serpentins en papier et de vieilles lanternes chinoises qu'elle a récupérées dans la grange, et qui s'allumeront comme des lucioles à la nuit tombée.

Au théâtre, à l'endroit où se trouvaient autrefois les chaises, il y a maintenant des gradins, comme un large escalier, faits de sable et de galets provenant de la plage, avec des planches de bois pour s'asseoir. Les premiers arrivés sont déjà en train de s'installer. Ils ont apporté des thermos et de quoi pique-niquer, des mets de choix préparés pour cette victoire tant attendue. Tarte au bacon et aux œufs. Des tranches de pamplemousse en boîte. Des bouteilles de bière. Des couvertures et des imperméables aussi, car on ne peut jamais faire confiance à la météo anglaise. Devant les sièges surélevés se dressent les os de la baleine, pavoisés de drapeaux de différentes nations, et éclairés par de puissants projecteurs empruntés à la base navale de Portland pour une semaine seulement.

Dans la grange, les marionnettes géantes de Cristabel, affalées contre les murs attendent, en compagnie de ceux qui vont les faire mouvoir : un trio d'acteurs en herbe engagés après avoir passé une annonce dans le journal régional – un couple d'acrobates découverts au cirque lorsqu'elle était allée rencontrer le créateur d'enseignes, et une jeune femme qui faisait partie du cercle de couture de Chilcombe Mell jusqu'à ce qu'elle entende Betty se plaindre que sa machine à coudre était utilisée pour créer des monstres, et vienne se joindre à eux.

Cristabel a élu domicile dans le cottage au bord de la mer, mais elle en est à présent chassée, car Betty a pris possession des lieux pour préparer des diplomates à base de croûtes de vieux gâteaux et de bonbons en gelée, ainsi que d'innombrables fournées de sandwichs. Elle fait bruyamment remarquer, à quiconque s'en approche, que c'est certes un jour de fête, avec des chants, mais qu'elle, elle trime dans une cuisine et qu'on ne peut pas appeler ça une fête – tout en refusant de quitter son poste, têtue comme une mule, parce qu'elle ne peut faire confiance à personne pour cuisiner correctement. Cristabel reconnaît que ces plaintes sont l'antienne de Betty, à chanter fièrement, comme un hymne, dans les moments importants, et elle n'ose pas l'interrompre.

Elle reste un moment près des os de la baleine, à regarder la mer que traversent d'énormes nuages, projetant des ombres sur l'eau. Le long de la côte, des feux de joie ont été allumés sur les plages et les falaises, et des gens se jettent dans les vagues froides, tandis que les navires de guerre dans le port de Portland font retentir de temps en temps leurs puissantes cornes de brume.

Le Premier ministre a déclaré à la radio que leur mission n'était pas encore terminée, mais qu'ils devaient se permettre une « brève période de réjouissance » pour marquer la fin de la guerre contre l'Allemagne. Le sentiment de réjouissance auquel Cristabel essaie de faire appel paraît n'exister qu'au loin, elle le perçoit comme assourdi. Toutefois, elle est heureuse de ce qui advient ; il y a des choses qu'elle peut faire, des choses utiles. Elle reporte donc son attention sur les os de la baleine, arrange les drapeaux et prépare la scène.

Flossie et George s'apprêtent à accompagner les derniers invités à travers les bois, lorsqu'une Jeep militaire s'engage dans l'allée de gravier et qu'en sort l'imposante silhouette de Myrtle dans une robe de velours rouge avec une traîne, ses chaussures à talons hauts à la main et coiffée d'un chapeau de papier rouge, blanc et bleu, qu'elle tente d'empêcher de s'envoler.

Sa voix résonne à travers la pelouse. « Flossie, chérie !

— Je suis si heureuse que tu sois venue, Myrtle, dit Flossie. Quelle belle robe !

— Mes rideaux, ma chérie, sacrifiés pour la mode. Qui a besoin de rideaux quand le black-out est terminé ? dit Myrtle, en envoyant un baiser à la Jeep qui repart. Mais regarde-toi... c'est du lamé or ? Tu es fière et éblouissante, comme la statue de la Liberté.

— Je suis la statue de la Liberté, répond Flossie. Je représente l'Amérique dans notre spectacle, bien que j'aie perdu ma torche enflammée. »

George attend poliment à proximité, et Myrtle se dirige alors vers lui, marchant avec précaution, pieds nus sur le gravier, et dit : « Je vais peut-être devoir utiliser les services de cet homme pour me soutenir. C'est le chaos dans les trains, ma douce. Des scènes d'émeute. Je me suis acoquinée avec des aviateurs polonais qui faisaient la fête et j'ai donc déjà pris un peu trop de rafraîchissements.

— Myrtle, je te présente George, dit Flossie. Ne t'appuie pas trop sur lui. Il a été blessé. Il était avec les troupes alliées le jour J.

— Je vous le dirai si je suis sur le point de m'effondrer, réplique joyeusement George.

— Il est beau et courageux, ma chérie. Quel bon parti ! s'exclame Myrtle, en caressant les cheveux de George. Comment tu t'en sors, Flossie ?

— Ça dépend des jours. Certains sont meilleurs que d'autres.

— Digby ne voudrait jamais que tu sois malheureuse, ma douce, ajoute Myrtle.

— C'est étrange, poursuit Flossie. C'est un jour heureux, mais je pleure dès que je vois les enfants dans leurs costumes. Je n'arrête pas de leur donner du gâteau, et il n'est même pas bon.

— Amusons-nous chaque fois que nous en avons l'occasion, chérie. Ça n'arrive pas si souvent », dit Myrtle en embrassant Flossie. Elle sent les cigarettes françaises et son parfum est capiteux ; les rides autour de ses yeux sont marquées d'un maquillage trop épais. Elle paraît plus vieille à présent, un peu usée par le temps, mais reste toujours aussi extravagante ; et quand Flossie regarde Myrtle, elle voit qu'elle refuse d'être moins que ça. Elle se demande ce que George doit penser de Myrtle, bien qu'il ne paraisse pas le moins du monde déconcerté. Il n'a pas non plus eu l'air embarrassé de passer la journée avec une femme déguisée en statue de la Liberté. Peut-être qu'un aumônier est plus familier avec les particularités du comportement humain que la plupart des gens ; ce qui le rend étonnamment bien adapté pour faire partie de la famille. Et bien que Flossie soit consciente que ses pensées romantiques l'ont, une fois de plus, dépassée, cette fois, elle ne se sent pas trop à la traîne.

Elle regarde sa montre et demande : « George, vous voulez bien accompagner Myrtle jusqu'au théâtre ? Je vais rassembler tous ceux qui lanternent, puis je vous suivrai.

— Bien sûr », dit George. Et, alors qu'ils traversent les bois, elle entend Myrtle s'exclamer sur le divin accent celtique de l'aumônier.

Flossie survole l'allée du regard et jette un coup d'œil à son jardin, qui est plutôt en broussaille et envahi par la végétation ; il a besoin d'être mieux entretenu, mais il est vert et fleuri comme seul un jardin en mai peut l'être. Elle passe la tête dans le grand hall et appelle pour vérifier qu'il n'y a plus personne, mais Chilcombe est sombre et vide. Le silence n'est interrompu que par le *tic-tac* solennel de l'horloge comtoise. Puis elle tire la porte et se fraye un chemin à travers bois en direction de la mer, car le spectacle est sur le point de commencer.

ENCORE*

CÀD

Aujourd'hui, j'ai pensé au jour où tu es mort. J'y pense presque tous les jours. J'ai pensé à combien je t'aimais avant même que tu n'existes, et à combien je t'aime encore maintenant, alors que tu n'existes plus. Ce qui, bien sûr, rend absurde toute idée d'existence et ne laisse que l'amour. Ceci, cher frère, est le genre de bla-bla sentimental auquel je suis désormais encline. Mais il se trouve aussi que c'est vrai.

Les gens émettent de nombreuses hypothèses concernant les femmes : mais la plupart sont ineptes, et l'une d'entre elles est que nous manquons en quelque sorte de clarté. Que nous sommes hésitantes et idiotes. Personnellement, je considère que la certitude est une sorte d'arrogance.

Je savais TOUT quand j'avais douze ans ; mais chaque année de ma vie, j'en sais un peu moins, et c'est libérateur. On a alors de l'espace pour en apprendre beaucoup plus. Je trouve toujours instructif de parler aux groupes scolaires qui visitent le théâtre, pour entendre leurs idées sur la façon dont il pourrait être utilisé. Il y a toujours plus à faire, tu comprends.

J'espère que d'ici la fin de l'année, nous serons en mesure de proposer des séjours d'une semaine à Chilcombe pour les étudiants passionnés d'art dramatique. Ne serait-ce pas formidable ? J'ai dans l'idée qu'un jour nous pourrons transformer la maison en une sorte d'établissement scolaire, à côté du théâtre, bien qu'on m'ait informée qu'apporter des aménagements à un bâtiment ancien est une tâche sisyphéenne. J'ai aussi une idée pour une adaptation de Roméo et Juliette *où les personnages seraient des insectes, mais je garde ça pour ma prochaine lettre car je dois y ajouter des dessins.*

J'ai dû faire venir des entrepreneurs pour examiner les gradins, car ils s'effritent sur les bords. Pour autant, ils ont tenu plusieurs années.

Pas mal pour quelque chose que j'ai construit moi-même… Je pense toujours à ces gradins comme le résultat de mon chagrin d'alors. Je venais de rentrer de France, et c'était une activité physique que j'accomplissais pour être fatiguée et pouvoir dormir.

Flossie, George et les garçons viennent déjeuner demain pour mon anniversaire, je vais donc essayer de faire fonctionner la cuisinière. Édouard et Wanda ne peuvent pas venir cette année, car leur fils adoré vient d'être papa. Édouard m'a appelée pour me le dire, débordant de fierté. Leur fils souffre encore de ses blessures, mais ils lui sont si dévoués, je sais qu'ils aideront à élever le bébé comme si c'était le leur. Pas de Leon non plus, mais il a promis que nous partirions à l'aventure cet été, sur son nouveau bateau, qu'il prétend être encore plus rapide que le précédent.

Ce qui me rappelle que j'ai encore fait ce rêve. Je suis en train de voler dans un avion, un Halifax. Je reconnais le bruit des moteurs, ce grondement sourd. Je porte une combinaison de parachutiste et j'ai un foulard noué autour du cou, un foulard sur lequel une carte est imprimée, mais je ne sais pas de quoi il s'agit, ni où je vais. La trappe est ouverte, et la nuit s'engouffre dans l'appareil. Je crois que, dans ce rêve, je suis seule dans l'avion, mais je n'ai pas du tout peur. Je sais que, quelque part en dessous de moi, dans l'obscurité, se trouve le pays où tu es.

Tu sais comment ça se passe à partir de là, n'est-ce pas ? Oh, ça me manque parfois. Lumière rouge. Feu vert. Go ! Puis le saut dans le vide, et le vent, et le parachute qui s'ouvre, qui m'aspire vers le haut, encore plus haut, toujours plus haut.

C

REMERCIEMENTS

Je remercie toutes celles et tous ceux qui m'ont aidée et encouragée au cours de l'écriture de ce livre.

Plus spécialement :

Mes éditrices, si attentionnées et enthousiastes, Helen Garnon-Williams et Diana Miller ; ma merveilleuse agente Clare Alexander, pour m'avoir prise sous son aile ; Poppy North, Olivia Mead, Alexia Thomaidis, Kyiah Ashton et l'adorable équipe des éditions Fig Tree, mais aussi la graphiste Julia Connolly qui a dessiné la très belle couverture de mon roman.

Mes professeurs avisés : Susan Elderkin, Rob Middlehurst, Irene Flint, et plus particulièrement Francis Spufford qui mérite un ouvrage entier de remerciements à lui tout seul.

Mes amis, pour leurs encouragements et leur gentillesse, Lucy Axworthy, Alison Freeman, Denize Creed et Tamzin Hyde, mon amie d'enfance qui partageait toutes mes aventures et qui vivait avec sa mère Rosy dans une maison isolée sur la côte du Dorset, où, avec ma sœur qui nous accompagnait, nous parcourions les falaises déguisées en sorcières, et où les premières graines de cette histoire ont été plantées.

Becky Steeden, pour ses déjeuners réconfortants ; Becky Pressly, pour son soutien constant dans les dernières étapes ; et Cathy Varley, pour être la propriétaire la plus gentille du monde.

Ma famille, dans le Dorset et le Shropshire, pour leur soutien, en particulier Nancy, maman, Abs, Jamie, Luka, Amelie, Ian et Evie. Je voudrais également me souvenir des membres de la famille que nous avons récemment perdus :

Chris Righton, Maureen Poulson, Anne Sargent et mon père, Anthony Patrick Quinn. Tous très aimés et très regrettés. Lorsqu'il était enfant, mon père jouait avec des avions en papier dans un abri antiaérien de Birkenhead, tandis que les bombardiers allemands passaient dans le ciel au-dessus ; et l'histoire de la Seconde Guerre mondiale a continué à l'intéresser toute sa vie. C'est d'ailleurs un livre que je lui ai acheté, puis emprunté, qui m'a fait découvrir le rôle des agents secrets à cette époque-là.

Je dois beaucoup à tous les livres et publications qui ont nourri ce roman, ainsi qu'aux bibliothèques qui m'ont permis de les lire, en particulier la Women's Library, où j'ai feuilleté les magazines préférés de Rosalind, et la Dorchester Library, dont la section d'histoire locale (et le dévouement de son personnel à procurer des livres aux lecteurs même pendant le confinement) est inestimable, tout comme l'Imperial War Museum de Londres et ses ressources en ligne.

J'ai une dette particulière envers les historiens et les auteurs qui m'ont appris l'existence des remarquables agents féminins du Special Operations Executive, dont le responsable du recrutement, Selwyn Jepson, a dit un jour : « À mon avis, les femmes étaient bien meilleures que les hommes pour ce travail. Les femmes, comme vous devez le savoir, ont une capacité bien plus grande que les hommes à faire preuve de sang-froid et de courage en solitaire. »

Enfin, un grand merci aux irremplaçables Peggy Riley et Sarah Leipciger, dont le soutien indéfectible m'a aidée à porter cette baleine du début à la fin.

Ce livre existe grâce au travail de toute une équipe.

Communication : Caroline Babulle, Sandrine Perrier-Replein, Sabrina Bendali, Inès Paulin, Adélaïde Yvert.

Coordination administrative : Martine Rivierre.

Studio : Pascaline Bressan, Barbara Cassouto-Lhenry, Joël Renaudat.

Fabrication : Muriel Le Ménez, Céline Ducournau, Bernadette Cristini, Sophia Paroussoglou, Isabelle Goulhot.

Commercial, relation libraires et marketing : Catherine Lauprêtre, Perrine Therond, Ombeline Ermeneux, Élise Iwasinta, Morgane Rissel, Arthur Rossi, Aurélie Scart.

Cessions de droits : Elisabeth Stempak, Benita Edzard, Lucile Besse, Sonia Guerreiro, Costanza Corri.

Gestion : Sophie Veisseyre, Chloé Hocquet, Isabelle Déxès, Camille Douin.

Services auteurs : Viviane Ouadenni, Jean-François Rechtman, Catherine Reimbold.

Ressources humaines : Mylène Bourreau.

Juridique : Laëtitia Doré, Anaïs Rebouh, Valérie Robe, Lucie Bergeras, Julia Crosnier.

Avec le soutien des équipes d'Interforum et d'Editis qui participent à la création, la diffusion et la distribution de ce livre.

Canoros Vehit Canentes

pca
cmb
édition pré-presse
livres numériques

44400 Rezé

Imprimé en France par CPI
en avril 2023

Pour plus d'information :

www.lisez.com

Imprimé sur du papier issu de forêts gérées durablement.

N° d'édition : 65530/01 – N° d'impression : 174047